NOITES DE PESTE

ORHAN PAMUK

Noites de peste

Tradução
Débora Landsberg

Copyright © 2021 by Orhan Pamuk

*Grafia atualizada segundo o Acordo Ortográfico da Língua Portuguesa de 1990,
que entrou em vigor no Brasil em 2009.*

Título original
Veba Geceleri

Capa
Raul Loureiro

Imagem de capa
Constantinople: The Nusretiye Mosque, de Ivan Konstantinovich Aivazovsky, 1884,
óleo sobre tela, 37,3 × 48 cm. Reprodução de Album/ Easypix Brasil

Preparação
Cristina Yamazaki

Revisão
Érika Nogueira Vieira
Bonie Santos

*Agradeço a meu amigo historiador Edhem Eldem por suas sugestões e correções
ao longo da elaboração deste livro.*

Dados Internacionais de Catalogação na Publicação (CIP)
(Câmara Brasileira do Livro, SP, Brasil)

Pamuk, Orhan
    Noites de peste / Orhan Pamuk ; tradução Débora Landsberg.
— 1ª ed. — São Paulo : Companhia das Letras, 2024.

    Título original: Veba Geceleri.
    ISBN 978-85-359-3704-6

    1. Ficção turca I. Título.

24-193066   CDD-894.353

Índice para catálogo sistemático:
1. Ficção : Literatura turca   894.353

Tábata Alves da Silva – Bibliotecária – CRB-8/9253

Todos os direitos desta edição reservados à
EDITORA SCHWARCZ S.A.
Rua Bandeira Paulista, 702, cj. 32
04532-002 — São Paulo — SP
Telefone: (11) 3707-3500
www.companhiadasletras.com.br
www.blogdacompanhia.com.br
facebook.com/companhiadasletras
instagram.com/companhiadasletras
twitter.com/cialetras

Em face da aproximação do perigo, sempre duas vozes falam com a mesma força no espírito do homem: uma voz, com total sensatez, diz para a pessoa refletir sobre os principais atributos do perigo e sobre os meios para livrar-se dele; a outra, mais sensata ainda, diz que é penoso e aflitivo demais ficar pensando no perigo, pois não está ao alcance do homem prever tudo e livrar-se da marcha geral dos acontecimentos, e que portanto é melhor dar as costas para o que é doloroso enquanto ele não chega a pensar no que é agradável.

Liev Tolstói, *Guerra e paz*

Nenhum escritor até hoje tentou examinar e comparar essas narrativas para escrever uma história verdadeira sobre a calamidade da peste.

Alessandro Manzoni, *Os noivos*

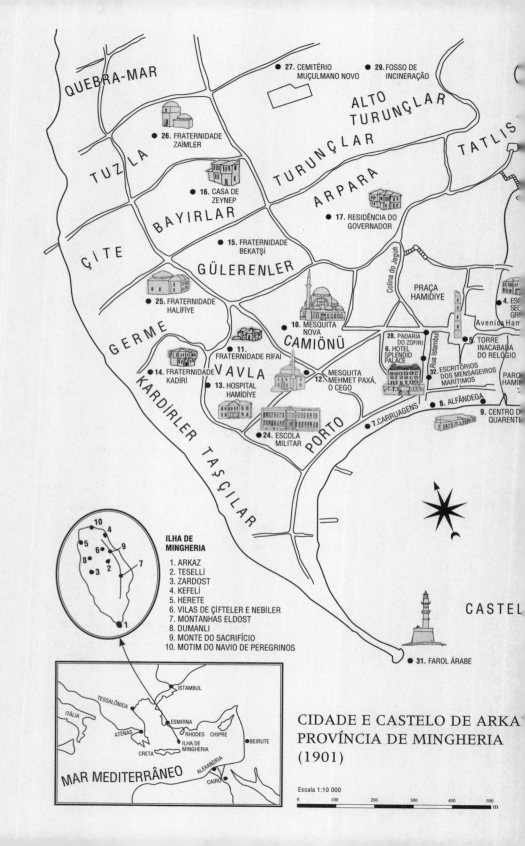

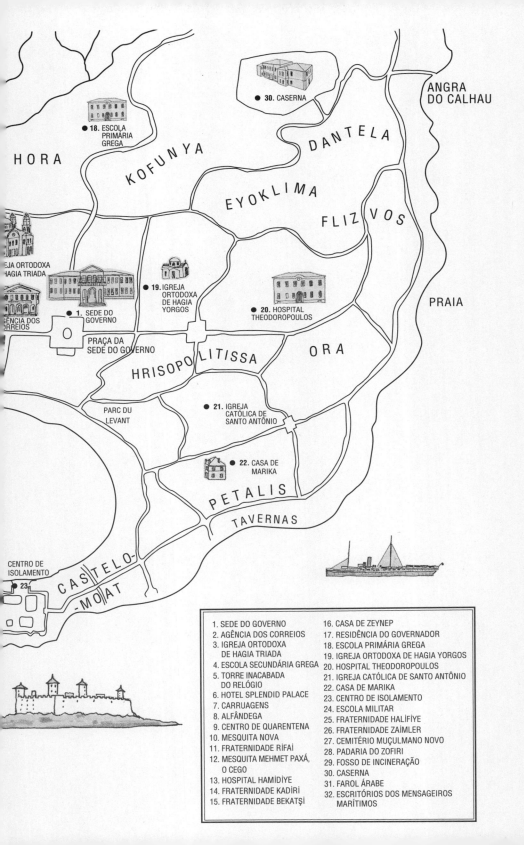

Prefácio

Este é tanto um romance histórico como a história contada em forma de romance. Neste relato sobre o que aconteceu nos seis meses mais agitados e importantes da vida da ilha de Mingheria, pérola do mar Mediterrâneo Oriental, também incluí muitas narrativas da história desse país que tanto amo.

Quando comecei a pesquisar os fatos transcorridos na ilha durante o surto de peste em 1901, me dei conta de que, como o método histórico não seria suficiente para compreender as decisões subjetivas dos protagonistas dessa época breve e dramática, a arte do romance poderia ajudar, e por isso me propus a juntar uma coisa à outra.

Porém, não creiam os leitores que meu ponto de partida está nesses enigmas literários complexos. Na verdade, tudo começou com uma série de cartas às quais tive acesso e cuja incalculável riqueza procurei refletir aqui. Pediram-me para redigir notas e preparar para publicação cento e treze cartas que a princesa Pakize, terceira filha do trigésimo terceiro sultão otomano, Murade v, escreveu à irmã mais velha, Hatice Sultan, entre 1901 e 1913. O que vocês estão prestes a ler começou como uma "introdução da organizadora" a essa correspondência.

A introdução se alongou e se ampliou com as pesquisas adicionais, até se transformar no livro que vocês têm em mãos. Admito que acima de tudo fiquei encantada pelo estilo de escrita e pela inteligência da princesa Pakize. Fascinante e extremamente sensível, a princesa Pakize tinha apetite narrativo, atenção aos detalhes e um talento descritivo com que poucos historiadores e romancistas são abençoados. Passei anos debruçada sobre os arquivos britânicos e franceses, lendo despachos consulares das cidades portuárias do Império Otomano, com base nos quais concluí um doutorado e lancei alguns livros acadêmicos. Mas cônsul nenhum foi capaz de descrever esses acontecimentos, esses dias de cólera e peste, com tanta elegância e tão profundo entendimento, tampouco algum deles conseguiu transmitir a atmosfera das cidades portuárias otomanas e as cores de suas ruas e mercados, os grasnidos das gaivotas e o barulho das rodas das carruagens. Então talvez tenha sido a princesa Pakize, com sua abordagem profundamente perspicaz de pessoas, objetos e acontecimentos, que me inspirou, a partir de suas narrativas vivazes, vibrantes, a transformar em romance aquele texto introdutório.

Enquanto lia as cartas, eu me perguntava: foi por ser, como eu, uma "mulher" que a princesa Pakize conseguiu descrever esses acontecimentos com muito mais vivacidade e "meticulosidade" que um historiador médio ou um cônsul estrangeiro? Não devemos nos esquecer de que durante o surto de peste a autora dessas cartas raramente saía da casa de hóspedes da Sede do Governo e soube do que estava havendo na cidade apenas pelos relatos do marido médico! Em suas cartas, ela não apenas descreveu esse mundo de políticos, burocratas e médicos homens: também conseguiu se identificar com esses homens. Também eu tentei dar vida a esse mundo no meu romance e relato histórico. Mas é bem difícil ser tão receptiva, radiante e sedenta de vida quanto a princesa Pakize.

É claro que outra razão para eu ter me envolvido tanto com essas cartas extraordinárias, que vão ocupar pelo menos seiscentas páginas quando publicadas, é que eu mesma sou natural de Mingheria. Quando pequena, me deparava com a princesa Pakize nos livros escolares, em colunas de jornal e acima de tudo nas páginas dos semanários infantis (*Lições da Ilha, Aprendendo História*) que publicavam tirinhas e anedotas sobre figuras históricas. Sempre tive simpatia especial por ela. Assim como outras pessoas viam a ilha de Mingheria como uma terra mítica, de contos de fadas, a princesa Pakize era, para mim, uma heroína de contos de fadas. Foi uma experiência mágica descobrir os problemas cotidianos dessa princesa de contos de fadas, suas verdadeiras emoções, e sobretudo sua personalidade admirável e sua integridade ratificadas nesse material que de repente me chegou às mãos. No fim das contas — como os pacientes leitores ficarão sabendo ao final deste livro —, também a conheci pessoalmente.

Consegui verificar a autenticidade do mundo descrito nas cartas consultando arquivos em Istambul, Mingheria, Inglaterra e França e examinando documentos históricos e livros de memórias daquela época. Mas houve momentos em que, ao escrever meu romance histórico, considerei inevitável me identificar com a autora das cartas e ter a sensação de que escrevia minha própria história.

A arte do romance se baseia na habilidade de contar nossas histórias como se fossem dos outros e de contar histórias dos outros como se fossem nossas. Portanto, sempre que começava a me sentir uma filha de sultão, uma princesa, eu sabia que no fundo estava fazendo exatamente o que o romancista precisa fazer. A parte mais difícil foi me identificar com todos os homens em cargos de autoridade, os paxás e médicos encarregados de impor a quarentena e que supervisionaram a batalha contra a peste.

Se um romance, em espírito e forma, deve ultrapassar o âmbito da história de um indivíduo e assim lembrar o tipo de história que abarca a vida de todos, é melhor que ele seja narrado a partir de muitos pontos de vista. Por outro lado, concordo com o mais feminino de todos os romancistas homens, o magnífico Henry James, que acreditava que, para um romance convincente, todos os detalhes e todos os acontecimentos deviam ser vistos da perspectiva de um único personagem.

Mas como *ao mesmo tempo* escrevi um livro de história, me desviei muitas vezes e quebrei a regra da unicidade do ponto de vista. Interrompi cenas dramáticas para oferecer aos leitores fatos e números, e também a história de instituições governamentais. Uma vez descritos os sentimentos mais íntimos de um personagem, passei rápida e audaciosamente aos pensamentos de um personagem completamente diverso, mesmo que o personagem anterior não tivesse como saber quais seriam eles. A despeito de acreditar com fervor que o sultão destronado Abdülaziz foi assassinado, também observei que há quem argumente que ele cometeu suicídio. Em outras palavras, tentei ver o reino deslumbrante que a princesa Pakize descreveu em suas cartas também pelos olhos de outras testemunhas e assim tornar esta obra mais próxima de um livro de história.

Das perguntas que me foram feitas inúmeras vezes ao longo dos anos, a respeito, por exemplo, de como as cartas chegaram às minhas mãos, até que ponto dei credibilidade ao relato policialesco e por que não as publiquei antes, só vou tratar aqui da segunda questão. Essa ideia para o romance teve o respaldo de colegas acadêmicos com quem conversei sobre os assassinatos narrados e as preferências literárias do sultão Abdul Hamid ii. Também me serviu de incentivo o interesse pelo aspecto policialesco do romance e pela história da ilhota de Mingheria manifestado por uma editora prestigiosa como a Cambridge University Press. É claro que os sentidos e enigmas desse mundo assombroso, que venho documentando com uma alegria inabalável há tantos anos, vão bem mais além e bem mais fundo que a mera questão de quem seria o assassino. A identidade do assassino é, no máximo, um acréscimo. Mas o pendor por suspenses pode transformar cada página — a começar pelas palavras de Tolstói, o maior romancista histórico de todos — em um mar de símbolos.

Algumas pessoas me acusaram de discordar demais de certos historiadores populares e oficiais (embora eu nunca cite o nome de ninguém). Talvez tenham razão. Mas, se fizemos isso, foi só porque demos a suas obras tão adoradas a devida atenção.

Introduções a livros de história sobre o Oriente e o Levante, ou o Oriente e o Mediterrâneo Oriental, sempre vão enfrentar problemas de transliteração e tentam explicar como as letras locais antigas foram traduzidas para o alfabeto latino. Fico satisfeita de não ter escrito mais um desses livros tediosos. Não há mesmo nada que se compare ao alfabeto e à língua mingherianos! Em certos casos, usei a grafia original dos nomes locais e em outros os escrevi conforme a pronúncia. A existência de uma cidade na Geórgia com grafia similar é mera coincidência. Porém é inteiramente intencional, e sem dúvida não é coincidência nenhuma que muitas coisas neste livro parecerão tão familiares aos leitores quanto lembranças antigas e quase esquecidas.

Mîna Mingheria, Istambul, 2017

1.

No ano de 1901, se um vapor expelindo fumaça preta de carvão pela chaminé partisse de Istambul e navegasse rumo ao sul ao longo de quatro dias até passar pela ilha de Rhodes, depois continuasse na mesma rota durante mais meio dia, atravessando águas perigosas, tempestuosas, a caminho de Alexandria, ele proporcionaria a seus passageiros a visão distante das elegantes torres do Castelo de Arkaz, na ilha de Mingheria. Devido à localização de Mingheria, entre Istambul e Alexandria, a silhueta e a sombra enigmática do castelo eram vistas com reverência e fascínio por muitos viajantes que estavam ali de passagem. Assim que surgia no horizonte essa imagem magnífica — "uma esmeralda feita de pedra rosa", segundo Homero, na *Ilíada* —, os capitães de espírito mais requintado convidavam os passageiros ao convés para que desfrutassem a paisagem, e os artistas a caminho do Oriente pintavam com sofreguidão aquela vista fabulosa, acrescentando nuvens carregadas para causar mais impressão.

Mas poucas dessas embarcações paravam em Mingheria, pois naquela época havia apenas três que faziam viagens semanais à ilha: o *Saghalien* (cujo apito agudo todo mundo de Arkaz reconhecia) e o *Equateur* (com sua buzina mais grave) dos Mensageiros Marítimos, e o barco gracioso *Zeus* da empresa cretense Pantaleon (que só raramente tocava sua buzina, e sempre em disparos breves). Portanto, se uma embarcação sem hora marcada se avizinhasse de Mingheria duas horas antes da meia-noite do vigésimo segundo dia de abril de 1901 — o dia em que nossa história começa —, seria indício de que alguma coisa anormal estava em marcha.

O navio de proa pontuda e delgadas chaminés brancas que se aproximava da ilha pelo norte, furtivo como um espião e ostentando a bandeira otomana, era o *Aziziye*. O sultão Abdul Hamid II o encarregara de transportar à China uma ilustre delegação otomana de Istambul, em missão especial. Aos dezessete membros dessa delegação, composta de teólogos, oficiais do Exército, tradutores e burocratas que usavam fez, turbante e chapéu, Abdul Hamid acrescentara no último segundo sua sobrinha, a princesa Pakize, cujo casamento fora recém-arranjado, e seu marido médico, o príncipe consorte doutor Nuri bei. Alegres, entusiasmados e um tanto aturdidos, em vão os recém-casados haviam passado bastante tempo tentando descobrir por que participavam da comitiva.

A princesa Pakize — que, assim como as irmãs mais velhas, não gostava muito de seu tio — tinha certeza de que o sultão tinha em mente causar algum mal a ela e ao marido ao incluí-los na delegação, mas ainda não conseguira desvendar qual seria. Algumas fofocas palacianas sugeriam que Abdul Hamid pretendia tirar os recém-casados de Istambul e mandá-los para a morte nas terras asiáticas infestadas de febre amarela e nos desertos africanos assolados pelo cólera; já outras frisavam que as intenções do sultão só costumavam ser reveladas quando o jogo terminava. Mas o príncipe consorte Nuri bei era mais otimista. Aos trinta e oito anos, médico especialista em quarentenas, muito bem-sucedido e trabalhador, havia representado o Império Otomano em conferências internacionais sobre saúde pública. Suas conquistas tinham chamado a atenção do sultão, e quando foram apresentados, o doutor Nuri descobriu o que muitos médicos especialistas em quarentenas já sabiam: o fascínio do sultão por suspenses envolvendo assassinatos se igualava a seu interesse pelos avanços da medicina europeia. Abdul Hamid queria estar a par dos progressos relativos a micróbios, laboratórios e vacinas, e trazer as últimas descobertas da medicina para Istambul e os territórios otomanos. Também se preocupava com as novas doenças infecciosas que estavam vindo da Ásia e da China para o Ocidente.

Como naquela noite não ventava no Levante, o cruzeiro *Aziziye* avançava mais rápido que o esperado. Mais cedo, fizera uma parada no porto de Esmirna, embora tal interrupção não estivesse prevista no itinerário oficial. Quando o navio se aproximava da enevoada doca de Esmirna, os representantes do comitê subiram, um por um, a escada estreita que levava à Sala do Capitão a fim de pedir explicações e ficaram sabendo que um novo passageiro misterioso embarcaria. Até mesmo o capitão (que era russo) alegava desconhecer sua identidade.

O passageiro misterioso do *Aziziye* era o inspetor-chefe de Saúde Pública e Saneamento do Império Otomano, o renomado químico e farmacêutico Bonkowski paxá. Cansado mas ainda alegre aos sessenta anos, o Bonkowski paxá era o Químico Real do sultão e o fundador da farmacologia otomana moderna. Também era um empresário mais ou menos bem-sucedido que já possuíra diferentes empresas produtoras de água de rosas e perfumes, água mineral engarrafada e fármacos. Nos últimos dez anos, porém, vinha trabalhando exclusivamente como inspetor-chefe de Saúde Pública do Império Otomano, enviando ao sultão relatórios sobre epidemias de cólera e de peste, bem como correndo de uma epidemia para outra, de porto em porto e de cidade em cidade, para supervisionar quarentenas e suprimentos de saúde pública em nome do sultão.

O químico e farmacêutico Bonkowski paxá volta e meia representava o Império Otomano em convenções internacionais sobre quarentenas, e quatro anos antes escrevera para o sultão Abdul Hamid um tratado a respeito das precauções que o Império Otomano deveria tomar contra a pandemia de peste que surgira no Oriente. Também havia sido nomeado especificamente para combater um surto de peste nas áreas gregas de Esmirna. Depois de várias epidemias de cólera ao longo dos anos, o micróbio da nova peste do Oriente — cujo índice de contaminação (o que médicos especializados chamavam de "virulência") aumentava e diminuía com o tempo — tinha, infelizmente, chegado também ao Império Otomano.

Em seis semanas o Bonkowski paxá barrara a epidemia de peste em Esmirna, o maior porto otomano do Levante. A população tinha obedecido à ordem de permanecer dentro de casa, respeitara os cordões sanitários e se submetera às várias restrições impostas. Os moradores haviam unido forças com as autoridades municipais e a polícia para caçar ratos. Consolidaram-se equipes de desinfecção — compostas em grande medida de bombeiros —, e em pouco tempo a cidade inteira já fedia à solução borrifada pelos sprays. O êxito da Autoridade Otomana de Quarentena em Esmirna fora divulgado não apenas nas colunas de jornais locais, como *Harmonia* e *Amaltheia*, e nos diários de Istambul, como *Voz da Verdade* e *Iniciativa*, mas também em vários jornais franceses e britânicos que já vinham acompanhando a peste do Oriente de porto em porto; portanto, para o europeu médio, o Bonkowski paxá, nascido de pais poloneses em Istambul, era uma figura estimada e famosa. A peste em Esmirna fora contida com sucesso depois de apenas dezessete mortes; o porto, as docas, as alfândegas, as fábricas e os mercados já tinham voltado a abrir, e as aulas haviam sido retomadas em todas as escolas.

Os distintos passageiros do *Aziziye* que olhavam das janelinhas das cabines e do convés quando o químico paxá e seu assistente embarcaram estavam a par de seu triunfo recente quanto às medidas de quarentena e saúde pública. Cinco anos antes, o ex-Químico Real tinha recebido do próprio Abdul Hamid o título honorífico de paxá. Stanislaw Bonkowski usava uma capa de chuva cuja cor era indiscernível no escuro e um sobretudo que salientava seu pescoço comprido e o leve envergado dos ombros, e segurava a onipresente pasta cinza-pólvora que até seus alunos de trinta anos antes reconheceriam no mesmo instante. Seu assistente, o doutor Ilias, arrastava o laboratório portátil que possibilitava ao chefe isolar o cólera ou a bactéria da peste e distinguir a água contaminada da potável, o que também lhe servia de pretexto para provar e testar todas as fontes de água do império. Já a bordo, Bonkowski e o assistente se recolheram imediatamente às cabines sem cumprimentar nenhum dos intrigados passageiros.

O silêncio e a cautela dos dois novos passageiros só aumentaram a curiosidade dos representantes do Comitê de Orientação. Qual seria o objetivo de todo esse sigilo? Por que o sultão mandaria para a China, no mesmo navio, os dois maiores especialistas em pestes e doenças epidêmicas do Império Otomano (o segundo era o príncipe consorte doutor Nuri efêndi)? Quando ficou patente que o Bonkowski paxá e seu assistente não estavam a caminho da China, que desembarcariam na ilha de Mingheria, na rota para Alexandria, os representantes do comitê puderam voltar a se concentrar na missão que lhes cabia. Tinham pela frente três semanas para debater a melhor forma de explicar o islã aos muçulmanos da China.

O príncipe consorte doutor Nuri — o outro especialista em quarentenas no *Aziziye* — soube pela esposa que o Bonkowski paxá havia embarcado em Esmirna e desembarcaria em Mingheria. Os recém-casados ficaram contentes ao constatar que ambos já haviam se encontrado com o afável químico paxá. Pouco tempo antes o médico e príncipe consorte participara da Conferência Sanitária Internacional em Veneza com o Químico Real, mais de vinte anos mais velho que ele. O Bonkowski paxá também era professor de química quando o jovem Nuri ainda era aluno da Escola Imperial de Medicina, frequentando as aulas no Quartel de Demirkapı, no bairro de Sirkeci. Como muitos de seus colegas, o jovem Nuri ficara encantado com as aulas de química aplicada que Bonkowski bei, formado em Paris, ministrava em seu laboratório, e com suas palestras sobre química orgânica e inorgânica. Suas piadas, sua curiosidade digna de um renascentista e o amplo domínio do vernáculo turco e de três outras línguas europeias que falava tão fluentemente quanto a língua materna seduziam os estudantes. Stanislaw Bonkowski era o filho nascido em Istambul de um dos muitos oficiais do Exército polonês que, após a derrota na guerra de sua nação contra a Rússia, se exilara e acabara ingressando no Exército otomano.

A esposa do médico e príncipe consorte, a princesa Pakize, relembrou alegremente as memórias de sua infância e juventude. Num verão, onze anos antes, sua mãe e as outras mulheres do harém ficaram confinadas no palácio, infectadas por uma doença que as deixara sob os efeitos de uma febre terrível. O sultão Abdul Hamid declarou que o surto devia ter sido causado por algum micróbio e mandou o próprio Químico Real coletar amostras no palácio. Em outra ocasião, seu tio enviara o Bonkowski paxá ao Palácio Çırağan para testar a água que a princesa Pakize e sua família tomavam todo dia. Abdul Hamid podia até estar mantendo o próprio irmão mais velho, o ex-sultão Murade v, prisioneiro no Palácio Çırağan, observando cada passo que ele dava, mas sempre que alguém adoecia ele chamava os melhores médicos. Quando pequena, com frequência a princesa se deparava, no palácio e nos salões do harém, com o Marko paxá, médico grego de barba preta que era o Médico Real do tio de seu pai, o sultão assassinado Abdülaziz, bem como com o Mavroyeni paxá, Médico Real do próprio Abdul Hamid.

"Revi o Bonkowski paxá no Palácio Yıldız muitos anos depois", contou a princesa. "Ele estava verificando o abastecimento de água do palácio e preparando um novo relatório. Mas àquela altura só podia sorrir de longe para mim e para minhas irmãs. Não seria decente da parte dele fazer piadinhas ou nos contar histórias engraçadas como fazia quando éramos pequenas."

As lembranças que o médico e príncipe consorte tinha do Químico Real do sultão eram de natureza mais oficial. O empenho e a experiência que demonstrara na Conferência de Veneza, onde haviam representado conjuntamente o Império Otomano, conquistaram o respeito do Químico Real. Talvez tivesse sido o Bonkowski paxá em pessoa, como o médico e príncipe consorte se entusiasmou ao dizer à esposa, quem chamara a atenção do sultão Abdul Hamid para o talento do jovem Nuri como médico de quarentena, pois seu caminho cruzara com o do químico paxá e farmacêutico não só na escola de medicina, mas também depois da formatura. Em certa ocasião, a pedido do prefeito de Beyoğlu, o Eduard Blacque bei, eles tinham avaliado juntos as condições sanitárias dos matadouros à beira da estrada de Istambul. Em outro momento, ele e alguns outros alunos e médicos tinham ido ao lago Terkos, pois Bonkowski preparava um relatório sobre as características topográficas e geológicas do lago e uma análise microscópica de sua água, e de novo ele se impressionara com a inteligência, a dedicação e a disciplina do cientista. Cheios de entusiasmo e carinho por essas recordações, agora os recém-casados estavam ansiosos para reencontrar o químico e inspetor-chefe de Saúde Pública.

2.

O médico e príncipe consorte pediu a um camareiro que entregasse um bilhete ao Bonkowski paxá. Mais tarde, o capitão recebeu todos para jantar no ambiente conhecido como Salão de Hóspedes. Esse jantar, no qual não se serviu álcool, contou também com a presença da princesa Pakize, que até então ficara longe dos olhares dos mulás a bordo e fizera todas as refeições na cabine. Cumpre observar que naquela época ainda era muito raro que uma mulher sentasse à mesa com os homens, mesmo sendo uma princesa. Mas hoje sabemos tudo sobre esse jantar histórico graças à princesa Pakize, que depois escreveu uma carta à irmã descrevendo tudo o que vira e ouvira naquela noite, de seu assento à cabeceira da mesa.

O Bonkowski paxá tinha o rosto pálido, um nariz pequeno e um par de olhos azuis que quem via jamais esquecia. Ao encontrar o médico e príncipe consorte, ele foi logo abraçando o antigo aluno. Depois se voltou à princesa Pakize com uma mesura esmerada, cumprimentando-a como cumprimentaria a princesa de um palácio europeu, mas com o cuidado de não lhe tocar a mão desnuda para não causar constrangimento.

O Químico Real, que nutria particular interesse pelas complexidades da etiqueta europeia, usava sua condecoração da Ordem de Santo Estanislau, Segunda Classe, recebida do último tsar da Rússia, e sua medalha Imtiaz de ouro, concedida pelo Império Otomano, pela qual também tinha especial apreço.

"Estimadíssimo professor", começou o médico e príncipe consorte, "permita-me expressar minha mais profunda admiração pelo triunfo prodigioso obtido em Esmirna."

Desde que os jornais haviam começado a noticiar que a epidemia em Esmirna estava arrefecendo, o Bonkowski paxá havia aperfeiçoado o sorriso modesto com que recebia esse tipo de cumprimento. "Eu é que deveria felicitar o senhor!", ele reagiu, perscrutando o olhar do doutor Nuri. O príncipe consorte sorriu, ainda que entendesse que não estava sendo parabenizado como um antigo aluno que havia anos trabalhava na Autoridade de Quarentena de Hejaz (a terra sagrada muçulmana), mas como alguém que havia casado com uma princesa, membro da dinastia otomana e filha de um sultão. Abdul Hamid arranjara o casamento com a sobrinha porque ele era um médico brilhante e talentoso; depois da união, seu brilhantismo e seu talento caíram no esquecimento e agora as pessoas tendiam a lembrar dele como marido da princesa.

Mas o príncipe consorte doutor Nuri logo se adaptou à nova situação. Estava tão feliz que nem conseguia se ressentir. Além disso, idolatrava o antigo professor, que era — para usar duas palavras francesas recentemente adotadas pela língua turca e que tinham angariado muita popularidade entre as elites intelectuais otomanas — tão "disciplinado" e "metódico" quanto os europeus. Resolveu dizer algumas palavras para incensá-lo:

"Sua vitória contra a peste em Esmirna mostrou ao mundo a verdadeira força da Autoridade de Quarentena Otomana!", ele exclamou. "O senhor desferiu um contragolpe adequado naqueles que chamam o Império Otomano de 'homem doente' da Europa. Pode até ser que ainda nos falte combater o cólera, mas faz oitenta anos que a peste não se manifesta com gravidade em terras otomanas. Eles diziam: 'A linha divisória da civilização que deixa o Império Otomano a duzentos anos da Europa não é o Danúbio, e sim a peste!'. Mas agora, graças ao senhor, essa linha desapareceu, pelo menos no campo da medicina e dos estudos de quarentena."

"Infelizmente a peste foi detectada na ilha de Mingheria", disse o Bonkowski paxá. "E com uma virulência excepcional."

"É mesmo?"

"A peste se alastrou até as áreas muçulmanas de Mingheria, meu caro paxá. O senhor estava concentrado nos preparativos do casamento, claro, então é natural que não tenha sabido e que se espante com a notícia, mantida em segredo. Lamento não ter conseguido comparecer à celebração das bodas: eu estava em Esmirna!"

"Venho acompanhando os impactos da epidemia em Hong Kong e em Bombaim, e tenho lido os relatórios mais recentes."

"A situação é bem mais grave do que estão escrevendo", declarou o Bonkowski paxá com ares de autoridade. "É o mesmo micróbio, a mesma cepa que já matou milhares na Índia e na China, e é a mesma que também vimos em Esmirna."

"Mas o povo indiano está sendo dizimado... e o senhor venceu em Esmirna."

"A população de lá e seus jornais foram de grande ajuda!", afirmou o Bonkowski paxá, antes de se calar por um instante, como que para indicar que diria algo importante. "Em Esmirna, a doença atingiu as regiões gregas", continuou, "e o povo de lá é conhecido pela cultura e pela civilidade. Em Mingheria, a epidemia afetou majoritariamente as áreas muçulmanas, e já morreram quinze pessoas! Nossa tarefa vai ser muito mais árdua."

O doutor Nuri sabia por experiência que, em se tratando do respeito a medidas de quarentena, era mais difícil convencer muçulmanos do que cristãos, mas ao mesmo tempo o exasperava ouvir essas verdades exageradas por especialistas cristãos como o Bonkowski paxá. Resolveu não discutir. Mas como o silêncio se prolongava, para rompê-lo ele se virou para a princesa e o capitão e disse: "Esse é um debate infindável, é claro!".

"O senhor já deve ter ouvido a história do que aconteceu com o pobre doutor Jean-Pierre", disse o Bonkowski paxá com o semblante sorridente de um professor de escola. "Já ouvi diversas vezes do palácio e do governador Sami paxá que para Sua Alteza, o sultão, as alegações de que há uma epidemia de peste em Mingheria seriam uma armadilha política, portanto tenho que esconder de todos o verdadeiro propósito da minha visita à ilha. Conheço o governador da ilha, o Sami paxá, há muito tempo, é claro, desde que ocupou cargos menos importantes em outras províncias e distritos."

"Quinze mortes é um número alto para uma ilhota!", constatou o doutor Nuri.

"Fui proibido de discutir o assunto até com a senhora, Vossa Excelência!", disse o Bonkowski paxá, gesticulando com bom humor para a cabeceira da mesa, onde estava a princesa Pakize — como que para dizer "Cuidado com a espiã que temos entre nós!". Em seguida, como fazia quando as princesas ocidentalizadas da família real ainda eram as meninas que encontrava no teatro do Palácio Yıldız, ou quando as observava de longe, nas várias cerimônias que celebraram a visita do Kaiser Guilherme, ele se dirigiu à princesa com o ar brincalhão de um tio simpático.

"É a primeira vez que vejo a filha de um sultão obter permissão para ir além de Istambul!", disse, demonstrando incredulidade. "Tamanha liberdade concedida às mulheres deve ser um sinal de que o Império Otomano está se europeizando!"

Aqueles que lerão, depois que as publicarmos, as cartas então escritas pela princesa Pakize verão que ela intuiu o tom "irônico", talvez até zombeteiro, com que tais palavras foram pronunciadas. Assim como o pai, Murade V, a princesa era uma pessoa inteligente e sensível. "Na verdade, Excelência, eu preferiria ir a Veneza e não à China", ela disse, e assim a conversa foi desviada para Veneza, onde os dois homens já haviam participado de conferências internacionais sobre saúde pública. "É verdade o que dizem, senhor... que em Veneza se vai de barco de uma mansão à beira da água para outra, assim como fazemos no Bósforo, e que esses barcos podem entrar na casa das pessoas?", perguntou a princesa Pakize. Dali passaram a discutir a velocidade, a potência e as cabines aconchegantes do *Aziziye*. Trinta anos e dois sultões antes, o sultão Abdülaziz (em homenagem ao qual o navio havia sido batizado) gastara somas fabulosas fortalecendo a Marinha otomana — ao contrário do que hoje fazia seu sobrinho —, e depois de obrigar o Estado a se endividar, ele ordenara a construção daquele navio extravagante para uso próprio. A Cabine do Sultão, dourada, com lambris de mogno — as paredes cobertas de quadros e espelhos emoldurados — era uma réplica da Cabine do Sultão do encouraçado *Mahmudiye*. O capitão russo explicou as especificidades excepcionais do navio: capaz de transportar cento e cinquenta passageiros, ele atingia a velocidade máxima de catorze milhas por hora, mas infelizmente fazia muitos anos que o sultão já não tinha tempo nem de passear pelo Bósforo no *Aziziye*: ele temia um atentado contra sua vida e evitava navios e barcos. Ainda que todos à mesa soubessem disso, eles tiveram a discrição de evitar o assunto.

O capitão mencionou que demoraria só mais seis horas para chegar a Mingheria, e o Bonkowski paxá perguntou ao médico e príncipe consorte se ele já estivera na ilha.

"Nunca, pois nunca houve epidemias de cólera ou de febre amarela ou de qualquer outra doença infecciosa por lá", o doutor Nuri respondeu.

"Eu também não, infelizmente", disse o Bonkowski paxá. "Mas já fiz extensas pesquisas sobre ela. Plínio descreveu em detalhes na *História natural* sua vegetação muitíssimo singular, sua flora, suas árvores e flores, e seu íngreme pico vulcânico, bem como as angras rochosas que cobrem sua costa ao norte. Até o clima é único. Anos atrás preparei um relatório para seu estimado tio, Sua Alteza, o sultão, sobre a possibilidade do cultivo de rosas... nesse lugar que eu nunca havia tido a oportunidade de visitar!"

"O que aconteceu então, Vossa Excelência?", perguntou a princesa Pakize.

O Bonkowski paxá deu um sorriso pesaroso, pensativo. Em silêncio, a princesa Pakize concluiu que até o Químico Real devia, a certa altura, ter sofrido as consequências dos temores e castigos do apreensivo sultão, e tratou de fazer a pergunta sobre a qual ela e o marido virava e mexia discutiam: seria mesmo coincidência que os dois mais renomados especialistas em quarentena do Império Otomano por acaso se encontrassem uma noite, no navio de passageiros particular do sultão, ao cruzar as águas de Creta?

"Eu lhe garanto que é realmente coincidência!", disse o Bonkowski paxá. "Ninguém, nem mesmo o governador de Esmirna, o Kâmil paxá do Chipre, sabia que o *Aziziye* seria o próximo navio em direção à ilha. É claro que eu gostaria de acompanhá-los para explicar aos muçulmanos da China por que é essencial que eles obedeçam às medidas de quarentena e outras condições e restrições modernas. Aceitar a quarentena é aceitar a ocidentalização, e quanto mais a leste se vai, mais tortuosa se torna a questão. Mas nossa princesa não deve se deixar abater. Juro que também existem canais na China, assim como os de Veneza, só que bem mais largos e mais compridos, e barquinhos graciosos que podem entrar nas casas e mansões das pessoas, exatamente como vemos no Bósforo."

A admiração dos recém-casados pelo químico paxá só aumentou ao descobrirem que ele sabia tanto da China quanto de Mingheria, apesar de nunca ter pisado em nenhum dos dois lugares. Mas o jantar não durou muito mais e, uma vez encerrado, marido e esposa voltaram à cabine, que, com as mesas de centro, relógios, espelhos e candeias franceses e italianos, lembrava um ambiente do palácio real.

"Receio que alguma coisa tenha aborrecido você", disse a princesa Pakize. "Estou vendo no seu rosto."

O doutor Nuri tinha percebido um quê de escárnio no modo como o Bonkowski paxá insistira em chamá-lo de "paxá" naquela noite. Como ditava a tradição, Abdul Hamid o tornara um paxá assim que se casara com a princesa, mas até então o doutor Nuri tinha conseguido evitar o emprego do título. Ouvir homens influentes, de alto escalão, mais velhos — paxás de verdade, em outras palavras — chamando logo *ele* de "paxá" incomodou o doutor Nuri, que não se sentia merecedor do tratamento. Mas eles concordaram imediatamente que o Bonkowski paxá não era do tipo que faria esse gênero de insinuação mesquinha, e em pouco tempo se esqueceram totalmente do assunto.

A princesa Pakize e o doutor Nuri estavam casados havia trinta dias. Fazia muitos anos que ambos sonhavam encontrar companhia adequada para contrair matrimônio, mas já tinham perdido as esperanças de que conheceriam a pessoa certa. Apenas dois meses haviam se passado entre o dia do casamento e aquele em que Abdul Hamid, após um instante de súbita inspiração, tomara providências para que os dois fossem apresentados, e se estavam tão felizes, a razão evidentemente era que ambos haviam encontrado muito mais prazer no ato de fazer amor e na sexualidade do que esperavam. Desde que zarparam para Istambul, tinham passado a maior parte do tempo na cama, dentro da cabine, o que lhes parecia a coisa mais natural do mundo.

No dia seguinte, despertaram antes do amanhecer, quando o som do navio, um tanto parecido com um lamento, começou a arrefecer. Lá fora, o breu ainda era total. Ao se aproximar de Arkaz, a maior cidade e capital administrativa de Mingheria, o *Aziziye* seguira a cordilheira das altas e pontudas montanhas Eldost, que se estendiam do norte ao sul da ilha, e depois que o feixe pálido do Farol Árabe se tornou visível a olho nu, o navio seguiu rumo ao oeste a caminho do porto. Havia uma lua enorme no céu e um bruxuleio prateado na água, e por isso, da cabine, agora os passageiros podiam ver, como um fantasma se erguendo na escuridão atrás do Castelo de Arkaz, o contorno da Montanha Branca, considerada o mais misterioso dos vários picos vulcânicos que povoavam o mar Mediterrâneo.

Quando a princesa Pakize avistou as torres afiladas do majestoso castelo, ela e o marido subiram ao convés para ter uma visão melhor da cena. O ar estava úmido, mas suave. O mar exalava um aroma agradável de iodo, algas marinhas e amêndoas. Como muitas cidadezinhas litorâneas do Império Otomano, Arkaz não tinha um píer e uma doca enormes, por isso o capitão inverteu a marcha dos motores nas águas em frente ao castelo e se dispôs a esperar.

A isso seguiu-se um silêncio estranho e pesado. Marido e esposa sentiram um arrepio sob a magia do reino resplandecente que tinham diante de si. A paisagem inescrutável, as montanhas, o silêncio ao luar estavam imbuídos de uma intensidade assombrosa. Era como se além do brilho prateado da lua houvesse outra fonte de luz que os tivesse enfeitiçado e pela qual tivessem que procurar. Durante um tempo, os recém-casados observaram a vista gloriosa, cintilante, como se fosse a verdadeira fonte de sua felicidade conjugal. Na escuridão adiante, viram o lampião de um barco a remo se aproximando, e os movimentos vagarosos, prudentes, de seus remadores. O Bonkowski paxá e seu assistente se materializaram no alto da escada do convés inferior. Pareciam estar muito distantes, como num sonho. O barco a remo grande e preto enviado pelo governador parou ao lado do *Aziziye*. Ouviram passos e vozes de pessoas falando grego e mingheriano. O Bonkowski paxá e seu assistente subiram no barco a remo e desapareceram no breu.

Os recém-casados e alguns outros passageiros na Sala do Capitão e no convés passaram um bom tempo apreciando a vista do Castelo de Arkaz e das montanhas espetaculares de Mingheria, que havia inspirado tantos escritores românticos de livros de viagem e parecia ter saído das páginas de um conto de fadas. Caso os passageiros do *Aziziye* olhassem melhor para uma janela em uma das torres a sudoeste do castelo, veriam a luz de uma tocha ardendo. Partes do complexo do castelo feito de pedras datavam da época das cruzadas, outras dos períodos dos governos veneziano, bizantino, árabe e otomano, e fazia séculos que uma ala era usada como prisão. Agora, na cela vazia dois andares abaixo do ambiente onde a tocha ardia, um guarda — ou, no linguajar moderno, um "vigia" — chamado Bayram efêndi, uma figura notável naquelas áreas do imenso castelo, lutava por sua vida.

3.

Quando o Bayram efêndi sentiu os primeiros sintomas da doença, cinco dias antes, não os levou a sério. Havia tido febre, o coração acelerara e o corpo tremia. Mas era provável que fosse apenas um resfriado que tivesse pegado naquela manhã, por passar muito tempo dando voltas em torno dos bastiões e pátios do castelo, onde havia muito vento! Na tarde do dia seguinte, a febre voltou, só que dessa vez acompanhada de fadiga. Sem vontade de comer nada, a certa altura ele se deitou no pátio de pedras, olhou para o céu e teve a impressão de que iria morrer. Era como se alguém estivesse batendo um prego em seu crânio.

Fazia vinte e cinco anos que o Bayram efêndi era guarda das prisões do famoso Castelo de Arkaz de Mingheria. Já tinha visto condenados a longas penas acorrentados e esquecidos nas celas, já vigiara presidiários algemados em fila no pátio para os exercícios diários e testemunhara a chegada de um grupo de prisioneiros políticos que o sultão Abdul Hamid trancafiara quinze anos antes. Agora se recordava de como a prisão era primitiva naquela época (embora na verdade ainda fosse) e apoiava de todo o coração as tentativas recentes de modernizá-la, de transformá-la numa prisão normal ou quem sabe até em reformatório. Mesmo no momento em que o fluxo de dinheiro que vinha de Istambul foi interrompido e ele passou meses sem receber, só descansava se todas as noites acompanhasse pessoalmente a contagem de prisioneiros.

No dia seguinte, aquela mesma exaustão avassaladora o atingiu novamente e ele resolveu não voltar para casa à noite. Seu coração batia numa velocidade assustadora. Achou uma cela vazia e lá ficou se contorcendo de dor na cama de palha que havia num cantinho. Também tremia e sentia uma dor de cabeça insuportável. A dor estava alojada na frente da cabeça, na testa. Queria gritar, mas apertava os dentes, pois achava que se ficasse quieto aquela agonia acabaria desaparecendo. Havia uma prensa, um cilindro em sua cabeça, tentando achatá-la.

Ele passou a noite no castelo. Como às vezes, em vez de voltar para casa, que ficava a dez minutos de distância de trole puxado por um cavalo, dormia lá — se pegava o turno da noite, por exemplo, ou quando precisava lidar com uma rebelião sem importância ou uma desavença —, a esposa e a filha, Zeynep, não se preocuparam. A família estava em meio a preparativos e negociações para o casamento iminente de Zeynep, o que significava que toda noite havia bate-bocas e caras amarradas em casa, e sua mulher ou sua filha estavam sempre se debulhando em lágrimas.

Na manhã seguinte, o Bayram efêndi acordou na cela e, ao examinar seu corpo, descobriu na virilha, logo acima e à esquerda do períneo, um cisto branco do tamanho do mindinho. Parecia uma íngua. Doía se a apertava com o indicador, como se cheia de pus, mas voltava ao estado anterior assim que afastava o dedo. Só doía se a tocasse. Por algum motivo o Bayram efêndi se sentia culpado. Estava lúcido o suficiente para saber que o cisto tinha a ver com a fadiga, os tremores e os delírios que vinha tendo.

O que deveria fazer? Na mesma situação, um cristão, funcionário do governo, soldado ou paxá iria ao médico ou ao hospital, caso houvesse algum ali. Quando ocorria um surto de diarreia ou febre infecciosa no presídio, o pavilhão atingido ficava em quarentena. Mas às vezes um chefe de pavilhão mais audacioso armava uma rebelião contra as medidas restritivas e os companheiros de prisão sofriam as consequências. No quarto de século que havia passado no castelo, o Bayram efêndi já tinha visto alguns dos edifícios e pátios à beira-mar da antiga era veneziana serem usados não só como masmorras e cárceres, mas também como alfândegas e centros de quarentena (conhecidos em priscas eras como lazaretos), por isso tais questões não lhe eram desconhecidas. Porém também tinha consciência de que quarentena nenhuma poderia protegê-lo agora. Dava para perceber que caíra nas garras de uma força sinistra, e dormia sem parar, gemendo e delirando, apavorado e inconsciente. Mas a dor voltava em ondas, e então ele se deu conta, desesperado, de que a força contra a qual lutava era muito maior do que ele.

No dia seguinte, conseguiu, por um breve instante, reunir um pouco de força. Dirigiu-se à Mesquita Mehmet Paxá, o Cego, para as orações do meio-dia, entre a multidão. Viu dois sacerdotes conhecidos e os cumprimentou com um abraço. Tentou a duras penas acompanhar o sermão, mas teve dificuldades de entendê-lo. Sentia tontura e náusea, mal conseguia ficar sentado. O pregador não fez nenhuma menção à doença e não parava de repetir que tudo o que acontecia era por vontade de Deus. Depois que as pessoas se dispersaram, o Bayram efêndi pensou em se deitar nos tapetes da mesquita para descansar um pouquinho e de repente percebeu que estava perdendo a consciência, prestes a desmaiar. Quando vieram despertá-lo, reuniu a pouca energia que lhe restava para esconder que estava passando mal (embora talvez eles já tivessem percebido).

A essa altura já pressentia a morte iminente, e chorou, sentindo que era uma injustiça e exigindo saber por que tinha sido ele o escolhido. Saiu da mesquita e foi ao bairro de Germe em busca do homem santo que distribuía folhetos de orações e amuletos, e que pelo que se dizia falava abertamente da peste e do mistério da morte. Mas o xeque gordo cujo nome o Bayram efêndi não lembrava parecia não estar em casa. Então um rapaz sorridente de fez torto na cabeça deu um amuleto sagrado e um folheto de orações a ele e a dois outros que assim como ele tinham saído da oração do meio-dia. O Bayram efêndi tentou ler o que estava escrito no folheto de orações, mas não enxergava direito. Sentiu culpa por isso e ficou agitado, ciente de que sua morte seria de sua inteira responsabilidade.

O xeque enfim chegou e o Bayram efêndi lembrou que tinha acabado de vê-lo na oração do meio-dia. O homem santo era realmente bem gordo e tinha a barba tão comprida e grisalha quanto o cabelo. Deu um sorriso bondoso ao Bayram efêndi e começou a explicar como o folheto de orações devia ser lido: de noite, quando o demônio da peste se manifestava na escuridão, a pessoa tinha que recitar trinta e três vezes cada um dos seguintes nomes de Alá: Ar-Raqib, Al-Muqtadir e Al-Baaqi. Se o folheto de orações e o amuleto fossem apontados na direção do demônio, talvez dezenove repetições já bastassem para repelir o maligno. Ao se dar conta da gravidade da doença do Bayram efêndi, o xeque tomou certa distância. O movimento não passou despercebido ao guarda da prisão. O xeque explicou que, mesmo se não desse tempo de recitar os nomes de Deus, ele poderia obter um bom resultado pendurando o amuleto no pescoço e botando o indicador em cima dele de um determinado jeito. Para ser mais preciso, devia usar o indicador direito se o cisto da peste estivesse do lado esquerdo do corpo e o indicador esquerdo se o cisto estivesse do lado direito. O xeque também lhe disse que, se começasse a gaguejar, devia segurar o amuleto com as duas mãos, mas a essa altura o Bayram efêndi já estava achando difícil acompanhar todas as instruções e resolveu voltar para casa, que ficava perto dali. Sua bela filha Zeynep não estava. A esposa caiu no choro ao vê-lo tão doente. Arrumou a cama com lençóis limpos tirados do armário e o Bayram efêndi se deitou; tremia o tempo todo e, quando tentou falar, estava com a boca tão seca que as palavras não saíam.

Parecia que uma tempestade irrompia dentro da cabeça dele. Não parava de se contorcer e ter espasmos na cama, como se alguém o perseguisse, como se algo o tivesse assustado ou zangado. A esposa Emine chorou ainda mais diante desses espasmos esquisitos, e ao ver suas lágrimas ele entendeu que morreria logo.

O Bayram efêndi se reanimou por um tempo com a chegada de Zeynep no começo da noite. Ele lhes disse que o amuleto pendurado no pescoço o protegeria, depois retomou o sono delirante. Teve uma série de sonhos estranhos e pesadelos. Agora subia e descia com as ondas do mar trovejante! Agora havia leões alados, peixes falantes e tropas de cães correndo no fogo! Depois as chamas se espalhavam até os ratos, demônios flamejantes arrancavam roseiras com os dentes. A roldana de um poço, um moinho de vento, uma porta aberta giravam sem parar, e o Universo se contraía. Gotas de suor pareciam cair do sol em seu rosto. Estava inquieto; tinha vontade de fugir; sua mente se alternava entre correr e gelar. O pior de tudo, as hordas de ratos que apenas duas semanas antes tinham guinchado e gemido ao avançar pelas masmorras, pelo castelo e por toda Mingheria, invadindo cozinhas e devorando toda a palha e a madeira que havia pelo caminho, agora pareciam persegui-lo pelos corredores da prisão. Preocupado com a possibilidade de recitar a oração errada, o Bayram efêndi preferiu correr mais rápido que eles. Passou as últimas horas de vida gritando com todas as forças que tinha para se fazer ouvir pelas criaturas que via nos sonhos, porém tinha dificuldade de emitir algum som. Zeynep estava ajoelhada a seu lado, tentando conter os soluços enquanto velava por ele.

Depois, como muitos que haviam adoecido de peste, pareceu apresentar uma melhora súbita. A esposa lhe serviu uma tigela quente, cheirosa, de sopa de trigo com pimenta, receita popular nos vilarejos de Mingheria. (O Bayram efêndi só tinha saído da ilha uma vez na vida.) Depois de tomar a sopa, bebericando-a aos pouquinhos como se fosse um elixir, e de recitar algumas das orações que o homem santo gordo havia sugerido, sentiu-se melhor.

Ele precisava se certificar de que não errariam na contagem dos prisioneiros naquela noite. Voltaria logo. Foi o que disse, ainda que falasse sozinho, quando saiu de casa pela última vez sem nem se despedir da família — como se fosse à latrina no jardim. A esposa e a filha não acreditavam que estivesse recuperado e choraram ao vê-lo partir.

Por volta do horário das orações do fim de tarde, o Bayram efêndi seguiu primeiro em direção à costa. Viu carruagens puxadas por cavalos, porteiros e cavalheiros de chapéu esperando em frente ao hotel Splendid e ao hotel Majestic. Passou pela sede das empresas de balsa que faziam o trajeto até Esmirna, Chania e Istambul e deu a volta pelos fundos do prédio da alfândega. Quando chegou à ponte Hamidiye, sua energia se esgotou. Achou que cairia morto. Era aquele momento do dia em que a cidade estava mais animada e mais colorida, e sob as palmeiras e os plátanos, nas ruas ensolaradas, e entre todas aquelas pessoas de rosto cordial e simpático, tinha-se a sensação de que talvez a vida fosse bastante boa, no fim das contas. Sob a ponte corria o riacho Arkaz, com suas águas de tom verde celestial; às suas costas estavam o histórico mercado coberto e a ponte velha; à frente, o castelo, cujas prisões ele passara a vida inteira vigiando. Ficou um instante parado, chorando baixinho até se sentir exausto a ponto de já não conseguir nem mais chorar. A luz laranja do sol fazia o castelo parecer ainda mais rosado do que era.

Num último esforço, ele andou à sombra das palmeiras e dos plátanos pela rua poeirenta da agência telegráfica e depois percorreu todo o caminho até a costa. Atravessou os becos sinuosos da cidade velha junto aos edifícios que datavam da era veneziana e entrou no castelo. Mais tarde, testemunhas diriam tê-lo visto na contagem de prisioneiros em frente à porta do pavilhão número dois e tomando um chá de tília na sala de descanso dos guardas.

Mas ninguém mais o viu após o anoitecer. Um jovem guarda ouviu alguém chorar e gritar na cela no andar de baixo por volta da hora em que o *Aziziye* se aproximava do porto, mas se esqueceu disso no silêncio que se seguiu.

4.

Após deixar na ilha de Mingheria o Químico Real de Abdul Hamid, Bonkowski paxá e seu assistente, o navio real *Aziziye* continuou a toda rumo a Alexandria. A missão da delegação otomana a bordo era dissuadir a comunidade muçulmana enraivecida da China de aderir à onda de insurreições populares anti-Ocidente que pululavam na região.

Em 1894, o Japão havia atacado a China, e o Exército chinês, ainda apegado a métodos tradicionais, sofrera uma derrota rápida e absoluta nas mãos das forças mais ocidentalizadas do Japão. Desesperada diante das exigências triunfantes do Japão, a imperatriz viúva da China pedira ajuda às autoridades ocidentais, assim como o imperador otomano Abdul Hamid II fizera vinte anos antes, na esteira de uma derrota horrível nas mãos do Exército mais moderno russo. Os britânicos, os franceses e os alemães socorreram a China. Mas nesse processo também adquiriram uma série de privilégios mercantis e legais (os britânicos em Hong Kong e no Tibete, os franceses no sul da China, os alemães no norte), dividindo o país em territórios coloniais e empregando missionários para aumentar sua influência política e espiritual.

Esses vários acontecimentos haviam inflamado o populacho empobrecido da China, sobretudo as pessoas mais conservadoras e religiosas, e despertara uma série de insurreições contra o governo manchu e os "estrangeiros", sobretudo cristãos e europeus. Incendiaram escritórios, lojas, bancos, agências de correios, clubes, restaurantes e templos ocidentais. Os missionários e a população chinesa que havia se convertido ao cristianismo foram apanhados um a um e assassinados nas ruas. Por trás desse movimento de protestos populares que se espalhava rapidamente havia uma seita que os ocidentais chamavam de boxers, que obtinha sua força do encanto místico das feitiçarias e de rituais com espadas. Espremido entre conservadores e liberais mais tolerantes, o governo chinês não conseguiu vencer os rebeldes, e para piorar a situação, aos poucos o Exército foi tomando o partido dos insurgentes. Por fim, a própria imperatriz viúva se juntou à insurgência contra os estrangeiros. No ano de 1900, soldados chineses sitiavam embaixadas estrangeiras em Pequim enquanto turbas raivosas vagavam pelas ruas atacando cristãos e matando estrangeiros. Antes que as autoridades ocidentais conseguissem reunir uma tropa aliada para socorrê-los, o embaixador alemão, Von Ketteler, que tinha adotado uma postura extremamente agressiva, foi morto numa das brigas que tomavam as ruas.

A retaliação do imperador alemão, o Kaiser Guilherme II, foi exemplar: ele enviou batalhões recém-formados de seu exército para conter a revolta em Pequim. Ao se despedir dos soldados em Bremerhaven, de onde partiriam para a China, ele os instruiu a ser "tão implacáveis quanto Átila, o Huno" e a não ter pena de ninguém. Fazia tempo que os jornais do Ocidente andavam cheios de reportagens sobre a selvageria, o primitivismo e a violência homicida dos rebeldes boxers e dos muçulmanos que tinham se unido a eles.

O Kaiser Guilherme II também mandou telegramas a Istambul pedindo o apoio de Abdul Hamid. Os soldados da região de Gansu que haviam assassinado o embaixador alemão em Pequim eram muçulmanos. Do ponto de vista do Kaiser Guilherme, o imperador otomano Abdul Hamid, califa de todos os soldados muçulmanos do mundo, deveria fazer alguma coisa para subjugar aqueles soldados muçulmanos dementes que atacavam cristãos às cegas. Talvez ele pudesse engrossar com alguns de seus soldados as tropas do Ocidente que reprimiam as rebeliões.

Não foi fácil para Abdul Hamid dizer não aos britânicos, que o haviam protegido do Exército russo; aos franceses, que eram aliados da Grã-Bretanha na China; e aos alemães com seu Kaiser Guilherme, que já visitara o sultão em Istambul e sempre o tratara com amabilidade. O sultão também tinha consciência de que, se essas potências achassem um denominador comum, não teriam dificuldade de engolir o Império Otomano — o que o tsar russo Nicolau I chamara de "homem doente da Europa" —, dividindo os territórios entre si e facilitando a formação de inúmeros Estados, cada um com a própria língua.

Abdul Hamid vinha acompanhando o progresso desses motins muçulmanos contra as superpotências ocidentais — as chamadas Grandes Potências — com sentimentos contraditórios. Pelo que conseguira entender dos relatórios que recebia, intrigavam-no principalmente as inúmeras rebeliões muçulmanas na China e, na Índia, as atitudes de Mirza Ghulam, que liderava os muçulmanos em uma revolta contra os britânicos. Também era solidário à rebelião do Mulá Louco na Somália e às diversas rebeliões contra o Ocidente encabeçadas por muçulmanos que aconteciam na África e na Ásia. O sultão havia destacado adidos militares especiais para monitorar esses movimentos anti-Ocidente e anticristãos, e em certos casos também lhes fornecia clandestinamente apoio material, sem o conhecimento nem de seu governo nem do quadro burocrático (pois havia espiões em todos os cantos). Enquanto o Império Otomano se desmanchava, perdendo suas populações cristãs ortodoxas nos Estados dos Bálcãs e nas ilhas do Mediterrâneo, o sultão Abdul Hamid começava a se empolgar com a ideia de que, se o considerassem abertamente favorável ao islã (o que a nova demografia do império já sugeria), poderia arregimentar as diversas comunidades e nações muçulmanas do mundo para defender os otomanos contra o Ocidente, e no mínimo dar às Grandes Potências o que temer. Em outras palavras, o sultão começava a descobrir por sua conta a força do que hoje chamamos de "islã político".

Mas Abdul Hamid, que amava ópera e era leitor de romances policiais, também não era exatamente um jihadista islamista sincero e convicto. Quando o Urabi paxá do Egito organizou sua rebelião contra o Ocidente, o sultão entendeu no mesmo instante que aquele era um motim nacionalista não só contra os britânicos, mas contra todos os estrangeiros — inclusive os otomanos —, e odiou o paxá islamista por isso, torcendo às escondidas para que os britânicos o eliminassem. Quanto ao movimento madista no Sudão, onde uma luta obstinada contra os britânicos culminara na morte do adorado general de divisão Charles Gordon — figura popular também entre os muçulmanos, que carinhosamente o chamavam de Gordon paxá —, o sultão a tinha considerado "uma revolta das massas" e, em certa medida por pressão do embaixador britânico em Istambul, tomara o partido dos britânicos contra eles.

No final, Abdul Hamid conseguiu achar um meio-termo indolor entre as necessidades conflitantes de, por um lado, garantir que não provocaria as superpotências ocidentais e, por outro, mostrar ao mundo que era o califa e líder dos muçulmanos de todos os lugares: não mandaria os soldados otomanos lutarem e matarem insurgentes muçulmanos, mas, no papel de califa deles, mandaria *sim* uma delegação à China para dizer aos muçulmanos de lá: "Não façam guerra contra os ocidentais!".

O chefe dessa delegação, que àquela altura estava em sua cabine, lutando para conciliar o sono, fora escolhido por Abdul Hamid em pessoa, e além desse experiente general do Exército, o sultão indicara dois clérigos de seu conhecimento e apreço, um dos quais, o de barba preta, era professor de história islâmica, e o outro, de barba grisalha, um estudioso renomado e talentoso da legislação islamita. Esses dois clérigos se sentavam na espaçosa cabine central do *Aziziye*, diante do mapa enorme do Império Otomano pendurado na parede, e passavam o dia debatendo a melhor forma de convencer os muçulmanos da China. Um deles, o historiador, argumentava que a verdadeira missão da delegação não era aplacar os muçulmanos chineses, mas instruí-los a respeito da força genuína do islã e de seu califa Abdul Hamid. O outro, o jurista de barba branca, era mais prudente e afirmava que um jihad só era "um jihad correto" se pudesse contar com o apoio do rei ou sultão do país, e ressaltava que àquela altura a imperatriz viúva da China já tinha mudado de ideia sobre o apoio aos rebeldes. Os outros representantes do comitê, tradutores e oficiais do Exército, às vezes também participavam da discussão.

À meia-noite, enquanto o *Aziziye* navegava rumo a Alexandria sob o luar, o doutor Nuri reparou que as tochas da cabine central ainda estavam acesas e levou a esposa para examinar o mapa pendurado na parede. Era um mapa atualizado do Império Otomano, fundado pelos tataravôs da princesa Pakize seiscentos anos antes. Abdul Hamid o havia encomendado no outono de 1880 — quatro anos depois de assumir o trono, aos trinta e quatro anos —, na esteira do Congresso de Berlim, quando os otomanos, com a ajuda dos britânicos, retomaram algumas das terras que haviam perdido para os russos. O Império Otomano não tinha mais controle sobre muitos de seus territórios (Sérvia, Tessália, Montenegro, Romênia, Bulgária, Kars, Ardaã) na guerra que estourou logo que Abdul Hamid assumiu. Depois desse fiasco, o sultão se convenceu de que seria a última vez que uma coisa assim aconteceria e de que o império não perderia mais nenhuma de suas posses, e assim tratou de despachar trens, carruagens, camelos e navios levando o novo mapa que tivera o otimismo de encomendar para as regiões mais longínquas do império, as casernas dos militares, os gabinetes dos governadores e as embaixadas estrangeiras. Os representantes do Comitê de Orientação já tinham visto aquele mapa inúmeras vezes, em todos os cantos do império — cujas terras iam de Damasco a Janina, de Mossul a Tessalônica, de Istambul ao Hejaz —, e sempre olhavam com assombro e veneração a enormidade da área abarcada pelo regime otomano, até se recordarem de que, infelizmente, o mapa verdadeiro vinha encolhendo numa velocidade cada vez maior.

Aproveito a oportunidade para observar que a respeito do mapa havia um boato que a princesa Pakize ouvira pela primeira vez no Palácio Yıldız, e que agora ela referia ao marido e mais tarde relembraria numa carta à irmã. Contava-se que, uma noite, Abdul Hamid tinha entrado sem se anunciar nos aposentos de seu adorado filho mais velho, o príncipe Selim, e ficara contentíssimo ao se deparar com o menino — à época com dez ou onze anos — estudando uma versão em escala menor daquele mesmo mapa. O sultão reparou que alguns dos territórios haviam sido pintados de preto, do jeito que as crianças fazem em livrinhos de colorir. Ao examinar melhor, percebeu que as terras que o filho colorira de preto eram as que Abdul Hamid havia perdido durante seu reinado ou que — apesar de ainda ostentarem a bandeira otomana e aparecerem no mapa como territórios otomanos — entregara ao inimigo sem travar uma batalha, e no instante em que se deu conta disso, Abdul Hamid passou a odiar aquela criança traíra que ao que tudo indicava responsabilizava o pai pelo definhamento do Império Otomano. A princesa Pakize, que tinha esse mesmo grau de ódio ao tio, acrescentou que a aversão de Abdul Hamid por seu filho se intensificara dez anos depois, quando se soube que uma concubina na qual o sultão estava de olho havia se apaixonado pelo Selim efêndi.

Quando criança, a princesa entreouvira muitas conversas a respeito das diversas catástrofes e perdas territoriais que haviam se iniciado nos anos seguintes à deposição de seu pai, Murade v. Enquanto as tropas russas de fardas azuis e verdes se aproximavam de San Stefano, a meras quatro horas do palácio de Abdul Hamid, praças, parques e lotes de terra de Istambul, vazios, queimados, se enchiam de barracas que o Exército tinha arrumado para os muçulmanos balcânicos de pele clara e olhos verdes que ficaram desalojados do dia para a noite ao fugir do Exército russo: em catorze meses, o Império Otomano perdera a maioria dos territórios dos Bálcãs que estiveram sob sua posse nos últimos quatrocentos anos.

Os recém-casados conversaram desapaixonadamente sobre os outros desastres de que tinham ouvido falar na infância: a leste daquela mesma ilha de Mingheria que tinham acabado de deixar ficava a ilha de Chipre, que, com seus laranjais perfumados, seus bosques de oliveiras frutíferas e suas minas de cobre, fora tomada como protetorado britânico antes mesmo da conclusão do Congresso de Berlim de 1878. Ao contrário do que insinuava o mapa de Abdul Hamid, o Egito já não era posse dos otomanos. Embora ainda constasse do mapa como território otomano, os britânicos o haviam invadido em 1882, depois de seus encouraçados bombardearem Alexandria com a desculpa de que a insurgência anti-Ocidente do Urabi paxá era uma ameaça à população cristã local. (Nos dias em que as desconfianças de Abdul Hamid chegavam às raias da paranoia, o sultão se perguntava se os britânicos não teriam insuflado essa revolta islamista para *criar* um pretexto para a invasão.) Nesse ínterim, em 1881 os franceses se apossaram da Tunísia. Assim como o tsar Nicolau da Rússia previra quarenta e sete anos antes, para dividir a herança que escapulira das garras do "homem doente" e caíra no colo delas, as Grandes Potências só precisavam chegar a um acordo.

No entanto, sentados o dia inteiro diante do mapa antigo de Abdul Hamid, o que mais aborrecia os delegados do Comitê de Orientação era uma coisa que o mapa não mostrava: aquelas nações ocidentais que não raro apoiavam insurgências nacionalistas-separatistas iniciadas pelos súditos cristãos do império e que desafiavam constantemente a autoridade do governo eram muito mais fortes do que os otomanos — não só em termos de competência militar, mas também do ponto de vista econômico, administrativo e demográfico. Em 1901, a população total do Império Otomano, espalhada por toda a vasta extensão geográfica, era de dezenove milhões. Desses, cinco milhões de pessoas não eram muçulmanas, e embora pagassem mais impostos, ainda eram tratadas como cidadãs de segunda classe, o que as levava a demandar "justiça", "igualdade" e "reforma" e buscar apoio e proteção junto às nações do Ocidente. Ao norte, a população da Rússia, país com o qual os otomanos viviam em guerra, era de setenta milhões, e a da Alemanha, com a qual tinham uma relação amistosa, de quase cinquenta e cinco milhões. O resultado econômico desses países europeus, em especial do Império Britânico, era vinte e cinco vezes maior que os esforços débeis do Império Otomano. Além do mais, a população muçulmana do Império Otomano, que carregava nos ombros boa parte dos encargos administrativos e militares do governo, era cada vez mais eclipsada pelas classes mercantis armênias e gregas ortodoxas, cuja influência crescia até nas províncias mais remotas do império. Os soberanos dessas províncias mais distantes não conseguiam satisfazer as exigências de mais liberdade reivindicadas por essa burguesia nova e ascendente de comerciantes gregos e armênios que não eram muçulmanos; a única resposta que os governantes otomanos locais podiam dar contra as revoltas de suas populações cristãs, que exigiam o direito de se autogovernar e pagar a mesma quantidade de impostos que a população muçulmana, era tentar liquidar os rebeldes — matá-los, torturá-los e expulsá-los até que se sujeitassem.

"Aquele gênio do mal se apossou de você outra vez!", disse a princesa Pakize ao marido quando voltaram à cabine. "No que estava pensando?"

"Que é maravilhoso estar a caminho da China e poder deixar tudo para trás por um tempo!", respondeu o príncipe consorte Nuri.

Mas a esposa percebia, pela expressão no rosto do marido, que ele estava pensando na epidemia em Mingheria e no Bonkowski paxá.

5.

Ao se aproximar da costa, o barco de madeira de pinho e proa pontiaguda típico de Mingheria, que fora buscar o Bonkowski paxá e seu assistente, o doutor Ilias, navegava ao largo dos muros altos do castelo e dos rochedos íngremes da ilha. Não se ouvia outro barulho além do chiado dos remos e do marulho suave das ondas contra os despenhadeiros elevados que havia quase setecentos anos resguardavam o castelo lá no alto. A única luz vinha das poucas tochas que ardiam nas janelas, mas sob o luar transcendental, Arkaz — a maior cidade e centro da província de Mingheria — parecia uma miragem branca e rosa. Como positivista, o Bonkowski paxá não era supersticioso, mas ainda assim teve uma sensação aziaga diante daquela paisagem. Embora o sultão Abdul Hamid lhe tivesse concedido uma licença real para cultivar rosas na ilha muitos anos antes, aquela era sua primeira viagem a Mingheria. Sempre imaginara que a primeira visita seria uma ocasião alegre, animada, cerimoniosa. Nunca lhe passara pela cabeça que precisaria desembarcar escondido, no breu da noite, qual um ladrão.

Quando o barco adentrou a baía menor, os remadores desaceleraram. Uma brisa úmida soprava da costa, trazendo o aroma das tílias e das algas secas. O barco evitou a doca onde ficava a alfândega, onde os navios de passageiros geralmente paravam, e, tomando a direção do Farol Árabe, relíquia da época em que a ilha estava sob ocupação árabe, aportou no antigo cais dos pescadores. Ali a escuridão era maior, assim como o isolamento. O governador Sami paxá, que organizou a visita secreta do Químico Real e de seu assistente, escolhera aquela doca não só por ser a mais tranquila, mas por ficar mais distante da Sede do Governo.

O Bonkowski paxá e seu assistente, Ilias, entregaram as malas e outros pertences a dois funcionários municipais que foram recebê-los e aceitaram as mãos que se esticavam para ajudá-los a sair do barco. Ninguém os viu subir na carruagem que o Sami paxá havia mandado. O governador enviara aos convidados secretos o landau blindado que usava em eventos oficiais e quando não queria ser visto pelo povo. Seu predecessor gordo e um bocado ansioso tinha levado muito a sério as ameaças dos sentimentais anarquistas gregos a favor de que a ilha se libertasse do regime otomano e, temendo as bombas de que eles pareciam gostar tanto, encomendara a Bald Kudret, o ferreiro mais famoso de Arkaz, uma couraça de aço, pela qual pagara com o dinheiro tirado dos cofres eternamente subfinanciados do município.

O landau blindado guiado pelo cocheiro Zekeriya passou pelos hotéis e escritórios da alfândega que ocupavam o porto, suas luzes todas apagadas, e dobrou à esquerda, entrando numa série de ruelas para evitar a rua Istambul, a ladeira mais famosa da cidade. Das janelas do landau, o Químico Real e o assistente sentiam o aroma de madressilva e de pinheiros e viam sob o luar os muros antigos da cidade, de pedras musguentas, com os portais de madeira, e a fachada das casas de tijolos rosados, as janelas todas fechadas. Quando a carruagem continuou o trajeto morro acima e entrou na praça Hamidiye, repararam na Torre do Relógio cuja construção ficara pela metade, infelizmente não concluída a tempo das comemorações que haviam começado no agosto anterior, para o aniversário de vinte e cinco anos da ascensão ao trono de Sua Excelência, o sultão (sua coroação). Viram as tochas ardendo em frente à Escola Secundária Grega e à agência dos correios (a antiga agência telegráfica) e os sentinelas que o governador Sami paxá tinha plantado em todos os cruzamentos desde que os boatos sobre a peste haviam começado a se espalhar.

"Sua Excelência, o governador, é um sujeito peculiar", o Bonkowski paxá disse ao assistente quando ficaram a sós nos aposentos de hóspedes. "Mas devo admitir que não esperava uma cidade tão imaculada, tão calma e serena. Temos que considerar uma conquista pessoal dele, a não ser que alguma coisa nos tenha escapado na escuridão."

O doutor Ilias, grego de Istambul, "assistia" o Químico Real do sultão havia nove anos. Juntos, haviam enfrentado surtos de doenças em todos os cantos do império, pernoitando em hotéis, casas de hóspedes municipais, hospitais, casernas. Cinco anos antes tinham salvado Trebizonda do cólera, providenciando que a cidade inteira fosse desinfetada com uma solução borrifável que haviam levado no navio que os conduzira até lá. Em outra ocasião, em 1894, haviam vasculhado os arrabaldes de Izmit e Bursa, indo de povoado em povoado para interromper a propagação do cólera, dormindo em barracas do Exército. O Bonkowski paxá passara a confiar naquele assistente que um dia Istambul lhe destinara por acaso, e também havia se acostumado a dividir seus pensamentos com ele. Enquanto corriam de cidade em cidade e de porto em porto lutando contra epidemias, ambos, já conhecidíssimos pela erudição, passavam a ser vistos pelos burocratas e agentes de saúde pública do império como um par de "cientistas redentores".

"Vinte anos atrás, o sultão me confiou a tarefa de enfrentar um surto de cólera na província de Dedeağaç, à época governada pelo Sami paxá. Seu desdém por mim e pelos jovens médicos especialistas em quarentena que levei comigo de Istambul nos fez perder mais vidas, e é provável que ele tenha se dado conta de que eu mencionaria esse fato em meu relatório ao sultão. Portanto, talvez agora ele se mostre hostil conosco."

O Bonkowski paxá tinha falado em turco, língua a que dava preferência quando discutia assuntos do Estado, parecida com essa de que me sirvo agora. Mas tanto o doutor grego Ilias, que estudara medicina em Paris, quanto o Bonkowski paxá, que estudara química também em Paris, às vezes conversavam em francês. E foi assim, enquanto tateava os ambientes da casa de hóspedes na escuridão, tentando desvendar o que havia dentro, o que era sombra e o que poderia ser mobília, e onde ficavam as janelas, que o Químico Real disse em francês, e como se falasse em sonhos: "Sinto cheiro de infortúnio!".

Naquela noite, mais tarde, foram acordados por barulhos que pareciam ser de arranhões de ratos. Em Esmirna, a guerra contra a peste meio que virara uma guerra contra os ratos. Agora que tinham chegado a Mingheria, ficaram surpresos por não encontrar ratoeiras na casa de hóspedes à qual tinham sido levados sob supervisão do governador. A peste se espalhava por ratos quando as pulgas que neles viviam picavam humanos — isso fora comunicado em inúmeros telegramas da capital aos governadores das províncias e aos órgãos de quarentena locais.

De manhã, chegaram à conclusão de que os ruídos que tinham ouvido de madrugada deviam ter sido produzidos por gaivotas pousando e alçando voo do telhado da dilapidada mansão de madeira onde foram abrigados. Para escondê-los dos jornalistas curiosos, dos comerciantes fofoqueiros e dos perversos cônsules estrangeiros que moravam em Arkaz, o governador Sami paxá recebera o ilustre Químico Real e seu assistente não na casa de hóspedes espaçosa anexa à nova Sede do Governo, mas num abandonado edifício de madeira, preparado às pressas pelo diretor da Previdência Social e para o qual o governador despachara os guardas e criados necessários.

O governador apareceu logo cedo, sem avisar, para se desculpar pelo estado da casa junto aos convidados secretos. Ao rever o Sami paxá depois de tantos anos, o Bonkowski paxá de repente teve a sensação de que poderia confiar nele. Na figura imponente, meio atarracada, com uma barba que ainda não estava ficando grisalha, e na grossura das sobrancelhas e do nariz, o Químico Real enxergou força e certa tenacidade.

Mas logo em seguida, para a consternação do Químico Real e de seu assistente, o governador disse o que todo prefeito e governador de província de qualquer parte mundo sempre dizia quando se deparava com epidemias de doenças contagiosas.

"Não existe epidemia nenhuma em Arkaz", começou o Sami paxá, "quanto mais a peste, Deus me livre, mas de qualquer modo trouxemos da caserna o café da manhã dos senhores. O pessoal lá não come nem pão recém-saído do forno sem primeiro desinfetar."

O Bonkowski paxá notou uma bandeja com azeitonas, romãs, nozes, queijo de cabra e o pão feito por militares no cômodo ao lado e sorriu para o governador. "O povo daqui, tanto os muçulmanos quanto os gregos, gosta muito de disse me disse", explicou o governador Sami paxá enquanto um criado de fez na cabeça servia café em xícaras dispostas sobre a mesa. "Espalham tudo quanto é tipo de desinformação, alegam que tem um 'surto' mesmo não tendo nada, dizem aos jornais 'Foi o Bonkowski paxá quem falou' só para deixar as pessoas numa situação difícil, assim como fizeram em Esmirna. É claro que o objetivo é jogar os muçulmanos contra os cristãos, semear a discórdia nesta ilha pacata e destruir o Império Otomano, assim como fizeram com Creta."

A essa altura, vamos lembrar aos leitores que "autoridades estrangeiras" tinham arrebatado recentemente a ilha vizinha de Creta do domínio otomano, com a desculpa de que precisavam reprimir uma série de conflitos que quatro anos antes haviam surgido entre as populações muçulmana e cristã da ilha.

"É claro que o povo de Mingheria é mais tranquilo, então aqui eles têm que inventar essa história de epidemia!", explicou o governador paxá.

"Mas, paxá", disse o Químico Real ao governador seis anos mais novo, "durante o surto em Esmirna, ninguém se importava se eram gregos, ortodoxos, muçulmanos ou cristãos! Tanto o jornal grego *Amaltheia* quanto o otomano *Harmonia* e até os comerciantes que ganhavam a vida negociando com os gregos levaram a sério as medidas sanitárias e obedeceram às ordens de quarentena. Foi graças a essa boa vontade que obtivemos sucesso."

"Bom, nós recebemos notícias e jornais de Esmirna — ainda que com atraso — pela balsa dos Mensageiros. Talvez não caiba a mim dizer, mas as coisas não aconteceram exatamente conforme o senhor as descreveu, meu caro inspetor-chefe paxá", disse o governador. "Os cônsules estrangeiros em Esmirna, sobretudo o grego e o francês, reclamavam todos os dias das medidas restritivas e semeavam a discórdia pedindo que os jornais divulgassem suas objeções. Eu não permito que esse tipo de jornalismo subversivo, danoso, seja praticado aqui em Mingheria."

"Pelo contrário, assim que o povo de Esmirna entendeu que a quarentena era inevitável e benéfica, a colaboração com o Gabinete do Governador e com a Autoridade de Quarentena foi impecável. Aliás, o governador de Esmirna, o Kâmil paxá do Chipre, manda à Vossa Excelência carinhosas lembranças. Ele sabe que estou aqui, obviamente."

"Quinze anos atrás, servi como ministro da Previdência Social sob ordens do paxá Kâmil quando ele era o Ministro-Chefe", declarou o governador Sami paxá, recordando com afeto seus incríveis feitos de juventude. "Sua Excelência, o Kâmil paxá, é um homem de inteligência extraordinária."

"O senhor deve lembrar que, em Esmirna, Sua Excelência, o Kâmil paxá, permitiu que a notícia da epidemia viesse a público, e agiu corretamente", disse o Bonkowski paxá. "Não seria melhor que os jornais mingherianos também publicassem a notícia do surto? As pessoas devem se preocupar, os comerciantes devem enfrentar o medo da morte, assim seguirão de bom grado as medidas de quarentena quando elas forem apresentadas."

43

"Faz cinco anos que sou o governador daqui, e posso lhe garantir que não há com que se preocupar. O povo de Mingheria, os ortodoxos, os católicos e até os muçulmanos, todos são no mínimo tão civilizados quanto a população de Esmirna. O que o Estado exigir eles vão considerar e cumprir. Mas anunciar pestes e epidemias onde oficialmente elas não existem criaria um pânico desnecessário."

"Mas se o senhor incentivar os jornais a divulgarem informações sobre a peste e como ela se dissemina, sobre medidas restritivas e o número de vítimas, o povo da ilha ficará ainda mais disposto a obedecer às instruções do Estado", o Bonkowski paxá respondeu com paciência. "O senhor sabe tão bem quanto eu, governador paxá, que é complicado governar o Império Otomano sem a ajuda dos jornais."

"Mingheria não é Esmirna!", retrucou o governador. "Não existe doença nenhuma aqui. Foi por isso que o sultão guardou segredo de sua visita. É claro que também é da vontade dele que, caso a doença *esteja* aqui, o senhor proponha medidas de quarentena para interromper o surto, assim como fez em Esmirna. Mas as confabulações nefandas dos cônsules estrangeiros, e o fato de que foram os médicos gregos do nosso Comitê de Quarentena (todos em conluio com a Grécia, sem sombra de dúvida) os primeiros a comunicar uma epidemia nesta ilha, deixaram desconfiada Sua Excelência, o sultão, e ele proibiu o senhor de se encontrar com o Comitê de Quarentena de Mingheria."

"Isso de fato veio ao nosso conhecimento, governador paxá."

"São esses velhos doutores de quarentena gregos que andam espalhando esses rumores. Não vai demorar para que alertem os jornalistas amigos em Istambul. Aqui há muitos homens que, estimulados pelos cônsules estrangeiros, gostariam de ver nossa ilha ir pelo mesmo caminho de Creta: tomada das nossas mãos da noite para o dia. Talvez não caiba a mim dizer, mas os olhos do mundo estão voltados para nós, meu caro paxá, por isso fique atento!"

Haveria uma ameaça nessas palavras? Por um instante, os três criados do Império Otomano — um muçulmano, um católico, o outro cristão ortodoxo — se entreolharam em silêncio.

"De qualquer modo, talvez fosse mais conveniente que a decisão sobre quem deveria estar escrevendo o que nos jornais de Mingheria fosse tomada não pelo senhor, inspetor-chefe, mas por mim, já que sou, afinal, o governador desta ilha", declarou o Sami paxá, muito confiante. "No entanto, por favor não deixe que minhas palavras o impeçam de incluir em seu relatório suas verdadeiras descobertas médicas e químicas. Tomamos providências para que o senhor visite três pacientes hoje — dois muçulmanos e um cristão ortodoxo — a fim de que possa coletar amostras microbianas antes da partida da balsa *Baghdad* da Companhia Marítima, esta noite, rumo a Esmirna. Além disso, um dos guardas veteranos da nossa prisão faleceu ontem à noite, apesar de não termos nem sequer nos dado conta de que estivesse doente. Caso queiram, posso arranjar guardas para acompanhar os dois nas visitas de hoje."

"A que se deve a necessidade de tais guardas?"

"Esta é uma ilha pequena: por mais que tentem se esconder, os senhores vão visitar pacientes por motivos médicos, e haverá mexericos sobre a presença dos senhores", declarou o governador. "Os ânimos ficarão abatidos, o moral vai ser afetado. Ninguém gosta de ouvir falar que existe uma epidemia. Todo mundo sabe que quarentena significa lojas fechadas com tapumes, médicos e soldados entrando na casa e o comércio sendo interrompido. Os senhores sabem melhor do que eu o destino infeliz que aguarda um médico cristão que tenta entrar numa casa num bairro muçulmano acompanhado de soldados. Caso o senhor insista em afirmar que há peste, os comerciantes cujos negócios serão atrapalhados vão acusá-lo de calúnia, e logo depois vão começar a dizer que foi o senhor quem trouxe a peste. Talvez não tenha muita gente na nossa ilha. Mas todo mundo aqui tem sua visão particular das coisas, e ninguém tem medo de expressá-la."

"Qual é exatamente a população no momento?"

"No censo de 1897, a população era de oitenta mil pessoas, com vinte e cinco mil em Arkaz. A proporção de muçulmanos e de não muçulmanos é quase igual. Na verdade, com os muçulmanos que vieram de Creta para cá nos últimos três anos, pode-se dizer que agora eles são a maioria, mas eu não me arriscaria a cravar um número, pois sem dúvida ele seria contestado na mesma hora."

"Foram quantas as mortes até agora?"

"Alguns dizem que quinze, outros dizem que mais. Alguns escondem seus mortos por medo de que os oficiais de quarentena apareçam para fechar sua casa ou sua loja com tapumes e atear fogo a seus pertences. Outros acham que qualquer morte é uma morte causada pela peste. Temos um surto de diarreia aqui todo verão, e todo verão nosso diretor de Quarentena, um senhor de idade chamado Nikos, insiste em mandar um telegrama a Istambul para declarar que temos uma epidemia de cólera. Eu sempre o contenho e lhe digo que espere mais um pouco. Então ele sai com seu spray desinfetando o mercado, os fossos de esgoto no meio das ruas, todos os bairros mais pobres, as bicas públicas, e pouco depois desaparece o surto que ele tinha certeza ser cólera. Se o senhor contar a Istambul que as mortes se devem ao cólera, eles vão chamar de 'epidemia', e os cônsules e embaixadores sem dúvida vão se intrometer, mas se o senhor disser que são surtos de 'diarreia de verão', elas logo serão esquecidas, e ninguém nem vai perceber."

"A população de Esmirna é oito vezes maior do que a de Arkaz, paxá, mas o número de mortos daqui já superou os de Esmirna."

"Pois bem, cabe ao senhor descobrir por que isso ocorre", disse o governador, enigmático.

"Já vi ratos mortos. Tivemos que lutar contra eles em Esmirna."

"Os ratos daqui não são como os de Esmirna!", disse o governador com um quê de orgulho nacionalista. "Os ratos montanheses da nossa ilha são bem mais selvagens. Duas semanas atrás, eles desceram para as cidades e os povoados em busca de comida, invadindo as casas e as cozinhas. Quando não achavam comida, devoravam o que encontravam pela frente: camas, sabão, esteiras de palha, lã, linho, tapetes, até madeira. Aterrorizaram a ilha inteira. Depois a ira de Deus se abateu sobre eles, e foram eliminados. Mas os ratos não trouxeram esse surto de que o senhor fala."

"Então quem trouxe, paxá?"

"Oficialmente, não existe surto nenhum no momento!", disse o governador paxá.

"Mas, paxá, em Esmirna os ratos também foram os primeiros a morrer. Como o senhor sabe, agora temos provas científicas e médicas de que a peste se espalha por meio dos ratos e das pulgas. Por isso levamos ratoeiras de Istambul. Oferecemos uma lira otomana para cada dez ratos que nos entregassem. Pedimos ajuda ao Clube de Caça de Esmirna. As pessoas caçavam ratos nas ruas. Até o doutor Ilias e eu participamos da caçada, e foi assim que vencemos a doença."

"Por obra do acaso, fomos abordados quatro anos atrás por expoentes de duas das famílias mais antigas e mais ricas da nossa ilha, os Mavroyeni e os

Karkavitsa efêndi, que — pegando a deixa das últimas modas de Londres — queriam pedir meu apoio para abrir um cassino, parecido com o que já existe em Tessalônica, mas é claro que aqui é uma ilha pequena, e simplesmente não deu certo... Quanto a um clube de caça, pode ter certeza de que não temos um desses na nossa modesta ilha. Mas talvez o senhor consiga pelo menos nos ensinar como caçar esses seus ratos para nos livrarmos dessa peste!"

Os dois especialistas em quarentena se espantaram com o desinteresse do governador paxá, mas não deixaram transparecer suas impressões. Informaram-no das descobertas mais recentes da ciência médica acerca da peste e do patógeno que a causava: o micróbio responsável por matar ratos era o mesmo da peste que também matava humanos, conforme descoberta de Alexandre Yersin em 1894. Yersin era um dos médicos e bacteriologistas que, partindo das conclusões de Louis Pasteur sobre micróbios, chegara a resultados extraordinários na luta contra doenças contagiosas em hospitais coloniais franceses e nas cidades empobrecidas em expansão, fora do mundo ocidental. Em pouco tempo o trabalho do médico alemão Robert Koch e de outros da Europa também ensejaria a descoberta dos micróbios que causavam um leque amplo de outras doenças — tifo, difteria, lepra, raiva, gonorreia, sífilis, tétano — e das vacinas capazes de derrotá-las.

Dois anos antes, Abdul Hamid convidara Émile Rouvier, outro dos médicos inovadores que viviam fazendo descobertas no Instituto Pasteur, a ir a Istambul para dividir seus conhecimentos sobre difteria e cólera. Rouvier presenteara o sultão com uma amostra trazida de Paris de um soro que combatia a difteria, e depois de fazer uma reflexão breve e fascinante sobre micróbios e doenças contagiosas, o bacteriologista instalou nos laboratórios imperiais de Nişantaşı uma série de instrumentos que possibilitariam produzir o soro da difteria em grandes quantidades e a baixo custo. Percebendo que toda essa informação parecia incomodar o governador paxá, o Químico Real adotou um semblante mais sóbrio.

"Como o senhor sabe, paxá, vimos a descoberta de várias vacinas nos últimos anos, e algumas delas podem ser produzidas bem rápido nos laboratórios do próprio Império Otomano, mas até hoje ainda não descobrimos a vacina para a peste", ele disse, explicando claramente o problema fundamental que enfrentavam. "Nem os chineses nem os franceses conseguiram desenvolver uma vacina. Derrotamos a peste em Esmirna com soluções antiquadas como cordões sanitários, medidas de isolamento e ratoeiras. Não existe outro remédio além de quarentena e isolamento! Em geral, o máximo que os médicos podem fazer para ajudar os pacientes nos hospitais é tentar aliviar o sofrimento deles. Mas nem disso temos certeza. Paxá, as pessoas desta ilha estão preparadas para cumprir as precauções da quarentena? Essa é uma questão de vida ou morte, não só para os mingherianos, mas para o Império Otomano inteiro."

"Quando gostam de uma pessoa e confiam nela, os mingherianos, sejam gregos ou muçulmanos, são as pessoas mais dóceis, as mais afáveis de todas!", disse o governador Sami paxá. Em seguida, segurando uma xícara de café que já tinha sido reabastecida por um dos criados, ele se levantou com um floreio que indicava não ter mais nada a declarar. Foi à única janela da casa de hóspedes, com vista para o castelo e a cidade, a fim de olhar a bela paisagem e o mar, cujo azul inundava de êxtase o ambiente.

"Que Deus zele por todos nós, e por esta ilha e seu povo", ele disse. "Mas antes de chegarmos a ele e ao resto do império, temos que primeiro proteger os senhores e garantir que saiam incólumes."

"De quem o senhor estaria nos protegendo?", perguntou o Bonkowski paxá.

"O chefe do Departamento de Escrutínio, o escrutinador-chefe Mazhar efêndi, vai lhes explicar tudo!", disse o governador.

6.

O escrutinador-chefe Mazhar efêndi supervisionava a numerosa e intricada rede à paisana de espiões, informantes e policiais do governador. Tinha sido enviado de Istambul para a ilha quinze anos antes, incumbido — sob pressão das potências ocidentais — da missão de transformar o antiquado órgão local de imposição da lei numa gendarmaria e numa força policial modernas. Embora bem-sucedido na implementação das reformas necessárias (como manter fichas separadas e em ordem alfabética de cada suspeito), também encontrou tempo para entrar para uma das famílias muçulmanas mais antigas de Mingheria, casando com a filha do Hajji Fehmi efêndi; e, assim como muitas pessoas que por acaso se estabeleciam na ilha aos trinta e poucos anos, ele se apaixonou pelo povo, seu clima e tudo o mais. Nos primeiros anos de casamento, excursionava pela ilha com outros entusiastas e até se propôs a aprender o antigo idioma do povo originário mingheriano. Mais tarde, quando o muitíssimo apreensivo governador paxá que havia encomendado o landau blindado criou um Departamento de Escrutínio (gabinete que não existia em nenhuma província otomana), o Mazhar efêndi começou a expandir sua rede já ampla de informantes, e as relações que cultivou nos primeiros anos na ilha acabaram sendo de grande valia à medida que se empenhava em seguir, identificar e prender os agitadores secessionistas.

Quando o Mazhar efêndi chegou para encontrá-los, o Químico Real e seu assistente, o doutor Ilias, perceberam que sua figura era bem menos distinta que a do governador paxá: casaco puído, bigode fino e expressão afável, era o típico burocrata. Com sua melhor voz burocrática, ele lhes disse, sem rodeios, que havia plantado espiões nos vários grupos religiosos, políticos, comerciais e nacionalistas da ilha a fim de rastrear e monitorar todas as atividades. Era da opinião de que havia algumas facções — entre as quais cônsules estrangeiros, grupos de militantes nacionalistas gregos e turcos e certos elementos inspirados pela apropriação indébita de Creta das mãos dos otomanos — que desejavam que aquela peste terrível e o incômodo da quarentena ganhassem força e se transformassem numa questão internacional. O Mazhar efêndi descobrira, além disso, que havia diversos grupos de fanáticos religiosos de seitas de povoados que estavam decididos a causar problemas e se vingar do governador paxá em nome de um incidente antigo que havia ganhado o apelido de Motim do Navio de Peregrinos.

"À luz de todos esses perigos, os senhores terão de fazer suas visitas aos pacientes no landau blindado."

"Mas isso não vai chamar ainda mais atenção para nós?"

"Vai. As crianças daqui adoram correr atrás do landau e caçoar do cocheiro Zekeriya. Mas não há alternativa. No entanto, os senhores não precisam se preocupar: todas as casas e todos os edifícios em que vão entrar estarão sendo atentamente vigiados pelos funcionários do município, espiões disfarçados de mascates e várias outras pessoas de nossa rede. Mas tenho que lhes fazer um humilde pedido: por favor não protestem a cada guarda que virem. Ainda que pensem que o número é exagerado e considerem maçante a presença deles, recomendo que desistam de qualquer tentativa de se esquivar deles... Não que os senhores fossem conseguir se tentassem, já que nossos espiões são afiadíssimos e os capturariam imediatamente... E caso ouçam alguém chamando: 'Estimadíssimo paxá, nós também temos um doente em casa, o senhor poderia entrar para ver?', os senhores não devem, sob circunstância nenhuma, se deixar engambelar."

Como uma carruagem escoltando um par de turistas europeus curiosos, o landau blindado do governador paxá primeiro levou o inspetor-chefe de Saúde Pública e seu assistente às prisões do Castelo de Arkaz, tão famosas quanto a ilha. Para separar os visitantes misteriosos dos médicos locais especialistas em quarentena, o governador disse ao diretor da prisão que eles eram os dois novos inspetores de saúde do Estado (sendo um deles também médico). O guarda fez questão de manter o Bonkowski paxá e o doutor Ilias longe das vistas dos condenados que espiavam pelos olhos mágicos entalhados nas paredes grossas do castelo. Atravessaram diversos corredores e pátios escuros para subir às torres. Dali desceram uma escada traiçoeira de pedras com vista para o paredão de um precipício rochoso riscado por gaivotas e entraram numa cela úmida e escura.

Assim que o numeroso grupo que perambulava próximo à porta da cela se dispersou, permitindo que a luz invadisse o local, o Bonkowski paxá e seu assistente entenderam que não restava dúvida de que o guarda Bayram havia morrido de peste. Tinham visto aquela mesma palidez fantasmagórica em pelo menos três outras vítimas em Esmirna, aquelas mesmas faces encovadas, os olhos salientes, arregalados, perplexos, os dedos se agarrando à bainha do casaco como se tentassem arrancar a dor com as unhas. Os vestígios de vômito, as manchas de sangue e até o cheiro da sala eram iguais. Com cuidado, o doutor Ilias desabotoou e tirou a camisa do guarda. Não viram ínguas no pescoço nem perto das axilas do morto. Mas quando examinaram a barriga e as pernas, saltou-lhes aos olhos a íngua na virilha esquerda. Era grande e proeminente a ponto de não deixar dúvidas. Quando a apalparam, perceberam que havia perdido a firmeza inicial, o que indicava que a vítima perecera havia no mínimo três dias, e que devia ter tido uma morte pavorosa.

Enquanto o Bonkowski paxá dispersava o amontoado de gente que voltara a se reunir à porta, o doutor Ilias pegava da pasta uma agulha e um bisturi e os esterilizava com a solução desinfetante que levara. Caso o paciente ainda vivesse, poderiam ter aliviado sua dor fazendo uma incisão na íngua para drenar o pus. O doutor Ilias enfiou a agulha na íngua e dela extraiu algumas gotas do líquido amarelado gelatinoso. Depois de tomar muito cuidado ao transferir o material para uma lâmina de vidro tingido destinada a coletar amostras de micróbios, e de ser igualmente cuidadoso ao guardá-la num estojo, a função deles no enorme presídio estava encerrada. Como a doença era definitivamente a peste e não o cólera, era imperativo enviar a amostra para testagem em Esmirna o quanto antes.

O Bonkowski paxá ordenou que os pertences da vítima fossem incinerados, mas, quando ninguém estava olhando, pegou o bisturi e cortou o pequeno amuleto pendurado no pescoço do guarda. Desinfetou o pingente e o enfiou no bolso para examiná-lo depois, e então saiu ao ar livre. Dava para ver pelo estado do corpo que a doença se espalharia depressa naquela ilha e que muito mais gente morreria, e o incômodo dessa percepção foi tamanho que ele sentiu uma dor se espraiar da garganta até o estômago.

Ao passarem pelo emaranhado sulcado das ruas da cidade velha, o Bonkowski paxá e o assistente doutor Ilias viram que os homens que trabalhavam com cobre tinham aberto suas oficinas, que os ferreiros e carpinteiros já estavam com as mãos na massa apesar de ainda ser cedo, que a vida na cidade prosseguia como se nada estivesse acontecendo. Uma cantina que servia aos comerciantes do bairro ignorava os rumores e abria as portas. Quando o químico paxá reparou que a farmácia do Kotzias efêndi (que mais parecia um empório de especiarias) também estava aberta, parou a carruagem, saltou e entrou na loja.

"O senhor tem algum *acide arsénieux*?", perguntou ao balconista com frieza.

"Não, veneno para ratos está em falta", respondeu Kotzias, proprietário da farmácia. O farmacêutico ficou nervoso, pois era nítido que os cavalheiros de aspecto distinto que acabavam de entrar na loja deviam ser pessoas importantes.

O Bonkowski paxá viu que além de vender especiarias, tinturas, sementes, cafés e chás de ervas, o farmacêutico também estocava pastas, unguentos e remédios caseiros. Nem em seus dias mais movimentados, cruzando a vastidão do império como inspetor-chefe de Saúde Pública e Saneamento, o Bonkowski paxá se esquecia de que era acima de tudo químico e farmacêutico. Nas prateleiras e nas mesas do Kotzias efêndi, viu alguns dos produtos medicinais já prontos que eram fornecidos por farmácias bem conhecidas de Istambul e Esmirna. Quando rapaz, ele volta e meia se deparava com farmacêuticos que vendiam remédios tradicionais em cidadezinhas do interior e nunca hesitava em esclarecê-los sobre os princípios da farmacologia moderna. Mas agora não era hora.

Na pequena enseada do porto, nos hotéis e tavernas da praia salpicada de ombrellones coloridos, nos restaurantes ao ar livre, por todo lado só se via gente feliz. O landau percorreu ruelas com aroma de tílias e passou por mansões gregas luxuosas até chegar à avenida Hamidiye. Os pessegueiros floriam e uma fragrância inconfundível e agradável de rosas inundava o ar. Viram cavalheiros de chapéu e de fez, aldeãos com sandálias de couro caminhando sob os plátanos e as acácias que ladeavam a larga avenida Hamidiye. O Bonkowski paxá e o assistente olhavam perplexos a fila de casas que margeava o riacho e ia até o mercado, os armazéns, os hotéis, as carruagens puxadas por cavalos e seus cocheiros modorrentos, a vida se desenrolando na rua Istambul, que serpenteava até o porto e a alfândega. Viram que as aulas já haviam começado na Escola Secundária Grega e que as agências de viagens haviam afixado cartazes e propagandas novas de empresas de balsa. Quando pararam em frente ao hotel Majestic e olharam para a cidade e seus tons predominantemente cor-de-rosa, amarelo e laranja, a culpa provocada pela consciência de que todo aquele estilo de vida lindo, encantador, estava prestes a chegar ao fim se tornou tão insuportável que o Bonkowski paxá desejou que talvez tivesse se enganado.

Mas logo se daria conta de que não havia engano nenhum. O Bonkowski paxá e o doutor Ilias foram levados em seguida ao bairro de Hagia Triada, onde visitariam uma cabana de pedras rodeada de oliveiras. Ali se depararam com um cocheiro que dirigia pela cidade fazia quinze anos, um homem chamado Vasily, deitado em estado semiconsciente, tonto de dor e com uma íngua grande saltando do pescoço. Em Esmirna, o Bonkowski paxá via com frequência como os efeitos totalmente debilitantes, desconcertantes e assombrosos do micróbio da peste conseguiam, em poucos dias, reduzir os pacientes a um estado em que, quando conseguiam falar, só o faziam aos balbucios ininteligíveis. Pacientes que chegavam a esse ponto morriam logo depois, pouquíssimos sobreviviam.

Quando a lacrimejante esposa do enfermo o puxou pelo braço, Vasily pareceu recobrar os sentidos por uns instantes e tentou falar. Mas estava com a boca seca e não conseguia abri-la direito, e mesmo quando a abria, só conseguia balbuciar.

"O que ele está falando?", perguntou o Bonkowski paxá.

"Ele está falando em mingheriano", explicou o doutor Ilias. A esposa do cocheiro caiu no choro. O doutor Ilias tentou aplicar o tratamento que havia empregado com pacientes de Esmirna que chegavam àquele estágio da doença. Com o bisturi, fez um corte delicado na íngua, ainda dura e recente, e drenou o pus perolado, amarelado, que vinha à tona, limpando-o com um algodão até não restar mais líquido nenhum. Os espasmos estranhos, imprevisíveis, do paciente derrubaram no chão uma das lâminas de laboratório. Embora não restasse a menor dúvida de que aquela doença era a peste, o doutor Ilias ainda era extremamente zeloso no preparo das amostras a serem enviadas para testagem em Esmirna e tratou de salvar para análise o restante do líquido extraído do paciente.

"Faça com que ele tome muita água fervida, e também água adoçada, e que coma iogurte caso consiga", o Bonkowski paxá disse à mulher, quando estavam de saída. Abriu pessoalmente a porta e a única janelinha do quarto. "E o mais importante: o quarto tem que ficar arejado e a senhora tem que ferver as roupas dele. Ele não pode fazer esforço, tem que dormir o máximo possível."

O Bonkowski paxá desconfiava de que nesse caso não teriam muita serventia as recomendações que dera tantas vezes aos comerciantes gregos comparativamente ricos que vira em Esmirna. Porém, apesar de todas as descobertas feitas na Europa no decorrer da última década no que dizia respeito a bactérias, ele ainda acreditava que ar puro, um ambiente pacato e uma disposição otimista poderiam "em certa medida" ajudar o paciente a se recuperar da doença.

Depois de passar pelo Quebra-Mar Rochoso (com seu pano de fundo de cumes de montanhas íngremes negras e brancas), tão adorado pelos pintores românticos, o landau blindado entrou no bairro de Taşçılar e parou em frente aos jardins do portão de uma das casas de uma longa fileira de residências abandonadas. O guia que o Mazhar efêndi havia escolhido para eles contou ao Bonkowski paxá e ao médico que era seu assistente que aquela era a área onde haviam se estabelecido os jovens muçulmanos fugidos de Creta depois das agitações ocorridas três anos antes. Aquela casa, especificamente, era ocupada por três rapazes que faziam bicos ou se esgueiravam pelo porto, transportando cargas, e que segundo o guia não paravam de causar encrencas para o governador paxá que tivera a enorme generosidade de abrigá-los.

Três dias antes, um dos jovens havia morrido. Desde então, um outro que havia adoecido era agora acometido por uma dor de cabeça brutal, agoniante, a que seu corpo revidava com espasmos súbitos, vigorosos. Em Esmirna, dois de cada cinco pacientes infectados tinham morrido. Também houve quem tivesse sido exposto ao micróbio e não tivesse adoecido e nem sequer tivesse se dado conta de ter se contaminado. O doutor Ilias pensou que talvez conseguisse salvar o rapaz e logo deu início a seu tratamento.

Primeiro lhe aplicou uma injeção para baixar a febre. Em seguida, com a ajuda de um homem mais velho que os garotos chamavam de "tio", tirou as roupas desbotadas do paciente. Após um exame minucioso, o doutor Ilias não constatou nenhuma íngua nas axilas, na virilha ou na parte posterior das pernas. Sempre mergulhando os dedos em uma solução desinfetante, ele esquadrinhou as axilas e os gânglios linfáticos do pescoço, mas não detectou nenhum enrijecimento nem sensibilidade anormal. Um médico que ainda não estivesse informado sobre a epidemia de peste jamais teria concluído, observando o batimento cardíaco acelerado do paciente, a pele ressecada pela febre, os olhos injetados e os balbucios delirantes, que aquele fosse um caso da doença.

O Bonkowski paxá reparou na atenção com que os demais observavam o médico e percebeu no rosto dos dois rapazes que, desde a morte do amigo, eles haviam compreensivelmente sido dominados pelo medo da morte, mas isso não o incomodou, pois sabia que apenas esse medo garantiria a obediência às ordens dos especialistas em quarentena. O que ele não entendia era por que os dois jovens, tão necessitados de um médico, insistiam em usar os pertences do amigo morto.

Na verdade, só restava uma coisa a dizer aos ocupantes da casa e a todo mundo da ilha inteira: "Saiam daqui!". O Bonkowski paxá tinha vontade de bradar: "Corram!". Ele ouvira da boca de médicos europeus que a doença havia matado dezenas de milhares de pessoas na China, que em alguns lugares famílias, povoados e comunidades inteiras tinham sido dizimados antes que sequer tivessem chance de entender o que estava acontecendo. Essa mesma devastação e esses mesmos horrores, ele temia, em breve destruiriam aquela ilha sossegada e charmosa.

Ele constatava que o micróbio tinha se "infiltrado" no âmago de Arkaz, espalhando-se sorrateiramente, e que nem a desinfecção com borrifadores serviria para eliminar a doença de casas como aquela. O que deviam fazer era evacuar por completo edifícios contaminados e, caso alguém protestasse, recorrer aos métodos implacáveis empregados centenas de anos antes: trancafiar as pessoas na própria casa e fechar as portas a pregos. Nas regiões mais afetadas e onde todo mundo estivesse infectado, outro remédio antigo e eficaz era atear fogo às casas e aos pertences das pessoas.

À tarde, acharam bubos no pescoço e na virilha de um aprendiz de barbeiro de catorze anos, numa casa no bairro de Çite. O menino tinha dores de cabeça e dava gritos tão aflitivos a cada pontada que a mãe também começava a berrar, e o pai, desacorçoado, fugia para o quintal e logo voltava. Só muito tempo depois se deram conta de que o avô do menino, deitado no sofá do cômodo vizinho, também estava doente. Mas ninguém prestava atenção nele.

O doutor Ilias fez uma incisão no bubo endurecido mas ainda não inchado que havia no pescoço do menino e limpou a ferida com a solução desinfetante. Enquanto assim procedia, percebeu que o pai do garoto se aproximava com um folheto de orações, que apontou para o corpo do filho. O Bonkowski paxá volta e meia via as pessoas tomadas pela histeria de um surto com esperanças de se beneficiar daquele tipo de folheto. Os cristãos também recorriam a padres dispostos a distribuir talismãs similares. Quando saíram da casa, o Bonkowski paxá se virou para o funcionário que o escrutinador-chefe lhes havia designado e perguntou quem distribuía aqueles folhetos.

"O homem santo em cujas orações e bênçãos a ilha inteira confia, e que faz as orações mais eficientes, é obviamente o xeque da seita Halifiye, o Hamdullah efêndi", disse o funcionário. "Mas ele não é como esses xeques inescrupulosos que saem distribuindo amuletos a quem bate na porta com dinheiro na mão. Tem muita gente que tenta copiar ele. Deve ser desses daí que vieram esses folhetos de orações."

"Então as pessoas estão cientes de que a desgraça da peste está se abatendo sobre elas e estão começando a tomar precauções."

"Elas sabem que existe uma pestilência qualquer, mas não entendem a gravidade da situação", o guia respondeu. "Às vezes as pessoas pedem feitiços ou amuletos para curar a gagueira, ou para se proteger de mau-olhado… O governador paxá mandou que nossos informantes ficassem de olho em todos os xeques, todos os homens santos que andam distribuindo amuletos, dos mais eficazes aos mais desonestos, e em todos os padres que fazem esse tipo de coisa nos mosteiros. Ele manda espiões disfarçados de suplicantes e discípulos, e até de místicos. E arranca informações também dos acólitos verdadeiros."

"Onde fica a casa do xeque Hamdullah? Eu gostaria de ver o bairro dele também."

"Se o senhor for lá, vai gerar uma boataria", declarou o funcionário. "De qualquer forma, o xeque não é de sair muito."

"A boataria é a menor das nossas preocupações no momento", retrucou o Bonkowski paxá. "A peste chegou à cidade, é fundamental que todo mundo saiba."

O Bonkowski paxá e o doutor Ilias entregaram pessoalmente as amostras extraídas naquele dia ao *Baghdad* dos Mensageiros Marítimos, que iria a Esmirna, e enviaram também dois telegramas. O Bonkowski paxá solicitou uma reunião urgente com o governador Sami paxá naquela mesma tarde, mas já estava na hora das orações noturnas quando ele enfim bateu à porta do Gabinete do Governador.

"Demos a nossa palavra ao sultão de que a visita dos senhores seria segredo!", disse o governador Sami paxá, com um tom de voz que sugeria ser uma pena a promessa não ter sido cumprida.

"O segredo seria importante caso fossem infundados os rumores que se espalham pela vigésima nona província do sultão. Se os boatos se provassem falsos, ficaria claro que seria uma questão política, e teria sido importante, nesse caso, evitar a propagação de informações inverídicas. Infelizmente, como pudemos observar hoje, a peste se espalhou bastante por aqui. Temos certeza de que a doença que atinge a ilha de Mingheria é a mesma que observamos em Esmirna, na China e na Índia."

"Mas o *Baghdad* só zarpou agora com as amostras coletadas."

"Vossa Excelência", disse o Bonkowski paxá, "amanhã receberemos um telegrama de Esmirna com os resultados oficiais. Mas posso antecipar, na condição de inspetor-chefe de Saúde Pública e de antigo Químico Real do sultão, acompanhado aqui pelo mais brilhante dos meus médicos, e respaldado por quarenta anos de experiência com doenças epidêmicas, que se trata de peste. Não cabe a menor dúvida. O senhor se lembra do nosso encontro na província de Dedeağaç? Faz uns vinte anos, pouco antes da guerra contra a Rússia, o senhor era governador de lá. E o que ocorreu foi um mero surto de diarreia de verão, ou talvez um leve surto de cólera!"

"Como poderia esquecer?", disse o governador Sami paxá. "Graças à engenhosidade do nosso sultão e a seu empenho prodigioso, agimos rápido e a cidade se salvou. O povo de Dedeağaç é grato ao senhor até hoje."

"O senhor precisa reunir a imprensa imediatamente e pedir que divulguem a existência de uma peste na cidade e que medidas restritivas serão apresentadas amanhã."

"Vai levar tempo para reunir o Comitê de Quarentena", disse o governador paxá.

"Não espere os resultados chegarem do laboratório de Esmirna: anuncie agora que a quarentena será decretada", disse o Bonkowski paxá.

7.

Na manhã seguinte o Comitê de Quarentena de Mingheria não conseguiu se reunir. Os representantes muçulmanos estavam a postos, mas o cônsul francês viajara a Creta; o doutor Nikos — presidente do comitê — não estava em casa; e o cônsul britânico, que o paxá considerava amigo, pediu para ser dispensado por causa de um imprevisto. O governador paxá foi chamar o Bonkowski paxá na casa de hóspedes xexelenta onde era mantido com sentinelas vigiando a porta. "Enquanto esperamos o Comitê de Quarentena se reunir, imaginei que o senhor gostaria de ver seu amigo farmacêutico de Istambul, Nikiforos... seu antigo sócio", ele continuou.

"Ele está aqui? Não respondeu aos telegramas que lhe mandei", disse o Bonkowski paxá.

O governador se voltou para um canto do ambiente, onde o Mazhar efêndi — cuja presença até então passara despercebida — estava sentado como uma sombra nebulosa. "Nikiforos está na ilha, e posso confirmar que recebeu os dois telegramas que o senhor mandou!", declarou o Mazhar efêndi. Não tinha pudor em afirmar isso, pois julgava que o Bonkowski paxá considerasse absolutamente normal que os espiões do governador fizessem a triagem de todos os telegramas enviados à província.

"Ele não respondeu aos telegramas por medo de que o senhor trouxesse à baila os conflitos profissionais que teve com ele no passado, além da questão da concessão real", disse o governador. "Mas está na farmácia dele no momento, esperando que o velho amigo lhe dê a honra de uma visita. Depois que foi embora de Istambul e abriu uma farmácia aqui, ficou muito rico."

O Bonkowski paxá e o doutor Ilias foram caminhando até a farmácia. Os donos das lojas que margeavam as ruazinhas que desembocavam na praça Hrisopolitissa tinham baixado os toldos com listras azuis e brancas ou azuis e verdes para proteger do sol matinal as mercadorias das vitrines — tecidos de todas as cores, rendas, roupas prontas de Tessalônica e Esmirna, chapéus de feltro, guarda-chuvas ao estilo europeu e sapatos —, e por isso as ruas davam a impressão de ser mais estreitas do que eram. Ali também o químico e o médico perceberam algo que já haviam observado em muitas outras cidades nos primeiros dias de uma epidemia: ninguém que viam andando pelas ruas parecia muito preocupado com a possibilidade de esbarrar nos outros e pegar a doença. As mulheres que faziam as compras matinais acompanhadas dos filhos, os ambulantes que anunciavam nozes, biscoitinhos amanteigados, biscoitos de rosa típicos de Mingheria ou limões, o barbeiro que se calava ao raspar as faces do distinto cliente e o menino que vendia os jornais atenienses desembarcados no último navio eram sinais de que a vida continuava como sempre. O Bonkowski paxá deduziu, pela riqueza relativa daquela vizinhança e pela variedade de mercadorias e serviços ofertados por aquelas lojas que serviam à burguesia grega de Arkaz, que o negócio do amigo farmacêutico Nikiforos devia ser muito próspero.

O Bonkowski paxá conhecera Nikiforos, natural de Mingheria, vinte e cinco anos antes, quando Nikiforos tinha uma farmácia pequena em Karaköy, um bairro de Istambul. Nos fundos da loja, numa ruela que desembocava no Banco Otomano, decorada por um letreiro que dizia PHARMACIE NIKIFOROS, havia uma cozinha improvisada — a qual chamavam de sala do caldeirão — que ele havia transformado em oficina. Ali Nikiforos fabricava loções para as mãos com aroma de água de rosas e pastilhas para tosse com sabor adocicado de menta, produtos que tinha conseguido vender a algumas das províncias mais distantes do império graças às políticas de expansão ferroviária de Abdul Hamid.

A amizade havia se estreitado em 1879, quando — na esteira da Guerra Russo-Turca de 1877-78 que resultara em outra derrota para os otomanos, e numa época em que o incômodo com as últimas perdas territoriais do império e o drama de suas populações desalojadas ainda eram muito sentidos em Istambul — os dois rapazes colaboraram na criação de uma guilda de farmacêuticos, a Associação de Farmacêuticos da Sublime Porta. Em pouco tempo, a Société de Pharmacie de Constantinople, como também ficou conhecida, já havia reunido mais de setenta membros, em sua maioria gregos. O sucesso da organização e as atividades educacionais chamaram a atenção do jovem sultão Abdul Hamid, que logo encarregaria o jovem Bonkowski — cujo pai ele conhecia do Exército — de várias tarefas, como a análise da qualidade da água potável de Istambul e a elaboração de relatórios sobre micróbios.

Foi mais ou menos nessa época que Abdul Hamid se interessou pela produção de água de rosas, pois tinha a ambição de transformar as indústrias artesanais tradicionais do Império Otomano em manufaturas baseadas em oficinas e fábricas. Fazia séculos que as famílias de Istambul destilavam pequenas quantidades de água de rosas em casa, a partir das flores que cultivavam nos jardins, e as usavam em geleias, na cozinha e no dia a dia. Com esse tipo de experiência e tradição, não poderia o Império Otomano embarcar numa produção em escala bem maior, em fábricas ao estilo europeu, e não poderia colher rosas suficientes para abastecer adequadamente tal empreendimento? Pouco depois, o sultão Abdul Hamid ii também já tinha incumbido o infatigável jovem químico Bonkowski bei de preparar um relatório sobre essa questão.

Em um mês, o Bonkowski bei já tinha elaborado planos e orçamento para uma fábrica em Istambul capaz de produzir quantidades industriais de água de rosas, explicando ao sultão que, afora as estufas na área de Beykoz, o único lugar que poderia abrigar as lavouras necessárias para suprir as toneladas de pétalas demandadas por uma fábrica dessas seria a ilha de Mingheria, o vigésimo nono estado do Império Otomano. Para reunir essas informações, é claro que o Bonkowski paxá tinha se fiado nas ideias e sugestões de seu amigo mingheriano Nikiforos, que fazia loção para as mãos com rosas cultivadas na ilha. O sultão chamou o Bonkowski bei e o farmacêutico Nikiforos para uma audiência no palácio e lhes perguntou mais uma vez se seria ou não possível — conforme postulava o relatório de Bonkowski — que Mingheria fornecesse quantidades vultuosas da rosa especial conhecida pela fragrância específica, pela oleosidade e pelo aroma forte, mas cheio de nuances e adocicado, e quando os dois farmacêuticos trêmulos à sua frente, um católico e o outro ortodoxo, lhe responderam afirmativamente, ele enfim saiu da sala.

Mais tarde, um mensageiro enviado pelo governo contatou o Bonkowski bei para anunciar que o sultão daria a ele e ao Nikiforos bei uma concessão real para cultivar rosas na província de Mingheria e vender a safra a uma fábrica de água de rosas que o sultão pretendia montar em Istambul. Os beneficiários dessa licença real não teriam que pagar nenhum imposto sobre a atividade.

Nikiforos levou mais a sério do que Bonkowski o privilégio que o sultão lhes concedera. Um ano depois, já tinha fundado uma empresa para produzir água de rosas na ilha. Bonkowski, que investira dez liras de ouro do próprio bolso no negócio, conduzia as relações da firma com o Ministério de Comércio e Agricultura em Istambul e lidava com as ações publicitárias, e nesse primeiro ano eles tiveram certo sucesso na sistematização da produção de rosas cultivadas na ilha. Bonkowski até encontrara um agricultor familiarizado com as complexidades do cultivo de rosas que havia fugido dos Bálcãs para Istambul após a Guerra Russo-Turca de 1877-78 e o transferira com a família para a ilha.

Mas esses esforços e iniciativas foram interrompidos quando de repente o Bonkowski bei caiu em desgraça aos olhos de Abdul Hamid. Seu delito, ao que parecia, tinha sido informar pomposamente a dois médicos e um farmacêutico que estavam na sala de espera da farmácia do Apéry, de Istambul, do problema que o sultão tinha no rim esquerdo, e isso na presença de dois jornalistas dissidentes — um deles, espião. (Abdul Hamid faleceria trinta e oito anos depois de uma doença renal que afetou seu rim esquerdo.) O que tanto abalou o sultão não foi a revelação da doença, mas a leviandade com a qual Bonkowski falou de seus rins.

O verdadeiro crime de Stanislaw Bonkowski, no entanto, foi o sucesso imprevisto da moderna guilda de farmacêuticos que ajudara a criar. Naquela época, os herboristas à moda antiga que vendiam remédios caseiros, especiarias, ervas, raízes e venenos, bem como ópio e outras drogas, ainda conseguiam competir com farmácias geridas segundo os princípios da medicina moderna. Devido à sugestão do Bonkowski bei, e a princípio com o apoio de Abdul Hamid, foi elaborado um novo alvará farmacêutico que proibia herboristas de fornecer substâncias venenosas ou que alterassem a mente ou fossem nocivas de uma forma ou de outra, mesmo com receita.

Vendo sua renda diminuir, os herboristas tradicionais, em sua maioria muçulmanos, começaram a protestar. Escreveram a Abdul Hamid alegando que os negócios dos muçulmanos estavam sofrendo perseguição e mandaram incontáveis cartas, assinadas e anônimas, denunciando uma e outra injustiça. Era tudo parte da trama perversa daqueles farmacêuticos gregos para garantir que eles fossem os únicos fornecedores de venenos e narcóticos! Abdul Hamid deixou de atribuir novas tarefas ao jovem Bonkowski durante um tempo, provavelmente por estar aborrecido com seu lapso de discrição, mas depois de cinco anos e muitas súplicas de diversos intermediários, o sultão enfim amoleceu e tornou a confiar em Bonkowski e a lhe encomendar diversos relatórios, como aquele da análise da qualidade da água no lago Terkos ou das causas da recorrente epidemia de cólera nos verões da cidade de Adapazarı. O químico, agora perdoado, ainda escreveria inúmeros tratados sobre assuntos que iam de uma lista de quais plantas dentre aquelas cultivadas nos jardins do Palácio Yıldız poderiam ser usadas na produção de venenos até as novas substâncias baratas descobertas no Ocidente que poderiam ser empregadas na desinfecção da água sagrada de Zamzam.

Nos cinco anos transcorridos desde então, Bonkowski havia perdido o contato com o velho amigo farmacêutico de Karaköy, e Nikiforos tinha fechado a loja e voltado a morar na sua Mingheria natal.

Ao examinar a abundância e a variedade de mercadorias à disposição na imensa farmácia da praça Hrisopolitissa, o Bonkowski paxá ficou contente pelo amigo de longa data. Na vitrine, adornada por uma placa onde se lia NIKIFOROS LUDEMIS — PHARMACIE, o farmacêutico tinha deixado bem à vista seu fez decorado com a imagem de uma rosa. Era o mesmo símbolo que usara na loja de Istambul para se fazer reconhecer pelos clientes analfabetos que tinham receitas para aviar. Ao lado do fez, viam-se tigelas delicadas e frascos das criações do próprio Nikiforos feitas com água de rosas, bem como potes de óleo de peixe, cânfora e glicerina. A vitrine era colorida por caixas de remédios, chocolates suíços, garrafas de água mineral Evian e Vittel importadas da França, enlatados, produtos da marca Hunyadi János oriundos da Hungria, colônias inglesas Atkinsons, caixas de aspirina importadas da Alemanha e muitas outras mercadorias trazidas de Atenas.

O dono saiu para cumprimentar os dois distintos recém-chegados que admiravam a vitrine. Tomando o cuidado de não se aproximar demais, o farmacêutico Nikiforos os convidou a entrar e ordenou que lhes servissem um café. Os amigos trocaram inúmeros elogios, como se não tivessem se passado anos desde que haviam se visto, e dividiram algumas lembranças.

"O governador Sami paxá disse que você não queria me ver."

"O governador Sami paxá não gosta de mim."

"Eu não tenho mais nada a ver com a concessão que Sua Alteza Suprema nos deu anos atrás para incentivar nosso trabalho", disse o Bonkowski paxá.

"Convido você a inspecionar os produtos da empresa que montamos juntos."

Primeiro Nikiforos lhes mostrou os frascos de água de rosas delicados e de bom gosto que mandava manufaturar em Istambul. Em seguida, seu leque de loções para as mãos e unguentos com aroma de água de rosas, sabonetes de rosas de cores sortidas e perfumes com fragrância de rosas.

"Nossa marca de unguentos só fica atrás dos produtos do Edhem Pertev em termos de popularidade. A procura pela nossa loção para as mãos é grande não só nas farmácias gregas de Istambul como entre as donas de casa muçulmanas."

Hoje sabemos o que foi discutido nesse encontro na farmácia de Nikiforos porque a conversa foi transcrita palavra a palavra por um espião escondido na sala vizinha, enviado pelo escrutinador-chefe. Depois de descrever seu sucesso na distribuição de preparos com água de rosas pelas cidades portuárias do Levante, Nikiforos passou a explicar em tom orgulhoso de onde grande parte do dinheiro ganho com a concessão de Abdul Hamid vinha de fato: mais da metade dos cultivadores de rosas da ilha de Mingheria vendia as safras para Nikiforos e seus filhos. Todoris, o mais velho dos dois filhos que tinha com a esposa grega mingheriana Mariantis (com quem havia casado quando ainda vivia em Istambul), dirigia a fazenda no povoado de Pergalo, no norte da ilha. O caçula, Apostol, administrava o laboratório da empresa Rosa Mingheriana em Atenas.

"É uma causa importante promover os frutos de Mingheria no estrangeiro e trazer as riquezas de volta para a ilha", disse o Bonkowski paxá. "Como é que o governador Sami paxá não gosta de você?"

"As gangues rivais grega e muçulmana que vagam pelo povoado de Pergalo, no norte, vivem brigando e armando emboscadas uma para a outra. O bandido grego Pavlo é muito popular entre os moradores dessa região montanhosa, e quando desce até nossa fazenda de rosas e exige dinheiro, meu filho não tem como dizer não. Se tentasse se contrapor, em três dias nossa fazenda já teria sido destruída pelo fogo ou alguém já teria sido assassinado. Todo mundo sabe que Pavlo não hesitaria em matar funcionários do governo otomano, saquear povoados muçulmanos e raptar as filhas deles — alega que 'são todos gregos que foram obrigados a se converter' —, e tampouco hesitaria em arrancar os olhos das pessoas ou cortar suas orelhas quando perde a paciência."

"O governador Sami paxá não pode prender esse Pavlo?"

"Sua Excelência, o governador, achou melhor lutar contra o perverso do Pavlo dando apoio ao líder da fraternidade religiosa de Terkapçılar, no povoado muçulmano de Nebiler, e ao protegido dela, o bandido Memo", disse o farmacêutico Nikiforos, com uma piscadela para indicar aos convidados que sabia que suas palavras eram ouvidas por alguém na sala vizinha. "Mas Memo é tão malvado quanto Pavlo, e igualmente fanático, e não pestanejaria em punir qualquer restaurante que tivesse a ousadia de abrir as portas durante o Ramadã."

"Meu Deus!", exclamou o Bonkowski paxá, sorrindo ao olhar para o doutor Ilias. "De que tipo de coisa é capaz esse tal de Memo?"

"No último Ramadã ele açoitou o dono de um restaurantezinho no povoado de Dumanlı por servir comida durante o dia, tanto para fazer dele um exemplo como para criar uma reputação para si mesmo."

"Mas e a comunidade muçulmana de Mingheria, os funcionários do governo, as famílias mais antigas... eles aceitam essas abominações?"

"E se não aceitassem?", o farmacêutico respondeu com indiferença. "Como bons muçulmanos, obedientes, eles podem até desaprovar... Mas só o Memo os protege do Pavlo, porque o governador paxá sempre tarda em mandar soldados da capital para lá. O que o governador sabe fazer muito bem é identificar os nomes e a localização dos povoados gregos insurgentes que apoiam as atrocidades do Pavlo, assim ele pode sugerir aos encouraçados da Marinha otomana *Mahmudiye* e *Orhaniye* que bombardeiem todos eles no verão. Por sorte os navios não chegam nunca."

"Ao que tudo indica, encrenca é que não vai faltar para você!", disse o Bonkowski paxá. "Mas pelo menos seu negócio parece ser um sucesso."

"Você já deve ter ouvido falar que uns trinta ou quarenta anos atrás houve um período de cerca de um quarto de século em que o mármore mingheriano — conhecido no mundo inteiro como a pedra mingheriana — era muito procurado", disse o farmacêutico Nikiforos. "A gente carregava lotes e lotes de mármore rosa mingheriano em navios a caminho da América e da Alemanha. Na década de 1880, a pavimentação dos bulevares de inúmeras cidades conhecidas pelo inverno gélido — Chicago, Hamburgo, Berlim — era feita da pedra que tirávamos das nossas montanhas, que diziam ser resistente ao frio e ao gelo. Naquela época, o comércio com a Europa acontecia em Esmirna. Mas nos últimos vinte anos, com a debacle da popularidade da pedra mingheriana e o apoio que temos recebido da Grécia, nossos produtos se dirigem cada vez mais a Atenas. As damas atenienses e europeias gostam do nosso creme para mãos com aroma de rosas e tratam o produto como se fosse um perfume caro. Já em Istambul, a água de rosas é apenas uma bebida que se toma na confeitaria, e nem é muito cara. Mas imagino que você não esteja muito interessado na nossa concessão para fabricar água de rosas. Então deve ser verdade o que andam dizendo, que você está aqui por causa da peste."

"A epidemia se espalhou porque foi mantida em segredo", disse o Bonkowski paxá.

"A situação vai piorar de um dia para o outro, como aconteceu quando os ratos morreram", disse Nikiforos.

"Você não tem medo?"

"Sei que estamos à beira de uma tremenda catástrofe... Mas como não consigo imaginar o que pode acontecer, fico tentando me convencer de que devo estar enganado, e então, meu caro, me dou conta de que não consigo mais pensar no assunto. O que me assusta mesmo é que o governador paxá tenha passado tanto tempo atendendo aos caprichos dessas seitas imprestáveis e a seus líderes mimados, ignorantes, a ponto de eles não lhe permitirem implementar uma quarentena digna desse nome. Esses xeques de quinta categoria, com seus folhetos de orações e amuletos, vão fazer o possível para solapar a quarentena."

O Bonkowski paxá tirou o amuleto do bolso. "Achei isso aqui no guarda da prisão que morreu", ele disse. "Não se preocupe, está desinfetado."

"Agora me diga uma coisa, meu caro Stanislaw", disse o farmacêutico Nikiforos. "Você deve saber melhor do que ninguém: é verdade que a peste se espalha por meio de ratos e pulgas? Mesmo não tendo ratos, ela não pode ser transmitida de uma pessoa para a outra? Ou mesmo desse amuleto para mim?"

"Nem os médicos mais eruditos, mais celebrados, nem os especialistas em quarentena na Conferência de Veneza do ano passado sabiam dizer com certeza se ela se espalha ou não pelo contato ou mesmo pela saliva e por partículas no ar. Quando não se pode ter certeza dessas coisas, a única alternativa é lançar mão do isolamento tradicional e dos métodos de quarentena e caçar os ratos. Ainda não existe vacina contra essa praga horrível. Os britânicos e os franceses estão procurando uma; veremos o que vai sair daí."

"Então que o Senhor Jesus e a Virgem Maria nos ajudem a todos nós!", disse o farmacêutico.

Os sinos da igreja badalaram, era meio-dia. "Você tem algum veneno de rato?", perguntou o Bonkowski paxá. "O que é que as pessoas da ilha usam? Arsênico?"

"Nossas farmácias estocam produtos com cianeto das farmácias Grã-Bretanha e Aristóteles, de Esmirna. Não são muito caros. Uma caixa dura umas sete ou oito semanas. O pessoal daqui costumava comprar arsênico do herborista para livrar a casa de ratos. Também usava a solução que acabaram de mandar da Grécia para a farmácia Pelagos na última balsa da Pantaleon, ou a que chegou de Tessalônica e foi para a loja Dafni. Essa tem mais fósforo. Mas o químico aqui é você: você entende mais de veneno do que eu."

Os dois velhos amigos trocaram um olhar intenso, misterioso. Naquele momento, o Bonkowski paxá sentiu como se tivesse se distanciado do amigo de juventude e se apegado mais a Abdul Hamid e ao Império Otomano, embora os leitores da correspondência da princesa saibam que isso não é verdade. Ainda assim, Bonkowski não conseguia entender as emoções de Nikiforos, não podia aceitar que ele tivesse rompido totalmente com Abdul Hamid e Istambul.

"Quando os ratos apareceram e depois começaram a morrer por conta própria, ninguém tinha interesse em ratoeiras e veneno de rato", Nikiforos continuou. "Mas agora, com essa história de peste e das pessoas caçando ratos em Esmirna, uma nora da família do grego rico Yanboidakis comprou duas ratoeiras importadas de Tessalônica. E o jardineiro dos Frangiskos comprou do nosso carpinteiro Hristo uma das armadilhas acionadas por molas."

"Você tem que mandar Hristo fabricar o máximo de ratoeiras possível!", aconselhou o Bonkowski paxá. "Quanto tempo levaria para que chegassem mais de Creta ou Esmirna?"

"Desde que esses boatos de quarentena surgiram, tem havido menos balsas com horário marcado e mais sem horário marcado. Algumas famílias mais abastadas que geralmente vêm para cá no verão já fugiram, preocupadas com a possibilidade de não conseguir sair da ilha quando a quarentena começar. Algumas nem vieram este ano. Levaria um dia para o veneno de rato vir de Creta e dois para vir de Esmirna."

"Como farmacêutico, você sem dúvida entende que em breve todo mundo estará infectado, que vão faltar leitos nos hospitais e vocês não vão ter médicos suficientes para lidar com os doentes nem coveiros suficientes para enterrar os mortos."

"Mas em Esmirna você venceu a doença rápido e com facilidade."

"Em Esmirna, conseguimos botar o dono da maior farmácia da cidade, o grego Lazarides, e o dono da farmácia Şifa, que é muçulmano, na mesma sala, e em vez de um jogar a culpa no outro, os dois arregaçaram as mangas e se puseram a enfrentar o flagelo. Me diga uma coisa: esta cidade tem um bom estoque de alguma coisa que sirva para fazer solução desinfetante?"

"Os militares fabricam uma solução num forno de calcinação que eles têm na caserna. A prefeitura importa barris de desinfetante de Istambul e de Esmirna, e alguns dos hotéis e restaurantes compram da farmácia do Nikolas Aghapides em Istambul. O cheiro de lavanda de certos hotéis e restaurantes talvez dê a impressão de que o ambiente foi desinfetado, de que está limpo, mas fico pensando se a concentração de álcool nessas soluções é alta o bastante para matar o micróbio da peste e se esses desinfetantes aromáticos realmente dão o resultado esperado. Mitsos, o dono da farmácia Pelagos, também é membro do Comitê de Quarentena e costuma afrouxar as medidas de quarentena nos hotéis que compram a solução dele a um preço bom para ele."

"Você vende sulfato de cobre?"

"Chamam de vitríolo azul por estas bandas… Se meu estimado amigo puder esperar um dia, devo conseguir junto às outras farmácias o suficiente para produzir uma solução desinfetante. Mas dada a natureza da política de quarentena nesta ilha, não garanto que a gente consiga manter um estoque constante."

8.

O Bonkowski paxá ficou impressionado com o conhecimento do farmacêutico Nikiforos a respeito das substâncias disponíveis na ilha de Mingheria e exatamente onde encontrá-las. "Você também deveria participar do Comitê de Quarentena, não só o farmacêutico Mitsos", ele disse.

"Você me honra com sua proposta, caro paxá", respondeu Nikiforos. "Amo Mingheria. Mas não suporto esses cônsules que só servem para vender passagens de balsa, fazer contrabando e maquinar novas maneiras de levar a melhor sobre os outros. É claro que nenhum deles é cônsul de verdade: são todos vice-cônsules. De qualquer forma, vai ser difícil a quarentena dar certo enquanto Sua Excelência, o governador, continuar protegendo os xeques."

"Qual dos xeques se opõe mais fervorosamente à quarentena?"

"Nós que somos gregos jamais tentaríamos nos intrometer nas questões religiosas da comunidade muçulmana. Mas você precisa entender que esta ilha é igualzinha a um barco, e estamos todos juntos nele. As investidas da peste não fazem distinção entre muçulmanos e cristãos. Se os muçulmanos descumprirem a quarentena, não são só eles que vão morrer, mas também os cristãos."

O Bonkowski paxá se levantou para sinalizar que chegara a hora de ir e passou a olhar o armário de vidro onde ficavam à mostra os produtos de água de rosas da farmácia.

"Nossas duas criações mais populares continuam sendo La Rose du Minguère e La Rose du Levant", disse Nikiforos. Abriu o armário e entregou ao Bonkowski paxá um frasco pequeno e simpático de uma e um pote de tamanho médio da outra.

"La Rose du Minguère é nossa loção para mãos com aroma de rosas, e La Rose du Levant é nossa água de rosas de primeira qualidade. Inventamos os nomes uma noite, em Istambul, há mais de vinte anos. Lembra, paxá?"

O Bonkowski paxá lembrava daquela noite em Istambul e abriu um sorriso nostálgico diante da recordação. Na ocasião, com a concessão real emitida pelo sultão de forma repentina e inesperada, os dois jovens farmacêuticos haviam sentado nos fundos do estabelecimento de Nikiforos em Karaköy para beber *rakı* e sonhar com as riquezas que em breve teriam. Primeiro envasariam a água de rosas especial de Mingheria; depois a usariam para fabricar loção para as mãos. A década de 1880 foi uma era de ouro para o tipo de preparado que na Europa chamavam de *spécialités pharmaceutiques*. As lojas dos herboristas tradicionais, com as profusões de aromas e cores, haviam caído em desgraça, e de uma hora para outra o mercado fora dominado por farmácias com paredes pintadas de branco e janelas com caixilho de madeira de lei, onde os remédios eram manipulados segundo a receita do médico. Pouco depois, essas farmácias começaram a importar mercadorias do exterior — frascos estilosos de unguentos para calos e remédios para dor de estômago já prontos para o consumo, tinturas para barba e cabelo, pastas de dentes e cremes antissépticos. Algumas farmácias de Istambul e Esmirna chegavam a vender *eaux de toilettes* e purgantes da Europa. Foi por volta dessa época que certos farmacêuticos sagazes começaram a produzir versões desses produtos. Até o Bonkowski bei montara uma empresa para manufaturar "refrescos laxantes" e "sucos de frutas gaseificados". Foi quando descobriu que os frascos, as tampas, as caixas luxuosas e os rótulos chiques com que vinham muitas daquelas bebidas e preparados medicinais "fabricados localmente" eram feitos na Europa — em geral, em Paris. Em Paris, cobravam também pelo desenho que botavam no rótulo. Bonkowski preferiu recrutar seu amigo pintor Osgan Kalemciyan.

"Seu amigo Osgan fez esse desenho para os nossos frascos de água de rosas. Nunca trocamos. Quando começamos, pedimos à única gráfica de Arkaz especializada em rótulos e cartões de visita que imprimisse mil cópias, que colamos nos nossos frascos de água de rosas."

"Osgan era não só farmacêutico e químico, mas também o artista publicitário mais disputado daquela época", lembrou o Bonkowski paxá. "Ele pintava cartazes para os hotéis mais conhecidos e para várias lojas famosas, inclusive a do Lazzaro Franco, e é claro que fazia desenhos para catálogos e criava embalagens para farmácias."

"Vem dar uma olhada nisso aqui!", chamou Nikiforos, e depois de levar o Bonkowski paxá até um canto, baixou a voz para dizer: "O inimigo mais fervoroso das medidas de quarentena, aquele no qual o governador paxá tem que ficar de olho, é o xeque da seita Rifai. O xeque Hamdullah o apoia às escondidas."

"Onde fica a fraternidade deles?"

"Vá aos bairros de Vavla e de Germe. Lembra desse símbolo que usamos para a Rosa do Levante? É um desenho muito figurativo. Repare nos traços das torres afiladas características do castelo, da Montanha Branca e da rosa mingheriana."

"Ah, também lembro desse!", disse o Bonkowski paxá.

"Vou pedir ao landau que envie amostras dos nossos produtos à Sua Excelência, o governador", declarou Nikiforos, indicando os dois frascos de Rose du Levant que tinha posto numa cesta. "Uma vez mandei bordar o desenho desses frascos em um tecido para pendurar na vitrine como peça de propaganda, mas infelizmente o governador interpretou mal minhas intenções, ordenou que confiscassem a faixa e ainda não a devolveu. Vou condicionar minha participação no Comitê de Quarentena à devolução da faixa. Ela é um símbolo importante na história da nossa empresa."

Passada meia hora, depois de insistir em se encontrar com o governador Sami paxá, o Bonkowski paxá entrou no gabinete dele e foi logo transmitindo o pedido de Nikiforos: "Meu velho amigo farmacêutico Nikiforos concordou em participar do Comitê de Quarentena", ele começou, "mas com uma condição: que o senhor lhe devolva a faixa com a propaganda."

"Ele contou isso ao senhor, foi? Que petulância! Esse Nikiforos é um sujeitinho desprezível, um ingrato. Ele ganhou uma fortuna com o cultivo de rosas, com a farmácia e com a água de rosas, e tudo por causa da licença real que o sultão concedeu a ele. Mas assim que ganhou dinheiro, deu as costas a Sua Alteza Real e começou a se engraçar com o cônsul grego e seu ministro do Comércio. Se eu quisesse, poderia botar os inspetores do fisco no pé dele, emitir algumas multas e faturas tributárias e só ficar vendo os palácios de água de rosas desabarem sobre a cabeça dele."

"Não faça isso, Vossa Excelência!", disse o Bonkowski paxá com ares de deferência humilde. "A quarentena é um esforço feito de união e colaboração. Já foi uma baita dificuldade convencê-lo a participar do Comitê de Quarentena."

O governador paxá cruzou uma porta verde rumo a uma saleta vizinha a seu gabinete, abriu um baú e pegou o pano vermelho mingheriano com toques rosados, desfraldando-o como se fosse um lençol.

"Olha só! Percebe como seria fácil confundir isso aqui com uma bandeira?"

"Entendo sua preocupação, Vossa Excelência, mas isso aí não é uma bandeira, é um rótulo que Nikiforos e eu criamos muitos anos atrás para anunciar os produtos da empresa farmacêutica que montamos juntos. É como uma etiqueta para colar nos frascos!", explicou o Bonkowski paxá. "Vossa Excelência", ele acrescentou às pressas, "por favor, peça que a agência telegráfica verifique outra vez!" Não estava tentando mudar de assunto: achava simplesmente inacreditável que ainda não tivessem mandado um telegrama de Esmirna. Mais tarde, o Bonkowski paxá e seu assistente voltaram a pé para a casa de hóspedes xexelenta onde estavam alojados. Quando chegaram, o doutor Ilias insistiu em recomendar que o impaciente Bonkowski não se arriscasse a ir sozinho à agência telegráfica.

"Qual exatamente é o perigo? Por que alguém daqui iria querer que houvesse um surto de peste? Esta ilha é igualzinha a todos os outros lugares: quando a peste atacar, todas as facções que travam guerras vão deixar as rixas de lado."

"Tem quem possa ir atrás do senhor pela notoriedade, Vossa Excelência. Não se esqueça do que aconteceu em Adrianópolis, onde o senhor passou um mês trabalhando duro para acabar com a epidemia de cólera. Mas quando o senhor já estava se preparando para ir embora, alguns indivíduos continuavam alegando que, para começo de conversa, o senhor é que tinha levado a doença para lá."

"Mas esta aqui é uma terra quente, verdejante e próspera!", disse o Bonkowski paxá. "As pessoas daqui são mais calorosas, assim como o clima da ilha."

Visto que ainda não tinham informações do Gabinete do Governador acerca dos telegramas esperados, o inspetor-chefe de Saúde Pública do Império Otomano e o médico que era seu assistente saíram de fininho da casa de hóspedes. Quando os sentinelas e guardas postados à porta os alcançaram, eles já estavam na praça da Sede do Governo. O céu acima da praça nessa tarde quente de primavera estava claro. A vista reluzente, vívida, do magnífico castelo à esquerda deles, e as escarpas íngremes, míticas, da Montanha Branca à direita melhoraram o humor do Bonkowski paxá. Caminharam à sombra das colunatas do entorno da praça da Sede do Governo. A agência dos correios e a elegante loja de departamentos Dafni haviam posto uma pessoa na porta para borrifar desinfetante em quem entrasse. Não havia outro indício de peste na cidade. Os cavalos arreados às carruagens espalhadas pela praça cochilavam de pé, e os cocheiros conversavam animados enquanto esperavam clientes.

Quando a dupla entrou na agência dos correios, um funcionário que estava à porta borrifou neles Lysol com cheiro de rosas. O Bonkowski paxá olhou ao redor e escolheu um operador de telégrafo idoso que estava ocupado contando alguma coisa, mergulhando os dedos no vinagre de vez em quando.

"O telegrama que os senhores esperavam chegou, assim como os que foram endereçados ao Comitê de Quarentena de Mingheria!", anunciou o funcionário antes de retomar a contagem.

Ansioso pelas notícias, o Bonkowski paxá também enviara um telegrama pessoal ao diretor de Quarentena de Esmirna perguntando sobre o resultado dos testes. Então foi assim que ele soube "oficialmente" que havia uma epidemia de peste na ilha, como já havia conjecturado.

"Vou rapidinho a Vavla e Germe antes que a reunião sobre a quarentena comece!", disse o Bonkowski paxá. "Uma autoridade em quarentena tem que ver tudo com os próprios olhos."

O doutor Ilias percebeu que, à direita deles, estava aberta a porta do armazém onde guardavam as correspondências, atrás do balcão onde ficava o telégrafo. A porta de saída do estoque também estava entreaberta, e via-se o verde-escuro do jardim nos fundos do edifício.

O Bonkowski paxá reparou na surpresa no rosto do doutor Ilias, mas não deu atenção. Entrou atrás do balcão à esquerda. Circulou sem que ninguém o atrapalhasse (o agente Dimitris e um funcionário olhavam um documento e estavam de costas para ele) e entrou na sala vazia do estoque. Seguiu em frente sem desacelerar o passo, empurrou a porta meio aberta que dava para o jardim dos fundos e saiu da agência dos correios.

Normalmente, o doutor Ilias não deixaria seu superior sozinho numa situação como aquela. Mas tudo tinha acontecido de repente, e ele o observava como que em transe, imaginando que o inspetor-chefe voltaria por onde tinha saído.

Ao pisar no jardim, o Bonkowski paxá se deleitou com a ideia de que estava temporariamente livre dos espiões e guarda-costas recrutados pelo Departamento de Escrutínio. Saiu à rua e subiu uma ladeira. Em breve mandariam todos os homens atrás dele, e não demorariam muito para achá-lo. Mas o venerável químico de sessenta anos curtia a breve escapulida e estava contentíssimo de ter se esquivado da atenção de todos.

Duas horas depois, o cadáver ensanguentado do Bonkowski paxá foi encontrado num terreno baldio, do outro lado da rua onde ficava a farmácia Pelagos, na praça Hrisopolitissa. Até hoje, historiadores de Mingheria vez por outra discutem, apesar da relutância, o que o inspetor-chefe de Saúde Pública do Império Otomano e do sultão (e químico-chefe da farmácia pessoal de Abdul Hamid) teria feito durante essas duas horas e o mistério de quando, como e por quem teria sido raptado e assassinado.

A ladeira estreita que o Bonkowski paxá percorrera e subira a passos lentos, desapressados, era margeada de um lado por um muro velho cujo gesso tinha desmoronado havia tempos e de cuja superfície pendiam videiras, salgueiros-chorões e olmeiros, e do outro por um trecho de terreno baldio, onde um grupo de mulheres entre risos e gritos penduravam a roupa lavada para secar entre as árvores enquanto seus filhos quase pelados corriam em volta delas. Mais adiante, o Bonkowski paxá viu dois lagartos copulando energicamente entre as videiras. A Escola Secundária para Meninas Marianna Theodoropoulos, da comunidade grega, ainda não estava fechada, mas só metade das alunas comparecia às aulas. Caminhando rente ao muro e espiando os fundos da escola como se olhasse o pátio de uma cadeia por entre as grades pretas, o inspetor-chefe de Saúde Pública observou — como já havia testemunhado diversas vezes em sua longa experiência com epidemias — que ali também, apesar das notícias do surto, muitas crianças gregas cujas mães e pais não podiam ficar em casa para cuidar dos filhos e não tinham recursos para alimentá-los ainda eram mandadas para a escola para que tivessem pelo menos uma cumbuca de sopa ou uma fatia de pão para comer, e agora, ao olhar para essas crianças, deixando o tempo passar enquanto a população escolar minguava, ele via a apreensão no rosto delas.

Em seguida, o Bonkowski paxá entrou no pátio da Igreja de Hagia Triada. Duas procissões fúnebres tinham acabado de partir rumo ao Cemitério Ortodoxo atrás da vizinhança de Hora, e uma calmaria relativa havia baixado sobre o cemitério após a comoção dessa partida. O Bonkowski paxá lembrou da polêmica que havia acompanhado a construção daquela nova igreja ortodoxa grega, vinte anos antes, e cujos ecos tinham chegado a Istambul. Antes, a área da igreja era um cemitério feito às pressas para abrigar as vítimas de uma epidemia de cólera que devastara Arkaz em 1834. Os membros da comunidade grega que mais haviam prosperado com o comércio de mármore da ilha queriam exorcizar a memória daquela época terrível erguendo uma igreja no mesmo lugar. O governador da época havia paralisado a obra com a desculpa de que construir um novo edifício no terreno onde as vítimas do cólera estavam enterradas traria consequências nefastas para a saúde pública, até que um dia, durante uma discussão sobre o abastecimento de água potável de Istambul, Abdul Hamid perguntou ao jovem químico qual era sua opinião sobre o assunto. Logo depois foi dada a licença para que construíssem a igreja em cima do cemitério. Como todas as igrejas otomanas erigidas nos últimos sessenta anos, na esteira das reformas da era Tanzimat, que permitia domos também na arquitetura cristã, a Hagia Triada tinha um domo enorme. Os governadores de Mingheria se ressentiam de que visitantes que se aproximavam do porto imaginassem que aquela fosse uma ilha grega, dadas as proporções do domo e a vista do campanário da igreja. O domo da Mesquita Nova, o maior edifício da ilha construído pelos otomanos, podia até ser o maior, mas sua localização talvez não fosse tão impressionante!

Como o Bonkowski paxá sabia que, se entrasse na igreja, seria acossado por alguém empunhando um desinfetante e pela congregação, ele permaneceu do lado de fora, no pátio, perto dos muros. Um deles era repleto de lojas. Na mesma esquina, na margem oposta, havia um colégio para meninos criado pela fundação beneficente da igreja. O Bonkowski paxá lembrou de quando, trinta anos antes, circulava pelos colégios de Istambul dando aulas de química. Gostaria de fazer o mesmo agora, ensinar àqueles estudantes desnorteados, preguiçosos, um pouco sobre química, micróbios e a peste.

Quando saiu do pátio, deparou com um grego idoso, bem-vestido, e perguntou em francês se ele poderia lhe dizer onde ficava Vavla. O velho (que por acaso era um parente distante da rica família Aldoni, moradora da ilha) lhe indicou o caminho, meio gaguejante, e mais tarde, após referir esse encontro ao inspetor-chefe da polícia, apenas duas horas depois da descoberta do corpo do Bonkowski paxá, o ancião passou um tempo sendo tratado como se também fosse suspeito — experiência desagradável que relataria a um jornal ateniense dali a dez anos.

Depois de sair da igreja, o Bonkowski paxá passou em frente a várias lojas de conveniência e quitandas — algumas abertas, outras fechadas — e da loja de biscoitinhos de amêndoas do Zofiri, que funciona até hoje (2017 é o ano em que estas páginas foram escritas). Ao descer a Colina do Jegue, o Bonkowski paxá recuou para dar passagem a um grupo pequeno de enlutados que subia a ladeira carregando um caixão enorme. Foi visto pelo barbeiro Panagiotis, cuja barbearia ficava na esquina onde a colina encontrava a avenida Hamidiye. Uma série de funerais estava chegando ao fim, e antes que a próxima leva começasse, a mesquita encomendada em 1776 pelo antigo grão-vizir e renomado paxá mingheriano Ahmet Ferit estava vazia e sossegada. O Bonkowski paxá passou por essa mesquita, cujo domo era relativamente menor, cruzou o portão na lateral do pátio de frente para o mar e percorreu as ruas das redondezas, estreitas e com cheiro de tília. Quando viu o Hospital Hamidiye, cujas obras ainda não estavam concluídas, mas que já tinha começado a aceitar pacientes naquela manhã, ele se deu conta de que o escrutinador-chefe poderia mandar seus homens o procurarem ali, e por isso deu meia-volta e caminhou pelo bairro de Kadirler e depois por Germe.

Ao andar por essas ruas que já tinham perdido tantas vidas para a doença, o Bonkowski paxá parou um pouco para olhar as valas com esgoto que passavam no meio da rua e as crianças que corriam descalças, e dois meninos — irmãos — que brigavam por alguma desavença. Passou pela fraternidade liderada pelo xeque que abençoara o amuleto que levava no bolso e que tinha sido do Bayram efêndi. Sabemos disso tudo porque foi o que relatou um policial à paisana que estava sempre estacionado na área.

Esse policial não conhecia o Bonkowski paxá. Porém, mais tarde testemunharia, perto da fraternidade, um encontro entre o Bonkowski paxá e um rapaz, e o início da conversa entre eles, que foi mais ou menos o seguinte:

"Doutor efêndi, temos um doente em casa, por favor venha."

"Não sou médico…"

Continuaram a conversa por um tempo, mas o policial não conseguiu ouvir o resto. Então, de repente, eles sumiram.

O inspetor-chefe de Saúde Pública e o rapaz agitado caminharam rápido até chegar a um jardim com muro baixo e sem portões. O Bonkowski paxá tinha a sensação de estar dentro de um sonho, empurrando a porta errada em vão. Não parava de empurrar, apesar de saber que, mesmo se conseguisse abrir a porta, seria inútil.

Então a porta da casa se abriu e eles entraram. O ar estava pesado devido ao cheiro de suor, vômito e bafo azedo característico das casas infestadas pela peste. Temendo pegar a doença também a não ser que alguém abrisse logo as janelas, o Bonkowski paxá segurou a respiração. Mas ninguém abriu as janelas. Onde estava o doente acometido pela peste? Em vez de levarem-no até lá, ficaram todos parados, fitando-o com olhares acusadores, e o Bonkowski paxá ficou tão aflito que por um instante achou que sufocaria.

Então uma figura de cabelo louro e olhos verdes deu um passo à frente e disse: "O senhor trouxe a doença e a quarentena de novo para cá para nos desgraçar. Mas dessa vez não vai levar a melhor!".

9.

Dois dias depois de deixar o Bonkowski paxá em Mingheria de madrugada, o *Aziziye* chegou a Alexandria, onde o Comitê de Orientação do Sultão foi recebido com entusiasmo pelo Consulado do Império Alemão. O cônsul alemão em Alexandria, angustiado e aborrecido com o assassinato do embaixador alemão na China, havia organizado a recepção e a coletiva de imprensa para as quais os outros cônsules ocidentais também haviam sido convidados. O objetivo era fazer com que os jornais em língua inglesa do Egito, como o *Les Pyramids* e a *Egyptian Gazette*, publicassem matérias sobre a missão do Comitê de Orientação e os jornais da Índia e da China (principalmente os que serviam às comunidades muçulmanas) absorvessem tais matérias. Assim, o Kaiser Guilherme — que via na repressão à revolta na China uma oportunidade para a Alemanha mostrar ao mundo sua pujança — poderia anunciar ao mundo, antes que o comitê sequer chegasse a Pequim, que o sultão do Império Otomano, o califa do islã, não estava tomando o partido dos muçulmanos rebeldes da China, mas unindo forças com as potências ocidentais.

A princesa Pakize e o marido passavam seus dias e noites na cabine do *Aziziye*. Ao ver os carregadores beduínos descalços, vestidos com cafetãs, que praticamente invadiram o convés do navio no momento em que ele atracou no cais recém-construído de Alexandria e começaram a descarregar malas e cargas sem que lhes pedissem, ela se declarou aliviada porque seu título a proibia de desembarcar. Sabia que o oficial encarregado pelo palácio de proteger a delegação, o major Kâmil, tinha recebido ordens de nunca sair do lado dela em nenhum porto e cidade onde o navio por acaso parasse.

No *Aziziye*, olhando o sol se pôr sobre Alexandria na primeira tarde deles ali, a princesa Pakize falou com o marido sobre seu pai, o antigo sultão que agora vivia como prisioneiro no Palácio de Çırağan. Contou que, embora o palácio fosse pequeno e abarrotado de gente, em alguns momentos durante o confinamento ela, o pai e as irmãs conseguiam passar um tempo a sós, tocando piano; que o pai era um homem de sentimentos bondosos, delicados; que tinha ingressado às escondidas na maçonaria — iniciativa que, apesar das boas intenções, haviam usado contra ele. Um dia estavam olhando um mapa da África em um atlas quando o pai entrou no cômodo e pôs-se a contar para as filhas sobre a época em que tinha visitado o Egito, quando era um jovem príncipe, vinte anos antes. Seu tio Abdülaziz, na época sultão, e seu irmão mais novo, o príncipe Hamid efêndi, que acabaria por sucedê-lo no trono, haviam viajado com ele. (Tempos depois, também iriam juntos a Paris, Londres e Viena.) No Egito, o então sultão e dois futuros sultões otomanos, Abdülaziz, Murade v e Abdul Hamid ii, tinham ido a camelo ver as pirâmides e haviam embarcado num trem pela primeira vez: "Um dia", eles disseram, "também teremos ferrovias em terras otomanas, se Deus permitir". Enquanto as filhas procuravam a África no atlas, o pai relembrava o carinho com que o povo egípcio recebera a visita dos sultões. Dezenove anos antes, ao ouvir a notícia de que os britânicos invadiram o Egito, o sultão deposto chorara de tristeza dentro do palácio onde era prisioneiro.

A princesa Pakize era a terceira filha do sultão otomano anterior, Murade v. Três meses depois de Murade v ascender ao trono, no ano de 1876, alguns dos paxás mais influentes da Sublime Porta o haviam deposto, alegando que era volúvel demais e talvez até mesmo louco, e o substituíram pelo irmão caçula, Abdul Hamid, o sultão atual. Três meses antes de Murade v ser deposto, seu tio, o sultão Abdülaziz — o tio-avô da princesa Pakize — também fora deposto em uma trama encabeçada por paxás burocratas, e uma semana depois ele era assassinado, mas num cenário planejado para dar a impressão de suicídio. Considerando-se esse precedente horrendo, a princesa Pakize achava natural que seu pai, Murade v, tivesse dificuldade de controlar os nervos. Foi no rescaldo de todos esses eventos inesperados que o príncipe Abdul Hamid efêndi — o segundo na linha de sucessão ao trono e não tão conhecido ou benquisto quanto seu irmão mais velho, Murade — de repente virou sultão, e dominado pelo medo de acabar deposto e preso ou assassinado feito o tio e o irmão mais velho, impôs ao irmão e predecessor Murade v uma vida inteira de encarceramento rigoroso.

A princesa Pakize havia nascido quatro anos depois de iniciado o encarceramento do pai, o sultão Murade v, que duraria vinte e oito anos, e ao longo de toda a vida ela só vira o palácio ao qual ficara confinada. (Sua querida irmã mais velha, Hatice, por outro lado, tinha nascido na Mansão Kurbağalidere antes de o pai assumir o trono, e depois que ele se tornara sultão, ela havia sentado no colo dele e do tio, o príncipe Abdul Hamid, no Palácio de Dolmabahçe.) Para impedir que Murade v tomasse o trono de volta ou conspirasse com facções de oposição, Abdul Hamid lhe dera o mesmo tratamento reservado aos príncipes otomanos, isolando do mundo exterior tanto ele como sua família.

Com as três irmãs passando a vida restritas a um palácio modesto, havia muito que a dúvida se conseguiriam casar era fonte de pesar e preocupação para o pai, o ex-sultão Murade v. Abdul Hamid declarou que, caso as três sobrinhas quisessem casar, teriam que abandonar a companhia do pai e ir viver com ele no Palácio de Yıldız; o sultão nervoso, cruel, não queria gente indo e vindo do palacete onde mantinha o irmão aprisionado, nem com a desculpa razoável dos preparativos de casamento. O pai da princesa Pakize ficou estarrecido ao saber da condição imposta pelo irmão caçula, com quem as filhas se davam tão bem quando meninas. Mas a despeito de reclamar da crueldade de Abdul Hamid e de falar que separar um pai de suas filhas era o maior dos pecados, ele também dizia às meninas o tempo todo que casar e ter filhos era a maior alegria que alguém poderia ter na vida. Portanto, ficou resolvido que a melhor atitude seria que as princesas saíssem do lado do pai por um tempo, demonstrassem boa-fé e cultivassem uma relação melhor com o tio, e se mudassem para o Palácio de Yıldız para encontrar noivos que fizessem jus à beleza e à posição das moças.

A irmã mais velha, a princesa Hatice, já à beira dos trinta anos, e a irmã um pouquinho mais nova, a princesa Fehime, tinham concordado com essa condição, mas a princesa Pakize, de dezenove anos, a princípio se recusara a sair do lado do pai e da mãe. Mas dois anos depois a questão já tinha se resolvido, pois Abdul Hamid interveio no último instante para garantir um marido também para a princesa Pakize (ainda que fosse "apenas um médico"). As três irmãs casaram juntas no Palácio de Yıldız, e na verdade a princesa Pakize — ao contrário das irmãs — ficou feliz com essa combinação repentina (talvez, alguns diriam, porque não fosse tão bonita e ambiciosa quanto as irmãs).

Enquanto passavam o tempo na cabine, conversando e se conhecendo, a princesa Pakize olhava para a pele cor de trigo e o corpo volumoso, rechonchudo, peludo do doutor Nuri, sentindo uma emoção deliciosa que nunca sequer imaginara existir. Ao ver o marido perspirar enquanto falava de algo que o empolgava, ou até ao ouvi-lo inspirar e expirar pelo nariz nos momentos em que a respiração se acelerava, a princesa era tomada — segundo escreveu à sua irmã Hatice — por uma sensação de êxtase absoluto. Às vezes, quando o marido médico se levantava da cama para pegar um jarro de água, ela fitava com assombro e maravilhada a bunda enorme dele e a parte de trás das pernas roliças, com pés tão pequenos que acreditava não caírem bem em homem nenhum.

Marido e esposa passavam boa parte do tempo na cama, fazendo amor. Nas outras horas, se contentavam em ficar deitados lado a lado na cabine quente e úmida, temporariamente fora do alcance dos mosquitos. Se por acaso tocavam em um assunto difícil, mas importante, tomavam o cuidado de deixar o clima ameno, um temendo a reação do outro. Vez por outra se levantavam e vestiam suas melhores roupas para conversar, mas sempre que algum tema espinhoso vinha à tona, interrompiam a conversa.

Para a princesa Pakize, esses temas perigosos eram, é claro, seu ódio por Abdul Hamid e os muitos anos que passara aprisionada no palácio. O príncipe consorte percebia que ela queria falar disso e desabafar, mas ao mesmo tempo se preocupava com a possibilidade de que o assunto estragasse a alegria de ambos, portanto refreava a curiosidade e não forçava. Ele também sentia que, se a esposa fosse lhe contar todas as suas histórias mais tristes, seria obrigado a lhe contar as experiências angustiantes como médico especialista em quarentena, todos os horrores que havia presenciado no Hejaz e o que os peregrinos que iam até lá eram obrigados a aguentar, embora se preocupasse com a possibilidade de que esses relatos desagradáveis pudessem chocar e perturbar a princesa. Ainda assim, estava louco para dividir seu mundo interior com a mulher inteligente e segura de si com quem havia se casado. Queria que a esposa tivesse consciência do que estava acontecendo naquelas províncias que iam escapulindo uma a uma do domínio do Império Otomano conduzido por seu tio e queria que ela soubesse que as pessoas dali eram dizimadas pelas epidemias.

Na manhã do terceiro dia em Alexandria, o doutor Nuri foi à cidade. Visitou o relojoeiro grego de Istambul cuja loja ficava logo atrás da praça Mehmet Ali Paxá, na mesma rua que o hotel Zizinia, onde geralmente os médicos de quarentena e funcionários públicos britânicos se hospedavam (em cujas portas agora havia homens parados com sprays de desinfetante). Depois de lhe perguntar das últimas notícias de Istambul, o relojoeiro começou, como sempre, a contar ao curioso médico otomano sobre o dia em que encouraçados britânicos, enviados ostensivamente para acabar com o motim nacionalista anti-Ocidente e anti-Otomano do Urabi paxá, haviam bombardeado Alexandria por horas a fio. Disse que fora tenebroso o barulho das bombas, que a praça inteira tinha desmoronado e sido encoberta por uma nuvem de pó branco, e que até os prédios britânicos e franceses haviam sido atingidos. Cristãos e muçulmanos pegaram em armas e começaram a se matar nas ruas, e o relojoeiro lembrou que durante um tempo era arriscado que cristãos moradores dos bairros mais afastados usassem chapéu ao sair de casa. Uma vez terminados os incêndios e os saques, o relojoeiro havia conhecido o Gordon paxá. Depois de contar mais uma vez ao doutor Nuri a história de que havia consertado e devolvido pessoalmente ao Gordon paxá o mesmo relógio Theta que o paxá usava no dia em que fora assassinado em Cartum pelas tropas muçulmanas do Mahdi do Sudão, o relojoeiro resumiu sua forma de pensar nos seguintes termos: "Na minha opinião, nem os franceses nem os otomanos nem os alemães podem governar o Egito, só os britânicos!".

Nos encontros anteriores, o doutor Nuri corrigiria o relojoeiro sempre que discordasse de suas declarações. "Não, os otomanos não entregaram o Egito, eles já estavam com dificuldades de governar o país e os britânicos precisavam só de uma desculpa para assumir o poder!", talvez tivesse dito; ou talvez tivesse frisado educadamente que os cristãos já espancavam e matavam muçulmanos antes que os árabes começassem a matar cristãos. Mas desde seu casamento, um mês antes, com a sobrinha desse mesmo homem a quem o relojoeiro havia acabado de se referir como "o sultão" e como "Abdul Hamid", ele havia se proibido de levantar esse tipo de objeção e de expressar qualquer opinião política.

Naquele dia o médico e príncipe consorte não gostou da conversa do relojoeiro, tampouco da visita a Alexandria em quarentena. Agora tinha uma nova vida pela frente, embora não conseguisse saber como ela seria. Logo começou a ficar agitado e a fazer o caminho de volta até o porto.

Depois de passar pela alfândega e reembarcar no *Aziziye*, o camareiro lhe informou que um navio da companhia Thomas Cook acabara de entregar dois telegramas cifrados endereçados a ele.

Pouco antes de o *Aziziye* zarpar de Istambul, um funcionário do palácio presenteara o doutor Nuri com um livro de codificação especial do sultão. Era o tipo de livro que Abdul Hamid dava a embaixadores, líderes locais e espiões de todas as nacionalidades quando queria estabelecer uma relação mais próxima e uma linha de comunicação direta, fora dos canais burocráticos da Sublime Porta.

O doutor Nuri abraçou a princesa Pakize e lhe contou as novidades, depois pegou o livro de codificação do fundo da valise e se concentrou avidamente em decifrar o primeiro telegrama, letra por letra, dígito por dígito. Mas estava destreinado, e enquanto folheava as páginas do livro procurando as letras e palavras que correspondiam a cada número, se deu conta de que estava penando. Como a esposa o rodeava enquanto ele se esforçava, pediu ajuda. Logo perceberam que certas palavras de uso frequente tinham sido traduzidas em números de dois dígitos, e depois disso logo decifraram os telegramas.

O primeiro viera direto do palácio. Decretava que o médico e príncipe consorte estava incumbido, devido à morte do Bonkowski paxá, de supervisionar a luta contra a peste na província de Mingheria e sua capital, Arkaz, e ordenava que fosse para a ilha imediatamente. Também mandava o capitão russo do *Aziziye* levar a princesa Pakize, o príncipe consorte Nuri e o major Kâmil à ilha de Mingheria sem delongas. O segundo, também enviado pelo palácio e expressamente apresentado como ordem pessoal do sultão, era claro quanto à possibilidade de que o Bonkowski paxá tivesse sido "assassinado" e solicitava que o médico e príncipe consorte atuasse "como detetive" e assistisse o governador Sami paxá em suas investigações para esclarecer a questão.

"Eu bem que falei que meu tio não nos deixaria aproveitar a viagem!", disse a princesa Pakize. "Não tenho dúvida de que foi ele quem mandou matar o Bonkowski paxá."

"Você não deveria tirar conclusões precipitadas!", retrucou o médico e príncipe consorte. "Antes, vou te contar em que situação se encontra a instituição internacional de quarentenas."

O *Aziziye* zarpou prontamente do porto de Alexandria com seus três passageiros a bordo e passou a noite inteira avançando em direção ao norte. Depois que a noite caiu, enquanto o progresso do navio era retardado pelo forte vento *poyraz* que vinha do nordeste, o médico e príncipe consorte achou que estava na hora de apresentar à esposa a ideia de que talvez não tivesse sido seu tio Abdul Hamid quem tivesse mandado matar o pobre coitado do Bonkowski paxá e de que era no mínimo plausível que outra força estivesse envolvida. Assim, na cabine dos dois, ele começou a descrever à esposa as políticas das operações globais de quarentena.

Em 1901, os britânicos, franceses, russos e alemães, que viviam um período de dominância militar, política e médica global, acreditavam que a peste e o cólera haviam se espalhado para a Europa e o resto do mundo a partir de Meca e de Medina, e que quem levava essas doenças ao Ocidente (à Ásia Ocidental, à Europa Meridional e ao Norte da África) eram os muçulmanos que peregrinavam até o Hejaz. Em outras palavras, a origem das epidemias mundiais de peste e cólera eram a China e a Índia, e o centro de distribuição seria a província do Hejaz, do Império Otomano. Médicos e especialistas em quarentena que trabalhavam em todos os cantos do Império Otomano, fossem cristãos, muçulmanos ou judeus, no fundo sabiam que, do ponto de vista da medicina, infelizmente essa alegação era verdadeira. Mas alguns deles, em especial os médicos muçulmanos mais jovens, também achavam que as potências ocidentais exageravam esse ponto por motivos políticos e o usavam em prol da humilhação intelectual, espiritual e militar de povos e nações do mundo externo à Europa. Quando os britânicos declararam: "Se vocês não são capazes de proteger nossos súditos indianos da doença durante a haje, a peregrinação a Meca, nós os protegeremos!", todo mundo do lado otomano — inclusive o próprio sultão Abdul Hamid — entendeu que essa não era apenas uma manifestação de desdém pelo modo como os otomanos lidavam com questões médicas, mas também uma ameaça militar. Tinha sido por isso que Abdul Hamid ("Seu tio!", disse o doutor Nuri, olhando nos olhos da esposa) gastara tanto dinheiro para montar centros de quarentena no Hejaz. Tinha construído novas estações de quarentena, postos avançados do Exército e docas na ilha de Kamaran, na boca do mar Vermelho, e mandado seus melhores médicos para lá.

As estações de quarentena montadas na província do Iêmen do Império Otomano, na ilha de Kamaran no mar Vermelho, eram na época o maior centro de quarentena do mundo, em termos tanto de capacidade como de área. Ao descrever sua primeira visita à estação, sete anos antes, durante uma epidemia de cólera surgida no auge da época da haje, o doutor Nuri não escondeu suas emoções. Naqueles primeiros anos, muitas vezes chegara a chorar diante do sofrimento, sobretudo de peregrinos indianos e javaneses amontoados nas entranhas de barcos podres, desajeitados, que em geral navegavam sob a bandeira britânica. Com o tempo, veria a situação de todos os navios com peregrinos que zarpavam de qualquer porto indiano se tornar ainda mais desesperadora. Agências de viagens britânicas em Karachi, Bombaim e Calcutá obrigavam os passageiros a comprarem passagens de volta, mas, naquela época, um em cada cinco peregrinos indianos que embarcavam para fazer a haje morria em Meca ou não podia retornar.

O doutor Nuri tinha visto como, apesar do preço alto das passagens que cobravam dos peregrinos, os navios de passageiros da rota Bombaim-Gidá talvez projetados para transportar no máximo quatrocentas pessoas acabavam navegando com um contingente entre mil e mil e duzentos aspirantes a hadjis a bordo, apertados feito sardinhas até no porão de carga. Capitães gananciosos de navios a vapor espremiam peregrinos nos cantos mais impensáveis, como a amurada do convés superior, uma das partes mais estreitas da embarcação, ou até no telhado plano da cabine, de modo que quem achava um lugar onde ficar de pé não tinha como se curvar ou se sentar, e quem estava sentado ou tinha a grande sorte de ter espaço para se deitar sabia que perderia o lugar caso se levantasse e por isso evitava mexer mesmo um dedinho. Enquanto contava essa história, o príncipe consorte imitava como os peregrinos desses navios se encolhiam para se sentar.

Em seu barco de oficial de quarentena, vendo-o se aproximar daqueles navios enferrujados, ressecados pelo sol, que pareciam perder peças à medida que navegavam e estar sempre prestes a afundar, o doutor Nuri ficava perplexo

85

e até meio alarmado ao avistar a multidão de cabeças masculinas que o fitavam dos conveses e pelas escotilhas e por todas as outras frestas existentes. Depois que subia a bordo para fazer a inspeção, escoltado por soldados, ele logo se dava conta de que todas as superfícies disponíveis estavam cobertas de peregrinos sentados ou deitados, que provavelmente havia três vezes mais pessoas escondidas dentro do navio do que as multidões apocalípticas que tinha visto de fora, e que todos aqueles indianos aspirantes a hadjis estavam esgotados e exaustos, se não já adoentados.

A multidão de peregrinos esperançosos era tão densa que mal havia espaço para atravessá-la, e o doutor Nuri contou que às vezes precisava chamar os guardas armados para ajudá-lo a abrir caminho até o capitão. A uma pergunta da esposa, explicou que em sua maioria esses barcos eram navios de carga sem acomodação para passageiros. Descendo às entranhas escuras e pútridas do porão, ele sentia naquela vastidão desprovida de escotilhas ou janelas o contorcionismo e a humanidade de centenas de peregrinos apavorados, ouvia alguns gemendo ou rezando, via outros imóveis, observando-o com um silêncio inquisidor. Esses porões de carga ficavam tão escuros que após o anoitecer os médicos de quarentena haviam sido proibidos de entrar. "Mas eu não devia falar tanto dessas coisas e deixar você angustiada à toa!", disse ele.

O doutor Nuri percebia que, para a esposa, as pessoas que havia descrito pareciam desamparadas e desesperadas, e diante desse equívoco, foi impossível não lhe dizer a verdade: peregrinos que se propunham a fazer a peregrinação eram, a bem da verdade, relativamente ricos nos países de onde vinham. Alguns vendiam a terra ou a casa que tinham para pagar a viagem; outros passavam anos economizando; outros ainda empreendiam aquela jornada pela segunda vez, embora soubessem como era árdua e cara. Ao longo dos últimos vinte anos, a introdução de navios a vapor e a queda no preço das passagens haviam multiplicado o número de peregrinações anuais ao Hejaz, fazendo com que se aproximasse das duzentas e cinquenta mil. Nunca na história homens muçulmanos do mundo inteiro, de Java ao Marrocos, tinham se reunido e se comunicado em números tão vastos. O doutor Nuri se lembrou de um dia de festival religioso, quando ao avistar um imenso agrupamento de barracas e ombrellones de peregrinos pensou que aquela imagem prodigiosa encantaria "seu tio" Abdul Hamid, que estava louco para tomar o poder do islã e do califado.

"É muito meigo da sua parte tentar me fazer enxergar meu tio sob uma luz mais gentil!", disse a princesa Pakize. "Imagino que tenhamos uma dívida de gratidão a ele por ter orquestrado nosso encontro."

"Seu tio está nos mandando a Mingheria para solucionar o assassinato. Você não deveria dizer que ele ordenou a morte do Bonkowski paxá."

"Pois bem, não vou mais repetir o que eu disse!", declarou a princesa Pakize. "Mas você pode me contar todas as suas histórias mais sombrias e mais terríveis sobre o cólera."

"Receio te contar e você ficar com medo de mim e deixar de me amar."

"Pelo contrário! Eu te amo ainda mais por você ter trabalhado nos cantos mais tristes do império. Mas agora quero saber da sua história mais horrível."

Eles foram juntos ao convés, e foi lá que o doutor Nuri falou à esposa aristocrata dos sanitários decrépitos que eram construídos em torno das amuradas dos navios de peregrinos que cruzavam o Mar da Arábia. Os poucos vasos à disposição nessas embarcações abarrotadas a um ponto cataclísmico ou estavam todos quebrados, para começo de conversa, ou ficavam entupidos após um dia de navegação devido ao mau uso e à procura excessiva. Capitães europeus astutos contornavam o problema fazendo latrinas com passadiços bambos suspensos sobre o mar, pendurados com cordas nas laterais do convés principal. Longas filas se formavam em todos os navios que iam da Índia ao Hejaz, e às vezes estouravam brigas. Nas noites de tempestade, peregrinos que faziam as necessidades nessas latrinas suspensas caíam e despencavam direto no Mar da Arábia, onde viravam banquete de tubarões ferozes. Entre os peregrinos que iam no porão, os mais precavidos e experientes se aliviavam em baldes e penicos que levavam para a viagem e depois abriam a escotilha para jogar a porcaria no mar. Mas quando o mar estava agitado e não dava para abrir as janelas, os baldes e penicos balançavam de um lado para o outro até derramar. Tendo descrito como o fedor dos excrementos se misturava à catinga dos cadáveres dos peregrinos que silenciosamente pereciam de cólera no breu do porão, o doutor Nuri fez um longo momento de silêncio.

"Por favor, continue!", pediu a princesa Pakize depois de um tempo.

Eles voltaram para a cabine e o doutor Nuri começou a contar à esposa sobre os hadjis do Norte da África, um assunto que ele desconfiava que seria menos inquietante para ela. Depois de despedidas com orações e cerimônias cheias de particularidades, ao zarparem de portos como o de Alexandria ou o de Tripoli, esses peregrinos chegavam às terras santas através do canal de Suez e viajavam com mais conforto e tranquilidade. Mas o doutor Nuri também já havia constatado que as normas eram mais relaxadas e complacentes, o que acarretava a disseminação das doenças mesmo nesses navios de peregrinos que partiam do Norte rumo ao Hejaz. Nesses navios relativamente abastados que iam do oeste para a terra santa, ele vira peregrinos árabes e seus criados arrumarem pratos de azeitonas, queijo e pão árabe no convés, com um ou outro bon vivant chegando a ponto de mandar os criados montarem uma grelha no canto de um convés apinhado a fim de prepararem kebabs. Uma vez, em Alexandria, ele ficara observando um oficial de quarentena britânico que fiscalizava o navio ordenar os soldados a jogarem na água uma grelha e outras parafernálias, e descreveu para a esposa o tumulto que a atitude causou.

"Agora me diga, minha senhora, quem é o culpado por essa situação, e quem foi que se comportou da forma errada?"

"A pessoa não deveria consumir alimentos e bebidas a bordo de um navio de quarentena!", declarou a princesa Pakize, que imediatamente entendeu a intenção da pergunta.

"É verdade, mas o oficial britânico também não tem o direito de jogar os pertences alheios no mar!", disse o doutor Nuri, adotando de propósito um tom professoral. "Um oficial de quarentena não pode simplesmente apresentar restrições e se fiar na ameaça da força militar para implementá-las; ele também precisa convencer as pessoas a segui-las por vontade própria. O peregrino que tem a grelha atirada ao mar passa a ver o inglês ríspido e descortês como inimigo. Ele desacata as normas do oficial por princípio, até que a quarentena, aos poucos, mas sem volta, acaba sendo um fiasco. Em Bombaim, já aconteceram revoltas provocadas pelos métodos draconianos e humilhantes dos oficiais britânicos. Já apedrejaram veículos que transportavam os enfermos, já atacaram médicos. Funcionários do governo britânico já foram assassinados nas ruas. Agora os britânicos pararam até de dizer que o cólera se espalha pelo Ganges, já que a declaração pode instigar mais rebeliões."

"Se a situação está tão ruim assim por lá, então quando formos embora de Mingheria não deveríamos parar em Bombaim, mas ir direto para a China", disse a princesa Pakize.

88

10.

Adormeceram nos braços um do outro. De manhã, quando diminuiu o barulho dos pistões que se movimentavam dentro do navio a vapor, eles foram ao convés. No momento em que a primeira luz do dia nasceu à direita do navio, a sombra escura de Mingheria se materializou no horizonte azul. Uma brisa amena ganhou força e os olhos deles marejaram. A silhueta alta e escura da ilha se tornava mais nítida.

O sol aparecia, levando um brilho rosado para a cadeia de despenhadeiros íngremes e montanhas pontudas, escarpadas, que começava na Montanha Branca e acompanhava a costa leste da ilha, enquanto as encostas voltadas para o oeste pareciam tingidas de roxo, em alguns pontos num tom quase crepuscular. À medida que o *Aziziye* se aproximava, o panorama — o mesmíssimo panorama que todos os pintores que visitavam a ilha desde a década de 1840 haviam retratado com tanto entusiasmo e que fora descrito em estilo bastante poético em muitos diários de viagens — adquiria um toque cada vez mais sobrenatural.

Quando o Farol Árabe ficou visível a olho nu, o capitão deu uma guinada rumo ao porto, e a vista descrita ora como "digna de um conto de fadas" ora como "mítica, talvez até sinistra" se tornou mais definida.

A visão do magnífico castelo com suas singulares torres afiladas e os edifícios e pontes atrás dele, construídos com a mesma pedra mingheriana rosa e branca, gerava um impacto ainda mais intenso e fascinante no observador. Eles viram a vegetação que crescia nos despenhadeiros escarpados da ilha e as cores das telhas vermelhas e as paredes brancas da cidade, e sentiram a presença de uma luz extraordinária pairando sobre tudo.

O major Kâmil, guarda-costas da princesa, também subira ao convés e apreciava a vista com eles.

"Devo dizer, meu senhor, que estou animadíssimo, pois nasci e fui criado em Arkaz!", ele declarou de repente.

"Que coincidência maravilhosa!", disse o doutor Nuri.

"Vai ver que não é coincidência", respondeu o major, cuidando de se dirigir apenas ao médico e príncipe consorte, para evitar que ele ficasse incomodado de ver outro homem falar diretamente com a esposa. "Vai ver que nosso sultão tão compassivo sabe que sou mingheriano e justamente por isso me incluiu na delegação."

"Os interesses do nosso sultão são muitos, e ele nunca esquece das coisas que descobre!", comentou o doutor Nuri.

"Do que o senhor mais gosta na ilha?", perguntou a princesa Pakize.

"Eu gosto de tudo", o major afirmou com diplomacia. "Minha senhora, a melhor coisa de Mingheria é que ela é exatamente como eu a conheci e exatamente como eu gostaria que fosse!"

Iam em direção ao sul depois de passar por uma ilhota rochosa que abrigava um gracioso prédio branco da era veneziana, conhecido entre os moradores como Torre da Donzela, outrora usada como zona de quarentena. A essa altura já conseguiam distinguir as colinas, os telhados e os muros rosados de Arkaz, a maior e mais conhecida cidade de Mingheria, e até ver alguns salpicos de cor, o verde das palmeiras, as venezianas azuis das casas. Os três domos que sintetizavam o histórico veneziano, bizantino e otomano aos poucos entravam no campo de visão, todos alinhados num mesmo horizonte: na face leste da ilha, os da Igreja Católica de Santo Antônio e da Igreja Ortodoxa de Hagia Triada; e, situada na primeira colina do lado oeste, que era relativamente plana, o da Mesquita Nova, a maior da ilha. Conforme nossos viajantes se aproximavam, seus olhos estudavam os contornos sinuosos desses três domos, cuja silhueta nos últimos anos era frequentemente retratada por pintores europeus. Mas depois da Montanha Branca, era o colossal Castelo dos

Cruzados que dominava a cidade e sua paisagem. Avultando-se sobre o caminho de qualquer embarcação que por acaso passasse por aquele canto do Levante, o castelo em tons rosados lembrava a quem o observava que havia gente vivendo e trabalhando na ilha, travando guerras e se massacrando desde tempos imemoriais, tempos ainda mais antigos do que os contos de fadas.

Agora a proximidade era tanta que enxergavam estruturas menores, as casas, as árvores, e sentiam a vida avançar pelas encantadoras ruas e praças de Arkaz. Distinguiam nitidamente a sacada com colunatas da Residência do Governador e da Sede do Governo, a nova agência dos correios que ficava na mesma rua, a Escola Secundária Grega e as paredes da nova Torre do Relógio que ainda estava em construção. O capitão diminuiu o ritmo dos motores e, no silêncio que se fez, os passageiros reconheceram que ali o brilho do sol, o verde das palmeiras e figueiras e o azul do mar tinham uma textura diferente. Ao inspirar o aroma das flores de laranjeira, a princesa Pakize não teve a impressão de que iam para uma cidade às raias de uma epidemia de peste e de uma eclosão de conflitos políticos sangrentos, mas de que chegavam a uma cidadezinha litorânea pacata, que dormitava sob o sol por séculos.

A cidade não parecia muito movimentada à luz da manhãzinha. Nas mansões e casas feitas de pedra rosa-clara que ocupavam as colinas arborizadas que surgiam da costa, as janelas e venezianas ainda estavam todas fechadas. Não havia nenhum barco digno de nota na doca a não ser dois cargueiros, um francês e outro italiano, e um punhado de veleiros pequenos. O doutor Nuri não viu bandeira de quarentena em nenhum deles, nem indícios de precauções em terra firme para impedir a disseminação da doença. Mas no lado oeste do porto, à esquerda do *Aziziye*, ele percebeu — e secretamente identificou como um dos possíveis epicentros do surto — vários quebra-mares abandonados, prédios em ruínas, alfândegas antigas e novas, e cortiços e casas dilapidadas onde vivia a população mais pobre.

Parada a seu lado no convés, olhando a água turquesa que os cercava, a esposa fitava o mar como se perdida em recordações, arrebatada pelas rochas no leito do mar, os peixes ágeis, agressivos, do tamanho de um punho, e as algas de tons verde-claro e azul-escuro que mais pareciam flores. O espelho liso do mar devolvia um reflexo reluzente das casas, em sua maioria rosadas e brancas, mas com uma ou outra cor de laranja e marrom, as árvores de diversos tons de verde, as torres afiladas do castelo e os domos de liga de estanho das igrejas e mesquitas. O médico e príncipe consorte e a princesa Pakize ouviam o sussurro da proa pontuda cortando as águas. Então houve um momento de silêncio tão perfeito que do convés eles escutaram os galos cantando na cidade, os cachorros latindo para o nada e até o zurro de um jumento.

O capitão tocou a buzina do navio duas vezes. Acostumados a receber uma balsa por semana vinda de Istambul e duas de Esmirna, Alexandria e Tessalônica, os mingherianos de Arkaz ficaram surpresos e encafifados ao ouvir o apito de um barco inesperado. Como sempre, o som da buzina ecoou entre as duas colinas da capital. O major percebeu que as ruas onde tinha passado a infância se avivavam. Uma carroça puxada por um cavalo se arrastava em frente à série de hotéis, agências de viagens, restaurantes, clubes noturnos e cafeterias que tomavam conta da avenida do Píer, enquanto um pouco mais adiante, na avenida Hamidiye, onde ficavam a agência dos correios e a Sede do Governo, uma bandeira otomana ondulava atrás de uma fileira de árvores. Essas duas ruas que corriam paralelas à beira-mar eram ligadas pela curtíssima e íngreme rua Istambul, agora povoada por um ou outro pedestre. O major ficou feliz ao ver que já distinguia o chapéu e o fez dos homens, mesmo à distância. Os letreiros do Banco Otomano e do Thomas Cook que vira em sua viagem anterior à ilha continuavam ali. Agora as palavras SPLENDID PALACE também estavam em letras garrafais no alto do hotel com esse nome. Do porto, ele não via a casa da família onde tinha passado a infância inteira, mas discernia o minarete atarracado da pequena Mesquita Saim Paxá, o Pio, no alto da ladeira que dava no mercado.

O porto de Arkaz era um ancoradouro natural, com um formato quase perfeito de lua crescente. O colossal castelo que os cruzados haviam construído no promontório imponente, na ponta sudeste da lua crescente, antes era uma cidade e tinha a própria caserna, assim como os castelos de Malta e de Bodrum. Mas apesar do tamanho do castelo e da existência de um porto natural, fora impossível construir uma doca capaz de acomodar as embarcações mais novas, maiores, da era moderna. Os molhes improvisados erguidos trinta anos antes, no ápice do comércio de mármore mingheriano, que possibilitavam que a pedra fosse carregada em navios mercantis que partiam diariamente rumo a Esmirna, Marselha e Hamburgo, não tinham estrutura para manejar o tamanho dos cruzeiros modernos. De qualquer modo, os barcos a vapor de passageiros, que na época se tornavam cada vez maiores, haviam sido proibidos de entrar no porto sete anos antes, depois que um barquinho russo que tentava atracar em um dos molhes antigos acabou se chocando contra as rochas.

Portanto, assim como todos os navios de passageiros que chegavam a Arkaz, o *Aziziye* fez barulho ao ancorar nas águas ao largo do porto e iniciar a espera. Quando era criança, esse era o momento predileto do major. Cada vapor novo — cada "balsa", em outras palavras — que chegava trazia nova mala postal, novos viajantes, novas mercadorias para as lojas e certa expectativa. Assim que um navio ancorava, um bando de barqueiros e carregadores, todos agindo segundo as instruções de um supervisor, se aproximava imediatamente para buscar os passageiros e suas bagagens e levá-los de barco até a costa. Cada supervisor tinha sua equipe de carregadores e remadores, que viviam competindo para levar o máximo de passageiros e o máximo de bagagens à terra firme — e ganhar o máximo de gorjetas — que conseguissem.

Assim que ouviam o apito de uma linha de passageiros, Kâmil, filho de Mahmut, seus colegas da Escola Militar e muitas outras crianças e adultos iam correndo às docas para assistir ao tumulto que se seguia. As crianças sabiam da concorrência entre as equipes dos barcos e apostavam qual barco a remo chegaria primeiro ao navio, valendo como prêmio os biscoitinhos de amêndoas ou os famosos biscoitos de nozes com rosas da loja do Zofiri. Às vezes as ondas se avolumavam, chegando a alturas monumentais, e os barquinhos sumiam entre elas, ressurgindo, para o alívio de todos, na crista da onda seguinte, e seguiam até o navio de passageiros. Já na costa, os parentes dos passageiros que chegavam, seus criados e carregadores e todo mundo que estivesse perambulando por ali virava uma massa de gente ao se misturar com quem aguardava para embarcar no mesmo navio e ir embora. Ao desembarcar, os recém-chegados eram imediatamente cercados por recepcionistas dos hotéis, guias turísticos, carregadores e vigaristas, suas bagagens eram carregadas sem que dessem permissão, e bandos de cocheiros, batedores de carteiras e mendigos os atacavam em busca de uma oportunidade, e era por isso que, a mando do próprio governador Sami paxá, agora os gendarmes também se postavam nas docas sempre que um navio de passageiros estava para chegar. Mas nem eles haviam conseguido instilar alguma ordem aos trabalhos, e as escaramuças e o caos continuavam.

93

Enquanto relembrava essas cenas da infância, o major também ficava de olho na princesa — que naquele instante se agarrava ao marido ao mesmo tempo que galgava a escada que levava do *Aziziye* ao barco a remo que os aguardava — e se perguntava se a multidão, a poeira e a balbúrdia nas docas a importunariam. Sem dúvida também haveria grupos de crianças impertinentes fazendo palhaçadas na esperança de que um turista europeu ou um árabe rico que desembarcasse naquele dia lhes atirasse uma moedinha. Elas também poderiam incomodar a princesa. Mas quando o barco a remo se avizinhou da costa, o major viu que as docas estavam na mais perfeita ordem e se deu conta de que provavelmente haviam organizado uma recepção especial para a filha do antigo sultão.

Fazia três anos que o governador paxá não saía da ilha, mas graças aos jornais que lia e aos amigos que tinham a sorte de viajar, ele conseguia ficar sabendo, ainda que com certo atraso, de todas as fofocas de Istambul, qual atitude tola abalara a reputação do paxá, qual artifício astuto fizera esse ou aquele ministro cair nas graças de Abdul Hamid, qual filha de Sua Alteza Sereníssima seria a próxima a casar e de que família vinha o homem escolhido para ela, quais neuroses Abdul Hamid havia adquirido nos últimos tempos e quem fora indicado a qual embaixada estrangeira. Já tinha ouvido, portanto, e até lido a respeito nos anúncios oficiais publicados nos jornais, que um mês antes Abdul Hamid providenciara três noivos de baixo nível hierárquico e sem nada de excepcional para casar as filhas do antigo sultão Murade v, seu irmão mais velho "desvairado", mantido trancafiado havia anos em um palacete minúsculo no complexo de Çırağan. O governador paxá também ficara sabendo que, ao que tudo indicava, o médico que casara com a caçula de Murade v era um talentoso especialista em quarentenas.

O governador Sami paxá queria que a recepção fosse digna da primeira princesa real da história a sair de Istambul e por isso pedira ao comandante da tropa militar que fosse ao porto com sua banda de metais. A maioria dos oficiais mais velhos baseados na ilha não sabia nem ler nem escrever direito. Após o infame episódio do Motim do Navio de Peregrinos, resultante de uma operação de quarentena levada a cabo de forma tosca, Abdul Hamid enviara à ilha dois batalhões de infantaria de Damasco que não falavam nem uma palavra de turco. Dois anos antes, para combater o tédio um jovem capitão do Exército lá exilado devido a algum delito disciplinar tinha criado uma banda de metais, similar à banda do Exército de Istambul, mas bem mais modesta, e apesar de depois ter sido perdoado e de ter voltado para Istambul no ano anterior, o governador paxá, ocupado com os preparativos das comemorações do aniversário de vinte e cinco anos da ascensão do sultão ao trono, havia determinado que a banda continuasse suas atividades sob a supervisão do professor Andreas, que lecionava música na Escola Secundária Grega.

Portanto, quando a princesa Pakize e o marido pisaram em Mingheria, foram recebidos pelas notas da "Marcha do Mecidiye", composta em homenagem ao pai do sultão, e em seguida pela "Marcha de Hamidiye", criada para assinalar o reinado de Abdul Hamid. O medo da doença vinha afligindo as pessoas, mas a música foi um tônico. Os vadios, os abelhudos e os carregadores que tinham ido à doca para ver o navio chegar, os cocheiros, lojistas, comerciantes e operadores de telégrafos que assistiam à cerimônia de longe, as pessoas debruçadas nas janelas e sacadas, todos por um instante se sentiram mais animados. Nos jardins e terraços dos hotéis que enchiam o porto e a colina que havia depois dele, turistas europeus, aventureiros estrangeiros e ilhéus abastados desviaram os olhos de sua xícara de chá e ficaram pensando no significado daquela música. Então começou a tocar uma terceira marcha. Tratava-se da alegre "Marcha naval", composta em tenra idade pelo prodígio da música e do piano Sua Alteza o príncipe Burhanettin, o favorito dos oito filhos de Abdul Hamid, aquele que o sultão queria sempre a seu lado.

Depois de muitas décadas de calmaria e paz, tanto a província de Mingheria como sua capital Arkaz haviam sido importunadas nos últimos dois anos por uma série de conflitos violentos, assassinatos e diversos infortúnios, e os últimos rumores de peste só serviram para aumentar a sensação geral de mal-estar. Quando olhou para a multidão de cristãos e muçulmanos que saiu para ouvir as marchas e percebeu a expressão afável e séria no rosto deles, o governador Sami paxá chegou a uma conclusão otimista: o povo via que as tensões políticas da ilha estavam sendo manipuladas para acirrar a guerra entre cristãos e muçulmanos, como ocorrera em outras ilhas mediterrâneas do Império Otomano, mas não desejava esse embate e esperava que o governador e as instituições do Estado interferissem para retomar o controle da situação da ilha.

O governador Sami paxá recebeu o médico e príncipe consorte Nuri na doca e se apresentou. Já que não sabia muito bem como se dirigir à filha do antigo sultão sem atiçar a desconfiança de seu tio Abdul Hamid, ele resolveu que seria melhor observar como o marido dela se comportava e se adaptar.

Depois de casar com uma princesa otomana, o doutor Nuri aprendeu rápido a lidar com esse tipo de cerimônia oficial e suas torrentes de bajulações e servilismos. Quando saíram do barco a remo, que balançava um pouco na água, não se surpreendeu muito ao ouvir as marchas, apesar de não se tratar de uma tradição, e tampouco se entediou diante das felicitações prolongadas do governador paxá pelo casamento. Uma multidão os cercou, falando grego, francês, turco, árabe e mingheriano. O governador já havia preparado para eles o landau blindado antes reservado ao Bonkowski paxá e seu assistente, e tinha até lhes providenciado uma tropa de guarda-costas experientes. Esses guardas intimidantes, bigodudos, chamavam muita atenção, e quando o landau foi embora do porto e subiu a avenida do Píer, seus passageiros viram que observadores de chapéu e de fez os espiavam com curiosidade. Era sabido que nos territórios provinciais do Império Otomano, e com as únicas exceções de Esmirna, Tessalônica e Beirute, qualquer um que fosse visto passeando por determinada cidade — não interessava seu nível de desenvolvimento — de chapéu e usando camisa e gravata só poderia ser cristão. Essa verdade, que o doutor Nuri descobrira por experiência própria, a esposa compreendeu naquele instante, em um momento de súbita intuição. Os dois também entenderam que naquela ilha os muçulmanos estavam não só nos bulevares e dentro ou nos arredores dos hotéis, mas em outro lugar, num segundo plano. O doutor Nuri já conseguia imaginar a cidade lutando contra a doença, um palco para cenas de devastação cataclísmica, mas por enquanto essas imagens seriam um segredo que guardaria dentro de si.

Pela janela do landau blindado, marido e esposa examinavam os edifícios ao estilo europeu e os hotéis, restaurantes, agências de viagem e lojas de departamento da rua Istambul. Dentre as lojas do lado direito havia uma de tecidos, outra de roupas, um sapateiro, um armarinho, uma livraria (a Medit, que era a única de Mingheria e dispunha de obras em grego, francês e turco) e lojas que vendiam louças e talheres, móveis e têxteis importados de Tessalônica e Esmirna. Para proteger as janelas do clarão do sol, os donos baixavam os toldos listrados até onde dava. Os jardins da cidade, magníficos com suas palmeiras, pinheiros, limoeiros e tílias, surpreendiam os visitantes pelo tamanho e pela diversidade de plantas e flores. O aroma fragrante de rosas azuis, cor-de-rosa e roxas era inebriante. Ficaram fascinados com as ladeiras estreitas que serpenteavam pelas colinas entre rochedos e seixos ou que desciam até o riacho e adentravam os cantinhos mais escondidos da cidade; se encantaram com a mesquita que tinha um único minarete, com as igrejinhas aqui e ali, com as casas de pedras cobertas de heras e suas sacadas ogivais de madeira, edifícios da era veneziana com janelas góticas, cúpulas de tijolos vermelhos do período bizantino. Ao vislumbrar senhores sonolentos e gatos satisfeitos sentados nas portas e debruçados nas janelas, vendo a vida passar, a princesa Pakize e o marido tiveram a impressão de que aquele era um mundo infinitamente mais familiar do que a China que eles imaginavam. Mas também havia um quê de conto de fadas no universo ao redor, despertado pelo sossego das ruas, a miudeza de tudo o que viam e o pavor que sentiam da peste.

O governador paxá havia providenciado às pressas a reforma da ala de hóspedes da Sede do Governo para as visitas. Acompanhou os recém-casados até lá, informando-os que também havia preparado uma residência em outro lugar caso aquela não fosse do agrado. Mas a proximidade desse lugar com os gabinetes do governador e do Estado dava aos recém-chegados uma sensação de segurança.

Construído sete anos antes, em 1894, com fundos liberados por Abdul Hamid em pessoa, e numa época em que o sultão estava envolvido na repressão sanguinolenta dos ataques de guerrilha e das insurreições das populações armênias do império, o prédio de dois andares onde ficava a Sede do Governo de Mingheria impressionava com suas colunas, cúpulas, sacadas e varandas. Todos que passavam por ele — ricos cavalheiros gregos de chapéu fazendo compras no Centro; vagabundos desempregados perambulando pela avenida Hamidiye e pelas cercanias das docas depois da desativação definitiva das pedreiras de mármore mingheriano; aldeãos de passagem por Arkaz — ficavam igualmente perplexos com o esplendor neoclássico. A fachada graciosa, cheia de enfeites e ornamentos, a imensa varanda perfeitamente situada para que a autoridade discursasse para as multidões e os degraus e colunas brancos da entrada reiteravam a sensação de que o decadente Império Otomano ainda era uma força digna de nota, e com apreço pelas tentativas francas de parecer ao mesmo tempo muçulmana e moderna. O governador Sami paxá, cuja residência e cujos gabinetes situavam-se em outra ala do mesmo prédio, ficou contente ao ver a filha do antigo sultão instalada com o marido na ala de hóspedes.

Formada por dois ambientes contíguos e com um aroma agradável — como a princesa Pakize logo reparou — de "madeira e sabonete de água de rosas", a residência de hóspedes também tinha uma escrivaninha cuja vista dava para o castelo, o porto e as belas paisagens e jardins da cidade, que fez a princesa se lembrar da promessa feita à irmã mais velha, depois dos inúmeros acontecimentos felizes e decisivos que tinham ocorrido em seus últimos dias em Istambul, e os envelopes, os elegantes papéis de carta e os apetrechos de escrita de prata, de muito bom gosto, que Hatice lhe dera para que cumprisse a promessa. "Minha querida Pakize, você está a caminho da China, de terras distantes e reinos dos contos de fadas; quem sabe quais maravilhas não vai encontrar por lá! Promete que vai me escrever contando tudo o que vir e ouvir?", Hatice dissera à adorada irmã, presenteando-a com um kit de escrita enquanto se despediam. "Você vai ver que pus duas resmas de papel, assim pode escrever o quanto quiser. E não deixe de escrever para a sua Hatice todo dia!" Então a princesa Pakize prometeu escrever à irmã querida falando de tudo o que visse, ouvisse e sentisse durante suas viagens. Depois as duas se abraçaram e choraram.

11.

Nesse ínterim, em um depósito dois andares abaixo da janela atrás da escrivaninha à qual a princesa estava sentada redigindo cartas, o cadáver do Bonkowski paxá jazia sob um monte de gelo trazido das cozinhas. Os guardas municipais tentaram transferir o corpo para o Hospital Theodoropoulos, mas ele já estava cheio de doentes acometidos pela peste, e assim, seguindo as novas ordens do governador, levaram o cadáver do inspetor-chefe assassinado de volta à Sede do Governo para que ficasse protegido. O governador planejava um funeral grandioso a fim de intimidar os responsáveis pelo assassinato e aplacar as facções dissidentes da ilha, o sultão Abdul Hamid e os burocratas palacianos.

O governador foi à praça Hrisopolitissa assim que soube do homicídio, e a visão do corpo ensanguentado e arruinado e do rosto desfigurado do Bonkowski paxá o afetou tanto que ele começou a prender gente no momento em que voltou à Sede do Governo. Nos dois dias que se passaram até a chegada do médico e príncipe consorte, o governador paxá havia detido quase vinte suspeitos de três facções locais diferentes.

Antes da data marcada para o encontro do Comitê de Quarentena, e a mando do sultão, o governador convocou uma reunião em seu gabinete para trocar ideias sobre essas questões com o escrutinador-chefe Mazhar efêndi e o príncipe consorte Nuri.

"Sou da opinião de que existe uma conspiração por trás do assassinato", o governador começou, "e de que vai ser impossível vencermos esse surto sem antes desvendar a verdade sobre a morte do Bonkowski paxá e descobrir e prender os mandantes e os responsáveis. Sua Alteza Serceníssima comparti-lha dessa opinião, e foi por isso que convocou os dois para trabalhar nessas duas frentes. Aliás, os cônsules daqui não levarão os senhores a sério se ambos desconsiderarem completamente o componente político."

"Metade do trabalho na Autoridade de Quarentena do Hejaz era de teor político."

"Então estamos falando a mesma língua", disse o governador. "Mesmo aquilo que a princípio parece não ter nada a ver com política pode revelar, sob a superfície, tudo quanto é tipo de artimanha e intenções nefastas. Me permita uma digressão, por favor, sobre uma questão bastante delicada que por acaso caiu na minha mesa no dia em que cheguei a esta ilha e assumi o cargo, cinco anos atrás. Naquela época, todas as equipes de remadores e car-regadores que serviam aos navios que se aproximavam de Mingheria funcio-navam sob a supervisão de alguma empresa de navegação estrangeira. A com-panhia Lloyd, por exemplo, só trabalhava com o supervisor Aleko (conhecido pelo bigode de pontas curvas); a companhia Pantaleon preferia os remadores e carregadores do Kozma efêndi, e as duas empresas só davam trabalho a es-ses homens. A Thomas Cook, que é uma das maiores, é representada aqui por uma das famílias gregas famosas na ilha, os Theodoropoulos. Ela só trabalha com o barqueiro Stefan efêndi e a equipe dele.

"Além de atuar como agentes dessas empresas de viagem e navegação, esses gregos abastados também serviam como vice-cônsules de diversas na-ções estrangeiras poderosas. O representante dos Mensageiros Marítimos, um grego cipriota chamado Andon Hampuri, também era cônsul da França e continua sendo até hoje. O agente das balsas Lloyd, um grego cretense cha-mado monsieur Frangouli, também atua como cônsul do Império Austro--Húngaro e da Alemanha; e o representante dos barcos Fraissinet é monsieur Takela, vice-cônsul da Itália. Como seria de esperar, todos insistem em ser tratados pelo título mais ilustre de cônsul, e naquela época eles marginaliza-vam o supervisor das equipes muçulmanas, o Seyit, que consideravam ignorante e vulgar, e inventavam todo tipo de desculpa para não dar trabalho a ele e seus homens. A tarefa de descarregar os navios, navegando ou não sob a bandeira otomana, deveria ser dividida igualmente entre todos os barqueiros e carregadores. Mas os muçulmanos recebiam menos encargos do que os outros e tinham tanta dificuldade de sobreviver que às vezes se viam obrigados a vender seus barcos. Quando interferi em defesa desses carregadores, os cônsules começaram a mandar cartas à Sua Alteza Sereníssima e ao palácio para tentar me desabonar. 'Quando o Estado começa a fazer distinção entre seus súditos com base na religião e a favorecer uma religião em detrimento de outra, o império desmorona', eles escreviam nos jornais. Os senhores concordam com essa afirmação?"

"Talvez um pouco, Vossa Excelência... É tudo uma questão de medida, claro."

"Mas eles davam preferência a cristãos, era uma atitude consciente e deliberada. Não é significativo que o sultão não tenha dado importância a nenhum dos relatos contra a minha conduta e tenha me mantido no cargo de governador, se vive transferindo um monte de governadores de uma província para outra? O sultão deve ter considerado totalmente legítima minha recusa a me curvar à pressão dos cônsules, naquelas circunstâncias. O assassinato do químico paxá é claramente uma reação a isso e ao incidente lastimável conhecido como Motim do Navio de Peregrinos.

"Acredito que por trás do assassinato estejam o irmão postiço do xeque Hamdullah, Ramiz, e seu braço direito, Memo, o Albanês, a quem ele emprega para assaltar os povoados gregos da ilha. Essa gente é capaz de tudo para pintar os médicos cristãos como inimigos e provocar conflitos entre cristãos e muçulmanos. E parece que nunca lhes ocorre que esses conflitos podem piorar ainda mais a situação dos muçulmanos da ilha. Vamos descobrir muito em breve de quem partiu a ideia do assassinato, quem eles usaram para cumprir a tarefa e o que estava passando pela cabeça oca deles. O Mazhar efêndi vai botá-los para falar num piscar de olhos, aqui embaixo, na masmorra, e não tenho dúvida de que vai fazer com que incriminem outras pessoas."

"Parece que o senhor já decidiu quem foram os culpados, Vossa Excelência!"

"Sua Alteza Sereníssima espera resultados imediatos. Acredita que se não punirmos prontamente quem planejou e quem perpetrou esse ato hediondo, o Estado vai parecer ineficiente, e nossas medidas de quarentena vão ser um fiasco."

"É indispensável que quem for detido e acusado seja de fato culpado de ter cometido o assassinato, ou no mínimo de tê-lo planejado!"

"Deduzo, usando apenas a lógica, que os nacionalistas gregos não têm nada a ver com o caso!", declarou o governador. "Eles não querem que a população grega da ilha morra de peste, o que significa que gostariam que o Bonkowski paxá fosse bem-sucedido na tentativa de conter a epidemia e, portanto, nunca lhes passaria pela cabeça matá-lo. O senhor é um jovem médico brilhante que conquistou a confiança do sultão. Vou falar sem rodeios, pelo bem do nosso país: primeiro Sua Alteza, o sultão, mandou um químico cristão. Ele foi assassinado. É um peso na minha consciência. Agora mandam um médico muçulmano. Vou ter um cuidado especial com a sua segurança e tomar todas as precauções necessárias. Mas o senhor tem que prestar atenção ao que eu digo."

"O senhor tem toda a minha atenção, Vossa Excelência."

"Não é só dos cônsules que o senhor tem que desconfiar! Caso algum jornalista, grego ou muçulmano, aborde o senhor sob qualquer pretexto — no funeral de amanhã, digamos —, o senhor deve se recusar terminantemente a dar entrevistas. Todos os jornais gregos daqui, sem exceção, recebem ordens do cônsul grego. O maior objetivo da Grécia é apelar às potências estrangeiras ao primeiro sinal de agitação e contar com a ajuda delas para se apoderar de Mingheria ou pelo menos arrancar a ilha do regime otomano, assim como fez com Creta. Eles também imprimem falsidades. Se eu disser 'Eles estão espalhando mentiras e divulgando calúnias' e ousar exigir explicações, os cônsules deles correm até a agência telegráfica e reclamam junto a seus embaixadores em Istambul, que por sua vez transmitem essas queixas à Sublime Porta e ao palácio. A Sublime Porta e o palácio os seguram por um tempinho, depois me mandam uma mensagem cifrada ao estilo 'liberte o jornalista grego'. Então, mesmo que eu feche um jornal, não demora muito para que ele volte a ser publicado, talvez sob outro nome, mas com a mesma redação e usando a mesma gráfica, e só me resta fingir que não estou vendo.

"É preciso que o senhor saiba que nós aqui não somos tão rigorosos quanto Tessalônica, Esmirna ou Istambul. Eu me dou bem com esses jornalistas, e se esbarramos na rua depois que são soltos, eu faço piada, desejo 'uma pronta recuperação' a eles. Claro que temos espiões em todos os jornais, inclusive os publicados em turco. No entanto, se o assunto vier à baila e o senhor ouvir um cônsul ou outro alegar que os cristãos ortodoxos são a maioria aqui, por favor, proteste! As populações cristã e muçulmana da ilha são praticamente equivalentes. Aliás, foi por isso que o finado avô da sua esposa, o sultão Abdul Mejide, decretou, pouco depois de publicar o Édito de Tanzimat, que Mingheria deixasse de ser apenas um distrito modesto da província do arquipélago para ser uma província à parte, independente. Se em todas as outras ilhas a população muçulmana é dez vezes menor, aqui a proporção é quase igual. E isso porque nossos antepassados volta e meia enfiavam os clãs rebeldes e os sectários insubordinados em navios e mandavam todos para cá, exilando essas pessoas nos vales e nas montanhas do norte. Essa prática de assentamento forçado, que persistiu por mais de dois séculos, e que era frequente e periodicamente ressuscitada em novas comunidades, deixou sua marca na ilha. Porém, como os britânicos e os franceses exigiam o fim dessa política otomana de reassentamento forçado, em 1852 o sultão Abdul Mejide surpreendeu todo mundo com um decreto que de repente mudou o status da ilha. A população está satisfeita, é claro, porque agora esse pequeno posto avançado é oficialmente uma província. Tem um pouquinho mais de cristãos ortodoxos que de muçulmanos, mas isso é irrelevante, pois as comunidades ortodoxa e católica daqui são naturais de Mingheria e falavam mingheriano até a conquista bizantina. Muita gente ainda fala. É uma sorte que a maioria da população fale mingheriano em casa e na rua, e que seja — nas palavras do arqueólogo Selim Sahir bei, que esteve aqui para tirar estátuas de uma gruta — descendente direta da tribo ancestral de mingherianos que milhares de anos atrás se afastou de sua terra natal, ao norte do Mar de Aral da era moderna, e veio se estabelecer aqui. Tenho certeza de que é tênue o instinto de ir para a Grécia entre a comunidade ortodoxa, que de qualquer modo já fala outra língua. Me preocupo mais com as famílias que se apegam à identidade grega e balcânica desde a era bizantina e falam grego em casa, e também com a nova geração de gregos modernos que chegaram de Atenas há pouco tempo. Hoje em dia, a visão desses dois grupos está alinhada. Tem também os bandos de agitadores de Creta e até da Grécia, que nos últimos meses foram incentivados pelo sucesso obtido em Creta. Eles se infiltraram nos povoados gregos do norte da ilha e andam fomentando tumultos, exigindo que os impostos sejam pagos a eles e não aos cobradores do sultão. Amanhã, no funeral, eu mostro ao senhor quem são todos esses agitadores."

"Vossa Excelência, é verdade que o senhor também mandou o igualmente estimável assistente do Bonkowski paxá, o doutor Ilias, para a masmorra?"

"Nós prendemos o doutor Ilias e o farmacêutico Nikiforos bei", respondeu o governador. "Tenho plena convicção da inocência dos dois. Mas o Bonkowski paxá teve uma longa conversa com o farmacêutico na véspera de sua morte. Isso já basta para prendê-lo."

"Caso o senhor se indisponha com os gregos, só o anúncio da quarentena já vai ser um transtorno."

"O doutor Ilias estava com outras testemunhas quando o Bonkowski paxá sumiu da agência dos correios. É impossível que ele tenha culpa. No entanto, passou por um susto tão grande que, se eu o soltasse agora, ele fugiria para Istambul na mesma hora. Ele é uma testemunha-chave. Se pusessem as mãos nele, ele seria morto para impedir que prestasse testemunho. Já estão fazendo ameaças a ele, na tentativa de impedi-lo de falar."

"E quem está por trás disso?"

O governador paxá trocou um olhar expressivo com o escrutinador-chefe. Em seguida, disse ao médico e príncipe consorte que, como os cônsules estavam fazendo corpo mole, o Comitê de Quarentena não poderia se reunir no dia seguinte. "É claro que os cidadãos otomanos não podem atuar como cônsules de outras nações, então na verdade eles são *vice*-cônsules... embora não gostem de ser chamados assim. Na verdade, eles são um bando intrometido e impertinente de comerciantes ignorantes que estão fazendo um auê devido a essa bobagem de epidemia só para me prejudicar."

O Hospital Hamidiye, inacabado e praticamente desmobiliado, cuja conclusão estava planejada para coincidir com as celebrações do aniversário de vigésimo quinto ano da ascensão do sultão ao trono, ocorridas no ano anterior, foi declarado aberto por ordem do governador. Ele também observou de passagem, como se fosse um assunto à toa, que o farmacêutico Nikiforos e o doutor Ilias seriam soltos na manhã seguinte. Então o médico e príncipe consorte poderia fazer com que o doutor Ilias o acompanhasse em suas visitas aos doentes, caso desejasse.

12.

A princesa Pakize foi das primeiras a se conformar que a epidemia poderia pôr em risco os passeios. Já que não deixaria a Sede do Governo, ela pediu a seu guarda-costas, o major Kâmil, que jamais desgrudasse de seu marido. À medida que narrarmos a subida do major ao "palco da história" hegeliano na ilha de Mingheria, às vezes repetiremos e às vezes corrigiremos a história que os livros escolares locais contam sobre ele.

O major havia nascido em 1870, e sua patente era mais baixa do que a idade justificaria. Tinha frequentado a Escola Militar da cidade, cujo telhado rosa-claro era visível do porto. Formado como o terceiro da classe de cinquenta e quatro alunos, fora aceito na Academia Militar de Esmirna. Num verão, ao voltar para casa, soube que o pai havia falecido. (Como sempre, a primeira coisa que fez agora, ao chegar à ilha, foi visitar o túmulo do pai.) Em outra visita, dois anos depois, descobriu que a mãe havia casado, e achou o novo marido, o gordo e frívolo Hazım bei, tão asqueroso que passou os dois verões seguintes em Istambul e só voltou após a morte do Hazım bei, quando a mãe o fez jurar que dali em diante visitaria sua cidade todo ano. Até a guerra contra a Grécia, quatro anos antes, que lhe rendera uma medalha, não fizera nada para se destacar no Exército. A mãe, que o aguardava no começo do verão, como de praxe, se assustou quando o viu cruzar o jardim e entrar pela porta dos fundos, mas caiu no choro assim que reparou na medalha em seu peito.

Quando não estava na Sede do Governo nem acompanhando o médico e príncipe consorte, o major Kâmil passava boa parte do tempo em casa com a mãe ou passeando pelas ruas de sua infância. No primeiro dia de volta à terra natal, a mãe o atualizou quanto às fofocas do último ano e o pôs a par de quem casaria com quem, e por quê. Enquanto lhe falava, virava e mexia lhe perguntava se ele também já tinha resolvido se casar.

"Já resolvi", o major declarou. "Tem alguma garota apropriada?"

"Tem uma!", ela respondeu. "Mas é claro que ela precisa te conhecer e ver se também gosta de você."

"É evidente! Quem é ela?"

"Ah, que solidão você deve sentir!", disse Satiye Hanım, percebendo, pelas perguntas que ele fazia, a avidez do filho e beijando-lhe a face ao sentar a seu lado.

Caso alguém perguntasse ao major, dez anos antes, sua opinião a respeito de casamentos arranjados, ele teria se declarado categoricamente contra. Como muitos de seus amigos oficiais, ao se formar na Academia Harbiye, era idealista e se opunha à ideia de que as mulheres cobrissem demais o rosto e a cabeça (ao estilo árabe). Sentia repulsa pelos hadjis proprietários de terras com quatro esposas e por velhos ricos que tomavam moças jovens como noivas. Assim como muitos oficiais jovens, atribuía às tradições nocivas e retrógradas a razão para a rapidez com que o Império Otomano perdia terreno para o Ocidente depois de séculos de domínio militar. Esse jeito relativamente europeu de pensar era sem dúvida influenciado pela origem mingheriana, mediterrânea, e pela familiaridade com a cultura cristã ortodoxa. Na Academia Harbiye, ele também vira as declarações que os grupos de estudantes revolucionários tinham feito contra o sultão. Lera em uma única noite a famosa biografia de Napoleão que todo mundo estava lendo, e tinha entendido o que os heróis da Revolução Francesa queriam dizer — e em alguns momentos concordara plenamente com eles — quando exigiam *Liberté, égalité, fraternité*.

Mas depois de noites de embriaguez e solidão em alguma remota cidade de seu último posto, tomado pelo desespero e inflamado pela ânsia insanável, agoniante de fazer amor, ele abdicara de alguns desses ideais elevados. Feito muitos oficiais, ainda não tinha completado vinte e cinco anos no momento em que começou a prestar atenção quando as pessoas lhe diziam: "Tem uma viúva que seria perfeita para você, muito respeitável".

Foi na esteira de uma dessas sugestões que, aos vinte e três anos, havia casado, sem que a mãe soubesse, com uma viúva árabe de Mosul que mal falava turco e era doze anos mais velha. Foi um daqueles casamentos que os oficiais e os funcionários públicos contraíam sabendo que ao ir embora da cidade só precisariam dizer "Eu me divorcio de você" três vezes, e pronto. A mulher velha e experiente com quem o major havia casado também sabia disso. Consequentemente, ele não sentira muita culpa por se divorciar dela ao receber a notícia de que seria transferido para Istambul, mas nos anos seguintes ele se pegara morrendo de saudade dos olhos grandes de Aysha, de seu olhar carinhoso, inquisidor, e do prazer de segurar seu corpo ágil e vigoroso nos braços.

Naquela época, qualquer servidor público ou oficial solitário, solteiro, transferido para uma cidadezinha ou enviado a uma nova caserna, fazia questão de descobrir onde viviam as mulheres disponíveis, evitava possíveis fontes de sífilis e gonorreia, e ia logo fazendo amizade com os médicos. Era fácil reconhecer os oficiais do Exército, os funcionários do governo e os servidores públicos mandados às províncias que tinham como único desejo voltar a Istambul o mais depressa possível. A burocracia otomana era uma nação autônoma de servidores itinerantes, e o casamento era o único remédio para esse universo de solidão. Deixando de lado as discussões sobre casamento, a sensação de solidão do major também era aguçada a cada caso humilhante de delito, negligência e depravação que testemunhava (e eram muitos) pelos vastos territórios do Império Otomano. A função dele e de seus pares era guarnecer o navio do Estado, mas o navio estava afundando, e era quase impossível impedir que fosse a pique. Dos incontáveis súditos do império, eram pessoas como o major que estavam destinadas a sofrer mais quando a embarcação enfim sucumbisse. Era por isso que muitos funcionários do governo e oficiais do Exército não conseguiam nem imaginar o fim do Império Otomano, assim como não conseguiam nem olhar o mapa de seus antigos territórios.

Uma solução possível era cultivar uma fonte de alegria pessoal, mas o major conhecera pouquíssimos oficiais que haviam conseguido encontrar a felicidade no casamento, tendo que correr de leste a oeste, de continente em continente, e de guerra em guerra. Porém, era normal que ansiasse por alguém com quem dividir a vida (mesmo se não fossem felizes juntos), fazer amor e falar com franqueza e cumplicidade de qualquer coisa, assim como conversava com a mãe e o pai antigamente.

Por um bom tempo, mãe e filho ficaram sentados lado a lado, sem dizer nada. Os corvos faziam bastante barulho ao pousar e alçar voo das árvores do jardim. (Era assim desde que o major Kâmil era criança.) Quando ele repetiu que falava sério a respeito do casamento, a mãe disse que a garota que cogitava lhe apresentar era Zeynep, a filha do guarda da prisão falecido cinco dias antes.

Visto que Satiye Hanım tendia a descrever qualquer moça desimpedida como "muito bonita", a princípio o major não levou muito a sério o tratado da mãe quanto aos méritos desse seu último achado. Mas sempre que ele voltava para casa, a mãe o recebia com uma nova história de Zeynep, e em pouco tempo ele começou a mostrar-se interessado.

Ele ouvia a mãe e depois retomava a leitura e devaneava diante de um livro velho ao qual voltava repetidas vezes durante seus verões, *A Revolução Francesa e a liberdade*, de Mizancı Murat, uma obra lançada em turco em Genebra e contrabandeada de lá para Istambul. Sabia que ser flagrado com esse livro entre seus pertences poderia destruir sua vida, então nunca ia embora da ilha com ele nem dividia aquelas ideias com ninguém.

13.

No landau blindado do governador paxá, percorrendo as ruas estreitas da cidade a caminho dos gabinetes da Autoridade de Quarentena de Mingheria, o doutor Nuri teve a impressão de que vivenciava um dia perfeitamente normal nas periferias do império, e não o início de uma epidemia de peste. Ouviu passarinhos piando nos muros baixos dos jardins que se enfileiravam na colina que descia em direção ao mar, sentiu o aroma de folhas de louro e de semente de anis, contemplou com admiração as enormes sombras lançadas pelas árvores mais gigantescas que já tinha visto em cidades otomanas.

O doutor Nuri trabalhava na Autoridade Otomana de Quarentena havia mais de dez anos. Fora enviado para combater epidemias em inúmeras províncias, cidades e povoados, volta e meia situados a algumas semanas de distância uns dos outros. Nesses lugares mais remotos do império, era a Autoridade de Quarentena local a responsável por identificar quaisquer surtos e alertar Istambul. Entretanto, na prática era mais provável que esse dever urgente e vital fosse cumprido não pelas autoridades de quarentena, mas pelos médicos gregos locais, que trabalhavam em consultórios particulares mas também recebiam pacientes em hospitais, clínicas e farmácias de povoados. Afinal, como os funcionários das organizações de quarentena locais eram servidores do governo imperial e sabiam do fardo pesado da responsabilidade de mandar a Istambul qualquer tipo de aviso infeliz, geralmente eles preferiam não apressar as coisas.

O doutor Nikos, que dirigia a Autoridade de Quarentena de Mingheria e prestava contas ao Gabinete do Governador e ao Gabinete Central de Quarentena em Istambul, tinha, porém, um senso de urgência e uma determinação que faltavam a outros em sua posição, e fora o primeiro a alertar sobre a epidemia na ilha. Ignorando a indiferença inicial do governador, o doutor Nikos também mandara uma série de telegramas insistentes a Istambul, que resultaram no envio do Bonkowski paxá a Mingheria. O governador paxá ficara sabendo dos telegramas e concluíra que o diretor de Quarentena — que por acaso era um grego de Creta, e portanto, aos olhos do governador, não era digno de confiança — era secretamente um nacionalista grego que vinha exagerando de propósito a gravidade dos surtos de diarreia de verão na ilha como prova da incompetência otomana.

Quando o idoso doutor Nikos, com seu cavanhaque e leve corcunda, foi saudá-lo à porta do landau, o doutor Nuri o reconheceu imediatamente: "Talvez o senhor se recorde de que nos conhecemos nove anos atrás, quando todos os soldados da caserna de Sinope pegaram piolho", ele disse, sorridente. "O senhor também esteve em Üsküdar na época do surto de cólera, há sete anos…"

O diretor de Quarentena retribuiu o cumprimento do médico e príncipe consorte com um floreio esmerado. Eles entraram e ficaram um tempo sentados numa sala branca com teto abobadado. "Antes de vir para cá eu trabalhei como médico e servi como chefe de operações de quarentena em Tessalônica e Creta. Não nasci em Mingheria e não falo mingheriano; por mais que tente, não consigo aprender. Mas devo dizer que adoro esse lugar", disse o doutor Nikos.

A Secretaria de Saúde Pública de Mingheria ficava num prédio pequeno de pedras, ao estilo gótico, construído quatro séculos antes, na era veneziana. A princípio, era um anexo do palácio do doge veneziano. Nos séculos XVII e XVIII, no começo da era otomana, também tinha sido um hospital militar rudimentar.

"Como foi que o senhor tentou aprender o mingheriano?"

"Não pude me empenhar muito, na verdade… Não consegui achar um professor. O Departamento de Escrutínio põe qualquer um que demonstre interesse pela língua sob vigilância e considera esse interesse um sinal de tendência nacionalista... A língua mingheriana é antiga, mas ainda é primitiva, e bem difícil de aprender."

O comentário foi seguido por um silêncio. O doutor Nuri ficou pasmo com a organização e a limpeza dos arquivos e armários ao redor. Observou que era o Gabinete de Quarentena mais arrumado que já tinha visto na vida.

O diretor de Quarentena o levou ao quintal da mansão histórica para lhe mostrar o jardinzinho botânico que seu antecessor, um médico de Adrianópolis, cultivara para passar o tempo. O doutor Nikos sorriu ao lembrar da época feliz e sossegada anterior à doença, quando ele e o jardineiro usavam um jarro com bocal em forma de bico para regar os vasos de palmeiras-anãs, tamareiras e pés de tamarindo e suas flores de jacinto, mimosa e lírio. Depois pegou umas pastas de papelão muito organizadas. Com o rigor de um verdadeiro burocrata otomano, e em certa medida por não ter muito mais o que fazer, o doutor Nikos tinha passado os últimos dois anos separando e classificando por assunto todas as cartas e telegramas enviados de Mingheria a Istambul. Essa prova de meticulosidade e perseverança impressionou o doutor Nuri, que já tinha visto a situação infame e carente de muitas secretarias de saúde pública provinciais espalhadas pelo império, e logo se pegou lendo — como se passasse os olhos casualmente pelos versos de uma epopeia — uma série de relatórios que detalhavam em francês todas as mortes suspeitas ocorridas em Arkaz e em outras cidades e povoados de Mingheria nos últimos trinta anos, quaisquer mortes de natureza e causa indeterminada, casos de epidemias em rebanhos, e o estado geral da saúde pública na província.

As leis de quarentena haviam sido instituídas no Império Otomano fazia setenta anos, por ocasião da primeira grande epidemia de cólera que devastara Istambul em 1831. A população muçulmana do império resistira às novas medidas, sobretudo quando diziam respeito ao exame de mulheres doentes e à higienização dos cadáveres com cal antes do enterro, e isso havia gerado a disseminação de inúmeros rumores infundados, bem como suscitado altercações e tumultos. Em 1838, o sultão ocidentalizante Mahmud II providenciou que o xeque do islã (a maior autoridade religiosa do império) lançasse uma fatwa declarando a quarentena compatível com os preceitos islâmicos, fatwa que em seguida foi publicada no diário oficial do governo, o *Takvim-i Vakayi*, acompanhada de um artigo exaltando os benefícios das precauções tomadas contra a doença. Por fim, o mesmo sultão trouxe médicos da Europa e colaborou com os embaixadores de nações ocidentais em Istambul para criar um comitê especial que daria orientações sobre as reformas que estava implementando. Sediado em Istambul e formado sobretudo por burocratas e médicos cristãos, o comitê se tornou o primeiro Conselho de Quarentena do Império Otomano ou, em outras palavras, o primeiro Ministério da Saúde, responsável por supervisionar a criação de secretarias de quarentena locais em todas as províncias do império, em especial nos portos. Nos setenta anos transcorridos desde então, havia surgido toda uma burocracia de quarentena.

O doutor Nuri era experiente o bastante para perceber que o venerável doutor Nikos era o tipo de servidor que só dava orgulho a essa burocracia. Ele foi direto ao ponto: "Quem o senhor acha que está por trás do assassinato?".

"O Bonkowski paxá foi morto por alguém que sabia da história do doutor Jean-Pierre", o diretor de Quarentena respondeu, cauteloso. Via-se que refletira sobre o assunto e estava preparado para a pergunta. "Quem quer que tenha sido, queria que pensassem: 'O assassino deve ser um daqueles muçulmanos ignorantes que são contra a quarentena'."

Todos os médicos envolvidos no Autoridade Otomana de Quarentena, fossem eles cristãos, judeus ou muçulmanos, conheciam o lamentável caso do doutor Jean-Pierre. O episódio, que datava de cinquenta anos antes, tinha virado uma espécie de lição do que os oficiais e médicos de quarentena cristãos e judeus não deviam fazer em vizinhança muçulmana em épocas de epidemia. Em 1842, após um surto de peste em Amásia, o jovem sultão Abdul Mejide despachara para essa cidadezinha atrasada um médico famoso de Paris capaz de implementar os métodos de quarentena modernos que o pai de Abdul Mejide, o sultão Mahmud II, trouxera da Europa. O doutor Jean-Pierre era um rapaz francês que tinha lido avidamente Voltaire e Diderot e era um bocado cético a respeito de religião. Sem se deixar intimidar por zombarias ofensivas e risos abafados, ele dizia aos servidores muçulmanos que o acompanhavam que, se os homens deixassem os preconceitos de lado e se fiassem apenas na razão, logo descobririam que todos os seres humanos eram iguais e governados pelos mesmos sentimentos e crenças fundamentais. Ficava abatido ao ouvir as pessoas gritando "Queremos um médico muçulmano!" quando a única coisa que o governador e seus servidores municipais estavam tentando fazer era implementar medidas restritivas. Mas ele não desistia. Insistia também em examinar pessoalmente as mulheres doentes, enquanto pregava e pontificava que "não existe nada disso de cristão ou muçulmano no que diz respeito à ciência e à medicina!".

A essa altura a população cristã de Amásia e seus cidadãos mais abastados já tinham fugido; lojas e padarias haviam fechado as portas; e os muçulmanos famintos e furiosos que tinham ficado para trás se recusavam a abrir a porta de casa para o médico cuidar dos parentes enfermos. Como a peste continuava a se espalhar, o doutor Jean-Pierre pediu, a contragosto, que se derrubasse à força a porta das pessoas, separassem os filhos das mães, deixassem guardas em frente a casas com suspeitas de infecção e isolassem as famílias lá dentro, despejassem cal sobre o corpo dos mortos, sem rituais funerários, e prendessem imediatamente qualquer um que não seguisse as normas. Ele ignorou os protestos crescentes da população muçulmana, observando apenas que agia segundo ordens e autorização expressa do sultão Abdul Mejide. No fim das contas, enquanto andava por um bairro mais afastado de Amásia em uma noite de chuva, ele desapareceu de repente, como se tivesse "evaporado da face da Terra".

Todos os médicos especialistas em quarentena sabiam que o doutor Jean--Pierre fora assassinado naquela noite, mas ainda assim trocavam sorrisos amargos, pesarosos, sempre que comentavam o ocorrido, como se ainda existisse alguma chance de que esse idealista expert em quarentenas um dia pudesse ressurgir.

"Hoje em dia, nenhum médico de quarentena cristão em terras otomanas teria a audácia de visitar pacientes em um bairro muçulmano sem um revólver no cinto", declarou o diretor de Quarentena.

"Tem algum médico muçulmano na ilha?", perguntou o médico e príncipe consorte.

"Tinha dois. Um deles voltou para Istambul dois anos atrás, quando se convenceu de que o Hospital Hamidiye nunca seria concluído. Se tivessem arrumado uma esposa para ele, ele teria ficado. O outro, o Ferit bei, deve estar no Hospital Hamidiye agora."

Como muitas das instituições bem-intencionadas e de inspiração europeia criadas no último século no Império Otomano para lidar com questões de interesse público, mas que se revelavam incapazes de sanar qualquer coisa que fosse, a Autoridade de Quarentena também logo se tornou parte do problema. Suas ramificações nas províncias do império eram responsáveis pela contratação dos funcionários, guardas e zeladores necessários, mas em pouco tempo esses funcionários públicos e até os médicos de quarentena locais se queixavam que os salários não estavam sendo pagos em dia, e então os médicos começavam a distorcer as regras para conseguir pagar as contas, atendendo os doentes em consultas particulares, em farmácias e boticários, e mantendo também outros empregos.

No ano de 1901, havia duzentos e setenta e três médicos civis qualificados no Império Otomano, a maioria de origem ortodoxa grega. Isso significava que sobretudo em províncias predominantemente muçulmanas nunca havia médicos o bastante, e os poucos existentes não se dispunham a enfrentar epidemias — o tipo de missão que exigia uma coragem incomum, abnegação e até certa dose de heroísmo. Quanto aos médicos muçulmanos experientes que poderiam entrar em bairros pobres e convencer muçulmanos devotos que desconfiavam de medidas restritivas a deixar que o cadáver de seus mortos fosse desinfetado e permitir que as esposas e as filhas fossem examinadas, era quase impossível encontrá-los. Qualquer um que ingressasse na organização de quarentena do império, criada sessenta e cinco anos antes, logo se daria conta de que seu dever principal e mais importante para com o sultão e o Ministério de Relações Exteriores não era tanto conter surtos de cólera, mas impedir que a notícia desses surtos se espalhasse. Era justamente por causa dessa dimensão geopolítica que a princípio a Autoridade de Quarentena se comunicava diretamente com o Ministério de Relações Exteriores.

"Tivemos três grandes epidemias de cólera em Mingheria!", disse o diretor de Quarentena como que para mudar de assunto: "Uma em 1838, outra em 1867 e uma mais branda no verão de 1886. Como nossa ilha se afastou cada vez mais das rotas de comércio mais populares, as pandemias da última década praticamente nos passaram despercebidas, mas isso também fez com que Istambul se esquecesse de nós. Apesar de todas as cartas que enviamos, a Secretaria de Saúde Pública não reabastece nosso estoque reduzido de suprimentos. Aí um dia eles mandam um telegrama anunciando a chegada iminente do 'brilhante médico muçulmano, o jovem fulano', e nós corremos entusiasmados para recebê-lo, e então ficamos sabendo que o passageiro que estávamos esperando não vai descer da balsa dos Mensageiros: o médico lotado na nossa ilha se demitiu, não saiu de Istambul ou usou seus contatos no palácio ou seus amigos no tribunal para que a transferência fosse revogada no último instante."

"O senhor tem razão", disse o doutor Nuri. "Mas, como pode ver, o sultão finalmente mandou para a sua ilha um médico muçulmano, e aqui estou eu, desembarcado e à sua disposição."

"Talvez o senhor ache difícil de acreditar, mas não temos recursos nem para comprar leite de cal", afirmou o doutor Nikos. "Ou tenho de implorar ao governador que interceda junto ao comandante da caserna para que ele nos dê um pouco das provisões dos militares, ou deixamos o imposto de quarentena nas alturas e tentamos contratar os equipamentos e remédios de que precisamos *por nossa própria conta*, tirando do nosso orçamento."

De acordo com a legislação internacional, em troca de seus serviços as estações de quarentena locais tinham o direito de cobrar pagamento dos navios e dos passageiros que chegavam. A lógica da quarentena — palavra derivada do termo em italiano para "quarenta dias" — era isolar os enfermos para evitar que as doenças contaminassem outras pessoas. Ao longo dos séculos, e depois de muitas epidemias instrutivas nas cercanias do Mediterrâneo e na Europa, esses quarenta dias foram primeiro reduzidos a duas semanas e em seguida a períodos ainda mais curtos, a depender do tipo e do local da epidemia. As normas de quarentena continuavam evoluindo nos últimos quarenta anos, em consequência das descobertas do médico francês Louis Pasteur a respeito dos germes. Os métodos usados para distinguir portos limpos de contaminados estavam sempre mudando, assim como as normas de transporte de mercadorias e passageiros, os critérios para determinar quais navios deviam hastear a bandeira amarela indicando que estavam infectados, o número de dias que os doentes tinham de passar em isolamento e o nível em que as taxas e os impostos de quarentena deveriam ser afixados.

Porém, apesar de todas essas prescrições minuciosas, o médico especialista em quarentena que examinasse um navio também tinha certo grau de autonomia para tomar suas decisões. Acompanhado de sua comitiva de soldados, ao subir a bordo de um navio de passageiros Lloyd que ostentasse a bandeira do Império Alemão, alguém como o doutor Nikos poderia decidir, no fim da inspeção, fazer vista grossa para um passageiro febril em troca de suborno, e assim literalmente salvar um comerciante da falência permitindo que o navio atracasse em Istambul cinco ou seis dias antes do que supostamente deveria; por outro lado, poderia declarar, com base numa levíssima desconfiança, que todos os passageiros e até a carga de um navio estavam contaminados com a doença e assim fazer com que muitos comerciantes perdessem o sustento do dia para a noite.

Mas um médico de quarentena também poderia determinar, com uma só palavra, que um peregrino que economizara anos a fio, vendera a casa e embarcara na árdua jornada da haje, que durava dois meses, acabasse separado dos companheiros de viagem, fosse retirado do navio, confinado em um campo de isolamento e privado da peregrinação — seus protestos, ameaças, lágrimas e ataques de ira caindo em ouvidos moucos. O doutor Nuri também já tinha visto como médicos de quarentena empobrecidos em povoados litorâneos distantes usavam seu poder para obter desforra da vida desgraçada que levavam, intimidando e controlando os moradores mais abastados, e talvez até castigando comerciantes cujos negócios faziam sucesso demais. Esse mesmo poder também era o que possibilitava a subsistência de muitos médicos de quarentena.

O médico e príncipe consorte estava curioso para saber quando havia sido o último pagamento do diretor de Quarentena Nikos, mas em vez de fazer a pergunta ele assumiu o ar condescendente que os governadores de províncias não raro adotavam quando deparavam com servidores públicos e médicos que se queixavam da escassez que precisavam enfrentar e da insolvência dos órgãos estatais.

"No Hejaz, quando acabou nossa cal para desinfetar os sanitários e as fossas, a gente usava carvão em pó."

"É um método adequado para a nossa era moderna?", perguntou o doutor Nikos. "Prefiro usar leite de cal diluído em vinte ou trinta partes para uma em vez de dez, se necessário."

"O que o senhor tem que possa fazer as vezes de solução desinfetante?"

"Os mingherianos chamam o vitríolo azul de 'vitríolo do Chipre'. Na verdade, a gente tem um pouco de sulfato de cobre no estoque… Andei economizando. O farmacêutico Nikiforos também tem um tanto. Mas não vai ser o suficiente para enfrentar uma epidemia. Temos um tiquinho de fenol e calomelano, que em Istambul as pessoas chamam de 'sublimado branco'. Entre os muçulmanos daqui, a compreensão sobre micróbios e epidemias não vai além de limpar moedas com vinagre. O máximo que aceitam é a fumigação com enxofre e salitre. Nos bairros de Çite e Bayırlar, eles às vezes acendem umas varetinhas de fumigação inúteis e as esfregam no rosto como se fossem amuletos abençoados por Sua Santidade, o xeque. Vamos precisar de um bocado de solução desinfetante."

"O pessoal vai ter que borrifar isso na cidade inteira e os médicos que precisarão entrar nos bairros muçulmanos terão uma tarefa complicada depois do assassinato do Bonkowski paxá", disse o médico e príncipe consorte, louco para retomar o assunto mais urgente de todos.

"Eu fui a algumas das palestras do Bonkowski bei sobre química orgânica e inorgânica na Escola Imperial de Medicina. Ele foi nomeado inspetor-chefe de Saúde Pública e Saneamento quando eu servia no Líbano, e sua reputação como acadêmico só aumentava. E pensar que um homem desses foi massacrado desse jeito! Quando o senhor for visitar os pacientes, não vá achando que basta anunciar 'sou muçulmano'; nunca deixe de levar um guarda-costas — como aquele major."

"Não se preocupe, vou me precaver. Mas se o objetivo for 'sabotar' a iniciativa de instituirmos a quarentena", disse o príncipe consorte, usando a palavra emprestada do francês, "então o senhor também precisa se precaver. Mas quem seria esse agente mal-intencionado a quem todos devemos ficar atentos?"

"O governador paxá agiu certo ao prender Ramiz, o irmão postiço do xeque Hamdullah. De todos os líderes de seitas da ilha, é do xeque Hamdullah que o governador paxá mais tem medo. Então o Ramiz se aproveitou disso. Acho que quem matou o pobre coitado do Bonkowski paxá é alguém que sabia que o Ramiz acabaria levando a culpa."

"No entanto existe um quê de acaso nessa questão. O senhor já deve estar sabendo que todo mundo viu o Bonkowski paxá escapulir da agência dos correios de livre e espontânea vontade. Nem Ramiz nem ninguém seria capaz de prever uma coisa dessas."

"Pode até ser, mas aí alguém que por acaso depois o viu pode ter pensado que se fosse morto ali, naquela hora, os muçulmanos levariam a culpa mesmo assim. Pois é bem verdade que existem médicos gregos na nossa ilha que às vezes nem se dão ao trabalho de falar em turco com os pacientes muçulmanos."

"A comunidade muçulmana talvez tenha razão em reclamar dos médicos cristãos, sobretudo os mais ríspidos, com menos tato e mais ares de superioridade", o doutor Nuri teve a prudência de observar. "Mas o senhor mencionou que às vezes os muçulmanos são capazes de resistir a medidas de quarentena por pura ignorância."

"Eles são capazes de resistir e resistem mesmo. Mas embora reclamem também têm medo da peste. Querem que alguém em quem possam confiar chegue com recomendações sobre como devem se proteger da doença. Existe uma diferença colossal entre fazer objeções a alguma coisa e fazer objeções a ponto de a pessoa se dispor a matar alguém por isso. O Bonkowski paxá e o assistente dele, o doutor Ilias, visitaram esses bairros só para examinar e tratar os doentes. Não se muniram de soldados para derrubar portas e sair entrando na casa das pessoas. O Bonkowski paxá não estava fazendo nada de mal para os muçulmanos. Por que um muçulmano ia querer matar ele? Ou por que devemos supor que foi um muçulmano que matou ele? Posso dizer ao senhor de uma vez por todas o que vai sair de qualquer investigação séria!"

"O quê?"

"Não sei o nome do assassino… Mas é alguém que quer ver o povo mingheriano aniquilado e esquecido. Eu amo os mingherianos. Não aguentaria ver essa gente amargar um destino que não merece."

"O senhor diria que os mingherianos são uma nação distinta?", indagou o príncipe consorte Nuri.

"Se o escrutinador-chefe ouvisse o senhor fazer essa pergunta, ele trancaria o senhor na masmorra e o torturaria com pinças e tornos para forçá-lo a falar", o diretor de Quarentena respondeu. "É verdade que algumas pessoas da ilha ainda falam a língua antiga em casa, mas se o senhor botasse todas elas juntas, provavelmente não encheriam nem uma sala."

14.

Ao voltar para a casa de hóspedes da Sede do Governo, o doutor Nuri cruzou com o major na porta. O major estava a caminho da agência dos correios para despachar a primeira carta que a princesa Pakize havia acabado de escrever e fechar num envelope.

Naquela noite, marido e esposa jantaram sozinhos pela primeira vez. O cozinheiro do governador tinha lhes deixado uma bandeja com uma travessa simples de *börek* — uma torta salgada de espinafre e queijo — e iogurte. Os dois estavam inquietos, incomodados com a inclemência da situação, a possibilidade de serem expostos à infecção e as ratoeiras armadas no quarto deles. Percebiam que os dias alegres e tranquilos desfrutados no início do casamento já estavam encerrados. Ainda havia um pouco de luz nos arredores da Sede do Governo, na avenida Hamidiye, e perto dos hotéis e do porto, onde lâmpadas a gás ardiam até as dez horas. Mais tarde, quando as ruas dos entornos estavam mergulhadas no breu, postaram-se à janela admirando a cidade encantada de Arkaz e escutando o marulho das ondas lambendo a costa, um ouriço correndo pelos jardins da Residência do Governador e o canto das cigarras.

No dia seguinte, o médico e príncipe consorte foi ao Gabinete de Quarentena para se encontrar com o doutor Ilias, solto de manhã cedinho.

"O Bonkowski paxá era um pai para mim", declarou o doutor Ilias. "Terem me tratado como suspeito, me isolado na masmorra como se eu pudesse ser o responsável pelo assassinato dele... Essa estratégia deve ter provocado todo tipo de mal-entendido. Como é que não imaginaram que seria assim?"

"Mas o senhor não está mais na masmorra!"

"Os jornais de Istambul já devem ter publicado matérias a respeito. Preciso voltar agora mesmo para limpar meu nome. O sultão foi informado de tudo isso?"

Antes de ser escolhido como assistente do Bonkowski paxá, o doutor Ilias, nascido em Istambul, era um médico comum cujo trabalho passava basicamente despercebido. Mas depois de se tornar assistente do inspetor-chefe de Saúde Pública e de acompanhá-lo por todos os cantos do império, tinha começado a adquirir certa reputação e escrevera artigos de jornal sobre epidemias, higiene e saúde. Também ganhava um salário excelente. Cinco anos antes havia se casado com Despina, a caçula de uma família grega razoavelmente rica de Istambul. Seguindo a sugestão do Bonkowski paxá, Abdul Hamid lhe havia concedido a medalha da Ordem de Mecidiye. Mas essa carreira aventurosa, honrada, gratificante, agora teria que ser abreviada pelo assassinato brutal de seu chefe.

O médico e príncipe consorte se deu conta de que o doutor Ilias devia ter tido a oportunidade de acompanhar o Bonkowski paxá a audiências com o sultão, e de que talvez tivesse privado com Sua Alteza mais vezes do que ele mesmo. (Apesar de ser casado com a sobrinha dele, só se encontrara com ele três vezes.)

"O desejo de Sua Alteza Sereníssima, o sultão, é de que o senhor fique na ilha para nos ajudar a desvendar quem está por trás desse ato diabólico."

Naquela tarde alguém enviou ao doutor Ilias uma carta anônima declarando que ele seria o próximo.

"Não tenho dúvida de que isso é obra de oportunistas, de comerciantes contrários à quarentena", o governador ressaltou. Então, para tranquilizar o apavorado doutor Ilias, ele ordenou sua transferência da casa xexelenta onde fora hospedado para a casa de hóspedes anexa à caserna. Esse lugar estava coalhado de ratoeiras e, portanto, um pouco mais preparado contra a peste, além de ser inacessível a possíveis assassinos.

Nesse mesmo dia, de acordo com o plano do governador e do diretor de Quarentena, o doutor Nuri e o doutor Ilias foram de landau visitar os hospitais. Havia dois na capital: o Hamidiye (batizado em homenagem ao sultão Abdul Hamid), que era pequeno e mal equipado, ainda não tinha sido oficialmente inaugurado e era frequentado por soldados e pelas elites muçulmanas, e o Theodoropoulos, construído pela comunidade grega. Erguido durante a era de ouro do comércio de mármore mingheriano pela família de Stratis Theodoropoulos, um grego de Esmirna que prosperara no ramo, o Theodoropoulos tinha trinta leitos. Assim como o Hamidiye, ele volta e meia fazia as vezes de refúgio para os pobres, desamparados e oprimidos e era visto como um lugar pacato, até mesmo agradável, em virtude dos limoeiros de fragrância maravilhosa e de sua vista magnífica do castelo. À medida que a doença continuava a se disseminar, o Theodoropoulos também passara a ser frequentado por muçulmanos que não possuíam meios para se consultar com médicos particulares e não tinham a quem recorrer.

Em companhia do major e de homens do governador, ao chegar ao Theodoropoulos o doutor Nuri o encontrou bastante movimentado. Havia uma multidão tensa na entrada. Desde o aumento, três dias antes, do número de contaminados, a ala mais espaçosa fora dividida em duas, com uma tela separando os pacientes comuns dos afetados pela peste. Mas o setor da peste havia se expandido depressa, e com os enfermos internados daquele dia tinha ficado completamente congestionado. Os outros pacientes ficavam inquietos com os empestados delirando durante o sono, vomitando sem parar, urrando de dor de cabeça e parecendo afundar, pouco antes de morrer, num estado de loucura exausta. Ao longo da última semana, a maioria dos mendigos, dos pobres e dos idosos que antes se refugiavam no hospital tinha ido para outros cantos. O doutor Nuri e o doutor Ilias ouviram do diretor, o idoso doutor Mihailis, que haviam começado a surgir brigas por leitos entre famílias de doentes com queixas rotineiras como asma e doença cardíaca e as vítimas da peste, mais desesperadas e tomadas pelo pânico.

A recepção afável do doutor Mihailis foi seguida pela confissão de que, até então, ele estava convencido de que a doença que se espalhava pela ilha não era a peste. À espera dos resultados dos testes microscópicos, só se preocupara com os sintomas da doença semelhantes ao cólera, a saber, febre, vômitos, oscilações na frequência cardíaca, fadiga e letargia. Com um brilho de aventura e gravidade no olhar, disse ao doutor Nuri que estivera em Izmit durante a epidemia de cólera, sete anos antes. Embora de estilo austero, havia algo em sua expressão que parecia dizer: "Não se preocupe, vamos dar um jeito nisso", que era animador para os pacientes e tinha lhe angariado a confiança também das vítimas da peste na ilha, que berravam e o chamavam para que olhasse os cistos inchados e cheios de pus que tinham no pescoço, nas axilas e nas virilhas. Havia também um outro médico na ala naquele dia, um rapaz carrancudo de Tessalônica, o doutor Alexandros.

Esse tal doutor Alexandros disse ao médico e príncipe consorte que o paciente idoso que parecia dormir o tempo todo e começava a gemer e chorar quando despertava por alguns minutos era um pescador que chegara ao hospital dois dias antes. (O molhe e o bairro dos pescadores ficavam perto do quebra-mar usado na época do comércio de mármore mingheriano.) O responsável pela ala informava que a idosa semiconsciente que estava deitada, quieta, agonizando lá adiante, não era a esposa, mas a irmã do homem que chorava à sua cabeceira, que ela vomitava o tempo todo no dia em que chegara, e que na véspera, como muitos outros pacientes, tinha delirado e se queixado sem parar. Febre e delírios eram sintomas comuns em todos os infectados. Um paciente que trabalhava como carregador nas docas tentara se levantar, mas após alguns passos teimosos caíra de costas no leito. O doutor Ilias dedicou bastante tempo a esse paciente tenaz, destacando a vista da janela e as torres afiladas do castelo como forma de reacender seu otimismo, sua vontade de viver e seu gosto por ar fresco.

Todos os pacientes pareciam estar com os olhos injetados e sofrer de estranhas convulsões e dores de cabeça insuportáveis. Alguns apresentavam paranoias, medos irracionais e ansiedade, outros se entregavam a comportamentos compulsivos, como ficar virando a cabeça da esquerda para a direita (o inspetor de alfândega junto à janela, por exemplo) ou fazer tentativas repentinas de se levantar (como o oleiro de idade avançada e olhos lacrimosos que tinha loja na avenida Hamidiye). Na maioria deles via-se algum tipo de cisto, um abcesso da metade do tamanho de um mindinho — o que os europeus chamavam de bubo — crescendo no pescoço, na axila ou na virilha. Mas o médico e príncipe consorte ouvira de outros médicos que mesmo pacientes sem cistos ou outros indícios também ficavam febris, sonolentos e letárgicos até de repente caírem mortos (ou melhorarem).

Um paciente extremamente magro, esquelético (ao que consta, um telhador) sofria de boca seca, já não conseguia falar e gaguejava de forma obsessiva. Alguns doentes vociferavam reclamações de seus vários incômodos, e o doutor Nuri se esforçava para entender o que os afligia. Furar e drenar as ínguas tinha um efeito calmante e restaurador passageiro. Aliás, todos — mesmo aqueles que não precisavam — pediam essa intervenção, embora não fosse uma cura. Os pacientes em meio a convulsões ou ataques delirantes às vezes se agarravam aos lençóis sujos de vômito e suor com tamanha força que pele e lençóis pareciam se fundir e virar um só ente. As lamúrias dos pacientes, seus uivos agonizantes e suspiros exaustos se misturavam num longo zumbido. Uma das razões por que os médicos costumavam confundir a peste com o cólera era que alguns dos acometidos pareciam ter sede constante. O vapor de água fervendo na entrada do prédio se mesclava aos barulhos monocórdios e à aura de morte dentro do hospital.

No período que passara no Hejaz, o doutor Nuri olhava para a penúria e o atraso dos peregrinos oriundos da Índia, de Java e da Ásia toda, via que os britânicos os tratavam como criaturas aquém de seres humanos, e se sentia culpado por sua boa formação e seu francês fluente. Agora sentia culpa por não ter nada além de palavras falsas de conforto para oferecer aos enfermos conscientes de terem contraído uma doença letal, e por saber que nos próximos dias a situação ficaria ainda pior.

Em seguida, eles visitaram o Hospital Hamidiye e constataram que a situação era a mesma. O médico e príncipe consorte ficou tocado pelo modo com que o doutor Ilias deixava de lado seu pesar e medo e examinava cada enfermo e escutava atentamente suas queixas.

"Mas isso não vai durar muito tempo", disse o doutor Ilias quando os dois ficaram a sós. "Eles vão me matar também. Não esqueça, por favor, que o sultão quer que eu volte para Istambul o mais rápido possível!"

Mais tarde, sentados no landau, a caminho da farmácia do Nikiforos com o major e os homens do governador a reboque, o doutor Nuri e o doutor Ilias pediram ao cocheiro que diminuísse o ritmo para que pudessem sentir a atmosfera das ruas. Irritantemente, o estilo de vida europeu nos arredores dos hotéis e das ruas que davam no porto parecia ser o de sempre. Era assustador ver a tranquilidade daqueles mingherianos à toa nas cafeterias e restaurantes e sentados nas cadeiras das barbearias, rindo das piadas e planejando os próximos empreendimentos comerciais ou a próxima pescaria. No bairro de Vavla, a visão de crianças descalças correndo alegremente pelas ruas poeirentas, malcuidadas, que iam até a costa, transportou o médico e príncipe consorte a uma cidade calorenta e distante do Oriente.

Assim que chegaram à farmácia, Nikiforos lhes informou de que definitivamente não devia ao Químico Real — que ele descanse em paz — dinheiro nenhum das atividades que levara adiante sob a concessão real.

"Quem o senhor diria que tem algo a ganhar com a morte do Bonkowski paxá?", perguntou de novo o doutor Nuri, sem rodeios.

"Nem todos os assassinatos são cometidos para se ganhar alguma coisa. Alguns se dão por senso de justiça e desespero, e às vezes a pessoa se torna assassina por mero acaso, de um segundo para o outro, sem ter planejado. Sabe-se que os moradores dos povoados de Çifteler e Nebiler e os seguidores da seita Terkapçılar que o governador Sami paxá arrebanhou e prendeu depois do Motim do Navio de Peregrinos odeiam médicos e oficiais de quarentena. Vai ver que um deles estava na rua vendendo alguma coisa — ovos, digamos — e se deparou com o Bonkowski paxá por acaso, perambulando por Vavla, e naquele momento resolveu arrastar o homem para longe da rua. Cheguei a insinuar ao meu caro amigo que ele faria bem em ir a Germe e Vavla avaliar a situação desses bairros. Eles sabem disso, é claro, e foi por isso que deixaram o corpo aqui, para que eu passasse por um possível suspeito."

"O senhor realmente é suspeito!", disse o doutor Nuri.

"Mas isso é uma conspiração", disse o farmacêutico, falando para o doutor Ilias.

"Eu avisei ao Bonkowski paxá que ele não devia se arriscar indo sozinho a esses bairros", declarou o doutor Ilias. "Mas sempre que a gente ia investigar um novo surto em uma capital de distrito, ele encontrava algum pretexto para sair explorando o terreno por conta própria se não estivesse satisfeito com o que o governador local ou o diretor de Quarentena estivessem nos mostrando."

"Por quê?"

"Ninguém quer fazer quarentena, nem governadores nem prefeitos, nem os comerciantes nem os ricos. Ninguém aceita que a vida confortável a que está acostumado pode ser encerrada de repente, que dirá morrer. As pessoas rejeitam qualquer indício que estrague a vida habitual, elas negam as mortes e chegam a se ressentir dos mortos. Quando o renomado inspetor-chefe de Saúde Pública Bonkowski paxá e seu assistente aparecem diante delas, elas se dão conta de que até as autoridades de Istambul reconheceram a gravidade da situação. Mas isso nunca aconteceu aqui. Eles não deixaram a gente se encontrar com ninguém."

"Havia uma medida de precaução solicitada por Sua Excelência, o sultão, em pessoa", disse o doutor Nuri.

"Mais do que qualquer coisa, foi isso o que perturbou o Bonkowski paxá quando o *Aziziye* o deixou na nossa ilha na surdina, à meia-noite, cinco dias atrás!", disse o farmacêutico Nikiforos. "Vai ser uma tarefa terrível preparar a ilha para a quarentena se ela esconde seus mortos e renega completamente a existência da epidemia. Também precisamos enfrentar forças empenhadas em eliminar médicos especialistas. Todos faríamos muito bem em temer outro assassinato."

"Não se preocupe!", disse o doutor Nuri, incomodado e até meio aflito com o medo do farmacêutico Nikiforos e do doutor Ilias. Acabava de entender que, por serem cristãos, esses dois gregos pareciam mais desnorteados pelos últimos acontecimentos. Como o maior objetivo deste livro é oferecer um relato histórico, não vemos razão para não mencionar aqui futuros acontecimentos. Quando chegarem ao fim desta obra, os leitores descobrirão que a intuição do médico e príncipe consorte Nuri infelizmente era certeira, e que o farmacêutico Nikiforos, o pintor de Istambul e o doutor Ilias seriam todos assassinados por motivos políticos.

Enquanto enumerava as propriedades dos diversos produtos com que agraciava o doutor Nuri, o farmacêutico Nikiforos lhe mostrava os símbolos que enfeitavam os frascos de La Rose du Minguère e de La Rose du Levant e desviava o assunto — conforme tinha planejado desde o princípio — para o amigo de juventude do Bonkowski paxá, o pintor armênio Osgan Kalemciyan, e o pano que o governador paxá havia confiscado.

"O governador paxá não entendeu o significado desse pano, achou que fosse uma bandeira!", ele disse.

Quando, de volta da farmácia, os médicos se reuniram no Gabinete do Governador, o paxá declarou suscintamente que devolveria ao farmacêutico Nikiforos o pano confiscado assim que o Comitê de Quarentena se encontrasse. A reunião foi abreviada quando o governador recebeu a notícia da morte súbita de um dos funcionários do governo municipal.

O funeral do Bonkowski paxá aconteceu naquele fim de tarde, na pequena e graciosa Igreja de Santo Antônio. Apesar dos telegramas do sultão e dos elogios publicados pela imprensa de Istambul, os jornalistas gregos da ilha não deram as caras e a cerimônia foi modesta. Por causa da peste, a família do inspetor-chefe de Saúde Pública assassinado não compareceu. Além de alguns membros de idade avançada da comunidade católica da ilha, o único outro enlutado na igreja era o filho de um antigo oficial do Exército polonês; o oficial depois ingressara no Exército otomano, e agora seu filho vivia em Mingheria. Mas era o doutor Ilias, que chorava do lado de fora do cemitério da igreja, ao lado de um túmulo enfeitado de rosas, o mais desesperado e inconsolável dos presentes.

15.

A essa altura, para entender melhor esta narrativa e este fato histórico, é bom recuar três anos e descrever os acontecimentos do Motim do Navio de Peregrinos, incidente que ainda causava muitos problemas políticos e sofrimento pessoal ao governador.

Ao longo da década de 1890, a fim de estancar os surtos de cólera que a partir da Índia se espalhavam para o resto do mundo, levados em navios de peregrinos que passavam por Meca e Medina, uma das precauções tomadas pelas Grandes Potências foi impor uma quarentena de dez dias a todas as embarcações que estivessem voltando de terras sagradas. Impérios com colônias em países muçulmanos eram especialmente inflexíveis quanto à necessidade dessa quarentena. Os franceses, por exemplo, que não confiavam nas medidas restritivas aplicadas pelas autoridades otomanas no Hejaz, obrigavam os passageiros que voltavam da haje para a colônia francesa da Argélia a bordo do *Persepolis* dos Mensageiros Marítimos a cumprir mais um tempo de quarentena, e só depois permitiam que desembarcassem e retornassem a suas cidades e povoados.

Foi esse o método que as autoridades otomanas implementaram, julgando-o necessário à luz da vulnerabilidade que percebiam na própria Autoridade de Quarentena do Hejaz. Em pouco tempo, o Comitê de Quarentena de Istambul já tinha tornado obrigatória essa "quarentena preventiva" no Império Otomano inteiro, mesmo quando o navio que levava os peregrinos de volta para casa não hasteava a bandeira amarela nem informava que havia a bordo algum passageiro adoentado.

A jornada em si já era bastante sofrida e atordoante, com muitos falecendo durante o caminho (era considerado normal que um quinto dos peregrinos de Bombaim e de Karachi perecessem no trajeto), e a maioria dos peregrinos que regressavam, depois de chegar à sua terra sã e salva, se opunha à ideia de ficar em quarentena por mais dez dias. Às vezes era preciso chamar soldados, e em muitos lugares os médicos tinham que pedir ajuda à polícia e à gendarmaria. Em portos mais remotos e em ilhotas como Mingheria, onde as zonas de quarentena estavam aquém das necessidades ou as instalações existentes eram apertadas demais para abrigar os aldeãos peregrinos, as autoridades reuniam às pressas navios velhos esburacados e barcaças que podiam alugar a custo baixo e os usavam como detenção temporária e áreas de isolamento. Às vezes, assim como acontecia em Chios, Kuşadası e Tessalônica, essas embarcações eram levadas a alguma baía afastada ou para perto de um terreno baldio, onde se levantava um acampamento com barracas emprestadas pelo Exército.

Desesperados para voltar para casa, era normal os peregrinos se exasperarem com essa segunda quarentena. Alguns sobreviviam à viagem, mas morriam nesses últimos dez dias. Havia brigas e bate-bocas entre os hadjis e os médicos gregos, armênios e judeus que iam examiná-los. Depois de serem forçados a aguentar essa quarentena obrigatória, também se esperava que os peregrinos — para a imensa frustração deles — pagassem uma taxa de quarentena. Alguns mais abastados e mais astutos subornavam os médicos e rompiam a quarentena imediatamente, enfurecendo os outros.

Três anos antes, uma série de mancadas havia provocado um incidente que, em meio a inúmeras situações parecidas que ocorriam em todos os cantos do Império Otomano, se provaria o mais grave de todos e instigaria uma fúria mais veemente contra as medidas restritivas. Um telegrama de Istambul ordenara que ao retornar do Hejaz, de onde zarparia sob a bandeira britânica, o navio chamado *Persia* fosse proibido de se aproximar do porto de Arkaz. Consequentemente, seus quarenta e sete peregrinos foram transferidos para uma barcaça velha e frágil providenciada pelo diretor de Quarentena Nikos, e então a barcaça foi rebocada até uma das angras pequeninas no norte da ilha, onde ancorou. Como essa baía remota era cercada de colinas rochosas e despenhadeiros que formavam uma jaula natural, era um local conveniente para criar uma zona de quarentena. Mas esses mesmos despenhadeiros íngremes e rochosos também dificultavam a entrega de alimentos, água potável e remédios.

Uma tempestade atrasou a instalação do acampamento dos médicos que examinariam os peregrinos, dos soldados que ajudariam os médicos e da estocagem de suprimentos médicos. O temporal continuou forte por cinco dias, durante os quais os peregrinos mingherianos sofreram o suplício da sede e da fome. Em seguida, foram expostos a um calor causticante. Eles eram em sua maioria aldeãos barbudos de meia-idade que cuidavam de granjas e oliveiras e que nunca tinham saído da ilha. Havia também alguns homens mais novos, devotos e também barbudos, que tinham se proposto a ajudar os pais e avós na jornada. Em grande medida, vinham dos povoados das montanhas do norte da ilha, como Çifteler e Nebiler.

Passados três dias, surgiu um surto de cólera na barcaça apinhada. Um por um, os peregrinos exaustos começaram a morrer. Debilitados pela jornada, não lhes restavam forças para resistir à doença. Mas embora o número de mortos aumentasse dia após dia, os oficiais e médicos que tinham arrastado os peregrinos até ali não davam as caras, o que fez com que mesmo os hadjis mais idosos se exasperassem.

Os dois médicos gregos que conseguiram subir as montanhas a cavalo e enfim chegaram ao acampamento de quarentena depois de três dias de viagem não pareciam com pressa de ir até a barcaça infestada de germes para lidar com os peregrinos enfurecidos. Tinham a impressão de que o barco estava imundo e tomado pela doença. Alguns peregrinos não entendiam por que estavam confinados, mas no fundo sabiam que estavam à beira da morte. Diante do fim iminente, a última coisa que esses peregrinos velhos e fatigados queriam era que um daqueles médicos cristãos com seus cavanhaques e óculos esquisitos lhes lançasse jatos de Lysol e líquido desinfetante. De qualquer modo, duas bombas desinfetantes que os médicos tinham carregado pelas montanhas montados a cavalo quebraram no primeiro dia. Além disso, começavam a surgir desavenças entre os peregrinos. Os que diziam "a gente devia jogar os mortos ao mar" batiam de frente com os que retrucavam "eles são da família, são mártires, vamos enterrar todos eles no povoado!", e desperdiçavam a pouca energia que lhes restava discutindo.

Ao fim da primeira semana, com a doença correndo solta, e com os corpos que tinham sido jogados ao mar largados para banquetear pássaros e peixes, e não recuperados e enterrados, estourou uma rebelião.

Os peregrinos enraivecidos dominaram os dois soldados que os vigiavam e os atiraram ao mar. Quando um desses soldados — que, assim como os próprios peregrinos (e aliás como grande parte da população majoritariamente muçulmana do Império Otomano), não sabia nadar — se afogou, o governador Sami paxá e o comandante da caserna da ilha lançaram uma represália desproporcional em termos de dureza.

Enquanto isso, os peregrinos mais jovens tinham conseguido levantar âncora, mas em vez de se estabelecer nos rochedos, a barcaça decrépita avançou em direção ao mar e cambaleou na água, trôpega. Depois de meio dia à mercê da correnteza, ela por fim colidiu com outra angra rochosa mais a oeste. Com a barcaça agora encalhada e vazando água, teria sido muito difícil que os peregrinos exaustos recolhessem as trouxas e os presentes e voltassem fugidos a seus povoados. Caso tivessem conseguido, talvez o incidente todo pudesse ser esquecido, a despeito da morte do soldado. Mas os peregrinos continuaram amontoados na barcaça cheia de cadáveres cada vez mais fedorentos, lutando contra as ondas, incapazes de catar seus pacotes aparentemente indispensáveis, seus presentes e garrafas de água benta Zamzam infestadas de cólera para escapar da cena do naufrágio.

A tropa de gendarmes enviada pelo governador Sami paxá para ficar na costa vigiando o navio de peregrinos se posicionou atrás das rochas e no alto do penhasco mais próximo, e o comandante instruiu aos peregrinos que se entregassem, respeitassem as normas de quarentena, permanecessem a bordo do navio e não se aproximassem da costa.

Hoje não temos como assegurar se esses avisos foram ouvidos. Os peregrinos pareciam dominados por um pavor absoluto: tinham entendido que voltariam à quarentena e sabiam que dessa vez certamente morreriam. Na cabeça deles, a quarentena era uma invenção europeia diabólica com o propósito de punir e matar peregrinos cheios de saúde e pegar todo o dinheiro que eles possuíam.

No fim das contas, alguns que ainda tinham um pouco de força e recursos se deram conta de que se permanecessem no navio sitiado não sobreviveriam, e por isso organizaram uma tentativa de fuga.

Quando esses peregrinos saíram correndo por entre os rochedos e tentaram subir as trilhas feitas pelos bodes, os soldados entraram em pânico e começaram a atirar loucamente, como se combatessem tropas inimigas invasoras. Alguns pensavam nos colegas jogados ao mar para morrer. Demoraram pelo menos dez minutos para se acalmar e deixar as armas de lado. Muitos peregrinos foram atingidos. Alguns baleados nas costas. Mas outros partiram em direção aos soldados otomanos que disparavam contra eles na própria ilha, tal qual soldados patriotas correndo rumo aos tiros de uma metralhadora.

O governador Sami paxá proibiu a imprensa de divulgar ou sequer abordar indiretamente esses acontecimentos, portanto ainda hoje não temos informações precisas quanto ao número de peregrinos baleados e mortos naquele dia, e dos que acabaram conseguindo voltar aos povoados.

Por causa de seu desempenho nesse acontecimento histórico, o governador paxá nunca mais se livrou do repúdio, do desprezo e da reputação de homem cruel. Esperava que Abdul Hamid o castigasse de alguma forma, mas quem acabou punido e exilado foi o comandante mais idoso da caserna, com seus soldados. O Sami paxá tinha sonhado algumas vezes com uma figura de barba branca que tentava falar com ele — para lhe perguntar: "Como está a sua consciência, poderoso governador?" —, mas o homem não conseguia falar. Quando alguém o criticava na lata, o governador paxá argumentava que mandar os soldados atuarem contra os peregrinos para proteger a ilha do cólera tinha sido uma decisão acertada, acrescentando que não havia espaço em sua consciência para se solidarizar com canalhas que aprovaram sequestrar uma embarcação do Estado e matar um soldado, mas também ressaltando sempre que a ordem de atirar nos peregrinos não viera dele, e que o erro devia ser atribuído à inexperiência das tropas envolvidas.

O governador Sami paxá resolveu que sua melhor defesa seria esperar que o incidente caísse no esquecimento. Por isso ficou especialmente atento para garantir que a notícia do acontecimento não chegasse aos jornais, e por um tempo foi bem-sucedido. Durante esse período, volta e meia ouvia-se o governador comentar que aqueles que tinham morrido na haje deveriam ser considerados "mártires", conforme estipulavam as leis do islã, e que não havia honraria maior que essa. Quando os familiares dos peregrinos mortos iam a Arkaz pedir indenização, ele os recebia, mencionava o "lugarzinho especial no céu reservado aos que provaram o elixir do martírio" e lhes garantia que faria tudo o que estivesse ao alcance para assegurar que fossem exitosos em suas demandas, mas que não deviam falar com jornalistas gregos nem fazer alarde do assunto.

Quando o incidente começou a ser esquecido, o governador Sami paxá lançou discretamente a segunda etapa de seu plano: mandou gendarmes aos povoados para prender os dez peregrinos que supunha serem os líderes do motim, trancafiou-os nas masmorras do castelo e lhes disse, num rompante brutal, despótico, que seriam castigados pela morte do soldado afogado e pelo sequestro do navio. Ele também rejeitou os pedidos de indenização apresentados pelos familiares dos peregrinos mortos.

Os ressentimentos gerados por esses acontecimentos começaram a fomentar uma resistência de teor religioso contra o governador, com foco nos povoados de Çifteler e Nebiler, de onde vinha a maioria dos peregrinos. Esses povoados e a fraternidade de Terkapçılar endossaram Memo e seu bando de guerrilheiros, que nos últimos dois anos vinham semeando o terror pelos povoados gregos do norte da ilha. Muitos desconfiavam de que por trás dessa fraternidade estivesse o próprio xeque Hamdullah, líder da seita Halifiye, a mais poderosa da ilha.

Para aumentar o infortúnio do governador, o caso todo — que provocara uma cisão entre o governo muçulmano e o povo da ilha — de tempos em tempos era abordado por jornalistas alinhados à causa nacionalista grega. Por exemplo, o governador paxá dera uma entrevista a um jornal grego com o qual tinha boas relações, o *Neo Nisi*, e falara de uns peregrinos que haviam financiado a construção de um chafariz no povoado deles, e acabou sendo repreendido por se referir a eles como "hadjis empobrecidos". Normalmente, ninguém repararia na expressão. Mas o jornalista grego Manolis escreveu um artigo polêmico argumentando que os peregrinos não tinham nada de pobres e que, pelo contrário, os muçulmanos ricos da ilha seguiam a última moda ao vender seus bens para embarcar na haje, com muitos adoecendo e morrendo durante a viagem. Levando-se em conta a pouca instrução dos muçulmanos da ilha se comparada à da comunidade ortodoxa, não seria mais sensato que famílias muçulmanas rurais abastadas se unissem e angariassem fundos para montar uma escola secundária que servisse à comunidade, ou que pelo menos consertassem os minaretes quebrados das mesquitas de seus bairros, em vez de esbanjar suas riquezas em desertos distantes e em navios britânicos?

O governador concordava com o princípio de pôr escolas à frente de mesquitas, mas ainda assim, ao ler o artigo, ele sentiu um nó na garganta de tanta raiva.

Em certa medida, irritara-o o tom paternalista de Manolis ao se referir à comunidade muçulmana, mas a principal razão para a zanga era que, embora esperasse avidamente que a questão do Motim do Navio de Peregrinos fosse esquecida, outro jornalista grego tornava a requentar a história toda.

16.

Na manhãzinha do dia em que o Comitê de Quarentena ia se reunir, o doutor Nuri chegou ao Hospital Hamidiye e se deparou com uma família muçulmana à porta, discutindo com um funcionário que ele já vira no Gabinete do Governador. Graças à sua intervenção, o paciente — um ferrador — ganhou um leito recém-desocupado em uma ala abarrotada de doentes.

Nos últimos três dias, havia dobrado o número de pacientes que procurava os hospitais. Na coluna "Causa da Morte", em que outrora os médicos escreviam "difteria" ou "coqueluche", agora se lia "peste".

No primeiro andar, quase todos os leitos extras trazidos dos quartéis duas semanas antes já estavam ocupados. O doutor Ilias e o único médico muçulmano da ilha, o Ferit bei, corriam de um catre para o outro drenando os bubos dos pacientes e fazendo curativos nas feridas.

Um rapaz que reconheceu o doutor Nuri o chamou da cabeceira do leito da mãe. A idosa, assolada pela febre, ensopada de suor, delirante, nem se deu conta da presença do médico, que abriu a janela mais próxima, ponderando — como a maioria dos médicos que trabalhava com doentes acometidos pela peste — se a atitude teria alguma serventia. Em seus esforços heroicos para aliviar o sofrimento dos pacientes, alguns médicos tinham um contato muito próximo com os enfermos.

Em todas as alas havia um canto onde ficava a solução desinfetante, e os médicos, que virava e mexia esfregavam as mãos com essa substância, não raro se encontravam ali para conversar. Em uma dessas ocasiões, o doutor Ferit apontou um recipiente cheio de vinagre e disse ao doutor Nuri com um sorriso acanhado: "Eu sei que não funciona, mas uso mesmo assim!". Ele acrescentou que o jovem médico de Tessalônica, Alexandros, tivera febre e começara a sentir calafrios na noite anterior, e por isso o doutor Ferit o mandara para casa e insistira para que não voltasse se a febre alta persistisse.

No Hospital Theodoropoulos, o doutor Nuri vira a dedicação abnegada do jovem doutor Alexandros aos pacientes, o destemor com que se aproximava deles ao tratá-los. "Médicos e supervisores sabem lidar com o cólera, mas não sabem como se proteger da peste", declarou o doutor Ilias. "Um paciente acometido pela peste é capaz de tossir na nossa cara a qualquer instante e nos contaminar. É fundamental que a gente dê instruções rigorosas a esse respeito."

Como ainda havia tempo antes da reunião do Comitê de Quarentena, atravessaram a cidade de landau blindado rumo ao Hospital Theodoropoulos, no bairro de Hora, sem trocar uma única palavra, mas percebendo, pelo número de pessoas que viam circulando num silêncio atônito e pela expressão apreensiva no rosto de todos, que devia haver mais casos e mais mortes naquelas ruelas do que haviam suposto. O medo da morte aos poucos se apoderava da cidade, mas o verdadeiro pânico que os dois médicos tinham visto em epidemias graves de verdade parecia ainda não ter irrompido ali. A padaria do Zofiri, famosa pelos biscoitos de amêndoas e os doces com sabor de rosas, estava vazia. Mas em outro canto, o dono de restaurante Dimosteni estava aboletado na cadeira de vime do barbeiro Panagiotis para sua barba matinal.

As lanchonetes, lojas e cafeterias da avenida e da praça Hamidiye pareciam estar todas abertas. Viram um menino de cabelo preto soluçando no jardim em uma viela lateral, a caminho da praça, e mais adiante um grupo de mulheres que prestava uma visita de condolências, todas sentadas de braços dados.

Os dois médicos ficaram estarrecidos ao ver a quantidade de gente em frente ao Hospital Theodoropoulos. Agora tinham consciência de que o surto já havia se espalhado bem mais do que o imaginado, e a nomeação do sultão, logo depois do assassinato do Bonkowski paxá, de outra pessoa para conduzir a quarentena significava que agora havia uma espécie de certeza coletiva em torno da ideia de que a doença era a peste.

O doutor Nuri também observava que as alas do hospital estavam desorganizadas, caóticas e coalhadas de pacientes novos. Os doentes que tinha visto dois dias antes — o velho que dormia o dia inteiro, o carregador exausto que trabalhava nas docas — já estavam mortos e enterrados. Uma mulher grega internada havia pouco tempo estava acompanhada de duas mulheres e um homem.

"Não podemos mais permitir que parentes e visitas entrem nos hospitais!", disse o doutor Nuri.

O doutor Mihailis convocou todos os médicos a uma sala vazia no subsolo, onde o doutor Nuri explicou que muitos médicos tinham morrido na China porque os pacientes faziam gestos inesperados, como espirrar, vomitar ou cuspir enquanto eram examinados ou enquanto seus bubos eram drenados.

Também contou uma história que ouvira de um médico britânico na Conferência de Veneza: em Bombaim, um paciente agonizante que sofria da peste, diagnosticado erroneamente com difteria, tinha começado a tossir numa fase final de "delírio" e gotículas de saliva haviam atingido os olhos de uma enfermeira que estava ali perto. Os olhos da enfermeira foram generosamente lavados na mesma hora com um soro contra difteria, mas trinta horas depois a enfermeira já estava doente — morreu passados quatro dias, em meio a um delírio semelhante.

Agora os médicos debatiam o que significariam essas trinta horas: seria o tempo transcorrido entre o momento em que o micróbio entrava no corpo e o surgimento de sintomas como cansaço, tremor, dores de cabeça, febre e vômito? O doutor Ilias observou que em Esmirna o período dependia do paciente e explicou que tanto os que espalhavam a doença como os que eram infectados não teriam consciência disso, e portanto a epidemia se intensificaria, despercebida, num ritmo cada vez mais acelerado. Em breve as pessoas começariam a morrer, assim como acontecera com os ratos.

"É essa a nossa situação, infelizmente!", disse o doutor Nikos.

De novo, o doutor Nuri pensou: o diretor de Quarentena lamentava a reação medíocre da ilha diante da epidemia, contudo dessa vez a crítica era dirigida não só ao governador e às autoridades de Istambul, mas também a seus colegas médicos.

"Temos de fechar tudo... mercados, lojas e todo o resto", declarou o doutor Ilias.

"Quaisquer medidas de isolamento que implementarmos vão ser apropriadas", disse o doutor Nuri. "Mas o micróbio já vem se espalhando, então mesmo se as pessoas começarem a cumprir as normas imediatamente, elas vão cair doentes e morrer em casa. E quando isso acontecer, elas vão argumentar que as proibições não servem para nada."

"Que prognóstico mais pessimista", respondeu o doutor Ilias.

Então todos começaram a falar ao mesmo tempo. Os leitores das cartas da princesa Pakize vão perceber que as medidas de quarentena começaram de fato nessa manhã, no subsolo do hospital grego Theodoropoulos. Todos os médicos concordaram que era necessário solicitar a Istambul o envio de suprimentos e reforços — melhor ainda se fossem médicos muçulmanos, é claro.

A essa altura já estava claro que a doença se espalhara bastante, com algumas ruas, em especial nos bairros de Vavla e Germe, tão infestadas que seria difícil arrefecer o surto nesses lugares. Tendo isso em mente, um dos médicos perguntou ao doutor Ilias o que o Bonkowski paxá faria naquela situação.

"O Bonkowski paxá acreditava piamente na importância do distanciamento, do isolamento e das normas de quarentena", disse o doutor Ilias. "Caçar os ratos não era o suficiente. Mas ele também sabia que não daria resultado algum borrifar desinfetante em certos lugares já bastante comprometidos: o melhor era mandar o Exército evacuar a área e atear fogo em tudo. Sua Excelência, o sultão, ficou de olho no que aconteceu durante os surtos de cólera em Üsküdar e Izmit, sete anos atrás, onde a doença só foi vencida depois que as casas mais contaminadas foram esvaziadas e queimadas, e bairros inteiros foram reduzidos a cinzas."

Como ninguém queria correr o risco de se tornar vítima de algum informante, depois que o nome de Abdul Hamid foi mencionado seguiu-se um silêncio e a reunião foi encerrada.

17.

A Agência Central dos Correios da província de Mingheria fora aberta vinte anos antes, quando o major tinha onze anos, com uma cerimônia de inauguração grandiosa e inesquecível. (Um professor da Escola Secundária Grega havia caído no mar e se afogara durante a celebração.) Antes disso, a agência telegráfica ficava na antiga Sede do Governo, numa saleta misteriosa de onde vinha um clique constante, enquanto a velha agência dos correios, que lidava sobretudo com pacotes, situava-se num prédio decadente ao lado da alfândega. O pequeno Kâmil nunca entrara em nenhuma delas.

Depois da inauguração da Agência Central dos Correios, ele vivia pedindo ao pai que o levasse até lá, ou que ao menos passassem na frente dela para poder dar uma olhadinha na entrada extravagante do edifício. Ali dentro havia quadros emoldurados com os preços de postagem, envelopes franqueados de várias cores, cartões-postais em branco, séries de selos locais e estrangeiros, diversos quadros de avisos e um mapa do Império Otomano que o cliente podia consultar para decidir qual tarifa se aplicava à sua correspondência. Infelizmente o mapa estava desatualizado, e em certa ocasião isso tinha provocado um bate-boca entre o funcionário dos correios que queria cobrar tarifa de postagem internacional e o cliente que insistia em pagar a tarifa nacional.

Fazia trinta anos que o Ministério Postal Otomano se fundira à Secretaria de Telegrafia, e embora as primeiras agências centrais de correios tivessem sido construídas no governo do sultão Abdülaziz (que segundo rumores não gostava de Mingheria) em uma época — a década de 1870 — em que o império tinha um tamanho bem maior que o atual, a vez da ilha só chegou depois que Abdul Hamid subiu ao trono. Não seria exagero dizer que os mingherianos adoravam Abdul Hamid, sob cuja patronagem um hospital, uma delegacia de polícia, uma ponte e uma escola militar também foram construídos na capital.

Mesmo hoje, sempre que via a agência dos correios e sua entrada imponente, e sempre que subia os degraus até sua porta, o major Kâmil sentia a mesma emoção que experimentava quando criança. Ainda menino, para o major o momento mais importante da semana era quando os sacos de correspondências eram descarregados da balsa de Tessalônica ou Esmirna e levados para a agência dos correios. Cavalheiros distintos à espera de suas cartas, comerciantes aguardando as caixas e os pacotes que tinham encomendado, servidores, empregadas domésticas, agricultores, vendedores e funcionários municipais mandados até ali "para ver se não tinha chegado nada" se reuniam na entrada. Em tese, qualquer correspondência que tivesse chegado por encomenda registrada deveria ser entregue ao destinatário pelos carteiros dos correios no endereço indicado no envelope, mas como na prática o envio registrado era caro, e o processo de entrega individual, muito demorado, as pessoas preferiam enviar os criados à agência para buscar as correspondências. (Naquela época as pessoas improvisavam endereços, e algumas acrescentavam abaixo uma oraçãozinha para garantir que a carta chegaria ao destino.)

O resto da aglomeração geralmente era formado por crianças e transeuntes curiosos. Alguns ficavam arrebatados ao ver sacos e pacotes que chegavam pela porta dos fundos e eram examinados e despachados pelos inspetores da alfândega para serem entregues aos respectivos destinatários. Alguns dos pacotes talvez ainda estivessem chegando devagarinho do porto na cabine de uma carroça puxada a cavalo, com um bando ruidoso de crianças correndo e saltitando atrás dela. No auge do comércio de mármore, havia um barco italiano chamado *Montebello* que parava em Trieste e em várias ilhas no decorrer do caminho. O major adorava esse navio, que tinha sua série de selos especiais, um quadro com tarifas de postagem codificado por cores e uma carroça para a distribuição de correspondências até povoados distantes espalhados pela ilha.

Era comum o funcionário grego mais idoso da agência dos correios ir até o pórtico — de onde pendia o selo de Abdul Hamid — e ler os nomes dos destinatários e lhes entregar as cartas e os pacotes, e depois de repetir mais algumas vezes e em tom mais alto os nomes gravados nos envelopes que restavam, ele conclamava a plateia reunida a "avisar àquelas pessoas que tinham recebido correspondência que elas precisavam mandar alguém lá para buscá-la" e dizendo aos que ficavam de mãos abanando "não chegou nada para vocês hoje, voltem quinta de manhã, depois que a balsa de Tessalônica passar", ele entrava no prédio.

Desde o agravamento da epidemia, havia um funcionário parado à porta da agência dos correios para borrifar Lysol nos visitantes. No instante em que pisou no edifício nesse dia, o major foi arrebatado pela imagem do gigantesco relógio de parede Theta pendurado no lugar de sempre.

Enquanto ouvia o eco de seus passos no salão cavernoso, seus olhos passeavam pelos balcões nos quais documentos, cartas e pacotes trocavam de mãos. Nas mesas altas onde os clientes altos apoiavam os cotovelos haviam sido dispostas tigelas de vinagre que espalhavam um aroma agradável pelo salão. O major tinha ouvido do médico e príncipe consorte que essa era uma precaução geralmente indicada contra a disseminação do cólera. Parecia ser a providência mais importante tomada ali. (Gostaríamos de destacar que, ao refletir sobre essa questão, o major por acaso estava *exatamente* no lugar onde o Bonkowski paxá estivera antes de sair de fininho pela porta dos fundos e desaparecer.)

Assim como todo mundo na capital, o agente Dimitris efêndi sabia que o major chegara no *Aziziye* e estava a par de todas as fofocas relativas às três filhas recém-casadas de Murade v. Tomou um cuidado extra ao pesar o envelope grosso e selado, pois via pela letra que devia conter a carta de uma filha do sultão, de uma princesa para outra.

Era comum o major despachar correspondências de cidades portuárias de todo o império para Istambul. Enviar uma carta normal de um porto a outro só demandava um selo de vinte *para* no envelope. As agências dos correios minúsculas, de um só ambiente, situadas nas estações de trem das províncias mais distantes (como Athos, Véria, Elassona), às vezes não tinham selos de vinte *para*, e nesse caso o atendente fazia a gentileza de cortar ao meio um selo de um *kuruş* e colá-lo no envelope. Depois de consultar o quadro de tarifas de postagem e fazer os cálculos para a correspondência da princesa Pakize, o Dimitris efêndi declarou que, além da tarifa normal, cobraria mais um *kuruş* pelo serviço de carta registrada e pelo comprovante de entrega.

O major acreditava genuinamente que a epidemia em breve estaria sob controle e que logo voltariam ao *Aziziye* e tomariam o caminho da China. Mais tarde, dividiu esses pensamentos com a princesa Pakize ao explicar por que havia resolvido não pagar a taxa extra pelo comprovante de entrega. A confissão do major deve provar a qualquer um que tenha o prazer de ler as cartas da princesa que, naquele momento, o jovem oficial não fazia nem ideia do papel decisivo que a história lhe imporia dali a pouco.

O major Kâmil pegou um pincel de um pote de cola, com a mão perto das cerdas, e o usou para colar no envelope os selos de um *kuruş* — todos decorados com o brasão de Abdul Hamid, belas gravuras azuis, uma estrela e uma lua crescente. Depois que o Dimitris efêndi pressionou o envelope duas vezes com o carimbo postal de Mingheria, o major deu meia-volta e olhou para o relógio pendurado na parede.

Em silêncio, ele admitiu, ao caminhar em direção ao enorme relógio, que aquele sempre fora o objeto que mais o atraía à agência dos correios, e que quando estava bem longe dali, em alguma cidade distante, relembrando Mingheria, era sempre nele que pensava primeiro. Nem ele sabia direito por quê. Na primeira vez que o pai o levara até ali, vinte anos antes, ele mostrara respeitosamente ao filho o brasão de Abdul Hamid ao lado da porta e depois lhe dissera para olhar bem o relógio Theta, ressaltando com doses iguais de gratidão e reverência que o objeto também fora um presente do sultão e mostrando a Kâmil que exibia numerais tanto árabes quanto europeus, assim como os selos do correio otomano. Naquele dia, o pai explicara que, ao contrário dos muçulmanos, para os europeus o "doze" não indicava as horas do alvorecer e do pôr do sol, mas que seus relógios apontavam para o número doze ao meio-dia, quando o sol estava a pino. Era um fato que o pequeno Kâmil já sabia por ouvir os badalos dos sinos da igreja, mas não sabia que sabia, e talvez por isso essa informação lhe tenha provocado o que poderíamos descrever como uma espécie de "apreensão metafísica". Seria possível que dois relógios diferentes marcassem o mesmo instante no tempo mas se servissem de números diferentes? Se o sultão, que construíra torres de relógio em todas as capitais de províncias do Império Otomano desde sua ascensão ao trono, queria que todos eles marcassem a mesma hora independentemente de onde estivessem, então por que usava os algarismos árabes e os ocidentais?

Essa sensação de inquietude metafísica que tinha vivenciado quando criança voltou enquanto folheava à toa — como fazia todos os verões — as páginas gastas, soltas, de um tomo velho sobre a Revolução Francesa e a liberdade. No trajeto da agência dos correios à Sede do Governo, onde participaria da reunião do Comitê de Quarentena, o major Kâmil passou pela Torre do Relógio construída — mas não concluída — em comemoração aos vinte e cinco anos do reinado do sultão e vagou pelas ruas em torno dela como se estivesse perdido, desatento ao destino e hipnotizado pelos arredores.

18.

A reunião inaugural do Comitê de Quarentena de Mingheria, com a presença de seu presidente e mais dezenove membros, começou às duas horas do dia primeiro de maio. Como fazia vinte e cinco anos que a ilha não era tomada por nenhuma epidemia séria, essa foi a primeira vez que o comitê, até então existente apenas no papel, se reunia formalmente. Compareceram tanto Constantinos Laneras, de barba volumosa, líder da congregação ortodoxa grega e patriarca da Hagia Triada, como o sempre ofegante Stavrakis efêndi, patriarca da Hagia Yorgos, cada qual com sua sotaina e sua mitra luxuosas, portando estola cerimonial e um enorme pingente de crucifixo.

Todos os delegados, à exceção do doutor Ilias e do doutor Nuri, já se conheciam, dado o envolvimento na vida da ilha. Sempre que surgiam rixas entre comunidades por causa do casamento de uma de suas jovens, o governador chamava os representantes, escutava todos os lados da história, tecia críticas e resolvia a questão amigavelmente sem prender ninguém. Ou, caso achasse essencial que a ilha toda contribuísse com as despesas da aquisição de madeira para fazer os postes das novas linhas telegráficas dos povoados do interior, juntava todos eles em volta da mesa de madeira antiga da Sala de Reuniões e os brindava com um panegírico comovente sobre lealdade para com o sultão.

Os líderes de todas as comunidades religiosas, os farmacêuticos, os cônsules, os militares da caserna, o governador paxá e todos os demais delegados presentes nesse dia acreditavam que a doença havia se espalhado a partir dos bairros muçulmanos das colinas que ficavam a oeste do porto e não faziam rodeios ao afirmar que, para impedir que se alastrasse ainda mais depressa, era preciso isolar os bairros de Germe, Çite e Kadirler. Lá o índice de mortalidade já tinha chegado a cinco ou seis por dia, porém as pessoas que talvez estivessem contaminadas ainda podiam circular pela cidade livremente.

Outro assunto sobre o qual concordaram os delegados que confabulavam baixinho antes do início da reunião era que o Bonkowski paxá tinha sido vítima de um assassinato político. Era sem dúvida o que se *insinuava* na maioria das trocas de ideias, embora ninguém apontasse o dedo para algum grupo específico. O cônsul francês, monsieur Andon, foi uma exceção: para ele, o assassinato devia ter sido obra de fanáticos enlouquecidos hostis à ciência, à medicina e ao Ocidente. O governador paxá, acrescentou o cônsul francês, sincero, precisava agir rápido para deter os mandantes e os perpetradores do homicídio, e qualquer demora só poderia ser interpretada como franca provocação às nações da Europa.

O Ministério Otomano de Saúde Pública em Istambul já tinha mandado um telegrama noturno ao Comitê de Quarentena da província de Mingheria com uma lista das medidas que deviam implementar. Istambul recebia essas listagens sempre reelaboradas (às quais novas medidas eram acrescidas dia após dia) num telegrama enviado pela Agência Internacional de Quarentena. A missão do Comitê de Quarentena de Mingheria era discutir como adaptar essas diretrizes às circunstâncias específicas da ilha e depois anunciá-las oficialmente e botá-las em prática.

Concordaram que todas as escolas precisavam ser fechadas. Essa medida não foi nem sequer debatida. Em todo caso, a maioria dos pais já tinha parado de mandar os filhos para a escola. As únicas crianças que ainda perambulavam pelos pátios e parquinhos eram rebentos delinquentes de famílias indiferentes e infelizes. No que dizia respeito às secretarias do governo, caberia aos chefes de cada departamento decidir se deviam funcionar normalmente ou desacelerar. Também ficou resolvido que, dois dias após essa reunião de quarentena, de manhã cedo, todos os barcos que chegassem de Alexandria, do litoral norte da África, do canal de Suez, das ilhas vizinhas e do Oriente seriam submetidos à quarentena. Os navios seriam considerados "inteiramente contaminados", e todos os passageiros fariam uma quarentena de cinco dias antes de pisar em Mingheria. Também combinaram que todos os barcos que saíssem da ilha ficariam em quarentena por cinco dias.

O processo de elaboração e de votação da lista de substâncias a serem banidas e de suas lojas levou bastante tempo. "Não estamos poupando esforços em relação a essas proibições, Vossa Excelência", disse Frangouli, o cônsul alemão normalmente taciturno, "é como se acreditássemos que quanto mais coisas banirmos, mais rápido a epidemia vai acabar".

O governador ergueu as sobrancelhas ao ouvir esse comentário, pois desconfiava de que, no fundo, assim como a maioria dos burocratas e dos servidores públicos que tinha encontrado na vida, os membros desse comitê sentiam prazer ao proibir as coisas. "Não se preocupe, Frangouli efêndi!", ele disse. "Depois de transformar essa lista em um cartaz e distribuir cópias pela cidade, as pessoas vão ficar tão apavoradas que não vamos nem precisar de soldados ou gendarmes para obrigar todo mundo a obedecer."

Houve certo debate a respeito do corpo dos mortos, se deveria ser desinfetado com cal e o enterro monitorado pelas autoridades municipais. O médico grego Tassos bei, de idade avançada, frisou que seria dificílimo implementar tal medida entre a população muçulmana mais pobre e mais fanática, que sem dúvida haveria brigas, e que seria sensato mobilizar soldados para escoltar médicos muçulmanos quando eles se arriscassem nessas áreas, em vez de confiar nos guardas do Gabinete de Quarentena. Foi assim que se deu a primeira menção à possibilidade de se convocarem soldados para proteger os médicos. De sua parte, o governador paxá tinha a sensação de que um governo incapaz até de esterilizar uma casa ou de exercer autoridade suficiente para desinfetar um cadáver jamais conseguiria estancar uma epidemia, por isso não fez nenhuma objeção.

Seguindo as instruções de Istambul, ficou combinado que os pertences dos mortos seriam esterilizados de imediato. O custo da solução de sublimado corrosivo a ser usada como desinfetante seria estabelecido pelas autoridades municipais, e a venda no mercado negro não seria tolerada. Ficaria proibido pegar, usar e vender os pertences das vítimas; a visita à casa onde alguém tivesse falecido seria proibida sem a autorização prévia de um oficial de saúde pública e sem que o prédio tivesse sido desinfetado. Todos os brechós seriam esterilizados e fechados.

Os médicos e cônsules céticos, cansados, de vez em quando davam voz à pergunta — "Temos bombeiros, funcionários, desinfetante e Lysol o bastante para lidar com tudo isso?" —, mas a essa altura o governador já tinha mais ou menos parado de dar atenção a objeções e simplesmente instruía os funcionários a arrolar formalmente cada estoque de suprimentos. Ficou decretado que o povo seria incentivado a caçar ratos; que ratoeiras e veneno seriam trazidos de Esmirna, Tessalônica e Istambul; que dariam uma recompensa de seis *kuruş* por rato morto entregue às autoridades municipais.

Reparando na expressão desconfiada de alguns delegados, o médico e príncipe consorte Nuri lembrou que "a primeira coisa a fazer é interromper a circulação dos ratos". Detalhou que no interior da Índia a velocidade com que a doença se espalhara não fora determinada pela circulação das pessoas que fugiam, mas pelo ritmo com que os ratos corriam de um povoado a outro. Onde havia linhas férreas, esses ratos e suas pulgas também viajavam de trem, e o surto se disseminava ainda mais rápido. Mas quando as pessoas tomavam precauções e colaboravam com as autoridades municipais para enxotar os ratos, e quando se eliminavam as pragas dos navios que chegavam antes que pudessem atracar, via-se que a propagação da peste desacelerava até ser totalmente interrompida.

Em seguida, o doutor Nuri lembrou a todos uma coisa que já sabiam: embora o micróbio causador da peste já tivesse sido descoberto, ainda não existia uma vacina eficaz contra a doença. Naquele mesmo ano, pacientes nos hospitais de Bombaim tinham recebido injeções com dosagens diferentes do soro antipestoso, mas não houvera nenhuma melhora visível no estado deles. Em outras palavras, quem era infectado com o micróbio ou sobrevivia (alguns nem sequer adoeciam) ou perecia num prazo de cinco dias, e o desenlace dependia integralmente da resistência de sua constituição física. Às vezes também se observava que, mesmo onde não havia ratos, a doença podia se espalhar entre seres humanos por meio da saliva, do catarro e do sangue. Esse fenômeno inexplicável e inquietante, combinado à inexistência de uma cura conhecida, forçava até os mais pioneiros e instruídos dos médicos especialistas em quarentena a recorrer a lazaretos tradicionais do tipo que os venezianos haviam inventado quatrocentos anos antes, centros de quarentena que os otomanos chamavam de "estações de refúgio", alas de isolamento e remédios caseiros. Por isso, mesmo depois de os britânicos anunciarem, em

Londres, que isolar pacientes e criar cordões sanitários era "inútil", em Bombaim eles continuavam se fiando nesses mesmos métodos, usando o Exército para impô-los.

A essa altura, o doutor Nuri percebeu que a plateia estava muito confusa e achou sensato apresentar um apoio visual. O governador paxá acabara de usar uma vareta de fumigação para desinfetar a carta que um funcionário tinha trazido da agência dos correios. O acessório foi passado de mão em mão até chegar ao doutor Nuri, que demonstrou como usá-lo. Tinha comprado uma versão mais refinada daquele mesmo modelo fazia muitos anos, em Paris, na famosa Galerie Colbert.

"Veja só, assim como todo mundo, eu às vezes também fumigo os documentos que recebo pelos correios, os jornais que compro, os trocados guardados no bolso", ele disse. "No entanto, na última Conferência de Quarentena de Veneza, chegamos à conclusão de que, mesmo que venham de fonte contaminada, não há necessidade de desinfetar ou higienizar jornais, cartas e livros. Ainda assim, os senhores jamais vão me ver dizendo aos pacientes acometidos pela peste e àquelas pobres almas que se aglomeram nos corredores dos hospitais, loucas por uma centelha de esperança, que a fumigação é inútil. Insisto que os senhores tampouco ajam assim, cavalheiros! Caso contrário, eles não vão mais dar importância às medidas de sanitização." ("Essa gente só acredita em folhetos de orações e amuletos, de qualquer forma!", alguém murmurou em francês.)

Para elucidar como era de uma inconsistência assustadora a compreensão da comunidade médica quanto à peste, ele contou aos delegados uma anedota impressionante de Hong Kong: um médico chinês do Hospital Tung Wah, após declarar seu hospital "totalmente limpo", passara a noite dormindo na mesma ala que os pacientes empestados para demonstrar a solidez de sua crença de que a peste só podia ser disseminada por ratos e pulgas. Apesar de não haver sinal dessas pragas no edifício, ele morreu três dias depois.

O doutor Nuri notou o medo e o desespero que a história incutiu na plateia. "Não creio que haja proveito em lavar moedas de metal em vinagre diluído", ele prosseguiu. "Mas ouvi dizer que alguns médicos de Hong Kong ainda molham os dedos no vinagre antes de tomar o pulso de um novo paciente. Essas precauções não são totalmente ineficazes, e dão esperança aos médicos e aos pacientes. Onde já não existe mais esperança, podemos convocar todos os soldados do mundo que não conseguiremos implementar restrições, e percebemos que quando já não conseguimos convencer as pessoas da serventia dessas restrições, a imposição da quarentena se torna impossível. A quarentena é a arte de educar a população a despeito dela e de ensinar a ela a capacidade de autopreservação."

"O senhor quer dizer que dá na mesma não termos soldado nenhum?", questionou o cônsul alemão em tom provocador. "O senhor realmente espera que as massas obedeçam sem que haja soldados para obrigá-las?"

"Se não fosse o medo que tem do Exército, essa gente jamais acataria restrições", declarou o cônsul francês. "Pode esquecer dos cordões e das normas: é bem provável que qualquer médico cristão que ponha os pés em bairros como Çite, Germe e Kadirler seja atacado na hora, a não ser que lembre de esconder sua maleta de médico antes de chegar lá. O senhor fez bem em trancafiar o Ramiz na masmorra. Jamais o deixe sair de lá."

O governador exortou os dignitários reunidos a não cultivarem noções preconcebidas (ele falou as palavras "noções preconcebidas" em francês) a respeito de nenhuma fraternidade, seita ou indivíduo, e lhes garantiu que não havia razões para alarmismo, uma vez que todas as precauções já haviam sido tomadas.

"Então temos que proibir imediatamente todas as idas e vindas dos bairros de Kadirler, Çite e Germe", disse o cônsul francês. "Ainda tem gente que visita a casa onde alguém morreu e sai vestindo as roupas da vítima, fica saracoteando pela avenida Hamidiye, passeando de um lado para o outro da ponte, entrando nos mercados, nas lojas, nas docas e em qualquer lugar onde tenha aglomeração. A não ser que a gente implemente logo um isolamento para frear essas pessoas, daqui a uma semana não vai sobrar ninguém na ilha que não tenha sido exposto ao micróbio da peste."

"Talvez todos nós já estejamos infectados", disse o patriarca Stavrakis, e em seguida pegou um crucifixo e começou a rezar.

"Temos certeza absoluta de que o xeque Hamdullah não distribui amuletos e folhetos de orações abençoados, e sabemos que ele não é um desses charlatões que pintam feitiços na mão e no peito dos doentes e dos desesperados", afirmou o governador paxá.

Os cônsules se apaziguaram por um instante ao descobrir que o governador, segundo ele mesmo confessava, monitorava o xeque às escondidas. "Os senhores logo verão que amanhã, depois do anúncio oficial das medidas, nosso povo estará disposto a cumprir tudo", o governador declarou quando o debate foi retomado. "Foram seis mortos ontem, cinco muçulmanos e um grego. Mas nossas normas vão fazer esse número cair. Foi assim em Esmirna."

"O que os senhores farão se a população não ceder e não se sujeitar aos decretos, Vossa Excelência? Os soldados vão atirar feito atiraram nos peregrinos?", perguntou o cônsul francês.

Com gestos lentos, ponderados, o governador Sami paxá terminou de fumegar um bilhete que tinha acabado de receber, e embora preferisse guardar segredo de seu conteúdo desolador, anunciou com uma tristeza sincera:

"Cavalheiros, é com muita tristeza que devo lhes informar que o nosso médico de Tessalônica, um rapaz popular e muito respeitado, o doutor Alexandros bei, adoeceu e faleceu. A causa da morte..."

"Foi a peste, é claro", exclamou o diretor de Quarentena Nikos.

"Se o senhor se dispusesse a admitir desde o começo que o que estamos enfrentando é a peste, talvez o doutor Alexandros, cuja morte o senhor lamenta agora, tivesse sobrevivido, afinal", retrucou o cônsul francês.

"Sejamos claros, cavalheiros: a peste não deve ser posta na conta do Estado!", disse o governador.

Mas entre os membros do comitê a discussão continuou, e portanto o governador paxá, achando melhor encerrar os trabalhos antes que o caldo entornasse, declarou a reunião suspensa até a manhã seguinte, "dadas as circunstâncias". Levantou e saiu pela porta principal com seus passos curtos, enérgicos.

19.

Ao sair da Sala de Reuniões, o governador paxá logo teve sua atenção atraída para os preparativos que tinham lugar na sala vizinha. Como previa que o encontro fosse se estender até tarde da noite, ele dera ordens aos lacaios da prefeitura para acender lâmpadas a gás, e agora eles distribuíam melancias pequeninas, em forma de peras, que tinham cortado como flores e folhas, e se preparavam para servir o pão com oliva e tomilho que o comandante da caserna pedira às cozinhas do Exército que fizessem. Servidores, gendarmes, funcionários de consulados, guardas, jornalistas, soldados e jovens sacerdotes estavam reunidos no pátio interno, ao pé da escada. Alguns sentados nas cadeiras e bancos enfileirados às paredes, a maioria de pé, mas todos fediam à solução de cloreto de carbono que uma equipe de bombeiros exagerados havia borrifado generosamente sobre eles.

Sentado no gabinete, lendo os recados que os funcionários tinham deixado em sua mesa, o governador soube que os moradores muçulmanos e cristãos mais ricos da ilha esperavam que ele lhes garantisse vagas a bordo dos navios programados para deixar a cidade. Ele se deu conta, com certo grau de consternação, de que todas as passagens já deviam estar esgotadas e de que havia um êxodo de pessoas. Lacaios, criados, porteiros e outros suplicantes, um bando deles aguardava no pátio e diante de sua porta, enviados pelos patrões abastados para pleitear passagens junto ao governador.

O governador olhou o telegrama em cima da mesa e adivinhou o conteúdo sem ter que recorrer aos serviços do criptoanalista municipal: era sua esposa lhe informando que estava a caminho. Por acaso a notícia do assassinato do Bonkowski paxá e da epidemia ainda não tinha chegado aos ouvidos da família em Üsküdar? Ou a abnegada esposa estava sugerindo que não deixaria o marido sozinho em um momento de necessidade? Sua expressão terna, paciente, passou como um lampejo pela cabeça do Sami paxá.

Fazia cinco anos que ele fora nomeado governador de Mingheria. Nascido em uma família de origem albanesa, na juventude foi parar no Egito e se destacou na corte do Quediva pela competência em diversas funções, como escrivão, ajudante de campo e tradutor (ele sabia francês), e depois de ser promovido na hierarquia, acabou indo para Istambul e entrou imediatamente no serviço ao Estado otomano como chefe distrital e de condado, e depois como governador de estado de diversos postos imperais, como Alepo, Skopje e Beirute. O fato de conhecer o Kâmil paxá do Chipre lhe granjeou um papel no governo durante o primeiro período deste como grão-vizir, quinze anos antes, mas fora afastado de seus deveres ministeriais por razões que jamais entendeu e então despachado como governador a diversas províncias distantes. Ele acreditava que a falha qualquer que tivesse causado sua demissão acabaria sendo esquecida por Abdul Hamid e que em breve ele seria convocado a voltar a Istambul para ocupar uma posição de mais prestígio, e sempre que o exoneravam de um cargo e o mandavam para outra parte do império com uma nova missão, ele — assim como muitos governadores otomanos que viviam trocando de posto — interpretava o gesto como um sinal de que Abdul Hamid não se esquecera dele, e não como indício de alguma insatisfação com seu desempenho na função anterior.

Quando o Sami paxá foi nomeado para Mingheria, sua esposa, Esma, não o acompanhou. A vida deles tinha se tornado uma desgraça nos últimos anos devido às frequentes transferências, uma vez que depois de terem se dado ao trabalho de fazer uma mudança rumo ao posto seguinte, assim que se estabeleciam ficavam sabendo que ele seria enviado a outro lugar. O cansaço do deslocamento, de mobiliar uma casa e ter que viver — não raro isolados — em uma cidade distante em que as pessoas mal falavam turco extenuara

Esma Hanım, que em vez de ir para Mingheria havia resolvido continuar em Istambul, pensando, "Quando a gente chegar lá, talvez já tenham decidido mandar ele para outro lugar". Mas como a presente estadia estava durando um inédito período de cinco anos, a distância entre marido e esposa havia aumentado e, percebendo-se incapaz de lidar com a solidão, o paxá tinha começado um caso "secreto" (sobre o qual muitos especulavam e fofocavam) com a viúva Marika, que lecionava história na Escola Secundária Grega.

O governador providenciou que um telegrama cifrado fosse enviado à esposa e às duas filhas casadas, dizendo que estava com muita saudade de todas, mas que elas não deviam ir à ilha sob nenhuma circunstância. Esperou um tempo até estar um breu lá fora. A zona portuária estava cheia de gente procurando passagem e algum jeito de sair da ilha. Quando teve certeza de que a multidão na praça da Sede do Governo já havia se dispersado e de que todas as charretes já tinham sumido, saiu da residência oficial pela porta dos fundos. O cheiro das ruas era de esterco fresco de cavalo (um cheiro de que o governador, assim como muitos locais, gostava bastante). A infalivelmente falha equipe da prefeitura ainda não tinha acendido as lâmpadas a óleo das ruas principais, mas mesmo se o tivesse feito, ainda estaria escuro demais para que alguém o reconhecesse.

O governador paxá ficou olhando as mulheres levando os filhos para casa, os mendigos suplicando aos transeuntes perto do mercado, pessoas caminhando e falando sozinhas, os velhos chorando, inconsoláveis. Na fachada da loja de departamentos Dafni um cartaz avisava que as ratoeiras de Esmirna haviam chegado, mas o estabelecimento não abrira as portas naquele dia. O governador não ficou surpreso com as vitrines apagadas e trancadas, pois havia recebido relatórios de seus informantes dizendo que os açougueiros e verdureiros mais espertos tinham seguido o exemplo dos vendedores de tapetes e dos tecelões de colchas e feito questão de esvaziar as lojas e esconder os estoques antes que as autoridades de quarentena aparecessem. Mas os restaurantes que fediam a guisado e azeite frito continuavam abertos, e os idosos e desempregados da cidade tinham se reunido nos arredores do porto para ver o movimento. As pessoas pareciam se comportar como se não houvesse nada anormal. Ou talvez estivessem assustadas e preocupadas, e era só o governador paxá que não percebia. Por fim, avistou um guarda-costas atrás de si e entendeu que alguém provavelmente o reconhecera. Sempre gostara de passear pela cidade disfarçado, e às vezes nem esperava a noite cair, se arriscando a sair assim que a luz começava a se dissipar.

O cocheiro idoso do município, Zekeriya, o aguardava, seu faetonte genérico estacionado numa esquina escura da praça Hrisopolitissa. A farmácia do detestável Nikiforos estava fechada. O governador tinha certeza de que havia um policial à paisana em algum canto da praça, mas onde? O escrutinador-chefe Mazhar efêndi era um burocrata competente e leal que proporcionara uma boa formação a todos os espiões e policiais. O governador sabia que, se seus encontros furtivos com Marika ainda não eram um problema político nem haviam provocado um incidente diplomático, isso se devia aos esforços do Mazhar efêndi para calar quem ousasse abrir a boca a respeito. O governador às vezes o imaginava enviando ao palácio telegramas acerca do assunto, quando não ao próprio sultão.

Samir paxá subiu na carruagem na pracinha. Não havia nenhuma necessidade de que o levassem a seu destino, que ficava ali perto. Mas tinha a sensação de que não podia aparecer na porta da professora de história viúva com as botas sujas durante o inverno, quando chovia e as ruas viravam lodaçais, e afinal pegar a carruagem para vê-la se tornara um hábito que se estendera verão adentro. Como sempre, dobraram a esquina em frente aos jardins do palacete onde vivia a família grega Mimiyannos, tradicionalmente abastada, e percorreram as ruelas do bairro de Petalis, mas em vez de saltar no recuo que geralmente ficava às escuras, escondido por castanheiros, dessa vez o governador desceu numa praça onde havia algumas tavernas com vista para o mar.

Reparou que a Romantika e as outras duas tavernas estavam sossegadas, e que os fregueses recebiam jatos de Lysol na porta do restaurante Buzuki. Foi andando em direção à casa de sua amante, Marika, ignorando os olhares de quem o reconhecia.

A gravidade da epidemia e a proximidade da morte tinham levado o governador paxá à súbita constatação de que era desnecessário e um tanto degradante se esconder como um ladrão por causa da relação "secreta" de que todo mundo parecia ter ciência. Atravessou o portão do quintal como sempre, sentindo os olhares das aves no galinheiro, que a princípio cacarejaram, aterrorizadas com a ideia de que ele seria uma raposa, e depois se calaram. Quando se aproximou da cozinha, nos fundos da casa térrea de Marika, a porta se abriu silenciosa, quase por vontade própria, como sempre. O cheiro de cozinha úmida e bolorenta e o aroma de pedra molhada atingiu as narinas do governador paxá como acontecia sempre que entrava lá. Na verdade, era cheiro de amor e culpa.

Trocaram um abraço carinhoso e no escuro acharam o caminho até o cômodo ao lado, onde começaram a fazer amor. O governador paxá receava que sua tendência a se entregar sem reservas pudesse parecer indecente, e geralmente tentava, como estadista escrupuloso, desacelerar as coisas e demonstrar que ainda estava no controle. Mas nesse dia ele agarrou Marika como uma criança que perde a mãe na multidão e acaba de reencontrá-la. Depois de um dia coalhado de novidades terríveis, sentia menos receio de se abrir do que de ficar sozinho. Fez amor várias vezes, sem inibições.

Mais tarde, quando sentaram para comer, o Sami paxá disse: "Tem muitas famílias de Hora e Flizvos e de outros bairros daqui que estão arrumando as malas e indo embora. A família Angelos, que sempre vem para cá na primavera, e o filho do Naci paxá, de Esmirna, já tinham mandado os mordomos arrumarem as casas no alto de Turunçlar, mas acabaram enviando telegramas cancelando a vinda. Agora estão pedindo passagens para os sobrinhos deles. Sabahattin, o comerciante de pedras, também está tentando ir embora, tentando conseguir passagem".

Marika lhe contou o que tinha acontecido com a nora dos Karkavitsas, uma família de Tessalônica que ganhara fortuna com o minério de pedras e tinha casa a dois quarteirões dali. A mulher havia chegado, como todo ano, antes da Páscoa, para ficar na mansão palaciana da família, preparada especialmente para sua visita, e tinha ido com a irmã e o mordomo a seu adorado Mercado Antigo comprar temperos, depois dera um pulo na famosa loja do herborista Arif e comprara pão na padaria do Zofiri. Mas ao passar pela granja, viu o dono lá dentro, deitado num torpor letárgico e com uma íngua visível no pescoço, e voltou correndo para o bairro dela, fechou a casa com tapumes e na mesma manhã embarcou na primeira balsa de volta a Tessalônica.

"Ela não embarcou", disse o governador paxá. "Ninguém conseguiu passagem para a balsa da Lloyd, nem para os navios dos Marítimos sem horário marcado, então eles me procuraram para ver se eu não podia ajudar. É estranho porque essas famílias têm uma relação bem mais próxima com os cônsules do que eu."

Ficaram um tempo em silêncio. Quando madame Marika pôs diante do paxá um prato que lhe preparara, ela explicou que o frango e as ameixas eram do quintal e que a farinha tinha vindo da padaria da caserna dez dias antes. "Eles fazem uns pãezinhos deliciosos", ela disse. "Você acha que a peste pode ser transmitida pela comida?"

"Não sei", o governador respondeu. "Mas eu bem que gostaria que você não tivesse abatido esse frango!", acrescentou, como se tentasse insinuar que já tinha visto derramamento de sangue suficiente naquele dia. Então, se surpreendendo com a própria franqueza, falou com a amante sobre o plano que tinha acabado de bolar.

"Vamos dar início à nossa quarentena daqui a alguns dias. Mesmo se não começar, os britânicos e franceses sem dúvida vão impor um isolamento de cinco dias a todos os passageiros e cargas que entram e saem do porto. A essa altura vai ficar bem mais complicado e caro sair da ilha. Além disso, depois que a quarentena for implementada, as empresas de balsas vão ficar com o serviço reduzido. Quem previa isso tudo, como eu, já foi às agências de viagens e comprou a última passagem disponível. Mas tenho três assentos reservados para você, seu irmão e seu sobrinho no navio dos Mensageiros Marítimos de amanhã rumo a Tessalônica."

Não era verdade que o governador tinha reservado três passagens especificamente para eles, mas ele sabia que havia algumas passagens à sua disposição para usar como bem entendesse.

"O que você está querendo dizer, paxá?"

"Madame Marika, se você achar que não tem como se preparar até amanhã, imagino que o último navio a partir antes da quarentena saia depois de amanhã. Se você quiser, não vai ser difícil eu arrumar passagem para você na Pantaleon."

"Mas e você, paxá? Quando é que vai embora?"

"Como é que você diz uma coisa dessas! Eu tenho que ficar aqui como lorde e paxá desta terra até que esse flagelo seja erradicado."

No silêncio que veio em seguida, o governador tentou ver a expressão do rosto da amada, mas estava escuro e ele não conseguia enxergar direito.

"Meu lugar é a seu lado."

"Isso é coisa séria!", disse o governador paxá. "Já mataram o Bonkowski paxá... o *Bonkowski paxá*!"

"Quem você acha que matou ele?"

"É claro que pode ter sido só uma coincidência infeliz. Mas é evidente que as mesmas pessoas que deram cabo do Bonkowski paxá, que querem que a peste se alastre para acirrar a rixa entre muçulmanos e cristãos e tirar proveito da situação, agora ameaçam o doutor Ilias. O pobre coitado não estava se sentindo seguro na casa de hóspedes."

"Eu não vou ter medo com você ao meu lado, paxá."

"Pois deveria!", retrucou o governador, pousando a mão no joelho da amante. "Os cônsules, os comerciantes, nossos homens santos, eles vão resistir a todas as medidas. A epidemia vai se intensificar, já dá para ver. A gente vai ter que enfrentar essa praga e ao mesmo tempo se esquivar de assassinos."

"Você não devia dar espaço a pensamentos tão lúgubres, paxá. Vou seguir todas as instruções que você der, e vou ser cuidadosa com a minha alimentação. Vou trancar a porta e não vou deixar ninguém entrar, e tudo vai ficar bem."

"E as pessoas que entregam seu pão e sua água, e o seu irmão e o seu sobrinho, e o que vai acontecer se alguém vier aqui vender ameixa ou cereja, e, se não vierem eles, vão ser os filhos do vizinho que te dão pena… Você não vai abrir a porta nem para eles? Não vai abrir a porta *para mim*? Eu posso ser a pessoa a trazer a peste para dentro da sua casa."

"Qualquer doença que você pegue, eu vou querer ter também, meu paxá. Prefiro morrer a virar as costas para você no momento em que você mais precisa."

"Pode ser que a rua acabe como no Dia do Juízo Final", declarou o inflexível paxá. "O Corão diz que no Dia do Juízo Final as mães vão virar a cara para os filhos, as filhas para os pais, e as esposas para os maridos…"

"Se continuar por esse caminho, vou tomar sua insistência como ofensa pessoal."

"Eu sabia que você falaria isso", disse o paxá.

"Então por que insiste em partir o meu coração?"

O paxá ficou aliviado ao perceber que ela não tinha dito essas palavras com raiva genuína, mas como prelúdio a uma daquelas briguinhas galanteadoras que gostavam de ter de vez em quando. Caso Marika tivesse se convertido, se tornado muçulmana, talvez ele tivesse conseguido fazer o que outros governadores faziam: assumi-la como segunda esposa sem sequer informar à primeira. Mas o paxá tinha um cargo importante na burocracia otomana. Mais importante ainda era que nos últimos anos os embaixadores e cônsules estrangeiros passaram a alegar que cristãos estavam sendo forçados a se converter ao islã "sob coação", e seus protestos cada vez mais vociferantes haviam se transformado numa dor de cabeça política que preocupava Istambul e dissuadira o paxá de tomar essa linha de ação.

"Ah, meu caro paxá! O que é que vai acontecer agora? O que foi que nós fizemos para merecer isso? O que é que temos que fazer agora?"

"Faça o que eu digo, faça o que o seu governo manda, obedeça às regras. Não acredite em boatos. As autoridades têm o problema sob controle."

"Se você soubesse o que as pessoas andam falando!", Marika exclamou.

"Pois vamos ouvir!", o governador paxá disse num tom formal.

"Dizem que foi o Bonkowski paxá quem trouxe a peste para cá, e que agora que mataram ele, a peste está circulando pelas ruas que nem uma criança perdida, órfã. E dizem que outras pessoas também vão morrer."

"O que mais?"

"Infelizmente, ainda tem gente que fala que a peste não existe. Até entre os gregos."

"Eu acho que daqui a pouco isso muda", disse o paxá. "O que mais?"

"Tem gente que diz que a peste chegou no *Aziziye*! Com os ratos que entraram no barco a remo."

"E o que mais?"

"Dizem que a filha do antigo sultão é lindíssima!", continuou Marika. "É verdade?"

"Não saberia dizer!", declarou o paxá, como se tivessem lhe pedido para revelar segredos de Estado. "Mas, de qualquer forma, não existe mulher mais linda do que você."

20.

Na manhã seguinte, quando o Comitê de Quarentena tornou a se encontrar, o governador Sami paxá conduziu todos os presentes à saleta vizinha ao seu gabinete, preparada após as resoluções da véspera. Conforme ditava a disciplina da epidemiologia, qualquer casa que soubessem estar infectada ou onde alguém tivesse falecido seria dali em diante assinalada no mapa pendurado na parede dessa saleta, e as decisões quanto a quais ruas e bairros seriam isolados seriam tomadas com base nisso.

O farmacêutico Nikiforos perguntou ao governador, em tom bastante cortês, se ele poderia enfim ter de volta sua faixa publicitária. "Afinal, compareci às reuniões do seu comitê e votei de acordo com os seus desejos", ele disse.

"Que homem insistente o senhor virou, Nikiforos efêndi", retrucou o governador paxá, abrindo o único armário da saleta. "Veja!", ele disse ao pegar o pano e exibi-lo aos delegados.

O médico e príncipe consorte, o major, o escrutinador-chefe, os patriarcas e todos os outros examinaram o pano avermelhado com a imagem de uma rosa mingheriana bordada com destreza. O governador paxá prestou bastante atenção à reação deles.

"Sua faixa publicitária está se mostrando bem popular, Nikiforos efêndi", disse o governador.

"Foi o Bonkowski paxá quem teve essa ideia", o farmacêutico retrucou.

"Então o senhor sem dúvida nenhuma vai receber seu pano de volta, e aliás guardamos um registro dele no nosso livro de contabilidade. Talvez eu não possa devolvê-lo ao senhor agora, mas quando a peste acabar e estivermos comemorando sua derrota, vou me postar diante do nosso povo e entregá-lo ao senhor; que esses estimados professores, vossas excelências, os patriarcas, e os oficiais do Exército sirvam de testemunha."

"Como o senhor achar melhor, Vossa Excelência", Nikiforos respondeu.

"A faixa é sua, é claro... Mas a rosa mingheriana é da nação inteira."

Mais tarde, historiadores debateriam se a expressão usada pelo governador Sami paxá, "nação inteira", teria sido uma referência só à população da ilha ou ao Império Otomano como um todo.

Depois de guardar o pano no armário, o governador Sami paxá se acomodou na cadeira que sempre ocupava à mesa de reunião da quarentena para repassar a toda velocidade uma lista de medidas que elaborara mais cedo com o doutor Nuri e o doutor Ilias, e pôs cada um dos pontos em votação. A lista incluía transformar partes do castelo — sobretudo um dos pátios mais espaçosos e um prédio amplo dentro do complexo — em centros de isolamento, criar novos cemitérios fora da cidade e determinar que providências seriam instauradas para proteger casas desocupadas. Muitas dessas resoluções foram tomadas numa sequência rápida que mais tarde ditaria o rumo da história da ilha e modificaria alguns dos bairros de Arkaz a ponto de torná-los irreconhecíveis. De todas as proibições acordadas nesse dia, a que provocou mais consternação ao ser anunciada à população foi o banimento de aglomerações e de "reuniões de mais de dois indivíduos".

"As rezas de sexta-feira e os sermões públicos dos pregadores mais populares também vão ser proibidos?", indagou o cônsul russo Mihailov.

"Nós temos o direito de proibi-los, mas não vamos fazer isso por enquanto", respondeu o governador. "De qualquer forma, que médico, que pretexto poderia deter um fiel que vai sozinho à mesquita, e faz suas abluções e suas orações sem tocar e sem incomodar ninguém?"

"Aqueles tapetes velhos e imundos devem ser um criadouro de tudo quanto é tipo de doença", alguém frisou em tom igualmente desdenhoso e aflito.

"A comunidade ortodoxa grega poderia suspender a missa de domingo", sugeriu seu líder, o patriarca Constantinos efêndi. "Nosso rebanho vai entender."

As igrejas estavam bem mais sossegadas desde o início da epidemia. Nas mesquitas, contudo, parecia haver mais gente do que o normal, e as cerimônias fúnebres, em especial, vinham atraindo multidões.

"Se a doença está lá no quebra-mar, nas choupanas onde vivem os migrantes de Creta, por que o costureiro do meu bairro de Eyoklima tem que fechar a oficina dele?", questionou o cônsul francês monsieur Andon.

"Porque está bem do lado da caserna!", alguém respondeu, mas ninguém falou mais nada sobre o assunto.

No decorrer da reunião, os cônsules contavam com seus funcionários para lhes trazer atualizações constantes sobre as atividades comerciais na cidade e o avanço da doença. Consequentemente, tudo o que os delegados do comitê discutiram nessa manhã logo chegou aos ouvidos dos comerciantes locais e dali se espalhou pelo resto da cidade, exacerbado por mal-entendidos, rancores e rumores infundados, e temperado por tudo quanto é tipo de acusação e ressentimento.

Boa parte do debate desse dia se concentrou na alegação de que o número de mortos seria maior do que o divulgado, mas que as pessoas — e sobretudo os pobres, muçulmanos e migrantes de Creta — escondiam seus mortos por medo de que as autoridades aparecessem, fechassem as casas com tapumes e confiscassem ou ateassem fogo ao estoque das lojas.

"Os muçulmanos são cheios de manias em relação aos mortos e, como vocês todos já observaram, são intransigentes quanto a funerais", o governador disse ao ouvir isso. "É simplesmente inconcebível que a população saia de fininho no meio da noite para enterrar os entes queridos sem nem lavar o cadáver antes, sem dar aos mortos uma cerimônia fúnebre digna desse nome, sem fazer as orações certas."

"Talvez Sua Excelência o governador deva pedir o landau blindado para que eu o leve agora ao Quebra-Mar Rochoso, perto da Escola Militar!", disse o cônsul francês.

"De fato chegou ao nosso conhecimento", respondeu o governador, "que o senhor esteve nessa região ontem à noite, com o vice-cônsul grego, Leonidis. Mas não tem nativos lá, só imigrantes."

"Diga: o senhor viu algum cretense passeando à noite com uma cesta cheia de ratos mortos, espalhando a peste por aí?", perguntou o cônsul britânico monsieur George, conhecido por jamais perder a piada. (Surpreendentemente, era britânico de verdade, e era de fato cônsul.)

"Tem tanta gente que acredita nesse tipo de coisa que até eu fico tentado a acreditar também."

"Sabíamos do diabo que espalha a peste, mas não sabíamos que ele era de Creta!"

"Em priscas eras", disse o doutor Nuri, "quando a peste atacou Florença e Marselha e o príncipe local, o governador ou o Estado não tinham preparo para lidar com a situação, os próprios cidadãos, dos mais novos aos mais velhos, enfrentavam o problema sozinhos e batiam de porta em porta para monitorar o surto. Existem heróis semelhantes aqui, pessoas dispostas a fazer sacrifícios não só para salvar a própria vida, mas para salvar a cidade toda."

"Pessoas feito o doutor Alexandros, de Tessalônica?"

"É verdade que talvez tenha gente disposta a arriscar a própria vida em prol da ilha. Mas ninguém vai se voluntariar com esse clima tão hostil."

"Não importa o que o governador diga, hoje em dia é complicado achar um muçulmano disposto a se sacrificar por um cristão, ou um cristão por um muçulmano. Que os causadores dessa cizânia reflitam sobre o que fizeram."

"Jovens muçulmanos poderiam se voluntariar nos bairros muçulmanos e jovens gregos nos bairros gregos", o cônsul britânico sugeriu.

"A outra opção é fazermos o que os britânicos estão fazendo agora, com muito sucesso, na Índia."

"Devo dizer que esta é a primeira vez que ouço falar dos britânicos conseguindo avançar no combate à peste na Índia."

"Onde ninguém se oferece como voluntário ou entende por que precisa se oferecer como voluntário…"

"… o exército *obriga* as pessoas a se oferecer!"

"Não é bem assim", disse o doutor Nuri, sorrindo para o cônsul russo Mihailov. "Nesse caso, esquecemos os voluntários e mandamos os soldados baterem de porta em porta."

Houve um breve momento de silêncio. "Os soldados árabes que temos não conseguiriam entrar em nenhuma casa", declarou o cônsul russo.

Na esteira do Motim do Navio de Peregrinos, Abdul Hamid tinha removido as quatro brigadas militares da ilha e seus respectivos comandantes da função e mandara todo mundo servir em outros lugares do império, substituindo-os por duas brigadas do Quinto Exército estacionadas em Damasco e formadas por soldados árabes que não falavam turco. O comandante recebera ordens claras para não se envolver nas questões políticas e de quarentena da ilha e para se concentrar em perseguir as guerrilhas gregas nas montanhas.

"Não precisamos ser tão pessimistas!", disse o governador paxá. "Não há necessidade alguma de que os soldados entrem em todas as casas e mansões que estiverem inspecionando. Eles só vão precisar vigiar as ruas e separar brigas. Mas vamos dar pólvora e munição a eles!"

"E se esses soldados que só falam árabe acabarem baleando as pessoas por acidente outra vez?", disse o cônsul francês.

"Sua Alteza Real, o sultão, mandou o major Kâmil de Istambul para garantir que a Tropa de Quarentena voluntária recrutada na província de Mingheria adote os altos padrões da instituição militar do Estado", declarou o governador, apontando para o major. "E esse corajoso jovem está entre nós!"

O major Kâmil, sentado entre os funcionários e soldados, numa das cadeiras encostadas à parede, se levantou na mesma hora e saudou o Comitê de Quarentena, o rosto corado de vergonha. (Lembrou-se por um instante de que tinha uma patente abaixo da esperada para sua idade.) Quando sentou, já havia se tornado o comandante da brigada especial a ser formada para impor a quarentena na província de Mingheria. Dada a urgência da situação, também ficou resolvido que o recrutamento para essa brigada seria iniciado imediatamente.

"O governo em Istambul já alocou verbas para cobrir os salários da tropa voluntária", disse o governador, contando outra mentira.

"O senhor sabe que jamais veremos a cor desse dinheiro!", retrucou o cônsul britânico monsieur George, muito valente. De certo modo, sua observação traduzia em palavras o sentimento coletivo de todos os presentes. Pois embora ninguém falasse, todos tinham a impressão de que para as autoridades de Istambul, e infelizmente para o sultão também, os próprios interesses estavam acima dos interesses da ilha. Diante desses indícios de desalento e insegurança, o governador paxá procurava o que dizer para superar tais sentimentos. "Precisamos lembrar que é um dever moral da nossa ilha tentar impedir que as pessoas que em breve vão embarcar em navios de empresas e balsas sem horário marcado para fugir de Mingheria levem a doença para Istambul, para o Império Otomano e para a Europa inteira", ele disse.

Mesmo enquanto pronunciava essas palavras, o governador quase escutava as objeções silenciosas dos homens reunidos em torno da mesa. Às escondidas, as apreensões deles tinham entrado também no coração do Samir paxá. Esses protocolos de quarentena impostos por Istambul obviamente visavam sobretudo proteger o Estado, não os mingherianos.

Agora essa raiva velada contra Istambul era projetada contra o governador paxá. Mas apesar da insistência dos cônsules e dos médicos, nem essa segunda reunião do Comitê de Quarentena bastou para que impusessem um isolamento rigoroso aos bairros muçulmanos e às ruas mais infectadas onde moravam todos os migrantes de Creta. Como os delegados do Comitê de Quarentena tinham intuído, a razão para isso era que o governador, depois de já ter jogado Ramiz, o irmão do xeque Hamdullah, na cadeia, agora temia a ira do xeque e a possibilidade de que o homem santo tentasse sabotar a quarentena.

Outra medida sugerida por Istambul era queimar as casas contaminadas a ponto de uma desinfecção normal não ser efetiva. Para fazer uma avaliação justa da indenização devida às pessoas que tivessem a casa e os pertences destruídos, o governador teria que formar um comitê de sete membros, composto de líderes comunitários e funcionários do Tesouro mingheriano. As decisões do comitê quanto à indenização a ser paga pelas casas seriam inegociáveis.

"É claro que assim fica subentendido que temos dinheiro suficiente em caixa para pagar as pobres almas que perderem a casa!", disse o cônsul alemão.

"Eu ficaria muito surpreso se um governo acanhado demais para impor um cordão de isolamento tivesse coragem de pôr abaixo a mansão de um muçulmano", acrescentou o cônsul francês.

"Como o assistente do nosso saudoso Bonkowski paxá, o doutor Ilias, nos explicou ontem de manhã: o sultão sabe muito bem que a única medida que venceu os surtos de cólera em Üsküdar e Edirne sete anos atrás foi botar fogo nos bairros completamente contaminados onde as epidemias tinham surgido."

"O senhor disse mesmo que a preferência do nosso sultão é por incendiar lugares infectados, e que Sua Alteza Suprema exprimiu essa opinião pessoalmente ao Bonkowski paxá!", disse o doutor Nikos, olhando para o doutor Ilias.

"Não foi isso o que eu disse!", retrucou o doutor Ilias.

"Foi, sim, e agora o senhor nega. O senhor tem medo do quê?"

"Não é questão de coragem, mas de equilíbrio", disse o doutor Nuri, socorrendo o doutor Ilias. "Para estancar a doença em povoados nos arredores de Bombaim, talvez hoje baste incinerar sucata, valas de esgoto e casas infectadas. Mas dez quilômetros adiante, nos cortiços imensos do centro de Bombaim, onde a epidemia está a todo vapor, o único jeito de combater o surto é isolar o bairro e ruas inteiras."

O doutor Nuri se calou por um instante, analisando a expressão dos delegados para avaliar o efeito que suas palavras tinham causado, depois retomou: "Todas as medidas dependem do contexto. A prática de incinerar os pertences dos mortos e todos os objetos contaminados ainda é comum na Arábia e no Hejaz, e agora também na China e na Índia. Botar fogo em bairros sujos, pobres, durante surtos de cólera tem sido visto em certos casos como oportunidade de livrar as docas e os centros das cidades de vagabundos, mendigos e batedores de carteira... para assim abrir áreas novas e modernas dentro das cidades e criar praças públicas que façam bem à saúde de todos os cidadãos".

"Aqui nós não vamos tolerar isso!", disse o governador.

"Mas talvez essa epidemia não seja como aquelas epidemiazinhas de cólera que tivemos no passado, que desapareceram do nada quando o verão acabou", declarou o diretor de Quarentena Nikos.

"Vossa Excelência, por que o senhor acha que a situação na Índia se agravou a ponto de virar um conflito claro entre os britânicos e a população local? É verdade mesmo que os moradores andaram matando os oficiais e médicos britânicos nas ruas?"

"Infelizmente, a culpa é da intransigência dos agentes coloniais britânicos. Eles mandaram que tropas a cavalo procurassem os doentes no meio dos aldeãos ignorantes que não sabiam nada sobre micróbios e pestes, e tudo isso com um menosprezo desastroso pelos critérios religiosos quanto ao recato feminino. Separaram famílias, isolaram os suspeitos de transmitir o micróbio e mandaram os doentes para o hospital sem nem se dignarem a explicar para onde estavam levando essas pessoas e por quê. Então os moradores começaram a desconfiar de que os hospitais envenenavam as pessoas, de que a peste era uma desculpa para mutilar e desmembrar seus corpos."

"Mas é claro que precisamos lembrar que os nativos, com sua ignorância e atavismo, e com sua hostilidade para com os britânicos, vão *sabotar* o que quer que seja", disse o diretor de Quarentena. "O senhor não ouviu o que andam dizendo por lá? 'Nosso hospital é a mesquita!'"

"O senhor aprova esse tipo de comentário?", perguntou o cônsul russo Mihailov. "Os médicos devem abandonar os princípios da ciência médica quando lidam com o populacho ignorante que rejeita a ciência?"

"A certa altura os indianos estavam tão enfurecidos que matavam qualquer europeu ou homem branco que vissem na rua, médico ou não. Então os britânicos resolveram afrouxar as medidas restritivas. A agitação abrandou, mas a peste se espalhou mais rápido. Acabou que os britânicos, com medo de causar mais tumulto, passaram a raciocinar nos seguintes termos: se os locais vão resistir às medidas de quarentena, é melhor a gente não fazer nada até eles virem nos pedir ajuda… Mas esse método favoreceu o surto de peste em Calcutá, por exemplo."

"Se me dão licença, gostaria de dizer algumas palavrinhas", disse o líder da comunidade ortodoxa grega e patriarca da Igreja de Hagia Triada, Constantinos efêndi. Sua Excelência, o patriarca, não tinha falado muito nos últimos dois dias, e agora todo mundo lhe dava plena e respeitosa atenção. O patriarca então fez um discurso que havia preparado. "Cavalheiros, nossa Mingheria não é a Índia! A comparação é equivocada. A boa gente de nossa ilha, seja do lado ortodoxo ou muçulmano, é esclarecida e civilizada, e nesse momento de crise vai se mostrar disciplinada e aderir às regras que o nosso sultão ditou e que o governador paxá está tentando valorosamente pôr em prática."

"Isso mesmo!"

"É quando os senhores hesitam em seguir orientações médicas por medo de que os fanáticos façam objeção e gerem violência que o desastre se torna inevitável", o patriarca prosseguiu. "A comunidade grega está fugindo da ilha: a epidemia nos amedrontou. Chegamos a ouvir a seguinte alegação: 'Essa história de epidemia foi inventada para afugentar o máximo de gregos possível e nos tornar uma minoria para que não possamos exigir independência'."

"Cavalheiros, nossa ilha não é nem uma colônia otomana nem domínio de mais ninguém", declarou o governador paxá. "Mais da metade do povo de Mingheria é muçulmana, é parte integral do Império Otomano, e tanto cristãos como muçulmanos permanecerão leais até o fim ao seu adorado sultão."

Mas o debate quanto a Mingheria ser ou não "como a Índia" continuou por um tempo, como se o governador paxá não tivesse falado nada, e o doutor Nuri interferiu para ressaltar que quando Bombaim enfrentava a peste, três anos antes, um terço de seu quase um milhão de habitantes abandonou a cidade para buscar refúgio em outro canto.

"A não ser que o senhor ponha as fraternidades infectadas de Germe e Kadirler em quarentena, a comunidade grega também vai começar a ir embora... talvez para nunca mais voltar", disse o patriarca da Igreja de Hagia Triada. "Lamentavelmente, o êxodo de gregos da nossa ilha já começou."

21.

Quando a reunião do Comitê de Quarentena estava chegando ao fim, os agentes de viagem da rua Istambul e dos arredores do porto souberam, pelos funcionários que ficavam do lado de fora da reunião, que a partir da meia-noite de domingo todos os passageiros a bordo de navios que partissem da ilha seriam submetidos a uma quarentena de cinco dias. Só havia duas embarcações oficialmente programadas para zarpar antes do prazo. Mas nos três dias e meio que restavam até lá, uma grande massa de pessoas tentaria ir embora da ilha.

As empresas de viagem logo procuraram barcos para alugar e enviaram telegramas pedindo mais navios. Um número enorme de pessoas começou a se aglomerar na costa, com gente em busca de passagens, famílias que fecharam a casa com tapumes assim que ouviram a notícia, aqueles que preferiam ver com os próprios olhos o que estava acontecendo nas docas e outros (um contingente significativo) decididos a não ir embora, mas que tinham ido até lá só por curiosidade. Os que já haviam fechado a casa e feito as malas e baús como se estivessem encerrando as férias sazonais um pouco mais cedo eram sobretudo as famílias gregas mais abastadas, como os Aldonis, que tinham enriquecido na era de ouro do comércio de mármore mingheriano; os Hristo, novos magnatas do azeite de oliva; o dono da loja de departamentos Dafni, Tomadis efêndi, que importava de Tessalônica uma seleta requintada de colchas, anáguas e tapeçaria em ponto de cruz. (Ele fechara a loja da noite para o dia, depois de contrabandear o estoque para a casa que tinha fora da cidade a fim de resguardar os produtos da desinfecção.)

Os filhos de um punhado das famílias muçulmanas mais importantes também tinham ido ao porto, como o Fehim efêndi, descendente do Mehmet paxá, o Cego, e funcionário da alfândega, e Celâl, filho de Ferit, que morava em Istambul mas tinha ido fiscalizar alguns reparos na casa da família na ilha. No entanto, a maioria da população muçulmana não se abalou com essa agitação inicial. Não vamos sugerir, como os historiadores orientalistas costumam fazer, que a atitude deles era fruto do "fatalismo" perante a doença. Na verdade, se comparada à população cristã da ilha, a comunidade muçulmana local era mais pobre, menos educada e mais alheia ao resto do mundo.

Uma tempestade desabou no instante em que o Comitê de Quarentena se dispersava, ensopando os delegados. Nuvens pretas estavam tão baixas que roçavam as torres do castelo, e cada trovão era um prenúncio de morte. Um raio de luz esverdeado caiu sobre as águas próximas ao Farol Árabe, e pareceu, aos presidiários que o viam das ameias da cadeia, a imagem de uma lembrança distante. Em seguida, caiu um aguaceiro de que alguns se lembram como "o dilúvio" e ao qual atribuíram um significado simbólico.

Enquanto as águas da tempestade abriam caminho em direção ao porto, correndo pelas sarjetas, escorrendo pelos muros e escoando pelos bueiros, funcionários do município entregavam a lista de medidas restritivas a dois jornais — um publicado em turco e outro em grego. Na mesma gráfica, encomendaram cartazes com as palavras PESTE e QUARENTENA em letras garrafais bem no meio da lista de medidas, a serem afixados em todos os muros da cidade. Um cartaz com belas ilustrações declarava que as autoridades municipais pagariam seis moedas de prata por rato morto.

O diretor de Quarentena Nikos e o governador tinham recebido informações de que muitos comerciantes andavam escondendo as mercadorias temendo que se danificassem durante as operações de desinfecção, e que quase metade das lojas do Mercado Antigo estavam vazias. O doutor Nuri enviou seus homens mais competentes, fortes e determinados a dois brechós perto do Portão dos Seleiros, no Mercado Antigo, com a missão desinfetá-los. Esses comerciantes escondiam o estoque atrás das lojas, em terrenos esvaziados por incêndios, antes usados como lixões, e vendiam tudo quanto era coisa — relógios de bolso, imagens religiosas, piteiras — que tinha pertencido a vítimas da peste, bem como os ternos, as calças e as cobertas dos mortos, além de colchões e artigos de lã. Também havia mercadorias mais baratas, consignadas por ladrões que tinham saqueado as casas vazias até não haver mais o que roubar e depois contribuído para o fluxo letal do comércio com seu butim de roupas, tapetes, colchas e cobertores contaminados. O governador sempre considerara essas lojas, gerenciadas por gregos cretenses sociáveis, espertos, uma incubadora de doenças, imundície e sordidez, e só não as tinha fechado porque temia a reação dos comerciantes.

Em pouco tempo, uma equipe de agentes mascarados e enluvados já tinha esvaziado duas lojas de usados e as lojinhas menores que ficavam algumas ruas depois, despejando em uma carroça todos os objetos e peças de roupa apreendidos. Passaram pela beira do rio puxando a carroça e subiram lentamente o monte Dikili, onde as autoridades municipais vinham escavando duas fossas enormes nas quais todos os panos, lãs e artigos de cama e mesa sujos, infectados e cheios de doenças, além de qualquer outro objeto transmissor do micróbio da peste, seriam incinerados e esterilizados com cal.

Essa política, reminiscente das epidemias de outrora, poderia ser justificada cientificamente. Em vez de usar os estoques já limitados de ácido carbólico e de Lysol para desinfetar os pertences dos mortos entregues pelos parentes receosos, seria bem mais fácil e mais barato que os agentes de quarentena simplesmente os destruíssem.

A maioria dos agentes de quarentena da ilha não se comovia com as súplicas lacrimosas dos comerciantes gananciosos, embora hoje saibamos pela leitura das inúmeras cartas de reclamação dessa época que alguns comerciantes recebiam tratamento preferencial. Alguns lojistas não esperneavam quando sua loja era esvaziada e caiada, pois os funcionários do Tesouro enviados pelo comitê de perdas e danos do município para acompanhar essas operações às vezes concediam a eles uma indenização inesperadamente generosa. Mas em outros cantos, entre os sapateiros e os comerciantes de couro dos arredores da Ponte Velha, por exemplo, a resistência era maior, embora esses comerciantes não pudessem fazer muito mais que vociferar. Por todos os lados, o refrão geral era o seguinte: "Estão usando essa quarentena para maltratar a população cristã da ilha; foram os peregrinos muçulmanos que trouxeram a doença pra cá".

Com suas máscaras grandalhonas, seus ponchos de oleado e seus tanques de spray acoplados às costas, o figurino das equipes de descontaminação era intimidante. Destinados a sobreviver como figuras recorrentes nos sonhos e pesadelos das crianças locais por anos a fio, os primeiros nove homens recrutados para formar essas equipes na verdade eram bombeiros comuns que haviam recebido um treinamento especial para manusear bombas de desinfecção. Anos antes, quando desinfetantes borrifáveis foram introduzidos na ilha, treinaram-se equipes de bombeiros para a função, e esses homens receberam o apelido de "homens do sifão". Dali em diante, tais equipes eram as primeiras convocadas sempre que uma operação de descontaminação era necessária ou quando um serviço demandava o borrifo de solução desinfetante. Desde a descoberta da existência de bactérias, conhecidas na linguagem popular como micróbios, havia a moda de pulverizar e aspergir uma solução antisséptica sobre os objetos e de inventar novos dispositivos, como os "aspersórios". O Kiryakos efêndi, dono da loja de luxo Bazaar du Île, já tinha encomendado em Tessalônica dois modelos diferentes de bombas de desinfecção de uso doméstico.

Desde o começo do surto, os funcionários do governo eram enviados para as portas dos edifícios públicos para borrifar solução desinfetante de ácido carbólico, Lysol ou alguma outra mistura, assim como faziam os camareiros em frente aos hotéis Splendid e Levant. Essas precauções iniciais, que agora sabemos serem em grande medida ineficazes, incentivavam o povo a continuar cauteloso e atento à higiene, mas também fomentavam ilusões entre os que viviam reconfortando os outros com brados de "Nada de pânico, não vai acontecer nada com a gente!", como se a epidemia fosse uma ameaça sem importância, fácil de derrotar com sprays que podiam ser pulverizados feito perfume.

Também em Arkaz, durante os surtos de diarreia que surgiam sempre no verão, sobretudo em Germe e Çite e nas choupanas próximas ao porto, as pessoas haviam se acostumado a ver um homem do sifão mais idoso se arrastando, desinfetando privadas e poças imundas, infestadas de mosquitos, com um líquido verde-escuro. As crianças não tinham medo desse senhor amável enviado para prevenir a diarreia e o seguiam rua afora. Se o homem do sifão lhes pedia para abrir uma porta ou lhe mostrar um cantinho escondido ou buraco no chão, os moradores da área e os comerciantes obedeciam sem pestanejar, e todos colaboravam de bom grado com as iniciativas de desinfecção.

Mas agora se tinha a impressão de que as pessoas queriam passar longe dos bombeiros que empunhavam bombas de spray. Será que essa mudança de tendência tinha sido causada pelo formato novo, mais largo, das máscaras pretas, ou pelo brilho ofuscante dos uniformes de oleado ao refletir o sol do fim de tarde, ou porque eles pareciam nunca ir a lugar algum em grupos de menos de cinco? Dessa vez as crianças nem cogitavam brincar com os agentes mascarados, corriam deles com um pavor absoluto, como se tivessem ficado cara a cara com ciclopes conhecidos por transmitir a peste e espalhá-la em bicas e maçanetas. Já os donos de mercearias, açougueiros, vendedores de guloseimas, sorveteiros e donos de cafeterias nem cogitavam cooperar, pois só pensavam no melhor modo de proteger as lojas e os estoques.

Porém, nem todo mundo era tão "esperto" assim. Um vendedor de hortaliças do mercado imaginava que seria poupado caso jurasse pelo crucifixo pendurado no pescoço que a alface e o pepino expostos em sua barraquinha vinham do próprio quintal. Ao ver dois bombeiros cobertos por oleados pretos derramando desinfetante nas suas mercadorias, o homem se exasperou a ponto de desmaiar. (Mais tarde se descobriria, depois de torturas e interrogatórios, que ele tinha ligações com os nacionalistas gregos.) O cordial Kostis efêndi, dono da sorveteria predileta de Arkaz, também achava que bastaria uma demonstração de boa-fé. Quando os agentes da quarentena de máscaras pretas e os médicos apareceram na sorveteria, ele serviu, com gestos teatrais, em quatro copos de quatro cores diferentes, um pouco de sorvete de água de rosas, de laranja, de bergamota e de cereja e tomou todos eles, um após o outro, como que para anunciar "Meu sorvete está limpo!". Mas instantes depois os agentes e a equipe de bombeiros já haviam tirado os sorvetes de todos os potes da prateleira e desinfetado a loja com ácido carbólico. Uma segunda equipe veio atrás para caiar o estabelecimento, pregar a porta e declarar que até o fim da pandemia a sorveteria estava proibida de continuar suas atividades.

"Que todas as gotas que derramaram sejam meu presente para os senhores! Mas me digam: como é que vamos pôr comida na mesa agora, como é que vamos sobreviver?", perguntou Kostis.

Quando o governador paxá, que acompanhava todos os desdobramentos de dentro do gabinete (assim como Abdul Hamid governava seu império todo do Palácio Yıldız), soube do que o sorveteiro tinha dito, mandou outro telegrama a Istambul implorando ajuda. Como todos os seus telegramas diziam as mesmas coisas no mesmo tom e com as mesmas palavras, seus criptoanalistas mal precisavam consultar os livros de codificação para achar o equivalente numérico de determinada expressão e muitas vezes redigiam o recado de cor. Os termos mais comuns nesses telegramas eram "solução desinfetante", "comércio", "dinheiro", "médico" e "voluntário".

O médico e príncipe consorte sabia por experiência própria da rapidez com que alguns bombeiros trocavam os modos diplomáticos e solícitos dos históricos homens do sifão pela crueldade brutal. Era verdade que havia aqueles que aspergiam solução desinfetante com gestos delicados, como se regassem uma flor. Outros pareciam se desculpar ao se aproximar dos comerciantes. A súplica de que pulverizasse "qualquer lugar menos aqui, meu senhor, pelo amor de Deus!" era capaz de amolecer o coração até do bombeiro mais experiente. Mas também podia acontecer o contrário. Parado na entrada do Mercado Antigo, o doutor Nuri viu uma briga entre um agente de quarentena e um comerciante: num bate-boca com o comerciante, o agente, segurando a mangueira quase como se fosse o cano de uma arma, se vingou despejando desinfetante em cima de filas de frangos e codornas depenados e tostados, suas peles rosadas e amareladas, montes de coxas de frango, pedaços de vísceras e tábuas de corte sujas de sangue, bem como em cima do açougueiro e de seu aprendiz. Como volta e meia precisava apaziguar discussões entre soldados otomanos e merceeiros e cameleiros árabes nas cidades da Arábia, o doutor Nuri sabia que, para a quarentena ser exitosa e a cidade ser salva, era imprescindível que esse tipo de briga fosse controlado antes que ficasse muito sério.

O governador paxá foi extremamente cuidadoso quanto à desinfecção da fraternidade do xeque Hamdullah e começou a operação pedindo a seus espiões um mapa do lugar. Seus funcionários informaram à equipe com bombas de spray onde o xeque Hamdullah dormia e onde proferia seus sermões (locais a serem diligentemente evitados), onde ficavam os quartos de hóspedes e as estações de cardagem de lã, em qual cômodo a lã era guardada, e onde ficavam as cozinhas, as latrinas do jardim e as celas dos dervixes.

"Não peçam licença", orientou o governador paxá, "simplesmente apresentem uma lista de medidas de quarentena e comecem a descontaminação. Caso alguém segure os senhores ou tente usar da força física, não revidem, recuem imediatamente para o jardim. Aconteça o que acontecer, não se deixem levar por discussões e recriminações."

Doze soldados de infantaria parrudos do Quinto Exército também estavam de prontidão, rifles apoiados nos ombros enquanto aguardavam no pátio, nos fundos da Sede do Governo. Suas fardas eram velhas e desbotadas, mas estavam limpas. Tinham sido escolhidos entre os raros soldados da ilha que sabiam algumas palavras de turco e postos sob o comando de um oficial de Sinop que, assim como seus comandados, era analfabeto.

Com essa tropa de soldados armados, robustos, a equipe de borrifadores mascarados e o grupo de funcionários que levava dez ratoeiras recém-fabricadas, um presente do município, a delegação formava uma patrulha um bocado imponente. Logo atrás deles estava o major, enviado pelo médico e príncipe consorte como uma espécie de observador. Hoje sabemos de todos os detalhes do que aconteceu nesse dia graças ao que o major relatou ao doutor Nuri e ao que o doutor Nuri, por sua vez, contou à esposa:

A equipe de desinfecção entrou na fraternidade como se estivesse fazendo uma batida. Quando os vigias, parados no jardim, os dervixes e os discípulos começaram a entender o que estava acontecendo, os borrifadores já haviam chegado ao primeiro dos alvos meticulosamente planejados, submetendo a sala de cardagem de lã, as cozinhas e a entrada do pátio que dava para as celas a uma chuva forte, pungente, de Lysol.

As escaramuças começaram quando se voltaram para a mesquita e a série de celas situadas nos prédios mais antigos. Os guardas e vigias encarregados de proteger a fraternidade derrubaram um bombeiro idoso no chão e o agrediram com bastões de madeira cortados e preparados de antemão. Alertados pelos berros e gritos, os discípulos se levantaram, os dervixes saíram das celas e todos correram para o jardim para participar da luta — alguns não inteiramente vestidos, alguns de cabeças descobertas, alguns segurando picaretas apanhadas pelo caminho.

Entendendo que irromperia uma batalha, o comandante desconsiderou os avisos do governador em prol de seus instintos militares e mandou que seus homens lutassem.

Nesse mesmo instante, o xeque Hamdullah falou: "Sejam bem-vindos, sejam bem-vindos, é uma satisfação recebê-los!". Os devotos, que acreditavam que o xeque estava indisposto e adormecido, pararam de brigar de imediato. Então o xeque se dirigiu aos soldados do Quinto Exército com algumas palavras em árabe. Estava recitando o *sura* de Os Aposentos, do Corão, que diz que "crentes formam uma só irmandade", e embora ninguém o tenha entendido de primeira, o fato de falar em árabe, além da sinceridade na voz, imediatamente convenceu todos de que aquela briga toda era desnecessária.

Mas nesse meio-tempo um grupo de bombeiros continuou a borrifar nas celas da fraternidade. Alguns alegam que a posterior fúria do xeque se deveu não ao encarceramento de seu irmão postiço Ramiz como suspeito do assassinato de Bonkowski paxá (dizia-se que o xeque acreditava de todo o coração que a reputação do irmão postiço logo ficaria limpa), mas ao fato de que, apesar de todos terem parado de brigar ao ouvir seu discurso conciliatório, os operadores de bombas de spray invadiram sem nenhuma cerimônia o cômodo onde a fortuna secreta da fraternidade (seu "tesouro escondido", para citar as Hádices) — sua lã — era guardada e aspergiram o Lysol fedorento sem qualquer piedade em cima do tecido.

A pulverização de Lysol no "tesouro escondido" foi uma ofensa tão insuportável para a fraternidade que quando souberam disso alguns dos anciãos da ilha franziram a testa como se tivessem ouvido uma mentira caluniosa e afirmaram ser impossível que tal ato tivesse acontecido. O governador também enfatizou a mesma mensagem por medo de que a situação saísse do controle. Mas outros se convenceram de que houvera uma afronta contra a fraternidade e de que o templo sagrado fora profanado pelo Lysol. Alguns provocadores (em especial os jornalistas gregos) e os cônsules estrangeiros, por outro lado, argumentavam o exato oposto, sugerindo que o governador dera tratamento preferencial à fraternidade e deveria ter mandado que borrifassem ainda mais Lysol. Essas afirmações eram reforçadas pelo relato de um bombeiro mais idoso presente à batida.

Esse bombeiro informava que durante as operações tinha visto dois discípulos deitados numa cela, com ínguas no pescoço e a expressão estupefata, transtornada, que deixava clara a natureza da enfermidade. Alguns cônsules aproveitaram para mandar telegramas a Istambul e pressionar o governador a implementar um cordão sanitário, não só em volta da fraternidade como em torno do bairro inteiro, mas o governador, prevendo que tal medida incensaria o xeque Hamdullah, resolveu que a melhor estratégia seria exercitar a paciência, deixar o tempo passar e calar a boca dos provocadores, assim como fizera com o Motim do Navio de Peregrinos. Outra consequência desse episódio foi o consenso geral de que os soldados árabes do Quinto Exército de Damasco, que não falavam nem turco nem mingheriano, não poderiam ser postos a serviço da quarentena.

Portanto o governador e o doutor Nuri disseram ao major que ele precisava dobrar seus esforços e transformar os recrutas escolhidos para auxiliar a operação de quarentena em uma tropa nova — um pequeno exército autônomo, talvez. Ao longo dos últimos três dias, e apesar de todas as complicações com que precisara lidar, o major tinha conseguido fazer um trabalho equivalente ao de duas semanas e tivera sucesso ao recrutar catorze "soldados" para a pequena Tropa de Quarentena de cujo comando fora incumbido pelo Comitê de Quarentena. Ficou decidido então que esse exército teria como sede um edificiozinho perto da padaria da caserna, e o trabalho de desocupação desse espaço — até então usado como depósito — começou naquela mesma manhã. A sala na entrada do prédio do Departamento de Recrutamento do Exército Mingheriano, perto das docas, também foi entregue provisoriamente à Brigada de Quarentena. O major ganharia uma mesa, e seria lá que os voluntários se registrariam. O diretor de Quarentena Nikos comentou que o povo da ilha gostava daquele prédio da era veneziana, e que sem dúvida muitos — tanto gregos como muçulmanos — se ofereceriam para participar como voluntários dessa tropa temporária, contanto que os salários fossem pagos e eles pudessem voltar para casa à noite.

"Já que a sede vai ficar dentro da nossa caserna, o recrutamento de soldados dessa Tropa de Quarentena tem que seguir as convenções militares otomanas e ser conduzido unicamente por alguém da população muçulmana da ilha", declarou o governador paxá. "O sultão já instaurou todas as reformas que tinha prometido às Grandes Potências, a começar pelos franceses e britânicos, e assim como o tio e o avô dele, tem sido tão sério e determinado em suas tentativas de extinguir todas as desigualdades entre seus súditos cristãos e muçulmanos que a população cristã do Império Otomano já ultrapassou a comunidade muçulmana em termos de riqueza, nível educacional e habilidade manual, e o mesmo acontece na ilha de Mingheria. Há um único assunto em que o nosso sultão não cede aos desejos das Grandes Potências: a permissão para que cristãos ingressem no Exército. Estamos reunidos aqui hoje, informalmente, para discutir e ponderar qual é o jeito mais eficaz de impor medidas restritivas; não vamos começar a bater boca como se fôssemos obrigados a lidar também com os cônsules estrangeiros."

22.

Como o editor do *Adekatos Arkadi* estava trancafiado na prisão do castelo, o governador convocou o editor do outro jornal em língua grega, o *Neo Nisi*, para lhe dizer palavra por palavra como deveria ser noticiada a descontaminação da fraternidade do xeque Hamdullah. O governador ofereceu ao jornalista jovem e idealista — que já havia prendido e cujo jornal já havia tirado de circulação algumas vezes — uma travessa de figos desidratados e nozes, e um cafezinho, alegando tanto falsa quanto desnecessariamente que tudo tinha sido "desinfetado agorinha mesmo no forno de esterilização", como se enfrentassem uma epidemia de cólera. Mais tarde, ao acompanhar o jornalista até a porta, o governador falou da avidez com que Istambul e o resto do mundo estavam atentos à situação, e explicou com um sorriso ameaçador que era dever da imprensa apoiar o Estado, e portanto seria bom que ele não divulgasse informações incorretas se não quisesse se meter em encrenca.

No dia seguinte, o funcionário do arquivo chegou com um exemplar do último número do *Neo Nisi* recém-saído da gráfica. O tradutor municipal leu para o governador a coluna que vertera com muito cuidado do grego para o turco.

A notícia fazia referências explícitas ao que o Sami paxá dissera: que o jornalista não devia "sob nenhuma circunstância!" escrever, relatando em termos exagerados e para a ilha inteira ler, que os homens do sifão e os dervixes que moravam na fraternidade tinham partido uns para cima dos outros com tacos de madeira e de punhos cerrados, e que o tesouro secreto da fraternidade — seu estoque de lã — fora maculado e coberto de vapores nefastos. O governador sabia que os rumores gerados por essa notícia se espalhariam por toda a comunidade muçulmana. Os xeques charlatões que andavam distribuindo amuletos e a gente da zona rural que acreditava em seus poderes, os jovens migrantes marrentos de Creta e todos os muçulmanos da ilha, inclusive os mais "esclarecidos", seriam incitados a resistir às medidas de quarentena e se ressentiriam do governador.

O Sami paxá e Manolis, o jornalista responsável, já haviam tido desavenças anteriores. Houvera uma época, três ou quatro anos antes, em que o corajoso Manolis tentara solapar o governador e a burocracia otomana com reportagens sobre o governo municipal, a imundície das ruas, alegações de corrupção e a preguiça e ignorância dos funcionários do governo local. O governador, cuja paciência já havia se esgotado, mas que ainda aguentava a situação para não ser acusado de intolerância, acabara mandando intermediários para ameaçar fechar o jornal se ele não mudasse de postura, e houve uma trégua em que o jornalista suavizara o tom.

Mas, passado um tempo, o mesmo jornal tinha promovido um ataque "planejado e sistemático" contra o governador e as Autoridades de Quarentena, publicando uma série de matérias culpando-os pelo Motim do Navio de Peregrinos e compelindo o governador a achar algum pretexto para trancafiar Manolis na masmorra — apesar de ele ter sido forçado a soltá-lo depois de um tempo por pressão dos cônsules britânico e francês e dos telegramas que chegavam do palácio.

O que mais chateava o governador agora era descobrir que toda a cordialidade que demonstrara em seus encontros com Manolis depois de tê-lo libertado parecia não ter servido para nada! Uma vez, quando se esbarraram no hotel Splendid, o governador havia elogiado Manolis pelas reportagens sobre a guerra entre os cocheiros e os carregadores, cumprimentando-o pela solidez de suas fontes e se oferecendo para pagar adiantado, com dinheiro do município, por um artigo e duas colunas no jornal que o próprio município lançava em turco, o *Arkata Times*. Em outra noite, quando por acaso os dois estavam jantando no restaurante Dégustation, o governador fora muito simpático com Manolis na frente de todos os outros clientes, convidando-o a sentar à sua mesa, oferecendo-lhe um pouco de sopa de tainha com cebola e lhe dizendo em alto e bom som, para que todos ouvissem, que o jornal dele era de longe o melhor do Levante.

Ao refletir sobre esses antecedentes, o governador resolveu jogar Manolis de novo na masmorra, brindando o ingrato com uma nova dose de celas geladas, úmidas, a fim de descobrir de quem partira a ordem para que escrevesse sua última matéria e todos aqueles artigos mais antigos sobre o incidente do navio de peregrinos. Os policiais à paisana enviados para deter Manolis não o encontraram na redação do jornal (cujos exemplares haviam sido tirados de circulação), nem em sua casa no bairro de Hora, mas escondido na casa do tio, onde o pegaram lendo um livro (o *Leviatã*, de Hobbes) no jardim, e de lá o arrastaram direto para a prisão. No último momento, o governador sentiu um peso na consciência e mandou que o encarcerassem na ala oeste da cadeia, que era mais confortável e também ficava afastada das áreas mais afetadas pela peste.

Quando foi ver Marika naquela noite, o governador paxá fez amor com ela mais por força do hábito do que por desejo genuíno, e em seguida ouviu-a contar os últimos boatos. Dessa vez, ela começou relatando o rumor mais improvável de todos:

"Dizem que tem uma gangue de meninos gregos e muçulmanos cujos pais morreram de peste e que circula à noite batendo na porta de pessoas honestas, de bom coração. Se as crianças baterem à sua porta, você tem que dar comida a elas, pois caso contrário a peste entrará na casa."

"Eu já tinha ouvido um comentário sobre crianças, mas esse negócio de bater na porta é novidade!", disse o governador.

"Dizem que a peste não tem efeito nenhum sobre essas crianças. Elas não caem doentes, nem mesmo se dormirem abraçadas às mães e aos pais mortos."

"E o homem que você disse que viu da janela, aquele que perambula à noite com uma cesta de ratos mortos, espalhando os bichos por aí? Alguém já esbarrou nele?"

"Eu realmente vi esse diabo, meu paxá, mas seguindo o seu conselho, já não acredito que essa criatura exista. De qualquer forma, andam falando menos dele agora que surgiram as equipes de mascarados que fazem desinfecção."

"Sei: nossos homens do sifão devem ter botado o diabo para correr!"

"Você vai ficar aborrecido, eu sei, mas a cada dia que passa o povo tem mais certeza de que a peste chegou no navio que trouxe a filha do antigo sultão."

"E você resolveu acreditar nessa mentira deslavada só para me magoar", disse o Sami paxá com um rancor que ele mesmo ficou surpreso de sentir.

"Querido paxá, você não acha que as pessoas conseguem se iludir a ponto de acreditar numa coisa que sabem ser mentira?"

"Então quer dizer que você acredita mesmo nessa mentira?"

"Todo mundo acredita!"

"Eles acreditam por despeito", retrucou o paxá. "O sultão fez seu navio, que estava a caminho da China, dar meia-volta para que seu médico especialista em quarentena mais estimado salvasse o povo da ilha, e os nacionalistas gregos acham justo insultar Sua Alteza Suprema e o Império Otomano dizendo que foi esse navio que trouxe a doença. Você não pode deixar se manipular assim!"

"Perdão, paxá... Também tem quem diga que foram os peregrinos rebeldes que descumpriram a quarentena que trouxeram a peste."

"O que esses peregrinos tinham três anos atrás era o cólera!", retrucou o paxá.

"Parece que uns funcionários do governo andam dizendo aos comerciantes que 'por apenas cinco liras de ouro' eles podem emitir licenças para manter as portas abertas."

"Aqueles imbecis!"

"Algumas das crianças do bairro de Kofunya viram gente se assentando em casas vazias. Os pais dessas crianças comunicaram isso às autoridades, mas ninguém foi verificar, nem os servidores do governo, nem os gendarmes, nem os guardas."

"Mas isso é uma bobagem. Por que não iriam lá verificar?"

"Tem boatos de que os servidores e os gendarmes estão com tanto medo que nem aparecem para trabalhar, e de que tem casos de insubordinação."

"O que mais?"

"Dizem que está cheio de navios prontos para virem aqui buscar quem quer sair da ilha, mas que você não permite que eles venham."

"E por quê?"

"Para fazer a doença se espalhar mais, assim todos os gregos fogem… Já ouvi duas vezes que britânicos e franceses estão desembarcando no norte, perto de Kefeli."

"Não teria por que irem para o norte, para Kefeli, se podem vir direto para cá."

"Como assim, paxá?"

"Sete pessoas morreram hoje!", disse o governador.

"O sócio do meu irmão não conseguiu passagem no *Baghdad* dos Mensageiros, nem no próximo *Persepolis*. Ele tem você em altíssima conta, te admira de verdade. E também é um homem orgulhoso; jamais recorreria a mim se não fosse uma questão de importância vital."

"Essas balsas da Pantaleon, que têm chaminé vermelha, vão mesmo aparecer? Essas agências gananciosas andam vendendo três passagens para cada assento, e mesmo assim não falei nada contra elas."

"Tem um outro boato circulando, mas eu não queria falar dele para não te irritar. Talvez não seja só boato."

"O que é?"

"Dizem que os homens do sifão que foram desinfetar a fraternidade do xeque Hamdullah puxaram briga com os dervixes. Com o rumor de que as seitas muçulmanas se recusam a seguir as restrições da quarentena, e de que o surto nunca vai ser controlado, parece que alguns gregos já começaram a abandonar a ilha. Mas, paxá, esta ilha não pode ficar sem os gregos… e também não pode ficar sem os muçulmanos!"

"É claro", disse o governador. "Não se preocupe, logo mais nós vamos botar aquele xeque no lugar dele. Mas no fundo ele é uma alma bondosa."

Na manhã seguinte, quando se reuniu com o doutor Nuri e o doutor Ilias para marcar no mapa a localização das casas das sete vítimas da véspera, bem como todos os lugares onde elas pudessem ter sido expostas ao micróbio, o governador foi direto ao ponto. "Enquanto Istambul continuar protegendo e paparicando o xeque Hamdullah, vai ser bem complicado a gente impor uma quarentena séria e garantir que os muçulmanos cumpram as medidas", ele começou. "E ao ver os muçulmanos desobedecendo os protocolos repetidamente, os cristãos também vão parar de respeitar e a peste vai continuar matando e nos esgotando por anos a fio, como na Índia. Meu caro doutor, como o senhor explica que tudo e todos parecem de repente ter se voltado contra nós?"

O doutor Nuri observou que na verdade o primeiro dia de quarentena tinha sido relativamente bem-sucedido. O único incidente de mau gosto fora a prisão do dono de um grande celeiro de feno que servia aos cocheiros da ilha; por mais lamentável que tivesse sido esse episódio, o homem deixou as autoridades sem alternativas. Depois de passar vários dias de agonia uivando de dor ao enfrentar a peste, o jovem aprendiz do comerciante de feno acabara morrendo, para o sofrimento de todos os presentes, e foi então que os médicos especialistas em quarentena decidiram que não bastaria desinfetar os palheiros, que eles teriam que ser queimados. Quando chegaram as carroças que deveriam levar embora o feno confiscado, o dono do celeiro achou uma boa ideia, em um momento de ira, se jogar sobre os pertences contaminados e os fardos de feno, e tentou — com certo sucesso — atear fogo ao próprio corpo. Em seguida, foi preso por atacar os agentes da quarentena e tentar infectá-los com a doença.

Mas na opinião do governador o verdadeiro problema estava em fazer com que as pessoas "se submetessem" às medidas restritivas. Ramiz, o irmão do xeque Hamdullah, seria julgado naquela mesma tarde. "Quando Ramiz e os dois outros conspiradores homicidas estiverem dependurados pelo pescoço na praça da Sede do Governo, até os mais teimosos e impertinentes vão entender quem é que manda nesta ilha."

"Cavalheiros, nenhum de nós é cônsul aqui, e não precisamos debater se o Estado trata todos os súditos da mesma forma, sejam eles cristãos ou muçulmanos!", disse o diretor de Quarentena Nikos. "Mas a nossa ilha encantadora nunca viu alguém ser dependurado na praça da Sede do Governo para servir de alerta, como às vezes acontece na Europa, então apesar de ter certeza de que esse seria um bom freio para as crianças malcriadas, não sei bem se isso traria algum benefício para o plano de quarentena."

"Não traria benefício nenhum, Vossa Excelência", declarou o doutor Ilias, se dirigindo ao governador. "O Bonkowski paxá vivia dizendo que enforcar, bater ou trancafiar as pessoas nunca é o caminho para garantir uma quarentena bem-sucedida nem para modernizar e ocidentalizar uma nação."

"O senhor anda tão assustado que mal sai da caserna, e no entanto está aqui defendendo as mesmas pessoas, os fanáticos, que o ameaçam."

"Ah, paxá! Se ao menos eu tivesse a certeza de que são eles que me ameaçam!", disse o doutor Ilias.

"Eu tenho certeza. Também tenho certeza de que se alguma coisa acontecesse com um de nós, seria sem dúvida por obra do Ramiz e dos homens dele."

"Injustiças e acusações infundadas só irão inflamar a rebeldia e a insubordinação!", disse o diretor de Quarentena.

"Fico impressionado ao ver quantos apoiadores esse sujeito descarado, impertinente, parece ter ganhado só porque o irmão mais velho é xeque", disse o governador, olhando para o major.

Mas o major não disse nem uma palavra. Quando o médico e príncipe consorte pegou o governador sozinho no gabinete, uma hora depois, foi logo abordando a questão que pesava em sua consciência.

"Como o senhor já sabe, Sua Excelência, o sultão não me mandou para a ilha só para implementar medidas restritivas, mas também para descobrir o assassino do Bonkowski paxá."

"É claro."

"Nem eu nem o comitê de investigação que chefio temos qualquer indício que sugira que o Ramiz tenha culpa no cartório. No tempo transcorrido entre o momento em que o Bonkowski paxá saiu pela porta dos fundos da agência telegráfica e o instante em que o corpo foi encontrado na praça Hrisopolitissa, diversas testemunhas viram o Ramiz na praça atrás do quebra-mar dos pescadores, na barbearia do Panagiotis (onde ele fez a barba) e depois com os amigos no jardim do clube do hotel Levant."

"O senhor não tiraria conclusões tão precipitadas se parasse um instante para pensar por que um homem feito o Ramiz, que raramente é visto, fez tanta questão de desfilar pelas regiões mais conhecidas e mais movimentadas bem na hora em que Bonkowski foi assassinado", o governador disse com um sorriso irônico. "O senhor vai ver: quando os patíbulos subirem na praça da Sede do Governo, ninguém vai ter a audácia de não levar a quarentena a sério!"

23.

O major sempre ficava ligado quando o governador mencionava Ramiz, mas nunca falava nada para não revelar seus sentimentos. Havia começado a nutrir certo interesse pela ex-noiva da Ramiz, Zeynep, devido às histórias que a mãe lhe contava quando ele voltava para casa. Mais ainda que os elogios da mãe, o que o impressionou a princípio foi o temperamento obstinado da moça e sua decisão de romper o noivado.

O pai de Zeynep, o guarda da prisão, já negociara o acordo matrimonial com Ramiz, dividindo prontamente parte do pagamento futuro entre os dois filhos homens, e tratara de todos os detalhes das núpcias — até os preparativos da festa de casamento —, quando de repente morreu de peste, e dois dias depois sua filha já tinha cancelado o matrimônio. Havia a possibilidade de que a situação degringolasse, já que Ramiz era parente (ainda que não de sangue, irmão postiço) do xeque Hamdullah, líder da seita religiosa mais poderosa da ilha.

Segundo a mãe do major, Zeynep talvez conseguisse sair da situação se casasse rapidamente com outro e deixasse a ilha. A ideia dessa possibilidade e provável oportunidade tinha passado pela cabeça dela no instante em que viu o filho, que a seus olhos — apesar de sua beleza e distinção militar — parecia muito solitário e abatido.

Agora também precisamos dedicar algumas páginas àquela que talvez seja a mais controversa — e consequentemente a que é lembrada com mais carinho e mais propensa a floreios e deturpações — história de amor romântico da história de Mingheria. Ao fazê-lo, vamos tentar separar os detalhes românticos dos fatos históricos do amor entre o major e Zeynep. Pois quanto mais romântica é uma narrativa histórica, menos correta ela tende a ser, e — infelizmente — quanto mais correta, menos romântica ela é.

As diversas interpretações dessa história de amor se devem às possíveis razões por trás da decisão de Zeynep de cancelar o casamento com Ramiz. O que a mãe dizia ao major era que Zeynep mudara de ideia ao descobrir, na última hora, que Ramiz já tinha outra esposa (alguns chegavam a dizer que tinha duas) no povoado de Nebiler, no norte da ilha. O major queria muito acreditar nessa explicação, mas havia também quem, com uma queda para a polêmica, alegasse que Zeynep sabia da outra esposa desde o começo, mas tivera demasiado medo do pai e dos irmãos para se opor ao arranjo. Quando o pai faleceu, ela simplesmente usou o matrimônio anterior, sobre o qual já sabia desde o início, como pretexto. O motivo verdadeiro para a decisão era que o pai deixara seu dote de herança para os dois irmãos, Hadid e Mecid, mas eles não haviam compartilhado nada com ela. Isso inflamou a ira da moça, que ficou obcecada com a ideia de partir para Istambul, lugar onde nunca havia pisado. Cabe ressaltar que naquela época, 1901, sonhar e expressar esse desejo era um sinal de incrível temeridade de uma muçulmana de dezessete anos de uma cidade provincial, o que também lhe conferia um encanto irresistível aos olhos do major.

Os simpatizantes de Ramiz, por outro lado, afirmavam que Ramiz e Zeynep estavam muito apaixonados mas haviam sido separados à força pelo governador Sami paxá por razões políticas. O objetivo do governador paxá era humilhar Ramiz para mostrar ao xeque Hamdullah quem mandava de fato, e — como disse um historiador do sexo masculino — usar o "carisma e poder" do major para reforçar sua posição política.

A mãe de Zeynep, Emine Hanım, e a mãe do major não moravam no mesmo bairro, mas eram amigas havia cinco anos. Satiye Hanım conhecia a cativante filha de Emine Hanım desde que a menina tinha doze anos. Já naquela época era linda… Mas será que seu filho gostaria dela? Será que Zeynep se afeiçoaria a ele? Afinal, eles ainda não tinham se conhecido.

Porém, Zeynep e a família ainda estavam de luto, e a ameaça de contágio pairava — mesmo que um bocado vaga — sobre a cidade; talvez não fosse a hora mais conveniente para discutir casamentos e pretendentes. Assim, a mãe do major havia decidido que o melhor caminho era o filho fazer uma visita tardia de condolências à família enlutada. Emine Hanım acreditava que a única forma de a filha salvar a própria honra e a honra da família seria fugir da ilha. Tinha sido ideia dela, antes mesmo de Zeynep pensar nisso, que a filha achasse o caminho de Istambul se casando com o oficial do Exército bonito, condecorado e herói da Guerra da Grécia enviado à ilha pelo próprio sultão, e ela foi a primeira a plantar sementinhas dessa possibilidade na cabeça da filha.

Mas Ramiz estava apaixonadíssimo por Zeynep, e o major sabia, e foi por isso que ficou um pouco apreensivo naquele dia quando estava indo, com sua farda de oficial otomano, conhecer Zeynep. Não era a primeira vez que ele conhecia uma moça por sugestão da mãe. Assim que o filho se formara na academia de Harbiye, Satiye Hanım arranjara um encontro com uma menina a cuja família ela se referia como "nossos parentes da ilha" e que morava numa casa de madeira decadente no bairro de Vefa. A menina não era bonita. Havia uma marinha pendurada numa das paredes da casa — algo inédito nas casas de Istambul, e de que por alguma razão ele se lembraria por muitos anos.

A família de Zeynep morava logo depois do Cemitério Muçulmano, no finzinho do bairro de Bayırlar. Quando o major era menino, as crianças desse bairro travavam batalhas territoriais com os garotos do bairro de Arpara, onde ele vivia. Munidos de estilingue, atiravam pedras e figos verdes uns nos outros, e às vezes catavam gravetos e lutavam corpo a corpo feito soldados nas trincheiras. Às vezes juntavam forças para formar uma frente muçulmana unida e baixavam feito invasores nos bairros ortodoxos de Hora e Hagia Triada, do outro lado do riacho Arkaz, roubando ameixas e cerejas de jardins inimigos. No inverno, quando ficava mais difícil atravessar o riacho, todos se resignavam a suas ruas e bairros.

O major observou um cortejo fúnebre ao subir do bairro de Bayırlar em direção ao cemitério. Era um grupo de quinze ou vinte homens, todos marchando em silêncio. Metade deles usava fez e a outra metade era de crianças; um cachorro os seguia. Perto da entrada do jardim de alguém, uma criança chorava baixinho, angustiada. Ele flagrou os olhares reservados, temerosos, de pessoas espiando a rua de trás dos muros de seus jardins. Mas parecia que a fantasia de casar com uma moça linda o blindava do medo.

Kâmil e a mãe haviam elaborado um plano simples: ele começaria a subir a colina assim que os sininhos da Igreja de Hagia Triada badalassem, indicando que era meio-dia.

No mesmo instante, a mãe — que àquela altura estaria na sala de estar da casa de Zeynep — comentaria "que calor horrível", abriria a janela da sacadinha, arrumaria uma desculpa para chamar a menina e a mãe dela, e lhes mostraria o filho caminhando pela rua, bem embaixo da janela. Nesse momento, talvez até chamasse o major para subir.

Ele havia se convencido, por orgulho, de que não se deprimiria se fosse rejeitado. Vestia a farda — que sempre impressionava as mulheres —, com botões reluzentes de tanto polimento, e ostentava suas condecorações. Mas ao subir a colina, sentiu o coração acelerar. Ali estava a mãe, na janela, onde o sol batia. Ela viu o filho e se virou para falar com alguém. O major diminuiu o ritmo dos passos.

Nesse exato instante a porta se abriu e o major a olhou com esperança, imaginando estar prestes a ver a bela Zeynep.

Mas quem o convidou a entrar no prédio foi um menininho, que o acompanhou ao andar térreo, onde o major se deparou com a mãe, Satiye Hanım, e a mãe de Zeynep, Emine Hanım, sentadas no sofá. Emine Hanım deu uma choradinha. Depois de se recompor, disse que o uniforme militar lhe caía muito bem, Deus abençoe. Passaram um tempo falando de ratos. De manhã, dez dias antes, as mulheres despertaram e constataram que a rua que dava no bairro, lá embaixo, estava intransitável de tanto rato morto. Então a mãe de Zeynep retransmitiu com plena convicção alguns dos rumores que andavam circulando sobre a peste, nos quais nem o major nem a mãe (por influência do filho) acreditavam. A peste havia sido trazida por um padre de olhos vermelhos, manto e cavanhaque pretos, que toda noite saía escondido dos bairros cristãos com um saco repleto de ratos mortos para espalhar pelas ruas e jardins das vizinhanças muçulmanas, e uma pasta infestada de peste para untar bicas, muros e maçanetas. Uma criança de Kadirler que certa noite havia esbarrado no padre descobriu que se tratava de um ciclope e ficou tão apavorada que passou dois dias gaguejando. Emine Hanım disse que, se a pessoa conseguisse um amuleto abençoado pelo xeque Hamdullah e o levantasse contra o diabo zarolho da peste, ele recuava na mesma hora, sem tirar nenhum rato morto do saco.

A linda moça da qual a mãe do major havia falado não estava. Como uma criança de saco cheio da conversa dos adultos, da janela o major olhou o mar azul-escuro, as últimas casas na ponta de Arkaz e os bosques esparsos de oliveiras. O nervosismo era tanto que sua boca secou, como a de um paciente num hospital do deserto.

De algum modo, a mãe percebeu sua sede. "Vai lá embaixo que o Beşir te dá água", ela lhe disse.

O major desceu a escada rumo ao quintal de cascalho e entrou na cozinha escura que ficava ao lado do celeiro.

No momento em que pensou que jamais acharia a jarra de água e a concha no breu, uma lamparina a gás bruxuleou e se apagou. Naquele único rompante de luz, uma mulher, uma sombra, sussurrou em mingheriano, "*Akva nukaru!*" — "A água está aqui!".

Mas foi Beşir quem levantou a tampa de madeira da jarra e serviu água para o major. O major tomou a água (que tinha gosto de poeira) e voltou para o andar de cima, e foi então, ao notar a expressão esquisita no rosto da mãe, que se deu conta de que a garota que vira na cozinha devia ser Zeynep. Logo depois começou a pensar que ela era linda mesmo. Zeynep não subiu para sentar junto dele.

É só isso que as cartas da princesa Pakize nos contam sobre o primeiro encontro dos dois enamorados. Acreditamos que seja a versão verdadeira. A história de que o casal teve uma longa conversa em mingheriano nesse dia é um mito adotado mais tarde e fomentado pelo próprio major, uma invenção também popularizada pelas histórias oficiais, pelos livros escolares e pela imprensa ultranacionalista de direita da década de 1930, na época influenciada pelas políticas de Hitler e Mussolini. Mas, na verdade, em 1901 a língua mingheriana não era desenvolvida a ponto de permitir as declarações complicadas, profundas, que dizem que o casal trocou depois, como "Poderíamos ter nos conhecido bem antes!" ou "Vamos renomear tudo na língua da nossa infância!".

Também é preciso observar que, em 1901, era mais provável que um oficial otomano das províncias do império que quisesse impressionar uma moça se dirigisse a ela não na língua materna de ambos, mas em turco, símbolo de sua exitosa reputação. Isso também valia para Zeynep. As duas palavras que falou em mingheriano (*akva nukaru*) não tinham sido planejadas, e saíram de sua boca sem querer. *Akva* (que significa "água") é a mais antiga e mais bela das palavras mingherianas, e se espalhou — a começar, é claro, pelo latim — do mingheriano para todos os idiomas da Europa Meridional.

24.

Assim como em todos os cantos do Império Otomano, também em Mingheria os litígios entre cidadãos estrangeiros eram resolvidos nos consulados. Uma disputa financeira entre monsieur Marcel, cidadão francês e dono da Medit, a livraria da ilha, e um cidadão britânico (o cônsul monsieur George), tinha sido conduzida pelo consulado francês, já que o autor do processo em questão era o Marcel efêndi. Casos que envolviam tanto estrangeiros como cidadãos otomanos eram julgados nos tribunais otomanos, mas cônsules podiam estar presentes como tradutores e interferir quando necessário. Os únicos casos em que o governador paxá tinha legitimidade para intervir e exercer sua influência a fim de garantir o desenlace mais adequado eram brigas entre muçulmanos por dívidas, propriedades e agressões de pouca monta, mas ele gostava de exercer o pouco poder que tinha e estava sempre disposto a dividir suas opiniões com o juiz.

Processos contra súditos do Império Otomano que dissessem respeito a acusações de homicídio ou rapto de donzelas tendiam a ser mais complicados e era inevitável que atraíssem a atenção da imprensa de Istambul, e por isso em geral eram transferidos para os tribunais da capital imperial por ordem do próprio Abdul Hamid, sempre ávido por exercer controle direto sobre todas as coisas. Três anos antes, o julgamento do bandoleiro Nadir, acusado de matar duas pessoas quando tentava raptar uma menina grega, havia chamado bastante atenção fora da ilha graças ao empenho não só dos cônsules locais, mas também dos embaixadores estrangeiros em Istambul. O caso dera munição aos que argumentavam que o império podia até ter feito um monte de reformas no papel, mas, na prática, insistia em manter o velho estilo despótico. Antes que o governador pudesse interferir no veredito, o bandoleiro já tinha sido levado a Istambul para ser enforcado discretamente, na ala sombria do presídio do Quartel de Selimiye. Outro processo que chamara a atenção de Istambul no ano anterior e fora transferido para os tribunais era o do insolente e recalcitrante Ramos Terzakis, flagrado — graças à dica do arqueólogo Selim Sahir — ao tentar contrabandear uma escultura de Vênus, valendo-se de documentos falsificados para se declarar funcionário consular quando, na verdade, era cidadão otomano. (No fim das contas, Abdul Hamid não só perdoara o contrabandista como o premiara com ouro e uma medalha de Terceira Classe da Ordem de Mecidiye, seu modus operandi para converter antigos inimigos em informantes a seu serviço.)

Mas, embora a morte do Bonkowski paxá tivesse recebido ampla cobertura nos jornais de Istambul, Abdul Hamid não dera ordens para que o processo corresse em Der-i Saadet. O governador paxá presumia que essa decisão se devesse às normas de quarentena e à preocupação de que a peste se espalhasse pelas embarcações militares. Tendo imaginado que o sultão queria que os criminosos fossem punidos com discrição e que o assunto fosse esquecido o mais depressa possível, o governador chamou o presidente do tribunal a seu gabinete e o informou de que a ordem do sultão era que o tribunal levasse o julgamento adiante sem aguardar o relatório do Comitê Investigativo e condenasse à morte os três suspeitos imediatamente.

Na mesma tarde, um veículo blindado da caserna transferiu Ramiz e dois de seus homens a uma cela de detenção no porão da Sede do Governo. Depois de duas horas naquele ambiente escuro, fétido, os presos foram levados à sala de audiência. Apesar da tortura durante o interrogatório, Ramiz nunca confessou o crime do qual era acusado (uma raridade), e seu comportamento altivo e petulante foi encarado pelo juiz que presidia o julgamento — enviado de Istambul para a ilha dois meses antes — com respeito e ao mesmo tempo com um quê de irritação. Ao contrário da maioria das pessoas, o belo Ramiz, alto e de olhos verdes, não enfeiara com a tortura à qual fora submetido.

As acusações haviam sido elaboradas com base nos arquivos que ao longo de muitos anos os espiões e investigadores empregados pelo Departamento de Escrutínio para documentar os crimes de Ramiz contra o governador e o Império Otomano haviam compilado. Os laços de Ramiz com os aldeãos envolvidos no Motim do Navio de Peregrinos, seus confrontos com a gendarmaria e o apoio ao saqueador Memo, responsável por inúmeras incursões aos povoados gregos da ilha (e quem o próprio governador também patrocinara às escondidas), foram citados como provas de que a natureza e o temperamento do réu indicavam ser ele o mandante do assassinato do Bonkowski paxá — além do mais, o fato de seu paradeiro no momento do homicídio estar esclarecido não era sinal de inocência. Segundo a acusação formal, os homens de Ramiz estavam à espera do famoso Químico Real nos bairros onde ficavam as seitas religiosas da ilha e onde era mais comum achar folhetos de orações abençoados. A motivação para Ramiz organizar o assassinato era minar a quarentena e incitar agitação na ilha. Isso daria às potências ocidentais um pretexto para intervir em Mingheria, como já acontecera em Creta, e tirar a ilha do domínio otomano. Ramiz — que apoiava os bandoleiros de estrada da ilha em suas incursões a povoados gregos justamente pela razão oposta — nem sequer se dignou a responder a essas acusações. Quando lhe perguntaram quais eram suas últimas palavras ao tribunal, ele disse:

"Nenhuma dessas mentiras nem a tortura a que fui submetido têm a ver com política. Estou sendo incriminado por essa morte por causa de uma mulher. É uma questão de amor e ciúme."

"Ele devia estar se referindo a Zeynep!", disse a princesa Pakize quando o marido lhe referiu as palavras de Ramiz. "O major estava lá?"

O príncipe consorte Nuri disse que o major havia comparecido às deliberações quanto ao veredito, mas ninguém o vira durante o julgamento. Porém a eloquência de Ramiz os surpreendeu, visto que em geral ele lhes era descrito basicamente como um valentão, um bandido grosseiro.

A princesa e o príncipe consorte discutiam em seus aposentos os últimos acontecimentos na investigação do assassino do Bonkowski paxá. Por pressão do governador, os oficiais do Comitê Investigativo concentravam esforços no bando de Ramiz, nos discípulos das seitas de Terkapçılar e Halifiye e nos comerciantes conhecidos por frequentar essas fraternidades, porém ainda não haviam encontrado nenhuma prova conclusiva.

A opinião do médico e príncipe consorte era de que os preconceitos políticos do governador o impediam de cogitar outras possibilidades e de que ele não tinha nenhum interesse em fatos e detalhes — em outras palavras, seu método também estava errado. Segundo a lógica de inquérito político do governador, seria igualmente fácil concluir que o homem por trás do assassinato do Bonkowski paxá fosse o cônsul grego Leonidis, que queria que a epidemia continuasse se espalhando! Ou talvez fosse outro cônsul, agindo segundo a suposição geral de que pessoas como Ramiz acabariam levando a culpa.

Imitando os personagens dos romances de detetive que o tio adorava, àquela época a princesa Pakize dedicava boa parte de seu tempo a refletir com o marido sobre o mistério do assassinato do Bonkowski paxá. Mas às vezes era vencida pela raiva que sentia do tio, as emoções lhe toldavam o juízo de um modo que Sherlock Holmes sem dúvida reprovaria, e ela era levada à conclusão súbita e impulsiva de que o homicídio devia ter acontecido a mando do perverso Abdul Hamid. Certa vez até deixou escapar que achava imprudente e aviltante a recusa do marido em aceitar o envolvimento de seu tio no assassinato e sua disposição para correr a ilha investigando em nome do sultão.

"Tenho que confessar que fico pasma de você não ser capaz de enxergar que isso tudo é claramente obra dele, e que agora ele está apenas jogando a culpa nos outros, assim como fez com o assassinato do Mithat paxá!", ela disse. "Você é muito ingênuo."

Pela primeira vez no casamento dos dois, sentindo-se magoado e de coração partido por algo que a esposa tinha dito, o doutor Nuri saiu. Sempre que estava perdido em pensamentos, gostava de andar sem rumo pela cidade, emprestando os ouvidos ao silêncio enigmático das ruas e desejando ver com os próprios olhos os sintomas da doença, os sinais do surto se espalhando e os remédios que as pessoas estavam inventando. Agora estava claro, pelo modo como as árvores farfalhavam com a brisa, que todo mundo começava a sentir medo. Algumas casas pareciam estar com as portas fechadas e vedadas, mas uma olhadela para as janelas do primeiro andar revelava ainda haver gente lá dentro. Um ar carregado, quase uma aura, pesava sobre as ruas, sob o qual a propagação da doença parecia se misturar aos atos do assassino. Algumas pessoas haviam empilhado no quintal potes e panelas, baús de viagem e louças de barro, e em outro jardim o doutor Nuri viu pai e filho atormentados se apressando para terminar um trabalho de carpintaria. Talvez se preparassem para um possível agravamento do surto, e o plano fosse levantar barricadas por dentro da casa. Enquanto examinava esse universo de objetos comuns, de baldes para içar água de poços, maçanetas, trancas, lampiões a gás e tapetes esticados ao sol, o doutor Nuri torcia para entender alguma coisa sobre a doença e a epidemia que ninguém tivesse percebido antes, mas que fosse, na verdade, uma grande obviedade depois que se soubesse de sua existência.

Ele gostaria de explicar ao governador paxá a similaridade incrível entre solucionar um assassinato e estancar uma epidemia. Mas quando tornou a visitar o paxá no gabinete dele, naquele fim de tarde, só conseguiu questioná-lo a respeito do que considerava o aspecto mais despropositado daquele dia de julgamento.

"Vossa Excelência, esse sujeito é de fato o assassino? Ou será que ele 'confessou' sob coação?"

"O telegrama enviado diretamente do palácio para sua estimada pessoa e as diretrizes reais que recebi não deixam dúvidas nem na minha mente nem na sua de que o que Sua Alteza Real, o sultão, deseja mais do que qualquer outra coisa é que o assassino seja identificado logo!", disse o governador paxá. "Foi por isso que o senhor foi enviado para cá, é claro. Se um homicídio é cometido numa província do império e o assunto sai do controle a ponto de as autoridades de Istambul e o sultão sentirem necessidade de intervir, não há nada que o governador local possa fazer. Antigamente, se eu logo tivesse dito que estava procurando o assassino mas ainda não tinha encontrado, minhas palavras seriam consideradas uma declaração de inaptidão e um sinal de que perdi o controle da província, e eu teria sido dispensado na mesma hora. Alguns dos antigos sultões talvez chegassem a interpretar tal confissão como um ardil para pôr em dúvida a autoridade deles e conspirar com o inimigo, e eu seria decapitado!"

"Mas agora as coisas mudaram. Depois das reformas da era Tanzimat, não são mais as comunidades, mas sim os indivíduos que são responsabilizados por seus atos. Foi por isso que o sultão me mandou para cá."

"Em uma questão tão importante como essa, cabe ao Estado decidir quem é responsável pelo quê", o governador retrucou. "Senão as minorias cristãs que controlam questões menos relevantes da ilha, bem como suas atividades comerciais, sem dúvida vão querer tirar proveito disso. De qualquer forma, já prendemos o assassino, e ele confessou o crime, sem a menor sombra de dúvida."

"Não é assim que o sultão quer que o assassino do Bonkowski paxá seja pego."

"O senhor fala como se tivesse um entendimento especial do que Sua Alteza Suprema deseja e de como deseja."

"Eu tenho", afirmou o médico e príncipe consorte. "Sua Alteza Sereníssima quer que encontremos o verdadeiro assassino do Bonkowski paxá, assim como faria Sherlock Holmes — isto é, examinando os detalhes do homicídio e reconstruindo o ocorrido com base em indícios, não em surras e torturas."

"Quem é Sherlock Holmes?"

"É um detetive britânico que primeiro recolhe evidências, depois vai para casa e elucida o mistério usando a lógica para analisar todas as pistas. O sultão Abdul Hamid quer que a gente solucione esse assassinato como os europeus solucionariam, encontrando o assassino seguindo as pistas que nos levarão a ele."

"Nosso sultão pode até reconhecer as conquistas dos britânicos, mas não tem estima por elas. O senhor também deveria levar isso em conta na sua lógica."

Observamos aqui, para aguçar a curiosidade dos leitores, que essas últimas palavras ditas pelo governador naquela tardezinha tinham algo de profético.

25.

Mas o que Abdul Hamid queria dizer com a expressão "assim como Sherlock Holmes"? A primeira vez que o doutor Nuri ouviu essa expressão foi pouco antes de seu casamento, e da boca do próprio Abdul Hamid. Para facilitar o entendimento da nossa história, é preciso recordar um dado relativo ao último grande sultão otomano, do conhecimento de todos os historiadores especialistas no Império Otomano no período da segunda metade do século XIX: ele era fã de histórias de suspense. Temeroso demais para sair dos limites do Palácio Yıldız, o sultão assinava os jornais e revistas mais importantes do mundo e procurava se manter a par das novas ideias e dos últimos lançamentos de livros. Ele havia montado no palácio um Departamento de Tradução, cujos funcionários vertiam tratados políticos para que ele pudesse lê-los, bem como quaisquer matérias de jornal e livros sobre os últimos avanços da ciência, da tecnologia, da engenharia e da medicina. Pouco tempo antes tinham traduzido, por exemplo, três livros do francês: um volume sobre o Exército russo, uma biografia de Júlio César e um estudo sobre doenças infecciosas. Mas, de modo geral, eles se dedicavam mais aos romances policiais.

Às vezes o sultão descobria um escritor novo (Eugène Bertol-Graivil, Edgar Allan Poe ou Maurice Leblanc, por exemplo) e queria ler todas as obras dele já lançadas; ou acontecia de seu embaixador em Paris, Münir paxá (cujos deveres incluíam, conforme revelaria mais tarde, em suas memórias, comprar cuecas para o sultão na loja de departamentos Bon Marché), avisar que havia saído um livro novo de um dos autores que o sultão já conhecia e adorava (como Émile Gaboriau ou Ponson du Terrail), assim os tradutores do palácio poderiam pôr mãos à obra logo que o tomo em questão — despachado sem demora pelo correio expresso — chegasse a Istambul. A irmã mais velha e correspondente assídua da princesa Pakize, Hatice, estava de casamento marcado, e o futuro marido, um funcionário do palácio, já havia trabalhado em algumas dessas traduções feitas às pressas para que o romance que o sultão quisesse ler à noite estivesse pronto a tempo. O sultão também dispunha de tradutores do inglês. Quando uma matéria sobre ele foi publicada na *Strand Magazine* (chamando-o, entre outras coisas, de Sultão Sanguinário e tirano), o tradutor que verteu o texto para o turco teve um lampejo de intuição e também traduziu o conto de Sherlock Holmes ("O polegar do engenheiro") impresso no verso da folha, e o sultão, depois de ler e gostar da história, começou a acompanhar seu autor, Arthur Conan Doyle.

Quando os tradutores do palácio não conseguiam trabalhar com a agilidade necessária, contavam com a ajuda de tradutores profissionais cujos serviços eram obtidos por intermédio de qualquer um dos famosos livreiros de Istambul. Foi assim que muitos membros dos Jovens Turcos, muitos revolucionários, liberais e jornalistas que detestavam Abdul Hamid acabaram traduzindo romances para ele, embora não o soubessem. Adversários do sultão, que o acusavam de ser um tirano que só sabia proibir coisas e trancafiar pessoas, e estudantes de medicina gregos e armênios que falavam francês, e que se referiam a ele como Sultão Sanguinário, acabaram trabalhando para ele como tradutores, e embora alguns desconfiassem da verdade, a maioria acreditava estar a serviço do livreiro armênio Karabet. Às vezes Abdul Hamid também contratava traduções integrais de romances clássicos como *Os três mosqueteiros* e *O conde de Monte Cristo* para que alguém lhe lesse à noite, e se considerasse inconveniente parte do conteúdo, tomava para si a tarefa de censurar o livro inteiro ou algumas de suas páginas. Essas traduções foram relançadas após a fundação da República da Turquia, anunciadas como "traduções encomendadas por Abdul Hamid", sem os trechos que ele havia eliminado.

A publicação na França dos primeiros romances policiais, sua crescente popularidade na Inglaterra e sua difusão mundo afora a partir de traduções coincidiu com o período do reinado de Abdul Hamid II, portanto não seria incorreto descrever a coleção do sultão, de quinhentos volumes traduzidos, atualmente abrigados na Universidade de Istambul, como uma pequena biblioteca dos primeiros anos da literatura *noir*.

Mais de um século depois, quando os políticos que governavam a República da Turquia batizavam hospitais em homenagem a Abdul Hamid e o retratavam como um monarca autocrático mas patriota, piedoso e adorado pelas massas, historiadores puderam estudar a coleção de romances do sultão e identificaram seu gosto particular por romances policiais. O último grande sultão otomano, que governaria por trinta e três anos, não gostava que em livros de suspense ocorressem coincidências melodramáticas (como em *Os mistérios de Paris*, de Eugène Sue), tampouco curtia aqueles com subtramas românticas baratas que interferiam na história principal e relegavam a lógica ao segundo plano (como nas obras de Xavier de Montépin). As histórias que mais o agradavam eram aquelas em que o detetive sagaz, numa colaboração harmoniosa com o governo e a polícia, lia com muita atenção todos os relatórios que recebia, depois usava o intelecto excepcional para identificar o criminoso e resolver a charada.

Não era propriamente Abdul Hamid que lia os livros. À noite, um funcionário do palácio, em geral um cortesão experiente e de voz agradável que tivesse conquistado a confiança do sultão, sentava-se atrás de um biombo perto da cama de Sua Alteza e lia para ele. Durante um tempo, o leitor preferido foi o chefe do vestiário real, cuja função primordial era vestir Abdul Hamid; depois a tarefa coube a paxás palacianos leais. Quando estava cansado, o sultão bradava, "Basta", e caía no sono imediatamente. Ou às vezes o leitor palaciano deduzia, pelo longo silêncio, que o sultão, pilar do mundo, havia adormecido, e então saía na ponta dos pés. Sempre que terminava um livro, o funcionário anotava "lido" na última página, assim como aquele imperador chinês marcava as pinturas de paisagens de que gostava com um selo vermelho. Pois, como todas as pessoas com tendência à paranoia e ao rancor, Abdul Hamid tinha uma memória prodigiosa, e certa vez, quando por acaso um funcionário começou a ler um romance que o sultão ouvira sete anos antes, baniu-o do palácio e depois o exilou em Damasco.

O doutor Nuri bei já tinha ouvido boa parte dessas histórias quando foi apresentado ao sultão no Palácio Yıldız. À espera de sua audiência com Abdul

Hamid, ouviu de novo do futuro marido da princesa Hatice que — assim como ele havia suposto — o professor Nicolle e o professor Chantemesse, os dois franceses que lecionavam na Escola Imperial de Medicina, além do professor Bonkowski, tinham falado muito bem de sua pessoa, e foi com base nisso que ele fora autorizado, com a aprovação de Sua Alteza Suprema, a entrar no harém e examinar a esposa mais velha do antigo sultão Murade v (que sofria de uma doença persistente), e que, após seu encontro com a princesa Pakize nessa ocasião, e depois de seu passado sofrer uma investigação minuciosa, ficou combinado não só que ele obteria permissão para casar com a princesa como o relacionamento seria incentivado. O próprio sultão havia pedido longos relatórios a cada etapa desse processo, e ficara impressionado com o que ouvira sobre o conhecimento do doutor Nuri acerca de microbiologia e práticas laboratoriais.

Ao receber o doutor Nuri no palácio no dia marcado para a audiência com o sultão, o futuro marido da princesa Hatice tomou o cuidado de explicar que, ao contrário do que a crença popular dizia, Sua Alteza Suprema raramente aceitava visitas, que até grão-vizires, marechais de campo e os mais distintos embaixadores estrangeiros podiam passar horas a fio à porta dele, e que o médico devia considerar uma honra e tanto o tempo que lhe fosse proporcionado naquele dia. O doutor Nuri, porém, foi obrigado a passar metade do dia esperando numa sala. A certa altura, disseram que ele seria escoltado até a Casa de Hóspedes Imperial, pois o sultão só poderia recebê-lo no dia seguinte, e seria mais conveniente que ele pernoitasse no palácio. A cabeça do médico estava ocupada com pensamentos a respeito da princesa Pakize e da perspectiva de casar com a filha de um sultão, mas ao mesmo tempo ele temia ser preso a qualquer instante, assim como muitos médicos jovens convocados para uma audiência com o sultão e forçados a esperar. Ninguém — nem sua mãe, seus parentes ou seus amigos médicos — se surpreenderia caso, depois de aparecer no palácio com o sonho de casar com a filha de um antigo sultão, o doutor Nuri acabasse detido e enfiado na prisão.

Porém, mais tarde um funcionário do palácio apareceu e informou ao médico que Sua Alteza Suprema o veria naquele instante. Ele seguiu o funcionário corcunda por um caminho ligeiramente inclinado rumo a um edifício térreo situado dentro dos muros do palácio. Havia um monte de ajudantes, funcionários e eunucos ali reunidos. Mas a única outra pessoa presente no cômodo onde conheceu o sultão Abdul Hamid era o secretário-chefe do palácio, o Tahsin paxá.

O jovem médico reparou que olhar para o sultão por muito tempo o cansava e até meio que o assustava. Parte substancial de sua cabeça já estava tomada por um único refrão, de que ele estava "aqui, agora, na presença sublime do grande e triunfante sultão Abdul Hamid", e não conseguia pensar em mais nada. Depois de se abaixar até o chão numa reverência, beijou a mãozinha quente e ossuda do sultão. A sala, paramentada com cortinas grossas e tapetes da cor de nafta escura, estava mal iluminada. Quando o sultão falou, o doutor Nuri o escutou sem pensar em mais nada, a não ser quando lembrava a si mesmo que não poderia dar nenhum passo em falso.

Abdul Hamid ficou contente que tanto a consorte quanto a neta do irmão tivessem se recuperado, e mais contente ainda que isso tivesse acontecido graças ao conhecimento e aos recursos do Instituto Imperial de Bacteriologia em Nişantaşı, mas ficou satisfeito sobretudo porque a doença dela havia se mostrado "conducente" a um acontecimento totalmente distinto, bem mais feliz. Foi um discurso que, mais tarde, a princesa Pakize sempre pediria ao marido que repetisse, pois achava que esses comentários provavam que, ao providenciar também o casamento da terceira das filhas prisioneiras de seu irmão mais velho Murade v, Abdul Hamid tinha limpado sua consciência — o que demonstrava a pouca culpa que devia sentir, para começo de conversa, por ter mantido sua família aprisionada em um palácio minúsculo por vinte e cinco anos.

Convencido de que estava tudo em ordem com o enxoval das três irmãs (na época em exibição no palácio) e com os demais preparativos para o matrimônio, o sultão desviou a conversa para um assunto que o interessava mais e começou a fazer ao doutor Nuri uma série de perguntas perspicazes sobre o funcionamento da Autoridade de Quarentena no Hejaz. Como tinha dedicado cinco anos de sua vida justamente a esse tema, o médico respondeu relatando suas experiências, sem papas na língua. Teve a sensação de que Abdul Hamid adotava uma atitude que incentivava a sinceridade. Embora parecesse cansado, o sultão, com uma expressão plácida, estava extremamente interessado. O nervosismo do doutor Nuri havia se aplacado: o coração ainda estava acelerado, mas ele já não sentia medo. Falou dos delitos dos capitães nos navios britânicos que traziam peregrinos da Índia, descreveu com detalhes impiedosos as dificuldades que a Autoridade de Quarentena enfrentava ao tentar enterrar os mortos pelo cólera, ressaltou que os dormitórios que o Xarife de Meca e seu clã ofereciam aos peregrinos eram um manancial de doenças. Por um instante passou-lhe pela cabeça que, se antes considerava Abdul Hamid a causa principal de todos esses males, agora ele apelava a esse mesmo homem como se fosse a única pessoa do mundo que pudesse corrigi--los, mas quando ia mencionar mais dois problemas que precisavam ser resolvidos urgentemente, o sultão o interrompeu.

"Fui informado incontáveis vezes de sua conduta e de suas qualidades impecáveis", declarou o sultão e pilar do mundo. Era como se todos os horrores que o médico acabava de descrever só tivessem relevância porque davam ao sultão um pretexto para elogiar o jovem. "Agora me conte tudo o que sabe sobre micróbios."

O doutor Nuri respondeu que "todas as doenças vêm dos micróbios". Como sabia quanto dinheiro o sultão andava gastando com todos os especialistas em quarentena e cólera que havia levado a Istambul, e do orgulho que sentia de seu Instituto Imperial de Bacteriologia em Nişantaşı, o médico fez questão de falar do instituto como um dos laboratórios científicos mais importantes do mundo, atrás apenas do parisiense, o que fez com que o sultão esboçasse um sorrisinho satisfeito. Ele acrescentou que os médicos e estudantes de medicina do império tinham "aprendido muito" com os professores Chantemesse e Nicolle, que lecionavam lá. Por fim, ciente de que três dias antes haviam lido para o sultão um livro (traduzido do francês) sobre doenças infecciosas, e de que ele pedira que alguns trechos lhe fossem lidos inúmeras vezes, e de que ele sempre se interessara por ciência e por todas as últimas descobertas científicas e médicas, o médico disse: "Vossa Alteza, o segredo para vencer doenças como o cólera, a febre amarela e a lepra está, é claro, nos micróbios e nas bactérias. No entanto, a ciência da bacteriologia", e o doutor Nuri pronunciou esta última palavra exatamente como achava que um francês a pronunciaria, "já não basta para combater surtos, e agora os britânicos introduziram uma ciência nova dedicada às doenças infecciosas, a epidemiologia".

Como o sultão parecia compenetrado e a expressão do Tahsin paxá o reassegurava de que não estava fazendo nada de errado, o doutor Nuri continuou falando, contando que a ciência da epidemiologia tinha sido descoberta quarenta e cinco anos antes, durante uma epidemia de cólera em Londres.

Na ocasião, enquanto todos os médicos esquadrinhavam a cidade rua por rua para tentar isolar as casas contaminadas e incinerar os pertences dos mortos, um médico fez outra coisa: começou a marcar todas as informações em um mapa enorme da cidade. "Eles logo perceberam, observando a distribuição das marcas, que os lugares onde o cólera mais havia se propagado eram aqueles mais próximos das fontes municipais", o doutor Nuri explicou, empolgado. Um exame mais atento do mapa revelava que "enquanto todo mundo em uma rua parecia ter caído doente, os empregados de uma fábrica de cerveja que moravam na rua ao lado haviam passado incólumes. Começaram a investigar e descobriram que os funcionários da cervejaria não pegavam água da bica municipal, mas água da fábrica, que tinha sido fervida. Foi assim que entenderam que a fonte da epidemia não era, como antes se acreditava, o ar úmido, imundo, de uma ou outra vizinhança, ou o sistema de esgoto, nem os poços de água particulares, mas a rede de água contaminada do município, que abastece as bicas públicas. Tudo isso para dizer, Vossa Alteza", o possível noivo concluiu, "que um epidemiologista é capaz de desvendar o mistério por trás de um surto sem examinar nem um paciente sequer... apenas sentado na sala dele, estudando um mapa!"

"Assim como Sherlock Holmes!", disse Abdul Hamid, que nunca punha os pés para fora do palácio.

É claro que o sultão teceu esse comentário, que é de vital importância para a nossa história, sob a influência dos romances policiais que naquela época tanto gostava que lessem para ele. Até os problemas mais espinhosos poderiam ser resolvidos sentado atrás de uma mesa, fora do campo e à distância, servindo-se unicamente da lógica.

Logo depois de pronunciar essas palavras, o secretário-chefe Tahsin paxá se aproximou de Sua Alteza Real e ao mesmo tempo outro funcionário informou ao doutor Nuri que a audiência estava encerrada. O médico saiu andando para trás e improvisando uma série de saudações. Esse encontro continuaria a afetá-lo por muito tempo.

O que Abdul Hamid queria dizer quando falou "assim como Sherlock Holmes"? Atarefados com as celebrações do casamento, o doutor Nuri e a princesa Pakize não haviam encontrado muito tempo para refletir sobre as palavras do sultão. Talvez ele só quisesse fazer um gracejo, já que um dos funcionários que traduziam seus romances policiais estava de casamento marcado com Hatice, a irmã mais velha da princesa Pakize, e em breve ele e o pretendente da terceira irmã seriam, portanto, concunhados.

Mas desde que tinha sido enviado a Arkaz com a missão de refrear a epidemia e descobrir o culpado pela morte do Químico Real, o médico e príncipe consorte virava e mexia pensava na expressão "assim como Sherlock Holmes". Chegara à conclusão de que Abdul Hamid queria mesmo era que o assassino fosse detido com base nos métodos empregados por Sherlock Holmes.

No entanto, era normal que o doutor Nuri se visse obrigado a argumentar com o governador paxá quanto às implicações da expressão "assim como Sherlock Holmes", tanto em termos gerais como em relação ao assassinato do Bonkowski paxá — ou seja, não só no nível conceitual, mas também nas aplicações práticas. O problema era que a abordagem adotada pelo governador paxá para buscar o assassino de Bonkowski, e também o "método" aplicado, estavam errados. Ao usar a tortura, o paxá conseguira forçar a confissão de um dos homens presos com Ramiz. Depois de apanhar com cassetetes, ser torturado com alicates e ser impedido de dormir, o suspeito — a essa altura já semimorto — fez o que a maioria das pessoas em seu lugar faria: confessou a culpa, admitiu que agira a mando de Ramiz e torceu para assim ser perdoado pelo governador. Mas ainda que não lhe tivessem acenado com a perspectiva de um perdão especial (e na verdade o governador ignorava que o torturador fizera tal promessa em seu nome), o prisioneiro já estava reduzido a um estado tão infeliz que até assumiria ser a pessoa que circulava pelas ruas da capital à noite espalhando a peste pelos pátios das mesquitas e pelas fontes de água, e nos muros da cidade, e também nas maçanetas das portas.

Nas primeiras cartas da princesa Pakize para a irmã já abundavam comentários zombeteiros sobre o governador e referências jocosas a seu ar oficioso, afetado, mas elas também revelavam respeito por sua diligência e sua postura responsável, de estadista. Mas pouco depois o médico e príncipe consorte Nuri começou a recear que o governador pudesse decidir executar Ramiz e seus homens sem primeiro verificar com Istambul, e isso faria do xeque Hamdullah um inimigo declarado da quarentena e do governador.

Cada vez mais ocidentalizado sob a influência das Grandes Potências do mundo, em 1901 o sistema jurídico otomano já ditava que todas as penas de morte precisavam ser sancionadas pela alta corte de Istambul. Na prática, eram inúmeras as exceções a essa regra, fosse por causa de guerras, rebeliões, problemas de comunicação, fosse pela falta de tempo. Com as tropas imperiais em lutas constantes nesse ou naquele front, e enforcando os rebeldes a fim de abafar os movimentos separatistas, os governadores de todo o império organizavam execuções ligeiras, exemplares, quase como uma atividade rotineira, e sem aguardar o consentimento de Istambul. Nos casos em que era provável que a pena fosse rejeitada pelas autoridades de Istambul, os governadores às vezes levavam a execução a cabo mesmo assim — no meio da noite e sem falar para ninguém — e botavam a alta corte de Istambul na situação de ter que aprovar o veredito retroativamente para evitar passar a impressão de que o Estado discordava de si mesmo. Com tantos separatistas gregos, sérvios, armênios e búlgaros (a vez dos árabes e dos curdos ainda estava para chegar), bem como anarquistas e ladrões de estrada executados sem a aprovação oficial, Abdul Hamid apaziguava os emissários britânicos e franceses que vinham com o papo de minorias, direitos humanos, liberdade de pensamento e reforma judiciária afirmando que a sentença cruel e injustificável fora cumprida sem seu endosso e que faria questão de demitir o governador em questão. Mas na verdade ele até preferia quando as execuções aconteciam sem o conhecimento prévio dele e de Istambul.

Nas províncias mais afastadas do império, onde o número de funcionários e soldados otomanos era sempre menor do que o número de locais, as penas de morte eram cumpridas com discrição em algum pátio de cadeia ou no cárcere do quartel, com o povo em geral e os cidadãos mais proeminentes sendo avisados só depois do fato. Mas talvez porque estivesse exultante e reconfortado pela ideia de que os muçulmanos constituíam a maioria da ilha, o governador Sami paxá tinha começado a falar abertamente da necessidade de levantar três patíbulos bem no meio da praça da Sede do Governo. Muitos comentaristas ressaltaram que segundo esses planos as primeiras pessoas enforcadas na ilha seriam todas muçulmanas. Sempre que ouvia falar que o Sami paxá estava planejando a construção de uma sacada especial de onde os cônsules poderiam assistir às execuções públicas, o doutor Nuri achava algum pretexto para tocar no assunto com o governador e avisá-lo de que cometeria um erro.

"Que curioso", o governador às vezes respondia com certo escárnio. "A cidade inteira sabe que nós já pegamos o assassino do Bonkowski paxá. Agora me diz, se fôssemos seguir os métodos desse tal detetive inglês, o tal do Sherlock Holmes, e tivéssemos de soltar o culpado, alguém ainda levaria a sério o governador e as medidas de quarentena?"

26.

Havia tanta gente no porto nas últimas horas da véspera da quarentena imposta aos navios que as lojas da rua Istambul só fecharam à meia-noite. Alguns historiadores argumentam que foi em meio a essa aglomeração que surgiram os primeiros sinais de uma "identidade mingheriana", mas trata-se de um exagero. De acordo com o relato da princesa Pakize, o clima dominante nas docas naquela noite não era de "consciência nacional", mas de incerteza e medo. Àquela altura os membros da comunidade grega da ilha, bem como os muçulmanos mais instruídos, estavam relativamente conscientes de estar à beira de uma catástrofe.

Mas também havia aqueles cuja imaginação era débil demais para que ficassem apreensivos. Segundo a princesa Pakize, que passara vinte e um anos fantasiando o mundo lá fora, essas pessoas tinham pouco talento para imaginar o futuro e consequentemente sentir alegria ou decepção. Enquanto refletiam sobre essas questões filosóficas, marido e mulher olhavam pela janela a multidão reunida no porto. Porém nem todas essas pessoas nas ruas que conduziam às docas e à costa se preparavam para partir, não. Uma parte substancial daquela gente era formada por curiosos que, depois de vislumbrar a magnitude do cataclisma que enfrentariam, não conseguiam ficar dentro de casa.

"Olha só essa gente!", o governador paxá exclamou na visita seguinte do doutor Nuri a seu gabinete. "Mais do que nunca eu tenho certeza de que a única coisa que vai fazer esse pessoal obedecer é um belo de um enforcamento à moda antiga!"

Naquele fim de tarde, a ilha se dividia entre os que estavam fugindo e os que permaneceriam. Gregos ou muçulmanos, os que ficavam eram os ilhéus *verdadeiros*. Os outros eram desertores abandonando o campo de batalha.

O governador paxá, o doutor Nuri e seu guarda, o major Kâmil, embarcaram no landau blindado e foram dar uma volta pela cidade. A princípio, a intenção era observar, mensurar e tentar entender as massas ansiosas que haviam se reunido no porto.

As mais ilustres entre as famílias gregas ricas tradicionais, que moravam nos bairros de Hora e Hrisopolitissa — os Aldonis, que tinham enriquecido com o comércio de pedra, e os Mimiyannos, que tinham o próprio vilarejo no norte da ilha e costumavam ajudar com os custos de hospitais, escolas e outras atividades filantrópicas —, já tinham ido embora. (Suas venezianas estavam todas fechadas.) O landau e seu séquito de guardas desceram a avenida Hamidiye rumo à alfândega. Havia longas filas em frente às salas das empresas de navegação, e a doca e as ruas que lá desembocavam estavam tomadas pela comoção, se bem que ainda havia gente lendo jornais velhos nos terraços apinhados dos hotéis e nas cafeterias ao estilo ocidental. A maior das três farmácias de Arkaz, Pelagos, tinha fechado porque não conseguia atender à demanda, e seu dono, Mitsos, não queria ser obrigado a bater boca com clientes zangados. Os hotéis Splendid e Levant borrifavam antisséptico em homens de barba feita e chapéu ocidental e nos vários notáveis com fez na cabeça que cruzavam suas portas. Viram os mesmos sprays desinfetantes em frente ao Bazaar du Île, que vendia cigarros, chocolates e móveis que chegavam de Esmirna na balsa de Marselha, e também na entrada do careiro restaurante Istambul. A situação em bairros mais isolados era a mesma. Algumas lojas não tinham nem aberto, e algumas famílias haviam fechado a casa com tapumes e fugido.

Famílias que tinham planejado se abrigar em casa ou se refugiar num esconderijo haviam estocado biscoitos, farinha, grão-de-bico, lentilha, feijão e quaisquer outros produtos em que conseguissem pôr as mãos, portanto os donos de mercearias e comerciantes de grãos da ilha não tinham do que reclamar. O governador havia recebido a informação de que alguns comerciantes e padeiros tinham adotado a prática de estocar mercadorias enquanto outros botavam os preços nas alturas. Não dava para dizer que havia ilicitude nessas flutuações de preços, mas todos os passageiros a bordo do landau reconheceram que mais cedo ou mais tarde o mercado negro surgiria. O que realmente provocava uma sensação de ruína iminente eram as escolas fechadas. O governador também já ouvira falar que havia aumentado o número de crianças muçulmanas que a epidemia deixara órfãs, ao deus-dará. Quando o landau subia lentamente uma ladeira íngreme, ouviram alguém tocar Chopin ao piano; pelas janelas, tiveram vislumbres fugazes, efêmeros, de rosas mingherianas começando a florir, de cíclames e de hera com aroma de pinho e de míldio.

Nos cinco anos à frente da administração da cidade, o governador paxá nunca vira nada tão lastimável. Aquela atmosfera alegre, animada, que costumava dominar tudo na primavera, quando as laranjeiras floriam e as ruas ficavam tomadas pelo cheiro suave de madressilva, tília e rosas, quando passarinhos, insetos e abelhas de repente emergiam e as gaivotas acasalavam freneticamente nos telhados, agora havia sido substituída por certo silêncio e inquietude. Não havia vivalma nas esquinas onde vagabundos e mendigos normalmente assediavam os pedestres, nos cafés onde homens bem-vestidos costumavam sentar para fofocas e risadinhas abafadas, nas calçadas onde empregadas e donas de casa gregas passeavam diariamente com crianças de roupinhas de marinheiros, ou nas duas praças ao estilo europeu que o governador abrira, a praça Hamidiye e o parc du Levant. Enquanto o landau se arrastava, os três passageiros discutiam questões que iam de como coibir o mercado negro a como proteger o novo centro de isolamento. Havia crianças órfãs e abandonadas que necessitavam de cuidados, havia arrombadores entrando nas casas vazias, a unidade do major carecia de voluntários, e era importante que entendessem exatamente o motivo da zanga do cônsul francês. Todas as casas precisavam ser averiguadas; cartazes sobre a quarentena estragados por xingamentos escritos em turco e grego teriam que ser cobertos; todos os ratos mortos deveriam ser descartados imediatamente no lote atrás da Sede do Governo; as pessoas que compareciam às orações de sexta-feira e a outros cultos populares deviam ser desinfetadas à entrada da mesquita, não no pátio; e seria de bom-tom suspender operadores de bombas de spray mal-educados, de quem as pessoas viviam reclamando.

Mas o maior perigo estava nos extremos aos quais as pessoas tinham recorrido naquele dia, no desespero para embarcar num dos últimos navios autorizados a sair da ilha sem passar por quarentena. Hoje podemos dizer que o desvario das multidões assustadas que aguardavam no porto naquela noite era completamente justificável: em 1901, época em que antibióticos ainda não tinham sido descobertos, a coisa mais sensata a se fazer em plena epidemia de peste era fugir. Mas se misturado ao frenesi mercantilista das agências de viagens, esse ímpeto compreensível gerava uma atmosfera esquisita, um estado de espírito que poderia ser resumido pela expressão "cada um por si!".

Representantes de todas as grandes empresas de navegação tinham assento no Comitê de Quarentena devido a seus papéis de cônsules, e ao dar um jeito — supostamente por razões humanitárias — para que a quarentena fosse iniciada um dia depois, haviam garantido mais algumas horas valiosas para programar mais balsas e ganhar mais. Os agentes dos Mensageiros Marítimos, Lloyd, Hidiviye, a Companhia Russa de Navegação a Vapor e todos os outros serviços de balsas tinham enviado telegramas a todos os portos das redondezas pedindo barcos extras para quem quisesse ir embora, e em muitos casos começaram a vender passagens para esses serviços antes de sequer receber a resposta confirmando que os barcos seriam providenciados. Na verdade, nenhuma empresa de balsas queria que suas embarcações ficassem em quarentena numa ilha infestada de peste, nem queria seu nome vinculado a esse tipo de história nos jornais.

Algumas famílias resolveram aguardar dentro de casa a chegada de seu barco. Outras tinham acampado no porto e se recusavam a sair de lá. Duas famílias gregas ortodoxas tinham tanta convicção de que as passagens as levariam ao encontro dos parentes em Tessalônica que haviam fechado a residência em Flizvos e em Hora e carregado todos os artigos de casa e todos os móveis de que precisariam no verão, bem como colchões, cortinas e várias sacas de nozes, em uma carroça que tomaria o rumo das docas, e mais tarde, ao descobrir que a balsa que pegariam fora "adiada", decidiram esperar na praça nova inaugurada pelo governador ao lado da alfândega em vez de voltar para casa.

Outros formavam fila com baús e malas diante do local onde os barqueiros que levavam passageiros até os navios ancorados haviam montado as tendas. Carregadores e tripulantes ávidos por gorjetas capitalizavam a agitação dessa gente com tudo quanto era promessa de que, a qualquer instante, surgiriam de detrás do castelo navios para levar os clientes embora. Alguns esperavam nas cafeterias do cais; outros não tiravam da cabeça a casa que abandonaram, mandando a criada voltar para pegar um bule de chá que tinham esquecido. Em meio a toda essa confusão, umas poucas pessoas ainda iam feito bobas de agência em agência em busca de passagem. Outras, desesperadas, compravam passagens de todas as empresas, só para garantir.

Mas à exceção dos gregos ricos e educados, a imensa maioria da população da ilha não pretendia ir embora. Quase todos os muçulmanos continuariam ali — mesmo os poucos que entendiam que a peste poderia ser extremamente contagiosa. Seria justo olhar para o comportamento deles hoje, cento e dezesseis anos depois, e explicá-lo em função de fatores como pobreza, falta de oportunidade, indiferença, fatalismo, imprudência, religião e cultura? O objetivo deste livro não é tentar "interpretar" esse fenômeno específico, mas é preciso dizer que os poucos muçulmanos que foram embora da ilha nessa época eram os que por acaso tinham emprego, casa e família em Istambul e em Esmirna. Uma das razões principais por que tantas pessoas permaneceram é que elas não esperavam nem eram nem capazes de imaginar os horrores que estavam prestes a enfrentar e que vamos descrever fielmente. A incapacidade de prever o desastre que logo se abateria lhes garantiu, por sua vez, a inevitabilidade desse mesmo desastre e fez com que a história tomasse o rumo que tomou.

O landau percorreu as ruelas estreitas do Mercado Antigo e os passageiros viram que os vendedores de velharias e de frutas haviam desmontado as barracas. No bairro de Tatlısu, crianças ainda brincavam ao ar livre ao anoitecer; no beco atrás da fraternidade de Bektaşi, o aroma de tílias se misturava ao fedor de carniça; nas ruas, já faziam a ronda as patrulhas criadas sob ordem especial do governador para proteger as casas vazias contra os saqueadores; e quando o landau passou pela Escola Secundária Grega, a caminho do cais, o major disse ao governador que tinha começado a armar o Regimento de Quarentena. Ainda havia muito o que fazer, mas o Sami paxá achava que precisava visitar a caserna mesmo assim, para olhar os recrutas do major pessoalmente e demonstrar total apoio a essa divisão recém-formada.

Ainda era possível alguém se convencer de que as coisas não piorariam, de que aquele surto também, assim como os surtos anteriores, acabaria tendo um fim, e de que era possível passar por tudo incólume se escondendo em um cantinho sossegado, isolado, e evitando sair de casa por um tempo.

Sabemos, pelas memórias dessa época que foram publicadas, que diversas pessoas que fugiram de Arkaz para as zonas rurais, sem casa, sem amigos ou conhecidos aos quais recorrer, foram logo expulsas pela comunidade local, que as acusava de trazer a peste, e acabaram — com uns outros poucos que nem tinham tentado buscar refúgio nos povoados — vivendo nas colinas e montanhas e nas florestas, meio que ao estilo Robinson Crusoé.

Das embarcações programadas para aquele fim de tarde, só o *Baghdad* chegou na hora, e recebeu mil duzentos e cinquenta passageiros — exatamente duas vezes e meia a sua capacidade, que era de quinhentas pessoas. Nenhum dos outros cinco navios anunciados apareceu na hora marcada, mas supunha-se que estivessem a caminho. Enquanto isso, um barco sem identificação havia se aproximado do porto, ancorando a certa distância da costa. O governador instruiu o landau a virar na avenida Hamidiye e parar na esquina da praça. Espiou pela janelinha da carruagem, tentando acompanhar a movimentação das docas. Um barco a remo sobrecarregado de passageiros e bagagens corria em direção ao navio ancorado. As multidões na costa berravam e escarneciam. Os barqueiros ignoravam os protestos dos observadores e diminuíam o ritmo da remada para parar logo depois do Farol Árabe, onde o barco, balançando com as ondas, dera início à espera. Pouco depois, uma carruagem apinhada de baús, cestas e malas foi correndo das redondezas do castelo até o porto, transportando os membros enchapelados de uma família ortodoxa grega, com seus inúmeros filhos (meninas e meninos), criados e empregadas a reboque, todos caminhando com tamanha calma ao saltar da carruagem que seria de imaginar que tinham acabado de saber que a peste chegara à ilha. Um homem do sifão se aproximou para jogar desinfetante neles. Pouco depois surgiu uma briga que envolvia também os cocheiros e carregadores.

"O doutor Ilias tem insistido que quer ir embora", disse o governador, os olhos ainda fixos no que observava pela janela. "Ele parece ser incapaz de aceitar que o risco que estamos enfrentando vai muito além de obter passagens de barco ou organizar quarentenas. Sua Alteza Suprema quer que ele permaneça, é claro. Mas o doutor Ilias tem tanto medo que nem põe os pés para fora da caserna. A gente precisa incentivá-lo amanhã de manhã, na cerimônia de posse dos seus soldados."

"Ainda estamos com número reduzido de homens e equipamentos, então talvez não estejamos prontos para a inspeção", o major explicou, encabulado. A cerimônia de posse — para a qual ele mesmo convidara o governador — tinha sido ideia dele; achava que poderia motivar o inexperiente Regimento de Quarentena.

"Eu não mandei o sargento Hamdi Baba para o senhor ontem?", o governador respondeu. "Só ele já vale uma tropa inteira."

O landau entrou nas travessas quase desertas da cidade e costurou pelas vielas estreitas e inclinadas. Em algumas ruas não havia ninguém, em duas viram dois ratos que tinham acabado de morrer, um perto de um muro de jardim e o outro caído no meio da pista empoeirada. Como é que as crianças, sempre tão eficientes em recolher e vender ao governo municipal todos os ratos mortos, tinham deixado passar aqueles dois?

"Como o senhor explica isso?", o governador perguntou ao doutor Nuri.

"Se os ratos e a peste voltarem com força renovada, sabe-se lá o que pode acontecer!"

Atravessaram as ruas vazias rumo à Sede do Governo. O alvoroço no porto se prolongou até a meia-noite. O doutor Nuri e a princesa Pakize na casa de hóspedes, assim como o governador no gabinete, ouviam o alvoroço sempre que um barco a remo partia da costa em direção a uma das últimas balsas, e também os berros e xingamentos trocados entre os barqueiros. Quando a barca Lloyd não apareceu, um grupo de pessoas furiosas marchou até a loja da empresa para berrar com os funcionários e exigir uma explicação. Os gendarmes acabaram intervindo depois que um empregado foi espancado e seus óculos novos da Essel, ótica de Tessalônica, quebraram.

Também houve confusão no guichê dos Mensageiros Marítimos, cujas barcas eram as que mais visitavam a ilha, e cuja fachada laranja e vermelha exibia nas paredes fotos em preto e branco de reinos exóticos distantes. O dono da agência, monsieur Andon, um comerciante ambicioso que era de uma das famílias gregas mais tradicionais de Arkaz e também era o cônsul da França na ilha, chegou ao local e corajosamente se dirigiu à turba furiosa, inquieta. O que disse a ela, em francês, foi mais ou menos o seguinte: "O navio está chegando. É o Gabinete do Governador que não o deixa atracar!".

Palavras são insuficientes para descrever o colapso emocional que algumas dessas famílias sofreram nessa noite, depois de passarem dois dias fazendo planos de fugir para Creta, Tessalônica, Esmirna ou Istambul. Ninguém queria voltar para casa no meio da noite, depois de na véspera ter trancado a porta e fechado as janelas com tapumes. Para piorar, por terem imaginado que iriam embora da ilha, eles não haviam tomado nenhuma das providências tomadas pelos outros, como encher de biscoitos, macarrão desidratado, massa, truta defumada e sardinha salmourada os armários da cozinha e os guarda-roupas, assim como outros cantos de armazenagem onde os ratos não chegavam.

Para os pobres analfabetos, aqueles eram dias comparativamente mais tranquilos, pois ou estavam alheios ao que acontecia ou ainda não tinham sentido o medo da peste numa intensidade suficiente. Que ninguém nos critique, portanto, por dedicar tanta atenção às famílias mais abastadas, donas da maioria das terras e imóveis (e muitas das quais costumavam deixar seus bens aos cuidados de governantas e passavam boa parte do ano em Istambul ou Esmirna). Das famílias que não tiveram alternativa depois do que aconteceu no porto naquela noite além de se arrastarem tristemente de volta para casa de manhã cedo, os briguentos Pangiris e os Sifiropoulous perderam a maioria de seus membros para a doença, e também foram várias as mortes na família cipriota dos Faros.

Com o avançar da noite, a alegação de que o governador não estava autorizando que as balsas extras, cujas passagens tinham sido vendidas, entrassem no porto se transformou no rumor de que as medidas de quarentena seriam adiadas por um dia para que os navios atrasados pudessem atracar. Mais ou menos nessa hora, um homem quieto, despretensioso, que estava sozinho observando tudo, e cuja falta de baús ou cestas, de passagem, de roupas adequadas à viagem sugeria que não devia ser um passageiro, causou uma pequena comoção quando, depois de sentar no chão, num canto entre a alfândega e a área onde as carruagens aguardavam, quase desmaiou devido a uma dor de cabeça. As luzes dos lampiões estavam fracas, era difícil enxergar direito. Os homens do sifão que circulavam entre as multidões correram para acudir e a massa se dispersou por um tempo. Outros pensaram que o homem que tinha levado a peste para a cidade e espalhara ratos mortos à noite enfim tinha sido capturado, e correram para assistir ao linchamento.

Ao saber que um grupinho se reunira na Cafeteria Austral, na rua Istambul, para rascunhar uma petição exigindo que a quarentena fosse adiada até que os últimos barcos chegassem, e que os participantes planejavam circular de madrugada colhendo assinaturas das famílias mais importantes, dos donos das agências de viagem, dos cônsules, e por fim de qualquer um que almejasse sair da ilha, antes de marchar rumo à Residência do Governador para entregar o abaixo-assinado nas mãos do próprio ou talvez até do médico e príncipe consorte, o Sami paxá enviou um grupo de homens do sifão ao café para dispersar a reunião com uma dose pungente de Lysol. Mais tarde, o rapaz arrojado que tinha agido como líder do grupo foi preso, com o tio, e jogado na masmorra do castelo.

Por volta das onze da noite, quando o fervo do porto — influenciado em certa medida por esse incidente — só aumentava, aconteceu um imprevisto que animou todo mundo: *Persepolis*, a última barca que os Mensageiros Marítimos tinham sido autorizados oficialmente a enviar à ilha, surgiu nas águas ao largo do castelo. Do porto, não se via bem o navio, mas a luz bruxuleante dos lampiões era perceptível para quem olhasse com bastante atenção. Todo mundo correu para apanhar as caixas, os baús e as famílias. Pouco depois, o primeiro dos barcos a remo do chefe Lazar já tinha partido em direção ao navio, cheio de passageiros com seus pertences. Quem mais queria escapar da ilha avançou em direção ao segundo barco, o que causou lutas e brigas dos mais vociferantes e insistentes em suas tentativas com os inspetores da alfândega, os policiais e os homens do sifão presentes. Porém logo o segundo barco do chefe Lazar também se foi, engolido pela escuridão.

Foi um momento de solidão petrificante. Todos que estavam nas docas — estimamos que fossem, no total, quinhentas pessoas — compreenderam com uma clareza cortante que a última balsa logo partiria e que haviam sido deixados para trás, a sós com a peste. Algumas famílias que começaram a acreditar nos rumores inventados por elas mesmas esperaram a chegada de outros navios até o amanhecer. Outras aguardaram porque achavam que seria complicado voltar para casa de madrugada. Mas a maioria pôs os pertences nas carroças e voltou em silêncio, e quando não havia carruagem à disposição, as pessoas iam andando. (É estranho que não conste que alguém tenha encontrado o homem do saco que diziam jogar ratos nas ruas e espalhar a peste pela cidade.) Foi uma noite fria, gelada para início de maio. O vento assobiava entre as casas vazias da cidade.

27.

Passada a meia-noite, ao se distanciar da ilha o *Persepolis* dos Mensageiros Marítimos apitou duas vezes, produzindo um som fúnebre, abafado, que ecoou nos cumes rochosos de Mingheria. O governador paxá ainda estava no gabinete, num encontro com o diretor da prisão e com o escrutinador-chefe para discutir mais a fundo como deviam ser cumpridas as penas de morte decretadas contra os assassinos. Ainda hesitava quanto ao enforcamento de Ramiz, já que executá-lo sem aguardar a autorização explícita de Istambul poderia lhe causar complicações políticas ainda maiores. O diretor e o escrutinador-chefe lembraram que Şakir, o homem que concordara em realizar as três execuções, o arrombador de estimação do bairro de Tuzla, talvez não fosse muito digno de confiança: sempre embriagado, poderia dar o cano na hora marcada, e além do mais estava exigindo pagamento adiantado.

"Então mande-o ir ao castelo amanhã e tranque o sujeito antes que anoiteça!", disse o paxá. "Pode dar vinho pra ele depois da meia-noite. Onde ele compra a bebida?" Foi nesse instante que ouviram o apito do *Persepolis*, e os três foram à janela ampla com vista para o porto. Embora mal enxergassem suas luzes, viam que o navio se afastava da ilha e sentiam a importância fatídica daquele momento.

"Então agora somos nós e a peste!", exclamou o governador Sami paxá. "É melhor continuar essa conversa amanhã de manhã."

Aos dois outros homens, a súbita decisão do governador de suspender a reunião até o dia seguinte não foi uma surpresa, e por isso logo tiraram o assunto da cabeça, conforme sabiam que o governador gostaria que fizessem, e fecharam a porta de seu gabinete, fazendo questão de deixar o lampião a gás dentro da sala. Em épocas de crise, o governador gostava de pensar que, se os lampiões dentro da Sede do Governo e do próprio gabinete ardessem até de manhã, as pessoas que olhassem para as janelas do edifício teriam a impressão de que o Estado nunca dormia, e assassinos com planos de atentar contra a vida do governador jamais seriam capazes de encontrá-lo.

Quando ouviram o *Persepolis* apitar, a princesa Pakize e o doutor Nuri, assim como muitas outras pessoas que estavam na ilha naquela noite, mas não tinham ido ao porto, foram à janela do quarto da casa de hóspedes para olhar lá fora, mas enquanto muita gente contemplava aquela mesma vista tendo em mente o medo da morte, a sensação de desamparo e uma estranha sensação de arrependimento, as emoções do casal tomaram um rumo mais romântico. Tudo era escuridão: só o castelo estava visível. Para a princesa Pakize, a visão das luzes do *Persepolis* adentrando a noite aveludada parecia um sinal de que ela e o marido estavam sozinhos de verdade pela primeira vez. O doutor Nuri não se considerava uma pessoa possivelmente "infectada", pois assim como todos os médicos estava sempre esfregando desinfetante nas mãos, no pescoço e nos braços. É com um olhar de historiador para a precisão, portanto, que devemos observar que o casal fez amor com alegria nessa noite.

O doutor Nuri acordou antes do amanhecer. Enquanto se vestia, observava a querida esposa, que dormia, e ao mesmo tempo não parava de pensar que deviam ser verdadeiros os rumores de que o governador paxá estava maquinando uma deliberação que os governadores costumavam tomar em emergências: executar Ramiz e os dois adeptos sem esperar a aprovação da alta corte em Istambul.

Ele desceu as escadas, acompanhado pelos olhares respeitosos dos guardas noturnos, e instintivamente se dirigiu ao pátio interno; a maioria das execuções acontecia nos pátios internos de prédios governamentais. Não havia ninguém ali. O enorme cão pastor que estava sempre acorrentado à grade das janelas da cozinha e latia a noite inteira sumira no começo do surto de peste.

No breu, não se via uma única sombra. Ele passou pelas colunas da galeria abobadada e se sentiu um fantasma. Ao dar a volta devagarinho na praça, só conseguia pensar que a qualquer momento esbarraria em alguém, mas a noite era um cômodo escuro, bidimensional; por mais passos que ele desse, não conseguia achar a saída daquela caixa preta, mas às vezes a sombra de uma árvore ou uma cor desbotada passava por ele em silêncio. Viu os avisos de quarentena e as lojas fechadas, depois virou numa ruela e por um bom tempo caminhou na escuridão, cruzando as ruas da cidade dominada pela peste.

Em todos os bairros era recebido por uma matilha diferente de cães que uivavam freneticamente quando o doutor Nuri se aproximava do centro de seus territórios, mas nenhum deles chegava perto o suficiente para que ele escutasse seus arquejos ou rosnados baixinhos. Às vezes, ao entrar numa rua estreita ou descer uma ladeira, ele sentia o cheiro de alga marinha vindo da costa e ouvia o grasnido das gaivotas, e num gesto instintivo virava à direita e se via subindo outra ladeira, dessa vez rodeado pelo aroma de rosas. Ouviu um homem e uma mulher dando risadinhas e cochichando em grego num jardim; ouviu uma coruja piar insistentemente para nuvens invisíveis, e mais adiante percebeu que já não ouvia mais nem o som de seus passos. Que rua era aquela com areia espalhada no chão? Desceu uma escada e passou pelo hotel Mingheria, depois voltou a se perder. Quando as janelas fechadas de uma casa escura de pedras surgiram à sua frente, ele se deu conta de que não andava na rua, mas no jardim de alguém. Seguiu o barulho de sapos ao longe, com coaxos que se agitavam em cascata, e ao se aproximar os sapos pularam na água, um por um, embora no breu ele não discernisse nem o brilho nem o frescor da lagoa.

A certa altura imaginou ter ouvido o arrombador e se encolheu num canto, mas não via ninguém na escuridão que cobria o mundo qual uma bruma pesada, retinta feito carvão. Subiu uma colina que, segundo acreditava, o levaria de volta à praça da Sede do Governo, mas logo se deu conta de que estava se afastando ainda mais e demorou mais tempo do que esperava para voltar para junto da esposa.

Quando a manhã enfim chegou, o doutor Nuri disse à princesa Pakize que fora à praça durante a noite porque estava preocupado com as execuções.

"Meu tio prefere que seus leais e eficientes governadores executem os inimigos por vontade e iniciativa própria. Ele jamais daria uma sentença de morte, sobretudo contra um muçulmano: é muito sagaz e cauteloso para tomar uma atitude dessas."

A princesa Pakize escutou o relato do marido sobre a experiência metafísica de se perder nas ruas de Arkaz, e naquele mesmo dia, horas depois, sentou à escrivaninha para anotar tudo, palavra por palavra, em uma nova folha de papel, sob o cabeçalho "Noites de peste". Mais cedo, haviam conversado que essa nova carta demoraria a chegar às mãos de Hatice, visto que o último navio a zarpar já tinha ido embora do porto. "Não sei explicar por quê, mas tenho ânsia de descrever tudo nos mínimos detalhes", declarou a princesa Pakize. "Me conte tudo o que você viu, por favor!"

Mais tarde, enquanto um servidor marcava no mapa epidemiológico, em verde, os locais onde as oito vítimas da véspera haviam falecido, o governador informou ao médico e príncipe consorte que naquela manhã a conversa seria só entre os dois, pois o doutor Ilias e o major haviam ficado na caserna para a cerimônia de posse. Depois de expressar enorme admiração pela diligência, competência e disciplina do major, o governador acrescentou que seria muito bom para a ilha que ele casasse com Zeynep.

O governador Sami paxá conhecia os oito mortos da véspera. Um servidor do Departamento da Previdência Social que logo no início do surto anunciou que voltaria para seu povoado não tinha ido a lugar nenhum, fechando--se com a família em seu casarão no bairro de Çite. A casa fora evacuada e desinfetada após a morte de duas pessoas, no dia anterior. Um ferrador que morava no bairro do Quebra-Mar, e Zaim, o barbeiro muito popular e tagarela do bairro de Turunçlar, tinham morrido em casa, sem nem chegar ao hospital. O governador também fora informado do falecimento de um velho agricultor levado ao Hospital Hamidiye, de uma mãe idosa que chorava pelos filhos enquanto agonizava, de uma vítima encontrada de manhã no jardim do Hospital Theodoropoulos e de um garçom grego que trabalhava no restaurante Petalis. O falecimento do garçom reacendera entre os médicos da ilha o debate sobre a possibilidade de a peste se espalhar pela comida. Proibir a venda de melancia e melão, bem como outras frutas e legumes, era uma precaução geralmente tomada para evitar a propagação do cólera.

"O doutor Ilias sempre diz, assim como dizia nosso saudoso Bonkowski paxá, que a peste não se espalha pela comida", declarou o doutor Nuri. "Podemos perguntar de novo mais tarde, quando o virmos na caserna."

"Como o senhor avaliaria a situação atual da ilha?", perguntou o governador.

"Ainda é cedo para aferir o resultado das medidas de isolamento."

"É bom que seja mesmo!", disse o governador. "Caso contrário, teríamos que concluir que elas não servem de nada."

"Vossa Excelência, essas medidas em geral são consideradas inúteis pelas mesmas pessoas que se recusam a levá-las a sério. E no fim, essas pessoas também morrem."

"Falou e disse!", exclamou o governador paxá num golpe de inspiração. "Mas nós não vamos morrer! Eu ouço o tempo todo que o Regimento de Quarentena do major é de uma capacidade e determinação excepcionais, que é uma força da natureza."

Ao embarcarem no landau, o governador paxá pediu ao cocheiro Zekeriya que não pegasse o caminho íngreme por Kofunya, mas que fosse pelo caminho mais lento, pela costa. Passaram pela Igreja de Santo Antonio, pelo muro que cercava o quintal e os galinheiros de Marika (que delícia ver as venezianas dela abertas!) e desceram sem pressa até a costa. Fora o barulho dos cascos dos cavalos, o rangido das rodas do landau e a voz de Zekeriya dizendo "Brrrr" ao puxar as rédeas para que a carruagem não descesse a colina muito rápido, não se ouvia nem um pio. O governador se deu conta de que não ouviam nem as gaivotas e as gralhas. O silêncio parecia ter até turvado a cor do mar, que se vislumbrava pelas frestas entre os hotéis à beira-mar e as tavernas.

"Todo mundo foi embora no último navio dos Marítimos, não sobrou ninguém!", o governador comentou com uma tristeza infantil. De olhos arregalados, uma expressão de inocência tomou seu rosto; o doutor Nuri a achou fofa.

Tendo passado a zona de hotéis e restaurantes, o landau seguiu caminho subindo a ladeira íngreme pelo lado direito da pista. Como o mar lhes parecia próximo e alvo lá embaixo! Aquele trajeto, que subia e descia e subia de novo enquanto serpentava rumo ao norte através da costa, onde o bairro de Hora encontrava o mar, era um dos prediletos do governador. Acompanhando a margem de todas as enseadas, e tomado por palmeiras de ambos os lados, ele sempre provocava no paxá uma sensação de paz. Ele gostava do perfume de rosas que chegava dos roseirais dos ricos, do novo trecho de praia com suas cabanas de guarda-sóis de listras brancas e azuis, do pequeno cais e dos roseirais. Ultimamente os novos-ricos da ilha estavam se mudando para lá, e o governador ficara muito atento à construção de suas casas.

"Quando cheguei, eu vivia falando para os anciãos das famílias muçulmanas mais tradicionais da ilha e a todos os muçulmanos endinheirados que moram perto da praça Hamidiye: 'Façam como os gregos, comecem pelo bairro de Kadirler e abram caminho até o norte com casarões, palácios e mansões e se mudem para lá com a família, porque o futuro dessa cidade é crescer para o norte, à beira das duas costas litorâneas!'. Talvez porque eu tenha dito 'Façam como os gregos', eles decidiram não me dar ouvidos. Parece que para esses patriarcas, esses vovôs gagás que rezam cinco vezes por dia, bastava morar perto da Mesquita Mehmet Paxá, o Cego, ou de alguma das outras mesquitas históricas! Então as redondezas do Quebra-Mar Antigo, os escritórios dos comerciantes de pedra e os dormitórios dos empregados deles continuaram vazios e serviram, por um tempo, de abrigo para vagabundos e aranhas. Depois os migrantes de Creta chegaram e se instalaram lá. Confesso que no começo eu era a favor de que aqueles refugiados miseráveis, aqueles jovens à toa, desempregados, vivessem lá... Na verdade, cheguei a incentivar isso. Além de encontrar abrigo, eles poderiam dar uma revigorada no bairro. Mas ficavam sem fazer nada, criavam encrenca e tramavam vinganças contra os gregos. Se usássemos a peste como pretexto para expulsar esses rapazes, teríamos que atear fogo ao bairro inteiro. Mas não podemos fazer nem isso, porque os escritórios dos comerciantes de pedra foram construídos com pedra mingheriana de primeira qualidade, e é uma pedra que jamais pegaria fogo. Mas olha só o que eu estou falando, com esse papo de botar fogo nas coisas! E pensar que minha ideia era falar da rua idílica à beira-mar..."

Depois de passar pela praia deserta, a estrada tornou a ficar íngreme. À esquerda via-se Flizvos, o bairro onde moravam muitas famílias gregas abastadas cujas mansões o governador paxá sempre contemplara com uma aprovação respeitosa e até mesmo admirada. Com telhado saliente, torres espiraladas e sala de estar panorâmica — tudo por influência da arquitetura do castelo — de frente para as águas vazias, infinitas, do Levante, a vista que essas casas tinham do sol nascente surgindo do mar era de fato um espetáculo. O governador paxá conhecia algumas dessas famílias ricas, ocidentalizadas, e já tinha sido convidado para algumas das recepções que ofereciam em suas casas palacianas. Chegava a fazer vista grossa para a jogatina que acontecia no Circle du Levant, clube que ajudara a criar e que os muçulmanos nunca frequentavam (a não ser em ocasiões especiais), mas depois de descobrir que os jogos de tômbola e as rifas que o clube promovia na época do Natal serviam para arrecadar dinheiro para o bandido Pavlo, conhecido por invadir os povoados muçulmanos, ou para os nacionalistas gregos trancafiados nas masmorras do castelo, o governador prendeu o dândi afetado que organizava as atividades de arrecadação de recursos, cujo pai era dono do Bazaar du Île, com a justificativa de que a loja da família vendia mercadoria contrabandeada, enfiou o sujeito na pior cela do presídio e o aterrorizou por alguns dias com os gritos de outros presos sob tortura. Foi assim que o Circle du Levant parou de apoiar os insurgentes anarquistas com os jogos de tômbola — sem que fosse necessário fechar as portas do clube nem enviar um único telegrama diplomático. O escrutinador-chefe Mazhar bei era exímio em silenciar esse tipo de agitador sem provocar escândalos políticos.

Enquanto a carruagem seguia a curva das baías que salpicavam a costa do elegante bairro de Dantela, o governador paxá erguia os olhos para a caserna situada na casinha branca no alto da colina, rodeada de terra. Depois que abdicasse de todas as responsabilidades — isto é, depois que Abdul Hamid o dispensasse do cargo —, ele não pretendia voltar para Istambul, mas se instalar ali, onde poderia passar o resto da vida cultivando rosas mingherianas e fazendo amizade com os pescadores gregos que ancoravam na baía lá embaixo.

Do outro lado da janela do landau, a linha do horizonte havia sumido no mar nevoento, e o governador teve a impressão de que a ilha tinha se desprendido do resto do mundo e estava completamente sozinha no firmamento. O silêncio e o sol evocavam uma estranha sensação de solidão e insignificância. Pela janela aberta do lado direito, cujo quebra-sol de couro o doutor Nuri abaixara para se proteger do calor, uma abelha barulhenta, irascível, entrou no veículo, enfurecendo-se ainda mais ao bater na janela oposta, o que assustou os dois passageiros. A abelha acabou fugindo pela mesma janela por onde havia entrado, mas nesse ínterim os homens haviam criado tamanho fuzuê que o cocheiro Zekeriya ficara preocupado e desacelerara o passo dos cavalos.

"Foi só uma abelha, Zekeriya, ela já foi embora. Por favor, vamos até a caserna!", disse o governador paxá.

A carruagem começou a lenta subida pela travessa estreita, com calçamento de pedras, que ligava a Angra do Calhau à caserna. Os cascos dos cavalos e as rodas do landau tiniam contra as pedras de cantaria feitas de mármore mingheriano bruto. Esse caminho, que ia da caserna até a costa, fora criado sessenta anos antes a fim de que os reforços que Istambul enviava à ilha para reprimir as hipotéticas insurreições de guerrilhas nacionalistas contra o Império Otomano conseguissem chegar mais rápido à caserna sem passar pelo castelo, mas até então nunca fora usado com esse propósito. Mansões luxuosas e velhos solares se espalhavam pela encosta verdejante. Os dois homens admiravam os galhos esverdeados das árvores que se expandiam para além dos limites dos jardins, as lagartixas correndo pelos ramos, as folhas estranhas, farpadas, pontudas; ficaram atentos aos gritos dos papagaios e aos raros gorjeios dos passarinhos de voz doce, acanhada. Encheram os pulmões do ar úmido, puro, que pairava sobre a colina fresca e sombreada.

"Pare aqui, cocheiro, pare!", o governador paxá exclamou ao ver pela janela um jardim magnífico, surreal.

A carruagem parou, escorregando um pouquinho colina abaixo. Como de hábito, o governador paxá aguardou no assento. Depois que o guarda acomodado ao lado do cocheiro Zekeriya saltou e lhe abriu a porta, eles voltaram os olhos para o lugar indicado pelo governador e viram, espiando por entre as frondes pendentes de um salgueiro, duas crianças de cabelos escuros com roupas desbotadas.

Uma delas atirou uma pedra nos recém-chegados, mas a outra tentou contê-la, como quem diz: "Não faz isso!". No instante seguinte já tinham sumido. Não haviam feito barulho: era como se tivessem saído de um sonho, e talvez fossem de fato imaginárias.

O governador mandou que os guardas corressem atrás das crianças. "Essa casa deve ter sido roubada e saqueada depois que ficou vazia!", explicou quando já tinham voltado a seus assentos. "Em breve virão de fora da cidade e dos povoados, entende? Verdade seja dita, tem tanto criminoso e bandido por aí que é impossível monitorar e disciplinar todos eles!"

"Se estivesse aqui, o doutor Ilias diria qual seria a opinião do Bonkowski paxá."

"O senhor não acha que o doutor Ilias está exagerando no medo?"

O comandante da caserna, Mehmet paxá, tinha organizado uma pequena recepção de boas-vindas aos convidados para a cerimônia de posse. Cerca de quarenta homens escolhidos entre os soldados árabes do Quinto Exército desfilaram para o governador paxá, saudando-o enquanto marchavam. Em seguida, o governador conversou com o sargento Sadri, comandante da artilharia que no ano anterior tinha disparado vinte e cinco balas de festim para celebrar os vinte e cinco anos da ascensão de Abdul Hamid ao trono. "Tenho munição suficiente para disparar mais algumas centenas de balas se for preciso!", o sargento alardeou. Depois, sentaram-se para fazer uma refeição que o comandante da caserna havia providenciado especialmente. A edição mais recente do diário municipal, o *Arkata Times*, estava em cima da mesa, bem como os últimos números dos que ainda circulavam, *Island Star, Neo Nisi* e *Adekatos Arkadi*. O doutor Ilias também estava ali, vestindo uma sobrecasaca verde-petróleo.

"Sentimos falta de suas análises quando estávamos estudando o mapa, hoje de manhã!", o governador lhe disse. "O índice de mortalidade está subindo, todos os bairros muçulmanos e metade dos gregos estão infectados. É prudente comermos essas coisas?"

O olhar do doutor Ilias seguiu um soldado que servia uma enorme travessa de frutas colhidas da majestosa amoreira que crescia no terreno da caserna. Ao lado das amoras, uma bandeja dos biscoitinhos de nozes com rosas de Mingheria recém-assados.

"Confie em mim, paxá, o senhor não tem por que se preocupar", o médico respondeu, alegrinho. "Eu provo antes. Não sei as amoras, mas os biscoitos acabaram de sair do forno."

Houve um súbito clamor. Naquele exato instante um cavalo baio passou galopando, o freio entre os dentes. Dois soldados que corriam atrás dele e vinham se preparando para a cerimônia de posse pararam ao ver o governador e outros dignitários à mesa e fizeram uma saudação inexperiente, constrangida. Sami paxá, que por um momento se agitara com o calor, levantou para ver para onde ia o cavalo. E viu que ali perto os soldados do novo Regimento de Quarentena do major se organizavam para a posse; satisfeito, se aproximou deles sem esperar que o café fosse vertido. Vários guardas, servidores municipais e funcionários que estavam ali para a cerimônia foram atrás dele.

Ao longo dos últimos dois dias, o major havia recrutado mais dezessete soldados para a tropa de quarentena. Seu principal "conselheiro" na escolha desses recrutas fora Hamdi Baba. Ninguém sabia a idade do barbudo e bigodudo Hamdi Baba. Depois de completar o tempo de serviço militar obrigatório, ele havia resolvido continuar nas Forças Armadas, e apesar de mal saber ler e escrever, tinha conquistado uma patente mediana no Exército otomano e participado de inúmeras batalhas. De origem mingheriana, acabara transferido para a ilha e conseguira permanecer lá desde então. Dos árabes aos gregos, dos ilhéus nativos que falavam mingheriano às famílias e aos funcionários públicos falantes de turco, Hamdi Baba sabia a forma mais adequada de se dirigir a quem quer que fosse e de convencer qualquer um a fazer qualquer coisa.

O governador observava solenemente Hamdi Baba liderar seus homens em exercícios complexos e alinhá-los em fileiras de quatro. Hamdi Baba tinha achado seus primeiros "voluntários" para aquela unidade, cujos recrutas recebiam pagamento adiantado, entre seus conhecidos dos bairros de Bayırlar e Gülerenler, onde tinha sido criado — pessoas que amava e nas quais poderia confiar. Segundo o registro de muitos historiadores, isso significava que na verdade a unidade de quarentena arregimentara aqueles que falavam mingheriano em casa. Mas, ao contrário da crença geral, a princípio essa decisão não coube ao major.

Fazia três dias que toda tarde o major ia à caserna para "treinar" os novos soldados. Mais do que evoluir no treinamento militar, porém, ele os ensinava a observar as medidas de quarentena, a ser magnânimos, a sempre usar os equipamentos de proteção, a nunca deixar de se desinfetar e a escutar o que os médicos diziam, embora no fim das contas tivessem sempre que acatar o comandante. O doutor Nuri já havia comparecido a uma dessas sessões, na qual fora apresentado aos soldados e depois os acompanhara a uma expedição pelos bairros de Kadirler e Alto Turunçlar. Nesses lugares, triunfaram ao dissuadir duas famílias que tinham saído de casa, num desafio manifesto às novas regras e aos cordões de isolamento. Também conseguiram, por meio de uma combinação de ponderações pacíficas e ameaças veladas a respeito das "ordens do sultão", conter uma pequena revolta instigada por um rapaz que insistia em ser enterrado com a esposa, que havia morrido grávida.

O governador achava que o major tinha escolhido suas "tropas de quarentena" habilmente e feito um bom treinamento no parco tempo que teve à disposição. Os novos soldados entendiam a natureza das ruas mais desgraçadas pela peste e sabiam, de qualquer morador, se ele seria hostil ou se tinha mais ou menos pendor para seguir instruções. Foi basicamente graças ao empenho deles que parte da população muçulmana da ilha (mas é bem verdade que ainda era um número minúsculo), e em especial seus membros que não sabiam ler e escrever, tinha se convencido nos últimos dois dias a seguir os protocolos de isolamento. Sempre que um novo caso era relatado por um agente que supervisionava um bairro ou por um dos onipresentes informantes do município, o primeiro a chegar era Hamdi Baba. As pessoas ficavam mais propensas a se submeter às regras quando confrontadas com um homem de uniforme de soldado e que, além de usar barba como eles, também falava a mesma língua.

Animado em ver a competência dos soldados do major e os preparativos para a cerimônia, organizada em apenas cinco dias, o governador paxá foi impelido a fazer um discurso pessoal às tropas. O Exército otomano, ele disse, era a espada do islã, contudo dessa vez a espada não seria usada para decapitar infiéis, mas para cumprir o objetivo bem mais sagrado e mais humano de esquartejar o demônio da peste.

O céu estava azul e salpicado de nuvens brancas densas. O governador paxá lembrava aos soldados que eles precisavam tomar muito cuidado para não caírem doentes, e da sorte que tinham de estar servindo sob o comando de um homem tão brilhante, quando o escrutinador-chefe se aproximou e, sem cerimônia nenhuma, cochichou algo no ouvido dele. Todos logo entenderam que o assunto devia ser muito sério, a ponto de um homem interromper o governador Sami paxá, e prenderam a respiração ao mesmo tempo.

"O doutor Ilias adoeceu, Vossa Excelência", o Mazhar efêndi havia cochichado no ouvido do governador.

Se o surto havia chegado à caserna, seria impossível contê-lo. O governador queria terminar o discurso, apesar de sua cabeça estar ocupada pensando nas ramificações desse último acontecimento. O doutor Ilias talvez tivesse se contaminado no hospital da cidade e levara a doença para lá; fora um erro enviá-lo para a caserna. Mas também lhe passou pela cabeça, com uma estranha sensação de culpa, a possibilidade de ele mesmo ter sido o portador da peste em seu landau. Continuou o discurso mesmo assim, explicando aos recrutas que o ouviam exatamente por que não poderia haver maior sorte ou alegria na vida do que servir como soldado no Exército de Sua Alteza, o sultão, pilar do mundo. Porém ao mesmo tempo pensava consigo mesmo, "Será mesmo possível que o doutor Ilias esteja morrendo de peste? Ele não estava aqui do meu lado agorinha mesmo?".

28.

Alguns instantes antes, o doutor Ilias observava as atividades com um sorriso benevolente e uma sensação de segurança por estar numa caserna e entre pessoas que davam respaldo ao governador. Ao mesmo tempo, mordiscava um biscoito mingheriano quente que enfiara no bolso às escondidas. Agora estava a algumas centenas de metros dali, deitado na cama da casa de hóspedes da caserna, se contorcendo numa agonia insuportável. A dor de estômago era tão lancinante que achava que ia desmaiar, e no entanto não podia desmaiar. De início, tentara com todas as forças resistir à náusea, pois estava louco para ver o governador inspecionar as tropas, mas momentos depois de voltar para o quarto trançando as pernas e de se jogar na cama de campanha, começou a vomitar. Parecia que não era ele, mas outra pessoa que vomitava. Em pouco tempo, tudo o que havia comido no desjejum daquela manhã voltou em nacos brancos e amarelos.

Em seguida veio a diarreia, contundente como um saca-rolhas. Saiu em desabalada carreira pelo corredor de pé-direito alto em busca de um vaso sanitário. Na volta quase desmoronou, tonto de dor. Um soldado o viu e o ajudou a chegar ao quarto. Em pouco tempo um grupo já estava reunido à sua porta. Ele pensou que agora seria visto como aquele que introduzira a peste na caserna, o diabo no meio deles, e nem ele mesmo tinha certeza de qual doença o acometia.

Quando os tremores começaram, se sentiu como se caindo num poço. O médico da caserna tentava desabotoar sua camisa cuidando de só tocar na beirada da roupa. O doutor e príncipe consorte Nuri, que enquanto isso havia sido levado às pressas à casa de hóspedes, reparando que o rosto do doutor Ilias havia adquirido um tom frio, azulado, intuiu que poderia não ser peste. O paciente tremia, vomitava incessantemente e parecia estar atingindo um estado delirante — na peste, esses sintomas surgem num estágio mais avançado. O doutor Nuri verificou se não havia ínguas no pescoço e nas axilas. Porém não conseguiu olhar dentro da boca malcheirosa do paciente, que não parava de vomitar.

O paciente tentou falar alguma coisa, mas sua boca parecia incapaz de pronunciar palavras de verdade, só conseguiu emitir uma série de ruídos bizarros. O doutor Nuri fitava seus olhos sofridos, estimulando-o a falar alguma coisa. Então o pobre homem tirou um pedaço de biscoito do bolso e de repente tudo se encaixou.

O doutor Nuri saiu correndo do quarto e foi até a mesa servida para a cerimônia.

Os oficiais do Exército, os servidores municipais e o comandante da caserna estavam prestes a sentar. Pois o governador paxá, depois de resolver às pressas que a notícia de que a peste havia chegado à caserna deveria ser mantida em segredo, ordenara com sua voz mais firme que ninguém tomasse atitudes intempestivas e que todos voltassem à mesa. Nesse ínterim, o major levou os soldados para longe dali. O governador foi o primeiro a se acomodar, para dar o exemplo. Os outros o acompanharam, ainda que um bocado desconcertados. Um dos soldados experientes que trabalhava na cozinha apareceu com uma cafeteira de bico feita de latão e começou a verter um café de aroma esplêndido, primeiro na xícara do governador, depois em todas as demais, e o ajudante de campo do comandante da caserna deu uma mordida no biscoito de nozes com rosas.

"Pare! Está envenenado!", o doutor Nuri berrou naquele instante. "Não comam nem bebam nada. O café e os biscoitos estão envenenados!", ele disse, quase sem fôlego.

Mais tarde, testes mostrariam que o café era de um grão iemenita de primeira categoria, e que a água vinha da nascente Pınarlar, ao norte de Arkaz, e portanto estava totalmente limpa.

Quanto aos biscoitos de nozes com rosas, concluíram ali mesmo que deviam estar contaminados com arsênico, muito empregado como veneno de ratos e popularmente conhecido como raticida. É claro que em 1901 não havia nenhum laboratório naquela província isolada do Império Otomano equipado para testar o sangue ou o suco gástrico de uma pessoa para detectar envenenamento por arsênico, mas nos últimos cinquenta anos, muitas pessoas na ilha tinham falecido em consequência do veneno para ratos, e esses métodos ancestrais eram de uma familiaridade tão vívida para o povo quanto suas lembranças mais íntimas podiam ser.

O escrutinador-chefe e o doutor Nikos viram o ajudante de campo do comandante Mehmet paxá jogar um dos biscoitos para um cão pastor de pavio curto acorrentado a um carvalho próximo da casa de hóspedes, e minutos depois o cão estava morto.

Tomado de uma estranha fúria e do medo da morte, e já tendo despachado o cachorro desobediente e barulhento que o infernizava havia muito tempo, o comandante da caserna, o Mehmet paxá, deu um biscoito ao cavalo baio que tinha pegado o freio na boca e que quase causara a morte de um soldado, mas quando as patas da frente do animal desabaram sob o próprio peso e a criatura se contorceu no chão, à morte, o comandante não deu conta de assistir e fugiu dali. Precisamos esclarecer aos leitores que os atos do comandante não foram motivados por uma hostilidade específica contra os animais (embora não se possa dizer que fosse amigo de um dos dois), mas pela necessidade de mensurar a gravidade do ardil para envenenar todo o alto escalão das classes governantes de Mingheria. Metade da farinha dos biscoitos mingherianos fora substituída por arsênico. A substância, de fato bastante parecida com farinha, era encontrada nas lojas de alguns herboristas, vendida em sacas iguais às usadas para farinha, e era um veneno inodoro, cujo gosto era quase indetectável — feito farinha.

Mas de todos os casos de envenenamento com arsênico registrados no Império Otomano durante o século XIX, nenhum havia sido tão grave (envolvendo veneno suficiente, em outras palavras, para matar alguém instantaneamente) quanto esse incidente na caserna de Mingheria, ou nenhum se manifestara tão patentemente como um ataque de tamanha audácia e arrogância política. Do governador ao diretor de Quarentena, do médico e príncipe consorte ao comandante da caserna, o alvo era todo o primeiro escalão da hierarquia governamental da ilha. A retaliação veio com igual força.

Os oito soldados que trabalhavam nas cozinhas da caserna foram presos na mesma hora, com o sargento deles. Depois foi a vez dos cinco soldados rasos que serviam aos oficiais e tinham arrumado a mesa naquele dia, bem como o despenseiro da caserna e seus dois assistentes. O governador mandou os suspeitos de patente mais alta para o cárcere do castelo e ordenou que os funcionários da cozinha fossem trancados em celas separadas no cantinho sul do terreno da caserna, onde costumavam ocorrer as torturas e os interrogatórios. Para garantir que os novos recrutas não percebessem nada, o Mehmet paxá providenciou que os prisioneiros fossem transportados não no veículo tradicionalmente usado para esse fim, mas na carroça que a caserna usava para distribuir o pão e os doces fabricados em sua padaria. Em seguida, tiveram que desinfetar a carroça de pão, e isso, além da aparição extraordinária de dois operadores de bombas de spray convocados com esse propósito, suscitou a impressão geral e errônea de que os soldados que trabalhavam nas cozinhas tinham sido presos por levar a peste para a caserna. Esse mal-entendido se somou ao fato de que muitas vezes as vítimas da peste eram tratadas como se tivessem cometido um crime e de que os infectados eram confinados quase como prisioneiros no centro de isolamento do presídio do castelo.

Que personagens tão ilustres de Istambul fossem abatidos como alvos fáceis na ilha que o governador supostamente dominava e da qual controlava cada centímetro era uma provocação não só ao Império Otomano e às medidas de quarentena como também ao governador, obviamente. Mas em vez de elaborar algum revide, o Sami paxá decidiu que a prioridade seria esconder dos mingherianos a verdade sobre o envenenamento do doutor Ilias. Disse ao diretor de Quarentena que, se necessário, ele deveria acrescentar mais uma baixa ao total de casos de peste no próximo telegrama para Istambul. Além do mais, o doutor Ilias ainda não havia morrido, embora às vezes ficasse desorientado e delirante, e se pusesse a falar da esposa que ficara em Istambul antes de mergulhar em um silêncio exausto, decorrente de mais um ataque de tremor como o sofrido pelos acometidos pela peste.

Quando a correspondência da princesa Pakize for publicada, historiadores descobrirão que o debate sobre a questão do método, travada entre o governador e o médico e príncipe consorte na reunião feita uma hora depois, na Sede do Governo, deu origem a alguns paradoxos filosóficos e políticos dignos de nota. Ambos tornaram a comparar os méritos relativos do estudo dos indícios disponíveis para chegar a uma conclusão (raciocínio indutivo), num processo que — influenciados por Abdul Hamid — chamavam de "método Sherlock Holmes", com o processo de aplicar uma lógica política meticulosa e abrangente para determinar a identidade do culpado desde o começo e partir dela para localizar as evidências comprobatórias (raciocínio dedutivo).

"Eles estavam naquela cozinha derramando veneno para rato na farinha do biscoito, sem vergonha nenhuma. Está bem claro quem foi... e nem eu nem o sultão, lá em Istambul, precisamos da ajuda do Sherlock Holmes para descobrir quem é que deve ter arrumado o veneno para eles. Esta tarde o promotor público e seu secretário vão interrogar a equipe da cozinha que está na prisão. O Departamento de Escrutínio e o promotor vão fazer esses gregos das guerrilhas nacionalistas abrirem o bico num piscar de olhos, o senhor vai ver."

"Vossa Excelência, tenho certeza de que isso é obra de uma única pessoa", respondeu o doutor Nuri. "Precisamos mesmo torturar quinze pessoas para tentar pegar uma?"

"Na verdade não precisamos", disse o governador. "A ideia de serem torturados meteu tanto medo neles que já começaram a falar, estão nos contando coisas que nem tínhamos perguntado. Me diga, o seu Sherlock Holmes teria conseguido fazer isso nessa velocidade?"

Em Mingheria, prisioneiros detidos por suspeita de roubo ou crime organizado normalmente eram interrogados na prisão do castelo, onde a sola de seus pés descalços era açoitada com galhos até os berros agoniados serem ouvidos na ala sul do castelo. Na caserna, essa mesma tortura era imposta a militantes nacionalistas gregos e guerrilheiros flagrados tentando armar emboscadas para as tropas otomanas. Como o governador sabia que os soldados tendiam a ser mais lenientes se comparados aos guardas da prisão e aos auxiliares do promotor, mandara o escrutinador-chefe se juntar à equipe que encabeçava a investigação. O escrutinador-chefe tinha muito talento para formular justamente o tipo de pergunta mais apta a desnortear prisioneiros já estupefatos pelos golpes sofridos nos pés e procurava incoerências nas declarações até eles sucumbirem por completo. O governador lhe dissera para sair da caserna só quando concluísse quem era que, entre o cozinheiro e seus assistentes, devia ser culpabilizado pelo ato.

Mas apesar dos pés açoitados e de alguns terem tido as unhas arrancadas com alicates, ninguém da equipe de cozinha fez um relato suficientemente categórico. Nenhum dos prisioneiros torturados conseguiu dizer em tom convincente: "Sim, eu vi quem foi: foi o careca Rasim, ele misturou veneno de rato nas nozes e na farinha com sabor de rosas!". Pois todos sabiam que, dissessem o que dissessem, o agente que os interrogava iria levá-los à cozinha e pedir que lhe mostrassem exatamente onde tinham visto aquilo acontecer. Em outras palavras, era impossível escapar das chicotadas nos pés lançando mão de mentiras. Ainda não havia nem prova de que o arsênico viera do veneno para ratos. O governador paxá estava contrariado porque a tortura levada a cabo na prisão da caserna ainda não dera resultado, mas não perdia as esperanças. Os biscoitos tinham sido preparados e assados naquela manhã, nas cozinhas da caserna. Era evidente que o despenseiro, mandado para a prisão do castelo mais cedo, ou um dos garçons mais velhos devia estar envolvido.

Foi assim que o governador paxá decidiu fazer uma de suas visitas noturnas de praxe à prisão depois de avisar o diretor do presídio Sadrettin efêndi. Também enviou a Istambul um telegrama pedindo um barco de apoio com mais médicos e suprimentos. Um apelo feito em nome de uma família de quatro membros que o Regimento de Quarentena botara no centro de isolamento do castelo naquela tarde, após a cerimônia de posse, tinha passado de mão em mão até chegar à mesa do governador. Ele resolveu ignorar.

Em seguida, o governador passou um tempo compenetrado em questões cotidianas que nada tinham a ver com a epidemia: leu e devolveu ao escrutinador-chefe o relatório de um informante declarando haver vinte e cinco revólveres escondidos nos engradados de cerejas e morangos que o vice-cônsul que gerenciava a agência local da Lloyd tinha providenciado que entregassem diretamente em sua casa à beira-mar sem passar por averiguação alfandegária, dizendo que eram para "consumo pessoal"; havia uma solicitação de Istambul (que muito provavelmente vinha de dentro do harém) de que um par de papagaios tagarelas com manchas verdes, típicos de Mingheria, fosse capturado e expedido ao palácio; precisavam de dinheiro para arrumar a ponte Maviaka, no norte, danificada pelas chuvas. Outro problema que, alimentado por uma torrente de relatórios de informantes, vinha se tornando mais premente nos últimos meses girava em torno de suposta má conduta nas cozinhas municipais. Para impedir que os funcionários municipais difundissem fofocas e boatos durante o almoço no refeitório comunitário, o governador paxá havia ordenado que o secretário-chefe e seus funcionários, o diretor da Previdência Social e seus assistentes, e o arquivista-chefe e seus auxiliares almoçassem nos respectivos gabinetes. Assim, o município se encarregava de prover cada departamento de um subsídio e produtos alimentícios. Mas era sabido que os chefes de departamento levavam alguns desses produtos para casa, em especial quando os salários, que vinham de Istambul, atrasavam, ou faziam o que escrutinador-chefe Mazhar efêndi tinha a cara de pau de fazer: furtar sacos inteiros de feijão e lentilha do depósito municipal para encher a cozinha da própria casa. O cônsul britânico, monsieur George, fora prestativo ao sugerir uma estratégia para estancar essa hemorragia de fundos públicos: adotar um sistema de *table d'hôte* (como se começava a fazer em algumas bases militares de Istambul), mas não seria muito sensato apresentar tal medida nesse momento, pois sem dúvida ela faria a peste se espalhar ainda mais rápido e deixaria os chefes de departamento contrariados. Alguns servidores, sobretudo os que tinham amigos influentes, só apareciam no escritório para almoçar.

O governador também estava pensando em sua iminente visita noturna às prisões. Quando o escrutinador-chefe Mazhar efêndi chegou da caserna, o Sami paxá lhe fez um resumo do que estava planejando. Naquela noite, três patíbulos deveriam ser montados, lado a lado, para que fossem cumpridas as punições exemplares dos três patifes culpados pelo assassinato de Bonkowski — a começar por Ramiz. O carrasco Şakir seria mais do que suficiente para lidar com os três canalhas, mas contar com apenas um verdugo para fazer todo serviço também poderia causar problemas: ele teria que executar as sentenças uma a uma, o que poderia ser bem demorado.

29.

Pouco depois do anoitecer, o governador olhou pela janela e viu os patíbulos sendo instalados e, instigado por uma ânsia que ele mesmo não entendia, caminhou até a casa de Marika. Como sempre, a visão daqueles olhos pretos e do nariz fino, delicado, o encheu de alegria, e ele pôde esquecer das preocupações políticas por um tempo. O primeiro boato que Marika lhe contou foi que o doutor Ilias teria contraído peste na caserna. Seria mais uma prova de que a doença fora trazida para a ilha pelo Bonkowski paxá.

"O doutor Ilias está escondido na caserna porque tem medo, não por causa da peste", explicou o paxá.

Marika também ouvira falar que, apesar da pressão dos cônsules estrangeiros, o sultão interferiria para impedir o enforcamento de Ramiz.

"Que estranho!", disse o governador. "De onde será que tiraram essa ideia?"

"Mas nem os gregos nem os muçulmanos acham que a Zeynep vai ficar esperando pelo Ramiz enquanto ele estiver na masmorra. Paxá, é verdade que o guarda da filha do antigo sultão está apaixonado pela Zeynep?"

"É verdade!", disse o governador.

Ao voltar à Sede do Governo caminhando pela noite suave, sem carruagem e sem guardas, ele foi abordado pelos vigias noturnos, que não o reconheceram de imediato. Ele examinou mais uma vez os patíbulos que surgiam na escuridão.

Três telegramas chegaram naquela noite, e um secretário os deixou em sua mesa depois de pedir ao criptoanalista que os decifrasse. O primeiro solicitava que a execução dos suspeitos do assassinato de Bonkowski fosse suspensa até a aprovação de Istambul. O segundo era uma resposta ao telegrama que o paxá tinha enviado de manhã: dizia que o navio com suprimentos *Sühandan* partiria em breve. O terceiro sugeria que, caso os assassinos se arrependessem e confessassem, talvez ganhassem o indulto do sultão, mas seria necessário apresentar alguma justificativa e dar informações que respaldassem tal decisão. O governador não se surpreendeu com nenhum dos três. Passou um bom tempo sentado à mesa, os olhos fixos nos lampiões do castelo que ardiam ao longe.

Quando o Sami paxá queria calar e subjugar os adversários e alguns jornalistas, ele os intimidava com surras, penas de prisão e confinamento em solitárias, mas também tratava de oferecer a essas cobras traiçoeiras frestas pelas quais pudessem retomar a vida, usando servidores municipais e conhecidos em comum para lhes dar presentes e propor colaborações. (O governador gostava de considerar esse seu método duplo uma forma de "sagacidade misericordiosa" aprendida com Abdul Hamid.) Gostava sobretudo de fazer visitas secretas à prisão de madrugada para sugerir alianças aos prisioneiros. Era o tipo de entrada triunfal capaz de impressionar até os presos mais abatidos. Em geral ele fazia essas expedições sempre que aumentava a pressão por parte de Istambul para que algum deles fosse libertado.

O diretor do presídio tinha ido à Sede do Governo para entregar seu relatório. Enquanto iam ao castelo de landau blindado, eles discutiam a situação do cárcere. Entre os políticos e intelectuais da época, a prisão do Castelo de Arkaz, também conhecida como Masmorra Mingheriana, era uma das penitenciárias mais temidas do Império Otomano — sua reputação só era superada pelos cárceres dos castelos de Fezânia, Sinope e Rhodes. As condições da prisão da ilha eram piores do que as de outras instituições similares em terras otomanas. Os pavilhões, onde ladrões de galinhas e vítimas de acusações caluniosas conviviam com assassinos calejados e vigaristas inveterados, eram verdadeiras escolas de criminosos, onde até os mais ingênuos logo aprendiam todo tipo de golpe e ansiavam pela oportunidade de botar em prática suas novas habilidades.

Assim como muitos estadistas otomanos reformistas, o governador nutria interesse especial pelas prisões. Sempre que o Hüseyin paxá, um general de brigada aposentado que agora servia como inspetor-chefe do Departamento de Prisões, ia à ilha, o governador e o diretor do presídio mantinham longas conversas sobre "reforma penitenciária". Qual o melhor jeito de descobrir e lidar com insubordinações nos pavilhões, com guardas permissivos demais, com prisioneiros rebeldes? O vão nas portas deveria ficar um pouco mais alto? O sistema de pavilhões deveria ser substituído por celas individuais?

Outro motivo de constrangimento era a má conduta generalizada dos funcionários. Alguns se apossavam do dinheiro e dos pertences dos recém--chegados inexperientes; outros recolhiam taxas regulares de algumas vítimas e chegavam a prometer o perdão ou um confinamento mais cômodo em troca de "presentes". Alguns dos presos mais ricos e mais poderosos subornavam os chefes dos pavilhões, o diretor e os guardas, e passavam a maior parte dos dias e das noites em casa, fazendo apenas uma ou outra visita ao presídio. O governador às vezes comentava que, enquanto prisioneiros sem recursos eram deixados às moscas nas celas úmidas por roubar um pão e as celebridades locais, muito mais condenáveis, andavam pelas ruas, a fé da população no conceito de justiça estava destinada a erodir. Nesses momentos, o secretário municipal, o Faik bei, que considerava sua a responsabilidade de esclarecer ao governador os fatos da vida, ainda que ele já os conhecesse, lembrava ao paxá que fazia cinco meses que os guardas não eram pagos, e que o agá Emrullah, que basicamente cumpria pena em casa, não só estava dando assistência financeira a diversos guardas como tinha pagado as janelas de vidro que seriam instaladas nos pavilhões com vista para o porto, e que sempre que ia à prisão distribuía jarros de azeite de oliva, figos desidratados e ovos trazidos de seu povoado, e que pagara do próprio bolso o conserto do muro quebrado perto da entrada principal.

"Ele podia ao menos não sair na avenida Hamidiye com seu bando nos dias em que a rua está movimentada!", o governador dizia. "Todo mundo acha que ele está preso!"

Já passava da meia-noite quando o landau com o governador paxá e o diretor da prisão desceu rumo à costa e cruzou com uma família grega que caminhava em silêncio. Estava um breu, mas o patriarca, que levava os pertences da família nas costas, reconheceu o governador paxá pela voz. Falando baixinho num turco rudimentar e num tom estranhamente sentimental, disse que uma pessoa infectada tinha visitado a casa deles. O paxá conseguiu entender que um dos filhos do homem tinha tido febre e adoecera. Seria a peste ou outra doença? A esposa do homem caiu no choro. A família sumiu na escuridão e o landau continuou descendo a ladeira, passando por ruas estreitas, tortas, outrora tomadas por oficinas de janízaros, fabricantes de peças de montaria, comerciantes de couro, vendedores de selas e lanchonetes. O paxá teve a sensação de ser recebido num reino sem limites, misterioso, antigo, uma sensação que ele e todos sempre tinham ao atravessar os portões do castelo.

Antes de entrar no presídio, ele queria ver o pátio onde ficavam em isolamento as pessoas que haviam sido expostas à peste. O castelo era uma rede intricada de muros, torres e estruturas construídas ao longo de centenas de anos, e o centro de isolamento parcialmente coberto ficava na ala nordeste desse vasto complexo, de frente para o porto. Os que estavam isolados ali podiam ser vistos do outro lado da baía. Distante dos prédios das eras veneziana e bizantina da ala sudeste, que havia séculos serviam de presídio, e da Torre Veneziana, famosa pelas celas úmidas, a área de isolamento era ladeada ao sul pelo Quartel dos Janízaros, construído na época do Mehmet paxá, o Cego. De sua cadeira no gabinete da Sede do Governo, o Sami paxá olhava para o outro lado da baía e via as pessoas em isolamento entediadas e exaustas. Agora, no meio da noite, ele se via olhando para aquele mesmo lugar de perto, e da perspectiva oposta.

Mais da metade das pessoas isoladas eram dos bairros muçulmanos da cidade. Tinham sido levadas para lá porque moravam com alguém que havia morrido, e por isso se acreditava que elas também poderiam estar infectadas. A maior parte estava com raiva de ter sido retirada à força de casa e da família. Mas também tentava ponderar e aceitar a necessidade de fazer quarentena. Desde o início da quarentena, cinco dias antes, trinta e sete pessoas haviam sido isoladas. O diretor da prisão disse ao governador que a princípio esses "suspeitos" se enfureceram, mas acabaram se acalmando. Recebiam a mesma comida servida aos presos, mas ainda assim foi inevitável que o diretor pedisse ao governador um auxílio extra.

Subiram ao primeiro andar e atravessaram um patamar vazio onde o governador sentiu a presença do porto e a escuridão e o frescor do mar. O castelo provocava reumatismo em todo mundo. Nos dois meses que passara trancado na Torre Veneziana, escrevendo odes satíricas ao sultão Abdul Mejide, o famoso poeta gago Saim de Sinope quase enlouquecera de dores reumáticas. O guarda observou que, como os colchões eram insuficientes, a maioria dos suspeitos de ter peste era obrigada a dividir a cama. Desde a descoberta do corpo do guarda Bayram, quinze dias antes, o governador e o diretor da prisão andavam muito preocupados com a possibilidade de que a doença se espalhasse pelo castelo, e para evitar que isso acontecesse haviam tomado várias precauções.

Ratoeiras foram armadas em todos os cantos. Os ratos eram recolhidos com pinças, como o diretor fez questão de observar, e entregues às autoridades municipais. Mas até então nenhum rato capturado no castelo morrera como morriam os da cidade, com sangue escorrendo pela boca e pelo nariz. Um assassino algemado na cela havia tido febre e delírios, vomitara algumas vezes, mas um segundo condenado com quem dividia a cela não sentiu mal-estar nenhum. O paxá teve uma forte desconfiança de que o assassino não tinha peste de verdade, estava apenas fingindo. O diretor da prisão deveria saber que a única forma de lidar com um homem naquele estado era lhe dar umas boas chicotadas nos pés até que confessasse não estar doente, mas o diretor provavelmente se preocupava com a possibilidade de seus homens se infectarem com a peste ao ministrarem a tortura. Também passou pela cabeça do governador que, se aquela besta fosse mesmo morrer de peste, a solução definitiva seria descartar o cadáver no meio da noite, jogá-lo no mar em surdina antes que surgissem novos boatos sobre um surto na prisão. Será que os tubarões que comessem o corpo também morreriam de peste?

Caminharam pelo pátio espaçoso entre o primeiro muro do castelo, construído pelos cruzados, e o segundo, obra dos venezianos, e escutaram o som dos próprios passos antes de entrar no presídio pelo portão lateral.

Primeiro o paxá foi até a porta do segundo pavilhão, que abrigava ladrões e delinquentes. O pai e o filho condenados durante o julgamento do navio de peregrinos, que cumpriam pena desde então, também dormiam nesse pavilhão. O paxá deu uma olhada pela janelinha da porta como se pudesse ver alguma coisa no breu, depois foi embora. Vinha pensando em alguma desculpa para antecipar a soltura dos dois, pois se preocupava com a possibilidade de que algo pudesse lhes acontecer ali dentro.

Às vezes o diretor do presídio se queixava tanto do chefe intratável de um determinado pavilhão que o governador, já perdendo a paciência, o instruía a lhe aplicar um castigo exemplar, e o preso em questão recebia uma surra memorável. Para o bom andamento do Império Otomano, era fundamental que o prisioneiro jamais descobrisse de onde vinha a ordem da punição. Após o espancamento, o condenado era levado ao pavilhão, que talvez os cruzados, os venezianos e os bizantinos tivessem usado como refeitório, depósito de armas ou área de dormir, e então era transferido para a torre da prisão no despenhadeiro rochoso junto ao muro sudoeste do castelo, onde era jogado numa cela gelada com vista para o mar. Também conhecido como Torre Veneziana, esse prédio alto com paredes grossas fora construído para servir de torre de observação, mas apenas cento e setenta anos depois passara a ser usado como prisão, e agora, quatro séculos depois, essa primeira semente do que desde então tinha se tornado a enorme penitenciária do castelo continuava a cumprir a mesma função sob regime otomano. Prisioneiros saudáveis trancafiados nessa torre, e sobretudo nas celas mais apertadas dos primeiros andares, adoeciam em pouco tempo, enquanto os mais velhos, mais fracos, em geral morriam em um ou dois anos. A única cela relativamente salubre ficava de frente para um pátio estreito. Ali, depois de passar o dia atormentado por ratos, baratas e mosquitos, rodeado por tantos outros que morriam devagarinho, o preso olhava para o pátio quando o sol começava a se pôr e via presidiários acorrentados e prostrados feito escravos de galé, andando de um lado para o outro, e ao se dar conta de que sua situação poderia piorar muito, sentia-se inspirado a refletir sobre seus atos.

O governador Sami paxá chegou ao subsolo sombrio com pavimento de pedras ao lado da cela onde Manolis, o editor-chefe do *Neo Nisi*, havia sido encarcerado. Um agente penitenciário que o aguardava lhe disse que o interrogatório estava em andamento, mas o suspeito, exausto, havia adormecido. Segundo as ordens do paxá, era para fazer o que fosse preciso para descobrir quem tinha mandado Manolis escrever a coluna em que ele repisava a questão do Motim do Navio de Peregrinos. Também tinha certeza de que essa mesma pessoa era a responsável por planejar o assassinato do Bonkowski paxá. Pressentia, porém, que não poderia dividir essa tese com o doutor Nuri, que acreditava na ideia extravagante de que uma série de pistas desconexas acabaria por levá-lo ao assassino. O governador tampouco queria que se soubesse que ele mandava torturar o jornalista grego. Odiava quando as camadas superiores das classes dominantes do Império Otomano pediam aos subordinados que fizessem o trabalho sujo por eles e depois agiam como se não soubessem de nada, tanto quanto odiava as pessoas que fingiam ser mais ocidentalizadas do que eram de fato. Muitas vezes os que faziam esse trabalho sujo a mando de um superior misterioso negavam de pés juntos que a ordem tivesse partido da maior autoridade do território. Fora Abdul Hamid quem providenciara que o ministro e governador mais ocidentalizado da burocracia otomana, o Mithat paxá — o homem cujos atos tinham levado à deposição do irmão mais velho de Abdul Hamid e à ascensão de Abdul Hamid ao trono —, primeiro fosse isolado na prisão de Ta'if, no Hejaz, e depois estrangulado na cela, mas tudo isso organizado de modo que ninguém jamais soubesse dizer quem havia planejado. O governador paxá tinha se deparado com muitos burocratas otomanos ingênuos e simples que reverenciavam a memória do reformista e parlamentarista Mithat paxá mas se negavam a aceitar que ele tivesse sido assassinado a mando de Abdul Hamid.

Além de Manolis, havia outro prisioneiro na torre onde o governador paxá geralmente enfiava presos que não queria que fossem surrados imediatamente, como os guerrilheiros gregos, os suspeitos de crimes e os jornalistas impertinentes. O diretor da prisão lembrou o caso do Pavli bei, que o governador havia mandado prender por escrever matérias falsas sobre a peste na cidade, depois havia esquecido que dera essa ordem. Ou talvez não tivesse esquecido por completo, mas tudo estava acontecendo tão rápido que o paxá não sabia direito o que fazer com ele.

A porta de ferro fez barulho ao se abrir, e dois guardas entraram segurando tochas.

"Ah, paxá…", disse o jornalista, sentando na cama de palha. "Então quer dizer que a epidemia é de verdade!"

"É, Pavli bei, é por isso que estamos aqui. Você estava certo. Começamos a quarentena."

"É tarde demais, Vossa Excelência!", disse o jornalista. "Ela chegou à prisão também, em breve nós todos vamos morrer."

"Não se desespere!", disse o paxá. "O Estado vai resolver tudo."

"Foi o senhor que me botou aqui porque eu disse que havia uma epidemia…", o jornalista retrucou. "E agora as pessoas estão morrendo, vitimadas por essa mesma epidemia!"

Sami paxá lembrou ao jornalista que ele estava preso não por dizer a verdade, mas por não seguir as orientações do governador.

"Não vá pensando que vou soltar você só porque estava certo quanto à epidemia!", ele continuou em tom sério. "Talvez resolvam processá-lo por traição. Posso impedir que isso aconteça, mas o escrutinador-chefe Mazhar efêndi vai precisar da sua ajuda."

"Sempre fomos os maiores apoiadores da municipalidade e do sultão, e oramos pelo sucesso de ambos", disse o jornalista.

"Sabemos que o rebelde Haralambo, que se instalou perto da Baía de Menoia e nas Montanhas Defteros, recebe apoio de Arkaz, e sabemos de quem", disse o governador paxá. "Vou deixar bem claro: você tem que ficar longe dessa gente!"

"Eles estão lá no alto da montanha, e eu não tenho nada com eles..."

"Eles têm amigos em Arkaz, têm abrigo e o apoio de umas pessoas. Sabemos de tudo isso, Pavli bei. Fui informado de que Haralambo vem a Arkaz de vez em quando, e que quando ele vem, fica no bairro de Hora."

"Não sei de nada, paxá", disse o jornalista Pavli, lançando para o governador um olhar que parecia dizer que mesmo se soubesse não diria.

O governador saiu enfurecido da cela e disse a seus funcionários que na manhã do dia seguinte avisassem à penitenciária que tanto "esse aí" quanto Manolis deveriam ser soltos. Depois seguiu o diretor até a ala da prisão onde estavam Ramiz e os comparsas.

Ao andar pela laje e subir as escadas ouvindo os próprios passos, o governador entendeu, pelo silêncio ao redor, que os presos tinham ouvido o barulho do portão do castelo, das portas que davam nos pátios e das portas dos edifícios que serviam de penitenciária se abrindo e se fechando no meio da noite, e que estavam ansiosos, esperando descobrir a razão dessa visita inesperada — talvez uma execução a ser levada a cabo no pátio interno, quem sabe uma revista no pavilhão que acabaria com uma sessão de bastonadas. O funcionário atrás dele empunhava uma tocha, e o governador gostava de ver a sombra preta nas paredes e no chão de pedras da prisão.

Naquela tarde, como preparação para a visita oficial, Ramiz havia sido levado a uma sala onde lhe serviram pão e uma travessa de tainha recheada de legumes, e disseram que sua pena poderia ser reduzida caso se comportasse e conquistasse a confiança do Sami paxá, reiterando que os patíbulos já estavam sendo instalados mesmo sem a aprovação de Istambul, e por fim o enviaram a uma cela mais cômoda.

Como sempre fazia nessas visitas noturnas, o governador irrompeu na cela de Ramiz e, gélido, logo foi fazendo o discurso que havia preparado.

"Tanto eu como o comitê jurídico que o condenou estamos convencidos de que você é culpado, mas contra o flagelo da peste temos que praticar o perdão e a obediência, e não o conflito. Assim, se responder às minhas perguntas com verdade e honradez, confessar seus crimes e fizer uma declaração por escrito manifestando profundo remorso, pode ser que as autoridades de Istambul ordenem sua soltura sob a condição de que você nunca mais ponha os pés em Arkaz."

Ramiz estava acabado depois de três dias de tortura intermitente e quase nada de sono em sua cela fria e de uma umidade sobrenatural, mas o governador vislumbrou uma centelha de vida naqueles olhos. Seria uma raiva justificada ou a confiança de quem tem amigos no alto escalão? O Sami paxá procedeu a um extenso questionário, perguntando se o bandido Haralambo, o cônsul grego e as balsas da empresa Pantaleon não estariam introduzindo na ilha armas contrabandeadas. Chegou a insinuar que o Motim do Navio de Peregrinos fora provocado pelos britânicos. Mas, acrescentou, Istambul garantiria que esses inimigos do sultão recebessem o castigo merecido. E Ramiz não deveria se mostrar complacente só porque o Exército estava combatendo as guerrilhas gregas nos povoados do norte. E ainda ordenou que ele deixasse em paz a filha do guarda da prisão, Zeynep. Seria melhor para a ilha inteira se ela casasse com o major, e, sem rodeios, terminou dizendo que de qualquer modo "a menina" já estava apaixonada pelo oficial do Exército.

"Se isso é verdade, então prefiro morrer!", disse Ramiz, olhando para o chão. Ele realmente era mais bonito que o major.

O governador paxá foi ostensivo ao demonstrar raiva e decepção diante dessa declaração, depois saiu da cela. Na manhã seguinte, após meio dia de viagem em um barco a remo do Exército, Ramiz e seus homens foram soltos em uma das angras do norte da ilha. Uma vez que Ramiz não tinha cônsules que o protegessem, o governador imaginou que bastaria libertá-lo e pronto. Como prova de arrependimento e da confissão, ele também foi obrigado a assinar um papel com meia página de texto escrito às pressas. Ramiz tinha sido libertado sob a condição de nunca mais voltar a Arkaz, mas os dois lados sabiam que a promessa jamais seria cumprida.

30.

O doutor Nuri, o doutor Nikos e dois médicos gregos tentavam encontrar um antídoto e fazer o paciente regurgitar o veneno, mas as tentativas eram infrutíferas. Depois de vomitar sangue, o doutor Ilias entrou em coma e faleceu no Hospital Theodoropoulos, um dia depois de ingerir o biscoito de rosas com nozes. Para evitar o tipo de discussão que seria nociva aos esforços de quarentena, a verdadeira causa da morte foi escondida, portanto só os médicos sabiam que tinha sido envenenamento, e o doutor Ilias foi enterrado com se vitimado pela peste.

Nesse período, as cartas da princesa Pakize trazem muitas referências ao assassinato por envenenamento. Adotando, em certos aspectos, o método lógico empregado pelo tio Abdul Hamid, ela, "assim como Sherlock Holmes", sentava à escrivaninha e procurava, com o marido, desvendar e relatar os segredos desse homicídio obscuro mantendo certo distanciamento.

Da primeira vez que o marido lhe contou que o doutor Ilias fora envenenado com um biscoito, mencionando o cachorro e o cavalo baio também envenenados e mortos, a princesa Pakize comentou: "Mais uma vez, tudo remete ao meu tio e à linha sucessória". Talvez o sultão Abdul Hamid fosse o assunto mais debatido entre o casal, mas o segundo tema de que mais falavam sem dúvida era a proliferação de príncipes indolentes do palácio. Não pensem os leitores que estamos nos afastando de nossa história se dedicarmos algumas páginas para examinar as razões desse fenômeno.

Qualquer homem que casasse com uma filha de sultão, uma princesa, logo descobria que, por ter entrado para a família real, seria inevitável que sua vida passasse a se assemelhar àquelas dos príncipes ociosos, sem objetivos, da dinastia otomana. O médico e príncipe consorte Nuri não tencionava abrir mão da profissão, porém era impossível não ter a sensação de que, por mais que se esforçasse para resistir, acabaria obrigado a levar a mesma existência vazia, sem sentido, desses príncipes.

Abdul Hamid já tinha concedido o título de paxá a cada marido que encontrara para as três irmãs — suas sobrinhas — que ele afastara do pai, dando a cada um dos três uma mansão às margens do Bósforo e lhes providenciando estipêndios generosos. Assim como a mansão das irmãs e da filha de Abdul Hamid, a da princesa Pakize e do marido também ficava em Ortaköy. No caso das irmãs, os maridos já haviam reduzido suas funções no palácio. Em breve abririam mão delas completamente. Pela posição que tinham acabado de alcançar na hierarquia dinástica, era embaraçoso que recebessem ordens ou tarefas, ou que fossem incumbidos de qualquer outro tipo de dever. Era um dilema esquisito e derivado, é claro, de séculos de história otomana.

Ao longo dos primeiros quinhentos anos de regime otomano, eram três os caminhos principais para o aperfeiçoamento de príncipes otomanos: a escola palaciana, o Exército e a administração provincial. Mas as formações acadêmica e militar se tornavam cada vez mais ocidentalizadas, a administração das províncias locais passava de um sistema mais antigo a uma nova ordem em que essas funções eram atribuídas a governadores paxás assalariados escolhidos entre militares com treinamento especial e burocratas, e as carreiras no Exército e no governo local já não estavam mais à disposição dos príncipes otomanos. Na primeira época do Império Otomano, o trono devia ser passado do pai para o filho primogênito. Mas às vezes um dos outros filhos, governador de províncias distantes como Trebizonda ou Magnésia, tentava subverter a ordem de sucessão e tomar o trono para si, reunindo suas tropas e marchando até Istambul antes que os irmãos pudessem chegar à cidade. Essa tradição volta e meia gerava uma guerra civil, e com o tempo os príncipes passaram a ser impedidos de sair de Istambul. Contudo, isso, por sua vez, causou certos incidentes que mais tarde seriam considerados motivo de enorme vergonha, sendo o mais relevante a ordem do sultão Mehmed III — no dia em que ascendeu ao trono — para que todos os seus dezenove irmãos fossem estrangulados, até que se decidiu que o sultão não passaria mais o trono ao filho, mas àquele que, dentre seus irmãos, fosse o mais velho. A maioria dos sultões, assim como Abdul Hamid, era desconfiada por natureza, e portanto, para evitar que não só um ou dois irmãos mais próximos na linha de sucessão ao trono, mas também todos os outros irmãos e sobrinhos se encontrassem com dissidentes e embarcassem em tentativas de golpe, os sultões tinham começado a confinar fisicamente os rivais nos assim chamados aposentos dos príncipes dentro dos palácios reais, tudo num esforço coordenado para afastá-los por completo da vida fora do palácio, de Istambul e do resto do mundo.

Ao longo do curso da história otomana, um dos príncipes confinados mais famosos foi o irmão mais velho da princesa Pakize, o príncipe de quarenta anos Mehmet Selahattin efêndi. Apenas três meses depois de ter a alegria de ver o pai Murade V assumir o trono, o Mehmet Selahattin efêndi, então com quinze anos, foi encarcerado com o pai deposto. Fazia vinte e cinco anos que estava preso no mesmo palácio, vivendo em cativeiro. Assim como o pai e as irmãs, ele tocava piano. Enchia um diário após o outro de aforismos, memórias e peças teatrais. Ao contrário de outros príncipes, não era nem preguiçoso nem inculto. Gostava de ler, ainda que só de vez em quando — assim como o pai, a quem venerava. Com a princesa Pakize, era sempre afável e carinhoso. A princesa, ciente de que ele não era igual àqueles príncipes ociosos, mimados, às vezes percebia, pela expressão de seu rosto, cercado pelas irmãs aprisionadas, por outras princesas, por lacaios e criados, o quanto estava infeliz e se compadecia dele. No palácio que servia de prisão, ele tinha o próprio harém (mais de quarenta mulheres lindas de diversas classes e títulos, todas competindo por sua atenção) e sete filhos vivos.

Uma das maiores preocupações da princesa Pakize era que o marido ficasse "igual" a esses príncipes desconectados, ignorantes e preguiçosos, e isso em parte se devia ao orgulho que sentia pelas conquistas dele em matéria de quarentena e porque seu nome era conhecido — ainda que não amplamente — na comunidade médica internacional. O que os inimigos da princesa também observavam era que ela, nem de longe tão bonita ou tão extraordinária quanto as duas irmãs, estava apenas sendo realista e se preparando para o que muito provavelmente seria uma existência bastante singela e sem extravagâncias. Finalmente, o temor dela também se devia às histórias que tinha ouvido da boca da irmã sobre os príncipes da dinastia otomana.

As duas irmãs mais velhas, Hatice e Fehime, tinham saído da casa do pai antes dela e entrado no harém do Palácio Yıldız, onde haviam feito amizade com as filhas solteiras do tio e sido apresentadas à distância aos príncipes. As filhas e princesas da dinastia real em idade para casar fofocavam com franqueza sobre os príncipes, assim como fofocavam sobre os filhos de paxás e vizires. Depois da suposta abolição da escravidão e na esteira da ocidentalização gradual da vida nos haréns e dos costumes da corte otomana, a maioria desses príncipes e possíveis futuros sultões já não se interessava por seguir os muitos séculos de tradição que poderiam levá-los a casar com uma escrava circassiana ou ucraniana em vez de com mulheres que faziam aulas de piano ao estilo europeu nos haréns dos palácios, falavam francês e liam romances. Por outro lado, essas moças sofisticadas, bem-criadas e de educação ocidentalizada achavam os príncipes toscos, ignorantes e parvos. (De fato, mesmo naquela época foram pouquíssimos os "matrimônios" entre filhas de sultões e príncipes otomanos.) Ensinar qualquer coisa a esses príncipes era muito difícil: bater num rapaz que um dia poderia sentar no trono e virar o califa de quatrocentos milhões de muçulmanos era impensável, e os otomanos mal engatinhavam na descoberta de que era possível disciplinar os alunos sem empregar a palmatória.

As irmãs da princesa Pakize virava e mexia riam e de vez em quando se enfureciam ao trocar informações a respeito desses príncipes que, assim como elas, tinham passado a vida confinados em palácios reais, e que (era o que as irmãs acreditavam) tinham tanto medo de Abdul Hamid que não pediam a mão de nenhuma delas em casamento. Havia o Osman Celâlettin efêndi, por exemplo, o sétimo na linha de sucessão, que se trancara em sua mansão em Nişantaşı e dedicara vinte e três anos da vida à tentativa de descobrir como "ser ele mesmo", iniciativa que considerava mais importante do que aceder ao trono, e que por fim lhe custou a sanidade. O príncipe Mahmut Seyfettin efêndi, que estava logo no início da linha de sucessão, passara vinte e oito anos sem nunca botar os pés fora de seus aposentos no Palácio Çırağan, e por isso, ao ver pela primeira vez na vida uma ovelha no pátio central do palácio, berrou "Monstro!" e chamou os seguranças. (Outros contavam histórias parecidas sobre o irmão das três, Mehmet Selahattin.) Havia também o príncipe

Ahmet Nizamettin, que além de ser de uma vaidade excepcional, também havia contraído empréstimos enormes prometendo, apesar de não ter chance nenhuma de um dia assumir o trono, que em breve pagaria aos credores com juros, até que foram tantas as reclamações sobre as dívidas que ele acabou repreendido pelo sultão. No entanto, o mais temido e mais detestável dos príncipes era, sem dúvida, o quarto filho de Abdul Hamid, o Mehmet Burhanettin efêndi. Compositor da "Marcha naval" oficial, que havia criado aos sete anos, durante um tempo ele fora o filho predileto, sempre sentado ao lado do sultão na carruagem real nas procissões públicas a caminho das orações de sexta-feira, e as irmãs da princesa Pakize, que eram bem mais velhas que ele, tinham pavor das peças que o principezinho mimado pregava e de suas impertinências cruéis, desconfiadas de que o pai do menino estivesse por trás das provocações. O meigo e tímido Mehmet Vahdettin efêndi se reportava por escrito a Abdul Hamid com informações sobre os outros príncipes (seus irmãos e primos) em troca de presentes em forma de dinheiro, terras e casas (e acabaria subindo ao trono dezessete anos depois). Também havia o Necip Kemalettin efêndi, sensibilíssimo e introvertido, que amava arte e não tinha interesse nenhum em romances com mulheres. Por fim, havia aqueles parecidos com Mehmet Hamdi e o Ahmet Reşit efêndi, que estavam no finalzinho da linha de sucessão e livres para rodar por Istambul quando bem quisessem, e no entanto se afligiam à toa e alegavam que o sultão os vigiava o tempo todo. Até esses príncipes que sabiam que jamais teriam oportunidade de se sentar no trono insistiam que o sultão poderia tentar envená-los e faziam questão de evitar a farmácia do Palácio Yıldız.

"Você ia a essa farmácia?", perguntou o médico e príncipe consorte.

"Passei um mês no Palácio Yıldız antes do nosso casamento. Raramente saíamos dos nossos aposentos", explicou a princesa Pakize. "De qualquer forma, tinha uma segunda farmácia no palácio que era só para uso nosso e do meu tio. Meu tio morria de medo de ser envenenado, você sabe, como esses príncipes. É claro que ninguém entendia mais do assunto do que o Bonkowski paxá — que ele descanse em paz —, porque era ele que geria essa farmácia particular, o laboratório, como meu tio às vezes dizia."

"Talvez o farmacêutico Nikiforos saiba alguma coisa a respeito!", disse o marido.

Ele o tinha visto naquela mesma manhã, entre os médicos e outros farmacêuticos reunidos em volta do leito do doutor Ilias no Hospital Theodoropoulos. Vez por outra o paciente levantava a cabeça do travesseiro e chamava a esposa em Istambul: "Despina!". Tinha acabado de tomar o antídoto cuja fórmula fora desenvolvida conjuntamente pelos médicos e farmacêuticos. Era consenso que o antídoto parecia trazer algum alívio.

Era quase meio-dia quando o doutor Nuri teve a oportunidade de discutir o tema com o velho amigo do Bonkowski paxá, o farmacêutico Nikiforos. Eles se encontraram na Pharmacie Nikiforos, a poucos passos do Hospital Theodoropoulos.

"Uma vez o senhor me disse que muito tempo atrás o Bonkowski paxá preparou um relatório para o nosso adorado sultão especificando as ervas que ele poderia cultivar nos Jardins de Yıldız e usar para fazer venenos", disse o médico e príncipe consorte, indo direto ao assunto.

"Eu também pensei nisso quando soube que o doutor Ilias tinha sido envenenado", respondeu Nikiforos. "O maior medo do sultão sempre foi raticida, que pode ser ministrado aos poucos, durante um longo período e em doses tão pequenas que ele nem perceberia. Os jornais britânicos sempre escreveram sobre esse tipo de coisa. Mas esse pessoal fez justo o contrário com o arsênico ministrado ao pobre coitado do doutor Ilias."

"Como o senhor sabe que foi arsênico?"

"Ótima pergunta, e o governador paxá ficaria muito satisfeito se visse o senhor me perguntando isso, já que me deixa numa posição suspeita. Me permita uma resposta detalhada, para eliminar qualquer rastro de desconfiança que possa recair sobre mim."

"Não foi por isso que perguntei."

"Devo lhe pedir desculpas pelo que pode acabar sendo uma discussão complexa desnecessária, mas, como sabe, isso é inevitável para nós que somos farmacêuticos: até nossas palavras têm que ser pesadas e medidas. Sem sombra de dúvida, a ilha de Mingheria nunca passou por nenhuma ocorrência de envenenamento por raticida comparável às que se veem na Europa, onde esses casos tomam conta da imaginação popular e são investigados pelos promotores públicos e comitês de inquérito nacionais. Mas desde que tenho meu estabelecimento aqui, os moradores locais foram descobrindo que veneno para rato pode matar alguém aos poucos, sem deixar vestígios. Vinte e dois anos atrás, depois que a primeira esposa faleceu sem deixar descendentes, o filho mais velho da rica família grega Aldonis se empenhou e gastou muito dinheiro em busca de uma jovem e bela mingheriana para tomar como segunda esposa, e acabou casando com a filha de Tanasis, dono de uma das tavernas à beira-mar de Hora. Não muito depois do casamento, o recém-casado passou a me procurar, em busca de um remédio para dor de estômago e vômitos persistentes. Os médicos não conseguiam estabelecer um diagnóstico. A pele das mãos e do rosto dele estava mais escura, ele tinha feridas nos braços e nos dedos. Mas só quem lia romances franceses seria capaz de juntar as peças e chegar a alguma conclusão. Eu vi esse homem de quarenta anos definhar e morrer em um ano. No funeral, a que todos comparecemos, a jovem viúva chorava mais do que ninguém, e ninguém cogitaria que tivesse cometido algum crime. Mas quando essa mesma viúva vendeu tudo o que herdou e fugiu para Esmirna com o jovem amante apenas três meses depois, as pessoas começaram a dizer: 'Eles mataram o homem'. Foi o farmacêutico Mitsos, fã de romances franceses traduzidos para o grego, o primeiro a me dizer que talvez fosse um caso de envenenamento com arsênico. Mas àquela altura o passarinho já tinha batido as asas. Somos todos cidadãos otomanos. Pouco importa que isso tenha acontecido vinte anos atrás, porque mesmo hoje os tribunais otomanos não são equipados para investigar esse tipo de assassinato, diferentemente dos tribunais europeus, que se valem de métodos científicos para revelar episódios de envenenamento. Não é de estranhar que as pessoas se impressionem tanto com os médicos fictícios (e que também sintam inveja deles) que povoam esses livros de suspense tão populares na Europa e traduzidos e serializados nos nossos jornais. Na época, assim como agora, o veneno para ratos, comercializado sob o nome de arsênico branco, poderia ser comprado de qualquer herborista. Esse incidente específico não foi divulgado nos jornais da ilha, mas aqueles em grego e em turco noticiavam esse tipo de envenenamento de vez em quando, e sempre num tom que parecia insinuar: 'Vejam que coisas terríveis acontecem na Europa'.

"Outro caso notável de envenenamento aqui na ilha, também nunca devidamente investigado, envolveu uma menina de dezesseis anos, meio louca mas linda, do bairro pobre de Tuzla, que, segundo as minhas estimativas, envenenou mais de quarenta pessoas. Ao longo de um ano, enquanto a família procurava um noivo para ela e recebia uma série de matriarcas idosas, possíveis candidatos e casamenteiras para avaliar a jovem, bem como intermediários, parentes e conhecidos intrometidos, a menina misturava na xícara de café doses pequenas de raticida, que não eram letais e a princípio eram imperceptíveis, e envenenava todo mundo. Mas ninguém se dava conta. De qualquer modo, o governador na época tinha proibido que os jornais noticiassem quaisquer casos de assassinato com veneno para ratos. A ideia de que uma pessoa pudesse ser envenenada aos poucos, com doses pequenas de arsênico branco, que mais parece farinha, é insidiosa. Mas sem dúvida não é tão corriqueira em nossa ilha. Ou alguém deu ao aprendiz de cozinheiro um saco de veneno e instruiu o rapaz, ou ele ouviu falar desse método em algum lugar. Nós bem que tentamos proibir que os herboristas tradicionais vendessem raticida nas lojas daqui, como ocorreu em Istambul, por intermédio da Guilda de Farmacêuticos."

"Por que a guilda não conseguiu proibir aqui?"

"Só mais um instantinho, doutor paxá, e eu explico… Um tempo depois de nosso governador assumir o cargo, ele aboliu a censura do caso da moça bonita, amaldiçoada, que ministrava arsênico às visitas. Com isso ele esperava consolidar a ideia de que 'o governador anterior era incompetente'. A antiga história foi logo divulgada, sobretudo nos jornais gregos, que se valeram dela para ridicularizar as delegações que homens lúbricos mandavam para abordar moças casadoiras em nome deles, e para aproveitar e falar nas entrelinhas do atraso permanente dos muçulmanos, que pareciam incapazes de casar sem a mediação de uma casamenteira. Como disse, não se sabe de envenenamento por arsênico porque ninguém aqui lê romances franceses. Às vezes me trazem pessoas que perdem a cabeça depois de um desgosto romântico e engolem punhados de veneno para rato; por isso sei que quem ingere veneno para rato põe para fora partículas pequenas, brancas, que parecem torrões de terra, ao vomitar. Quando estão à beira da morte, também tendem a se arrepender da decisão e revelam qual veneno tomaram. Esse arrependimento, aliás, é um dos sintomas mais bizarros… E a morte é terrivelmente agoniante." Houve um instante de silêncio. Então: "Madame Bovary, a heroína imoral e instável do famoso romance francês, também cometeu suicídio desse jeito", disse o culto amigo do Bonkowski paxá, supondo corretamente que o doutor Nuri não saberia quem era ela.

De onde estavam sentados podiam ver um mostrador de vidro dentro do qual havia jarros de comprimidos, caixinhas coloridas de remédios importados, frascos de todos os formatos e tamanhos que em geral continham pastas e preparados escuros e diversas embalagens. Na sala ao lado havia lampiões a gás, alambiques, tesouras, escovas e morteiros. Três clientes entraram, olharam com atenção os produtos e fizeram compras sem pressa, como se não houvesse peste na cidade.

"Vinte e dois anos atrás o sultão encarregou o Bonkowski paxá de escrever um tratado sobre como extrair veneno das plantas dos Jardins do Palácio."

"Isso mesmo!", disse o farmacêutico Nikiforos. "Eu sabia que o senhor se lembraria e me faria perguntas, então venho pensando bastante, analisando minhas lembranças. O que eu concluí é que essa é, no fundo, a história do desenvolvimento das farmácias modernas ao estilo ocidental em Istambul e na ilha de Mingheria."

Por um lado, havia farmacêuticos jovens, de formação ocidental, como Bonkowski e Nikiforos, que voltavam de seus estudos em Paris e Berlim imbuídos do compromisso inabalável com o conceito de "farmacologia científica" e amparados por um grupo de "radicais" decididos que exigiam a proibição da venda de substâncias venenosas (ou apenas nocivas) e o fornecimento de remédios sem receita. Outro grupo incluía as grandes farmácias que se concentravam nos bairros de Beyoğlu e Beyazıt, em Istambul, e vendiam diversos tipos de produto, de fabricação local e importados. Assim como o primeiro grupo, o segundo também era formado majoritariamente por cristãos. Todo mundo em Istambul frequentava a farmácia de Rebouls ou a Kanzuk, gerida por um britânico. Esses estabelecimentos também vendiam produtos geralmente encontrados em herbanários, bem como medicamentos já prontos e em constante aprimoramento, pastas medicinais acondicionadas em caixinhas e frascos bonitinhos, xaropes, cremes e artigos de luxo sortidos que iam de chocolates europeus a comida enlatada.

Abdul Hamid sabia, por seus espiões e informantes, que vários príncipes otomanos, com medo de serem envenenados caso comprassem na farmácia do palácio, preferiam adquirir produtos das grandes farmácias de Beyoğlu. O sultão entendeu que até esses príncipes que estavam no fim da linha de sucessão desconfiavam dele a ponto de se sentirem mais seguros comprando em Beyoğlu, enquanto outros faziam isso apenas para se exibir, mas o que ele realmente queria saber era se esses príncipes já tinham adquirido dessas farmácias alguma substância que pudessem usar para produzir veneno. Como nossos leitores podem entrever pelas cartas da princesa Pakize, o sultão havia pedido um relatório completo sobre o assunto ao Bonkowski paxá.

Além de verificar o comércio de veneno, o sultão também queria ficar por dentro das conversas dos médicos que se encontravam na farmácia do Apéry, em Galata, bairro de Istambul, operação, aliás, em que ele obteve sucesso. Todas as grandes farmácias também contavam com clínicas médicas e salas de espera. Mas o Apéry havia transformado a sala de espera da sua em algo mais parecido com uma sala de leitura. Ele havia assinado periódicos de medicina europeus e importara os livros acadêmicos mais recentes. Todos os médicos de Istambul, gregos e muçulmanos, frequentavam essa sala de leitura, e não só para ler, mas também para encontrar os colegas e conversar.

O sultão protegia sobretudo estabelecimentos muçulmanos que comercializavam artigos de produção local, e queria que essas farmácias — como o Boticário Hamdi, o Istikamet (que significa "caminho justo") e a farmácia de Edhem Pertev — também fizessem parte da guilda do Bonkowski bei. Mas o grupo mais numeroso que Abdul Hamid gostaria de apoiar e regularizar era o dos herbanários familiares, que costumavam vender pós, remédios, raticida e canela na mesma loja, e que também manipulavam seus comprimidos e unguentos. Era entre esses herboristas à moda antiga que a proporção de comerciantes muçulmanos era mais alta, e o sultão queria ao mesmo tempo apoiá-los por serem muçulmanos e proibi-los de vender veneno, dois objetivos que sabia serem inconciliáveis.

"Tenho a impressão de que, assim como acontece com todos os assuntos aos quais o sultão se dedica com atenção total, ele também deve ter sentimentos conflitantes quanto a essa questão", o farmacêutico Nikiforos disse ao doutor Nuri. "Vinte anos atrás, Sua Alteza Suprema também estava defendendo as farmácias muçulmanas um dia e no dia seguinte — tudo em nome de 'reforma e aprimoramento' — sobrecarregando-as com uma ampla gama de proibições e exigências de que adotassem práticas europeias modernas, que esses farmacêuticos muçulmanos não tinham preparo para implementar. Mas sempre que uma nova regra apresentada pelo sultão por insistência das potências europeias, e na qual nem ele acredita, acaba se mostrando deletéria para os súditos muçulmanos, ele a deixa de lado. Não foi por isso que ele dissolveu o Parlamento, alegando que as novas reformas se provariam desfavoráveis à população muçulmana do império?"

Por um instante, o médico e príncipe consorte se perguntou se o farmacêutico não teria ensaiado de antemão aquelas declarações controversas que anunciava de um jeito tão à vontade, e ao voltar para a casa de hóspedes municipal compartilhou essa suspeita com a princesa Pakize. O que eles logo perceberam foi que o farmacêutico Nikiforos tinha falado como se fosse um homem com um vínculo secreto com Abdul Hamid — como alguém a quem o sultão talvez tivesse entregado um livro de codificação especial.

Cinquenta dias antes, em um momento de sossego durante uma cerimônia de casamento cheia de carruagens puxadas por cavalos e criados de libré, o marido bem mais velho da princesa Hatice, irmã da princesa Pakize, se virara para o doutor Nuri e dissera: "Cuidado com aqueles que têm a temeridade de amaldiçoar abertamente o nosso sultão! Todos eles são *agents provocateurs*. Se você concordar com eles, eles o denunciam ao sultão na mesma hora. Você tem que se perguntar: 'Como essa pessoa pode vir aqui e dizer na minha cara coisas que a maioria das pessoas morreria de medo de sequer pensar?'. Pois então: eles são informantes e não têm nada a temer".

31.

Qual é o papel da "personalidade" na história? Há quem releve esse tipo de questão, enxergando a história como uma roda colossal, muito maior do que qualquer indivíduo. Há gente, porém, que busca explicações para os acontecimentos históricos na personalidade dos protagonistas e das figuras-chave do período. Nós também acreditamos que às vezes a personalidade e o temperamento de uma figura histórica podem alterar o curso da história. Mas esses traços individuais, por sua vez, são moldados pela história.

É verdade que o sultão Abdul Hamid era tão dado a desconfianças que os europeus o tinham como "paranoico". Mas tamanha desconfiança estava calcada em episódios que ele tinha visto e vivido — isto é, na história em si. Em outras palavras, o sultão tinha razões totalmente lógicas para suas apreensões.

Em 1876, Abdul Hamid era um príncipe respeitável mas que não chamava muita atenção (parcimonioso, sério, piedoso), de trinta e quatro anos, e o segundo na linha de sucessão. O sultão era seu tio Abdülaziz, que naquele ano foi destronado e substituído pelo irmão mais velho de Abdul Hamid, Murade v, num golpe noturno realizado com a colaboração do Mithat paxá e do general Hüseyin Avni paxá (comandante em chefe do Exército otomano). Abdülaziz morreu pouco depois, ou assassinado ou induzido ao suicídio. Em meio a tudo isso — enquanto os soldados árabes do Quinto Exército sitiavam o Palácio Dolmabahçe e o sultão deposto era levado embora num barco a remo, sendo encontrado morto quatro dias depois, alguns palácios mais adiante naquela mesma costa, com as veias cortadas por golpes desferidos pela mão de alguém ou talvez pelas próprias mãos num ataque de fúria suicida —, um Abdul Hamid cada vez mais abatido, agora o próximo na linha de sucessão ao trono, ficara quieto em seus aposentos, tentando acompanhar e destrinchar os acontecimentos que se desenrolavam nos salões e palácios ao redor. Ele ainda não se conformava com a morte do tio — que pavoroso pensar que nessa época moderna fosse possível destronar e assassinar um sultão! —, quando, três meses depois, o Mithat paxá e os outros burocratas do Exército que haviam deposto Abdülaziz fizeram a mesma coisa com o novo sultão, Murade v (o pai da princesa Pakize). Murade v também ficara bastante transtornado com a morte do tio (tinha, na verdade, perdido a cabeça), e agora era a vez dele de ser deposto. Foi assim que Abdul Hamid passou de segundo na linha sucessória a novo entronizado em meros quatro meses, durante os quais teve oportunidade de observar como eram poderosos o Mithat paxá e os outros paxás que haviam orquestrado tudo, e de concluir que seria fácil que fizessem com ele o que já tinham feito com os sultões que o haviam precedido.

Mas Abdul Hamid já sentia esse tipo de medo antes de ascender ao trono. Se os príncipes otomanos de 1901 temiam ser envenenados por ele, trinta anos antes o próprio príncipe Abdul Hamid e seu irmão, o príncipe herdeiro Murade, já receavam que o tio Abdülaziz os envenenasse. A despeito do que ditavam as leis sucessórias otomanas, Abdülaziz estava decidido a ser sucedido por seu filho, o príncipe Yusuf Izzettin efêndi (o qual aos catorze anos fora promovido ao posto de general e nomeado comandante das Forças Armadas).

As tensões entre o sultão Abdülaziz e os sobrinhos — o príncipe herdeiro e seu irmão — se intensificaram no verão de 1867, por ocasião de uma viagem à Europa que o sultão, o supracitado filho e os dois sobrinhos fizeram. Em geral, o príncipe herdeiro Murade passava boa parte do tempo na própria residência, em Kurbağalıdere, e não nos aposentos reservados ao herdeiro no Palácio Beşiktaş (hoje conhecido como Palácio Dolmabahçe), justamente para se manter longe desse tipo de tensão. Segundo uma carta que a princesa Pakize escreveu à irmã após a morte do pai delas, muitos anos depois, e as histórias que ela e seus irmãos tinham ouvido da boca de Murade v, o primeiro embate relevante no decorrer dessa viagem aconteceu num baile a que todos compareceram no Palais de l'Élysée, em Paris, no qual o príncipe herdeiro Murade foi repreendido pelo tio, o sultão, por conversar em francês com um grupo de damas francesas de trajes pouco recatados que o rodearam e por dançar quadrilha com uma delas.

De acordo com um dos sobrinhos do sultão, o tio também havia sentido "ciúme" e raiva pela acolhida calorosa que a rainha Vitória e seu herdeiro, o parvo príncipe Edward (a quem ela não confiava nenhum segredo de Estado), deram ao jovem príncipe herdeiro otomano Murade e a seu irmão, o príncipe Abdul Hamid, numa recepção no Palácio de Buckingham, em Londres. No dia seguinte à recepção, o ajudante de campo de Abdülaziz bateu à porta do quarto do príncipe Murade e entrou com uma travessa cheia de uvas, transmitindo o recado "Com as melhores lembranças de Sua Excelência, o sultão". Murade pôs-se a comer as uvas imediatamente, mas logo foi atacado por cólicas estomacais que o alarmaram e o fizeram sair correndo, chorando, à procura do irmão, alojado no quarto ao lado. O jovem Abdul Hamid (à época com vinte e cinco anos) sempre levava consigo sua pedra de bezoar, e conseguiu salvar o herdeiro do trono otomano triturando às pressas parte da pedra num copo de água, que fez o irmão beber, e chamando médicos para socorrê-lo. Quando a rainha Vitória soube, mandou seu herdeiro, o príncipe Edward, dar ao príncipe herdeiro Murade e a seu irmão, Abdul Hamid, o seguinte recado: se *de fato* acreditassem se tratar de uma tentativa de envenenamento *planejada*, eles não precisariam voltar para Istambul e poderiam ficar na Inglaterra esperando a vez de subir ao trono. (Anos depois, tanto o príncipe Edward como Murade se tornariam maçons e trocariam várias cartas, tendo Edward assumido o trono inglês no mesmo ano em que se passa nossa história.) Os dois príncipes otomanos, ambos futuros sultões, sabiam que o episódio todo — que talvez nem fosse tão sinistro quanto os dois pensavam ser — poderia ter ramificações políticas sérias, e também se preocuparam com as possíveis interpretações da imprensa (membros da família real otomana envenenando uns aos outros nos corredores do Palácio de Buckingham!), portanto, antes que o tio sultão ouvisse falar do assunto, eles resolveram esquecer que aquilo tinha acontecido e passaram a imaginar que talvez as desconfianças acerca das uvas fossem, no fim das contas, infundadas.

Mas quando voltaram a Istambul, notícias do escândalo já haviam chegado aos ouvidos de Abdülaziz, e o sultão, com a raiva engasgada, proibira o príncipe herdeiro Murade — responsável por "humilhar todos nós" — de entrar no Palácio Dolmabahçe por um tempo.

Mais tarde, após a fundação da República da Turquia, uma versão diferente e totalmente falsa dessa história seria publicada nas páginas dos jornais nacionais, dizendo que a rainha Vitória teria oferecido a mão de princesas da família real britânica a Abdul Hamid e a Murade enquanto os rapazes estavam em Londres esperando herdar o trono otomano. Qualquer pessoa com um mínimo de bom senso sabe que uma princesa britânica jamais casaria com um homem — independentemente de quem fosse — que já tivesse quatro esposas e inúmeras concubinas com quem dormia e que maltratava, e que a rainha jamais cogitaria unir membros de sua família a homens que tentavam envenenar uns aos outros e nem sequer falavam inglês. Resulta difícil entender por que tantos leitores turcos desse tipo de jornal gostam tanto de ler e reler as várias repetições dessa patacoada que ressurge mais ou menos a cada três anos, sob manchetes diferentes ("O ano em que a rainha Vitória ofereceu a filha a Abdul Hamid"), nas páginas dos jornais turcos.

Abdul Hamid assumiu o trono nove anos depois dessa viagem à Europa (após o assassinato do tio e o surto de insanidade do irmão mais velho), e nesses nove anos ele sem dúvida descobriu que, do ponto de vista científico, a pedra macia de bezoar que muitos reis e governantes carregaram consigo ao longo da história (em especial no Oriente) não podia ter tido nenhum efeito naquele dia em Londres. Uma das primeiras tarefas que encomendou ao Bonkowski paxá depois de assumir o trono foi um relatório esclarecendo quais plantas cultivadas nos jardins do Palácio Yıldız poderiam ser "cientificamente" usadas na produção de venenos, quais eram os venenos novos sem antídotos conhecidos e quais venenos não deixavam rastros.

O nome do Bonkowski bei chegou aos ouvidos do sultão quando de suas atividades na Société de Pharmacie de Constantinople (também conhecida como Guilda de Farmacêuticos de Der-i Saadet), que o químico havia fundado com o farmacêutico Nikiforos. Essa organização estava em guerra com outras associações de farmacêuticos e esperava que sua causa fosse endossada pelo Estado. No centro dessa causa estava a exigência de que herboristas tradicionais, que comerciavam especiarias, pós, pastas, plantas e raízes de todos os tipos, fossem proibidos de vender venenos e outras substâncias perigosas. Produtos como arsênico, raticida, absinto, fenol, codeína, cantaridina, éter, iodofórmio, cevadilha, alcatrão de hulha (ou creosoto), ópio, morfina — quase uma centena, no total — deveriam ser banidos dos herbanários e vendidos apenas em farmácias modernas de estilo europeu, que por sua vez deviam ser submetidas a regras e fiscalizações regulares e só vender essas mercadorias sob prescrição médica.

Provavelmente Abdul Hamid havia se inteirado do raticida e de sua capacidade de envenenar pessoas devagar e de modo quase imperceptível graças às histórias de suspense a que havia começado a se afeiçoar nos últimos tempos. Ele prestava especial atenção nos trechos que descreviam como usar o veneno e evitar vestígios, e pedia que relessem algumas partes. Quanto ao interesse pelo cultivo de plantas tóxicas nos jardins do castelo, nossos leitores devem encarar a questão da seguinte forma: assim como todos os imperadores orientais modernos, Abdul Hamid considerava os jardins de seu palácio uma miniatura do mundo. Então, na verdade, a pergunta do sultão ao jovem Bonkowski bei era mais simples: quais plantas seriam úteis para produzir venenos eficazes?

O Bonkowski bei estava às voltas com o relatório, no meio do processo de escrita, quando recebeu a incumbência de dirigir a farmácia particular — às vezes chamada de laboratório de química — nas dependências do Palácio Yıldız. Nessa mesma época, ocupado com a Guilda de Farmacêuticos e sua cruzada contra herboristas tradicionais, em suas conversas com o sultão Bonkowski inevitavelmente falava dos venenos e da facilidade de obtê-los.

Abdul Hamid sabia que a maioria dos venenos ministrados a seus ancestrais — como o que aos poucos havia matado Mehmed, o Conquistador, quatrocentos e vinte anos antes, sem deixar vestígio — *ainda* eram vendidos nas centenas de herbanários espalhados por Istambul. Nos arquivos do Palácio Yıldız, podemos ler sobre os inúmeros tipos de veneno que os funcionários do palácio encarregados dessa tarefa conseguiam comprar nas lojas de Yeniçarşı, Beyazıt, Kapalıçarşı e Fatih e levar para o laboratório do palácio.

O doutor Nuri voltou da reunião com Nikiforos para a Sede do Governo ao meio-dia, e o governador o chamou ao gabinete. "Para dar fim a quaisquer rumores sobre envenenamento, mandei o doutor Ilias ser enterrado com as vítimas da peste e que passassem cal no corpo dele", começou o Sami paxá.

"Admitir que o doutor Ilias, assim como o Bonkowski paxá, foi vítima de um complô assassino abominável equivaleria a confessar que os órgãos de Estado otomanos não têm poder nenhum sobre a ilha de Mingheria — e nem eu nem Istambul vamos permitir uma coisa dessas. Caso o sultão descubra que o assistente do Bonkowski paxá também foi assassinado, e que por enquanto nem o senhor nem eu fomos capazes de encontrar o criminoso, pode ser que ele conclua que nossa negligência é proposital."

"O senhor acha que as pessoas que fizeram isso são as mesmas que mataram o Bonkowski paxá?", perguntou o doutor Nuri.

"Não conseguimos descobrir, como o senhor bem sabe!", disse o governador. "Porém, se Istambul tivesse insistido, talvez pudéssemos ter feito o que é preciso fazer e acabássemos achando alguém que confessasse ter posto veneno no biscoito. Mas agora essa tarefa cabe ao senhor. Já que vai conduzir sua investigação usando o método Sherlock Holmes, não haverá tortura nem chicotadas nos pés. O senhor vai descobrir o responsável interrogando herboristas e farmacêuticos, exatamente como faz o detetive predileto de Sua Excelência, o sultão. Desejo sorte! Os herboristas o aguardam, as precauções necessárias já foram tomadas! Vamos ver o que eles dizem dessa vez."

O cozinheiro da caserna, seus ajudantes e todos que haviam sido interrogados e torturados até então foram levados aos principais herbanários, e nenhum herborista, nem seus ajudantes ou entregadores lembrava ter visto algum dos suspeitos ou alguém entrar para comprar veneno para rato.

Primeiro o doutor Nuri foi a um pequeno herbanário no bairro de Eyoklima. Parecia um daqueles comércios de aroma agradável geridos por judeus em Mahmutpaşa, bairro de Istambul. Em frente ao balcão havia sacas com pós e especiarias de cores variadas. Vasos cheios de objetos esféricos, frutas e remédios. Ervas e fardos e todo tipo de substância esquisita, esponjosa, pendurada ao teto por barbantes. Mas o médico que costumava esperar pelos pacientes — como também era habitual nesse tipo de lugar — não estava lá, e a única pessoa no estabelecimento era o dono, o Vasil efêndi, a quem os funcionários do governo haviam avisado para se preparar para a visita do doutor Nuri.

Depois de se curvar até o chão para cumprimentar os visitantes que vinham do palácio, o Vasil efêndi repetiu a declaração que já havia feito às autoridades. Nem o cozinheiro nem seus ajudantes estiveram naquela loja, e a venda de veneno para ratos vinha caindo, já que o número de ratos nas casas das pessoas e nas ruas havia diminuído. Além do mais, o governo municipal estava despejando nas ruas, de graça, veneno para rato. O Vasil efêndi explicou em seu turco truncado que atualmente era bem mais fácil conseguir grandes quantidades de raticida por meio do abastecimento municipal. Sempre que o médico e príncipe consorte espiava ou cheirava algum dos pós, caixas, latas de especiarias coloridas, instrumentos de medição, ervas e potes de vidro cheios de raízes de fragrância adocicada que estavam à mostra em sacos, frascos e potes nas prateleiras do Vasil efêndi, o herborista interrompia seu relato para identificar o que eram: mostarda, jasmim, ruibarbo, henna, coca, mentol, pó de semente de cereja (*mahleb*), erva-piolha, canela. O herborista também mostrou ao doutor Nuri o saco onde guardava o pó de raticida, frisando que monitorava quem chegava perto das substâncias venenosas, e repisou que estava sempre presente na loja quando as receitas eram entregues e as fórmulas eram preparadas. Falou de um herborista de Esmirna que de casa mandou instruções para que o aprendiz fizesse um preparado, mas sem querer o aprendiz misturou três dirhams do pó branco errado (da saca à direita do balcão em vez da saca à esquerda), e o paciente morreu. Ele ouvira essa história do sócio, cuja loja ficava na mesma rua da loja do herborista em Esmirna, e que lhe mandava linguiças temperadas pela balsa dos Mensageiros. A loja do Vasil efêndi era a única que vendia linguiças vindas de Esmirna.

Então o herborista se pôs a criar um preparado especial para o doutor Nuri. Primeiro moeu oito sementes de cedro e uma rodela de gengibre e misturou. Acrescentou escamas de zimbro e pó de grão-de-bico desidratado, convidando, cheio de orgulho, o médico e príncipe consorte a cheirar os sacos onde ficavam guardados, antes de triturar e misturar tudo numa pasta. Usando uma fôrma em forma de colher, transformou a mistura em comprimidos. "Caso tenha diarreia, o senhor toma um de barriga vazia que ele resolve na mesma hora", declarou com ar satisfeito.

O doutor Nuri viu sacas parecidas de corante, grãos de café, açúcar e temperos quando visitou dois outros herbanários. Vasil havia disposto um ovo de avestruz na vitrine de seu estabelecimento para que as pessoas com receitas que não sabiam ler conseguissem identificá-lo. Outra loja do Mercado Antigo tinha uma pequena maquete do Farol Árabe na porta, enquanto o herborista de Vavla havia providenciado uma tabuleta com um par enorme de tesouras. Também nessas duas outras lojas, os produtos mais procurados eram laxantes, pomadas para hemorroidas, comprimidos para tosse, loções para feridas e dores reumáticas, e tratamentos para dores estomacais. O doutor Nuri descobriu que alguns dos remédios e ingredientes — como óleo de amêndoas amargo, zimbro preto, cevadilha e figueira-do-diabo — para os quais o farmacêutico Nikiforos lhe chamara a atenção, e que a pressão dos farmacêuticos de Istambul tinha garantido que já não pudessem ser vendidos pelos herboristas de lá, ainda estavam disponíveis em todas essas lojas. Na esperança de que detalhes assim acabassem por ajudá-lo a encontrar os culpados do crime contra os médicos especialistas em quarentena, também reparou que camomila, funcho, semente de anis e dama-entre-verdes eram substâncias comumente usadas no preparo de remédios para dores estomacais. O herborista da loja com o enorme par de tesouras lhe disse que o unguento mais prescrito aos xeques que distribuíam folhetos com orações consagradas e talismãs era feito de enxofre, cera de abelha, azeite de oliva e pétalas de rosa, e lhe deu um frasco.

Já na casa de hóspedes, a princesa Pakize brincou que testaria alguns daqueles bálsamos e misturas, mas o marido a proibiu. Depois de certo debate, de beicinhos e flertes brincalhões, os frascos foram esquecidos. Mas o doutor Nuri nunca deixou de visitar os herboristas de Arkaz.

32.

A notícia da morte de um passageiro a bordo do *Odityis*, que havia zarpado rumo a Atenas antes da imposição da quarentena, foi logo divulgada por todos os jornais importantes da Grécia, e em seguida os jornais europeus passaram a dizer que os otomanos não tinham conseguido conter a epidemia vinda da China e da Índia que se espalhara pelo Ocidente via Hejaz e Suez, e que a Europa precisaria intervir. O clichê do "homem doente da Europa", que as páginas dos jornais parisienses *Le Petit Journal* e *Le Petit Parisien*, e do londrino *Daily Telegraph*, adoravam repetir, foi mais uma vez ressuscitado. Os portos da Europa Ocidental começaram a tratar qualquer embarcação vinda de Arkaz como se a bandeira amarela estivesse hasteada, e seus passageiros eram isolados por no mínimo dez dias antes de desembarcar no destino.

Essas medidas de isolamento também eram uma forma de castigar os otomanos. As nações ocidentais mais importantes procuravam Abdul Hamid para reclamar do governador de Mingheria, que parecia incapaz de implementar as medidas de quarentena como deveria, e mandavam ao Império Otomano os mesmos avisos postados durante os surtos de cólera no Hejaz. Diziam que, se o governador de Mingheria não impusesse uma quarentena séria aos navios que saíam da ilha, eles precisariam intervir com seus encouraçados e fazer o serviço sozinhos, e por intermédio dos embaixadores enviavam à Sublime Porta o recado de que já tinham embarcações a postos no Mediterrâneo.

O palácio e a Sublime Porta informavam todos esses desdobramentos ao governador, que os discutia com o médico e príncipe consorte, que por sua vez os dividia com a princesa Pakize, que enfim escrevia à irmã dizendo o que havia descoberto.

"Não tem chegado nenhum barco dos correios, ou seja, suas cartas devem estar empilhadas numa cesta em algum canto da agência!", o marido já havia comentado. "Não seria mais prudente você guardar todas elas aqui por enquanto?"

"Preciso enviar a que estou escrevendo antes de começar outra!", a princesa Pakize explicou. "Será que o major poderia me trazer mais vinte desses cartões-postais?"

Ela estava segurando sete cartões-postais em preto e branco (isto é, que não eram pintados à mão) impressos em Istambul. A princesa Pakize às vezes se divertia lendo as legendas em francês como se recitasse um poema: *"Citadelle de Mingher"*, *"Hôtel Splendide Palace"*, *"Vue générale de la baie"*, *"Phare d'Arkad et son port"*, *"Ville vue prise de la citadelle"*, *"Hamidié Palace et bazaar"*, *"Église Saint-Antoine et la baie"*.

Ela costumava ler em francês para o pai, e também se entretinha com romances de amor para matar o tempo. Pelos relatos do marido, acompanhava a história do major como se fosse um livro, e escrevia à irmã contando o que tinha ouvido. Embora o avô, o tio e o pai — todos atuais ou antigos sultões — tivessem meia dúzia de esposas e um harém de concubinas, ela não aprovava que aos homens fosse permitido casar com mais de uma mulher por vez. As irmãs e a maioria das outras princesas também pensavam assim, convicção que em certa medida se devia à educação ao estilo ocidental que todas haviam recebido no harém. Mas se devia sobretudo à regra que rezava que aquele que casasse com a filha de um sultão, uma princesa de sangue azul, estaria proibido de tomar para si outras esposas.

A partir do instante em que descobriu que Zeynep, a futura noiva do major, abrira mão da união anterior com o pretendente que o pai escolhera ao se dar conta de que o possível noivo já tinha outra esposa no povoado ancestral, a princesa Pakize passou a ter a jovem em altíssima conta e a ignorar quaisquer outras razões que ela pudesse ter para tomar aquela decisão. Dois dias depois, ela soube pelo marido que o major Kâmil e Zeynep haviam se conhecido e que o encontro desencadeara certa atração entre os dois. Conforme descobrirão os leitores da correspondência da princesa Pakize, essa história de amor tão querida do povo de Mingheria se baseou em pequenas coincidências.

Nesse dia, quando voltava da agência dos correios, o major enveredou por um percurso mais longo, cruzando o riacho e perambulando por bairros de maioria muçulmana. Num jardim sombreado que dava para uma rua sossegada no bairro de Bayırlar, viu três meninos chorando sob uma oliveira, um deles aos soluços, os outros dois em silêncio. Dois jardins depois, ouviu umas senhoras de meia-idade, de véu, discutindo: "Foi você que trouxe a doença pra cá". "Não, foi você!" No bairro de Tuzla, viu um estivador tentando em vão convencer duas mulheres das precauções a serem tomadas contra o contágio. Na mesma rua, descobriu que um homem santo da seita de Zaim distribuía amuletos contra a doença; para poder entrar na fraternidade, era preciso ficar parado no jardim em frente a ela, com os braços cruzados na diagonal sobre o peito, e então se curvar três vezes repetindo as palavras "Vim prestar minhas homenagens à Vossa Santidade".

Em determinada rua, ele percebia o silêncio da morte e do medo, e a impotência dos médicos e burocratas, mas ao chegar à rua e ao jardim seguintes se via mais uma vez nos becos poeirentos e modorrentos de sua infância, e seu medo se aplacava.

Caminhava por uma rua pela qual corria uma vala de esgoto quando viu Zeynep num grupo de oito ou dez mulheres e meninas mais à frente, naquela mesma rua, à direita. Por um tempo, conseguiu seguir as mulheres, que usavam vestidos coloridos e véus brancos na cabeça, sem que ninguém o notasse. Mas não durou muito.

De repente Zeynep e as outras desapareceram. O major tentou reencontrá-las, entrando em jardins vazios, malcuidados, atravessando gramados altos, passando rente a muros cobertos de trepadeiras. Uma mulher de véu pendurava a roupa lavada na corda do quintal como se aquele fosse o dia mais normal do mundo, enquanto os dois filhos pequenos, descalços, corriam por ali.

Foi parar numa ruazinha decadente que imaginou reconhecer da infância. Ele se sentia como alguém num sonho, se vendo de fora. Mas assim que se deu conta disso, também entendeu que tinha perdido a garota de vista e resolveu voltar à Sede do Governo.

Nessa tarde, ao chegar em casa, ele entendeu que não dava mais para esconder sua paixão: o comportamento de sua mãe já parecia insinuar que aquele seria o único assunto digno de conversa. "Ouvi dizer que você seguiu a moça", ela comentou. "Ela gostou."

O major se surpreendeu e se alegrou com a velocidade com que a notícia chegara aos ouvidos dela, e se não estivesse preocupado com a possibilidade de assustá-la com sua impaciência, teria lhe dito ali mesmo para "começar a tomar providências". Mas a mãe entendeu só de olhar para o rosto do filho. "Ela é uma moça excepcional", disse sem alterar o tom de voz. "Toda rosa tem seus espinhos, mas esse é o tipo de oportunidade que só se apresenta uma vez na vida, e ao reconhecer o valor de Zeynep você demonstra que, afinal, tem algum juízo. Está disposto a fazer o que for por ela?"

"Como assim?"

"Depois de todo esse aborrecimento, a moça vai querer ir para Istambul e ficar livre do tal Ramiz de uma vez por todas. É óbvio que os irmãos dela não devolveram o ouro que o pai recebeu de Ramiz, ou pelo menos não todo. O descarado do Ramiz continua incomodando porque sabe que vai ter o apoio do irmão, o xeque Hamdullah."

"Não tenho medo do Ramiz, mas como estamos em quarentena, por enquanto não tem como ir para Istambul. Avise que primeiro vou levá-la à China, com a filha do antigo sultão!", disse o major.

"Dizer 'Vou levá-la para Istambul' seria muito mais plausível e muito mais eficaz do que esse papo de China!", a mãe retrucou. "O que o seu Lami acha?"

O homem a que a mãe se referia como "seu Lami" era um amigo de infância do major, sempre a par de todas as boatarias. O major caminhou por ruas ensolaradas, com aroma de rosas e à sombra de magnólias e tílias em flor até chegar ao hotel Splendid Palace. Ele e Lami sentaram em cadeiras de vime no terraço, sob a proteção de ombrellones com listras laranja e brancas, numa mesa com vista para as docas. No ar, sentia-se o perfume de rosas, tomilho e Lysol. Lami, de rosto afilado, tinha mãe ortodoxa e pai muçulmano. Com a morte do pai, parte da família foi embora e ele foi criado por gregos. Agora era gerente do Splendid, cujo uniforme de linho vermelho e marrom vestia naquele momento. O saguão espaçoso e o terraço do hotel eram frequentados por homens de negócios italianos que dez anos antes administravam as pedreiras, por gregos abastados, burocratas otomanos, senhores muçulmanos mais ou menos influentes, funcionários do governo, soldados em trajes civis e de vez em quando até pelo governador, portanto tudo de relevante que acontecia na ilha estava fadado a ser discutido ali.

Lami sabia que fora Zeynep quem rompera o noivado, e avisou ao major que Ramiz poderia usar a influência do irmão para se vingar. Ramiz era conhecido pelo comportamento errático, e era bom que o governador o tivesse encarcerado. Ao saber que ele já havia sido libertado, a mando de Istambul e sob a condição de nunca mais pôr os pés em Arkaz, Lami disse: "O governador devia botar ele na masmorra de novo!", embora também admitisse que talvez não fosse fácil fazer isso.

"Por quê?"

"O governador paxá não gosta do xeque Hamdullah, mas sabe que seria complicado impor a quarentena sem a aprovação dele."

Alguns historiadores já argumentaram que o extremo cuidado de um funcionário importante do Império Otomano com o xeque Hamdullah, bem como o receio de fazer qualquer coisa que pudesse irritá-lo, era sinal de inexplicável "pusilanimidade" — não havia razão para um governador paxá otomano, com uma caserna inteira à sua disposição, ficar tão intimidado por um xeque. Paxás em Mingheria sempre tinham tido mais poder do que xeques, como também aconteceria na República da Turquia que em breve seria estabelecida, e aliás esse é o alicerce que respalda o secularismo moderno mingheriano e turco. Mas talvez hoje considerássemos uma decisão politicamente realista e sensata não se indispor com o xeque, que poderia ser um aliado para persuadir a população a seguir as medidas de quarentena.

"A ilha inteira estava atrás dessa moça, sabia?", disse Lami. "Você vai ter um trabalho e tanto."

"Sim. Eu me apaixonei."

"Ela tem dois irmãos mais velhos, Hadid e Majid", disse Lami. "São gêmeos, eram donos da Padaria dos Gêmeos, que fechou. Você poderia recrutar eles como voluntários na sua Brigada de Quarentena... Não são lá muito espertos, mas são boa gente, honestos, trabalhadores. Os melhores pães que a cozinha do Splendid Palace já recebeu vinham da padaria deles!"

"Eu amo tanto essa garota que nem me ocorreria pensar que seus irmãos pudessem ter feito qualquer coisa errada!", o major proclamou.

Encerraram a conversa com planos de um encontro entre o major, Zeynep e seus dois irmãos em algum local público. Três dias depois eles se reuniam no terraço meio coberto do hotel Splendid, na rua Istambul. Mais tarde o major confessou ao doutor Nuri que seu coração disparou ao ver Zeynep.

Os irmãos haviam raspado a barba e usavam camisas limpas numa tentativa de parecer mais sintonizados com a vida urbana, mas era óbvio, pelo fez na cabeça e pelos gestos nervosos, que não estavam à vontade. A mãe deles e a mãe do major já tinham chegado a um acordo quanto ao preço da noiva e os presentes e joias a serem trocados, portanto esse assunto não foi abordado. O cartaz já surrado e apagado de quarentena pendurado numa parede do restaurante do hotel vazio parecia uma relíquia antiga, e por algum motivo esse detalhe fazia a peste parecer ainda mais assustadora.

"Estamos nos arriscando aqui…", o major começou. "Segundo as medidas restritivas, é proibido que mais de duas pessoas se reúnam ao mesmo tempo."

"Estamos nas mãos de Deus!", disse Majid. "Não esquente a cabeça: nosso destino já está escrito, não cabe a nós nos preocuparmos com o que está por vir!"

"Vocês terão menos motivos ainda de preocupação se adotarem as medidas restritivas e servirem como voluntários na nossa Brigada de Quarentena. Mais onze pessoas morreram ontem e hoje de manhã. Tem quem ainda esconda seus mortos."

"Acredite, major Kâmil bei", disse Zeynep, "tenho menos medo de pegar a doença e morrer jovem do que de morrer velha nesta ilha sem ter vivido nada."

"Ter clareza quanto ao que se deseja é digno de admiração", disse o major.

Estavam sentados de frente um para o outro, os rostos tão próximos que não conseguiam se olhar nos olhos por muito tempo. O major se deu conta de que corria o risco de se enamorar perdidamente por aquela menina de olhos pretos, e ao imaginar a agonia de ansiar por ela nas noites solitárias em postos militares remotos, entendeu que tudo o que mais desejava era casar com ela.

Satiye Hanım, que nos bastidores já começara as negociações com a mãe e os irmãos de Zeynep acerca da festa e outras providências matrimoniais, agora resolvia tudo às pressas e fazia a agenda avançar. O major também tinha garantido o apoio do governador paxá para o caso de surgir algum obstáculo às núpcias. O bando de Ramiz andava espalhando boatos de que o xeque Hamdullah estava aborrecido pelo tratamento dispensado ao irmão. As pessoas tinham certeza de que Ramiz voltaria tumultuando.

Para o governador, era questão de honra que o major casasse com a garota que havia escolhido e que celebrasse como bem entendesse, sem precisar temer nada nem ninguém. Quanto ao lugar onde morariam, ficou combinado que o local mais seguro e mais conveniente para um oficial otomano recém-casado seria o hotel Splendid. Foi assim que o major, após consultar a futura esposa, decidiu se instalar em um quarto no último andar do hotel, qual um cavalheiro europeu endinheirado.

O governador paxá, atento a todos os detalhes, aconselhou o major a no dia do casamento fazer a barba com Panagiotis, na barbearia mais famosa de Mingheria, aos pés da Colina do Jegue. Era meio-dia da terça-feira, dia catorze de maio, e depois de se gabar que, nos últimos vinte anos, todos os noivos em Arkaz — fossem cristãos ou muçulmanos — o tinham procurado para fazer a barba no dia do casamento, Panagiotis disse: "O senhor parece preocupado, comandante; reparei que olha para a minha barbearia e meus instrumentos e fica se perguntando: 'Estarão infectados?'. Mas veja só", ele prosseguiu, "eu segui as recomendações dos médicos especialistas em quarentena e fervi todas as minhas tesouras, navalhas e pinças. Eu mesmo não tenho medo, mas faço isso porque sei que clientes mais refinados como o senhor esperam que eu aja assim".

"Por que o senhor não tem medo?"

"Estamos todos nas mãos da nossa Virgem Maria e de Jesus Cristo!", declarou o barbeiro, dando uma olhada no canto do estabelecimento.

O major não enxergava a imagem que seria a fonte da coragem do barbeiro, mas viu uma gama de escovas, tigelas, pilões, facas, navalhas, jarras e pedras de amolar. O barbeiro lhe disse que sabia que o médico casado com a filha do antigo sultão estava na ilha para conter o surto, e que o major cujas faces ele barbeava agora fora encarregado de proteger o casal. Em seguida pôs-se a falar da devoção dos mingherianos ao sultão. Já fazia quase quarenta anos que todo inverno e primavera havia insurreições nas ilhas do Levante que integravam o império. Eram rebeliões organizadas pelas populações gregas que almejavam ser governadas pela Grécia e — assim como Creta — queriam se livrar do Império Otomano. Todo verão os encouraçados da Marinha — talvez o *Mesudiye*, o *Osmaniye* ou o *Orhaniye*, recém-equipado com um canhão — bombardeavam os povoados gregos dessas ilhas rebeldes, segundo as informações colhidas por chefes regionais e espiões locais. Às vezes os soldados otomanos estacionados lá davam seguimento às investidas invadindo esses mesmos povoados e encarcerando os indivíduos suspeitos. Bombardear as cidades, povoados e portos gregos dessas ilhas era, na verdade, uma espécie de castigo. Mas nem uma única vez nos últimos vinte anos o *Orhaniye* e seu canhão novo haviam se aproximado de Arkaz e disparado contra os povoados gregos!

"E por quê? Porque Abdul Hamid sabe que as pessoas aqui da ilha, os cristãos e também os imigrantes, são todas leais a ele! Porque quinze anos atrás Mingheria era a ilha mais rica do Levante inteiro, e quase metade da população era muçulmana. Veja só, comandante", o Panagiotis efêndi prosseguiu, "tem só uma ou duas barbearias em toda Istambul em que se acham óleo para bigode e pinças pontudas como essas. Encomendei esse frasco aqui a Berlim tem uns bons dez anos, e ensinei a todos os lordes e cavalheiros de Mingheria, gregos e muçulmanos, como usar o óleo. Naquela época eles achavam que para ter o bigode igual ao do Kaiser Guilherme, cheio e grande mas pontudo nos cantos, bastava aparar a parte central e torcer bem as pontas. Mas antes de modelar o bigode com o ferrinho quente é importante esfregar um tiquinho de cera de abelha bem devagarinho, uniformemente, para que ela seja bem absorvida."

Com muita atenção o barbeiro executou os passos que estava descrevendo. O ponto mais vital era o seguinte: os pelos nas faces e nas maçãs do rosto jamais deveriam ser usados para reforçar o bigode. Era feio e vulgar, embora infelizmente alguns barbeiros de Berlim e de Istambul ainda fizessem isso. No entanto, profissionais experientes e de mente moderna sabiam que todos os pelos do rosto tinham de ser raspados duas vezes antes que se desse início ao tratamento. A empresa francesa que fabricava a pomada de cera de abelha que conferia a Guilherme seu bigode especial, aprumado e afiado como uma faca, e cuja receita era guardada como se fosse a de um elixir, ainda vendia seus produtos numa loja própria em Berlim. Mas mesmo depois que o frasco comprado na Alemanha acabou, Panagiotis conseguira os mesmos resultados com nozes de carvalho moídas e resina de pinho de Mingheria misturadas à água de rosas feita da mesma planta que o químico assassinado tinha levado para a ilha com a permissão de Abdul Hamid, e acrescentando um pouquinho do pó de grão-de-bico desidratado que comprara de Vasil, o herborista. Caso o major quisesse, o barbeiro poderia deixar as pontas de seu bigode ainda mais finas e duras, mas isso talvez assustasse sua noiva exigente e de opiniões fortes.

Quando voltava à Sede do Governo, com seu bigode pontudo ao estilo Kaiser Guilherme, o major cruzou a rua Istambul quase deserta e se deparou com um louco assolado pela peste. Em sua infância, sempre havia alguns lunáticos que eram tolerados. O próprio major tinha muito carinho pela maioria deles. Crianças caçoavam desses birutas, senhoras gregas e cidadãos idosos se compadeciam e lhes davam esmolas. Todos conheciam o louco grego, Dimitrios, que sempre usava roupas femininas, e o Fortuna Acorrentada, que de repente começava a gritar e uivar no meio das ruas comerciais abarrotadas. Quando esses dois se cruzavam no mercado, na ponte ou perto das docas, vociferavam todo tipo de indecência um para o outro, numa mistura de grego, mingheriano e turco, antes de enfim partirem para as vias de fato. Tanto as crianças quanto os adultos se divertiam com a bizarrice dos dois. Mas depois do surto de peste, esses lunáticos consagrados haviam sumido, e seriam substituídos por lunáticos da peste ainda mais doidos e obsessivos, cuja presença tendia a provocar não pena, mas fastio e medo.

O mais famoso desses novos malucos que perambulavam pelos bairros da cidade era Ekrem, de Erin. Educado em uma instituição religiosa de Istambul, segundo diziam, era funcionário do Departamento de Previdência Social, e antes da explosão da epidemia, tudo o que se dizia dele era absolutamente banal e desinteressante, menos seu amor pelos livros. Mas quando suas duas esposas, com as quais tinha casamentos felizes, morreram de repente, ele se jogou na leitura do Corão e concluiu imediatamente que o "Dia do Juízo Final" se abatia sobre todos eles.

Ao ver o major de farda, com suas condecorações, Ekrem parou no meio da rua, como sempre, e com uma série de gestos teatrais começou a recitar o *sura* da Ressurreição, capítulo do Corão que descrevia o Dia do Juízo Final. Sua voz era grave, até gutural em certos momentos, sincera e meio chorosa. O major ficou de frente para esse homem alto com sobrecasaca preta e fez roxa, e escutou, muito educado. Quando o maluco chegou ao sexto verso do *sura* e perguntou, *"Yasalu ayyana yawmu al-qiyamah?"* (Quando é o dia do Juízo?), lançou um olhar ameaçador. No momento em que a visão é ofuscada, quando a lua escurece e o sol e a lua se fundem, este é o Dia do Juízo! Então o louco esticou o braço comprido e o dedo em direção ao céu. O major não via nada estranho no ponto para o qual apontava o Ekrem efêndi: apenas o céu mingheriano límpido, imaculado. Mas fingiu ver, pois não queria briga.

O servidor lunático recitou vários outros versos que diziam não haver outro refúgio que não Alá. Como eram os mesmos versos que pregadores e homens santos citavam sempre que uma epidemia estourava, todos os médicos e agentes de quarentena muçulmanos conheciam bem aquelas palavras, sempre lhes dedicavam plena e respeitosa atenção e faziam questão de mostrar o conhecimento adquirido também a seus pacientes.

Uma vez, ao citar esses versos, Ekrem criticou as medidas restritivas, razão pela qual o governador cogitou prendê-lo, mas acabou desistindo. Ao deixar o doido para trás e seguir seu caminho, o major pensou de novo em sua felicidade e sua sorte excepcional. Comentamos a felicidade dele aqui porque estamos narrando a história de um país pequenininho onde as emoções e decisões de indivíduos podem mudar o rumo da história.

O casamento do major deveria acontecer no hotel Splendid, mas preocupações com a segurança (sobretudo a presença dos comparsas de Ramiz naquela região) fizeram com que a festa fosse transferida para um salão espaçoso na Sede do Governo. Os convidados, confusos pela mudança de local, precisaram esperar um tempo no corredor encharcado de Lysol do térreo até serem levados ao primeiro andar e conduzidos à Sala Principal de Reuniões onde aconteceria a cerimônia. Todos estavam elegantes, impecáveis e contentes. Zeynep usava o vestido de noiva vermelho, típico de Mingheria. Seus irmãos estavam de bota e sobrecasaca. Embora protagonista da cerimônia, o major a assistiu como se estivesse dentro de um sonho, observava-se como se estivesse fora da cena. Enquanto o Nurettin efêndi, o imame da Mesquita Mehmet Paxá, o Cego, anotava o nome deles no registro, os noivos se olhavam de longe.

O major foi o primeiro a responder às perguntas do imame efêndi. Conforme ditava o costume, declarou a soma de dinheiro com que contribuiria (menos o preço da noiva e as propriedades). Também disse quanto daria àquela mulher caso se separassem. Em meio a tudo isso, fitava a noiva de vestido vermelho com veneração e desejo, e mal acreditava que a solidão dolorosa que o afligira a vida inteira estava prestes a terminar. As testemunhas foram

Lami, o amigo do major, e o escrutinador-chefe Mazhar efêndi — este por insistência do governador paxá, que queria vigiar o evento de perto. O próprio paxá, por motivos desconhecidos, voltou a seus aposentos no último instante, e lá ficou durante a solenidade. No meio da cerimônia, uma portinha se abriu no fundo da Sala Principal de Reuniões, na parte que dava para as docas, e a princesa Pakize entrou com o príncipe consorte. Embora o casal tenha permanecido a certa distância dos familiares, parentes, vizinhos e crianças que usavam a melhor roupa e fez que tinham, todos os presentes vibraram com a presença da filha do antigo sultão no casamento.

O imame deu início a uma longa prece, e então todos compreenderam que o casamento estava oficializado. O major presenteou a esposa com uma pulseira de ouro que a mãe lhe dera. Trocou apertos de mão com as testemunhas e alguns dos convidados. Com medo da doença ninguém se cumprimentava nem se abraçava direito, e a maioria dos convidados ansiava por voltar logo para casa.

Sem as mesuras e reverências e beija-mãos habituais, o casamento acabou sendo um evento breve, e pouco depois os noivos, em êxtase, já estavam a caminho do hotel Splendid, conduzidos pelo cocheiro Zekeriya no landau do governador. O Sami paxá, no entanto, continuava inquieto, temendo um ataque de Ramiz e seus homens a qualquer momento. Em uma carta extremamente pessoal e franca à irmã Hatice, datada do dia catorze de maio de 1901, a princesa Pakize, que vira os recém-casados saindo da Sede do Governo naquele dia, deu muita ênfase ao fato de que "apesar da sensação de calamidade que o cercava, o casal não conseguia tirar do rosto o sorriso terno e a expressão de profunda felicidade".

33.

O êxtase do major e de Zeynep lembrou à princesa Pakize o casamento dela e das irmãs em Istambul, os olhares irônicos, comentários rancorosos e insinuações que tiveram de suportar.

"Em vez de pensar na injustiça que sofremos, trancadas feito passarinhos engaiolados, eles zombaram de nós e tiveram a audácia de rir por não sabermos nada do mundo lá fora!", a princesa Pakize lamentou em uma das cartas. "Mas talvez todas essas pessoas tenham razão em se regozijar com nossa desgraça e inventar todo tipo de historinha e piada!", continuou. (Quando estavam de mudança de Çırağan para o Palácio Yıldız, saindo das asas do pai para se aninhar nas do tio, o sultão Abdul Hamid, que lhes arranjaria o casamento, as irmãs da princesa Pakize ficaram estarrecidas ao ver o traseiro imundo e desagradável dos cavalos que puxavam a carruagem enviada pelo Palácio Yıldız.)

"Aos que nos ridicularizaram, eu gostaria de dizer uma única coisa", a princesa Pakize escreveu em outra ocasião. "Quando o pai de nosso tataravô Mehmed III (contemporâneo de William Shakespeare) faleceu, ele, querendo evitar a guerra da sucessão, mandou que os próprios irmãos fossem executados — dezenove príncipes desventurados, inocentes, cinco deles ainda crianças —, mas como nosso querido pai gosta de lembrar, Mehmed III deixou que as princesas (porque ele devia ter também muitas irmãs) ficassem incólumes, e além disso providenciou que as filhas do sultão anterior, Selim II, casassem mediante dotes pequenos com cortesões de baixa patente — assim como Abdul Hamid fez conosco. Como diz nosso pai, se o nome dessas mulheres nem é mencionado no *Sicill-i Osmânî*, do Biógrafo Real Mehmet Süreyya, se, em outras palavras, nem as filhas de *um sultão* são consideradas dignas de nota na dinastia otomana, bem, essa desconsideração pode ter salvado nossa vida em alguns momentos. As filhas desses sultões teriam suas filhas, princesas de sangue azul, e visto que muito cuidado seria tomado para que casassem com um marido respeitável, a linhagem sobreviveria e elas levariam uma vida relativamente sossegada. Se conseguissem manter estáveis esses casamentos, essas princesas e filhas de princesas seguiriam o marido aos postos que ele viesse a ocupar em diversos estados e províncias e assim acabariam aprendendo sobre as beiradas de sua 'terra natal', as regiões outrora chamadas 'periferias'. Foi por isso que nosso tio Abdul Hamid sempre lidou com as princesas Seniye e Feride como se fossem filhas do sultão Mahmud II e não suas netas, tratando-as com enorme respeito, convidando-as para cerimônias no Palácio Yıldız, presenteando-as com mansões em Arnavutköy às margens do Bósforo, e vendo-as — dada a idade que têm — como iguais às filhas de qualquer sultão. Como princesas, é normal acabarmos casadas com um vizir ou paxá, portanto nossa ignorância sobre o mundo exterior não é nem significativa nem relevante. Mas quando se espera que um príncipe herde o trono otomano e governe nações e terras e ilhas e montanhas de um império vasto demais para os mapas, e no entanto esse mesmo príncipe, confinado devido às desconfianças de Abdul Hamid, nunca viu nada nem esteve em outro lugar que não um punhado de palácios cercados de soldados e espiões, chegando ao ponto de um dia olhar pela janela do harém e ao ver uma ovelha pela primeira vez na vida confundi-la com um monstro e chamar os guardas do palácio, então sem sombra de dúvida — e com a continuidade do Império Otomano em jogo —, será que a condição desse príncipe não é uma questão muito mais urgente do que a situação na qual se encontram as princesas otomanas?"

Hatice e Fehime, irmãs da princesa Pakize, se mudaram antes dela para o Palácio Yıldız. O tio as tratara bem, convidando-as como se fossem suas filhas para cerimônias e reuniões — algumas importantes, outras menos — que aconteciam na corte otomana na época, não só para evitar que se abatessem muito mas também para garantir que fossem vistas e aprovadas por possíveis pretendentes ou pelas mães e tias desses homens, e assim pudessem se casar. Nos dois anos que as princesas Hatice e Fehime passaram no Palácio Yıldız, elas compareceram a inúmeras atividades e recepções e conheceram outras mulheres da família imperial. Mas infelizmente não apareceu nenhum pretendente para casar com nenhuma dessas irmãs excepcionais. Acontece que todos os possíveis noivos e suas famílias tinham pavor de Abdul Hamid. Dada a complexidade da situação, resulta compreensível que nenhum filho de paxá rico tenha se candidatado à mão das sobrinhas de Abdul Hamid — que, embora lindas e cultas, tinham um pai cujos movimentos diários eram espionados pelo sultão. De qualquer modo, as irmãs ficaram muito desanimadas.

A raiva que as três irmãs nutriam contra alguns desses filhos de paxás e príncipes possivelmente adequados certamente também era determinada por muitos deles serem rudes, vulgares, mulherengos e fúteis. Explicamos isso tudo a fim de observar que foi uma pena nunca ter se concretizado a previsão da princesa Hatice, a irmã mais velha, de trinta anos e beleza inacreditável, de que talvez arrumassem maridos dignos caso se mudassem para o Palácio Yıldız. Já que ninguém pedia a mão delas, por fim coube ao próprio sultão encontrar a cada uma o melhor marido que estivesse disponível.

Assim, Abdul Hamid começou a escolher seus preferidos entre os oficiais mais inteligentes e obedientes do palácio. Por volta dessa época, chegou a notícia de outro surto de doença no palácio de Çırağan, ao qual Murade v estava confinado. Então o sultão resolveu chamar o médico especialista em quarentena do qual tinha ouvido falar muito bem e o mandou investigar as condições sanitárias da residência (uma construção de pedras que, durante muitos anos após a fundação da República da Turquia, abrigou o Colégio para Meninas Beşiktaş). Porém muita gente alega que foi de propósito que ele enviou o doutor Nuri a esse edifício — que, na época, ainda fazia parte do complexo do Palácio Çırağan —, assim o médico poderia ver a caçula das três irmãs, a princesa Pakize, que havia se recusado a casar e ainda vivia em Çırağan com o pai. Alguns afirmam que em sua avidez por achar um par adequado para a terceira filha, o próprio Murade v tinha concordado com o plano de seu "irmãozinho" Abdul Hamid, comunicado por meio de intermediários secretos.

Aos sessenta anos, fazia tempo que Murade v abandonara as fantasias acalentadas nos primeiros anos após sua derrocada, quando achava que talvez ainda pudesse reaver o trono caso houvesse um golpe ou se o tirassem do confinamento às escondidas, e aceitara que "talvez não fosse para ser". Passava as tardes conversando com seu filho e melhor amigo, o príncipe Mehmet Selahattin (a diferença de idade entre eles era de vinte anos), e com todas as quatro filhas (uma delas morreria de tuberculose), lendo livros e tocando e compondo canções para piano, e à noite bebia em quantidades industriais. Pai e filho eram bons de copo.

Todas as manhãs, o antigo sultão ia "apresentar seus cumprimentos" à mãe, Şevkefza (que, como mãe de sultão, tinha recebido o título oficial de "valide"), visitando-a em seus aposentos, cuja entrada ficava bem em frente à porta dos aposentos dele, no piso do meio do palácio. No começo, a mãe — uma mulher ambiciosa de origem circassiana que queria porque queria que o filho retomasse o trono — elaborava todo tipo de plano (vesti-lo com roupas femininas, levá-lo para a Europa pelas caladas) e ardis (inclusive um que envolveria o abastecimento de água do palácio), e mãe e filho sentavam para discutir todos eles furtivamente. Falecida a mãe, alguns de seus aposentos, agora vagos, foram ocupados pelas garotas favoritas do harém, que já não aguentavam mais viver no térreo, abarrotado de gente, e tinham contraído reumatismo porque os quartos ficavam muito perto do mar.

Quem morava no térreo agora eram as quarenta e cinco serviçais de diversas classes e níveis de poder que serviam a Murade v e a seu filho de quarenta anos, o príncipe Mehmet Selahattin (que tinha seis filhas e dois filhos). Em 1878, quando um grupo de rebeldes encabeçados pelo ativista político Ali Suavi irrompeu no Palácio Çırağan para tentar libertar o antigo sultão e reentronizá-lo, Abdul Hamid mandou seu general de confiança Mehmet paxá tirá-los de lá, e foram os aposentos dessas "garotas" serviçais que o Mehmet paxá invadiu sem querer, e se viu rodeado de quase quarenta beldades — algumas mais velhas, outras no auge da juventude — em graus diversos de nudez devido ao calor do verão, uma visão que o deixou momentaneamente paralisado, apoiado numa espada para não se desequilibrar. Filizten, a adorada concubina de Murade v — que aguentou vinte e oito anos de cativeiro ao lado dele, testemunhou todas as facetas da vida no último dos haréns otomanos e descreveu tudo com uma franqueza incomparável —, observou em suas memórias (reunidas pelo popular historiador Ziya Şakir) que as moças do harém se divertiam imitando a pose de estátua do Mehmet paxá, e que muitos anos depois ainda riam da cena.

O doutor Nuri foi conduzido por esses mesmos cômodos, geralmente repletos de mulheres e meninas, "sem encontrar ninguém", e depois levado aos andares de cima. Em um dos quartos com vista para o mar nos pavilhões do andar do meio, ele examinava as estranhas erupções avermelhadas que haviam surgido em uma serviçal mais velha e em uma das netas de Murade v, a princesa Celile, quando a porta se abriu e por um instante ele ficou cara a cara com a princesa Pakize. Quando outra empregada mais idosa disse à princesa Pakize que o pai dela não estava ali, a princesa foi embora. Mas por um bom momento, a jovem princesa e o médico haviam "trocado uma longa e significativa mirada", como talvez fosse descrito em um romance muçulmano antigo. Quando o pedido foi feito, dois dias depois, a princesa Pakize concordou em casar com aquele belo médico e se mudar para a corte do tio, no Palácio Yıldız, como as irmãs haviam feito previamente.

Já foram alvo de muitos comentários as escolhas de Abdul Hamid para as filhas charmosas e de personalidade forte de Murade v: indivíduos singularmente modestos e banais. (Em geral, essas discussões dizem respeito às duas irmãs mais velhas e seus respectivos maridos.) Anos depois, muitos jornais diriam em suas páginas de história que os maridos selecionados eram meros funcionários do palácio (e portanto não muito ricos), um bocado "velhos" e não muito bonitos. Até um dos maiores romancistas turcos, Halid Ziya Uşaklıgil, que acabou se tornando assistente do secretário-chefe do sultão, mais tarde teceria comentários, em seu livro de memórias *Kırk Yıl* (Quarenta anos), sobre a idade dos dois noivos, e chegaria a afirmar que haviam sido educados na escola Darüşşafaka para órfãos, insinuando que eram muito pobres. O pior de tudo era o rumor que circulava entre a população de Istambul de que a princesa Hatice achava o marido tão repugnante que nem sequer permitia que ele entrasse no quarto dela após o casamento. "Nosso tio arrumou maridos bonitos e ricos para as filhas feiosas dele, enquanto nós, por outro lado..." — eram esses os tipos de comentários falsamente atribuídos às irmãs pela imprensa nos anos seguintes à fundação da República. Mas na correspondência que temos em mãos, não existe indício de que as filhas de Murade v tenham chamado a princesa Naime, a filha do tio (prima delas), de "feiosa". De qualquer modo, tinham recebido uma criação boa demais para dizer uma coisa dessas!

Falamos de tudo isso para retomar uma questão que abordamos apenas indiretamente: que a princesa Pakize não seria nem um pouco "bonita" se comparada às irmãs, Hatice e Fehime — ou pelo menos não *tão* bonita quanto elas. Essa percepção garantiria à princesa proteção contra a tagarelice e os comentários mordazes daqueles que implicavam com a cultura palaciana. Quando Abdul Hamid não foi capaz de arrumar um marido dentro do palácio para a sobrinha mais nova, de aparência supostamente sofrível, as más línguas alegaram que a princesa Pakize — que não seria tão ambiciosa nem tão incrível quanto as irmãs mais velhas — teve que se conformar com um médico de "categoria" bem inferior aos secretários do palácio, e com isso logo se esqueceram dela, o que de certo modo a blindou das fofocas mais cruéis que marcariam os últimos dias da corte otomana.

No dia do casamento das três irmãs, as carruagens que saíam com seus passageiros enjoiados do Yıldız, de outros palácios de Istambul e das casas dos vizires e paxás se dirigiram às mansões à beira do Bósforo que o sultão dera de presente às sobrinhas, no trecho da costa entre Ortaköy e Kuruçeşme. Antes, o sultão aproveitou a oportunidade para oferecer a príncipes e embaixadores estrangeiros um enorme banquete diplomático no Pavilhão Principal do Palácio Yıldız. Como Abdul Hamid lamentava gastos desnecessários, não gastou muito nas celebrações do dia, e ao contrário de como se comportara dois anos antes, no casamento da filha, a princesa Naime, ele não se postou aos pés da escadaria ladeado pelos genros e pelos dignitários palacianos para cumprimentar os convidados.

O sultão, que no ano anterior esbanjara consideráveis quantias para comemorar o vigésimo quinto ano de seu reinado — em certa medida numa tentativa de imitar as comemorações do jubileu dos sessenta anos da rainha Vitória —, já não podia reservar tanto tempo e dinheiro a cerimônias oficiais, recepções e festas como nos primeiros anos de governo. Apesar de não raro ser generoso com as sobrinhas, parecendo não fazer distinção entre elas e as próprias filhas, Abdul Hamid tinha sido bastante lento na hora de pôr à disposição delas as carruagens com dois cavalos que a posição delas na sociedade exigia. Fosse devido a um excesso de parcimônia por parte do sultão ou a um desejo dos funcionários do palácio incumbidos da tarefa de contrariar os dois noivos, a correspondência da princesa Pakize nos diz que suas irmãs mais velhas ficaram totalmente insatisfeitas com a carruagem especial que acabaram ganhando. A princesa Pakize, que era a menos exigente das três e tinha expectativas mais modestas, nos primeiros dias de casamento já estava a caminho da China e depois em Mingheria, e por isso não teve oportunidade de avaliar a qualidade da carruagem concedida a ela e ao marido.

A princesa Pakize tece inúmeros comentários sarcásticos a respeito de quatro dos príncipes que se esmeraram em aparecer entre a multidão aglomerada em frente ao Palácio Yıldız e às mansões de Ortaköy no dia do casamento das três irmãs. O filho de Abdul Hamid, o Mehmet Abdülkadir efêndi, conhecido pelas inconveniências e pela cacofonia que produzia ao tocar seu inseparável violino em todas as reuniões, é descrito como "néscio"; já o príncipe Abid efêndi era considerado "tolo". Outro dos filhos de Abdul Hamid, o Seyfettin efêndi, que o sultão queria casar com a filha caçula de Abdülaziz, a princesa Emine, era um "libertino", o que explica por que a princesa o rejeitou. Quanto ao "baixinho Burhanettin efêndi", cuja "Marcha naval" (que ele havia composto aos sete anos) os passageiros do *Aziziye* escutaram ao desembarcar em Mingheria, ela o achava um "moleque mimado".

A partir daquela sétima carta, a princesa Pakize começou a ler para o marido as linhas que escrevia à irmã, antes de selar o envelope. Assim, ela não só participaria das investigações ao estilo Sherlock Holmes do marido como o ajudaria a se familiarizar, indiretamente, com a vida palaciana, a única que ela havia conhecido.

34.

O doutor Nuri escutava com muita atenção as descrições que a esposa lhe fazia das cerimônias a que tinha comparecido, das conspirações que vira se desenrolar, das horas de raiva e melancolia pelas quais passara, mas em vez de falar delas, retrucava com histórias desconcertantes sobre quarentenas e relatos das cenas testemunhadas ao cuidar dos pacientes dos hospitais de Arkaz todo dia.

Além de estar sempre no hospital para examinar os doentes, ele também aparecia lá para resolver problemas relacionados às medidas restritivas, entender por que não estavam funcionando e ver como podia ajudar. As pessoas forçadas a evacuar as casas em geral tentavam resistir, discutindo e brigando com os oficiais, e não era fácil achar uma solução conveniente e sensata o bastante para funcionar em todas as situações. Alguns pediam um último dia com a família; outros se trancavam dentro de casa; outros ficavam totalmente desvairados depois de perder a esposa e a filha num intervalo de três dias; outros fingiam insanidade e atacavam os guardas e soldados do Regimento de Quarentena que apareciam para trancafiá-los no castelo. À medida que o surto se agravava — agora eram mais de quinze mortes por dia —, as pessoas ou se retraíam ainda mais ou ficavam mais enfurecidas do que nunca, se não completamente beligerantes. Todas as histórias e rumores que circulavam, e os intermináveis cortejos fúnebres que se arrastavam, solaparam o raciocínio lógico e a compostura que restava à população. Nos últimos três dias, um número cada vez maior de pessoas aparecia para, em troca da recompensa de cinco liras de ouro, dar informações sobre famílias que escondiam doentes. Três de cada cinco casos relatados acabavam não tendo nenhuma relação com a peste. Mas ainda assim a reação do contingente muçulmano à epidemia era basicamente de medo e acusações, com pouco instinto de autopreservação.

A essa altura parecia haver apenas uma coisa sobre a qual a cidade concordava: tanto aqueles que acreditavam que a disseminação ocorria por ratos quanto os que atribuíam a transmissão ao contato pessoal, ninguém mais saía na rua se não fosse por força maior. Os bairros a leste e o porto já estavam quase desertos, já que boa parte da população grega tinha ido embora. Muitos vizinhos haviam se refugiado em casa munidos de um estoque de biscoito, farinha, uvas-passas e melaço de uva — guardados nos cômodos e nos pátios, em sacas, cestas, barris e jarros vazios de azeite de oliva —, e depois de trancar todas os ferrolhos e tramelas, como se estivessem se preparando para uma horda de invasores estrangeiros, limitavam-se a esperar que a epidemia se fosse. Só que os ratos e suas pulgas simplesmente se infiltravam por baixo dos muros e se enfiavam nas casas.

O vazio das ruas era lúgubre, mas ainda mais assustadora era a experiência de olhar por cima de um muro e ver um grupo reunido no jardim, pois isso só poderia significar uma coisa: alguém tinha morrido e atrás da porta havia mais um cadáver. Os agentes de quarentena poderiam chegar a qualquer instante, e os enlutados aglomerados lá dentro logo se punham a bater boca e brigar, discutindo se era "para falar com eles agora ou esperar um pouquinho". Algumas pessoas ficavam tão enredadas no terror que sonhavam com situações improváveis de resgate e detalhavam os planos a quem emprestasse os ouvidos, enquanto outros faziam o contrário, dando as costas para o mundo e mergulhando em uma resignação "fatalista" silenciosa.

Quem tinha se fechado em casa em geral se entediava depressa, e numa curiosidade inquieta postava-se na sacada para espiar os arredores e gritar para qualquer um e qualquer coisa que visse. Outros escancaravam a janela (os cristãos o faziam) e ficavam o dia inteiro admirando quem por acaso passasse lá embaixo. De tarde e a qualquer hora que não estivesse com o Regimento de Quarentena, o major seguia as instruções da princesa Pakize: tomava conta do médico e príncipe consorte e lhe fazia companhia. Quem olhava a rua pela janela se impressionava ao ver o major transitando de uniforme, e sentia que ele era digno de confiança. Certa manhã em que ele acompanhava o médico e príncipe consorte pelas ladeiras de aroma adocicado do bairro de Eyoklima, um senhor o chamara: "Perdão, jovem soldado!" — ele era grego e não conseguia entender a patente do major. "Sabe informar se a balsa dos Marítimos chegou?"

Por essa época, o doutor Nuri via coisas que nunca tinha visto ou ouvido em nenhum surto de cólera. Bandos de ladrões invadiam casas em que idosos moravam sozinhos e roubavam o que conseguiam carregar. Às vezes entravam no que imaginavam ser uma casa vazia e esbarravam no cadáver de alguém e, ao tentar esconder o corpo para que agentes de quarentena não aparecessem, pegavam a doença e acabavam no hospital, onde enfim confessavam tudo ao doutor Nuri. Outros bandos se aproveitavam do clima generalizado de caos e esculhambação para se instalar nas casas que invadiam. Esse tipo de coisa tendia a acontecer mais nos bairros gregos como Dantela e Kofunya, nos limites da cidade, onde nem sempre compareciam a Brigada de Quarentena e a polícia.

O doutor Nuri, auxiliado por um médico grego mais novo, passou quase duas horas cuidando de pacientes no Hospital Theodoropoulos. Deu-lhes remédios para aliviar as dores e fortalecer o corpo, aplicou curativos nas feridas e tentou acalmá-los fazendo incisões nos bubos. Repetidas vezes, ele os instruiu pacientemente a manter as janelas abertas e sempre deixar o quarto arejado.

Quando voltou à Sede do Governo e entrou na casa de hóspedes, viu que a esposa escrevia uma carta. Havia também uma mensagem informando que um "decreto real" cifrado exigia sua atenção.

A notícia deixou o doutor Nuri eletrizado, tanto que sua esposa, dotada de uma percepção singular, ao pressentir que o marido se perguntava sobre o possível teor do telegrama enquanto os dois se abraçavam, não segurou a língua. "Vai lá então", ela disse, os olhos cheios de censura. "Vai olhar o que é que ele diz!" (O "decreto real" era uma ordem enviada diretamente pelo sultão — por Abdul Hamid em pessoa.)

"Fico triste em saber que sua lealdade para com o sultão é bem maior que seu compromisso comigo", disse a princesa Pakize.

"São dois tipos de lealdade completamente diferentes. Uma é um laço que vem do coração", declarou o doutor Nuri com uma inocência que na mesma hora ele mesmo achou excessiva. "A outra é um laço que corre no sangue."

"Imagino que seja comigo que seu coração tenha um laço. Mas o que a sua lealdade para com Abdul Hamid tem a ver com o sangue? O sultão é meu tio, não seu."

"Minha lealdade não é só para com o seu tio, nosso grande soberano e dirigente, o sultão Abdul Hamid. Também abarca as augustas instituições que seu cargo ilustre representa: o Estado, a dinastia otomana, a Sublime Porta, nossa nação inteira e a Autoridade de Quarentena também."

"Me espanta você ainda acreditar numa Sublime Porta, num Estado, numa nação para além de Abdul Hamid", disse a princesa. "Os paxás e os servidores que inventaram isso que você chama de 'Estado' estão lá só para cumprir as ordens do meu tio, e a ideia que *ele* tem de justiça é de que tudo seja feito exatamente como ele quer. Se existisse algum outro tipo de justiça, como é que ele teria trancafiado a mim, meu pai, meu irmão e minhas irmãs no Palácio Çırağan, engaiolados feito passarinhos? Se realmente existisse uma 'nação' que vigiasse o Estado, a justiça, tudo o que os paxás falam e fazem, como seria tão fácil declarar meu pai insano e derrubá-lo do trono? E o que exatamente é essa 'nação' de que você fala?"

"É uma pergunta séria?"

"É séria, sim, por favor me responda."

"Essa gente que seus primos e todos aqueles outros principezinhos bobos dos quais você me falou ficavam olhando das janelas dos palácios, as multidões que caminham de Kabataş a Beşiktaş… Essa é a nação."

"Você tem razão. Vai ler seu telegrama", a princesa Pakize disse, irritada. Tinha uma expressão esquisita, que o marido nunca vira — ela estava tentando parecer condescendente.

O príncipe consorte não sabia muito bem como reagir. "Você só pode sair depois que a gente entender plenamente a gravidade da epidemia e compreender como e para onde ela está se espalhando", ele declarou, só para dizer alguma coisa que soasse severa.

"Não se preocupe, estou acostumada a não poder botar os pés na rua!", a princesa retrucou em tom orgulhoso.

O doutor Nuri pegou o livro de codificação e se recolheu a um canto da casa de hóspedes para decifrar o conteúdo do telegrama especial. Passado um tempo, conseguiu entender: era apenas uma mensagem confirmando o recebimento do telegrama pedindo que apressassem o navio com o auxílio e os suprimentos que haviam sido requisitados.

35.

Na quinta-feira, dezesseis de maio, passados dez dias da partida do último barco da ilha, à meia-noite de segunda-feira, dezenove pessoas morreram. No dia seguinte, ao registrar essas novas mortes no mapa epidemiológico, o governador e o major concluíram que a campanha pela quarentena estava se mostrando "ineficaz" e exprimiram suas dúvidas na reunião matinal.

O doutor Nuri não estava tão pessimista. Era bem possível que na manhã seguinte de repente as medidas estipuladas desacelerassem o surto. Em vez de entrar em pânico e tomar decisões equivocadas, deviam analisar todos os desdobramentos e refletir sobre as possíveis causas da resistência que estavam enfrentando.

A essa altura, o Regimento de Quarentena sempre acompanhava os médicos nas visitas a lares muçulmanos em que um doente tivesse acabado de falecer, ajudando-os a confiscar os pertences da vítima e a tomar as providências para que o cadáver fosse desinfetado com cal no Cemitério Novo. O doutor Nuri considerava essas as etapas mais bem-sucedidas das iniciativas restritivas. Mas como os supervisores de bairro da cidade viviam lembrando, às vezes nem medidas simples como os cordões sanitários eram levadas a sério. Nos bairros de Turunçlar e Çite, as restrições haviam provocado uma espécie de indiferença e desdém que de vez em quando se manifestava em forma de raiva. A expressão mais clara desse estado de espírito fora articulada por Tahsin, um menino de dez anos que declarou que a peste não poderia fazer mal a seu pai porque os dois tinham "um desses aqui". Com orgulho, mostrou ao doutor Nikos um folheto de orações preenchido por uma caligrafia manuscrita em letras diminutas. O doutor Nikos confiscou o papel grosso, amarelado, e como o menino não parava de chorar, ele precisou pedir a ajuda de outros médicos e agentes de quarentena.

O "incidente Tahsin" foi tomado pelo governador e pelos muitos delegados do Comitê de Quarentena como uma resposta conveniente (tradição, religião, xeques, as massas ignorantes!) para explicar a diferença de resultados entre Esmirna, onde as medidas foram muito bem-sucedidas, e a ilha de Mingheria, onde elas pareciam não funcionar. O pan-islamismo de Abdul Hamid, a cautela em relação às insurreições muçulmanas contra o domínio colonial europeu na África e na Ásia, além de muitos outros preconceitos históricos também alavancaram a promoção dessa explicação simplista. No entanto, esse parecer não era exclusividade dos cônsules e dos médicos gregos da ilha, pois em certa medida era compartilhado pela princesa Pakize, que tinha recebido uma educação mais ocidentalizada e "racional" do que eles, pelo doutor Nuri, que aprendera medicina com médicos europeus, e também pelo governador paxá.

O Sami paxá pediu que alguém examinasse o folheto confiscado e lhe disseram que ele tinha sido publicado pelo xeque da fraternidade Rifai, no bairro de Vavla. Esses papeluchos devocionais geralmente serviam para confortar as pessoas, que mal poderiam causar às tentativas de quarentena?

Quando enfrentou a epidemia de cólera em Hejaz, o doutor Nuri costumava debater essa questão com os xeques árabes e os médicos britânicos. É claro que folhetos de orações e amuletos do gênero não tinham "valor científico", mas quando a situação era muito desesperadora, podiam impedir as pessoas de se entregar à melancolia e até lhes dar força. Sair esbravejando contra eles só serviria para distanciar o povo dos médicos especialistas e contribuiria para a hostilidade e a aversão que as pessoas tinham às medidas restritivas. Por outro lado, quanto mais deixavam que as pessoas se fiassem nesses símbolos, mais sinceramente o povo e os comerciantes abraçavam a ideia de que tudo "ficaria bem", e em seguida acreditavam que a afiliação a uma fraternidade ou a um xeque lhes permitiria transcender as leis da medicina e os imbuiria de poderes superiores.

"Posso muito bem mandar prender o charlatão que lidera a seita Rifai, pregar um belo susto nele e dar um banho de Lysol na fraternidade toda, na casa dele e em cada seguidor seu, mas acreditem, haveria consequências!", o governador disse. O doutor Nuri lembrou que o paxá também já tinha falado do xeque Hamdullah naquele mesmo tom. "Alguém vai logo reclamar no ouvido do sultão, dizer que estamos incomodando as fraternidades. No dia seguinte vai ter telegrama de Istambul mandando soltar o xeque."

Na manhã seguinte o médico e príncipe consorte foi devolver o folheto de orações que o xeque da seita Rifai lançara para proteger as pessoas do demônio da peste e que o diretor de Quarentena Nikos arrancara de Tahsin. Foi muito bem recebido pela família e não viu indícios de doença na casa. Havia ali uma luz branca esquisita, uma sensação de tranquilidade e de fé na divina providência. O pai do menino vendia ameixa, marmelo e nozes numa ladeira que dava nas docas. O príncipe consorte se deu conta de que Tahsin sabia que ele era genro de Murade v, isto é, era casado com a filha de um sultão, que aos olhos do menino era como uma princesa de contos de fada.

Nesse período, reunidos na Sede do Governo, tanto o Comitê de Quarentena como a equipe de epidemiologia desperdiçaram vários dias discutindo a tese audaciosa que o doutor Nikos tinha elaborado em relação ao surto. Um dia de manhã, ao estudar o mapa pendurado na Sala de Epidemiologia, ele fez uma descoberta: os ratos que tinham trazido a doença de Alexandria e os ratos locais que eles haviam infectado se concentravam somente na parte ocidental da cidade.

"Também tem um monte de pontinhos verdes nos bairros cristãos!", o governador paxá retrucou.

"Em geral são pessoas que se contaminam quando descem até o porto e depois, quando morrem em casa, nós presumimos que a vizinhança também esteja infectada."

"Eu vi ratos mortos naqueles jardins que mais parecem um bosque da mansão em Petalis onde mora a família Karkavitsas, de Tessalônica."

Nossos leitores ficariam abismados se soubessem o tempo que o governador paxá e o doutor Nikos perderam debatendo a questão. O doutor Nuri entendia de onde vinha essa ideia arrojada, e embora não concordasse com ela, não fazia objeção. Enquanto isso, apesar da insistência do governador em afirmar que ratos mortos ainda eram encontrados nos bairros cristãos, e de que naquele mesmo dia crianças gregas tinham aparecido na Sede do Governo para trocar ratos por recompensas, o doutor Nikos — que tinha mais experiência com o cólera do que com a peste — não abandonava a convicção de que fizera uma descoberta. Um servidor e dois jovens médicos gregos chamados Philippos e Stefanos passaram três dias tentando mapear a incidência da peste nos bairros cristãos que ficavam do outro lado do riacho Arkaz, mas as investigações foram inconclusivas.

Entretanto, algumas crianças gregas paupérrimas de fato recolhiam ratos mortos de bairros muçulmanos e os entregavam às autoridades municipais para ganhar dinheiro. Era um grupo de três meninos que tinham fugido de casa depois da morte dos pais. Essa seria a primeira gangue de crianças. O governador também ouvira falar que no bairro de Hora crianças muçulmanas e cristãs travavam guerras pelos ratos mortos. O patriarca da Hagia Triada chegou a pensar em reabrir as duas escolas afiliadas à igreja e retomar as aulas para afastar as crianças gregas das brigas de rua e dos micróbios.

Esse plano não rendeu frutos (um terço dos professores e bedéis das escolas já tinha fugido), tampouco alguma das várias soluções criativas idealizadas nessa época, mas se os relatamos é para transmitir a sensação generalizada de desesperança reinante na Sede do Governo, bem como o estado de espírito que se apossou de alguns dos personagens mais eruditos e distintos da ilha. Naquele período em que todos acreditavam que descobertas científicas poderiam transformar a vida humana e apoiavam o aumento da riqueza que as ocupações coloniais haviam gerado para a Europa, era um dever das classes mais altas, comparativamente mais instruídas, realizar invenções brilhantes — como Samuel Morse, que criara o telégrafo, e Thomas Edison, a lâmpada — para resolver os problemas do mundo, ou pegar assassinos tal qual fazia Sherlock Holmes em seus momentos de inspiração investigativa. Tomados por essas visões promissoras, tentando produzir uma cura caseira para a peste, muitos patriarcas mingherianos faziam experimentos com vapor de vinagre, varetas de incenso e ácido clorídrico comprado na farmácia de Nikiforos e com diversos pós conseguidos nos herbanários da ilha.

A primeira vacina contra a peste totalmente eficaz e confiável só seria descoberta quarenta anos depois. Na década de 1900, médicos de Bombaim e de Hong Kong ainda usavam soro sanguíneo para aplicar o micróbio da peste nos pacientes, levando a cabo, por desespero, um método experimental semelhante ao que descrevemos acima. Mas o fiasco de todas essas iniciativas fortuitas desmotivou o governador e a população, e envenenou a determinação e o otimismo essenciais à implementação exitosa das medidas restritivas.

Depois que a hipótese epidemiológica do doutor Nikos não deu em nada, toda esperança de que os assassinos do Bonkowski paxá e de seu assistente fossem encontrados a partir dos métodos europeus mais recentes também começou a se dissipar. "O jeito europeu nem sempre cria raízes em solo otomano!", o governador paxá havia declarado certa vez, no meio de uma conversa. O doutor Nuri tinha sentido um quê de provocação nessas palavras, e embora soubesse que não seria fácil solucionar o assassinato ao estilo Sherlock Holmes, ele continuava fazendo visitas frequentes aos herboristas da cidade para puxar conversa em busca de pistas.

Dois dias depois, o governador recebeu um telegrama da esposa. Com as notícias do surto de peste na ilha se multiplicando, Esma Hanım, cada vez mais agitada, escreveu para avisar que embarcaria no primeiro navio socorrista que partisse em direção a Arkaz. O governador paxá já tinha entendido, com base nos telegramas que recebia, que um navio desses estava sendo preparado, mas tantos planos parecidos já haviam sido abandonados pelo caminho que ele se esquecera completamente disso. A mera ideia da esposa — que não tinha botado os pés na ilha nem uma única vez em cinco anos — emergindo de um navio desses com o irmão a tiracolo deixou o paxá completamente atordoado. O primeiro pensamento que lhe ocorreu foi que, nos cinco anos que passara longe dela, o paxá se tornara outra pessoa. Não queria voltar a ser aquele que era antes. Ainda que o governo de Istambul mudasse e o Kâmil paxá do Chipre se tornasse o grão-vizir e lhe oferecesse um cargo de ministro outra vez, talvez ele não se dispusesse a sair de Mingheria e voltar para Istambul.

Outro golpe no moral do paxá era a mais recente divergência com as autoridades de Istambul. Desde o começo da quarentena, barcos estavam proibidos de sair da ilha sem antes passar por um período de isolamento. (Essa foi uma ordem que o paxá conseguiu impor.) Mas sempre que ia visitar a amante Marika, de noite, ele olhava para a baiazinha que ficava perto de onde a carruagem o deixava e para as angras e praias mais afastadas e via barqueiros trabalhando, levando passageiros e seus pertences às escondidas até navios um pouco mais adiante. A quarentena era burlada toda noite sob o manto da escuridão. No primeiro dia em que as medidas restritivas passaram a valer, todas as empresas de balsas agiram assim.

Por motivos políticos, nos dias seguintes os navios da empresa Pantaleon continuaram aceitando passageiros, mesmo sem cumprir a quarentena, assim como faziam empresas menores como a Fraissinet. À noite ventava bastante e o mar ficava revolto, e os barqueiros gregos que remavam até os navios no breu penavam. O governador paxá acabou descobrindo, por seus espiões, que o chefe Kozma e sua equipe, bem como o chefe Zachariadis, protegido do cônsul italiano, estavam ganhando uma fortuna com essas atividades. Já o chefe Seyit, sob a proteção do paxá, não estava envolvido no transporte clandestino.

Após descobrir com tanto atraso esses atos ilícitos, é compreensível que o paxá receasse que a Sublime Porta e o sultão o considerassem negligente, se não pura e simplesmente cúmplice. Ele teve a sensação de que havia perdido o rumo, e parecia incapaz de tomar decisões acertadas. Durante um tempo, acalentou a fantasia de mandar um telegrama para Istambul pedindo que o encouraçado *Mahmudiye* fosse até lá e bombardeasse os criminosos. Afinal, os barcos que agora retiravam as pessoas da ilha eram os mesmos que dois meses antes haviam levado guerrilheiros separatistas simpáticos à Grécia para o litoral norte de Mingheria. Chegou a cogitar reunir todos os diretores de empresas de balsas, das menores às maiores, e declarar que estavam todos presos por desobediência às medidas restritivas e aos protocolos de viagem internacionais. Mas seria exagero. O paxá dedicava muito tempo a esse assunto, em vão.

Em todo caso, assim que chegavam aos países, cidades e ilhas para onde estavam indo (como Creta, Tessalônica, Esmirna, Marselha e Ragusa), todas as embarcações oriundas de Mingheria eram confinadas a centros de quarentena improvisados em baías remotas, isoladas, uma medida que os leitores recordarão por causa do incidente com os peregrinos rebeldes já narrado. O insucesso da quarentena de Mingheria envergonhava burocratas e diplomatas otomanos, além do próprio sultão, perante o mundo inteiro.

Às vezes o governador sentia a força irrefreável da peste como uma onda imensa, transcendental, que o arrebatava, mas depois de encontrar a serenidade e a fé necessárias para boiar, ele se parabenizava, bem como ao doutor Nuri e aos demais especialistas, pela coragem e firmeza apesar das adversidades.

Em outros momentos, porém, ele se concentrava obsessivamente em rixas bobas com os cônsules, em medidas diplomáticas e políticas sem serventia na interrupção do avanço da epidemia, e em matérias e editoriais sem sentido publicados em jornais que ninguém lia, gastando tempo e energia em paradoxos antes despercebidos e em tentativas de expor a conduta ambígua dos cônsules.

O representante dos Mensageiros Marítimos, Andon Hampuri, por exemplo, vivia exigindo privilégios e concessões para sua empresa, reclamando que a quarentena causava prejuízos ao impedi-la de transportar pessoas que queriam fugir da ilha, só para depois observar, em outro contexto, que "o governo francês exige que ninguém saia sem antes passar por um período de quarentena e isolamento!". Ciente de que as duas opiniões eram incompatíveis, ele as emitia em momentos diferentes e sorria para o paxá, constrangido. O próprio Sami paxá era um praticante regular dessa hipocrisia, e tinha plena consciência de que a política às vezes era complicada. "Agora todos os cidadãos otomanos são iguais, não existe mais infiel aos olhos da lei!", ele proclamava todo dia, com seu entusiasmo pelo leque de reformas ocidentalizantes que o império acabara de realizar, mas ao mesmo tempo ele favorecia os muçulmanos em todas as ocasiões, ou pelo menos acreditava piamente que deveria favorecê-los, e sentia culpa quando não o fazia.

Mesmo assim, o governador paxá não suportava a falsidade dos cônsules. Em tese, o representante dos Mensageiros Marítimos e seus dois secretários eram funcionários consulares, portanto não podia mexer com eles. Mas certa manhã mandou que os escritórios da agência fossem revistados, trancou os funcionários nas masmorras e lacrou a loja e o guichê da empresa. Os escritórios estavam cheios de canhotos de passagens extras e outras provas de crimes. Quando o Lazar efêndi, chefe dos remadores gregos, foi mandado para a masmorra, o governador paxá se lembrou de seus primeiros dias na ilha, quando tinha um desejo instintivo de proteger os barqueiros muçulmanos. Era impossível resolver um problema no Império Otomano sem atirar *alguém* na prisão.

No dia seguinte, sobretudo por insistência do embaixador francês em Istambul, o marquis de Moustier, e após receber vários telegramas do palácio e também da Sublime Porta, o paxá foi obrigado a soltar os funcionários da agência. Quando um deles morreu, pouco depois — contraíra a peste trancado na masmorra —, o governador reiterou a ideia que volta e meia reafirmaria naquela época: se não fossem esses telegramas, em dois palitos ele poderia ter interrompido o surto de anarquia e doença.

Num telegrama cujo tom indicava ciência de todas as últimas evoluções médicas e bacteriológicas, o palácio tinha, nesse meio-tempo, lembrado ao diretor de Quarentena Nikos bei que a peste não era transmissível pela troca de folhetos de orações e amuletos, e ordenara que ele se abstivesse de qualquer ato que pudesse causar agitação e fazer o povo se voltar contra a quarentena. Como o telegrama viera do palácio e não do Ministério de Saúde Pública, o governador paxá logo se convenceu de que na verdade o recado de Abdul Hamid era *para ele*.

Ser constantemente interrompido por telegramas de Istambul provocou uma espécie de fadiga no governador paxá, que em pouco tempo começou a achar que era inútil tentar impor medidas restritivas de maneira justa. Consequentemente, o toque de recolher noturno estipulado por Istambul para deter quem ajudava a fuga das pessoas às escondidas nunca foi totalmente imposto. É claro que em certas áreas da cidade era proibido circular à noite com tochas e lampiões, e de fato ninguém saía. Com o tempo, ficou óbvio que essas mesmas restrições facilitavam o transporte das mercadorias que os ladrões andavam furtando de casas desocupadas. Mas esses itens todos — mesas, colchões e objetos domésticos roubados — não espalhavam a doença ainda mais?

"O governador paxá não deu muita importância quando os gregos fugiram de barco para escapar da epidemia!", alguns historiadores gregos argumentaram. Isso significava que a população ortodoxa da ilha, mais difícil de governar, e as famílias gregas abastadas, poderosas, encolheriam, e os muçulmanos de Mingheria se tornariam maioria na ilha. Porém alguns analistas muçulmanos ressaltaram que depois de a doença ceifar a população muçulmana que permaneceu na ilha, e reduzir bastante seu tamanho, os gregos que tinham ido embora voltariam, e tendo assim estabelecido uma maioria demográfica substancial, primeiro eles exigiriam independência, depois pediriam para serem governados pela Grécia. A verdade — como alguns outros observaram corretamente — era que os gregos já eram a maioria na ilha e não precisavam de tais conspirações.

Se existe um sentimento velado de que devemos ter ciência para entender melhor esse relato histórico, e que tentamos revelar aqui, de maneira romanceada, é o desencanto do governador Sami paxá com Abdul Hamid. O governador simplesmente não conseguia fazer as pazes com a ideia de que o sultão estivesse menos preocupado em salvar vidas mingherianas do que em evitar que a doença chegasse a Istambul e à Europa. Esse sentimento pode ser interpretado no contexto otomano como manifestação da forma clássica de desgosto vivenciada pelo súdito solitário que se sente esquecido pelo próprio pai e pouco amado por aqueles em posição de autoridade. De fato, os muçulmanos de Mingheria se convenciam de que o governo de Istambul não tinha amor suficiente por eles. Mas sem dúvida a determinação de Abdul Mejide de alçar essa ilha distante à condição de província plena numa manobra diplomática contra a Europa já bastava como prova do interesse e da estima da dinastia otomana pela ilha.

36.

De modo geral, o major estava ocupado ou treinando o Regimento de Quarentena, liderando-o nas patrulhas pelos bairros e na lida com famílias infectadas, recalcitrantes, ou acompanhando o doutor Nuri nas visitas aos doentes e nas incursões pela cidade, e por isso era raro que durante o dia tivesse chance de dar um pulo no hotel. Quando conseguia um tempinho com Zeynep em suas acomodações espaçosas, os recém-casados conversavam e riam e faziam amor, e quase nunca saíam do quarto. Depois caíam no sono, um nos braços do outro. Experimentavam uma tranquilidade que nenhum dos dois jamais tinha vivenciado. O major escutava Zeynep inspirar e expirar, e se maravilhava por ela adormecer em seus braços, por ela aparentemente ficar à vontade e se sentir segura. Os dois eram meio acanhados e deixavam as venezianas das duas janelonas sempre fechadas.

Era a primeira vez na vida que Zeynep se entregava totalmente a um amante, e depois de três dias já confiava no major como se eles se conhecessem fazia vinte anos, e falava com ele tão rápido — e às vezes tão alto — quanto falava com os irmãos. Até então, a única característica de que o major não gostava nela era o volume de sua voz. E Zeynep adorava falar bem alto que queria ir embora para Istambul.

À tarde, quando a luz que se infiltrava pelas venezianas formava uma sombra listrada no chão, o major abraçava a esposa com força e sentia que jamais se esqueceria do êxtase daquele instante, tampouco do formato da sombra. Passariam cinquenta anos felizes juntos. Às vezes ficavam deitados sem dizer nada. O major a abraçava e espalmava a mão em torno de seu peito em formato de pera. Às vezes ela segurava a mão dele e ficavam imóveis. Da cama, escutavam os sons suaves das docas, da rua Istambul e dos becos dos arredores que penetravam pelas frestas das venezianas. A cidade andava mais sossegada; além do rumor contínuo das docas e da passagem de uma carruagem ou outra, não se ouvia mais nada. Quando a cidade e tudo o que havia nela foi coberto pelo silêncio carregado da peste, escutavam pardais chilreando nos pinheiros que havia no jardim dos fundos do hotel.

Para o major Kâmil, era quase impossível acreditar naquele tipo de felicidade. Mas ela também os lembrava que era importante levar a sério seus medos e valorizar a vida. Como eram mais felizes que todo mundo, às vezes também eram mais temerosos que todo mundo.

A despeito desse medo, a alegria conjugal de vez em quando os induzia a agir com "imprudência". O enxoval que a mãe de Zeynep reunira ao longo de anos, preparado para o casamento da filha, e os presentes que a família do major dera à noiva, estavam todos na casa da família de Zeynep. Ela gostava de ir olhar os presentes e o enxoval, as toalhas de mesa bordadas à mão, o jogo de café de porcelana importado da Itália, os lampiões e os açucareiros de prata (agora ligeiramente enegrecidos). Um dia o major a acompanhou. No caminho de volta, eles se depararam com um doido comparável ao Ekrem de Erin. "Andar junto está proibido, ninguém avisou vocês?", esbravejou a figura gorda, atarracada, que nenhum dos dois conhecia. O major queria proibir a esposa de sair se não fosse extremamente necessário, mas Zeynep sempre lembrava que era ele que passava o dia inteiro fora, entrando e saindo da casa dos doentes.

"Não estou muito preocupada", Zeynep disse um dia. "Se for para acontecer, vai acontecer."

O major se surpreendeu ao ouvir a própria esposa dar voz com toda a franqueza ao mesmo fatalismo que os agentes de quarentena viviam combatendo, mas estava tão feliz com ela que não discordou e pouco depois esqueceu o assunto. Preocupava-se mais em como faria para manter a esposa na ilha depois que os barcos voltassem a operar.

O major começava a intuir que a vida na ilha jamais lhe permitiria ir embora outra vez. Indo e vindo da Sede do Governo, dos hospitais e das casas das pessoas, ele perambulava pelas ruas e nesses passeios percebia claramente a discrepância entre a atmosfera da cidade e seu próprio estado de espírito, mas estava alegre demais para sentir culpa. A pequena Brigada de Quarentena (que ele às vezes chamava de seu Regimento de Quarentena) que havia criado, a afeição paternal que o governador demonstrava por ele e sua amizade com o médico e príncipe consorte também lhe davam autoconfiança. O major gostaria de dizer ao governador paxá que ele não precisava ficar tão apreensivo a respeito dos xeques. Todos os xeques e todos os muçulmanos de Mingheria tinham plena consciência de que se um dia irrompesse uma batalha final, sangrenta, contra os cristãos, a única força que os protegeria seria o Exército otomano, como acontecia em todas as outras ilhas do território otomano.

Sempre que o major ia do hospital para a Sede do Governo com sua farda do Exército otomano, as pessoas o insultavam ou ridicularizavam, ou fingiam ser respeitosas e zombavam dele no instante seguinte, e mais tarde, já em casa, ele sempre falava à esposa desses encontros.

"Não conta para ninguém que você me viu aqui!", um estranho apavorado disse um dia, quando o major, em uma de suas caminhadas, se deparou com ele no telheiro de um jardim vazio.

Em outra ocasião, um homem de sua faixa etária o chamou da janela do primeiro andar: "Soldado!". Ele era muçulmano e falava com sotaque mingheriano. "O que o senhor acha que vai acontecer?"

"O que Deus quiser", o major respondeu. "Obedeça às restrições da quarentena."

"A gente obedece, a gente obedece, mas e depois? Somos como prisioneiros aqui dentro! O que está acontecendo lá nas docas, o que está acontecendo nas praças?"

"Não tem nada acontecendo! Trate de ficar em casa!", o major ordenou. No ímpeto de censurar as pessoas por seu comportamento tolo, ingênuo, não raro acabava batendo boca e erguendo a voz. A princesa Pakize tinha diagnosticado muito claramente essa sensação de "solidão moderna" que o assolava.

Mas também havia momentos em que o major via alguém espiando a rua — mais ou menos escondido — pela janela, e mesmo quando seu olhar cruzava com o da pessoa, ele nada dizia. Havia uma coisa estranha, quase hipnotizante, nesses olhares demorados.

"Está olhando o quê?", alguém berrou para ele uma vez.

Mas agora o medo da morte, que até os muçulmanos mais convictos tinham transformado rapidamente em pânico, fazia aflorar a verdadeira personalidade das pessoas, sua natureza, e as modificava. O surto deixou todo mundo mais covarde, mais burro e mais egoísta do que era, pensou o major.

Perto do Centro, em quase todas as casas com terraço, a porta da frente estava fechada e a porta dos fundos aparafusada, como se jamais fossem ser reabertas, porém as crianças do bairro e todo mundo com pressa de chegar a algum lugar atravessava o jardim do vizinho e cruzava o cordão, dizendo a si mesmo que era "só dessa vez". Nem o doutor Nuri nem os médicos gregos sabiam com que frequência as regras eram burladas desse jeito. Também não faziam ideia de que as pessoas estavam voltando às casas evacuadas, ou de que durante a noite escapavam do centro de isolamento do castelo em barcos a remo. "É porque não nasceram nem cresceram nessa ilha como eu!", o major concluiu. Se a ilha estivesse sob cuidados dos médicos especialistas em quarentena e soldados nativos, o surto jamais teria avançado tanto.

Todo dia de manhã, antes de se dirigir à caserna, o major cumpria seu dever de ir às reuniões em torno do mapa da Sala de Epidemiologia. Devido ao empenho do doutor Nuri, o aposento onde o mapa de Arkaz era exibido havia se transformado num centro de comando que reunia todas as informações sobre a epidemia. Nos últimos vinte e cinco dias, muitas das mansões, casas de ricos, terrenos baldios, fraternidades, mesquitas, igrejas, fontes, pontes, praças, escolas, hospitais, delegacias de polícia e lojas haviam sido marcadas no mapa. Mesmo depois de tanta gente fugir, abandonando a cidade e a ilha, o número de mortes não tinha caído. Não restava dúvida de que a doença continuava se espalhando, e com ela uma sensação cada vez maior de agitação e nervosismo.

A doença tinha entrado em Arkaz pelo Quebra-Mar Rochoso. Estudando o mapa, o diretor de Quarentena Nikos havia rastreado a evolução do micróbio e concluído que o navio que levara a peste para a ilha devia ter sido a barcaça de carga grega *Pilotos*, que viera de Alexandria. (Esses cargueiros de fundo chato podiam entrar no porto e ancorar no píer de madeira.) Tendo chegado à ilha, a doença se aninhara nos bairros muçulmanos das redondezas, sobretudo em Vavla, Kadirler, Germe e Çite, onde ocorreram as primeiras mortes.

Considerava-se uma feliz coincidência que o Hospital Hamidiye, em Vavla, estivesse sendo construído. Talvez fosse, mas preferimos não superestimar essa coincidência específica, pois naquela época as pessoas estavam mais propensas do que nunca a enxergar sinais, sentidos, profecias e presságios por todos os lados.

No entanto, a questão realmente havia chegado a esse ponto: analisavam-se coincidências e a disposição das estrelas no céu, viam-se augúrios e sinais no formato das nuvens e na direção do vento — *todos* estavam mergulhados nesse tipo de coisa. Até os jovens médicos com uma fé positivista inabalável na ciência, o governador Sami paxá e o doutor Nuri às vezes se atinham a esses detalhes, e talvez também acreditassem neles. Se alguém perguntasse, sorriam e diziam, "Acho que não significa nada... mas que é estranho, é", e não titubeavam em pôr em prática as medidas necessárias segundo a ciência e a medicina, mas ao mesmo tempo, num cantinho da mente, acreditavam em todo tipo de bobajada (como a ideia de que se uma nuvem lilás aparecesse no horizonte durante o pôr do sol, e se as cegonhas migrassem antes do esperado — como fizeram nesse ano, aliás —, o número de mortes seria menor no dia seguinte).

Sabia-se que até os mais "esclarecidos", quando tomados pelo desespero, se apegavam a esses tipos de sinal. A princesa Pakize lhes dava tanto crédito que ainda hoje isso nos decepciona. Demos espaço neste livro a algumas dessas invenções e mentiras porque às vezes elas determinam o rumo da história. Mas também somos da opinião de que a tendência do público a buscar o futuro nas estrelas e na borra de café, ou até a tentativa do xeque Hamdullah de achar respostas e sinais a respeito da peste nos escritos de seus ancestrais e nos manuscritos da *Risalat al-huruf*, não tiveram muita influência sobre a reação das pessoas à peste. Nenhum desses rumores provocou tanto impacto no rumo da epidemia mingheriana quanto os preconceitos nacionalistas. Embora todos os presentes à reunião da quarentena falassem (e rissem) desse tipo de previsão do futuro, na verdade era o mapa e todas as anotações feitas nele que eles consultavam avidamente ao tentar entender como a doença continuava se espalhando e como poderiam sobreviver a ela. Os ratos que chegaram de Alexandria no navio chamado *Pilotos* haviam infectado primeiro um carregador que morava num casebre de madeira atrás da Mesquita Mehmet Paxá, o Cego. Como ninguém pensava na peste quando o carregador sucumbiu, essa morte passou praticamente despercebida. Difteria, pneumonia e muitas outras doenças tinham sintomas parecidos.

Naquele dia, o médico e príncipe consorte se valeu do mapa para mostrar aos outros médicos e ao governador como o surto se alastrara do porto para o resto da cidade na mesma velocidade com que os ratos haviam avançado. Via-se que a rota da doença passara pela Escola Militar, onde o major estudara. A Escola Militar ficara fechada temporariamente dois dias antes do anúncio oficial de quarentena, por isso os agentes não haviam mandado nenhum de seus alunos para o isolamento. O doutor Nuri imaginava que os alunos contaminados apareceriam aos poucos, quando alguns deles adoecessem. O comando militar de Istambul acompanhava atentamente o caso, e de acordo com suas instruções, dois agentes que estavam sempre descendo da caserna, na região nordeste da cidade, para lecionar no colégio militar e assim complementar a renda, tinham recebido ordens de voltar imediatamente a seus regimentos depois do anúncio da quarentena. A atitude foi interpretada como uma nova prova de que, por mais que a peste tivesse se espalhado, Abdul Hamid continuava decidido — na esteira do fiasco que fora o Motim do Navio dos Peregrinos — a não envolver os soldados otomanos na operação de isolamento de Mingheria e a continuar a priorizar as necessidades do Império Otomano em detrimento das de Mingheria e seus habitantes.

Um incidente ocorrido na terça-feira, dia vinte e oito de maio, no bairro de Germe, serve bem para ilustrar a indecisão que paralisou o Estado e seus agentes de quarentena. O incidente teve lugar na casa de um muçulmano que cultivava cevada nos limites do bairro. Seu filho de doze anos morrera na véspera. Naquela manhã, os médicos confirmaram que a filha mais velha do agricultor também estava infectada e decidiram que a menina precisava ser levada ao hospital e que os pais seriam mandados para o isolamento no castelo. Recentemente também haviam encontrado dois ratos mortos perto da casa, com sangue no focinho. Mas a mãe e o pai cujo filho de olhos azuis tinha falecido na véspera simplesmente achavam insuportável a ideia de entregar a filha de olhos azuis — que muito provavelmente também morreria. Os soluços intermináveis da mãe já tinham acordado a vizinhança inteira, que a essa altura já estava habituada a ir a funerais todos os dias. Os agentes de quaren-

298

tena presentes, incapazes de afugentar as crianças que não saíam do caminho, se viram forçados a perguntar ao doutor Nikos o que fazer, e o médico, por sua vez, não conseguiu extrair do governador nenhuma ordem clara. O que era para ser uma evacuação rápida acabou dominando o bairro ao longo de um dia inteiro e se transformando em um caso ruidoso, lacrimoso.

O cônsul francês foi informado do episódio na mesma hora e mandou um telegrama a Istambul usando a expressão *les maladroits* (os incompetentes). O governador paxá ficou furioso com monsieur Andon, mas o doutor Nuri era da opinião de que a culpa era toda do governador.

37.

Agora, sobretudo entre a população mais jovem, havia um problema cada vez maior: as pessoas infectadas ou com suspeitas de infecção, e até os doentes, fugiam de casa, da família e dos agentes de quarentena. E o aumento do número de fugitivos se devia principalmente ao estado deplorável da área de isolamento do castelo. Essa zona do complexo do castelo havia se tornado um lugar de onde ninguém voltava. Todos os estatutos internacionais mais recentes estipulavam que em caso de peste a quarentena deveria durar cinco dias, ou seja, a pessoa isolada deveria ser liberada depois de cinco dias contanto que não estivesse doente. Entretanto, passados vinte e oito dias do anúncio da quarentena em Mingheria e de as primeiras pessoas serem isoladas, nossos cálculos apontam que havia cento e oitenta suspeitos presos na área de isolamento do castelo. Mais da metade fazia mais de cinco dias, mesmo não apresentando sinais de doença.

A essa altura, a população muçulmana da ilha já considerava a perspectiva de ser posta em quarentena, de ser escolhida pelos médicos e levada pela polícia para ser jogada no isolamento dentro do castelo, um destino semelhante à prisão perpétua. Antigamente, eram os magistrados e juízes *kadı* tradicionais que mandavam a pessoa para esses cantinhos abafados e escuros, sem esperança de retorno; agora eram os médicos. Essa era a única diferença.

Para piorar, o centro de "isolamento" ficava numa partezinha do castelo com vista para o porto, enquanto os presos normais ficavam na Torre Veneziana, onde batia muito vento, e nas celas da época otomana que davam para o sul, para o mar aberto.

Outro problema ainda sem solução era como evitar que, por medida de precaução, os isolados tivessem contato com transmissores da peste não diagnosticados e pegassem a doença. No começo, o plano era que a área de isolamento fosse dividida em pátios, zonas e seções, e que os ocupantes fossem agrupados conforme o número de dias passados ali e o grau de contágio, mas em pouco tempo ficou claro que esse tipo de disciplina penitenciária e sistema de pavilhões não daria certo. Até a manutenção do claustro feminino, sempre à sombra, nos fundos do centro, havia se tornado um desafio, pois os homens se preocupavam com as esposas e os filhos e só se acalmavam depois de ver os entes queridos com os próprios olhos. Com o tempo, passou-se a considerar mais benéfico agrupar famílias e permitir que as pessoas se reunissem em grupos: facilitava as visitas do doutor Nikos e deixava os quarentenados mais felizes por conviverem com a família. Mas considerando que essa solução tornou inevitável a aceleração do avanço da peste, o número de pessoas isoladas aumentou a olhos vistos, até que o centro de isolamento, de início um lugar onde a doença seria vencida, aos poucos se transformou num centro de contaminação abarrotado. Com alegações de que as pessoas "estavam bem ao chegar, portanto devem ter se infectado no isolamento" e outros rumores se propagando e comprometendo tanto a política de isolamento quanto a quarentena como um todo, o centro de isolamento logo se tornaria uma "cidade penitenciária".

O governador paxá e o diretor de Quarentena enviaram outros dois telegramas pedindo mais médicos a Istambul. À medida que o medo do encerceramento aos poucos se travestia de oposição à quarentena, os médicos e as autoridades municipais da ilha começaram a pensar que seria *politicamente* vantajoso esvaziar o centro de isolamento, contanto que não se negligenciassem as precauções médicas necessárias. Não tinham, de qualquer modo, um número suficiente de cômodos, camas, colchões, cadeiras ou cobertas. Durante um tempo, e dada a urgência da situação, a caserna enviara biscoitos, favas e pães do próprio estoque. Mas seu comandante, o Mehmet paxá de Edirne (que não estava convencido de que a doença só se alastrava pelos ratos), se negava a enviar seus soldados e cozinheiros para dar uma mão na Sede do Governo e nos hospitais, dava todo tipo desculpa para não deixar disponíveis as reservas de sua cozinha aos serviços de quarentena do castelo, e se recusava a se desviar da política de Abdul Hamid de manter o Exército "fora dos problemas da quarentena". De seu gabinete, do outro lado da baía, o governador via aumentar a superlotação da área de isolamento e às vezes sentava-se e observava os homens enfileirados à beira da água, pescando para fazer hora.

Com o tempo, devido à insistência do governador e do comandante da caserna, foi ficando mais fácil as pessoas receberem "alta" dos recintos de isolamento agora cruelmente superlotados. Mas se ao voltar para casa alguns sortudos encontravam a família exatamente como a tinham deixado, a maioria enfrentava vários tipos de problemas. Em certos bairros, os recém-libertos eram tratados como doentes e contagiosos, ou, em todo caso, porque haviam saído enquanto outros continuavam trancafiados, suspeitava-se de que estivessem infectados ou até de que fossem informantes que colaboravam com o governador. O maior problema era que uma parcela relevante dos que saíam descobria que o lar e a família haviam sumido. Em sua maioria, essas pessoas tinham sido forçadas ao isolamento porque alguém da família morrera ou adoecera. Portanto, quando retornavam, se davam conta de que boa parte da família tinha morrido, enquanto outros descobriam que os entes queridos haviam fugido, deixando a casa vazia para trás. Havia quem descobrisse que, em sua ausência, estranhos haviam se instalado em sua residência. Alguns botavam esses novos hóspedes para correr, outros achavam um meio-termo e às vezes ficavam aliviados por encontrar uma família que os protegeria do terror de ficar sem parentes e na mais completa solidão.

Dentre essas histórias tristes, a que mais tocara o governador fora a de seis pessoas que, tendo voltado para casa e não encontrado ninguém, e na falta de dinheiro e de um parente solidário a quem recorrer, sem ter para onde ir, acabaram voltando para o castelo e pedindo para serem mandadas de volta para o isolamento.

Dois dias depois, na reunião em que se registravam as mortes mais recentes no mapa da cidade, todos os presentes observavam com tristeza que o surto — longe de arrefecer — havia chegado aos bairros cristãos mais sossegados, mais afastados, e tiveram de reconhecer o que não queriam confessar nem a si mesmos: a quarentena, cuja implementação dera tanto trabalho e exigira tanta abnegação, era vagarosa e fraca demais para competir com a velocidade e a força da peste. Havia muitas casas contaminadas em cujas portas eles ainda não haviam batido e cuja existência ainda não fora descoberta, e os números só faziam aumentar. Das casas infectadas que visitaram, só um terço havia sido evacuado até então. Era um problema tão grave e horripilante que ninguém conseguia identificá-lo como fazemos neste livro hoje, cento e dezesseis anos depois do ocorrido. Era como ser um crente incapaz de imaginar Deus, ou incapaz de sequer começar a imaginá-lo. A verdade aterrorizante estava clara no mapa da Sala de Epidemiologia. Mas as pessoas achavam que, se dessem nome ao horror, as coisas ficariam ainda piores — assim como acontecia nos pesadelos — e então ou se calavam ou contavam mentiras a si mesmas para mitigar a gravidade da situação.

Às vezes era difícil continuar com a vida de sempre se no primeiro plano da consciência tinha-se a informação de que o surto só ficaria mais violento, por isso as pessoas em geral contavam a si mesmas mentiras que haviam inventado e encontravam nelas um consolo temporário. A tese do doutor Nikos, de duas semanas antes, de que os ratos só morriam nos bairros muçulmanos, era uma dessas falácias, e por alguns dias chegara a dar um pouco de esperança ao governador, embora ele achasse que ela não procedia. Uma manhã ou outra, tomavam a redução do número de mortes em um bairro específico, ou um padrão desfavorável nos gráficos, como deixa para bolar outra falácia em que eles mesmos seriam os primeiros a acreditar. Outra mentira que tinham certeza de que era verdade era que o navio de Istambul que traria reforços já estava a caminho, mas pelo menos nesse caso a ilusão era sustentada pelos telegramas que chegavam da capital. Sempre que uma informação se revelava falsa, as pessoas faziam questão de inventar outra história para recobrar a esperança.

O doutor Nuri era experiente, sabia que durante uma epidemia, quando a situação estava desesperadora, até os indivíduos mais eruditos e de mentalidade mais europeia tinham fantasias consoladoras em que acreditar. Elas não precisavam ser necessariamente de natureza religiosa. "Que estranho! É a terceira vez que eu vejo essa carruagem passar hoje!", o governador paxá comentou um dia, e ficou claro para o doutor Nuri que o governador acreditava que aquilo tinha algum significado, e que seria um bom sinal.

Quando a pessoa não conseguia se tranquilizar com as mentiras cotidianas e com a interpretação dos sinais, era dominada por uma sensação avassaladora de resignação. O doutor Nuri, que também havia discutido esse estado de espírito com a esposa, considerava esse um sentimento parecido com o "fatalismo" em termos de natureza, mas na nossa opinião não tinha nada a ver com fatalismo. O fatalista pode entender o perigo que enfrenta e não tomar precaução nenhuma, se fiando na proteção de Alá. A pessoa que "perdeu as esperanças" e está "totalmente conformada" com seu destino, por outro lado, se comporta como se não tivesse ciência do risco que corre, e não confia nem se refugia em ninguém. Às vezes, depois de um dia de intenso trabalho, o doutor Nuri percebia que o governador paxá estava pensando "Não temos mais o que fazer". Ou talvez tivessem algo mais a fazer, mas a pessoa que deveria fazer não tinha mais forças, ou tinha simplesmente desistido. Àquela altura, conforme o governador paxá, o major e o doutor Nuri já sabiam, a única atitude lógica era deitar à meia-luz ao lado da amada e aproveitar um momento de alegria e trégua em seus braços.

38.

O Sami paxá, que passava dias e noites tentando resguardar a autoridade do Estado e a presença do Império Otomano na ilha contra os perigos da peste, já estava se cansando do fluxo constante de telegramas críticos vindos de Istambul, querendo saber por que as últimas ordens ainda não haviam sido cumpridas. Também percebia que seu poder como representante do Estado aos poucos diminuía. Muitos dos funcionários da Sede do Governo tinham fugido da cidade, outros não saíam mais de casa e não iam trabalhar. Não podia confiar nem nos soldados estacionados na caserna para ajudar nas medidas restritivas. E no entanto o palácio ainda esperava que o governador empregasse a força.

A maior preocupação de Istambul era que todas as tentativas de impedir que as pessoas abandonassem a ilha desafiando as regras da quarentena — isto é, sem antes passar por um exame médico e um período em isolamento — até então tinham sido um fiasco. O governador havia imposto certas medidas nas redondezas do Quebra-Mar Rochoso e das docas, destacando alguns de seus poucos gendarmes e funcionários para esses locais de onde era provável que partissem os barcos a remo dos atravessadores. Como as autoridades de Istambul tinham avisado que os barqueiros e os atravessadores também operavam nas angras na ponta norte da ilha, o paxá pedira ajuda ao comandante da caserna, que no entanto respondeu que seus soldados, que já lutavam contra guerrilheiros nesses campos de batalha ao norte, só interfeririam em questões relativas à quarentena se recebessem ordens explícitas enviadas por um telegrama de Istambul.

Historiadores de Mingheria dão justificativas divergentes para explicar por que o governador paxá não adotou os tipos de medida que teriam apaziguado Istambul e as nações europeias, dando um fim às atividades dos atravessadores noturnos. Na nossa opinião, essa foi a maneira que ele encontrou para dizer: "Se vocês não me derem os soldados da caserna, não tenho como caçar os atravessadores das angras e das praias pedregosas do norte". Mas as cartas da princesa Pakize também revelam que naqueles dias o governador paxá se viu arrastado, numa velocidade estonteante, para a luta por lucro e controle que surgiu entre as equipes de barqueiros da ilha. Por um tempo, o Sami paxá havia amedrontado os cônsules que gerenciavam as agências de viagem, promovendo batidas em seus escritórios com a desculpa de que teriam vendido passagens ilegais. Mas eram essas mesmas empresas de viagem e chefes dos barqueiros — mencionados no início da história — que agora tiravam as pessoas da ilha a partir das angras do norte. O governador processou todos eles por descumprimento das normas de passaportes e viagens.

Algumas famílias ricas que a princípio tinham subestimado o surto e as restrições da quarentena, e não tinham cogitado fugir, agora enfim decidiam (talvez porque seus cozinheiros e criados já tivessem morrido ou fugido) que seria bom dar no pé. O governador sabia, pelos relatórios de informantes, que as equipes de barqueiros cobravam somas exorbitantes dessas pessoas. Depois que chegavam aos navios que os aguardavam em mar aberto, esses passageiros desesperados tinham então que pagar o "bilhete". Os navios costumavam ser de pequenas empresas gregas e italianas, e metade do valor da passagem deveria ter sido pago de antemão pelas agências de viagem da rua Istambul. Quando o governador se inteirou disso, começou a pensar que pelo menos dessa vez deveria proteger os barqueiros muçulmanos.

Que o governador, em seu desejo de proteger os muçulmanos, tivesse burlado ou planejado burlar a quarentena que ele mesmo havia imposto foi um fato registrado pelos servidores do governo municipal mingheriano, o que talvez explique por que chamou a atenção de tantos historiadores que adoram arquivos. A outra razão para essa história ter gerado tanto interesse é, claro, por incorporar o dilema intrínseco enfrentado pela burocracia otomana. Se o governador paxá, um burocrata otomano cuja prioridade deveria ser o bem-estar da nação, escolhia, nesse tipo de situação, tomar o partido dos súditos muçulmanos e priorizar seus interesses, ficaria mais complicado para ele levar adiante qualquer reforma modernizante e empregar métodos e técnicas modernos ao governar a província. Mas se esse mesmo governador paxá adotasse a sério os métodos e reformas europeus modernos, a burguesia cristã do império — que já crescia graças ao aumento da liberdade, da igualdade e do acesso a avanços tecnológicos — estaria bem mais aparelhada para tirar vantagem de quaisquer oportunidades novas, e à medida que a nação se tornasse mais europeizada, a população muçulmana perderia a supremacia.

Com um número cada vez maior de pessoas fugindo da ilha durante a noite, em barcos que iam para o Ocidente e para Creta, as nações europeias, receosas de que a epidemia se alastrasse, começaram a buscar as próprias soluções. Com o tempo, os franceses e os britânicos, que eram os mais preocupados e com mais experiência em epidemias, dado o considerável contingente de muçulmanos que vivia em suas colônias, entenderam que, em vez de interceptar os barcos dos atravessadores um a um e mandar que fizessem quarentena em um lugar isolado, faria mais sentido cercar a ilha inteira de navios de guerra. Enquanto a ideia ainda era discutida com a Sublime Porta, os britânicos mandaram ao Levante o navio de guerra da Real Marinha Britânica *Prince George* e os franceses enviaram o encouraçado *Amiral Baudin*, a presença de ambos nas águas ao redor de Mingheria servindo de preparo psicológico.

Foi nesse momento que o embaixador britânico em Istambul sugeriu que um navio de guerra otomano se juntasse ao cordão ao redor da ilha. Podemos observar pelos arquivos e a correspondência do gabinete de Relações Exteriores que no começo Abdul Hamid tentou protelar a decisão e propagar a ideia de que "a epidemia não é nem séria nem digna de nota". Mas na esteira de todos os episódios de travessias de fugitivos, batidas policiais nos escritórios das empresas de navegação e detenção dos barqueiros gregos da ilha, o sultão acabou se rendendo à pressão internacional.

A notícia de que o *Mahmudiye* da Marinha otomana partiria na quinta-feira, dia seis de junho, para se unir às Grandes Potências na tentativa de deter os barcos que transportavam fugitivos da peste, chegou aos ouvidos do governador paxá na véspera, por meio de seus amigos burocratas de Istambul. Apesar de não acreditar que fosse verdade, o paxá sentiu uma angústia profunda. A quarentena não fora bem-sucedida, sua administração não tinha conseguido estancar o surto nem impedir que as pessoas fugissem da doença e a levassem para o Ocidente, e agora o mundo inteiro estava chateado. O paxá sentia culpa por sua província ter se tornado "o homem doente da Europa", e vejam que ele sempre fora o primeiro a se aborrecer com essa expressão. Mas agora, diante da incompetência do governador, até o sultão achava que a única alternativa era se juntar aos europeus e usar o *Mahmudiye* contra a ilha, como se seu próprio povo fosse o inimigo.

O cenário político e militar provocado pelos últimos acontecimentos foi tão acachapante que o governador paxá não podia acreditar ou pensar neles, assim como não podia acreditar ou pensar na peste. No fim da tarde, depois de ver um oficial de justiça que circulava tranquilamente pelo corredor do térreo de repente cair morto como se o anjo da morte lhe tivesse dado uma cutucada no ombro, o governador se recolheu ao gabinete, sentou à mesa e ficou olhando pela janela, imóvel, por bastante tempo.

Mas foi interrompido pelos últimos relatórios de seus espiões na ilha. Conforme o esperado, Ramiz não tinha ficado de braços cruzados depois da soltura e havia se refugiado nos povoados em que viviam os líderes do Motim do Navio de Peregrinos. Após o incidente, o pai e o filho que encabeçaram a revolta tinham se mudado da terra natal, o povoado de Nebiler — em que o Exército sempre achava desculpas para descer o pau —, para o povoado vizinho, Çifteler, na esperança de escapar de um novo imposto que lhes era cobrado. Ali criaram uma milícia guerrilheira própria para enfrentar os militantes nacionalistas da Grécia. Era uma gente tradicionalista e conservadora que, depois do Motim do Navio de Peregrinos, se tornara mais rígida e mais truculenta, recrutando as próprias milícias para fazer frente às guerrilhas gregas. Assim como as gangues gregas invadiam os povoados muçulmanos, as guerrilhas muçulmanas invadiam assentamentos gregos, às vezes matando pessoas e saqueando seus bens. O governador paxá, que considerava essas gangues uma espécie de milícia civil que poderia ser mobilizada contra as guerrilhas gregas, de modo geral fazia vista grossa para essas atividades (como no caso do bandido Memo, por exemplo). Mas de vez em quando — provocadas por criminosos calejados que não eram da região — essas guerrilhas muçulmanas iam longe demais, ateando fogo a povoados gregos, e então começavam a pipocar na Sede do Governo telegramas admoestadores de Istambul, e o governador paxá recorria ao comandante da caserna, o Mehmet paxá, para enquadrá-las.

O governador paxá já sabia que nos últimos dois anos Ramiz se refugiara nesses povoados de guerrilheiros muçulmanos, dera ajuda financeira às milícias e até apoiara a fundação de uma pequena fraternidade religiosa no local. Quando chegaram notícias de que Ramiz, acompanhado de seus sequazes nesses povoados e de vários outros rufiões, não só havia regressado a Arkaz no meio da noite como havia tido a audácia de voltar para a casa no bairro de Çite levando seus homens consigo, o governador, incentivado pelo escrutinador-chefe, organizou uma batida no imóvel naquela mesma noite, mas a operação resultou infrutífera. Enquanto a casa vazia de Ramiz, cuidada por um mordomo e um criado, era revistada, o governador ordenou o confisco do maior número possível de objetos, papéis e documentos suspeitos — bem como de livros e jornais, se houvesse algum — que seus funcionários conseguissem achar. Embora nenhum crime referente à quarentena tivesse sido cometido, o Regimento de Quarentena também participou da operação.

A raiva que o Regimento de Quarentena e a população que falava mingheriano andavam sentindo por Abdul Hamid e pelas medidas restritivas fracassadas das autoridades agora botava lenha na fogueira do nacionalismo mingheriano. Por enquanto, o governador e o escrutinador-chefe se limitavam a registrar e acompanhar esse nacionalismo que desabrochava. O principal inimigo da burocracia otomana era, é claro, o nacionalismo das populações cristãs (grega, sérvia, búlgara, armênia), mas à medida que viam o império desmoronar diante dos olhos, esses burocratas também passaram a monitorar as primeiras agitações nacionalistas entre as populações muçulmanas que não eram turcas (como os árabes, curdos e albaneses). (Precisamos observar que naquela época a palavra "nacionalismo" não era tão usada quanto outras expressões, como "a questão nacional".) Segundo o governador, o mais importante era que os soldados do Regimento de Quarentena (tanto falantes de turco como de mingheriano) fossem todos muçulmanos. Sendo muçulmanos, teriam mais capacidade de entender as preocupações do povo. O médico e príncipe consorte não era tão otimista, mas ao saber do empenho que os irmãos Majid e Hadid — recrutados pelo major — dedicavam ao trabalho no fosso de incineração, ficou pensando se a diretiva do governador não teria algum valor, afinal.

39.

No dia em que chegou à ilha, o Bonkowski paxá sugeriu ao governador que se cavasse um fosso para incinerar ratos mortos e todos os objetos infectados pelo micróbio da peste. Segundo o Químico Real, recolher roupas de lã, estrados, lençóis, cobertas, colchões e quaisquer artigos contaminados e depois incinerá-los num lugar bem visível, como se fazia antigamente, serviria para educar a população quanto à importância da quarentena e da higiene. Os fossos de incineração também foram recomendados no tratado a respeito da peste do Oriente que o Bonkowski paxá havia redigido para Abdul Hamid.

A implantação dessa medida fora postergada devido ao assassinato do Bonkowski paxá. Mas à medida que o Regimento de Quarentena do major obtinha sucesso ao evacuar mais e mais casas, as camas, colchas, tapetes e tudo o mais que os soldados confiscavam passaram a se acumular em pilhas enormes. Se era perigoso queimar aqueles artigos imundos e infectados dentro das casas de madeira, também seria difícil destruir tudo nos pátios antigos da cidade, já esvaziados. Os donos dos artigos confiscados teriam preferido que seus pertences fossem meticulosamente desinfetados com Lysol e armazenados em algum canto (para um dia serem devolvidos), mas não havia tempo nem espaço para tanto. De qualquer forma, era provável que tudo o que não fosse incinerado de imediato acabasse vendido para os bufarinheiros. Então o médico e príncipe consorte aconselhou ao diretor de Quarentena e ao governador que os funcionários do governo municipal passassem a utilizar dois fossos então ociosos, situados nas colinas logo atrás da cidade, num trecho de planície entre o Cemitério Novo e os limites do bairro de Alto Turunçlar. O único inconveniente era que só se conseguia chegar lá por uma estrada longa e tortuosa que atravessava as ruazinhas do Mercado Antigo e do bairro de Arpara, onde morava a família do major.

O governador agendou a primeira queima para um fim de tarde. O fogaréu, aceso vinte dias depois de decretada a quarentena, foi visto com grande interesse por uma plateia numerosa e embevecida. Dilatando-se em enormes ondas vermelhas fulgurosas, vibrando suas bolas de fogo amarelas radiantes e pintando seus entornos em tons de roxo e azul-escuro, essa fogueira ardeu noite adentro, quem sabe alimentada por querosene, e foi vista não só pelos habitantes de Arkaz, mas também pelo restante da ilha. Nos dias seguintes, no mesmo fosso destruíram-se roupas, cobertores, camas e muito mais coisa, e enquanto o surto durou, o surgimento de nuvens pretas durante o dia se transformou numa fonte de angústia. As colunas de fumaça davam à gente a sensação de que o anjo da morte estava por perto, de que as pessoas estavam à mercê de Deus, e até (sabe-se lá por quê) de que estavam sozinhas. A princesa Pakize comenta que eram esses os sentimentos que as pessoas experimentavam sempre que viam os pertences dos falecidos sendo recolhidos e transportados colina acima.

Os irmãos de Zeynep, Majid e Hadid, se dedicavam com afinco a suas funções no Cemitério Muçulmano Novo, atrás do bairro de Turunçlar. Mas nem em Meca, onde observadores estrangeiros e médicos cristãos eram proibidos de entrar, a limpeza dos cadáveres com cal antes do enterro — uma das regras primordiais das quarentenas em caso de peste — encontrou tanta relutância. O diretor de Quarentena Nikos justificava a resistência das pessoas dizendo que fazia muito tempo que uma epidemia séria da doença não surgia na ilha, e que infelizmente a importância das medidas restritivas ainda não tinha sido bem entendida. Nem mesmo o carisma do sargento Hamdi Baba, cuja popularidade era unânime, dera conta de resolver o impasse, pois as especificidades angustiantes da questão acabaram causando repulsa e exaustão nele também. Mas depois que os irmãos Majid e Hadid começaram, seguindo a ideia do governador, a se revezar no Cemitério Novo, várias questões incômodas — a necessidade de cobrir o rosto dos cadáveres femininos durante a desinfecção e garantir que nem as áreas íntimas nem o corpo nu fossem vislumbrados (ou, se vislumbrados, que não fosse por muito tempo), a sugestão de que seria indecente a cal ser "esfregada" com tanta brutalidade, a importância de evitar que essa substância entrasse nos olhos abertos, na boca ou nas narinas dos cadáveres — foram resolvidas rapidamente antes que saíssem do controle e se transformassem em graves incidentes políticos.

A carroça que transportava os objetos infectados, outrora pertencente à caserna, fora um presente para o município. Enquanto levava a carga pela estrada sinuosa que dava no fosso de incineração, esse veículo velho, coberto de estanho, puxado por cavalos, volta e meia era atacado por batedores de carteiras, ladrões e todo tipo de encrenqueiro e maluco, que roubavam qualquer tapete, colchão, coberta e peça de roupa que conseguissem pegar, fosse para uso próprio ou para repassar a outros, ou mesmo para vender aos bufarinheiros que ainda atuavam às escondidas. Embora os números tivessem caído desde os primeiros dias de epidemia, ainda havia muita gente que teimava em usar os pertences dos mortos, a despeito das frequentes advertências da Autoridade de Quarentena. Existia, nesse comportamento equivocado, meio que uma provocação ao Estado, à ocidentalização, à ciência médica moderna e à comunidade internacional, uma espécie de desafio e desdém, e até um toque de insensatez.

Alguns acreditavam que esse comportamento irracional era decorrente da atenção e da complacência excessivas para com os xeques e homens santos da ilha. Passado um tempo, o governador paxá incumbiu dois de seus guardas mais intimidadores de escoltar a carroça. Essa dupla implacável, munida de chicotes, não deixava ninguém — nem as crianças — se aproximar do carrinho. Em pouco tempo, os xingamentos, gritos e blasfêmias ouvidos sempre que a carroça era vista começaram a perder a força, substituídos pelo silêncio soturno ao qual a ilha aos poucos havia se acostumado naqueles tempos de peste. Às vezes a carroça passava despercebida nas ruas sossegadas, desertas, às vezes os observadores mais idosos a confundiam com a carroça de Foti, o bufarinheiro. Mas de vez em quando bandos de crianças atrevidas, insubordinadas, impertinentes, escapavam dos chicotes e subiam na carroça para brincar e tentar roubar alguma coisa. Mais para a frente, sempre que a carroça cruzava bairros como Bayırlar, Kadirler e Germe, os moradores estremeciam como se fosse um cortejo fúnebre; as pessoas zombavam e berravam "Caiam fora", crianças atiravam pedras e os cães da vizinhança latiam com uma raiva maior do que de hábito, sem que os chicotes dos guardas pudessem interromper seus protestos intrépidos.

O doutor Nuri foi o primeiro a reparar que essas escaramuças entre os guardas que brandiam chicotes e o populacho estavam se transformando numa espécie de queda de braço contra a quarentena, e a primeira pessoa com quem ele falou foi o governador, não o major: não seria melhor que a carroça não circulasse durante o dia?

Enquanto a epidemia corria solta, cadáveres não identificados começavam a aparecer em seu caminho. Esses corpos, que precisavam ser removidos imediatamente, em geral eram largados ali por quem havia se instalado nas casas desocupadas, pessoas receosas de que suas novas casas passassem a feder e os agentes de quarentena aparecessem para desinfetar tudo e botar tapumes nas portas. A atitude mais ajuizada a se tomar quando a carroça que levava objetos confiscados para a incineração se deparava com um desses cadáveres era carregá-lo para o Cemitério da Colina que ficava do lado oposto, adivinhar que fé o pobre coitado seguia de acordo com o bairro onde tinha sido encontrado e enterrá-lo da forma mais adequada, com uma camada de cal desinfetante e sem muitas cerimônias ou orações. Mas para isso também era preciso tato, conhecimento e experiência.

O governador estava atento à questão e propôs que os irmãos Majid e Hadid se encarregassem de enterrar os cadáveres abandonados na rota da carroça do major. O major não tinha certeza se a decisão era acertada, mas o governador insistiu, enfatizando que os irmãos eram benquistos e até respeitados, sobretudo naquelas regiões da cidade onde o povo ainda falava a velha língua mingheriana. Conhecidos por serem meio ingênuos, Majid e Hadid, que já tinham tido uma padaria e possuíam algumas economias e terras, eram populares na comunidade, e todo mundo concordava que esse tipo de trabalho era, na verdade, incompatível com homens da posição social deles. Retirar corpos das ruas e botá-los na carroça da quarentena era um tipo de função mais adequado a jovens carentes, temerários, e a rufiões imbecis de Creta, que estariam dispostos a cumprir esse dever e o fariam com entusiasmo em troca de uma boa grana.

Entretanto, os irmãos a princípio concordaram em assumir a tarefa, recrutando assistentes para ajudá-los. Talvez imaginassem que o major, agora casado com a irmã deles, se veria obrigado a pagá-los com presentes, dinheiro ou algum tipo de recompensa. Mas na verdade eles logo se transformaram nos alvos principais da fúria que as pessoas nutriam contra a carroça que transportava os pertences das vítimas da peste até o fosso. Ao contrário dos antecessores, Majid e Hadid não levavam chicotes. Seus comentários conciliatórios não eram compreendidos, muito embora (ou, alguns dizem, exatamente porque) falassem mingheriano. O governador, prevendo que a tarefa de escoltar a carroça em breve cansaria os gêmeos, logo tratou de lançar uma nova diretiva: dali em diante, quaisquer objetos retirados de casas, lojas e celeiros desocupados seriam amontoados em frente à porta ou no jardim do edifício, onde ficaria um par de vigias para garantir que ninguém roubaria nada, até que a carroça de Majid e Hadid passasse sem alarde ao anoitecer para recolher tudo e, no escuro, levar ao fosso de incineração.

De noite a cidade ficava ainda mais deserta, e uma escuridão lúgubre, mortal, envolvia as ruas como se uma estranha névoa azul tivesse descido sobre elas. Os lampiões que em épocas mais felizes iluminavam as docas e a avenida Hamidiye já não eram acesos. Algumas casas ainda estavam ocupadas, mas tochas já não ardiam nos jardins, tampouco se viam luzes ou sombras nas janelas. Podia haver ou não gente se escondendo dentro delas. Em certas casas, as corujas sábias e rabugentas de Mingheria tinham começado a se empoleirar nos telhados e nas árvores dos jardins. Às vezes as pessoas deixavam lampiões a óleo acesos na porta para dar a impressão de que ainda havia moradores numa casa vazia e assim afastar bandidos e ladrões.

Uma semana depois, na segunda sexta-feira de junho, os gêmeos disseram à irmã que queriam ser demitidos. Os protestos dos cunhados alimentaram a incerteza do major quanto ao assunto. Depois de uma semana de casamento, o major Kâmil estava ardente e irremediavelmente apaixonado pela mulher; tinha certeza de que seriam tremendamente felizes juntos. Entretanto, todo dia Zeynep falava em alto e bom som, e com uma insistência cada vez maior, que queria ir embora para Istambul na primeira oportunidade, lembrando ao marido da promessa que ele havia feito e falando como se não precisassem pensar em peste ou quarentena. O major não sabia muito bem o que fazer. Quando Zeynep lhe contou que seus irmãos haviam pedido para serem afastados do trabalho na carroça e no cemitério e transferidos para novas funções como auxiliares de escritório, ele reagiu com dureza e disse que enquanto não se achassem substitutos, os irmãos e seus assistentes teriam que continuar escoltando a carroça.

Quanto a Istambul, o major já prometera duas vezes que eles realmente iriam "na primeira oportunidade". Em meio às nuvens de indecisão que se acumulavam em sua cabeça, ele percebia que o problema de fato era outro: sua palavra parecia não ter muito peso para a esposa e os dois irmãos dela. Esse troço chamado casamento, que ouvira a mãe elogiar tanto, tinha desencadeado pelo menos uma consequência imprevista: o medo de não conseguir suprir as necessidades da esposa e perdê-la para sempre!

Foi mais ou menos naquela época que um dia, sentados no quarto no Splendid Palace, olhando a vista magnífica, o castelo e o azul-escuro do Mediterrâneo, Zeynep contou ao marido a notícia que tinha acabado de receber do irmão Majid, e que ela agora transmitia de um jeito vagaroso, metódico, ainda que não pudesse refrear seu entusiasmo. O irmão lhe havia dito que nos últimos dois dias o chefe Seyit e seus barqueiros vinham transportando passageiros até os navios que os aguardavam ao largo da ilha, à noite, e que bastava tomar as providências certas para chegar a Esmirna em dois dias, já que os barcos que navegavam sob a bandeira otomana estavam levando os fugitivos direto para o porto de Chania, em Creta, de onde poderiam seguir para Tessalônica ou Esmirna. Essa rota tinha acabado de ser criada e poderia se fechar a qualquer instante. Precisavam correr.

Lembramos a nossos leitores que Seyit, que agora também retirava as pessoas da ilha, era o chefe muçulmano que o governador Sami paxá vinha protegendo contra as equipes de barqueiros gregos. O major suspeitava de que os espiões do Sami paxá em breve descobririam a nova rota e, percebendo que a esposa não tinha muita paciência, decidiu que ela precisava fugir naquela mesma noite para encontrar seus parentes em Esmirna.

Nada disso consta de nenhum livro de história, sabemos de tudo pelas cartas da princesa Pakize, que por sua vez se inteirou dos acontecimentos pelo olhar e pelas palavras das pessoas mais próximas. No entanto, ficamos sem entender o que o major tinha em mente naquele instante, e talvez seja nesse ponto que adotamos a pluma de romancista. Sabemos, assim como toda a nação, que o major Kâmil não concebia vida fora da ilha e tinha resolvido se dedicar a servir seu povo. A única conclusão lógica a que podemos chegar é que na verdade ele não tinha a intenção de ajudar a esposa a ir embora.

"Meus irmãos disseram que se a gente quiser o chefe Seyit pode nos levar de barco a remo até o navio para Creta, que vai estar esperando esta noite", disse Zeynep ao marido, olhos nos olhos.

Estaria ela sugerindo que o marido fosse junto? No momento em que ele decidiu que Zeynep deveria partir, os dois também se deram conta de como estavam felizes juntos — o companheirismo conjugal, o arrebatamento, nunca sentido antes, da prática do amor. Eles se amavam, e sorriam e riam "feito crianças", falando na linguagem infantil que criaram. Não estavam — conforme alegaram certos historiadores oficiais e jornalistas gananciosos — descobrindo "a beleza encantadora e generalizada do idioma mingheriano". É verdade que a história do idioma remonta aos tempos do antigo povo mingheriano, com raízes nas tribos que outrora viviam nos vales escondidos ao sul do mar de Aral. Mas em 1901, já tendo sofrido a pressão dos cruzados, dos venezianos, dos bizantinos e agora dos otomanos, a língua estava restrita a um punhado de bairros de Arkaz e aos povoados do norte montanhoso da ilha, e por essa razão não pôde desenvolver os recursos conceituais, mentais e espirituais necessários para descrever o mundo contemporâneo no qual ela existia, nem as culturas católica, ortodoxa e islâmica.

Ao fazer as malas, Zeynep chorou um pouco. Desde criança, sempre carregava para cima e para baixo um pente com cabo de madrepérola — um presente de sua tia —, e acabava de perceber que provavelmente o deixara na casa da mãe. Separar-se tanto tempo do objeto, que acreditava lhe dar sorte, a entristecia. O major sugeriu mandar um de seus guardas, sempre a postos na porta do hotel, atentos a sinais de Ramiz, buscar o pente na casa da sogra, mas no fim das contas marido e esposa ficaram ali parados, abraçados em silêncio, temendo que a separação fosse longa.

Fizeram amor uma última vez, sentindo mais tristeza e melancolia do que paixão ou prazer. Os olhos chorosos dela abalaram a determinação dele. O que o major deveria fazer? Tentou se convencer de que pelo menos assim ela sobreviveria, ele iria buscá-la em Esmirna logo que a epidemia terminasse, era bom que ela pudesse escapar da peste e das ameaças do demente do Ramiz. Mas ele sabia que assim que Zeynep partisse, ele se recordaria daqueles dias e horas e da expressão no olhar dela, e a solidão que sentira no Hejaz e nas cidadezinhas nas franjas do império chegaria com tudo. Contemplou o rosto da esposa para reter cada traço e nunca esquecer. Mas, a despeito de tudo isso, é possível que os leitores da correspondência da princesa desconfiem de que talvez os sentimentos do major naquele momento não fossem inteiramente genuínos.

Depois que a noite caiu, o major se vestiu à paisana e pôs um chapéu emprestado de Lami. Tanto Majid, que havia organizado o barco, quanto o chefe Seyit tinham pedido que ele usasse justamente aquele chapéu. Zeynep entregou-lhe a sacola onde guardara tudo de que precisava. Eles cruzaram a cozinha moderna do hotel e saíram pela porta dos fundos. Parecia que a peste havia enegrecido a noite, bem como esvaziado as ruas. Caminhavam feito fantasmas pelas vielas e ruas escuras, desertas, escutando o farfalhar suave das árvores ao vento. Repararam que muita gente havia trancado os portões dos jardins, que não havia lampiões a gás ou velas ardendo nas casas, não havia luz nenhuma. No entanto, o pensamento que os dominava não dizia respeito à peste, mas ao medo da separação. Mesmo no momento em que se dirigiam ao local onde o barco do chefe Seyit deveria pegar Zeynep, era como se de alguma forma pressentissem que no fim das contas não precisariam se separar. Não fosse assim, talvez jamais tivessem posto em marcha aquele plano.

A cabana de pescadores na ponta da Angra do Calhau, três baías depois da angrazinha cheia de tavernas, existia desde que eram crianças. Levaram mais tempo do que o esperado para chegar até lá. Mal discerniam o píer improvisado logo atrás da cabana à meia-lua. O som das ondas quebrando devagarinho nas rochas e o sussurro das folhas à brisa fraca davam a impressão de que alguém estava ali, mas não havia ninguém. Marido e mulher se recolheram num cantinho isolado e deram início a uma espera longa e silenciosa. Abaixo deles, a espuma das ondas lambendo o calhau reluzia como um borrão branco.

"Vou mandar um telegrama para Esmirna todo dia", disse o major.

Zeynep começou a chorar baixinho. O mar diante deles era uma muralha escura. Majid e Hadid os encontrariam ali, depois todos iriam juntos até o píer, onde Seyit em pessoa (não um de seus barqueiros) os pegaria com seu barco, mas bastante tempo passou e nada aconteceu. Muito depois, quando se deram conta de que ninguém viria, por um instante as montanhas pareceram banhadas por uma luz suave. Chamas vermelhas, laranja e rosa bruxuleavam de um jeito estranho no fosso onde os antigos pertences das pessoas eram queimados. O major viu lágrimas escorrerem pelas faces de Zeynep.

"Não vem ninguém, não vamos nos separar!", disse o major.

Viram na expressão um do outro que secretamente ambos estavam aliviados. Após a longa espera, caminharam sem que ninguém os avistasse pelas vielas da cidade e voltaram para o hotel Splendid. De mão dada com a esposa durante o percurso, o major entendeu que no fundo Zeynep estava contente.

Como historiadores, não temos indício ou prova documental dessa tentativa de fuga, somente o relato da princesa Pakize. Os historiadores nacionalistas de Mingheria consideram esse incidente um tabu e nem o mencionam. Naquela noite, o homem cujos atos em breve mudariam o destino da ilha cogitou mandar a esposa para outro lugar e separar o destino da própria família do destino da população em geral.

Lami os encontrou logo depois que chegaram ao hotel. "Há navios de guerra cercando a ilha", ele lhes disse, tenso. Era quase como se acabasse de anunciar: "O sultão morreu!", tamanho o choque em sua voz. "Agora que o mundo inteiro está se envolvendo, eles sem dúvida vão conter o surto. Aliás, o Robert efêndi, que ontem tinha feito checkout no hotel, pediu o quarto trinta e três, o predileto dele, outra vez."

O major entendeu na mesma hora que o bloqueio organizado pelas Grandes Potências do mundo indicava que agora a ilha estava de fato abandonada à própria sorte. Mas fingiu acreditar na conclusão mais animadora de Lami. A esposa também se deixou convencer na mesma hora por essa afirmação de otimismo descabido. Mas a verdadeira razão para o humor jovial deles era que afinal não haviam se separado, e em breve ficariam a sós no quarto, livres para fazer amor pelo tempo que quisessem.

40.

As potências estrangeiras da Europa, com a aquiescência de Istambul, tinham resolvido isolar a ilha — ou pelo menos haviam forçado o governo otomano a concordar com a decisão. Anos depois, aos examinar a correspondência diplomática da época, pesquisadores descobririam que o embaixador britânico em Istambul avisara que, se a Sublime Porta não mandasse o próprio navio, seria inevitável que o cordão de isolamento fosse considerado uma operação contra o Império Otomano. Porém — argumentou sir Philip Curry — a participação de um barco otomano na operação pouparia o império de um constrangimento global, já que o bloqueio seria visto como um ataque exclusivamente ao governador de Mingheria e à Autoridade de Quarentena local, incapazes de presidir a ilha. Como o *Osmaniye* estava mais uma vez no estaleiro, Abdul Hamid acabou enviando, por sugestão do ministro da Marinha, o navio de guerra *Mahmudiye*.

A determinação de criar um bloqueio marítimo foi comunicada ao Sami paxá e à Autoridade de Quarentena de Mingheria no dia seguinte, por telégrafo. Visto que nesses telegramas o bloqueio era enquadrado como uma medida solicitada pela província de Mingheria a fim de proteger da peste os compatriotas otomanos, o governador supôs que uma declaração oficial já fora dada à imprensa internacional.

Ao meio-dia, Arkaz inteira sabia que a ilha estava cercada de navios de guerra britânicos, franceses e russos — bem como do encouraçado *Mahmudiye* com a flâmula de estrela e lua crescente — para impedir a fuga de pessoas que não tivessem cumprido as medidas de quarentena. O nome da ilha estava nas manchetes dos jornais do mundo todo, mas essa exposição não deveria orgulhar os mingherianos, uma vez que as referências não eram lá muito lisonjeiras: eles não só falharam em conter a peste como agora a disseminavam para o resto do globo.

Em pouco tempo, os jornais locais passaram a descrever os navios de guerra estrangeiros sempre que possível (e com uma satisfação flagrante por considerarem a ilha digna de tanta atenção): o *Amiral Baudin* francês, lançado em 1883, tinha cem metros de comprimento; o *Prince George* da Real Marinha Britânica, lançado em 1895, tinha uma artilharia excelente. Quanto ao Kaiser Guilherme, ele não havia mandado navio nenhum por medo das repercussões diplomáticas e receio de ferir os sentimentos de Abdul Hamid. Os navios não eram visíveis a olho nu, a não ser nos dias claros em que ventava bastante, quando podiam ser avistados a partir dos povoados nas montanhas, dos mosteiros e dos promontórios rochosos. Sempre que o clima ficava nebuloso, os navios sumiam do campo de visão, e o desaparecimento misterioso instigava rumores infundados de que teriam ido embora, ou de que nunca haviam estado ali.

A mando de Istambul, as autoridades municipais prepararam uma declaração explicando o motivo do bloqueio e fixaram pela cidade inteira cartazes semelhantes àqueles que anunciaram o surto e a implementação de medidas restritivas. O aviso explicava que o bloqueio não era contra o povo mingheriano, mas uma medida para impedir que barqueiros delinquentes retirassem ilegalmente pessoas da ilha.

O bloqueio deixou todo mundo desanimado, de coração partido. Para o povo de Mingheria, a decisão era mais um sinal de que as medidas restritivas tinham sido um fiasco e de que o mundo inteiro lhes dizia: "Vocês que se virem sozinhos e fiquem longe de nós!". Os gregos ortodoxos, que pensavam poder contar com a proteção da Europa e da Rússia, agora entendiam que as nações europeias sempre priorizariam os próprios interesses. Mas a população muçulmana da ilha também sentia que Abdul Hamid a abandonara. As pessoas foram logo inventando histórias para enganar a si mesmas e tornar mais palatável aquela verdade intragável. A barca pessoal do sultão, *Suhulet*, fora convertida em barco socorrista e zarpara com soldados, suprimentos e remédios a bordo; na verdade, o número de mortes estava em queda; os britânicos na Índia haviam descoberto uma vacina capaz de interromper a epidemia com uma única dose, assim como acontecia com a vacina antirrábica, e o verdadeiro propósito do bloqueio era ganhar tempo até que pudessem importar a vacina. Quanto àqueles que falavam basicamente só mingheriano em casa e confiavam nas fraternidades e nos homens santos da ilha, esses sentiam raiva somente dos britânicos e franceses pelo bloqueio. Imaginavam que Abdul Hamid tivesse sido obrigado a mandar o *Mahmudiye* e não o recriminavam pela atitude.

Mas de tempos em tempos, a hostilidade da população muçulmana contra a cristã também se transformava em raiva da burocracia otomana, do governador e do Exército. Praticamente quase todos os moradores da ilha haviam chegado a uma conclusão fundamental: depois de cinquenta anos de reformas feitas para bajular as potências europeias, depois de realizados todos os ajustes e reorganizações — sob pressão da Europa, mas também com uma convicção genuína — em prol da igualdade entre os súditos cristãos e muçulmanos do império, a Europa virava as costas para a ilha no seu momento mais difícil. Como muitos tinham essa impressão, e como seus sentimentos provocavam descaso crescente pelas medidas restritivas, o governador paxá estava mais preocupado com eles do que com a população grega. De certo modo, como a iniciativa da quarentena dependia muito da colaboração dos médicos da ilha (a maioria deles gregos), da Autoridade de Quarentena e do governador, o surto de peste tinha aproximado os gregos bem-educados dos muçulmanos bem-educados de Mingheria, enquanto antes o interesse de uns pelos outros não extrapolava os âmbitos do comércio e da burocracia. O governador não imaginava que houvesse alguma conspiração política por trás dessa intimidade recém-descoberta, já que o governo grego estava genuinamente preocupado com a saúde da população falante de grego da ilha.

Choveu durante três dias. Na primavera, esses torós não só reavivavam a flora abundante da ilha e sua população de caracóis e pegas como também causavam inundações, e nesse ano o riacho Arkaz transbordou, enlameando as vielas da cidade e deixando as águas nos arredores das docas com um tom amarelado e consistência similar à da *boza*, bebida de trigo fermentado. O governador paxá sentou na sacada do gabinete e viu o mar adquirir um tom azul-esverdeado nas proximidades do castelo e azul mais escuro ao lado do Farol Árabe, observou o castelo desaparecer de seu campo de visão sob o feitiço súbito da chuva e deixou que as horas corressem enquanto tentava, talvez pela centésima vez, reexaminar o problema mais grave que enfrentavam.

"Se mandarmos mais soldados para as ruas e jogarmos mais gente na masmorra ou no isolamento, em breve vamos ter uma rebelião", o governador um dia explicou ao doutor Nuri. "Já estamos trancafiando umas quinze, vinte pessoas por dia, entre os suspeitos de estarem infectados e os vagabundos, ladrões e saqueadores delinquentes, oportunistas, que desobedecem a quarentena a torto e a direito!"

Depois que a chuva parou, o governador paxá e o doutor Nuri passaram a fazer caminhadas diárias pelos bairros de Çite, Germe e Kadirler, onde a doença havia se alastrado mais. Guardas do paxá, o major e soldados da Brigada de Quarentena os acompanhavam nesses passeios de vinte, vinte e cinco minutos, que logo viraram uma oportunidade de avaliar a situação da cidade e testemunhar em primeira mão as brigas e discórdias que vinham surgindo nas ruas mais infectadas.

A cidade estava sossegada e cheirava a Lysol. O Exército caiara os troncos das árvores, os muros de pedra e de madeira e a parede térrea das casas, e às vezes aos olhos do governador paxá a cidade parecia outra. Essa sensação estranha se tornava mais aguda pela falta de movimento nas ruas. Ninguém andava lado a lado ou em grupos de mais de duas pessoas. E o governador sempre estremecia quando, ao olhar para o mercado da ponte Hamidiye, que nos últimos cinco anos cruzara pelo menos duas ou três vezes por dia, ele constatava que metade das lojas estava fechada.

Cada vez que via gente circulando pelas docas ou nos cascalhos à beira do riacho, sem fazer nada além de olhar a água, ou esbarrava com comerciantes que tinham fechado seus estabelecimentos, ou avistava alguém sentado num cantinho, como se estivesse se escondendo do mundo, o mal-estar do governador aumentava. Até alguém que desconhecesse a cidade perceberia que boa parte da população se abrigara dentro de casa, protegida por paredes grossas e venezianas fechadas, e se instalara em suas torrezinhas, sacadas e pátios. As chuvas haviam acabado, e na quarta-feira, dezenove de junho, um dia em que dezessete mortes foram registradas, o governador paxá reparou que,

322

além de fechados, muitos estabelecimentos tinham as portas cobertas por tapumes. Algumas das barreiras tinham sido feitas pelas autoridades para impedir a volta dos comerciantes após a desinfecção do recinto — e para evitar ladrões e micróbios. Mas depois de um mês e meio de instauradas as regras de quarentena, muitas das medidas adotadas com sofreguidão no começo já não eram mais impostas, e todo dia era preciso lidar com novos desafios e situações desconcertantes.

Talvez não fosse estritamente necessário lacrar casas e lojas vazias do ponto de vista microbiano e epidemiológico, mas durante um tempo essas medidas serviram para enfrentar o número crescente de furtos, ocupações ilegais e saques. Para cobrir os custos da madeira e da mão de obra, cobrou-se um imposto das pessoas cujos imóveis estavam sendo vedados. Essa medida equivocada acabou sendo abandonada e, com o tempo, caiu o número de casas tapadas. O afrouxamento gradual de certas medidas era tema de discussões frequentes entre o governador e o doutor Nuri. Em geral o major ouvia calado as considerações de ambos, impressionado com a capacidade que tinham de sopesar a "intensidade da quarentena" ao fazer cálculos estratégicos. Os leitores das cartas da princesa Pakize vão ver que o governador ficava muito contrariado de ter que sempre flexibilizar as regras após o recebimento de telegramas equivocados de Istambul.

Nos cinco dias seguintes ao estabelecimento do bloqueio, oitenta e duas pessoas morreram. É curioso observar que, apesar dos números, a população ficou chocada quando o comandante da caserna, o Mehmet paxá, morreu de peste. Só um poeta — não um romancista, muito menos um historiador — seria capaz de descrever o desespero que passou a impregnar a cidade em meados de junho. Era a desesperança que impedia as pessoas de agir com prudência, exercer o bom senso e tomar as precauções necessárias. Era um sentimento que parecia dizer: "Vamos morrer mesmo". Talvez ainda não estivessem mortos, mas todos se sentiam presos na ilha e, independentemente do que fizessem, era inevitável que um dia a morte também iria buscá-los.

Agora não eram apenas os gregos, mas também uma parcela significativa dos muçulmanos que se arrependiam de não ter fugido da ilha antes da implementação da quarentena. Com todas as rotas oficiais suspensas devido ao bloqueio internacional, pequenos navios cargueiros e grandes barcos pesqueiros voltaram para matar o tempo nas águas em torno da ilha, e as equipes de barqueiros retomaram o trabalho como atravessadoras de fugitivos, levando as pessoas a essas embarcações de madrugada. Os chefes dessas equipes, então lucrando muito com essa nova fase do negócio, logo começaram a espalhar tudo quanto era tipo de mentira e rumor, alegando, por exemplo, que o *Prince George* da Marinha Britânica e o *Amiral Baudin* francês tinham abandonado o cordão, ou que toda noite eles recuavam até o porto de Chania em Creta — possibilitando, no fim das contas, a travessia. Era verdade, no entanto, que um barqueiro, ajudado pelo vento suave e pela correnteza favorável, conseguira levar uma família de três até a costa de Creta em apenas dois dias, embora a notícia nunca tivesse chegado à ilha. Quem tiver interesse em saber mais sobre essa aventura talvez curta a leitura das memórias extraordinárias escritas mais tarde pela criança que fez a travessia no barco, publicadas em Atenas em 1962 com o título *Os ventos que sopravam nossos remos*.

No começo, essa nova modalidade de tráfico era posta em prática às escondidas. Mas como nem o governador nem o Regimento de Quarentena intervinham, tinha-se a impressão de que tudo poderia continuar como antes, e a frequência dessas tentativas logo aumentou. Foi durante esse período de atividade intensa que um dia um barco com superlotação afundou no mar encapelado. Ou talvez tenha sido afundado de propósito, sem alarde — matando mais de quinze gregos mingherianos.

A princípio, o incidente foi considerado um acidente, mas desde o início o povo da ilha percebeu certa "má-fé" no afundamento do barco de refugiados. Como já haviam concluído que tinham sido abandonados à própria sorte, os mingherianos procuravam alguém a quem culpar pelo drama que viviam. Na década de 1970, historiadores soviéticos acabariam encontrando uma série de documentos provando que o barco — que se chamava *Topikos* — e os dezessete passageiros a bordo haviam sido atingidos por uma bomba disparada pelo navio russo *Ivanov*. Vendo que as tentativas de fuga ilegal da ilha não diminuíam, as potências estrangeiras, incentivadas pela Grã-Bretanha, resolveram dar o exemplo afundando um dos barcos de refugiados. Em teoria, o plano era salvar os náufragos e devolvê-los à ilha, mas a situação saiu do controle. O barco de refugiados, talvez cego pela escuridão, avançou em direção ao navio russo no meio da noite. No último instante, o Ministério das Relações Exteriores russo se absteve de divulgar uma declaração afirmando que o *Ivanov* se vira forçado a se defender ao ser atacado por uma embarcação "com pessoas infectadas a bordo". Muitos aspectos desse desastre, que causou profunda impressão nos mingherianos, são até hoje obscuros. Nos dias seguintes, a visão dos cadáveres das vítimas surgindo na costa de Mingheria inspirou outro tipo de terror nos moradores e os deixou com a sensação inescapável de que tinham se tornado prisioneiros acorrentados à ilha.

41.

No sábado, vinte e dois de junho (dia em que vinte e uma pessoas morreram), a Brigada de Quarentena do major contava com sessenta e dois recrutas treinados e ativos. Mais da metade deles vinha dos bairros de Turunçlar, Bayırlar e Arpara e a maioria fora criada falando mingheriano em casa e na rua, com os amigos, e alguns ainda falavam o idioma com a família. Mas os soldados da Brigada de Quarentena acreditavam que tinham sido as amizades da infância e as relações com os vizinhos — e não a identidade étnica — que lhes haviam propiciado a sorte de terem abiscoitado o novo emprego. Boa parte deles estava na faixa dos trinta anos, mas o major também recrutara um pai e um filho do bairro de Bayırlar. Graças aos fundos alocados pelo governador especialmente para esse fim, todos tinham recebido o primeiro salário adiantado.

De manhã, depois de participar da reunião em torno do mapa da Sala de Epidemiologia, o major pegava o landau blindado do governador e ia à caserna, onde conduzia uma série de exercícios e inspecionava o estado dos uniformes da Brigada de Quarentena. Alguns dos novos recrutas amavam tanto as fardas que mal as tiravam do corpo, e as usavam — ainda que só para impressionar — até em casa e ao circular por seus bairros. Feitos os exercícios matinais, os soldados eram despachados para vários locais a fim de realizar as tarefas do dia, decididas em colaboração com o doutor Nuri e o doutor Nikos. Podia ser que Hamdi Baba e seus dois homens recebessem ordens de ir apaziguar os inúmeros residentes de uma casa recém-esvaziada perto do Quebra-Mar Rochoso; se não estivessem ocupados, os irmãos Majid e Hadid iam à clínica de campanha nos jardins do Hospital Hamidiye para averiguar um carregador que havia falecido e outro que tinha fugido; o pai e o filho recrutados pela brigada talvez fossem incumbidos de despejar duas pessoas que tinham invadido o canteiro de obras da nova Torre do Relógio (missão que caberia à gendarmeria caso não tivessem descoberto que os dois indivíduos escondidos no alto da torre estavam infectados e já febris).

Segundo o doutor Nuri, o fato de ninguém da Brigada de Quarentena ter adoecido até então provava que a transmissão do micróbio da peste se dava principalmente de ratos para seres humanos, e não de um ser humano para outro. Seguindo o conselho do doutor Nuri, o major providenciou a instalação de um dormitório na caserna para a Brigada de Quarentena, onde os soldados ficariam mais afastados da doença. Muitos moravam nas vizinhanças em que o surto estava no auge, e portanto corriam maior perigo. Mas ainda assim eles preferiam dormir em casa — com a esposa e a família, ou sob o teto do pai — a passar a noite no dormitório rudimentar da caserna, e embora o major agora soubesse que alguns desobedeciam às ordens e saíam de fininho durante a noite, a tropa especial tinha um desempenho tão admirável que ele resolveu não intervir e desanimá-los.

Nessa manhã, depois de mandar mais da metade da brigada cumprir tarefas diversas em diferentes bairros, o major Kâmil reuniu seus vinte soldados mais confiáveis e deu a cada um três balas procedentes da munição fornecida pelo comandante da caserna. Então pediu que carregassem os rifles. Eles ficaram meio atordoados mas acataram as ordens e carregaram as armas, provocando uma barulheira. Para a frente do pelotão o major designara Hamdi Baba. Também incumbiu Mustafa, um recruta do bairro de Bayırlar, de ajudar Majid e Hadid, aos quais o major dera novo emprego como auxiliares de escritório alguns dias antes. Fazia dois dias que ele vinha preparando essa equipe seleta para a tarefa que estavam prestes a realizar, mas por sentir a necessidade de sublinhar alguns aspectos, ele lhes disse mais uma vez que a missão na qual estavam embarcando colaboraria para o enfrentamento daquela doença maldita, que não tinham o que temer e que provavelmente não haveria necessidade de atirar, embora talvez fosse preciso disparar um ou dois tiros quando chegassem à agência dos correios. Já havia conversado com cada um em separado, para explicar que iriam defender a agência telegráfica e que a operação era essencial para a interrupção da epidemia. No último instante, enquanto recapitulava mais uma vez o que cada um deveria fazer, ele mentiu ao dizer que o governador paxá estava ciente do plano.

Encabeçado pelo major, o pelotão da quarentena saiu marchando pela entrada principal da caserna (os vigias abriram os portões e os cumprimentaram) e caminhou numa fileira organizada mas relaxada colina abaixo, descendo aquela que mais tarde ficaria conhecida como a ladeira do Hamdi Baba. Guardaram silêncio ao passar entre as buganvílias roxas do bairro de Eyoklima e seus jardins verdejantes com cheiro de Lysol e madressilva, ouvindo os zumbidos das abelhas. Cruzaram a porta dos fundos da Igreja Hagia Yorgos, atravessaram seu pátio — aquele lugar tão conhecido cuja desinfecção costumavam testemunhar, e que agora recendia a morte e amêndoa — e seguiram lentamente rumo à costa. A entrada da igreja vivia abarrotada de caixões e multidões briguentas de enlutados e pessoas visitando o cemitério, mas naquele dia havia apenas um par de mendigos abatidos sentados nos degraus e um punhado de figuras sombrias, lúgubres, olhando os soldados com uma expressão dominada pelo pânico.

Os soldados marcharam pelas mesmas ruas encharcadas de Lysol que percorreriam várias vezes por dia, cruzaram a praça da Sede do Governo sem desacelerar o passo, entraram na avenida Hamidiye e dois minutos depois já tinham chegado à agência dos correios. Não foram muitas as pessoas que os viram, e as que viram presumiram que estivessem a caminho de alguma treta envolvendo a quarentena.

Conforme o planejado, os irmãos Majid e Hadid e três outros soldados cercaram o pátio ao redor da porta dos fundos da agência. Sete outros, entre eles o major, subiram os degraus da fachada do prédio e tomaram a entrada. Enquanto isso, na pracinha em frente, onde as pessoas costumavam se reunir para esperar suas encomendas na época em que os barcos postais eram menos frequentes, os outros oito soldados do pelotão montaram guarda de costas para a agência, a postura deles sinalizando aos curiosos que estavam ali para salvaguardar alguma operação militar qualquer. Ainda não havia uma multidão do lado de fora, mas todos que passavam pela avenida Hamidiye viam os soldados da Brigada de Quarentena parados diante da agência, e em pouco tempo as pessoas começaram a se aglomerar para entender o que estava acontecendo.

O major entrou no edifício. Ainda era cedo, havia apenas cinco clientes. Alguns eram criados a serviço de famílias ricas; outros, cavalheiros de sobrecasaca que o major já vira inúmeras vezes ao ir despachar as cartas da princesa Pakize. Tinham ido até ali para mandar telegramas a lugares como Istambul, Esmirna e Atenas, a maioria deles dizendo "Estamos bem" ou "Está tudo péssimo, mas não saímos de casa nunca". (Quando alguém falecia, os que viviam na mesma casa não tinham nem a possibilidade de enviar telegramas, pois eram imediatamente levados pela Brigada de Quarentena e isolados.) O major se deu conta de que não havia nenhum muçulmano ali naquele dia — era o tipo de detalhe no qual só tinha começado a prestar atenção mais recentemente.

Ele estava prestes a se aproximar de um funcionário com cara de sapo, que conhecia de tanto ir à agência, quando o diretor dos Correios apareceu. De seu escritório no primeiro andar, percebeu que algo fora do comum estava acontecendo.

"Veio nos trazer nova carta da princesa?", ele perguntou, simpático.

Ao longo de suas visitas frequentes ao local, o major tinha feito amizade com seu diretor, Dimitris efêndi. Fazia doze anos que Dimitris tinha sido mandado de Istambul para a ilha. Não era de Mingheria. Era um grego de Tessalônica que havia trabalhado nas agências telegráficas mais antigas do Império Otomano, dera continuidade a seu treinamento na Academia Imperial de Telegrafia Avançada no distrito Çemberlitaş de Istambul, e no decorrer de muitos anos havia adquirido um conhecimento capilarizado dos meandros da radiotelegrafia em francês e turco. No começo da peste, enquanto os envelopes grossos da princesa Pakize eram pesados para que se calculasse a tarifa postal e os agentes pegassem os selos certos, o Dimitris efêndi volta e meia puxava papo sobre Istambul com o major; contava das aulas com engenheiros telegráficos que lecionavam em francês, descrevia como Istambul era então e perguntava como era agora.

"Dessa vez não trouxe carta nenhuma!", o major respondeu. "Hoje vim tomar posse da agência dos correios."

"Como assim?"

"A agência dos correios está fechada."

"Deve ser um engano", disse o Dimitris efêndi.

O jeito seguro dele — como se estivesse apenas corrigindo o número de caracteres e símbolos em um telegrama, ou apontando um erro técnico — irritou o major.

"É melhor o senhor não resistir!", afirmou, como se dividisse um segredo com ele.

"Mas as circunstâncias exigem explicação…"

O major se afastou do guichê — onde alguém havia instalado um kit de fumigação preventiva que não seria fora de propósito quarenta anos antes —, voltou à entrada principal e fez um sinal para que Hamdi Baba e os outros dois soldados parados na soleira entrassem. Fez questão de exagerar todos os gestos, como que para mostrar ao Dimitris efêndi e aos funcionários da agência dos correios que seria melhor obedecer quando o major e seus soldados estivessem por perto. Os funcionários já conheciam Hamdi Baba e os outros soldados, com quem cruzavam pelas ruas da cidade todo dia, e sabiam da disposição deles para puxar briga, usar a força e até os rifles se necessário.

Fazia vários dias que a bagunça dentro da agência dos correios — as mesas entulhadas, os envelopes se amontoando em cima das malas de carteiro, das mesas e de caixas — incomodava o major. Quando ele era criança, a agência dos correios era tão imaculada quanto os cartões-postais emoldurados de suas paredes e tão organizada quanto a cozinha de uma dona de casa diligente. O motivo para a confusão atual não podia ser a implementação da quarentena, já que depois da última Conferência Internacional de Saúde Pública, a praxe de desinfetar cartas e jornais tinha sido abandonada, e não havia nenhum empecilho quanto ao envio e recebimento da correspondência. Se o movimento da agência havia diminuído, era porque as visitas dos barcos postais se espaçaram, e alguns funcionários, temendo pegar a doença, tinham renunciado ao emprego e fugido. Quando o major bloqueou o acesso ao primeiro andar e mandou um dos soldados montar guarda ao pé da escada, todos os presentes entenderam que ele planejara o lance de antemão.

Nessa mesma hora, o diretor foi abordado por um homem cujo colete bordado o identificava como um mingheriano de família tradicional. Ele enviara uma encomenda valiosa a Istambul via carta registrada um mês antes, pelo *Guadalquivir* dos Mensageiros Marítimos, mas ainda não tinha recebido o "comprovante de entrega". O diretor já havia explicado duas vezes, nas duas últimas visitas do homem, o procedimento que ele devia seguir caso quisesse ter certeza de que a encomenda chegara. Na última semana, o senhor aparecia lá dia sim dia não, brigava com os funcionários e brandia um documento novo que conseguira que fosse ratificado pela Sede do Governo, estipulando que todos os pacotes lacrados de correspondências devolvidas fossem abertos e revistados até que essa encomenda valiosa fosse achada e restituída.

Uma vez que o debate em grego do diretor com o ancião estava se transformando numa briga interminável, o major achou por bem declarar suas intenções.

"Já chega, vamos pôr um ponto-final nessa discussão", disse em turco. "A partir deste instante, cessem todas as operações da agência dos correios!"

Tinha se dirigido ao salão inteiro com esse pronunciamento, e falara alto o bastante para que todos o ouvissem. O diretor disse alguma coisa em grego ao homem de colete bordado e o mandou sair. Os outros clientes, aflitos com a presença dos soldados, também começaram a se dirigir para a porta.

"A quais 'operações' o senhor se refere exatamente?"

"Os senhores interrompam todas as transações. Não vão nem mandar nem aceitar telegramas", disse o major.

O diretor indicou com o olhar o aviso pendurado na parede. Elaborado após consulta ao diretor de Quarentena e aprovado pelo governador uma semana depois da decretação oficial da quarentena, o aviso detalhava em turco, francês e grego as novas regras que os clientes precisavam cumprir: só entraria um por vez, e era proibido que duas pessoas ficassem lado a lado. Não deviam tocar nos funcionários da agência; os agentes estavam autorizados a usar varas de fumigação; objeções aos borrifadores de desinfecção não seriam toleradas. A proporção de mingherianos alfabetizados, sobretudo entre os muçulmanos, não passava de um em cada dez, mas ainda assim o governador e o diretor de Quarentena tinham insistido em pregar cartazes como aquele em muitos dos restaurantes, hotéis e lojas de Arkaz, e até em lugares ao ar livre e nas paredes dos prédios.

"Os telegramas também vão ser proibidos?", perguntou o Dimitris efêndi. "O que é que eles têm a ver com a doença?"

"Eles não vão ser proibidos. Estarão sujeitos a uma inspeção, e entrará em vigor um novo regulamento."

"Esse tipo de medida só pode ser tomado por ordem do governador paxá. O senhor trouxe um decreto oficial? O senhor é um rapaz brilhante, e seu futuro é mais brilhante ainda. Mas precisa ser cauteloso."

"Hamdi Baba!", o major chamou o soldado de quarentena mais idoso, cujo rosto era conhecido de todos.

Hamdi Baba tirou o rifle Mauser do ombro. Embora soubesse que todos o fitavam enquanto soltava a trava de segurança e enfiava a bala no cano, seus gestos eram tranquilos. O tinido do rifle calou a agência dos correios. Todos observavam Hamdi Baba apoiar o rifle no ombro e, sem pressa, com muito cuidado, mirar.

"Já está de bom tamanho. Eu entendi", disse o diretor Dimitris.

Hamdi Baba abriu o olho que havia fechado com força para apurar a mira, olhou para o major e compreendeu que devia prosseguir conforme tinham planejado.

Um funcionário que entregava telegramas, que estava perto do cano da arma, se afastou. Um homem de chapéu e um secretário próximos da porta se retiraram às pressas.

Hamdi Baba puxou o gatilho. Houve uma explosão barulhenta. Várias pessoas se jogaram no chão. Algumas tentaram se esconder debaixo dos balcões e atrás das mesas.

Hamdi Baba disparou mais dois tiros, como se por um instante se deixasse levar.

"Cessar fogo!", disse o major. "Armas no ombro!"

As primeiras duas balas atingiram o relógio Theta fabricado na Suíça que ficava na parede, despedaçando sua tampa de vidro. A última acertou a moldura de madeira do relógio e sumiu dentro dele, e por isso as testemunhas imaginaram que tivesse desaparecido por mágica. O saguão espaçoso da agência recendia a pólvora.

"Também já basta para nós!", disse o diretor Dimitris. "Por favor não atirem mais aqui dentro."

"Que bom que o senhor entendeu", disse o major. "Temos algumas propostas contra as quais o senhor vai querer argumentar."

"Jamais vou argumentar com a infantaria armada do governo", rebateu o Dimitris efêndi. "Venha comigo ao escritório da diretoria. Vamos tomar nota de suas ordens."

O major sentiu um quê de escárnio no tom de voz do diretor. Mandou que Hamdi Baba saísse para lidar com as pessoas que haviam se aglomerado em frente ao prédio ao ouvir os tiros. Os irmãos Majid e Hadid, parados na porta, diziam a quem perguntasse que a mando do major as operações telegráficas estavam suspensas. Cartas e pacotes continuariam sendo despachados e distribuídos aos destinatários normalmente, sempre que um barco postal chegasse. Apenas o serviço de telegrafia estava encerrado. Como ninguém parecia acreditar, um anúncio em turco, grego e francês foi afixado à porta. Mas a maioria dos que apareceram ali no decorrer do dia achava que conseguiria enviar seus telegramas mesmo assim.

42.

Os acontecimentos que acabamos de narrar entraram para os livros de história de Mingheria como a Invasão do Telégrafo. O nome é um tanto inexato, pois tecnicamente a invasão foi à agência dos correios. O consenso histórico e oficial é que o incidente da agência telegráfica, como às vezes é chamado, marcou o início de um "despertar nacional". Nos cento e dezesseis anos transcorridos desde então, todo dia vinte e dois de junho a ilha celebrou o Dia do Telégrafo, fechando escolas e repartições públicas. Durante essas comemorações, os funcionários mais velhos do telégrafo, de boina, reencenam a marcha da Brigada de Quarentena da caserna até a agência dos correios. Será que as pessoas que hoje vivem na ilha esqueceram que as "tropas" que desceram da caserna naquele dia eram formadas por soldados, não por funcionários do telégrafo? Alguns "historiadores" oficiais, alegando a aversão natural do povo mingheriano à violência, argumentam que o evento é relembrado como um experimento alegre da "modernidade", e não como operação militar em que balas foram disparadas e houve uso de força.

Depois de se certificar de que o diretor continuaria obedecendo às suas ordens pelo menos por um tempo após a invasão, o major regressou aos braços de sua mulher. Ficou duas horas sem sair do quarto. Depois, contaria a jornalistas que naquele breve período sentira uma euforia incomparável.

334

Quando os sinos da Igreja Hagia Triada badalaram a uma hora, o major saiu do hotel pela cozinha e se dirigiu à Sede do Governo. A praça Hamidiye, a área em torno da inacabada Torre do Relógio e até os arredores da ponte Hamidiye, em geral repleta de vagabundos, mascates e policiais disfarçados de floristas e vendedores de castanhas, estavam totalmente desertos. Ao passar pela agência dos correios, ele viu que os soldados que havia destacado para vigiar a porta ainda estavam lá. Podemos dizer que durante o trajeto o major se aproximava mais do que nunca do que agora chamamos de História.

O major entrou na Sede do Governo cheio de confiança e determinação, com a satisfação de um enxadrista que tivesse acabado de fazer uma jogada brilhante e inesperada. Foi conduzido imediatamente ao Gabinete do Governador, onde também se encontrava o doutor Nuri.

"Por favor, explique por que você fez isso, o que pretendia e como se propõe a corrigir o problema", disse o governador, furioso. "Agora estamos isolados do mundo no meio de uma epidemia."

"Mas Vossa Excelência sempre disse que, 'Se pelo menos Istambul parasse de mandar telegramas por alguns dias', o senhor rapidamente conseguiria dar fim a uma eventual resistência à quarentena."

"Isso não é piada!"

O doutor Nuri interveio. "Vossa Excelência, caso queira, podemos restabelecer a linha telegráfica agorinha mesmo e em meio dia voltar a receber as ordens de Istambul e do palácio. Ou podemos adotar uma atitude mais... serena a respeito dos reparos. Assim ninguém terá como interferir por alguns dias, conforme o senhor queria..."

"Não deixamos *ninguém* interferir nos nossos assuntos", disse o governador Sami paxá. "Você está preso", ele declarou, voltando-se para o major.

Dois guardas entraram na sala e o major não resistiu. Enquanto o levavam para ser trancafiado em uma cela no térreo do prédio, o governador lhe assegurou que providenciaria que os irmãos cuidassem bem de Zeynep. Ficou impressionado com a postura equilibrada, resoluta, do major.

A autoconfiança do major sem dúvida era decorrente da sensação de que a Invasão do Telégrafo fora um sucesso. Desde o começo, e antes de sequer adquirir sua nomenclatura oficial, a Invasão do Telégrafo havia se tornado uma fonte de esperança. Agora todos sentiam medo — até os "fatalistas" que os europeus tinham cometido o equívoco de menosprezar, até os que eram insensíveis e tolos a ponto de caçoar do medo alheio. O bloqueio internacional e o naufrágio do barco de refugiados haviam provocado em todos eles uma profunda sensação de encarceramento. Sempre que abriam os jornais e viam matérias sobre os terríveis eventos que aconteciam em outros lugares, as pessoas sentiam gratidão por Deus tê-las posto naquela ilha isolada, longe de todas as guerras, desastres e confusões globais. Mas a sensação de distância que a ilha lhes dava de repente parecia uma maldição.

A luz que sempre se espalhava pela cidade em meados de junho — às vezes de um amarelo-claro, às vezes pálida e incolor — agora dava a todos a sensação de terem sido condenados a uma versão peculiar do inferno. Como se a peste em si fosse uma presença amarela pairando no céu, perseguindo constantemente o povo de Mingheria e escolhendo, sem pensar muito, qual vida aniquilar em seguida.

Um contingente substancial que acreditava que a doença fora trazida "de fora" tinha a verdadeira convicção de que as potências estrangeiras que infiltraram a doença eram as mesmas que agora tinham o descaramento de bloquear a ilha com os navios de guerra. Alguns cristãos também eram dessa opinião.

O governador paxá percebeu esse clima entre seus súditos antes de todo mundo. Pouco depois, soube por seus informantes que o major, encarcerado na Sede do Governo, estava se tornando uma figura cada vez mais reconhecida entre os comerciantes muçulmanos, os bandos de arruaceiros beligerantes dos bairros de Vavla e Kadirler, e até entre os membros da comunidade grega que odiavam o governador.

"Agora ninguém mais vai poder interferir nos seus assuntos", disse o doutor Nuri quando se sentaram diante do mapa epidemiológico naquele mesmo dia.

O Sami paxá respondeu contando uma lembrança pessoal que lhe era muito cara: "Quando éramos jovens, nós que trabalhávamos no departamento chefiado pelo saudoso Fahrettin paxá (que por um tempo morou no casarão vizinho ao nosso) às vezes nos reuníamos depois do expediente com os colegas que trabalhavam do outro lado da rua, no Departamento de Tradução, e contávamos nossos sonhos para o futuro da nação. Numa dessas conversas, nosso amigo Necmi, de Nazilli, nos desafiou a responder o que faríamos para garantir o bem-estar da nação se naquele dia um de nós se tornasse grande vizir e tivesse todo o poder na mão".

"Qual foi a sua resposta, paxá?"

"Devia ter espiões e informantes entre nós, então, assim como todos os demais, rezei à saúde de Sua Alteza, o sultão Abdülaziz, e disse algumas banalidades. Até hoje me arrependo da mediocridade das minhas sugestões! Eu disse: 'Daria prioridade à ciência e à educação, fecharia as escolas religiosas, criaria universidades ao estilo europeu'. Passei anos a fio me perguntando o que eu poderia ter dito, que resposta teria sido mais interessante, mais adequada... Às vezes me questiono se não deveria dar a todos esses biltres e depravados o castigo que eles merecem! Às vezes me exaspero com os mulás, que só fazem enfraquecer nossa quarentena, e com os xeques charlatões que distribuem folhetos com orações contra a peste. Os cônsules daqui também vivem me aporrinhando. Mas, sabe, ultimamente eu venho pensando que a melhor coisa para a ilha seria banir todos os cristãos."

"Mas por quê, paxá? E se eles não quiserem ir embora? O que o senhor faria... mataria todos eles?"

"Claro que não! Não poderíamos fazer uma coisa desses nem se quiséssemos. A maioria é inteligente, competente, trabalhadora. Mas é uma fonte de muito sofrimento pessoal eu não poder fazer nada enquanto tanta gente agoniza por pura indisciplina, insubordinação, teimosia e ignorância. Agora todos esses cônsules desprezíveis vão arrumar uma reclamação, uma ameaça, uma mentira, e exigir que a agência dos correios seja reaberta. Talvez tenha chegado a hora de botar todos eles no devido lugar."

"Não faz isso, paxá. Eles também começariam a se contrapor à quarentena, só por despeito. Talvez o senhor possa dizer que a culpa é da agência telegráfica e que nossa linha com Istambul foi cortada. O senhor pode dizer aos cônsules que já prendeu o major, que de jeito nenhum o senhor aprovaria um incidente ultrajante como esse."

"Na verdade, nossa conexão com Istambul não está cortada!", disse o governador. "A linha telegráfica da agência dos correios está a todo vapor. Pedi ao criptoanalista municipal que continuasse decifrando as mensagens que chegarem."

O paxá já tinha lido os dois últimos telegramas de Istambul. Um dizia que o navio socorrista *Sühandan* estava a caminho e pedia providências para sua chegada. Quanto ao teor do segundo, o governador resolveu dividi-lo com o doutor Nuri. "O Comitê de Quarentena de Istambul solicita que, de agora em diante, quaisquer exames médicos conduzidos nas vias que ligam Arkaz às outras cidades da ilha, Zardost e Teselli, incluam a checagem da temperatura dos viajantes com a ajuda de um termômetro. Mas não temos termômetros suficientes. Por que estão nos pedindo isso?"

O doutor Nuri explicou que esse tipo de medida fora adotado na Índia, onde a doença se alastrara por áreas rurais, em Caxemira e no centro de Bombaim. "Para Istambul, a única coisa que interessa é que a doença não se espalhe pelo resto da ilha", um murmurou para o outro. No dia seguinte, o governador calou os protestos furiosos dos cônsules declarando que já tinha prendido o major, porém não ordenou que se restabelecesse a linha telegráfica ao público.

43.

Na manhã de segunda-feira, vinte e quatro de junho, o governador convidou o cônsul britânico George bei a visitar seu gabinete, enviando um funcionário municipal à residência dele no bairro de Hora, uma casa famosa pela vista magnífica. O cônsul, incluído de propósito pelo Sami paxá no Comitê de Quarentena, não andava com muita boa vontade em relação ao governador.

O Sami paxá gostava bastante do George bei e o preferia a todos os outros cônsules. O britânico não estava ali para representar uma empresa de navegação nem algum interesse comercial de sua nação, mas apenas por amor à ilha, e como era britânico de nascimento, era cônsul de verdade, e não mero vice-cônsul. Quinze anos antes, era um jovem engenheiro de mudança para o Chipre que ia trabalhar nos projetos de infraestrutura pública do protetorado britânico. Fazia nove anos que, depois de casar com uma mingheriana ortodoxa que conheceu lá, ele havia se mudado para Mingheria. Ao contrário dos cônsules naturais de Mingheria, ele não usava descaradamente os privilégios consulares e as isenções alfandegárias em proveito próprio.

O paxá também nutria um respeito sincero por aquele homem por ele tratar a esposa como sua igual: George e Helen volta e meia eram vistos juntos, passeavam e faziam piqueniques, viviam procurando as melhores vistas panorâmicas da ilha e cochichavam o tempo todo. Tinham apresentado o governador paxá ao marido de Marika (que mais tarde faleceria) antes mesmo de o governador conhecer Marika. Naqueles primeiros anos, sempre que ia à casa do cônsul para uma taça de vinho e curtir a vista espetacular, o governador alardeava para o casal que preferiria morrer a ceder aos covardes que queriam arrancar aquela bela ilha de Mingheria, pérola do Levante, das mãos do Império Otomano, e jurava que lutaria contra todos eles até o último suspiro. Embora percebesse que consideravam suas opiniões sobre o amor, o casamento e a vida um bocado toscas e pretensiosas, e apesar de às vezes desconfiar (talvez sem base nenhuma) de que caçoassem dele pelas costas, o governador paxá continuava apreciando as conversas e a amizade do George bei.

Foi, infelizmente, uma discussão sobre livros que os afastou, bem como uma discordância sobre liberdade de expressão que de repente azedou. Sob o reinado do sultão Abdul Hamid II, qualquer livro expedido do exterior deveria primeiro ser encaminhado à Sede do Governo, onde seria julgado "adequado" antes de ser liberado e seguir para o destinatário. O George bei, que em seu tempo livre estava escrevendo a história de Mingheria, virava e mexia tinha suas monografias e memórias encomendadas em Londres e Paris confiscadas por conteúdo perigoso, ou entregues com muitos meses de atraso. Essas dificuldades eram causadas pelo comitê encarregado de avaliar os livros, composto por três funcionários municipais que por acaso sabiam um pouco de francês. O George bei pediu ao amigo governador que intercedesse junto ao Comitê de Avaliação para que agilizasse os pareceres, e durante um tempo a coisa andou. Mas então o tempo para reaver os livros voltou a se alongar, e o George bei recorreu à agência dos correios franceses de Mingheria — ou seja, os escritórios dos Mensageiros Marítimos, na rua Istambul — como endereço postal.

Aos olhos do governador paxá, a solução de monsieur George era uma conspiração política bem como uma afronta pessoal ardilosa e sorrateira, mas ao mesmo tempo ele tinha medo do que poderia acontecer caso os informantes do palácio na ilha denunciassem a Abdul Hamid que livros perigosos circulavam livremente em Mingheria, e foi nesse estado de grande agitação que ele conseguiu, dois meses antes, apreender um baú com uma nova remessa de livros destinada ao George bei.

Essa operação havia mobilizado recursos investigativos consideráveis. Primeiro os espiões do governador paxá informaram que o cônsul George andava se gabando do novo carregamento de livros que chegaria da Europa, e então o governador instruiu seus informantes nas docas e nas agências dos correios que ficassem atentos a essa entrega para que se pudesse rastrear o baú até a assim chamada agência dos correios franceses. Mais tarde, quando os livros estavam sendo encaminhados para a casa do cônsul, a polícia interceptou a carroça e confiscou o baú com a desculpa de que o cocheiro muçulmano era procurado pelas autoridades por roubo. O baú foi aberto e o governador paxá mandou que os livros fossem enviados ao Comitê de Avaliação do governo. Por trás das atitudes do governador ressoava a discussão de longa data em que ele e George estavam enredados: o problema de "como blindar o Estado e o público de livros perigosos" era uma questão que o governador sempre gostava de debater, embora agora se arrependesse de ter deixado essa rusga específica se estender por tanto tempo.

Naquela manhã, quando viu a expressão no rosto de George assim que ele entrou em seu gabinete, o paxá percebeu que a época de rinhas pacíficas e gracejos amigáveis entre os dois estava definitivamente encerrada. Recorrendo ao francês rudimentar em que sempre conversavam, o cônsul, seus modos agora reservados, perguntou quando a agência dos correios seria reaberta e quando os serviços telegráficos normais seriam retomados.

"Tivemos um problema técnico", disse o governador. "O major se excedeu e agora está na prisão."

"Os cônsules acham que você o incentivou."

"Com que objetivo e para beneficiar a quem eu faria uma coisa dessas?"

"Estão incensando o major como herói nos bairros de Çite e Vavla. Todo mundo está com medo da Brigada de Quarentena. Você sabe melhor do que ninguém a quantidade de gente que acredita que a doença foi trazida para cá de propósito, para causar prejuízos e facilitar a usurpação da ilha ao governo otomano, assim como aconteceu com Creta... Essa gente aprovou a Invasão do Telégrafo. O que estamos vendo é o que Abdul mais queria evitar na Rumélia e nas ilhas dele: um conflito entre gregos e muçulmanos."

"É realmente lamentável."

"Vossa Excelência, em homenagem à nossa amizade, não posso deixar de avisar", disse monsieur George, seu francês melhorando como sempre acontecia quando se emocionava. "A Grã-Bretanha e a França não vão mais tolerar essa doença ameaçando as fronteiras europeias. As Grandes Potências jamais conseguiram conter a peste na Índia e na China porque são territórios muito distantes e os nativos são ignorantes e intratáveis. Mas aqui a epidemia precisa ser contida, está colocando em perigo também a Europa. Se não fizermos isso por nós, eles estão preparadíssimos para mandar os soldados deles para erradicar a doença e até evacuar a ilha inteira se necessário."

"Nosso sultão jamais permitiria uma coisa dessas", retrucou o governador, perdendo a calma. "Se os britânicos chegassem aqui com as tropas hindus, a gente não titubearia em usar os árabes da nossa caserna, e você pode ter certeza de que lutaríamos até o último homem. Eu também lutaria."

"Meu caro, como você bem sabe, há tempos que Abdul Hamid está pronto para abrir mão desta ilha, assim como abriu mão do Chipre e de Creta", monsieur George disse, sorrindo.

O governador paxá o encarou com ódio. Porém sabia que era tudo verdade. Depois de o ajudarem a reaver alguns dos territórios balcânicos que havia perdido para os russos na guerra de 1877-78, Abdul Hamid praticamente deu o Chipre de presente aos britânicos, pedindo em troca apenas que a bandeira otomana continuasse hasteada na ilha. O governador paxá se lembrou das famosas palavras do escritor Namık Kemal: "Por acaso algum Estado estaria disposto a sacrificar seu castelo?". Era uma fala da peça *Vatan yahut Silistre* (Pela Pátria e Silistra), dita pelo doce e inocente soldado Islam bei. Mas o Estado otomano vinha recuando fazia cento e cinquenta anos — um castelo, uma ilha, uma nação e uma província de cada vez.

Tomado por uma onda de autoconfiança e determinação que nem ele saberia explicar, o governador paxá usou de frieza e ironia ao fazer a seguinte pergunta ao cônsul George: "Então o que você sugere que a gente faça?".

"Ontem mesmo me encontrei com Sua Excelência Constantinos efêndi, líder da congregação grega…", disse o cônsul George. "O mais sensato seria que os muçulmanos e cristãos da ilha, seus sacerdotes e xeques, divulgassem uma declaração conjunta conclamando que velhas rivalidades sejam esquecidas e que todos lutem irmanados contra esse flagelo. É claro que os serviços telegráficos também precisariam ser restabelecidos imediatamente…"

"Se as coisas fossem tão simples como você tem a benevolência de dar a entender!", disse o governador. "Vamos, o cocheiro Zekeriya vai nos levar aos lugares mais infectados, mais fedorentos, assim talvez você possa mudar de ideia."

"A ilha inteira já sabe que o cadáver que estava espalhando aquele cheiro terrível pelo bairro de Çite finalmente foi encontrado", disse o cônsul. "Quem foi o responsável por tamanha negligência? Mas é claro que seria uma grande honra entrar em seu landau para acompanhá-lo numa inspeção, caro paxá."

Em geral, quando o George bei se dirigia a ele com a cortesia exagerada de um diplomata em vez de tratá-lo como amigo, o governador paxá começava a se preocupar e desconfiar de que o cônsul estava tramando contra ele, mas nessa ocasião ficou apenas contente pela oportunidade de fazer um passeio com ele. Depois de entrar em detalhes minuciosos e desnecessários com o cocheiro a respeito do trajeto até Çite, o governador pediu que monsieur George se sentasse a seu lado, e não no banco em frente ao dele, e abriu as janelas do landau.

À medida que avançavam em direção à Mesquita Nova, o paxá estranhava a desolação das ruas. Mesmo no passado, quando não havia a peste, ele achava deprimente não ver ninguém ao ar livre.

Viram que a maioria das lojas à beira do riacho estava com as portas abaixadas. Na região do comércio, duas barbearias seguiam abertas (ninguém mais aparecia para se barbear, a não ser um punhado de senhores "fatalistas"; quanto a Panagiotis, sua barbearia estava fechada naquela manhã), além de alguns ferreiros que provavelmente morreriam de fome se parassem de trabalhar. A Brigada de Quarentena havia atormentado tanto os comerciantes gregos e muçulmanos por resistirem à sua autoridade e burlarem as proibições da quarentena, e trancafiara tantos na prisão do castelo, que a maioria deles parara completamente de abrir o comércio e não ia mais ao mercado. A princípio o paxá fora contra, insistindo que deveriam manter algum simulacro de ordem acerca de como as lojas eram fechadas, mas no momento em que já nem seria possível organizar um sistema para isso, o centro comercial já estava deserto e totalmente silencioso.

Com a colaboração do doutor Nikos e da comunidade grega local, e a ajuda das autoridades municipais e da gendarmeria, um mercado de produtos alimentícios tinha sido montado na Escola Secundária Grega, se estendendo pelo pátio e pelo térreo do prédio (com ratoeiras em todos os cantos).

Fiscalizado pelos médicos da quarentena e pulverizado de Lysol a toda hora por uma equipe de operadores de bombas de desinfetante, o mercado vendia ovos, nozes, romãs, queijos temperados com ervas, figos, passas e outros produtos igualmente "seguros" trazidos do interior. O governador tinha inaugurado esse comércio pensando nas pessoas que aos poucos começavam a passar fome porque se recusavam a sair de casa e não conseguiam encontrar comida, e ele estava louco para mostrar ao cônsul o sucesso da empreitada e sua praticidade. Mas o cônsul já o conhecia: ele ia lá todo dia, disse, não havia lugar melhor do que o mercado para descobrir o humor das pessoas. Aqueles vendedores corajosos que se deslocavam até lá uma vez por semana e passavam por exames médicos antes de entrar na cidade para confirmar que não estavam com febre também informavam monsieur George dos últimos acontecimentos, não só no norte da ilha como também nos povoados que ficavam perto de Arkaz. (Ao ouvir essas palavras, o Sami paxá, desconfiado por natureza, não pôde deixar de se perguntar se o cônsul não estaria coletando informações para um possível desembarque militar no norte da ilha.)

44.

O landau blindado entrou na rua Istambul. Dois meses antes, era a rua mais vibrante, mais movimentada da ilha, mas agora estava um deserto. As agências de viagem (Mensageiros Marítimos, Lloyd, Thomas Cook, Pantaleon, Fraissinet), o escritório do tabelião Xenopoulos e o estúdio do fotógrafo Vanyas continuavam funcionando, mas não se via ninguém por perto. O landau dobrou uma esquina e eles avistaram um menino grego de mãos dadas com a mãe, os olhos fixos no lugar onde o ambulante Luka — que tinha morrido de peste — vendia *leblebi*, grão-de-bico tostado e temperado. Ao avistar o landau, a mãe de rosto pálido e manto preto (cujo nome era Galatia) gelou por um instante e em seguida tapou os olhos do filho às pressas para impedi-lo de ver a carruagem do governador. O menino de onze anos era Yannis Kisannis, que quarenta e dois anos depois se tornaria ministro das Relações Exteriores da Grécia, seria acusado de traição e colaboração com os nazistas, e escreveria suas memórias, *Ta Viomata Mu* (O que eu vi), rememorando com nostalgia a infância, e com franqueza os horrores da peste de 1901.

Àquela altura, o governador e o cônsul já estavam tão acostumados a ver pessoas com ideias e comportamentos bizarros que mal repararam nas atitudes da mãe vestida de preto. Por outro lado, mais tarde levaram um baita susto quando um homem se atirou na frente do landau e exigiu — sem recuar sob os cassetetes dos guardas — saber onde estavam a esposa e os filhos desaparecidos. O governador havia decidido que mereceria ser punido todo aquele que afrontasse abertamente as instruções dos médicos e da Brigada de Quarentena. Nenhuma piedade a quem protestasse depois de ter a casa desinfetada, evacuada e lacrada, nem a quem tentasse atacar os médicos ou infectá-los de propósito.

De repente foram perturbados por um estrondo ensurdecedor. Concluíram imediatamente que alguém teria jogado uma pedra grande ou um bloco de madeira no teto do landau. O experiente cocheiro Zekeriya apressou os cavalos antes de virar à esquerda, na rua da Fonte Rosada, e parar o veículo. Fez-se silêncio. Escutaram a respiração ofegante dos cavalos. Dessa vez o governador não desceu. Alguns dias antes, quando passaram perto da fraternidade Rifai, no bairro de Vavla, algumas crianças jogaram pedras no landau e saíram correndo antes que os guardas conseguissem pegá-las. Em seus cinco anos como governador, era a primeira vez que ocorria algo do gênero.

"É isso o que acontece quando você se alia a xeques e homens santos", disse o cônsul George, levemente petulante.

Quando os pacientes e médicos que estavam nos jardins do Hospital Hamidiye viram o landau do governador paxá seguido pela carruagem com seus guardas, ficaram na expectativa de que ele parasse, mas os cavalos passaram correndo, como que para fugir da área mais desolada e contaminada da cidade. Na bifurcação da rua, se aproximando do bairro de Germe, o cocheiro Zekeriya escolheu a pista mais larga.

"Ouvi falar que o chef Fotiadi do hotel Regard à l'Ouest morreu depois de fugir para o povoado dele", disse o cônsul, como se falasse de um amigo de longa data.

A notícia entristeceu o governador. O cônsul e ele almoçavam uma vez por mês no restaurante no hotel, em um despenhadeiro rochoso que ficava depois do quebra-mar, e conversavam amistosamente sobre as diversas aflições da ilha. Discutiam todo tipo de questão, da iluminação pública da cidade a seu sistema de esgoto limitado e sempre transbordante, das ilegalidades nas docas às pequenas trapaças do cônsul grego Leonidis, do comércio de pedra mingheriana às complexidades do cultivo de rosas. Naquela época, a admiração do governador pelo cônsul britânico crescera enormemente.

Fazia três anos. Na época, a ilha — bem distante das guerras, epidemias e batalhas nacionalistas de qualquer espécie — era um lugar tão pacato que eram perfeitamente possíveis amizades e debates políticos que nem sonharíamos ter hoje em dia.

No trajeto até o bairro de Çite, um rapaz de túnica roxa, sinal de que pertencia à seita Halifiye, postou-se à beira da pista ao ver o landau se aproximar e apontou o amuleto pendurado no pescoço, pinçado entre o indicador e o dedo médio, conforme os xeques sempre instruíam. Quando o landau passou por ele, o cônsul e o governador viram os lábios do rapaz se moverem e entenderam que ele devia estar recitando uma prece.

Sentiram o cheiro assim que o landau ultrapassou o rapaz de túnica roxa. Era um cheiro ao qual nem depois de nove semanas os cidadãos de Arkaz haviam se acostumado. Às vezes não se notava, às vezes era tão pungente que a garganta ardia. E às vezes só se sentia o aroma de rosas. Só quando alguém morria dentro de uma casa ou num jardim ou em algum lugar inesperado, e o cadáver ficava descoberto por um tempo, é que o cheiro do corpo era soprado pelo ar, e ainda assim dependia da direção do vento. Os médicos que examinavam esses cadáveres encontrados por causa do fedor que exalavam descobriam que a pessoa havia morrido em outro lugar antes de o corpo ser transferido, ou que não tinha morrido de peste, e sim de surra ou faca. As pessoas morriam sozinhas, escondidas da peste e do mundo em um cantinho invisível, insondável, que se orgulhavam de ter transformado no cantinho delas, e só eram descobertas quando o cadáver começava a feder. Cozinheiros, empregadas, vigias e casais invadiam casas vazias que tinham sido vedadas e abandonadas depois que o dono fugira do surto, e ficavam mortos lá dentro por dias a fio sem que ninguém os descobrisse.

Ao entrar em Çite, viram um menino aos prantos. Parecia não ter interesse em nada ao redor, nem mesmo no landau do governador. Foi uma cena tão comovente que o paxá ficou tentado a parar a carruagem para consolar a criança. O cônsul ficou igualmente pesaroso. Havia pouco, a comunidade grega transformara um prédio neoclássico desocupado atrás da Escola Secundária para Meninas Marianna Theodoropoulos em uma espécie de orfanato que abrigava dezessete crianças (segundo os últimos números recebidos pelo governador) cujos pais haviam morrido da doença. Nos bairros muçulmanos de Çite, Germe e Bayırlar, já eram mais de oitenta crianças órfãs. Geralmente eram acolhidas por tios e tias ou algum outro membro da família que tivessem na cidade, ou mesmo por vizinhos e conhecidos.

Mas como também havia algumas crianças da comunidade muçulmana sem parentes que pudessem criá-las porque a família havia sido trancada no centro de isolamento do castelo como casos confirmados ou suspeitos, o governador acabara deixando quase vinte crianças muçulmanas aos cuidados do orfanato grego. Uma semana depois, ele ficara furioso ao saber por informantes que vigiavam as redondezas da fraternidade Kadiri que os discípulos dessa seita haviam feito um abaixo-assinado protestando contra a cristianização de crianças muçulmanas na Escola Secundária Grega. O governador mandou que o dervixe Kadiri, autor da petição — um rapaz esquisito de óculos —, fosse preso por violar as regras da quarentena. Mas nesse ínterim o dervixe de óculos desapareceu e, seguindo a sugestão do diretor da Previdência Social, o doutor Nuri propôs que o edifício da era veneziana na rua Broto, no bairro de Camiönü, fosse transformado em lar reservado às crianças muçulmanas órfãs. O paxá ficou ainda mais indeciso quanto ao que fazer, pois assim como todos os burocratas otomanos, e sobretudo todos os governadores otomanos, ele sempre havia defendido o "axioma inquestionável" de que o instante em que o Estado passasse a fazer distinção entre cristãos e muçulmanos ao oferecer seus serviços e a proteção devida a todos os cidadãos seria o início do fim do Império Otomano. Como a preparação do orfanato muçulmano estava demorando mais do que o esperado, o paxá acabou mandando mais crianças para o orfanato grego.

A luta dessas crianças pela sobrevivência, se escondendo em casas vazias e vivendo de nozes roubadas e limões e laranjas que colhiam das árvores, é um assunto tão vívido quanto comovente. Hoje em dia, os livros escolares de nível fundamental e médio publicados na ilha tendem a descrever as aventuras desses órfãos da peste sob uma luz idealizada, influenciada por um nacionalismo romântico, e embora a maioria dos meninos dessas gangues infantis tenha falecido durante a epidemia, as histórias são contadas como se a peste nunca tivesse infectado essas crianças. Os livros escolares da década de 1930 retratam essas pobres crianças como as mais antigas, puras e genuínas descendentes dos mingherianos vindos das cercanias do mar de Aral, milhares de anos atrás. Seriam chamadas informalmente de "Crianças Imortais", nome mais tarde adotado pela Associação de Escoteiros Mingherianos até que, a pedido da Organização Mundial do Movimento Escoteiro, elas passassem a ser conhecidas como "Jovens Rosas".

As crianças que haviam atacado o landau protestavam contra o destino de alguns amigos delas que, mesmo sem íngua, haviam sido isolados porque estavam com febre e acabaram contaminados no centro de isolamento. Conforme os relatórios que o paxá tinha recebido de bairros tanto muçulmanos quanto cristãos, para as crianças, o aspecto mais aterrorizante da peste não era que ela pudesse matar o pai e a mãe ou os dois ao mesmo tempo, deixando--as completamente sozinhas no mundo, mas ver a mãe tão doce e carinhosa se transformar, diante da proximidade da morte, num animal infame, desesperado, egoísta. Algumas desistiam do mundo e corriam o mais longe que conseguiam, como se possuídas por um demônio.

Quando o landau deu uma guinada, ao subir e virar à direita para entrar no bairro de Turunçlar, o cocheiro fez o que os soldados da Brigada de Quarentena sempre faziam: tampou o nariz com um pano. O governador fechou a janela. O fedor era tão horrível nos últimos três dias que algumas famílias tinham abandonado o bairro e foram se hospedar na casa de amigos. Uma brisa leve, hesitante, que soprava do oeste, espalhava a fedentina pela cidade inteira e narinas adentro, inclusive as do paxá quando estava no Gabinete do Governador (e as da princesa Pakize enquanto se ocupava das cartas), e as pessoas estavam ficando exasperadas. Circulava até um boato de que o cheiro vinha de uma cova coletiva escondida, mas não havia nisso nem um pingo de verdade.

As carruagens pararam ao avistar um grupo de funcionários municipais e soldados da Brigada de Quarentena reunidos, entre os quais estava o doutor Nuri, que vendo os guardas formarem um círculo em volta de uma das carruagens logo deduziu que o governador estivesse dentro dela. Porém se surpreendeu quando, ao subir no veículo, viu também o rosto simpático e a figura rotunda do cônsul britânico.

O governador sabia que os dois se conheciam, mas mesmo assim fez as apresentações de praxe. E então o doutor contou que tinham acabado de revistar uma casa antiga de madeira na qual foram encontrados os corpos de duas pessoas que deviam ter morrido nos braços uma da outra pelo menos vinte dias antes, espremidas em meio às vigas no vão entre dois andares. Era difícil saber se eram casados, amantes ou alguma outra coisa. Com tanta gente acreditando que a doença poderia se alastrar pelo cheiro e pelo tato, a tarefa de resgatar os cadáveres coubera a Hayri, um corajoso recruta da Brigada de Quarentena.

A notícia de que os corpos de dois jovens não identificados haviam sido encontrados se espalhou, e todos que estavam à procura de um irmão ou filho desaparecido se dirigiram a Turunçlar. O médico e príncipe consorte levou o governador ao quintal da casa, protegida do sol pelos limoeiros. O mau cheiro fez os limões, com suas cascas corrugadas, parecerem frutas mortas pendendo entre folhas.

"Não vai bastar um cordão sanitário para proteger essa casa, paxá, nem sentinelas e soldados. Vamos ter que atear fogo!", o doutor Nuri disse num acesso de emoção. "Não existe fenol suficiente para desinfetá-la agora. Até eu acho que a peste pode se alastrar a partir de uma casa como essa, havendo ou não ratos e pulgas por perto."

"O senhor disse que o Bonkowski paxá foi assassinado porque planejava atear fogo a algumas ruas."

"Estava apenas especulando sobre a possível motivação do assassino", explicou o doutor Nuri. "Não nos resta alternativa se quisermos nos livrar dessa contaminação rapidamente."

Alguns historiadores argumentam que foi "errado", se não inútil, botar fogo na casa. Mas quando a mesma pandemia se alastrou pela Índia, em Bombaim, e sobretudo na zona rural, foram incendiadas muitas casas que estavam caindo aos pedaços, prédios que desmoronavam, cabanas e lixões. Os agentes de quarentena de Caxemira, de Singapura e da região de Gansu, na China, queimavam prédios, ruas e até povoados inteiros para impedir que a epidemia atingisse cidades maiores. Nesses lugares, aliás, a imagem das labaredas vermelhas e amarelas e da fumaça preta do fogo pairando sobre amplas planícies e vastidões áridas, carentes, muitas vezes era um sinal da vizinhança da peste.

O governador paxá foi falar com o diretor de Quarentena Nikos e ordenou que se esvaziassem os arredores e se ateasse fogo em tudo. Decidiram que os mais indicados para a tarefa eram os valentes bombeiros e os soldados da Brigada de Quarentena encarregados do fosso de incineração e os mandaram descer a Turunçlar. Governador e diretor ficaram perto do landau, onde podiam conversar mais à vontade. Algumas pessoas reunidas mais adiante na rua viram o governador e tentaram abordá-lo.

Ele entrou no landau e sentou de frente para o cônsul. O cheiro invadira a carruagem. Como dois cadáveres podiam causar um fedor daqueles? Quando a carruagem estava prestes a andar, a porta se abriu. O doutor Nuri embarcou.

Enquanto o landau blindado sacudia um pouquinho a caminho da Sede do Governo, o cônsul George, o governador e o doutor Nuri se calaram. O Sami paxá tinha cruzado os braços sobre o peito e olhava para as mãos como se dissesse que já tinha visto o suficiente naquele dia. O cônsul tinha os olhos fixos nas ruas, mas a expressão impassível de seu rosto parecia exclamar: "Não estou acreditando na calamidade que acabei de testemunhar!".

O landau estava entre a fraternidade Rifai e a Mesquita Nova quando o mar surgiu entre as ruas pela janela direita do veículo, e o governador deu uma breve olhada para a água como se talvez conseguisse avistar os navios de guerra dali. "Sua opinião tem uma importância excepcional para nós, monsieur George", ele disse. "O que precisamos fazer para que esses navios de guerra saiam dos nossos mares e cessem o bloqueio?"

"Como sugeri a você em seu gabinete, hoje mais cedo, Vossa Excelência", o cônsul começou, falando como um amigo de longa data e um humilde diplomata, "é preciso que o transporte dos acometidos pela peste para a Europa seja interrompido."

"Tomamos todas as precauções que Istambul pediu, e até algumas que não pediu. Diga à sua gente que estamos fazendo todo o necessário, e com o máximo de integridade e compromisso, mas mesmo assim o número de mortes não cai", declarou o governador.

"Se você considerar a ideia de reabrir a agência telegráfica, a ajuda e o socorro de que precisa vão chegar. Mas tem outro assunto... O rapaz de túnica roxa no bairro de Çite... Por que ele é tão hostil com você e com todos nós, paxá? Está bem claro que, se pudesse, ele zombaria de todas as medidas de quarentena e se possível nos destruiria."

"Aquele rapaz é Halil, discípulo ardoroso do xeque Hamdullah!", disse o paxá. "Esses são os piores. Todo mundo vive falando dos outros xeques charlatões e de seus folhetos de orações inócuos. Por que ninguém diz logo que é o xeque Hamdullah quem está por trás disso tudo? Por que nunca falam o nome dele em público? Os soldados da Brigada de Quarentena estão descontentes porque botei o comandante deles na prisão!" Era a primeira vez na história de Mingheria que alguém usava a palavra "comandante" dessa forma. "Mas eles são os únicos capazes de subjugar o xeque e os homens dele. É por isso que tenho que soltar o major e deixar que ele volte para os soldados dele", o governador prosseguiu.

"Você já deve estar sabendo que o xeque foi infectado, não?!", disse o cônsul George, sem fazer objeção ao plano de soltura do major.

"O quê?", disse o governador Sami paxá. "O xeque Hamdullah?"

Assim que chegou à Sede do Governo, o governador libertou o major e pediu que ele fosse a seu gabinete, onde o aconselhou a não deixar que o apoio do povo lhe subisse à cabeça, a desaparecer de vista e a não se afastar muito de seus soldados.

45.

O governador ficou surpreso e até meio abalado ao saber que o xeque Hamdullah fora infectado. Em seus primeiros anos como governador, fizera amizade com ele, a quem tinha em mais alta conta do que às multidões carentes, fiéis, que se aglomeravam a seu redor. Era possível que no fundo também acreditasse na sabedoria e transcendência do xeque. Depois de cavoucar em busca de mais informação e descobrir boatos de que ele sofria de alguma doença mas recusava tratamento, dizendo ter entregado a vida "ao destino e à providência divina", o governador lhe mandou uma carta. Escreveu que tinha ouvido falar da doença, mas que o médico especialista em peste mais estimado do sultão estava na cidade e poderia examiná-lo e tratá-lo imediatamente. Para atuar como intermediário, o governador convocou o primogênito da família tradicional otomana Urgancızâde, Tevfik, dono de uma empresa de navegação, com quem o xeque e o governador conviviam quando ficaram amigos, cinco anos antes.

Na manhã seguinte, um velho dervixe de barba grisalha arredondada e chapéu cilíndrico de feltro (o nome dele era Nimetullah efêndi, mas insistia em ser tratado por "regente") veio da fraternidade e entregou a resposta aos funcionários da Sede do Governo. O governador tinha chegado cedinho no gabinete, e ao ler o bilhete do xeque declarando, numa letra muito elegante, que ficaria contente em aceitar o oferecimento e honrado em receber a visita do médico e príncipe consorte, sentiu a alegria de alguém que tivesse obtido uma vitória conclusiva, definitiva, contra a peste.

Mas Hamdullah impôs uma condição: os soldados da Brigada de Quarentena que haviam ultrajado o sagrado (o xeque escrevera "imaculado") tesouro da lã e feltro da seita Halifiye nunca mais poderiam pôr os pés na fraternidade. O governador aceitou. Discutiu o assunto com o diretor de Quarentena Nikos e com o doutor Nuri, que acabara de chegar.

"Agora que o xeque se deu conta de que pode morrer, ele entendeu que é besteira evitar os médicos", disse o governador.

"Nem todo mundo que se infecta está fadado a morrer!", retrucou o doutor Nuri.

"Se é esse o caso, então por que ele nos mandou uma resposta?"

"Paxá, cansei de ver autoproclamados xeques importunando governadores e líderes locais nas cidades do interior só para ganhar fama. Essa gente provoca embates com as autoridades, cria um alarde enorme, e depois faz da reconciliação um espetáculo grandioso, tudo para mostrar sua importância aos discípulos ignorantes. Tem muitos xeques, muitas fraternidades e seitas por aí. Para eles, é essencial que seu nome seja ouvido e que as pessoas saibam de sua presença."

Havia vinte e oito seitas muçulmanas só em Arkaz. Era bastante para uma cidade com uma população de apenas vinte e cinco mil pessoas, metade delas cristãs. Nos anos seguintes à conquista otomana da ilha, essas seitas foram eficientes na conversão de cristãos ao islamismo, e portanto o governo imperial em Istambul tinha dado a quase todas elas certo grau de apoio.

De eruditos veneráveis a salafrários absolutos, a essa altura havia todo tipo de xeque em Mingheria, alguns pios, alguns com amor pelos livros, alguns extremamente duros, cada um envergando uma veste de cor diferente. Quando um soldado nascido em Mingheria conseguia ser promovido em Istambul e se tornava paxá ou até vizir, era normal que doasse a renda de suas posses espalhadas pelo Império Otomano a uma das seitas da ilha (como havia feito o mingheriano Mahmut paxá, que financiara a Mesquita Nova de Arkaz). Às vezes as pessoas afeiçoadas à ilha e que conseguiam se distinguir em alguma área a ponto de enriquecer mandavam presentes e ouro de Istambul para Mingheria, para o xeque da fraternidade com a qual o governo acreditava estar mais alinhado, ou doavam a renda de uma fábrica de azeite de oliva ou de dois povoados de pesca gregos ou do aluguel de algumas lojas na cidade para financiar a construção de uma nova fraternidade ou a reforma de uma mansão sem uso para se tornar um alojamento para novos dervixes. Mas quando o Império Otomano começou a perder territórios na Europa, nos Bálcãs e nas redondezas do mar Mediterrâneo, essas fontes de renda secaram. Deixadas à própria sorte, algumas dessas fraternidades ficaram pobres e em pouco tempo viraram santuários para indigentes, sem-teto e mesmo ladrões e rufiões, até que chegava a hora em que o governador e o diretor da Previdência Social se viam obrigados a intervir para que não caíssem num estado de decadência total.

Pouco depois de assumir o trono, Abdul Hamid — que sabia da influência que tinham as seitas religiosas e os alojamentos de dervixes espalhados pelo império, e monitorava com atenção suas atividades — presenteou a fraternidade Mevlevi, a seita mais rica, mais antiga e mais poderosa da ilha, com um relógio de parede Theta, mas não muito depois brigou com o líder dos Mevlevi em Istambul (culpado, aos olhos do sultão, de ser simpático demais ao político reformista Mithat paxá) e tentou aplacar seu desgosto apoiando também outras seitas, como a Kadiri e a Halifiye.

Era graças a esse suporte que agora o xeque da seita Halifiye tinha poder e popularidade suficientes para reforçar ou solapar a tentativa de quarentena. Antes da visita do doutor Nuri, houve uma reunião no Gabinete do Governador. O major, cuja autoconfiança só cresceu depois da Invasão do Telégrafo e de seu período na prisão, se entusiasmou ao narrar como a fraternidade — que frequentava bastante quando era menino — havia se estabelecido. Contou ao doutor Nuri a longa história de que trinta anos antes havia sentado no colo do xeque anterior e puxado sua volumosa barba grisalha.

Nesse momento, o governador, que olhava pela janela, chamou atenção para as nuvens de fumaça preta que surgiam das colinas ao longe, perto da Mesquita Nova e de algumas fraternidades, entre elas a Bektaşi. Todos foram espiar para descobrir o que estava acontecendo. Um funcionário informou que se tratava da casa em Turunçlar que fora incendiada na véspera — aquela onde um par de cadáveres unidos se escondera. Era tanta fumaça que dava a impressão de que o bairro inteiro ardia, e não uma casinha (ainda que de tábuas). A madeira seca queimava rápido, crepitava, produzindo labaredas que chegavam ao céu e lançando uma nuvem crescente de fumaça que mais tarde todos interpretariam como mau presságio.

O povo de Mingheria já se acostumara a ver nuvens de fumaça azulada surgirem regularmente do fosso de incineração no alto da colina, mas essas novas chamas amarelas e laranja — dessa vez ardendo a oeste —, com suas novas sombras pretas de fumaça, indicavam que a situação ia de mal a pior. Custando a crer que uma única casa pudesse gerar fumaça a ponto de encobrir o sol e nublar o céu, o governador concluiu que o fogo devia ter se alastrado e foi até o terraço. Tinha certeza de que a fumaça também podia ser vista dos navios de guerra enviados pelas Grandes Potências para sitiar a ilha. O mundo inteiro devia estar olhando para eles com a mesma pena e arrogância que reservava ao resto do Império Otomano — aqueles coitados dos mingherianos que não tinham como responder aos telegramas, não eram capazes de conter uma epidemia e não conseguiam nem apagar um incêndio.

Como historiadores, cabe observar que nesse caso a intuição do Sami paxá foi certeira: graças a um jornalista que estava no *Amiral Baudin*, o navio enviado pelos franceses para participar do bloqueio, a notícia de que a ilha de Mingheria — já cercada por um cordão marítimo e presa entre as mandíbulas da peste — agora também estava em chamas foi divulgada na edição da semana seguinte da publicação parisiense *Le Petit Parisien* acompanhada de uma ilustração pitoresca e fantástica de página inteira.

Na entrada da fraternidade Halifiye, o doutor Nuri foi saudado pelo regente, o do chapéu cilíndrico de feltro, e levado a uma construção de madeira de dois andares no canto do complexo. Não havia nenhum sábio ou discípulo ali. A porta do edifício de madeira se abriu e revelou um homem atarracado de expressão distraída. Tentava se lembrar de alguma coisa, mas não conseguia, e por isso estava com aquele sorriso estranho. O doutor Nuri concluiu que ele devia ser o xeque. Estava pálido e cansado, mas não tinha nenhuma íngua no pescoço.

"Gostaria de beijar sua mão abençoada, xeque efêndi, mas não posso devido às medidas restritivas."

"É assim que tem que ser!", disse o xeque. "Assim como Sua Alteza Real, o sultão Mahmud, o bisavô de sua esposa, a princesa, eu também tenho muita fé em quarentenas. Sinto calafrios só de pensar que posso ser o responsável por transmitir a doença a alguém, que dirá a um consorte real. Três dias atrás, estava sentado aqui mesmo — desse mesmo jeito, Vossa Excelência — quando caí e desmaiei. Fiquei encantado com o que vi do mundo espiritual enquanto estava inconsciente, mas meus queridos dervixes se preocuparam, tomados pela angústia de que o xeque pudesse estar doente, e assim os rumores se espalharam e as pessoas começaram a dizer: 'O xeque foi infectado'. Ainda assim decidi não alertar os médicos. Embora esteja agora no meio de um exercício de contemplação solitária que comecei há dez dias, preciso dizer que fiquei muito comovido com a insistência de Sua Excelência, o governador paxá, de que o senhor me fizesse uma visita. Ofereci muitas orações agradecidas ao todo-poderoso Alá, ao nosso sagrado profeta Maomé, ao sultão e ao nosso governador por mandar à minha porta o médico especialista em quarentena mais renomado do Império Otomano — e além de tudo muçulmano! Mas tenho uma pergunta e uma condição."

"Pois não, Vossa Excelência."

"Qual o sentido de atear fogo a uma casa a dois quarteirões da fraternidade como se ela fosse um monte de lenha, aparentemente por causa da quarentena, gerando tanta fumaça a ponto de obscurecer o sol, e isso tudo pouco antes de o senhor vir me visitar?"

"É coincidência."

"A casa não foi incendiada pela mesma Brigada de Quarentena que jogou Lysol em nós e pelo major do Exército que comanda todos aqueles soldados? Se o objetivo era dizer 'A peste também te pegou, você é o próximo', tenho certeza de que os funcionários do governador paxá podiam ter falado direto conosco."

"É claro que não é esse o caso... O governador paxá tem pelo senhor uma consideração irrestrita."

"Seja como for, antes de começar o exame médico eu gostaria de contar ao senhor a história centenária da nossa fraternidade, assim o senhor vai entender por que jamais seremos infectados por essa pestilência monstruosa, e por que não vão ter nenhum motivo para atear fogo em nós", disse o xeque Hamdullah. "A fraternidade Halifiye de Mingheria foi fundada pelo meu avô, o xeque Nurullah efêndi, enviado para cá pela fraternidade Kadiri do bairro de Tophane, em Istambul", disse, começando pelo começo de tudo. As pessoas que tinham convidado o avô do xeque à ilha queriam que ele assumisse a direção dos dervixes Kadiri do bairro de Kadirler e se livrasse dos devotos que não levavam a sério os ensinamentos da seita e enfiavam lanças e espetos no corpo segundo os rituais Rifai. Mas quando os Rifai, apoiados pelo governador da época, se recusaram a abrir mão de seus rituais, o Nurullah efêndi e os dissidentes que o haviam trazido a Mingheria resolveram sair da fraternidade e fundaram uma nova seita ali perto, no bairro de Germe.

O xeque Hamdullah continuou a história: assim como o pai, ele havia crescido ali mesmo, naquela fraternidade e naquelas ruas. Morou em Istambul para estudar no madraçal da Mesquita Rumeliana Mehmet Paxá, onde começou a nutrir interesse por questões religiosas, poesia e história. Apesar das exortações do xeque seu pai, o jovem passou anos sem voltar à ilha. Em Istambul, casou com a filha de uma família pobre de migrantes da Rumélia, lecionou em um madraçal pequeno, publicou uma coletânea de poesia chamada *Aurora* e ficou um tempo trabalhando na alfândega de Karaköy. Chegou a vislumbrar de longe Abdul Hamid no Palácio Yıldız, durante uma daquelas procissões públicas que aconteciam sempre que os sultões compareciam às orações de sexta-feira. (A essa altura, o xeque interrompeu a narrativa para recitar várias orações longas pela saúde do sultão.) Ao voltar a Mingheria, dezessete anos antes, e se instalar na propriedade do finado pai, ele entendeu já na primeira noite que a volta era definitiva, e após reaver seus livros e outros pertences de Istambul, passou a se dedicar à religião, à contemplação espiritual e às questões da fraternidade que passara a liderar.

Foi um relato animado, e agora o xeque estava cansado. "Vamos, vou mostrar ao senhor nossos tesouros secretos mais valiosos!", ele anunciou.

O doutor Nuri seguiu o xeque — que só conseguia andar escorado em um dos discípulos — rumo ao jardim, agora escuro devido à fumaça. Quando se aproximaram do prédio principal, o médico viu que sua visita era atentamente observada pela fraternidade inteira, dos acólitos mais novos aos dervixes mais velhos, com a mesma desconfiança com que assistiam ao fogaréu a algumas ruas dali. O xeque mostrou ao convidado ilustre um quarto de dormir (pintado de azul, conforme seu pedido) à esquerda da sala de estar, onde ficava preso o besouro mingheriano sagrado de uma só asa da fraternidade. Assim como os mingherianos que jamais poderiam sair da ilha, o besouro não escaparia nem se deixassem a porta aberta. Depois foram ver a sala de reclusão. O xeque contou a história de um dervixe que tinha sonhado, na última noite dos quarenta dias do retiro solitário cumprido ali, com um navio que afundara até o leito do oceano, e o mesmo navio apareceu no dia seguinte perto do Farol Árabe para levar o dervixe à China, onde ele instalaria uma nova filial da seita Halifiye.

O xeque exibiu o cetro de tamareira do avô, "igualzinho ao do nosso sagrado profeta", e o cetro do pai, "duro que nem ferro" e com castão cravejado de madrepérola.

Ao passarem por uma série de celas, cada uma com um jovem dervixe — uns carecas, outros de lábios bem rosados, uns bem pálidos, uns muito sérios e outros mais afáveis — parado à porta como um sentinela, o doutor Nuri se deu conta de que ali a peste se propagaria num átimo.

Passaram debaixo de uma nogueira tão alta quanto quatro homens e entraram no edifício mais novo da fraternidade, ainda com cheiro de madeira e verniz. O xeque abriu um baú de madeira que ficava no canto do cômodo e mostrou ao doutor Nuri três chapéus, um verde, um roxo e um cinza — também chamados de coroas — de seus antecessores, suas saias cerimoniais para a *tanoura*, com listras amarelas e azuis, as pedras de "submissão" que haviam arrancado do monte do Sacrifício, no norte da ilha, para os dervixes e os discípulos da seita usarem penduradas no pescoço, e o cinto com doze furos que os xeques usavam como quisessem. Eram as heranças mais sagradas da seita, e se uma gota do imundo Lysol e do veneno da quarentena tocasse nelas, elas morreriam. Todo mundo morreria junto — até o último dervixe e discípulo.

À medida que descrevia cada objeto, o xeque usava uma linguagem repleta de exageros e ambiguidades, e embora fosse óbvio que ele não estava de fato chateado ou zangado, demonstrava de forma tão esmerada que estava chateado e zangado que o doutor Nuri começou a sentir a mesma desesperança e culpa que em geral o acometiam quando se deparava com pacientes ignorantes de áreas rurais que não sabiam nem dizer o que sentiam.

Entraram num ambiente com aroma de flores de limoeiro e cheio de livros, e o xeque pegou alguns tomos, uns com rabiscos à mão, várias folhas de papel antigas, amareladas, e diversos folhetos, e abordou o assunto principal que desejava debater, informando ao médico que começara a escrever um poema em dísticos rimados com o qual esperava dar respostas às perguntas mais comuns sobre a peste, bem como discutir e explicar qual era a conduta islâmica mais adequada em relação à doença.

"Sobre a questão da peste e de doenças infecciosas, há na tradição islâmica duas visões que até hoje são diametralmente opostas", disse o xeque. "A primeira diz que a peste é provocada por Alá, e não só seria inútil tentar fugir dela como seria tão difícil e perigoso quanto tentar fugir do próprio destino. Foi isso que o nosso profeta Maomé disse, e é o que dizem os hurufistas — 'os que proclamam que a peste é contagiosa não são melhores do que as pessoas que procuram sinais nos movimentos dos pássaros e das corujas e das cobras e esperam encontrar neles algum sentido'. Quando a peste chega, a melhor coisa que alguém pode fazer é se recolher mansamente e, sem se mostrar a ninguém e sem deixar sua alma ser maculada, esperar que ela passe. Os europeus se equivocam ao chamar essas pessoas de fatalistas. A segunda visão aceita que a peste é contagiosa. Se quiserem sobreviver, muçulmanos e cristãos devem fugir do lugar infestado pela doença, manter distância de seu ar e seu povo. Essa conclusão é reforçada pelas palavras do nosso profeta reveladas no hádice: 'Foge da lepra como fugirias de um leão'. Mas depois que a peste já está entre nós, de nada serve trancar as portas ou tentar fugir. A essa altura só nos resta buscar refúgio na misericórdia de Alá."

Seis ou sete pessoas rondavam a porta e ouviam a conversa. O médico e príncipe consorte entendia que todas aquelas palavras seriam repetidas em breve — corretamente ou não — entre comerciantes dos mercados Antigo e Novo, cônsules, servidores e jornalistas, e nos relatórios que os informantes do sultão mandavam a Istambul.

"Agora venha ver esse cômodo aqui!", chamou o xeque, entreabrindo outra porta.

O médico e príncipe consorte viu três jovens discípulos sentados diante de um tear, cercados de novelos de lã de cores diversas e de vários tipos de tecido.

"Conforme as instruções de meu avô, o xeque Nurullah, fundador da fraternidade, cada um faz suas roupas íntimas, camisetas, jaquetas, cardigãs e gorros a partir da lã que fiamos e usando nossos tecidos e linhos, todos cortados e costurados como nossos antepassados faziam, e tingidos usando raízes, ervas mingherianas e pós da China."

Um jovem discípulo que estava atento ao diálogo abriu diversos guarda-roupas e armários dentro dos quais o médico e príncipe consorte viu camisetas, jaquetas, travesseiros, montes de lã natural e tecidos de várias cores. Lutando para recuperar o fôlego, o xeque prosseguiu:

"Agora me diga, que consciência é essa capaz de permitir que viessem aqui, despejassem Lysol na nossa lã preciosa e transformassem nosso sagrado patrimônio em um monte de lama?"

O doutor Nuri não respondeu, pois percebia que as palavras tinham sido enunciadas principalmente para agradar os que haviam se aglomerado ali para escutá-los e que o xeque criara o hábito de ralhar com todo mundo brincando e ao mesmo tempo falando sério.

"Nem os moscovitas da guerra de noventa e três teriam a baixeza de nos atacar com Lysol!", ele acrescentou numa explosão de fúria genuína antes de se curvar de repente e berrar "Meu Deus!". Teria caído no chão se não fossem dois discípulos que correram para amparÁ-lo.

"Estou bem!", ele estourou com os homens que tinham passado os braços em torno dos seus, mas embora falasse de novo em tom muito ríspido, ao doutor Nuri não passou batido que o xeque costumava andar com um par de dervixes nos quais pudesse se escorar.

Eles voltaram ao primeiro edifício e, enquanto o doutor Nuri se preparava para o exame médico, o xeque tirou prontamente a túnica, a camiseta e as roupas íntimas.

"O senhor teve algum episódio de vômito antes ou depois da queda?"

"Não, doutor."

"Teve febre?"

"Não."

O doutor Nuri pegou da pasta o unguento para bubos do farmacêutico Edhem Pertev e o tirou da caixinha, depois vasculhou o estojo onde guardava as seringas. Pegou um frasquinho verde para ver se os comprimidos de ópio roxos continuavam ali. Sem saber bem o que fazer, abriu e fechou o pote de tinturas obtido na farmácia Istikamet e uma caixinha de aspirina da Bayer (introduzida no mercado dez anos antes) que tinha comprado na França e só usava quando era realmente necessário, depois pegou o Lysol concentrado que guardava numa garrafinha roxa como se fosse um elixir, esfregou meticulosamente os dedos com a solução usando bolotinhas de algodão e por fim se aproximou do xeque. Era perceptível que o ancião não estava à vontade deitado ali nu. Os braços à mostra, o tórax estreito e o pescoço fino eram de uma palidez assustadora e pareciam de criança.

361

O doutor Nuri o examinou da cabeça aos pés como se fosse um senhor incapaz de verbalizar suas aflições. A língua rosada não tinha o desbotamento típico dos acometidos pela peste. Usando uma colher para empurrar o músculo inquieto, ele averiguou as amígdalas. (A peste sempre "atacava" as amígdalas de uma forma ou de outra, e no começo muitos médicos que não conseguiam reconhecer a doença a confundiam com difteria.) Os olhos dele não estavam vermelhos. O médico lhe tomou o pulso duas vezes: normal. Não tinha febre, não suava nem dava sinais de desorientação. Com o estetoscópio, o doutor Nuri auscultou atentamente o peito cansado do xeque. O batimento cardíaco era irregular; os pulmões estavam cheios. Sempre que a superfície fria e metálica do estetoscópio encostava na pele pálida, o doutor Nuri notava que ele se arrepiava um pouquinho.

"Respire fundo, por favor!"

O médico deu uma olhadinha nos ouvidos peludos do paciente e então apertou com delicadeza e lentidão as glândulas do pescoço para ver se havia dor ou enrijecimento. Examinou as axilas, pressionando-as com cuidado com a ponta dos dedos até ter certeza de que tampouco havia íngua ou rigidez nessa parte do corpo.

Depois de esquadrinhar e cutucar as virilhas do xeque nu, o médico e príncipe consorte voltou à sua pasta e, enquanto desinfetava as mãos, declarou: "Está tudo bem. O senhor não está doente".

"Allaahumma innee as'alukal-af wal'aafiyata wal'aakhirati!", o xeque entoou. "Diga ao nosso governador paxá e a todos os cônsules que estou em boa forma e que nossa fraternidade permanece livre da doença. Os rumores sobre minha suposta doença estão sendo difundidos por aqueles que desejam semear a discórdia entre mim e o governador paxá. Essas pessoas querem que nossa fraternidade entre em quarentena, que nos despejem de casa e nos isolem nos pátios do castelo; só desejam o nosso mal."

"O governador paxá jamais desejaria mal ao senhor ou à sua fraternidade."

"Tenho certeza que não!"

"Mas há pessoas cujo comportamento serve de pretexto para quem deseja. Os xeques de seitas menores, as pessoas que fazem folhetos de orações falsas e os abanam por aí para afastar o demônio da peste... Esse é o tipo de coisa que corrói a confiança do povo na quarentena e a disposição a se sujeitar a restrições."

"Não é todo xeque que me dá ouvidos", disse o xeque Hamdullah. "Alguns são só conhecidos meus, e a maioria deseja o meu mal."

"Vossa Santidade, também venho na qualidade de emissário do nosso governador paxá. Ele gostaria que o senhor e o líder da congregação grega, o patriarca Constantinos efêndi, fossem à Sede do Governo e fizessem uma declaração conjunta na sacada conclamando o povo a obedecer às medidas restritivas. O paxá soltou o Ramiz..."

"O patriarca Constantinos efêndi é poeta como eu", disse o xeque. "Prometi presenteá-lo com um exemplar de *Aurora* quando o livro for impresso aqui na ilha. Ficaria contente em colaborar com a proposta do governador paxá, mas tenho uma condição!"

"Seja qual for, vou transmiti-la agora mesmo e insistir que ela seja acatada", disse o doutor Nuri, pegando sua pasta.

"Preciso proferir um sermão na Mesquita Nova nesta sexta-feira! O diretor da Previdência Social e as autoridades de Istambul já aprovaram. Mas se o Comitê de Quarentena lançar uma proibição por medo de superlotação da mesquita, muitos muçulmanos ficarão com o coração partido e se voltarão contra os agentes da quarentena."

"É exatamente isso que mais tememos, que Vossa Santidade e seus seguidores se oponham à quarentena."

"Doutor Nuri, o senhor sabe por que, mais do que tudo, eu gostaria que sua quarentena tivesse êxito?", perguntou o xeque Hamdullah, franzindo a testa. Já tinha vestido a roupa íntima, a camisa e a túnica, bem como o gorro da seita. "Nos últimos quatrocentos anos, a instauração de medidas restritivas vem protegendo da doença os cristãos da Europa; se os muçulmanos continuarem rejeitando essas medidas e se recusando a adotar métodos modernos, vão morrer em quantidades cada vez maiores, até serem abandonados e se tornarem minoria neste mundo."

46.

O governador ficou contentíssimo em saber que o xeque Hamdullah havia concordado em se unir aos líderes das comunidades muçulmana e cristã da ilha para falar ao povo da sacada da Sede do Governo, e na mesma hora começou a negociar a data e outros detalhes da ocasião.

Nessas conversas, o xeque era representado pelo dervixe Nimetullah efêndi, o do chapéu cilíndrico de feltro. As negociações foram intensas, e o governador paxá observou mesmo que o emissário era "um diplomata até mais consumado" do que os cônsules, e "um osso mais duro de roer", pois ao contrário desses últimos, motivados pela ganância e por interesses pessoais, o dervixe, de chapéu cilíndrico de feltro, era um "idealista". Ao mesmo tempo, o governador também estava ocupado discutindo com os cônsules sobre a reabertura da agência dos correios e tentando descobrir se as Grandes Potências de fato planejavam mandar soldados à ilha a pretexto de conter o surto.

Desde a queda das linhas telegráficas, os cônsules haviam perdido boa parte da influência e autoridade. Todo dia o governador constatava como a interrupção dos serviços telegráficos era uma oportunidade preciosa de impor a quarentena e dar alguma disciplina à cidade. Os casos de insubordinação contra a brigada também haviam diminuído, e até os agitadores inveterados que questionavam todas as decisões das autoridades haviam se calado, à espera dos próximos acontecimentos.

O governador acabou se decidindo por uma agenda que era do agrado de ambas as partes, sendo os eventos e atos públicos marcados para dali a dois dias: na sexta-feira, vinte e oito de junho, após as orações de sexta e o sermão do xeque Hamdullah, ele e sua congregação se reuniriam na praça da Sede do Governo, e então o xeque se juntaria a ele e a outros líderes religiosos na sacada para se dirigir à população, instando-a a respeitar as medidas restritivas e fazendo declarações de irmandade e unidade. Depois disso, haveria uma cerimônia na agência dos correios, reestabelecendo a linha telegráfica.

Em seus cinco anos como governador, o Sami paxá nunca havia discursado ao povo da sacada da Sede do Governo, ainda que não tivesse sido por falta de vontade e oportunidade. Abdul Hamid desconfiava de governadores que se julgavam importantes a ponto de se interpor entre o sultão e seus súditos. O discurso público não era uma convenção política a que os otomanos estivessem muito acostumados. O Sami paxá instruiu o secretário a colar cartazes anunciando o ato impressos segundo o mesmo padrão dos cartazes sobre as regras de quarentena. Enquanto se planejavam os últimos detalhes — onde ficaria a população quando ele discursasse da sacada, na sexta-feira, e onde e a que distância cônsules, jornalistas e fotógrafos deveriam se posicionar —, o governador, animado, foi ao terraço.

Quando voltou, um novo telegrama já o aguardava. O criptoanalista municipal havia decifrado a mensagem e, percebendo sua importância, a deixara sobre sua mesa na mesma hora. O telegrama vinha do palácio. O coração do governador disparou. Más notícias, talvez. Quem sabe não devesse abrir! Mas não se conteve e leu o texto decifrado.

A primeira coisa que entendeu foi que tinha sido dispensado de sua função como governador de Mingheria. Ele prendeu a respiração. Ganhara o cargo de governador de Aleppo. Seu peito foi tomado por uma dor súbita. Estavam lhe dando só dez dias para ir direto a Aleppo, sem passar por Istambul. Releu o telegrama, o coração ainda mais acelerado. A mensagem insinuava haver alguma agitação acontecendo em Aleppo.

Foi só quando leu o telegrama pela terceira vez que ele se deu conta de que estava sendo castigado. Receberia um terço do salário atual, e isso apesar de Aleppo ser uma província muito maior e mais populosa, incluindo as cidades de Urfa e Maraş.

O que seria feito de Marika? Tinha pensado nisso inúmeras vezes: ainda que ela concordasse em se converter ao islamismo e casasse com ele, isso causaria um escândalo diplomático, haveria protestos de embaixadores e cônsules, porque mesmo após as reformas da era Tanzimat, os paxás otomanos continuavam a islamizar as mulheres cristãs mais bonitas das províncias que governavam para poder tomá-las como segundas e terceiras esposas e trancafiá-las nos haréns. Em todo caso, seria muito pouco provável que Marika o acompanhasse àquela terra distante, infestada de escorpiões!

Quanto mais lia o telegrama, mais o Sami paxá (não sabemos se seria correto continuar a chamá-lo de governador) entendia que não podia aceitar a realidade. Só podia ser um engano de Istambul! Era impossível chegar a Aleppo tão rápido, de qualquer modo. Só isso já era uma prova de que a transferência (e demissão) era um equívoco. Será que quem esperava que ele partisse em dez dias ignorava que ninguém podia sair da ilha sem fazer uma quarentena de cinco dias? O que seria feito de Marika...?

Ele tentou ver a decisão pelo lado bom: sim, fora retirado do cargo atual, mas ao mesmo tempo ganhara outro. No auge do ressentimento e da desconfiança, Abdul Hamid gostava de ensinar uma lição aos governadores demitidos deixando-os no limbo e sem salário durante um tempo, anunciando só muito depois qual cargo assumiriam em seguida. Isso não havia acontecido agora, com ele. Por mais tirânico que fosse, Abdul Hamid se abstinha de deixar o Sami paxá nessa situação. Ele lembrou da crueldade com que todo mundo da Sublime Porta rira da história do pobre Mustafa Hayri paxá, cujo coração parou de bater no dia em que recebeu o telegrama que esperava havia anos, demitindo-o do cargo. Pelo menos a situação dele não era tão ruim assim.

Pouco depois, o Sami paxá concluiu que a melhor estratégia era aceitar o novo cargo mas protelar a posse. Um dia, quando se dessem conta de que ele tivera a atitude heroica de continuar na ilha em sua luta contra a peste, lhe concederiam a medalha de Primeira Classe da Ordem de Mecidiye. Leitor ávido de periódicos como o otomano *Malûmat* e até o francês *Moniteur des Consulats*, que chegavam pelos navios de Istambul e divulgavam os detalhes de todas as transferências diplomáticas, ele tinha ciência de que novas indicações *às vezes* eram canceladas, de que um milagre desses era possível. Pessoas com uma relação especial com Abdul Hamid e o palácio, e com amigos no alto escalão, conseguiam providenciar esse tipo de coisa. Às vezes um governador aparecia no novo posto e descobria que o antigo fora reempossado e nunca deixara o cargo. Com sorte, talvez conseguisse fazer isso também.

Ficou um tempo pensando se o médico e príncipe consorte não poderia mandar um telegrama a Abdul Hamid ou até o palácio falando dele. Mas sabemos pelas cartas da princesa que o Sami paxá não foi capaz de engolir o orgulho para fazer tal pedido.

O Sami paxá entendeu então que se passasse um tempo agindo como se nada tivesse acontecido, tudo poderia continuar exatamente como estava. A única pessoa da ilha que sabia que ele fora demitido era o criptoanalista municipal. Se ele visse o comportamento sereno, tranquilo, do paxá, talvez até imaginasse que a ordem tinha sido revogada. Talvez a melhor coisa a fazer nos dois dias que faltavam para sexta-feira fosse fingir que tudo estava normal. Porém, logo depois, o Sami paxá fez o contrário e chamou o criptoanalista a seu gabinete, onde lhe disse que o telegrama que ele decifrara continha segredos de Estado, e que se ele traísse esses segredos, tanto Istambul como o Sami paxá fariam questão de ministrar-lhe a punição mais severa possível.

Nesse dia, o Sami paxá não viu nem o doutor Nuri nem o major Kâmil. O doutor Nikos apareceu, mas ele se recusou a recebê-lo e se trancou no gabinete. Tinha a sensação de que enquanto não visse ninguém, ninguém ficaria sabendo que fora demitido. Como presente de casamento, o pai de sua esposa Esma, o Bahattin paxá, dera ao promissor genro um relógio de bolso com dois mostradores, um com as horas ao estilo europeu e outro ao estilo otomano. Sempre que se sentia só ou abatido, o Sami paxá segurava o relógio fabricado na Bélgica e sentia na palma da mão que o mundo era um lugar mais suportável. Mas nesse dia, em seu gabinete, não conseguiu reunir forças nem para isso.

No momento em que leu o telegrama, soube que só reencontraria serenidade ao lado de Marika. Enquanto o cocheiro Zekeriya o conduzia, da janela da carruagem o paxá olhava as ruas escuras, sombrias, e quase chorou de tão comovido, mas conseguiu se recompor raciocinando que ceder à melancolia seria admitir a derrota. Saltou do carro e caminhou com passos altivos até a porta dos fundos da casa de Marika.

Dentro da casa, foi equilibrado e criterioso como sempre, se portando com o que gostava de pensar em sua melodiosa forma francesa como *autorité*.

Que linda era Marika; e não só linda, também era sincera. O paxá esqueceu da demissão no mesmo instante.

Todo mundo continuava falando dos dois jovens que morreram abraçados e da fumaça preta que surgira quando a casa foi incendiada. "Estão falando que devia ter mais corpos para ter tanta fumaça preta", disse Marika.

"As pessoas são rapidinhas na hora de inventar essas coisas."

"Dizem que gordura de cadáver solta fumaça preta."

"Não condiz com você falar desses horrores, e me aflige ouvir isso", disse o paxá. Mas ao ver que Marika havia se aborrecido, pensou em fazer as pazes contando a história bizarra que havia lido um ano antes, num artigo traduzido publicado no periódico *Servet-i Fünun* (Fartura de Conhecimento), de que por um milagre havia se lembrado naquele exato instante: "Ouvi falar que em algumas crenças asiáticas pode-se saber o quanto uma pessoa foi pecadora ou inocente, o quanto foi virtuosa ou diabólica, examinando a cor e a densidade da fumaça da cremação de seu corpo".

"Você sabe de tantas coisas, meu paxá."

"Mas as coisas que você sabe são mais importantes! O que mais?"

"O Ramiz voltou, paxá. Você também já deve ter ouvido. Ele jurou vingança contra quem tirou Zeynep dele. Parece que ainda está louco de paixão. Ele não fez esse juramento diante do irmão xeque, mas na fraternidade Rifai do xeque Rıfkı Melul."

"A fraternidade Rifai teve um ressurgimento peculiar durante essa peste… Mas desconfio que ninguém mais saiba desse encontro."

"Parece que as pessoas só estão podendo entrar no bairro de Çite se tiverem um daqueles folhetos de orações rosa que o vesgo Şevket, xeque da fraternidade Zaim, andou distribuindo contra a peste. Jovens migrantes de Creta param as pessoas na rua e pedem para ver o folheto de orações, e se a pessoa não tiver um, não deixam entrar."

"Não seria de estranhar!", disse o Sami paxá. "Mas esse tipo de coisa só acontece se não estivermos presentes na região. Ocorreram um ou dois incidentes ilegais desses, mas cortamos o mal pela raiz. Meus espiões e gendarmes jamais deixariam esses malandros escaparem ilesos."

"Querido paxá, por favor não se zangue comigo porque falo desses rumores para você. Não fui eu que comecei, e não acredito na maioria deles."

"Mas em alguns você acredita!"

"Eu sempre te digo quando acredito... Às vezes você também acredita, mas não diz nada porque tem vergonha, mas continua acreditando mesmo assim. Quando conto esses rumores, percebo em quais você acredita só de olhar para o seu rosto. Andam atravessando pessoas para Creta a partir das baías mais ao norte da Angra do Calhau."

"Nisso eu acredito. Mas como é que estão se esquivando dos navios de guerra?"

"Tem quem diga que o xeque Hamdullah não vai participar da reunião na Sede do Governo na sexta-feira, paxá..."

"Por que não?"

"Todo mundo sabe do boato de que o xeque foi infectado e também ouviu dizer que o príncipe consorte saiu da Sede do Governo para fazer uma visita."

"Que ouçam dizer..."

"Tem outro rumor. Depois que o príncipe consorte foi até lá, parece que o xeque Hamdullah declarou com altivez: 'A peste jamais me atingiria'. Essa história caiu no gosto sobretudo das crianças, mas no fundo todo mundo acredita nela. As crianças também adoram a Invasão do Telégrafo e o major."

"Sabe por que todos esses rumores são inventados, Marika? Porque os gregos desconhecem os muçulmanos e os muçulmanos desconhecem os gregos. Não sabem nem o que fazem dentro de suas igrejas e mesquitas. Se for para sermos um só povo, esses rumores precisam acabar."

"Também tem a questão das visitas do príncipe consorte aos herboristas. Todos têm medo dele. Se preocupam com a possibilidade de que ele os entregue ao escrutinador-chefe, de que seus pés sejam açoitados nas masmorras como fizeram com os ajudantes de cozinheiro e de que sejam levados a julgamento pelo comércio de venenos."

O Sami paxá logo se deu conta de que, de todos os rumores que acabara de escutar, o único que havia se alojado em sua mente e alma era o do xeque Hamdullah dizendo "A peste jamais me atingiria". A primeira vez que ouviu a alegação de que o xeque estava infectado foi da boca do cônsul George, e acreditou sem pestanejar. Agora se perguntava se não teria sido uma armadilha. Pensou com tristeza que o doutor Nuri também o devia ter ludibriado e sido portanto fundamental para a conspiração. Se de algum jeito conseguisse se vingar do xeque Hamdullah e do cônsul George, talvez pudesse reverter a decisão de sua dispensa do cargo!

"Eu gostaria de pensar em coisas mais felizes hoje, Marika. Vamos parar de falar da peste?"

"Como quiser, meu senhor, mas é só disso que as pessoas falam."

"Um dia essa maldita epidemia vai passar. Quando ela acabar, vou plantar árvores de ponta a ponta da nossa bela Mingheria, palmeiras em especial. Pinheiros do Bósforo e acácias. Vou começar a tomar providências para que um cais de verdade seja construído e as balsas de passageiros possam desembarcar, ainda que a gente não receba nenhuma assistência de Istambul. Temos que arrecadar os fundos necessários não só dos gregos mas também dos muçulmanos. Se conseguirmos o apoio dos Theodoropoulos e dos Mavroyeni, os Kumaşçızad de Esmirna e os descendentes do Tevfik paxá também vão querer doar."

"Ninguém ama mais esta ilha do que você, meu querido paxá", disse Marika. "Que pena que culpem você por tudo."

Que pessoa maravilhosa era Marika! O paxá não conseguia imaginar a vida sem ela. Sua expressão carinhosa, compassiva, era um espelho perfeito de sua alma; não havia um pingo de insinceridade naquela mulher brilhante, e essa era uma das razões para amá-la tanto. Às vezes sonhava acordado que ela fosse muçulmana, e brincava ao dividir suas fantasias com ela, ao que ela alegremente reagia fingindo ser uma concubina de harém, excitando e divertindo o paxá com o físico sedutor e os seios enormes.

O Sami paxá estava começando a se inquietar com a ideia de que somente fazer amor com Marika o livraria do desespero doloroso e da solidão que sentia. De todas as suas características, a impaciência para fazer amor era a de que Marika mais desgostava. Mas o paxá não acreditava ter forças naquela noite para diverti-la com seus relatos meio irritados e meio irônicos das últimas desventuras do governo municipal.

Por fim, depois de um longo silêncio, ela também chegou a essa conclusão, sorriu e se dirigiu à cama. O paxá ficou muitíssimo agradecido. Enquanto faziam amor, ele se alternava entre a gratidão e o encantamento. Mas ao mesmo tempo deixava o animal dentro de si fazer o que quisesse. Embora não tivesse bebido nada, sentia-se inebriado. Sempre ficava absorto sobretudo no seio direito de Marika, e agora sua boca agarrava seu mamilo. Com ternura ela acariciou sua cabeça e o cabelo ralo, e o paxá lembrou da mãe e da infância. Também adorava quando os seios macios de Marika roçavam sua barba densa. Fizeram amor por bastante tempo; o paxá suou profusamente, e só no fim reparou no mosquito que lhe pousara nas costas.

"Alguma coisa aconteceu com você hoje, mas não vou perguntar o que foi", Marika disse mais tarde. "Na verdade, tem uma coisa que eu preciso te contar."

"Por favor."

"Acharam um rato ensanguentado no nosso quintal hoje", disse Marika. "Ontem à noite essas criaturas demoníacas estavam correndo debaixo da minha cama."

"Que o diabo os carregue!", o paxá respondeu.

O paxá ficou acordado até de manhã para vigiar o quarto dela. Estivesse cochilando na beirada da poltrona ou deitado na cama, conseguiu evitar que os ratos a atacassem. Ao voltar à Sede do Governo na manhã seguinte, chamou a prefeitura em busca de assistência e despachou dois servidores para instalar ratoeiras e despejar veneno de rato na casa de Marika. A ideia de que Marika — e ele mesmo, aliás — tivesse que fazer quarentena, ou pelo menos ser examinada por um médico, nem passou pela cabeça dele.

47.

Uma média de vinte a vinte e cinco mortes era registrada todo dia durante esse período, embora segundo o consenso desanimador o número verdadeiro seria até maior. Algumas famílias escondiam os mortos para evitar a visita da brigada. Se não havia íngua no pescoço da vítima, elas se convenciam de que a morte não se devera à peste, mas a outra coisa totalmente diferente. Essas mesmas pessoas acabavam transmitindo a doença aos vizinhos — pelo menos até haver uma segunda ou terceira morte na família.

Na manhã seguinte à noite insone mas feliz que passara vigiando a casa de Marika contra os ratos, o Sami paxá descobriu que o *Sühandan* havia atracado em Esmirna para recolher remédios e barracas e agora estava a caminho da ilha. O diretor de Quarentena havia recebido um telegrama explicando que o navio levava suprimentos, soldados e voluntários, a cifra exata listada com o cuidado e a exatidão habituais dos escrivães otomanos. No final da mensagem, havia uma informação que destruiu a pouca esperança que ainda restava ao Sami paxá: o novo governador de Mingheria estava no *Sühandan*. Era o Ibrahim Hakkı paxá, com quem o Sami paxá, que o julgava medíocre e simplório, tivera certa amizade. O Ibrahim Hakkı paxá tinha sido funcionário do Departamento de Tradução, e foi assim que o Sami paxá o conheceu. Ele passava o dia inteiro sem fazer nada além de bajular o supervisor Abdurrahman

Fevzi paxá. Se sua patente provavelmente equivalia à de general de divisão, como poderia dar ordens ao comandante que assumiria a caserna? Bem, não devia ter sobrado ninguém no palácio nem na Sublime Porta com cacife para dar a devida atenção a essas questões complexas de posição e patentes. Ou talvez estivessem fazendo isso só para ofendê-lo!

Quando a razão prevaleceu sobre a raiva e a agitação e o Sami paxá se deu conta de que a essa altura a notícia de sua demissão já devia ter se espalhado e a decisão não seria revogada, ele elaborou um novo plano.

No final da manhã, depois da atualização dos óbitos no mapa da Sala de Epidemiologia, como faziam todo dia, o Sami paxá anunciou: "Cavalheiros, lamento informar que um punhado de funcionários palacianos que não acreditam na eficácia da nossa quarentena resolveu me transferir para Aleppo". (Na verdade, conforme todo mundo sabia, os governadores eram sempre nomeados por Abdul Hamid em pessoa.) "A decisão será revertida. Mas mesmo que não seja, vou continuar cumprindo meus deveres com a dedicação de sempre até que o novo governador seja empossado, e vou fazer meu discurso na praça da Sede do Governo na sexta-feira. Não podemos nos esquecer de que quem está a bordo do navio socorrista precisa ficar cinco dias em quarentena antes de desembarcar em Mingheria."

"Os viajantes que chegam de portos ao norte e a oeste não são submetidos à quarentena", corrigiu o doutor Nikos.

Seria um comentário inocente ou o doutor Nikos estava insinuando que não obedeceria mais às ordens do paxá? Ele parecia ter reagido com bastante frieza à novidade da demissão do Sami paxá.

"Esses médicos novos e esse novo governador que não fazem ideia do que está acontecendo e não conhecem as pessoas da nossa ilha vão desprezar nossos esforços e instaurar vários métodos e restrições novos", disse o Sami paxá. "Vai ser mais desperdício de tempo, e é claro que nenhuma dessas novas medidas vai funcionar. Vai ter muito mais gente, centenas, morrendo a troco de nada."

"Por outro lado, uma quarentena de cinco dias nos daria a oportunidade de nos preparar para as novas medidas que Sua Alteza, o sultão, requisitar!", disse o doutor Nuri.

Existe amplo consenso entre historiadores de que nesse momento, ao apoiar a sugestão do Sami paxá de que todos os passageiros do *Sühandan* fizessem quarentena, o doutor Nuri mudou o destino da ilha. Alguns sugerem que ele teria sido influenciado pelas "desconfianças" da princesa Pakize acerca do navio socorrista de Abdul Hamid e por sua hostilidade contra o tio. Quem tem um interesse especial por medicina há de notar que do ponto de vista da obediência à quarentena o médico e príncipe consorte tinha razão.

Desde que a quarentena fora decretada, e estando ou não com febre, todos os passageiros de navios com bandeira amarela e que vinham de portos infectados eram obrigados a se isolar por cinco dias na Torre da Donzela, na ilhota rochosa próxima às docas de Arkaz. Mas os navios procedentes de Alexandria e de outros portos do sul eram então uma raridade. A maioria das pessoas na Torre da Donzela estava em quarentena para poder embarcar em navios que partissem de Mingheria. Todo dia, de manhã e no fim da tarde, um barquinho saía das docas rumo ao centro de isolamento transportando guardas, médicos e os agentes de quarentena responsáveis pelos suspeitos de peste confinados ali.

Depois de resolver que a Torre da Donzela seria o lugar ideal para manter os passageiros do navio socorrista *Sühandan* longe de Arkaz e sob observação, o Sami paxá chamou o chefe dos barqueiros Seyit — que já tinha sido incumbido de buscar esses mesmos passageiros — e lhe deu instruções longas e minuciosas quanto ao que fazer.

O *Sühandan* chegou com seis horas de atraso. Sabe-se que alguns historiadores muito dados à desconfiança insinuaram e até chegaram a sugerir abertamente que o atraso teria resultado de uma conspiração internacional. Na verdade, o navio obsoleto enfrentara uma tempestade perto de Rhodes, e um de seus motores desgastados parara de funcionar. Assim que ele foi avistado dos bairros montanhosos do Alto Turunçlar e de Kofunya, as pessoas começaram a se aglomerar nas docas para esperá-lo. Em uma hora, uma multidão curiosa, esperançosa, ocupava o porto e sobretudo os arredores da ponte Hamidiye, do hotel Majestic e da alfândega. Alguns senhores que tinham descido de Vavla e Turunçlar exultaram porque o sultão enfim enviara ajuda de Istambul. Mas eram pessoas de um tipo bastante impressionável, que bradavam "Vida longa ao sultão!" independentemente do que tivessem que aguentar. Tudo o que havia acontecido na ilha até então era consequência da indiferença, da incompetência e da falta de zelo com a população por parte das autoridades, portanto eram baixas as expectativas da maioria em relação ao navio socorrista — assim como às medidas de quarentena. Cidadãos extremamente indignados tinham ido às docas não por acreditar que também receberiam ajuda, ou para ter pelo menos um lampejo de esperança contra a peste, mas para tumultuar e berrar: "Por que levaram tanto tempo?!". O Sami paxá mandara todos os gendarmes ao porto. Seguindo as ordens do major, dezesseis soldados da Brigada de Quarentena, sob o comando de Hamdi Baba, também estavam no píer onde os barcos a remo atracavam.

Quando o navio socorrista *Sühandan* chegou às águas dos arredores do Farol Árabe, tocou o apito assim como faziam as balsas com horário marcado dos bons tempos, e o barulho alto, melancólico, ecoou duas vezes entre as montanhas irregulares da capital. O chefe dos barqueiros Seyit, que aguardava esse sinal perto da alfândega e tinha recebido instruções do governador, pôs-se a remar até o navio. Seu barco — cujo avanço ondulante era observado com bastante atenção pelas multidões no porto — transportava o diretor de Quarentena Nikos, o jovem doutor Philippos, quatro soldados da brigada e uma equipe munida de bombas de spray cheias de Lysol.

Embora o *Sühandan* tivesse saído dos portos seguros de Istambul e Esmirna e não estivesse com a bandeira amarela hasteada, seu capitão italiano, Leonardo, não fez objeção ao ver os passageiros do barco a remo. Tinha ciência da proporção aterrorizante a que o surto chegara na ilha e de que morriam no mínimo vinte pessoas por dia. Deixou que os médicos e os borrifadores de Lysol embarcassem no navio.

Mas o Ibrahim Hakkı paxá ficou incomodado. "Longe de nós reclamar se até o Kaiser Guilherme tem que fazer quarentena!", ele disse quando o diretor de Quarentena Nikos foi vê-lo em sua cabine, embora fosse preciso observar, ele continuou, que Sua Alteza Suprema não queria que as regras da quarentena atrasassem a posse do novo governador. (Era normal que o sultão se encontrasse com todos os governadores e embaixadores nomeados antes que eles viajassem para o destino.) O grupo que tinha acabado de embarcar no navio não levou muito tempo para perceber que o novo governador chegara. A reação mais condizente seria reconhecerem que agora a jurisdição estava toda nas mãos do novo governador — ainda que ele precisasse cumprir a quarentena na Torre da Donzela — e agir de acordo, mas não foi o que aconteceu.

Quando os passageiros do barco a remo de Seyit subiram no navio socorrista, a multidão que os observava das docas percebeu que acontecia alguma confusão no *Sühandan*. O novo governador Ibrahim Hakkı se recusava a sair da cabine e se negava a ser posto em quarentena, o que era compreensível. Ao receber as últimas ordens, em Istambul, soube de um defeito na agência telegráfica da ilha e da incompetência do antigo governador, mas não imaginara que pudesse haver — nas palavras de historiadores mais propensos a enxergar conspirações — "uma tramoia mais sinistra em ação". Nesse meio-tempo, a equipe com bombas de Lysol já estava higienizando o navio. O convés era aberto e batia uma brisa, mas havia muitos cantos escondidos atrás de portas fechadas que precisavam receber jatos de desinfetante.

Foi durante essa operação que o diretor de Quarentena Nikos percebeu sinais de doença em um dos voluntários a bordo do *Sühandan*. Como ficaria claro mais tarde, o rapaz — Yannis Hadjipetros, estudante de primeiro ano da Escola Imperial de Medicina, que se oferecera para atuar na missão porque o avô era mingheriano — na verdade tinha difteria. Mas assim como algumas vítimas da peste com ínguas no corpo podiam se recuperar da doença sem nem apresentar febre alta, sabia-se de gente que não tinha ínguas nem na virilha nem nas axilas, era acometida por febres repentinas e morria em questão de dias. A febre de Yannis Hadjipetros foi interpretada como um sintoma de peste e o "diagnóstico" serviu como um pretexto a mais para que os passageiros do *Sühandan* ficassem cinco dias em quarentena antes de poderem pisar na ilha.

O novo governador não discutiu com o diretor de Quarentena Nikos nem com os soldados que encharcavam sua cabine de Lysol. Seu suplente, Hadi, confessaria mais tarde, em seu livro de memórias de uma franqueza extraordinária, *Das ilhas à pátria*, que a única coisa na qual o Ibrahim Hakkı paxá conseguia pensar em meio ao caos e à comoção das atividades de desinfecção que aconteciam em volta dele era como evitar que qualquer uma de suas malas e baús se perdesse. No que lhe dizia respeito — e segundo a informação equivocada de um telegrama recebido do palácio —, o antigo governador Sami paxá já tinha ido embora da ilha e estava a caminho de Aleppo.

Os voluntários — três médicos gregos de antepassados mingherianos, dois jovens médicos muçulmanos recém-formados na Escola Imperial de Medicina e forçados a ir para lá a mando de Istambul, e algumas outras almas curiosas e aventureiras — desceram a escada de corda e alcançaram o barco a remo bamboleante, balançante, do chefe Seyit. Tinham passado boa parte da viagem num companheirismo ruidoso, como se estivessem indo tirar férias, e não lutar contra uma doença horrível, mas antes que pusessem os pés para fora do *Sühandan*, o cheiro de Lysol e a brusquidão da Brigada de Quarentena já os haviam calado e amedrontado. (Dois dos três médicos gregos voluntários e um dos médicos muçulmanos do barco a remo morreriam de peste em menos de um mês.)

Depois de verificar se todas as malas e baús tinham sido descarregados, o novo governador também embarcou. Quando se deu conta de que o chefe Seyit remava não em direção às docas, mas na direção contrária, rumo à ilhota da Torre da Donzela, o Ibrahim Hakkı paxá se levantou para objetar: se era mesmo necessário que os passageiros do *Sühandan* fizessem quarentena, não poderiam fazê-la na alfândega do porto, ou em algum outro canto da cidade? O diretor de Quarentena Nikos bei o intimidou com a lembrança de que Arkaz estava "perigosa" naquele momento. Alguns analistas alegam que o novo governador só havia concordado em entrar no barco por supor que seria levado à cidade, e que caso soubesse que seria trancado na Torre da Donzela por cinco dias num momento tão histórico, ele teria primeiro esclarecido a questão com Istambul por meio de um telegrama. Tem quem veja o incidente todo como parte de um plano concebido pela Grã-Bretanha e pelo Ocidente, ou talvez até pelos gregos. Outros talvez tenham razão quanto ao comentário de que o novo governador — que muitos anos antes servira como prefeito da cidade mingheriana de Zardost — provavelmente estava com bastante medo da peste.

Essas interpretações mirabolantes talvez não sejam muito eficazes para criar uma impressão mais vívida dos acontecimentos desse dia. Mas o que temos certeza é de que agora muita gente (inclusive quem não tinha intenção de comparecer) estava ansiosa pelo sermão de sexta-feira do xeque Hamdullah e pela reunião marcada para logo depois, na sacada da Sede do Governo.

48.

Ao longo de séculos, os sermões de sexta-feira nas mesquitas mingherianas de Saim Paxá, o Pio, e de Mehmet Paxá, o Cego, foram sempre proferidos
por sacerdotes residentes aprovados por Istambul. Mas em situações especiais, históricas, as lideranças das grandes fraternidades também tinham permissão para pregar na Mesquita Nova, e se estivessem atravessando um período difícil, as pessoas compareciam aos montes para ouvir os xeques famosos.
Distribuindo todo tipo de conselho e traduzindo orações árabes para o linguajar simples do dia a dia, alguns desses xeques contavam parábolas tão co-
moventes, e eram tão bons em amedrontar a congregação ou levá-la às lágrimas que eram convidados a pregar nas mesquitas maiores e mais conhecidas
de Istambul, e assim entravam para o panteão de mingherianos famosos.

O xeque Hamdullah tinha proferido apenas dois sermões nas mesquitas
de Arkaz, muitos anos antes, e em ambas as ocasiões tocou em temas familiares: a fé, como resistir às tentações da carne, as armadilhas do diabo, coisas assim. Não abordou nem aludiu aos acontecimentos da ilha. Em outras palavras, seus sermões anteriores foram estritamente acadêmicos, e por não terem
tratado dos medos e tribulações cotidianos da população muçulmana, não
haviam sido muito marcantes. Embora sua fama tivesse crescido nos doze
anos transcorridos desde então, ele nunca mais havia feito um sermão, pois

não queria se envolver em questões que exigissem a aprovação do Departamento da Providência Social e de Istambul. Agora, portanto, havia muita curiosidade — não só entre a comunidade muçulmana devota, mas também entre os cônsules e os líderes das congregações cristãs — acerca do sermão que faria sobre a peste.

O Sami paxá providenciara que se mantivesse uma discreta vigilância sobre o xeque. Preocupava-se com a possibilidade de que, após o sermão, ele arrumasse um pretexto para se esquivar da reunião na Sede do Governo, e que sua ausência transformasse o evento numa manifestação contra a quarentena — o contrário do que se pretendia.

O protagonista mais raivoso e mais determinado da quinta-feira foi Ramiz. Depois de ser libertado por um telegrama de Istambul, ele foi para o norte, para os povoados de Çifteler e Nebiler. Não vamos aqui nos alongar num relato de seus conflitos com pessoas que estavam fugindo da peste em Arkaz, nem falar de como ele extorquiu dinheiro do filho mais velho do farmacêutico Nikiforos. Mas Marika tivera razão em avisar o Sami paxá: uma semana antes, Ramiz e a nova quadrilha de sete cúmplices recrutados em Çifteler e Nebiler tinham voltado pé ante pé, armados de facas e rifles de caça (supostamente para atirar em ratos). Ramiz circulava espalhando o boato de que os navios das Grandes Potências só recuariam e suspenderiam o bloqueio quando o novo governador fosse empossado e assumisse o comando da caserna e das brigadas árabes que a integravam.

Como os caixões estavam em falta, agora a maioria dos corpos era enterrada diretamente na terra. Alguns dos finados não tinham quem os amortalhasse — fosse porque todos os familiares haviam morrido, fosse porque haviam fugido da cidade —, e como Majid e Hadid não estavam mais envolvidos nesses assuntos e os aldeãos e encrenqueiros cretenses recrutados para substituí-los haviam desertado, os rituais se tornaram um problema grave. Por outro lado, uma vez que aumentava o número de servidores municipais amedrontados demais para ir trabalhar, o monitoramento do paradeiro de Ramiz pela cidade ficava cada vez mais difícil para os homens do Sami paxá.

Na noite de quinta-feira, Ramiz foi até a Torre da Donzela no barco a remo do Lazar efêndi — o chefe que operava sob a proteção do cônsul francês Andon Hampuri. Estava acompanhado de dez homens armados, três dos quais tinham se unido a seu bando em Arkaz. Ramiz e os comparsas pisaram devagarinho no píer improvisado da ilhota e logo foram atacados por dois cães furiosos que levavam os deveres como guardas mais a sério que a maioria, até que os sentinelas apareceram. Os invasores exibiram os rifles e depois de anunciar que estavam ali com as bênçãos do Sami paxá e do doutor Nikos para proteger o novo governador de um grupo de guerrilheiros que planejava raptá-lo naquela noite, eles tomaram as armas dos sentinelas e os amarraram.

Convencer o novo governador Ibrahim Hakkı paxá foi um pouquinho mais difícil. Como seu suplente relataria em tom divertido em suas memórias *Das ilhas à pátria*, o novo governador reagiu a Ramiz e aos cúmplices como um príncipe herdeiro que se escondeu no harém intimidado pelos rebeldes temerários que queriam alçá-lo ao trono otomano. (Murade v ficou igualmente assustado quando os organizadores do golpe que destronaria seu predecessor, Abdülaziz, foram buscá-lo um dia antes do previsto.) O Ibrahim Hakkı paxá relutou em deixar que Ramiz entrasse no cômodo onde estava isolado. Já considerava inadequada sua detenção devido a uma suposta regra de quarentena, e nesse estado de desconfiança tinha a impressão de alguma tramoia em curso. Pegou seu revólver Nagant e o carregou.

Já passava da meia-noite quando — depois de enfim entender que Ramiz e sua quadrilha tinham tomado o controle da Torre da Donzela, que ninguém da cidade estava vindo em socorro, e que agora ele era, em outras palavras, prisioneiro de Ramiz — o novo governador saiu do quarto empunhando o revólver. Ramiz declarou que, como único governador verdadeiro, o Ibrahim Hakkı paxá tinha todo o direito de portar a arma, e depois de fazer várias outras declarações sinceras, conduziu o Ibrahim Hakkı paxá à sala ampla na entrada da Torre da Donzela. Obedecendo às instruções de Ramiz, foram levados ao salão espaçoso o suplente do novo governador, Hadi bei, e seu secretário, que tinham seguido o Ibrahim Hakkı paxá desde Istambul, bem como os voluntários e todos os demais passageiros. Depois de partir de Istambul para enfrentar a epidemia na ilha, os voluntários estavam um bocado insatisfeitos com a quarentena absurda a que estavam sendo submetidos, e no instante em que a maioria começava a imaginar ter sido levada até ali no meio da noite para finalmente ser transportada para a cidade, Ramiz acendeu todos os lampiões a gás da sala e, depois de ter certeza de que todo mundo olhara ao redor e todos tinham se visto, fez uma mesura perante o novo governador e lhe beijou a mão como se jurasse lealdade a um novo sultão alçado ao trono às pressas. Ramiz então anunciou que, de acordo com as ordens de Sua Alteza Real, o sultão, ele e seus homens reconheciam a autoridade exclusiva do Ibrahim Hakkı paxá como novo governador de Mingheria e disse que iriam escoltá-lo ao Gabinete do Governador no dia seguinte.

O suplente do Ibrahim Hakkı paxá, Hadi, deixa claro em suas memórias que o paxá não acreditou em uma palavra daqueles criminosos, mas fingiu concordar com o plano para não enfurecer o bandido Ramiz. Sua verdadeira intenção era fugir na primeira oportunidade e localizar o Sami paxá (que, conforme acabara de descobrir, ainda estava na ilha) para poderem avaliar a situação juntos.

Ramiz, por outro lado, ficou animado com o sucesso da incursão noturna à Torre da Donzela. Na sexta-feira, assim que amanheceu, o novo governador e a comitiva foram transportados para a ilha e entraram na cidade pelo Quebra-Mar Rochoso. Ao olhar para a silhueta inevitavelmente fabulosa, enigmática, da Torre da Donzela, e ver o barco do chefe Lazar se aproximar lentamente da cidade, os pescadores gregos que tinham saído de barco ao romper do dia se entristeceram ao concluir que estaria transportando corpos. A epidemia não arrefecia, as medidas restritivas não estavam funcionando e pessoas que esbanjavam saúde pegavam a doença nos locais onde eram isoladas para fazer quarentena.

Depois de deixar os inúmeros passageiros no Quebra-Mar Rochoso, o barco a remo voltou calmamente para o lugar onde sempre ficava, em frente à alfândega. Os espiões do Sami paxá já tinham divisado o barco, mas quando chegaram ao Quebra-Mar Rochoso, Ramiz e os funcionários do novo governador já haviam entrado em Vavla. Caso fosse necessário, seria fácil subjugar os espiões do Sami paxá, os vigias noturnos e quaisquer outros guardas que tentassem ficar no caminho deles. Mas ninguém os viu nem tentou detê-los enquanto desapareciam nas ruelas do bairro.

49.

O xeque Hamdullah passou a noite de quinta-feira rodeado dos mesmos livros e folhetos que o avô e o bisavô consultavam nas ocasiões de surtos de peste em Istambul. Eram textos que tentavam esclarecer os mistérios da peste por meio da interpretação de presságios, dos poderes preditivos do sistema numérico abjad e dos atributos místicos do alfabeto segundo a codificação na doutrina hurufista do letrismo sufi. A epidemia de peste que atingira Istambul noventa anos antes tinha sido um martírio tão pavoroso que os muçulmanos mais devotos viraram as costas para o mundo e puseram todas as esperanças que lhes restavam em sinais crípticos, talismãs e folhetos consagrados de orações. Dado o interesse por esse tipo de conhecimento esotérico e pelas propriedades secretas do alfabeto, os antepassados do xeque Hamdullah encontraram certo consolo nesses escritos antigos. Tinham até composto versos e textos repletos de alusões e duplos sentidos. Mas nessa nova era em que todo mundo falava de micróbios e Lysol, o xeque percebeu que aqueles folhetos antigos não teriam serventia. Não davam nenhum conselho sobre quarentenas, tampouco ofereciam algum tipo de cura.

Depois de encerradas as orações do meio-dia, na sexta-feira, e chegada a hora de proferir seu sermão, no instante em que se aproximou do púlpito, o xeque Hamdullah se deu conta de que a multidão apinhada, desconsolada, não tinha interesse nenhum em seus dilemas doutrinários ou nas filigranas de preceitos religiosos complexos, e que só queria lamentar, chorar e apelar a Alá em busca de consolo. O xeque subira doze degraus para chegar ao púlpito, e agora tinha a impressão de estar muito acima dos fiéis inquietos, ansiosos, amedrontados, aglomerados lá embaixo. Em geral, quando falava com os discípulos e com as pessoas que o procuravam com problemas, loucas para desabafar, ele gostava de olhar nos olhos deles, de perto. A proximidade lhe permitia esquecer de si e se fundir à pessoa sentada à frente. Porém mesmo lá no alto do púlpito, o xeque percebia que o que a plateia mais queria dele não era um conselho, mas um novo estado de espírito e um novo modo de pensar. Também intuiu que esperavam que oferecesse algum paliativo contra o medo e a morte. A essa altura, falar que tudo aconteceria conforme o destino ditava ou alegar que o Sagrado Corão recomendava medidas restritivas não faria diferença. Os fiéis não estavam serenos o bastante para entender esse tipo de distinção. Prestavam mais atenção às menções ao Todo-Poderoso, em como Ele era grandioso e misericordioso, e sempre que o nome de Alá era pronunciado, os rostos se iluminavam com uma faísca de epifania e consolo. O xeque não demorou a entender que em vez de ponderar sobre a quarentena e o destino, era melhor simplesmente conduzir as orações da congregação.

"Rabbanaa wa laa tuhammilnaa maa laa taaqata lanaa bih!", ele disse, seguindo sua intuição. Era um verso do sura Baqarah, "A vaca". Como o xeque explicou em turco simples, a tradução era "Ó Senhor, não nos imponha um fardo que não podemos suportar!". Em seguida compartilhou algumas reflexões espontâneas sobre a ideia de suportar: "A única forma de suportar é buscar refúgio em Alá", começou. Já que tudo o que acontecia atendia à vontade Dele, de qualquer forma, o único consolo possível era recorrer a Alá. Ele falou com a segurança de um homem que tivesse a palavra final sobre determinado assunto e estivesse elucidando a questão na mente de todos. Como era de esperar, a plateia chegou à conclusão de que suas palavras deviam encerrar alguma mensagem profunda, embora continuasse exausta e angustiada como nunca.

O xeque Hamdullah conhecia a maioria dos homens cansados e barbados que ouviam atentamente suas palavras sinceras. Ele os havia visto no início da epidemia, nos pátios das mesquitas, junto a caixões e procurando covas disponíveis. Tinha passado esses primeiros dias correndo de casa em casa e de funeral em funeral. O homem louro logo ali, que agora buscava tranquilidade nas palavras do xeque, poderia muito bem ter perdido a cabeça depois da morte da esposa e das duas filhas, mas se portara com enorme dignidade. Ali adiante estava o ferrador Rıza, que parecia morrer sempre que um dos vizinhos morria. Acolá o jovem migrante de Creta que se acostumara com a morte alheia mas não tinha conseguido pensar na própria, e embora tivesse aparecido para ouvir o sermão, na verdade estava fugindo de todo o resto. Mas talvez esses casos fossem anomalias. Em sua maioria, as trezentas pessoas reunidas na mesquita naquele dia haviam ido lá para serem iguais a todo mundo, para se sentirem mais próximas de Deus, para não ficarem sozinhas, para serem cercadas de outras pessoas tão assustadas quanto elas. Em pouco tempo, o clima do sermão migrou das regras da quarentena às seitas privilegiadas, aos homens santos e aos xeques.

No início do surto, antes de se recolher à cela para contemplação, Hamdullah tinha sido chamado a várias casas para oferecer conforto — razões para continuar vivendo, diriam alguns — a pessoas tão desnorteadas com a força irrefreável da peste que começavam a duvidar da fé. Também compareceu à lavagem e ao enterro de inúmeros corpos, distribuindo conselhos e consolo a parentes enlutados que enlouqueciam de tanto sofrimento. Naqueles dias que passou visitando casas, jardins, cemitérios, funerárias e pátios de mesquitas, o xeque ficou completamente imerso na vida daquelas pessoas sempre abertas, sinceras. Quando souberam que ele adoecera, essas mesmas pessoas foram tomadas pelo desespero — e quando ouviram que ele parecia ter se recuperado, e que por alguma razão era imune às lanças envenenadas da peste, também acreditaram nessas histórias. O xeque compreendeu que esperavam que revelasse o segredo de seus poderes, ou que pelo menos conduzisse uma oração para que também pudessem se valer de sua imunidade. Desejava do fundo do coração levar algum alívio àquelas pessoas com as quais estava tão envolvido no luto e no pavor.

O maior consolo era, claro, ser muçulmano e morrer muçulmano. O xeque recitou em árabe um trecho do sura An-Nisa, "As mulheres", para lembrar que abraçar Alá no último instante não bastava para salvar do inferno quem tinha sido infiel a vida inteira; e assim como Alá podia matar os vivos, também podia ressuscitar os mortos e até a terra. Quem temia a morte devia superar o medo pensando na vida após a morte. Se tivessem pecado, talvez tivessem razão para ter medo... Mas caso contrário ter medo da morte só os faria enlouquecer. "Essa mesma morte que tanto mete medo, e da qual vocês fogem desesperados, vai sempre encontrar vocês e um dia vai alcançá-los", disse o xeque. "Vocês podem se esconder dentro do castelo mais sólido, mas ela vai achá-los."

Conforme o cônsul francês ressaltaria depois, esses comentários "claramente minaram a quarentena". Na Sede do Governo, o Sami paxá, à espera da reunião que fariam após o encerramento do sermão, tinha esperanças de que o xeque tecesse ao menos algumas críticas aos folhetos de orações, amuletos e feitiços que haviam surgido contra a peste, mas isso tampouco aconteceu. Na realidade, o xeque falou da interpretação dos sonhos, da sombra lançada pelas asas da coruja e do significado de ver duas estrelas cadentes na mesma noite. Mas teve a impressão de que a congregação o entendeu melhor quando descreveu a sensação de estar enlutado diante do caixão de alguém.

Os moradores de alguns bairros tinham passado os últimos dias correndo de um funeral para o outro. Os cidadãos de Arkaz e todos aqueles que permaneceram na ilha estavam arrependidos da decisão de não fugir? Teriam cometido um equívoco ao não seguir o exemplo de quem foi se esconder nas montanhas, em povoados e grutas distantes? Quem era mais digno do consolo divino — os que fugiram em barcos a remo mesmo correndo o risco de afogamento ou os que iam às mesquitas se refugiar em Alá?

As pessoas tinham a sensação de que o xeque estava fazendo um sermão extremamente profundo e relevante e de que era muito erudito e sábio. Estavam dispostas a ouvir a respeito do medo de Deus e do medo da peste e encontrar conforto naquelas palavras. Percebendo o entusiasmo da congregação, o xeque recitou em árabe um trecho do sura Yusuf, "José", e pediu que repetissem com ele: "Ó Senhor, Criador do céu e da terra", ele disse, "permita-me morrer como muçulmano e me reúna aos virtuosos!".

Já perto do fim do longo sermão — frequentemente interrompido por brados de "Amém!" —, o xeque se referiu a uma passagem do sura Al-Anbiya, "Os profetas", que dizia que "todo ser vivo terá um gostinho da morte" e falou com tamanha veemência que algumas pessoas caíram no choro. Pois sabiam que eles todos também estavam morrendo e que não tinham sido capazes nem de se unir naquele espírito coletivo necessário para enfrentar a morte. O xeque via na expressão deles que era por isso que iam às mesquitas e às fraternidades. Sentiu remorso e uma pontada de culpa por ter passado os últimos dias recolhido em seus aposentos, de onde não pudera reconfortar aquelas multidões sofridas.

O discurso continuava, e de vez em quando o xeque o interrompia para olhar nos olhos dos ouvintes, a maioria dos quais aflitos, consternados. Mas havia também fiéis mais idosos serenos e alheios como se aquele fosse o sermão de uma sexta-feira qualquer de uma época normal; pessoas admiradas como se não entendessem direito o que estava acontecendo; e outras que assentiam, otimistas, demonstrando aprovação a tudo o que o xeque dizia. O xeque também ficava assentindo, como se dissesse: "Sim, é incrível, não é?". Alguns se esquivavam de seu olhar sempre que havia um momento de silêncio. O xeque Hamdullah também reparou nos espiões do Sami paxá. Sabia desde o começo das implicações políticas de seu sermão, e desde o início desejara esquecer delas.

Nesse exato instante, na parte da frente do templo, um velho cocheiro que ouvia o xeque em tom reverente ficou tão zonzo de emoção — ou talvez estivesse tão adoentado — que precisou deitar, e logo começou a tremer e gemer. O homem parecia estar sofrendo uma convulsão típica da peste, e o xeque teve que interromper o sermão para ajudá-lo.

A plateia, com o coração na boca, se pôs em movimento. Alguns acharam que o sermão havia terminado e foram embora, ou nem sequer notaram o cocheiro trêmulo, delirante, e presumiram que os agitadores habituais tivessem causado algum contratempo. O Sami paxá e os cônsules temiam que Ramiz aparecesse para tumultuar, e por isso havia mais gente vigiando as redondezas da mesquita e as entradas do pátio.

Mas logo ficou claro que aquilo não era obra de encrenqueiros. A maioria das pessoas conhecia ou no mínimo reconhecia o doce cocheiro de idade avançada, e ver essa figura querida sofrer tanto provocava enorme desânimo nos presentes. Nas análises sobre esses vários acontecimentos vertiginosos, alguns sugerem que, se o velho cocheiro não tivesse caído e se contorcido de dor no fim do sermão do xeque Hamdullah, talvez a história de Mingheria tivesse tomado outro rumo.

Pois a conclusão disso tudo foi que no fim, e por diversos motivos, a multidão que fora ouvir o xeque não seguiu para a reunião na praça da Sede do Governo conforme o Sami paxá imaginara. O xeque Hamdullah não teve condições de convocar as pessoas, nem mencionou o evento que estava para acontecer na praça. Depois de ter dito aos fiéis que a única saída era o islamismo, que nunca houve possibilidade de apelar a mais nada nem ninguém, o xeque Hamdullah relutou em ficar ao lado dos patriarcas das congregações cristãs meia hora depois. O anúncio que pretendiam fazer, proibindo a entrada em mesquitas e igrejas, batia de frente com o teor do sermão que o xeque acabara de proferir. Embora tivesse dado sua palavra ao Sami paxá, o xeque não se dirigiu à Sede do Governo e continuou fazendo hora na mesquita, deixando inúmeros admiradores beijarem sua mão num desdém absoluto às regras restritivas, e então uma equipe de guardas escolhidos a dedo e sob ordens do Sami paxá apareceu para "arrancá-lo" de lá.

O Sami paxá já havia pensado na possibilidade de que, a despeito de sua promessa, o xeque Hamdullah se esquivasse depois do sermão e tentasse evitar a reunião na Sede do Governo. Também previra que poderia haver gente entre a mesquita e a Sede do Governo para tentar obstruir o caminho ou provocar tumulto e se preparara deixando a postos o cocheiro Zekeriya e seis dos guarda-costas mais leais. O xeque Hamdullah ainda estava em pleno beija-mão depois de encerrado o sermão quando esses homens apareceram de repente, pegaram-no pelos braços e o escoltaram gentilmente pela entrada lateral e pelo pátio até o landau que o esperava à sombra de uma tília. O Sami paxá havia dito a seus homens que se o xeque Hamdullah tentasse lutar, que o arrastassem e o forçassem a entrar na carruagem, e que sob nenhuma circunstância deixassem que a multidão o retivesse, mas quando a hora chegou o xeque (e todo mundo à sua volta) confundiu os guardas com seus seguidores, pois vestiam as mesmas roupas, e não impôs resistência e foi embora sem se despedir de ninguém, embarcando no landau blindado.

Enquanto isso, Ramiz e os comparsas, que haviam sequestrado o novo governador, o suplente e o secretário, avançavam sorrateiramente pelas ruelas da cidade e se abrigavam numa casa abandonada no bairro de Vavla. Ficaram lá até as orações do meio-dia. O esconderijo era uma antiga mansão otomana caindo aos pedaços, à sombra da mesquita Mehmet Paxá, o Cego, e de frente para o pátio da Escola Militar. Os alunos da Escola Militar acreditavam que a casa fosse amaldiçoada e assombrada, e usavam-na como ponto de encontro secreto, onde também podiam tomar vinho e organizar lutas. Durante a epidemia, um número gigantesco de ratos mortos foi visto no local.

Na última quinzena dois cadáveres também tinham sido encontrados no jardim, em duas ocasiões distintas, a existência deles sendo revelada pelo fedor. Um era de um muçulmano que perdera a cabeça depois da morte da esposa e da mãe, e que tinha fugido e sumido antes que os funerais fossem realizados. Sua casa, agora vazia, ficava ali perto, portanto era evidente que não conseguira chegar muito longe antes de também falecer.

O caso do outro corpo era mais suspeito, pois era de um jovem de Flizvos. Como um morador grego do bairro rico de Flizvos jamais iria a Vavla para morrer, os dois servidores municipais que investigaram a situação sugeriram que teria ocorrido um crime, embora o inquérito decorrente tivesse sido abandonado. De qualquer modo, a Brigada de Quarentena havia proibido o acesso à mansão e seu jardim, assim como tinha feito com muitos outros lugares cidade afora. Como essa parecia ser uma daquelas raras proibições que as pessoas de fato acatavam, Ramiz e os comparsas sabiam que estariam seguros naquele espaço.

O suplente do governador, Hadi, que mais tarde narraria com graça todos esses incidentes em suas memórias, nos conta que Ramiz era instigado puramente por amor e vingança, e que é um absurdo procurar motivações mais complexas para seus atos. Ramiz apenas acreditava que a melhor forma de exigir revanche do major que tinha lhe roubado a noiva, e do antigo governador Sami paxá, que apoiara a iniciativa do major, era ajudar o novo governador a assumir suas funções sem demora. Era muito conveniente que ele estivesse ali quando as lideranças da ilha se dirigissem ao público da sacada da Residência do Governador meia hora depois das orações do meio-dia. Mais tarde, durante o julgamento, Ramiz repetiria inúmeras vezes que a ideia tinha sido toda dele — nem dos cônsules, nem do irmão, nem de ninguém.

Não haveria ninguém melhor para confirmar a confusão da mente de Ramiz do que o funcionário municipal Nusret, que trabalhava como zelador na Sede do Governo e costumava passar informações a Ramiz, mas que também já trabalhara para o escrutinador-chefe e para o Sami paxá — mas Nusret seria assassinado naquele mesmo dia. Ramiz havia confiado no zelador, oriundo de Çifteler, para mantê-lo a par do que acontecia na cidade. Na verdade, fazia muito tempo que Nusret atuava como agente duplo, revelando ao Sami paxá o paradeiro dos guerrilheiros muçulmanos (não todos, é claro — só os que ele odiava) que atacavam aldeãos gregos e fornecendo informações valiosíssimas sobre os guerrilheiros gregos.

O xeque Hamdullah ainda não dera início ao sermão, e uma carruagem já tinha levado metade dos homens de Ramiz à Sede do Governo. Nusret os fez passar por funcionários recém-contratados para trabalhar no edifício e os escondeu no depósito de madeira em frente às cozinhas da Sede do Governo.

Meia hora depois, a mesma carruagem pegou Ramiz, o novo governador e três outras pessoas, e os levou até a porta lateral, perto da entrada principal. Esse segundo grupo, inclusive os comparsas visivelmente armados de Ramiz, não enfrentou dificuldade para entrar. Nusret os encontrou na porta lateral, e os conduziu por vários corredores longos e estreitos e por uma escada que ficava nos fundos do prédio.

O xeque Hamdullah mal começara o sermão quando Nusret levou o grupo que incluía Ramiz e o novo governador escada acima, depois atravessou com eles o cômodo vizinho ao salão, arrumado para receber os convidados do dia, e em seguida os trancou sem fazer barulho, furtivamente, dentro da Sala de Epidemia (o escritório apertado com o mapa na parede que às vezes chamamos de Sala de Epidemiologia). Como o Sami paxá e todos os seus espiões estavam concentrados na segurança dos arredores da Mesquita Nova, ninguém parecia muito atento ao que poderia acontecer na Sede do Governo, porém, mais tarde, esse grau de negligência seria considerado uma forma de conivência.

O sermão do xeque Hamdullah ainda estava acontecendo na mesquita quando começaram a chegar os cônsules, os jornalistas e outros convidados para a cerimônia na sacada promovida pelo Sami paxá. As pessoas mantinham distância umas das outras, preferindo trocar saudações de longe. Como sempre, os cônsules tinham formado o próprio grupinho. Jornalistas e vários outros convidados curiosos circulavam pelos cantos do salão, onde esperavam pacientemente que a reunião pela qual o Sami paxá se empenhara tanto, e que provavelmente acreditavam que seria quase inútil, começasse e terminasse o mais rápido possível e, com sorte, sem muitos incidentes.

50.

Devemos abrir este capítulo com uma pergunta que os historiadores de Mingheria costumam fazer: ao vestir a farda de oficial naquela manhã, por que o major decidiu prender ao peito a medalha conquistada depois da guerra com a Grécia, quatro anos antes, e a condecoração de Terceira Classe da Ordem de Mecidiye, quando estava prestes a embarcar no que seria uma provocação tão histórica à autoridade do Estado otomano? Vamos resolver agora esse enigma que encafifou os historiadores todos esses anos: nem o major nem o Sami paxá tinham alguma pista da importância e do resultado final dos acontecimentos daquele dia. Tinham ouvido falar que o novo governador escapulira da quarentena na Torre da Donzela e estavam furiosos com Ramiz. O major tinha a impressão de que o ex-noivo da amada esposa poderia atacar a Sede do Governo, tumultuando a tentativa de quarentena e a reunião pública que o Sami paxá organizara meticulosamente. É compreensível que imaginasse que suas condecorações otomanas e o uniforme militar pudessem servir para dissuadi-lo.

No quarto deles no Splendid Palace, naquela manhã, Zeynep confessou ao marido que estava estranhando não só a decisão dele de sair com a medalha e o distintivo como seu nervosismo, naquele dia um bocado alarmante.

"Não se preocupe, vamos sobreviver a isso", disse o major. "E acredite, haverá salvação também para a população desta ilha! Vou levar isso aqui", ele acrescentou, exibindo o revólver Nagant, mas Zeynep não demonstrou interesse. Era como se estivesse menos preocupada com as possíveis brigas e tiroteios do que com uma ameaça mais espiritual, mais metafísica.

O Sami paxá dera instruções para que, depois que o xeque Hamdullah entrasse na carruagem, um soldado confirmasse à Sede do Governo e ao hotel Splendid balançando uma bandeira branca, e só depois o landau blindado partiria atravessando as ruelas da cidade, cheias de subidas e descidas, evitando as vias principais. O Sami paxá temia que o fugitivo armado Ramiz fizesse arruaça na primeira oportunidade, e se preocupava com a possibilidade de que ele interceptasse a carruagem para encontrar o irmão, gerando caos no trajeto ou talvez até tentando levar o xeque embora. Mas se o landau passasse pelo Splendid Palace e pegasse o major durante o percurso, o xeque Hamdullah entenderia a seriedade da questão e teria um comportamento condizente.

Quando viu a bandeira branca ondulando, o major foi até a esposa e a abraçou. Zeynep disse ao marido que tinha medo de que Ramiz tentasse lhe fazer mal e pediu que ele tomasse cuidado. Tornaram a se abraçar.

O major desceu devagarinho a escada do hotel deserto. Quatro soldados armados da Brigada de Quarentena estavam parados no saguão para o caso de um ataque de Ramiz. O major olhou seu reflexo no espelho imenso com moldura dourada e escutou um de seus soldados falar de uma rixa entre duas famílias muçulmanas de Çite que também estava repercutindo mal para a quarentena, e por isso, quando pôs os pés para fora, o landau blindado já estava se aproximando. Atrás dele vinha outra carruagem, repleta de guardas.

Quando os cavalos exaustos e encharcados de suor que puxavam o landau pararam na frente do hotel, o major viu que o dervixe Nimetullah efêndi, o do chapéu cilíndrico de feltro, o auxiliar mais confiável do xeque Hamdullah, também estava na carruagem. Precisamos aproveitar a oportunidade para informar a nossos leitores que, apesar da aparência modesta e despretensiosa — ou talvez por causa dela —, o Nimetullah efêndi teria um papel essencial na história da ilha.

O xeque Hamdullah não sabia que o comandante da Brigada de Quarentena também entraria no landau. Era compreensível que seus sentimentos em relação ao major, que roubara a noiva de seu meio-irmão e cuja brigada baleara os moradores de sua fraternidade e jogara Lysol por todos os cantos, não fossem nada positivos. Mas quando o viu orgulhoso, com a farda de oficial, as condecorações e a arma, o xeque sorriu como se encontrasse um fã ou um novo discípulo.

"Ouvi falar que o senhor é um herói", ele disse. "Mas não sabia que era tão jovem. A medalha realmente lhe cai bem!"

O major se acomodou de frente para o xeque e para o Nimetullah efêndi, depois se curvou e agradeceu humildemente.

"Sua Santidade, o xeque, fez um belo sermão!", comentou o Nimetullah efêndi. "Todo mundo chorou e se sentiu reconfortado, e ele só conseguiu ir embora depois de todos beijarem sua mão." Houve um instante de silêncio, e então o Nimetullah efêndi acrescentou: "Graças ao sermão do xeque, a congregação entendeu a enorme importância do cumprimento das medidas de quarentena".

Os leitores atentos saberão que isso não é verdade. Mas o major não tinha ouvido o sermão.

Enquanto o cocheiro Zekeriya conduzia lenta e calmamente a carruagem, cruzando ruelas vazias e ladeiras a caminho da praça Hamidiye, eles passaram por um jardim, onde se espantaram de ver um grupo de pessoas que estava ali para prestar condolências, perto de um menino comendo uva no chão e do irmãozinho chorando ao lado. O major achou que era o momento perfeito para falar o que havia decidido dizer ao xeque durante o breve percurso de sete ou oito minutos de carruagem.

"Vossa Excelência, a ilha inteira tem o senhor em tão alta conta que caso o senhor tivesse dado aos médicos e aos agentes da quarentena todo o seu apoio desde o começo, não teríamos tantas mortes nem tanta tristeza e sofrimento."

"Somos servos de Alá e de seu Profeta. Temos que fazer o que Alá manda. Não podemos simplesmente 'deixar com os médicos' e dar as costas à nossa religião, às nossas crenças e ao nosso passado."

"Somos todos servos de Alá", retrucou o major. "Mas as crenças e a história de uma nação são mais importantes do que a vida e o futuro de seu povo?"

"Não existe vida nem futuro para um povo sem religião, sem crenças e sem história própria. O que exatamente significa 'a nação' nesta ilha, em todo caso?"

"Qualquer um que seja da ilha. Os nascidos nesta província."

Enquanto a carruagem atravessava a ponte Hamidiye, suas rodas começaram a fazer um barulho diferente e, como se fosse um sinal, todos se calaram e olharam pela janela. À direita viam-se os muros rosados do castelo e o azul do porto, e à esquerda, fileiras de pinheiros e palmeiras e a ponte Velha.

Pouco depois, avistaram os gendarmes que o Sami paxá havia designado — ainda que fossem bem poucos — para vigiar a avenida Hamidiye. Apesar de todos os cartazes afixados, dos anúncios impressos nos jornais lançados especialmente para a ocasião e das exortações dos funcionários municipais, o movimento no boulevard principal não estava acima do normal. "Eles irão!", disse o Nimetullah efêndi, percebendo que todos pensavam a mesma coisa. "A congregação estava saindo na mesquita só agora." Ele pôs a cabeça para fora da janela e olhou para trás. Ninguém chegava para o evento, apenas a carruagem que transportava os guardas que acompanhavam o landau blindado. As pessoas haviam se acostumado a ver os soldados da Brigada de Quarentena e os gendarmes parados em frente à agência telegráfica. Mas medidas de segurança rigorosas também tinham sido tomadas em relação à praça da Sede do Governo, onde agora havia um grupo de agentes de viagem, comerciantes e alguns servidores municipais que o Sami paxá mandara comparecer ao evento. O ex-governador, que tinha aberto uma fresta da janela para examinar a situação, esperava que eles ficassem no meio da praça, mas a maioria das pessoas aguardava à sombra das amendoeiras e palmeiras ao redor.

Todos os olhares estavam fixos na carruagem blindada no momento em que ela entrou na praça e se aproximou da entrada da Sede do Governo. Quando os cavalos visivelmente suados pararam, uma turma de guardas, gendarmes e funcionários já tinha se aglomerado em volta do veículo. Demorou um tempo para que o xeque conseguisse saltar (usando um degrau que servia para as pessoas montarem a cavalo e que havia sido habilmente disposto à sua frente), escapar dos inúmeros simpatizantes e entrar na Sede do Governo.

"Tenho que fazer minhas abluções!", ele disse ao Nimetullah efêndi, o do chapéu cilíndrico de feltro, assim que entraram no prédio assombreado.

Havia um lavatório ao estilo europeu aos pés da escada principal, com direito a água corrente e projetado especialmente para os convidados ocidentais (e sobretudo cônsules). Alguns historiadores supõem que o tempo longuíssimo que o xeque passou nesse toalete (estimamos dez minutos) acabaria alterando a história mingheriana, uma teoria que gerou todo tipo de interpretação imprecisa e sensacionalista.

Vamos colocar um ponto-final nesses exageros descaradamente políticos dando nossa própria explicação: a única razão para o xeque entrar nessa "sala de ablução" e passar tanto tempo lá dentro foi a simples curiosidade. Pois quando a Sede do Governo fora inaugurada, sete anos antes, todos os jornais, a começar pelo *Arkata Times*, tinham feito matérias longas falando de como eram europeus, e como eram novos e modernos os gabinetes, a casa de hóspedes e as sacadas do prédio, e houve muito falatório entre a população muçulmana mais instruída da ilha, sobretudo no contexto de conversas mais abrangentes sobre a ocidentalização e a riqueza crescente da comunidade cristã, acerca do cunho quintessencialmente europeu dos vasos sanitários comprados na loja Stohos em Tessalônica.

51.

Enquanto o xeque Hamdullah estava no banheiro, o major Kâmil subia a escada larga da Sede do Governo, revestida da pedra mingheriana de tom branco rosado tão conhecida de todos na ilha. Sentiu a mistura de orgulho e constrangimento que o acometia sempre que circulava com as condecorações afixadas ao uniforme militar e tentou não chamar atenção. Mas naquele local e naquele momento, era impossível. Ao galgar os degraus, percebia o olhar nervoso dos zeladores, dos servidores e de todo mundo, e fez o possível para evitá-los estudando os cartazes relativos à quarentena (alguns dos quais datavam de dois meses antes), como se os visse pela primeira vez.

O Salão Principal costumava ser pouco iluminado, até durante as reuniões do Comitê de Quarentena, sempre com as cortinas fechadas. Ao entrar e ver o cômodo banhado por uma luz radiante, o major se perguntou se não teria errado de aposento. O doutor Nuri conversava com monsieur Andon (que o major achava insuportável) em um canto cheio de luz ao lado da sacada, e por isso ele se dirigiu à Sala de Epidemiologia.

Tentou abrir a porta, estava trancada. Estava prestes a voltar para a sacada quando ouviu alguém falando do outro lado da porta, quem sabe funcionários assinalando os óbitos no mapa. Trancar a porta parecia uma atitude sensata naquele momento, e quem estava lá dentro provavelmente sairia em breve.

O major se aproximou do doutor Nikos e de um delegado idoso do Comitê de Quarentena, o doutor Tassos, que conversavam sobre outro monte de ratos mortos encontrados nos jardins e ruelas de Kofunya e Eyoklima. A maioria deles parecia ter morrido pouco tempo antes, e outros tinham sido vistos tossindo sangue. Naquela manhã, o filho musculoso e robusto da tradicional família grega Mavroyeni fora levado ao hospital, delirante, e a loja de roupas masculinas muito movimentada da família não tinha nem aberto as portas.

Enquanto escutava a conversa, o major — assim como todo mundo que estava no salão e na sacada — também observava quem vinha chegando à praça da Sede do Governo, a partir da avenida Hamidiye. Um grupo de cinquenta a sessenta pessoas estava reunido no meio da praça, aguardando o começo do discurso da sacada. Mas agora já estava claro que, por mais que esperassem, as centenas e mais centenas de cidadãos com que o paxá havia sonhado jamais dariam as caras.

O major se aproximou de um funcionário que volta e meia via com o Sami paxá no Gabinete do Governador e pediu que ele destrancasse a Sala de Epidemia.

"Quem tem a chave é o Nusret efêndi", explicou o funcionário, cujo bigode parecia uma escova. "Ele deve estar no gabinete do paxá", acrescentou, lançando um olhar para a porta que dava para o aposento. Nesse exato momento, essa mesma porta se abriu e o Sami paxá, o escrivão e o Nusret efêndi entraram no salão. Estavam calmos e resolutos.

Então o major reparou que havia um movimento junto à entrada principal, do outro lado do salão, e se deu conta de que o xeque Hamdullah devia ter subido a escada e entrado no ambiente. Assim que o major e o funcionário de bigode escovinha pararam em frente à Sala de Epidemiologia, uma batida forte, insistente, começou a chegar de trás da porta. As batidas logo se aceleraram e ficaram mais violentas.

Como se estivesse esperando por isso, Nusret se afastou do Sami paxá e foi abrir a porta, mas ela sacudia tanto devido às pancadas que o zelador nem conseguia enfiar a chave na fechadura.

"Não abram essa porta!", berrou o cônsul francês (cuja exclamação, como seria de se esperar, entraria para a história). Parecia que todo mundo previa alguma emboscada.

Os convidados reunidos no salão e na sacada estavam começando a se inquietar. Ao ver dois guardas que tinham acompanhado o xeque dando passos à frente com os rifles a postos, o major se afastou da porta e se abrigou no peitoril de um dos janelões da sala.

A essa altura todos os presentes no Salão Principal já tinham se dado conta de que estava em curso uma emboscada, cujos perpetradores se encontravam presos na Sala de Epidemiologia — e a porta estava emperrada. As pessoas tentavam entender o que estava acontecendo e qual a natureza da tentativa de invasão. Era tudo obra do Sami paxá? Governadores de territórios otomanos longínquos vez por outra bolavam esse tipo de cilada para amedrontar as minorias cristãs e outros encrenqueiros eternamente insatisfeitos, obrigando-os a se sujeitar. Mas Mingheria era uma província consumada do Império Otomano, e jornalistas estavam ali vendo tudo se desenrolar.

Enquanto os guardas do Sami paxá cercavam a Sala de Epidemiologia, alguns dos convidados saíam cautelosos ou iam para a sacada. Agora era mais audível o que se dizia de dentro da sala. Quem conhecia a voz de Ramiz identificou seu grito: "Abram a porta!". Estava acontecendo uma briga ou alguma altercação qualquer lá dentro?

Ninguém sabia muito bem o que fazer, e enfim a porta verde da Sala de Epidemia se abriu, e dela surgiu um dos comparsas de Ramiz, um homem de Nebiler careca e de bigode de morsa. Apontava o rifle para os convidados petrificados que ainda estavam no salão, embora não mirasse ninguém em particular.

Do canto da sala onde personalidades e jornalistas gregos se escondiam, o Kiryakos efêndi — dono do Bazaar du Île — bradou "Por favor se acalme!", seu turco com sotaque grego dando voz às emoções e medos de todos os presentes. Todo mundo pensava a mesma coisa: "Pelo amor de Deus, não abra fogo!". Mas quase todos percebiam que isso não seria possível.

Outra pessoa suplicou: "Não atire!".

Ramiz deu um passo à frente e se fez ver no umbral. Seu jeito, seu rosto corado, sua expressão, ele estava totalmente sereno. Pode-se até dizer que demonstrava uma autoconfiança inexplicável.

"Seria mais condizente que essa cerimônia acontecesse depois da posse do novo governador Ibrahim Hakkı paxá!", ele disse.

Como o xeque Hamdullah foi cercado pelos próprios homens e pela comitiva do novo governador, nem o Sami paxá nem os cônsules conseguiam ver como ele reagia ao arrebatamento do meio-irmão. Se tivesse tido a oportunidade, será que ele o teria repreendido? Como se não bastasse, esse valentão cuja fama se baseava em ser irmão do xeque da fraternidade mais popular da ilha, desprovido de qualquer cargo oficial ou qualificação, havia tomado para si a missão de tirar da quarentena o novo governador, ilegalmente, e agora adotava um tom imperioso na presença do antigo governador.

Analistas otomanos e turcos, historiadores nacionalistas mingherianos e o resto do mundo têm diferentes teorias quanto ao local de onde teria partido o primeiro tiro. Nesse tipo de situação, às vezes é possível identificar o provocador que disparou a primeira bala ou o bobo apavorado que primeiro puxou o gatilho. Mas não foi esse o caso naquele dia, no Salão Principal da Sede do Governo. Na verdade, todos pareciam ter disparado ao mesmo tempo, como se recebessem simultaneamente ordens de atirar. Os dedos já no gatilho das armas e dos rifles. O suplente do Ibrahim Hakkı paxá diria em seu livro de memórias que se deu conta de que haveria um embate assim que a porta se abriu, e por isso foi logo pegando o revólver Nagant da cintura e abrindo fogo.

Havia também um "segundo front" formado pelo grupo dos homens do Sami paxá que tinham conseguido entrar à força na Sala de Epidemiologia por uma porta que se abria para um corredor de serviço. Baseando-se em dados recebidos no último instante do informante e provocador Nusret, o Sami paxá instalara guardas na escada da sede e nos arredores do próprio gabinete. Quando o conflito começou, o Sami paxá tinha dezoito homens armados dentro do salão e nos arredores das entradas. Alguns deles eram guardas municipais que portavam armas às claras. Outros tinham entrado no salão disfarçados, vestidos como funcionários, criados ou comerciantes. (Yusuf, que se abrigara atrás da mesma coluna que o major, era um deles.) No momento em que ouviram o primeiro tiro — e de acordo com as instruções que já haviam recebido do Sami paxá —, pegaram suas armas e imediatamente começaram a disparar contra o inimigo.

O Sami paxá tinha avisado aos homens que chamou à Sede do Governo e à praça que um punhado de perversos poderia tentar "sabotar" a histórica reunião de quarentena programada para aquele dia, ou até organizar uma tentativa de assassinato, portanto eles precisariam estar prontos para atirar sem titubear. (Em outras palavras, quando o tiroteio começou, os homens do Sami paxá dispararam em nome do sultão, e não em nome de uma Mingheria independente.)

Assim que soube do ataque planejado, o Sami paxá imaginou — talvez com certa ingenuidade — que seria capaz de imobilizar os comparsas de Ramiz um por um e prendê-los sem alarde, sem pôr em risco a segurança da cerimônia. Esse plano dependia de armarem uma cilada para quem tentava armar a cilada na porta da Sala de Epidemiologia.

Na nossa opinião, foi justamente essa parte do plano que desencadeou o tiroteio e provocou a "escaramuça" louca que se seguiu. Momentos depois, todo mundo atirava no "inimigo" se valendo de mesas, colunas, poltronas e vasos de planta como cobertura.

Durante os primeiros oito a dez segundos depois do primeiro tiro, a batalha não foi muito inflamada. Os convidados e todas as pessoas reunidas para a cerimônia não entendiam bem o que estava acontecendo. A atenção deles estava em outro lugar, pois Sua Santidade, o xeque, e o Sami paxá tinham acabado de entrar na sala. Talvez isso explique por que o primeiro tiro causou tanto estrago e perplexidade. Em seguida, logo depois da primeira bala, quase todo mundo passou a atirar. O som dos tiros quicava entre as cortinas grossas e as paredes com lambris de madeira do cavernoso salão, mas mesmo do lado de fora as pessoas escutavam os estampidos sinistros, potentes, intermitentes.

A cacofonia infernal que foram obrigados a aguentar durante aqueles minutos de combate incessante quase enlouqueceu os convidados. Eles se lembrariam pelo resto da vida do que viram e ouviram naquele breve intervalo de tempo, e do barulho pavoroso dos tiros. Talvez estivessem ainda mais assustados com o som ensurdecedor do que com a imagem dos soldados, servidores e bandidos caídos diante de seus olhos.

Alguns convidados engatinharam para debaixo da mesa larga de madeira onde o Comitê de Quarentena fazia as reuniões intermináveis; outros se enfiaram atrás de armários, cadeiras e escrivaninhas; a maioria se jogou no chão.

Boa parte deles já tinha entendido que não era o alvo preferencial — mas que importância isso tinha quando tantas armas eram brandidas? Havia certa fúria no ar; qualquer um poderia ser vítima, e todo mundo entendia de onde isso vinha. Era como se as balas fossem disparadas contra a peste. Segundo relatos de testemunhas e investigações de historiadores, quase cento e cinquenta tiros foram trocados em poucos minutos.

Contra a equipe de dezoito homens bem-treinados do Sami paxá, Ramiz tinha dez atiradores, a maioria deles mais preocupada em se proteger do que em matar.

Alguns dos comparsas de Ramiz — até os feridos — tentaram devolver os tiros no começo da batalha, se abrigando atrás de qualquer coisa que achassem. Graças à garra e à determinação, as tentativas deles foram bem-sucedidas por um tempo e eles conseguiram atingir muitas pessoas dos grupos em volta. Mas suas armas não demoraram a se calar. Foram vencidos pela salva de tiros implacável dos homens do Sami paxá, que acorria sobretudo da entrada principal, e um por um eles começaram a morrer.

Duas balas atingiram Ramiz no braço e no ombro instantes depois de sua insolente aparição e o forçaram a recuar. Mas ele logo se deu conta de que não conseguiria escapar pela porta secundária da Sala de Epidemia. O Sami paxá também mandara três guardas para lá, e eles atiravam sem parar. Percebendo que qualquer tentativa de romper o cerco estava fadada a ser um fiasco, Ramiz voltou para a porta verde e começou a atirar contra os guardas que atiravam nele a partir do salão. Minutos depois, era o único que ainda devolvia os tiros da Sala de Epidemia.

"Ninguém se mexe!", disse o antigo governador Sami paxá.

Fez-se um longo silêncio. Duas gaivotas gritaram ao sobrevoar a praça. Embora todo o tiroteio tivesse acontecido dentro da sede, o barulho tinha chegado à periferia e ecoara nas montanhas.

O silêncio que veio em seguida foi ainda mais lúgubre. Alguns convidados escapuliram pela porta, outros ficaram imóveis, deitados no chão ou encolhidos nos esconderijos, ouvindo os gemidos e choros dos feridos ao redor.

Emergindo de trás da coluna que vinha usando como abrigo, o major entrou na Sala de Epidemia destruída. Quatro dos comparsas de Ramiz e o zelador-agitador Nusret estavam mortos. Por todos os lados havia sangue, que adquiria um estranho tom carmesim sobre as placas de pedra mingheriana. Ramiz estava no chão, caído mas ainda vivo, se contorcendo e gemendo.

O major viu um dos guardas estremecer de dor e pensou que pelo menos o coitado sobreviveria. Entre os agressores havia um rapaz de rosto branco, infantil, que o major nunca havia visto e que tinha saído do combate sem nem um arranhão. O jovem tremia de medo, mas estava aliviado ao constatar que ainda vivia. Ao ver o major vindo em sua direção, levantou os braços para se render.

Os combatentes aglomerados em volta da outra porta da Sala de Epidemia não tinham enfrentado tanto fogo. O novo governador, o Ibrahim Hakkı paxá, morrera com um tiro na testa. O major viu o suplente do novo governador, Hadi, suspirar diante do corpo do chefe, e assistiu ao restante do bando de Ramiz se entregar aos guardas municipais.

Quatro balas tinham acertado o mapa de óbitos e locais infectados atualizado todas as manhãs dos últimos dois meses pelo governador paxá e o doutor Nuri. Outra bala fez um buraco no vidro de uma enorme cristaleira preta cuja pintura estava descascando, mas o restante da vitrine continuou intacto.

Já as vidraças do armário de nogueira ao lado da cristaleira se estilhaçaram. Ao notar os homens do Sami paxá e os gendarmes se aproximando da Sala de Epidemia, o major pegou o baú guardado na parte inferior do armário de nogueira, forçou a abertura da tampa destrancada e sacou de debaixo de dois tapetes a velha faixa carmesim e rosa bordada com o emblema de La Rose du Levant, com os pináculos característicos do Castelo de Mingheria, a Montanha Branca e a rosa mingheriana, a velha faixa que tanto lembrava uma bandeira.

No ambiente mal iluminado, a bandeira vermelha com a rosa parecia perquirir um lugar onde pudesse ganhar vida. O major deu alguns passos em direção à sacada e, sob os olhares dos convidados no salão, ainda em choque devido ao tumulto aterrorizante que testemunharam, o pano pareceu encontrar a luminosidade que procurava, e no instante seguinte o salão inteiro foi banhado por um brilho vermelho.

Os jornais de Mingheria e os futuros livros de história também apresentariam relatos eloquentes a respeito do fascínio dos convidados pelo fulgor da bandeira que o major empunhava. Estamos agora no ponto em que o fervor nacionalista turva as linhas entre história e literatura, mito e realidade, cores e seus significados. Vamos, portanto, adotar um enfoque mais atento e ponderado ao examinar esses acontecimentos.

52.

Inúmeras pinturas a óleo já retrataram o momento em que o major vai da Sala de Epidemia à sacada do salão com o revólver em uma das mãos e a bandeira de linho vermelho na outra. A maioria delas se baseia numa ilustração que o pintor grego Alexandros Satsos — parente de Lami por parte de mãe — criaria depois para o jornal *Adekatos Arkadi* no intuito de celebrar o primeiro ano da "revolução". Essa imagem, por sua vez, foi claramente influenciada pelo quadro de Delacroix *A liberdade guiando o povo*, pelo qual todo revolucionário amante da liberdade do mundo sempre teve um apego um tanto sentimental. Aliás, ao longo da elaboração desta história, foi impossível ignorar a sensação de que acontecimentos similares aos aqui descritos já tinham se desenrolado em um lugar não muito distante dali. Quinquilharias decorativas, lampiões e outros objetos inspirados na revolucionária *Liberdade* de Satsos e Delacroix seriam vendidos nas lojas da ilha até o final da década de 1930.

O major estava prestes a cruzar o limiar da sacada quando o doutor Nuri esticou o braço para detê-lo. Em um gesto sincero e instintivo, pôs a mão no ombro do major Kâmil. Ele o vira atirar nos agressores, e agora sentia o ímpeto de abraçá-lo. Não podia fazer isso, já que o major continuava com a bandeira e a arma nas mãos. Mas o doutor Nuri reparou em algo que nem nossos leitores nem o próprio major haviam percebido.

"Você se machucou?"

"Não!", disse o major. Em seguida, olhou para a mão que segurava a bandeira e viu o sangue e uma ferida de bala perto do punho. Embora não sentisse dor, fora atingido e sangrava muito. "Eu nem tinha notado, paxá", ele disse, se dirigindo ao Sami paxá, que acabava de se aproximar. "Mas não tem bala que nos impeça de fazer o que é preciso fazer pelo povo."

O major fez questão de que todo mundo o escutasse, falando cada vez mais alto. Os convidados, atentos a cada palavra, esperavam a reação do paxá, que no entanto estava inseguro e permaneceu calado.

"Paxá, se não sairmos todos juntos para declarar que as mesquitas e igrejas têm que ser fechadas, vai ser impossível a quarentena dar certo. Se não estendermos a mão ao povo agora, sobretudo depois dessa emboscada, nunca mais nenhuma ordem dada pelo senhor ou pela Brigada de Quarentena será acatada."

Até o major se surpreendeu com a própria veemência ao se dirigir ao paxá. Uma fotografia tirada nesse momento mostra que ele apontava a arma para o paxá. O Sami paxá enviara alguns fotógrafos à praça para que registrassem o momento em que se dirigiria ao povo da sacada da Sede do Governo, e para que mais tarde essas imagens fossem reproduzidas nos jornais e revistas. O fotógrafo incumbido de ficar no salão era Vanyas, o primeiro fotógrafo profissional de Mingheria. Em seu quadro inspirado na *Liberdade* de Delacroix, o artista Alexandros Satsos copiaria alguns dos detalhes do uniforme e da pose do major dessa primeira fotografia que Vanyas tirou.

Na segunda foto de Vanyas, já saindo do enquadramento vemos o xeque Hamdullah de pé, costas eretas e postura solene. Não sabemos se ele estava a par de que o meio-irmão acabara de ser baleado e ferido na incursão (isso para não mencionar que todo mundo imaginava que Ramiz estivesse morto). Mas era experiente o bastante para entender que da perspectiva política a única opção era levar a cerimônia adiante. A essa altura os convidados já haviam retomado certa compostura e chegado ao consenso coletivo de que o ataque de Ramiz fora uma tentativa de sabotar as regras de quarentena que seriam anunciadas. Todo mundo que estava na Sede do Governo — tanto muçulmanos quanto cristãos — concordava que a atitude certa era dar sequência à cerimônia conforme o previsto, passar uma mensagem de união e solidariedade, e dizer à população que as mesquitas e igrejas seriam fechadas dali em diante.

Havia também uma noção compartilhada naquele momento histórico de que a pessoa mais adequada para passar essa mensagem seria o major Kâmil (e não o Sami paxá, ainda atordoado com a demissão). Também se comentava que o major parecia estar exultante no instante em que patriarcas, líderes comunitários e jornalistas iam enchendo a sacada. Pela expressão do Sami paxá quando o major informou que o novo governador Ibrahim Hakkı fora morto com uma bala na cabeça, o jovem oficial percebeu que a notícia o jogara num estado de desalento.

"Agora ninguém vai nos dar ouvidos!", disse o paxá, num acesso de franqueza.

"Pelo contrário, Vossa Excelência", respondeu o major, improvisando uma frase que ficou famosa: "Se dermos um passo à frente agora e anunciarmos a revolução, o povo de mentalidade progressista de Mingheria não vai dar um, mas dois passos com a gente".

Sempre foi difícil para os historiadores turcos e otomanos nacionalistas e conservadores compreender o contexto em que palavras como "progresso" e "revolução" puderam ter sido empregadas em Mingheria no ano de 1901. Incapazes de aceitar que a ilha pudesse desejar romper com o regime otomano devido às inépcias do império, e inclusive negando a existência de uma nação mingheriana, também passaram a acreditar que cabia a eles a missão de insinuar, sempre que tivessem oportunidade, que devia haver outras razões, mais misteriosas, para o que aconteceu, além de todo tipo de força oculta em ação. Essas pessoas acreditam que o momento em que a "revolução" aconteceu nunca poderia ter acontecido simplesmente "conforme descrito". A prova, na opinião deles, é que o major de trinta e um anos, um oficial de patente relativamente baixa e que, além do mais, acabara de ser encarcerado por insubordinação, jamais teria se dirigido ao "antigo" governador — um burocrata experiente, um paxá, e um homem mais de vinte anos mais velho que ele — em tom tão autoritário.

É claro que uma das principais características de qualquer revolução é que coisas que nunca haviam acontecido, e que ninguém nunca tinha imaginado ou sonhado que pudessem acontecer, começam a acontecer uma depois da outra.

O major só podia se fiar em suas experiências e em sua devoção sincera ao povo da ilha. Foram sua ingenuidade e integridade que o motivaram a agir apesar de todas as pressões que enfrentava, do medo e das condecorações otomanas presas ao peito. Enquanto os convidados se acomodavam na sacada da Sede do Governo, conforme o planejado, o major se virou mais uma vez para o Sami paxá e fez um discurso franco, se certificando de que o doutor Nuri e todo mundo o ouviria:

"Vossa Excelência, temo que enquanto Sua Alteza Real, o sultão Abdul Hamid, continuar no trono, para o senhor e para mim se encerraram quaisquer caminhos de volta à nossa vida de antigamente e a Istambul."

Tinha mais uma vez falado alto o bastante para que todos o ouvissem, e após fazer essa declaração — que teria um significado "profético" para a princesa Pakize e o marido por anos a fio —, ele tornou a erguer a voz e continuou com um floreio retórico e poético:

"Porém o senhor não deve se deixar abater, paxá, pois não estamos sós. A nação mingheriana está conosco. Todas as pessoas da ilha, a nação mingheriana como um todo compreende que enquanto continuarmos recebendo telegramas com ordens de Abdul Hamid, qualquer caminho que nos afaste da peste permanecerá fechado para sempre."

Foi a primeira vez na história da ilha que alguém falou em público de uma "nação mingheriana", num desafio aberto a Abdul Hamid. Só isso bastava para assustar todos os presentes.

O major já tinha se aproximado do peitoril da sacada. "Assim que não ficarmos esperando por telegramas de Istambul e começarmos a nos governar, a quarentena será suspensa, o surto passará e estaremos salvos", ele disse, como um político consumado.

Em seguida, virou-se para a praça e berrou no volume máximo de sua voz: "Vida longa a Mingheria! Vida longa aos mingherianos! Vida longa à nação mingheriana!".

A praça finalmente se enchia. Devia haver entre cento e quarenta e cento e cinquenta pessoas. A maioria tinha se reunido um pouco antes, se dispersado quando o tiroteio irrompeu e voltado, intrigada, para descobrir o que acontecera. Enquanto isso, todos os cocheiros, guardas e vendedores ambulantes que haviam se abrigado em lojas, atrás de colunas e debaixo das árvores em torno da praça da Sede do Governo também reapareceram, atraídos pela presença do xeque Hamdullah e do patriarca Constantinos efêndi de pé na sacada, ao lado do antigo governador e do príncipe consorte. Para dar a todos mais tempo, o major se virou para o Sami paxá e — fato confirmado por relatos de testemunhas e pelas cartas da princesa Pakize — proferiu as seguintes palavras históricas:

"Vossa Excelência, jamais teríamos chegado tão longe sem sua condução exemplar. O senhor é o melhor governador que já tivemos. Deus o abençoe! Mas agora o senhor não é mais o governador do sultão: é o governador do povo! A partir deste momento, nosso comitê declara Mingheria independente. A partir deste momento, nossa ilha é livre. Vida longa a Mingheria, vida longa à nação mingheriana, vida longa à liberdade!"

Na praça, a plateia aumentava e os fotógrafos tiravam fotografias. Suas imagens um bocado esperançosas dos vários dignitários juntos na sacada acabariam ilustrando diversas matérias que narravam o dia, o vinte e oito de junho de 1901, em que a ilha de Mingheria enfim acedera ao palco da história mundial. As fotos seriam publicadas em centenas de jornais dos cinco continentes e mais tarde reproduzidas em incontáveis livros, enciclopédias, selos e tratados de história.

A primeira dessas fotografias foi tirada pelo Arhis bei, e, depois de uma baldeação em Creta, chegou à França com a ajuda do cônsul francês e um dos barcos de pesca que ainda retirava pessoas da ilha. Foi impressa três dias depois, na segunda-feira, dia 1º de julho de 1901, ilustrando uma matéria na segunda página do principal jornal da direita conservadora de Paris, o *Le Figaro*:

Revolução em Mingheria (Révolution à Minguère)
A pequena ilha otomana de Mingheria, situada no Mediterrâneo Oriental e famosa pelo mármore e pelas rosas, declarou independência. Nas últimas nove semanas, a ilha, cuja população de oitenta mil pessoas se divide igualmente entre cristãos e muçulmanos, foi tomada por uma terrível epidemia de peste. Como a Autoridade de Quarentena local não consegue controlar o surto, a comunidade internacional — incentivada pelo Império Otomano — enviou quatro navios de guerra para cercar a ilha e impedir que a peste se espalhe pela Europa. Três anos atrás, peregrinos que chegavam à ilha vindos do Hejaz se revoltaram contra medidas rigorosas de quarentena, e sete peregrinos e um soldado morreram no conflito decorrente da situação. Existem relatos de que tiros foram disparados na cidade durante a revolução e de que soldados otomanos foram vistos marchando pela cidade.

A última frase é um bocado exagerada. Não dedicaremos muito espaço à correção desse tipo de desinformação e não gastaremos tempo nessa mentira específica, a não ser para observar que os franceses devem tê-la incluído para dar a impressão de que a ilha permanecia sob domínio otomano.

Outra teoria interessante em torno dessa falsidade é que ela pode ter sido inventada para ludibriar a Sublime Porta e até mesmo Abdul Hamid. O governo otomano em Istambul não sabia direito o que estava ocorrendo em Mingheria. Como as linhas telegráficas não funcionavam e os únicos relatos que chegavam eram dos barqueiros atravessadores — a maioria deles de origem grega e entre os quais Abdul Hamid não tinha facilidade de infiltrar sua rede de espiões —, nem Istambul tinha certeza de quem estava no comando.

A fotografia da sacada ocupou um quarto da página do *Le Figaro*, com a legenda: "Momento em que Mingheria declara independência, da sacada da Sede do Governo otomano". Uma semana depois, a revista francesa *L'Illustration* publicaria uma gravura baseada na mesma fotografia, inclusive com uma descrição similar como legenda. É claro que a imprensa francesa não fazia ideia de quem eram as pessoas da foto. Portanto, listamos os nomes aqui para contribuir com nossa história: xeque Hamdullah; o patriarca Constantinos Laneras, líder da congregação cristã ortodoxa; o ex-governador Sami paxá; o médico e príncipe consorte Nuri; todos os cônsules; o escrutinador--chefe Mazhar efêndi; cinco guardas municipais e outras duas pessoas que não fomos capazes de identificar. (O suplente do novo governador, Hadi, estava trancado nas celas do porão com Ramiz e os comparsas sobreviventes.)

Um dia depois, o *Times* publicou a mesma foto com uma legenda que se provaria tão popular entre os historiadores que eles acabariam por repeti-la várias vezes, até virar uma daquelas declarações banais proferidas sem pensar muito antes: "A ilha de Mingheria declara independência com um anúncio na Sede do Governo otomano feito conjuntamente pelos líderes das comunidades cristã e muçulmana".

Abdul Hamid e o governo otomano em Istambul descobririam essa declaração de independência por meio de seu embaixador em Paris, o Münir paxá, e do embaixador em Londres, o Costaki Anthopoulos paxá, que mandaram telegramas detalhando o que haviam lido nos jornais internacionais. Alguns rumores mal-intencionados e bombásticos também alegavam, entre outras coisas, que Abdul Hamid não acreditou na notícia, e querendo ver as edições em questão do *Le Figaro* e do *Times* com os próprios olhos, despachou detetives especiais ao porto de Sirkeci, em Istambul, onde era descarregada a correspondência que chegava da Europa. Como Mingheria não respondia a telegrama nenhum, não é de surpreender que o sultão e os burocratas da Sublime Porta estivessem ávidos para descobrir como a rebelião nacionalista havia começado e, mais importante, quem seriam as lideranças.

53.

Houve um breve momento de silêncio após o major anunciar em turco que agora Mingheria era livre e independente. No mesmo instante, Haşmet, o zelador mais velho da Sede do Governo, pegou a "bandeira" da mão ensanguentada do major, amarrou-a com destreza ao mastro maciço com que havia se armado ao prever o ataque e devolveu-a ao major.

Foi assim que esse zelador que nunca na vida pôs os pés fora da ilha e mal sabia ler e escrever ficou conhecido durante um tempo como uma figura histórica importante. Muitos anos depois, o novo governo nacionalista, que assumiu o poder depois do fim da ocupação italiana da ilha, batizaria uma nova escola no povoado dos antepassados de Haşmet em sua homenagem, chamando-a de Escola Primária Porta-Bandeira Haşmet. Alguns pintores também eternizariam o momento em que o idoso prendeu a bandeira ao mastro. Mas com o tempo, depois que o ministro da Educação resolveu que seria mais conveniente que as imagens nas cédulas da ilha fossem de duas moças entregando a bandeira ao comandante Kâmil em vez de um zelador velho, as imagens de Haşmet foram se tornando cada vez mais raras, e na década de 1970 ele já havia caído no esquecimento. Hoje em dia, só é lembrado no próprio povoado.

O "gesto" do zelador, cujo sentido tantos pintores compreenderiam, incitou o major a agir. Ele largou a arma, segurou o mastro da bandeira com as duas mãos, a ensanguentada e a limpa, e começou a brandi-la, na horizontal, para que a praça inteira a visse. A ferida doía, a faixa e o mastro eram pesados, mas o comandante Kâmil conseguiu abanar a bandeira de um lado para o outro três vezes. Quando julgou que todos haviam visto a cor e o tremular da bandeira, entregou-a a Haşmet e repetiu as palavras que tinha acabado de falar, agora em francês:

"*Vive Minguère, vive les minguèriens! Liberté, égalité, fraternité!*"

"Vida longa a Mingheria, vida longa aos mingherianos! Liberdade, igualdade, fraternidade!", acrescentou em turco.

"A nação mingheriana é uma grande nação", continuou. "O povo há de vencer a peste e avançar sob o comando do nosso estimado comitê e do nosso governador rumo à liberdade, ao progresso e à civilização. Vida longa a Mingheria, vida longa aos mingherianos. Vida longa aos nossos soldados, vida longa aos nossos agentes de quarentena e vida longa à nossa Brigada de Quarentena!"

A maioria dos dignitários reunidos na sacada acharam que o major se excedia. Mas eles também acreditavam que aquilo tudo devia ser um espetáculo orquestrado pelo Sami paxá, e já que não tinham muito claro qual seria o objetivo dele, resolveram ter paciência e esperar. O relato mais valioso que temos sobre o assunto é um trecho das memórias da filha do patriarca Constantinos efêndi, *Os ventos de Mingheria*, publicadas em Atenas em 1932. Segundo ela, o pai havia declarado, naquela tarde, que não estava nada feliz em ver a ilha sair do controle otomano. Pelo contrário, sentia-se profundamente intranquilo. Enquanto os discursos na sacada continuavam, o patriarca também descobria que o governador Sami paxá fora demitido dois dias antes e que o novo governador, o Ibrahim Hakkı paxá, acabara de ser assassinado, e que seu suplente tinha se ferido, e depois de chegar em casa ele não parava de dizer que estavam à beira de um colapso e que o sultão não deixaria que os responsáveis por ato tão desprovido de sentido ficassem impunes. Ele sabia muito bem que sempre que essas revoltas aconteciam, um dos encouraçados da Marinha otomana era logo encarregado de bombardear indiscriminadamente cidades e povoados e tudo o mais que conseguisse atingir.

Mas como a filha dele também escreveu em suas memórias, o pai estava de certo modo apaziguado por saber que a ilha ainda estava cercada pelos navios de guerra das Grandes Potências e que havia, portanto, uma parceria política evidente entre Abdul Hamid e os governos ocidentais na hora de lidar com a peste. O sultão não teria a audácia de romper o bloqueio e mandar o *Mahmudiye* ou o *Orhaniye* bombardear a ilha. O antigo governador devia ter avaliado astuciosamente todos esses fatores antes de inventar aquela história de liberdade e independência. Em outras palavras, no seu entender, a pergunta de Abdul Hamid e de Istambul, "Quem é o incitador e o líder dessa revolta?", tinha uma resposta inequívoca: o ex-governador Sami paxá.

Depois da Invasão do Telégrafo e de sua subsequente prisão, o major adquirira fama e estatura entre os membros da comunidade muçulmana que se ressentiam de Istambul e do governador. Até as famílias gregas abastadas, sem nenhum interesse pelo que acontecia nos bairros muçulmanos, sabiam quem era ele. A essa altura, era cada vez mais difícil acreditar que aquele oficial brilhante, evidentemente destinado a feitos grandiosos, pudesse ter ido parar na ilha por acaso, por ter sido encarregado de escoltar a filha do sultão e uma delegação obscura que supostamente iria à China para aconselhar os muçulmanos de lá, e aos poucos as pessoas, desesperançosas, foram se convencendo de que o major estava lá em outra missão, que seria sigilosa.

O punho, a mão e os dedos do major estavam cobertos de sangue. Anos depois, os vários indivíduos ilustres, guardas e servidores municipais muçulmanos, e também os cristãos, presentes na sacada naquele dia, seriam obrigados a falar — alguns com sinceridade, outros com um entusiasmo simulado — que o sangue do major havia encharcado a bandeira. Nas décadas de 1930 e 1940, quando a ideia de mingherianidade passou a ser vista e se consolidou firmemente como "uma questão de sangue", esse detalhe seria lembrado como um dos momentos mais dramáticos da "batalha por liberdade" da ilha, e muitos argumentariam que o que instigara os mingherianos a agir havia sido a imagem do sangue do fundador do Estado escorrendo pelo punho, pelos dedos, molhando a bandeira antes de pingar na praça e na terra lá embaixo.

Era o sangue do nobre povo mingheriano, que milhares de anos antes migrara para a ilha desde o sul do mar de Aral e tinha uma língua especial, inimitável. Quando o major abaixou a bandeira, o doutor Nuri aproveitou para arregaçar a manga dele e examinar a ferida. Em suas visitas a hospitais de campanha, nos recônditos do império, ele tinha visto muitos soldados e oficiais voltarem feridos do front. Com gestos habilidosos, deixou a descoberto a ferida, que ainda sangrava, e concluiu que a situação era perigosa.

Há quem sugira que naquele momento o intuito do médico e príncipe consorte era reprimir e calar o major. Não é verdade. Do ponto de vista médico, ele precisava intervir, e imediatamente. Pois, como veremos nas próximas páginas, o ferimento do major poderia muito bem ter sido letal. Ao tirá-lo da sacada, o doutor Nuri talvez tenha afastado o major, que sangrava profusamente, dos avanços políticos do resto do dia, mas também pôde lhe oferecer um atendimento inicial para estancar a perda de sangue.

Quando levaram o major para dentro, da pequena plateia de curiosos na praça se ouviram alguns "Vivas ao major!", que partiram de alguns homens que usavam fez — tipos bobos, desatentos, que tinham ignorado o tiroteio e imaginavam que tudo transcorria de acordo com os planos do Sami paxá. Mas pelo tiroteio e o silêncio que se seguiu, a maioria das pessoas inferiu, mesmo antes do discurso do major e do mastro com a bandeira, que estava acontecendo algo extraordinário. Alguns ficaram genuinamente comovidos ao ver a gloriosa bandeira tremulando "com orgulho e delicadeza" sobre a plateia.

Até hoje não sabemos quem foi que escolheu esse momento para berrar: "À bas Abdul Hamid!" — "Abaixo Abdul Hamid!"

Da sacada, o Sami paxá e todos os outros deixaram evidente a reprovação a tal insolência. A voz viera de algum lugar perto da entrada da Residência do Governador, mas os líderes muçulmanos, os soldados e os gendarmes que estavam nos arredores fingiram não escutar, ao passo que os funcionários consulares e os jornalistas próximos à entrada não revelaram o autor do grito. A ausência de dados conclusivos nos permite questionar se a provocação de fato ocorreu. De qualquer modo, a oportunidade de exprimir o desagrado a essa explosão desrespeitosa e impertinente contra Abdul Hamid acabou por aplacar um pouco do medo que o Sami paxá e o resto da sacada tinham da "fúria que o sultão sentiria". Tudo no comportamento do Sami paxá parecia dizer: "Alguém cale a boca desse sujeito!".

O recado da sacada aos jornalistas e aos espiões do sultão era este: "Não estamos fazendo nada contra Istambul ou contra o sultão". (Isso não duraria muito tempo.) Em sua maioria, eles ainda acreditavam que apesar da tentativa de invasão e da conduta imoderada do major, até aquele momento o governador mantivera tudo sob controle. Como historiadores, sabemos o quanto é comum que as lideranças de grandes agitações, revoluções e devastações temam as consequências de seus atos, se convencendo de estar fazendo algo que é justamente o contrário do que acabariam realizando.

Essa foi exatamente a atitude que norteou os atos do Sami paxá desde o instante em que o major se afastou. Dirigindo-se à plateia (que não tinha nem um décimo do tamanho que ele imaginara), ele anunciou que a frequência a mesquitas e igrejas ficaria temporariamente proibida para garantir o êxito das medidas de quarentena. Portanto não seriam necessários os badalos dos sinos ou os chamados às orações. Depois de todo o sangue derramado no embate ocorrido mais cedo, e com o cheiro de pólvora e as lamúrias dos feridos ainda pairando no ar, ele não teve vontade de pronunciar o discurso floreado e bem redigido que havia preparado. Em seguida, acrescentou que, dali em diante, as únicas pessoas que ganhariam acesso aos mosteiros e às fraternidades seriam seus moradores. Assim que esses anúncios fossem encerrados, funcionários identificariam os residentes nesses locais, cujo acesso seria autorizado apenas a eles. O governador paxá considerava o trabalho desses recenseadores o aspecto mais delicado da nova regra e por isso deu bastante atenção ao tópico, empenhando-se ardorosamente junto ao escrivão para elaborar instruções detalhadas aos funcionários municipais. Deu grande importância a essas orientações, que começou a ler, depois das quais enfim atacou o discurso preparado meticulosamente.

Porém nem quem estava na sacada nem quem estava na praça conseguiu escutar direito, fosse porque a voz do antigo governador não era forte o bastante, fosse por todos estarem conversando entre si e tentando entender o que se passava. Não havia nenhuma incoerência nos brados de "Vida longa ao sultão!" que vinham dos membros mais velhos e dos poucos entusiastas de Abdul Hamid, pois no discurso do Sami paxá não havia uma única palavra que pudesse ser interpretada como investida contra Istambul e o sultão.

Enquanto o Sami paxá fazia seu discurso, o escrutinador-chefe instruía Vanyas a fotografar a Sala de Epidemia. Atrás da porta verde, no cômodo pequeno os bandidos feridos, agonizantes, tinham caído uns por cima dos outros — o sangue deles se misturava, os cadáveres se emaranhavam. Mesas haviam tombado, mesinhas de centro estavam derrubadas, lampiões haviam caído e vidros foram estilhaçados, e todas as superfícies estavam esburacadas, menos o mapa epidemiológico: não seria exagero dizer que as balas o haviam fixado ainda mais à parede.

Três dias depois, essas fotos com o mapa de Mingheria em segundo plano e os cadáveres ensanguentados em primeiro cairiam nas mãos da imprensa ateniense e seriam publicadas no jornal *Efimeris* com a manchete "Contrarrevolucionários de Abdul Hamid derrotados em Mingheria!".

Já o diário *Acropolis* legendaria a fotografia dos corpos ensopados de sangue da seguinte forma: "O novo governador e os guerrilheiros mobilizados por Abdul Hamid para reprimir a Revolução Mingheriana encontram seu tenebroso destino!".

A publicação dessas imagens e reportagens na imprensa grega e europeia indicava que agora seria impossível deter as forças da revolução e independência na ilha, não havia caminho de volta. O governo em Istambul não podia nem nutrir esperanças de que, depois de retirar a bandeira otomana e entregar o poder a outra pessoa, talvez um dia conseguisse reaver Mingheria por outras vias.

Houve quem tivesse sugerido que o próprio Sami paxá teria entregado as fotografias à imprensa grega, e que seu objetivo seria mostrar aos muçulmanos e cristãos da ilha temerosos com a independência e apavorados com a possível retaliação de Abdul Hamid que já era tarde demais para voltar atrás. Não compartilhamos dessa opinião. Assim como o Sami paxá não planejara nenhum dos atos do major naquele dia, ele também procurava sempre apaziguar a situação em vez de inflamá-la ainda mais. Mas mesmo que essas fotografias jamais tivessem sido divulgadas, o paxá sabia que Abdul Hamid ainda o consideraria culpado pela morte do novo governador assim que ficasse sabendo do fato, e que seria responsabilizado ainda mais por ter ignorado sua demissão. Antes de os discursos de quarentena na sacada sequer serem concluídos, ele já havia entendido que além de não poder mais voltar a Istambul, não poderia viver em nenhum outro lugar dentro das fronteiras do Estado otomano.

Conforme o paxá havia planejado, a cerimônia na sacada foi encerrada com diversos líderes comunitários, figuras religiosas, políticos e médicos rezando juntos e segundo a fé de cada um para que a quarentena fosse bem-sucedida e Deus banisse a peste de Mingheria. As fotografias que captaram essa cena — simbólica daquela sensação de irmandade secular tão típica da ilha (e que nós sempre defendemos) — infelizmente seriam deturpadas anos depois, interpretadas como retratos "dos fundadores de Mingheria rezando para o Estado prosperar por muitos anos e trazer felicidade e serenidade a todos".

Terminada a cerimônia, os convidados entraram, parando vez por outra para olhar os cadáveres que os guardas municipais e os zeladores começavam a retirar. Nem o patriarca Constantinos efêndi, líder da congregação ortodoxa grega, foi capaz de se conter, e antes de sair pela entrada principal, entrou na Sala de Epidemia e ficou um tempo lá de crucifixo na mão, fitando os cadáveres ensanguentados e o corpo do novo governador com o rosto sujo de sangue e a bala na testa até alguém aparecer para conduzi-lo à saída. Enquanto o Sami paxá acompanhava os patriarcas e xeques e os outros convidados queridos até a escada, agradecia a cada um o apoio à iniciativa da quarentena. Despediu-se com chavões esperançosos, como se tudo tivesse acontecido conforme o planejado, como se não tivesse ocorrido uma invasão e ninguém tivesse sido assassinado.

O doutor Nuri estava à porta do Gabinete do Governador, tentando estancar o sangramento do major, auxiliado pelo boquirroto doutor Tassos, um dos delegados do Comitê de Quarentena.

Quando voltou à Sala de Reuniões e viu que os cônsules o aguardavam, uma sensação de júbilo e tranquilidade tomou conta do Sami paxá. Sentia a força do antigo governador Sami paxá atravessá-lo, o homem que sempre tivera o controle de tudo o que o rodeava. Agora era o único soberano da ilha, e enxergava isso no olhar dos cônsules.

"Entendam uma coisa, cavalheiros: nada em Mingheria será como antes!", ele disse, dirigindo-se aos cônsules num tom grave e paternalista que não usaria em circunstâncias normais. "Qualquer um que tenha respaldado esse atentado nefasto contra a vida e os bens do povo de Mingheria será punido", ele prosseguiu. "Está claro que esses vermes se aproveitaram de privilégios consulares para entrar pela porta da frente. Daqui em diante, serão revogadas as permissões especiais dos cônsules de entrar na Sede do Governo. Todos os outros privilégios consulares estarão sujeitos a revisão. O cônsul que estiver por trás desse ataque será prontamente castigado. O ministro de Relações Exteriores lhes dará outras informações no devido tempo."

Embora ninguém tenha tido oportunidade de pedir esclarecimentos, todos os cônsules e jornalistas ouviram claramente o Sami paxá anunciar que uma função antes realizada pelo secretário-chefe de Inteligência seria cumprida por um novo "ministro de Relações Exteriores". Era óbvio que o "governador" Sami paxá também devia estar endossando as palavras do major e apoiando a ideia de um Estado autônomo.

"Os donos de Mingheria são os mingherianos", disse o major naquele mesmo instante. Mas estava fatigado demais e sentia dor demais para dizer qualquer outra coisa, portanto se calou e se reclinou na almofada que alguém botou às suas costas.

Alguns observadores compararam os gestos tensos, titubeantes do major, e seu modo de balbuciar em tom raivoso consigo mesmo, ao comportamento das vítimas da peste. Eram pessoas "realistas" que achavam que contrariar Istambul inevitavelmente geraria uma catástrofe. Queriam acreditar que o major estivesse "delirando", assim como às vezes acontecia aos infectados.

Por iniciativa do médico e príncipe consorte, o major Kâmil atravessou a multidão presente no salão apoiado nas mãos e nos ombros das pessoas. Existe uma bela pintura a óleo dessa cena, feita em 1927 por Alexandros Satsos, hoje na coleção particular de um barão do petróleo texano alcoólatra, e infelizmente o povo da ilha não pode desfrutar do magnífico quadro original, e só o conhece por meio de reproduções toscas em preto e branco publicadas em jornais e revistas. Consideramos esse retrato do fundador do Estado mingheriano e herói de sua luta por liberdade — segurando sua arma e a bandeira, seu corpo deitado imbuído de uma fragilidade quase feminina, os olhos fechados, a pele pálida — uma evocação magnífica da ocasião. Mas o consenso entre a maioria dos historiadores de Mingheria é que em pouco tempo o major Kâmil já estaria de pé, liderando a revolução.

Enquanto as pessoas se aproximavam da porta, o caminho do Sami paxá cruzou brevemente com o do cônsul francês, e ele resolveu exibir para monsieur Andon sua autoconfiança renovada.

"O senhor vai ter que renunciar a seu hábito de telegrafar a sua embaixada em Istambul para reclamar de mim sempre que é flagrado abusando de sua posição. Embora eu imagine que o senhor já tenha renunciado a ele, graças ao nosso comandante." (Estava se referindo ao major e à Invasão do Telégrafo, como deixou claro ao olhar para a porta pela qual o major era carregado naquele momento.)

Essa foi a segunda vez que o governador Sami paxá se referiu ao fundador do Estado de Mingheria, o homem que nossos leitores conheceram como major Kâmil, como comandante Kâmil, título que os mingherianos lhe atribuem com gratidão e euforia há cento e dezesseis anos. Também nos referiremos a ele como "comandante" de agora em diante, mas também o chamaremos de "major" de vez em quando para reavivar a memória de nossos leitores.

416

54.

Em suas memórias diplomáticas *Europa e Ásia*, o embaixador aposentado e dândi inveterado Sait Nedim bei trata a perda da ilha de Mingheria, e o fato de a Sublime Porta ter se inteirado do assunto a partir de jornais franceses e britânicos, como um clássico exemplo da incompetência absoluta da burocracia otomana nos anos de decadência do império. Discordamos. Com as linhas telegráficas derrubadas, a rede de espiões tolhida pela peste e o bloqueio marítimo, era muito natural que Abdul Hamid e os burocratas do império em Istambul não tivessem notícias da ilha. Como os cônsules não podiam mandar os relatórios de praxe, os embaixadores britânico e francês em Istambul tampouco sabiam da situação. Em todo caso, após a declaração de liberdade e independência (dois princípios elevados que doravante seriam mencionados juntos) na praça da Sede do Governo, os cônsules haviam basicamente fugido do prédio e, cientes de que o Sami paxá tentaria puni-los de alguma forma, resolveram passar um tempo sem abrir as lojas e agências de viagem e seguiram direto para casa a fim de esperar pelos acontecimentos.

A essa altura, o Sami paxá já tinha compreendido que naquelas circunstâncias a independência era tanto um imperativo histórico como o único desenlace possível, portanto a indecisão de alguns dos servidores municipais e burocratas não o afetou. Por outro lado, alguns historiadores sugeriram em artigos sobre a "perda" de Mingheria que talvez ele ainda nutrisse esperanças de que as coisas se desenrolassem como vinte anos antes, quando Abdul Hamid entregara o Egito e o Chipre aos britânicos mas mantivera a bandeira otomana hasteada como símbolo de sua presença e possibilidade de retorno.

O argumento com que todos os historiadores concordam é que o comandante Kâmil de fato ficou à beira da morte naquela noite. Como não existe nenhum prontuário médico detalhando a natureza exata da ferida que o fundador do Estado mingheriano sofreu nessa data dramática de tamanha relevância nacional, são muitos os relatos extravagantes e contraditórios a respeito. A narrativa mais confiável, na nossa opinião, é a que a princesa Pakize ouviu do marido, e que portanto retransmitimos aqui: a bala atingiu o antebraço esquerdo do major e causou danos graves. O doutor Nuri e o doutor Tassos — que haviam corrido em seu socorro — primeiro se concentraram em estancar o sangramento abundante. Ambos perceberam na mesma hora que o valente comandante corria o risco de morrer de hemorragia. Enquanto um apertava a ferida com a mão, o outro enrolava um pano áspero logo acima do cotovelo do major e o firmava com um nó.

Estancado o sangramento, o major foi carregado num estado semiconsciente. Segundo o doutor Nuri, o lugar mais rápido e conveniente para começar a tratá-lo era a casa de hóspedes da Sede do Governo, e providenciou um cômodo adequado. A princesa Pakize cobriu a cabeça com um xale e se recolheu a um quartinho dos fundos. Deitaram o major num sofá ao estilo europeu que ficava ao lado da porta, do tipo em que o sultão às vezes gostava de sentar para ler. O ambiente espaçoso da casa de hóspedes estava prestes a ser invadido por curiosos quando o médico e príncipe consorte fechou a porta.

O major, recostado e semiconsciente, às vezes arregalava os olhos para ver o que acontecia ao redor e chegava a fazer perguntas. (Já tinha perguntado sobre o Sami paxá, por exemplo.) Mas o doutor Nuri não o deixava falar e proibira todos de lhe dirigir a palavra. O rosto do comandante estava pálido, os olhos ainda fechados. Os médicos se mostraram aliviados quando o sangramento enfim cessou.

Os primeiros vinte e cinco anos dos anos 1900 foram, em termos comparativos, um período especialmente feroz da história da humanidade, durante o qual as pessoas dispararam mais tiros umas contra as outras do que jamais, tanto antes como depois. E isso se deveu à simultânea descoberta e difusão veloz das metralhadoras automáticas e do nacionalismo patriótico — cujos defensores estavam dispostos a correr para a linha de fogo. O que aconteceu nesse dia foi bem diferente dos inúmeros casos que lemos nos livros de medicina da época, mas embora o comandante Kâmil tenha sido atingido por uma bala perdida no antebraço esquerdo, ela deve ter perfurado uma artéria, pois ele perdeu uma quantidade imensa de sangue.

Ainda não estava escuro quando a princesa Pakize emergiu do quarto dos fundos onde estava escondida para ver o que acontecia. A despeito de nem suspeitar dos planos de estabelecer um novo Estado, ela viu algo de fantástico no fundador da nação mingheriana coberto de sangue, deitado no sofá com sua farda otomana, as condecorações, a bandeira a seu lado. Já tinha sido informada do massacre ocorrido na Sala de Epidemia. Havia cheiro de pólvora por todos os lados. Queria poder demonstrar àquele soldado heroico que havia protegido tanto a ela quanto a seu marido a mesma solicitude com que o doutor Nuri cuidava dele naquele momento, mas não imaginava como. Ocorreu-lhe que a esposa e a mãe do major precisavam ser informadas da situação e convidadas à Sede do Governo.

Zeynep chegou quando a atadura no braço do comandante Kâmil estava sendo apertada de novo, depois de ser afrouxada por um tempo para evitar a gangrena da mão. Ao ver o marido deitado, pálido e quase desmaiado, ela soltou um lamento baixinho e caiu de joelhos, passando os braços em torno dele. Todo mundo se afastou e de repente a princesa Pakize conseguiu ver os dois de uma distância de cerca de dois metros — um momento que jamais esqueceria.

Segundo a princesa Pakize, que passara a vida inteira em palácios reais, o sinal mais forte do amor entre um homem e uma mulher não estava apenas nas emoções positivas, compassivas, mas também na profundidade e sinceridade desses sentimentos. Ela teve a impressão de que era justo essa a natureza do elo do major e de Zeynep. Era visível que Zeynep percebera, naqueles primeiros quarenta e cinco dias de casamento, que não seria capaz de viver sem o major Kâmil. Leitores interessados em ler a descrição completa que a princesa Pakize fez dessa cena do fundador da nação com a esposa — texto que um dia sem dúvida será ensinado em livros escolares — terão acesso a ela quando lançarmos sua correspondência, que virá após a publicação deste romance.

Entusiasmada, a princesa Pakize também proferiu algumas palavras com as quais exprimiu seu apoio — intencional ou não — aos que lutavam para arrancar a ilha de Mingheria do domínio otomano:

"Bravo, comandante!", ela disse. "O senhor se provou um autêntico mingheriano."

"Mingheria é dos mingherianos", o comandante disse, se esforçando para falar.

A princesa Pakize também estava presente quando sentaram o comandante Kâmil no landau blindado e o levaram à caserna, onde supunham que estaria mais seguro. Os funcionários da Sede do Governo se aglomeraram em volta do carro em frente à entrada. Apesar dos horrores do conflito que tinham acabado de testemunhar, esse vislumbre de salvação e a ideia de que talvez conseguissem sobreviver os enchia de esperança.

O fim do dia em que a revolução transcorreu e em que a liberdade e a independência foram declaradas pela primeira vez na ilha foi captado pelo artista Tacettin numa tela, agora famosa na ilha inteira, que mostra o landau blindado avançando noite adentro pelas ruas desertas. Nesse quadro extraordinário, o assento do condutor está vazio, pois no dia seguinte à declaração da independência a peste atingiu a região onde os cocheiros costumavam se reunir e contaminou todos eles. Como Zekeriya não estava lá naquele momento, ele foi poupado, mas depois que quatro cocheiros veteranos, afáveis e idosos, faleceram no mesmo dia, ninguém mais conseguia uma carruagem. Impactadas pela morte dos cocheiros, categoria adorada na ilha, as pessoas imaginaram o landau sem condutor naquela noite, e foi esse clima que o pintor Tacettin captou.

No dia em que a liberdade e a independência foram declaradas, dezesseis pessoas morreram de peste em Arkaz, número um pouco abaixo da média diária. Sete das mortes aconteceram em Kofunya e Eyoklima. Enquanto o landau blindado que transportava o comandante à caserna descia uma rua estreita situada entre esses dois bairros, um grupo de enlutados que foi prestar as condolências a uma família que acabara de perder o pai e a filha ficou observando como as chamas das tochas postas na carruagem pareciam iluminar a vizinhança inteira.

As sombras dos transeuntes, dos doentes, dos ladrões e dos vadios que vagavam pelas ruas se alongavam pelos muros qual espectros. Alguns afirmaram ter visto os ratos empestados, cuspidores de sangue, os *djinns* e o homem que contaminava as bicas de água fugirem apavorados da luz que emanava da bandeira içada no landau. A notícia da declaração de liberdade e independência infundira novas esperanças em todos os cidadãos.

No dia seguinte, o antigo governador voltou ao gabinete, mas apesar da pressão e de todas as perguntas que lhe faziam sem parar, ele se absteve de tomar decisões drásticas. Passou a maior parte do tempo na sacada, mandando apagar os últimos vestígios da batalha da véspera.

Mais tarde ele recebeu a visita do jornalista Manolis. "Como agora nós temos liberdade, suponho que a imprensa também seja livre!", o jornalista teve a audácia de dizer, mas o Sami paxá foi evasivo.

"A imprensa é livre na Mingheria livre", disse ele. "Mas neste momento histórico, crucial para a nação, recomendo não publicar qualquer coisa que lhe passe pela cabeça sem antes verificar conosco. As palavras do senhor, redigidas com a pena do entusiasmo e a mais pura das intenções, podem ser distorcidas por nossos inimigos, por criminosos e guerrilheiros" — ele continuou, apontando para a Sala de Epidemia — "e serem usadas contra a causa da liberdade e da independência. Vamos anunciar um novo governo em breve, além de novas regras de quarentena!"

O Sami paxá providenciou que os invasores feridos (a começar por Ramiz) fossem para a prisão assim que recebessem alta. Membros da comitiva do novo governador tinham escapado com ferimentos leves e haviam solicitado uma reunião com o paxá, em vão: ele os mandou, com o suplente Hadi, embarcar para o centro de quarentena na Torre da Donzela, não lhes dando permissão para comparecer ao funeral do mártir Ibrahim Hakkı paxá simplesmente porque não queria saber de mais complicações.

Naquele primeiro dia, o Sami paxá se ocupou sobretudo de tratativas com a pequena e pouco conhecida fraternidade Asr-ı Saadet e seus discípulos, chamados ouristas (em homenagem à Idade de Ouro do islã, quando o profeta Maomé estava vivo). Era um bando retraído e bastante pobre, que não se metia na política ou no comércio nem tinha ligação com nenhum grupo. Seus seguidores haviam decidido desafiar o veto aos cultos em mesquitas e estavam prontos para lutar, se necessário. Era de fato um grupo diminuto, e seu xeque, o Sajid efêndi, que morava em Tatlısu, era meio louco. O paxá estava decidido a lhes dar uma lição e assim mostrar a todo mundo a rigidez inabalável do novo regime. Antes que os ouristas pudessem dar o primeiro passo, ele enviou à fraternidade um grupo de guardas leais, e lá eles se depararam com um clima de raiva e rebeldia (os homens do governador tinham imaginado que os discípulos seriam mansos e pacatos, e que talvez até fosse preciso provocá-los). Os seguidores os mandaram de volta com uma desculpa qualquer. Quando se deram conta de que alguém devia ter dado com a língua nos dentes, ficaram ainda mais enfurecidos. Menos de um dia desde que o "comandante" Kâmil tinha declarado o Estado Livre de Mingheria, e já havia a primeira desavença entre o novo Estado e o povo da ilha. O bando de indolentes, devotos e simpatizantes da Asr-ı Saadet avançou contra os guardas empunhando bastões e lenhas.

Os homens do governador revidaram por um tempo, mas acabaram recuando. O guarda mais valente e musculoso, Swarthy Kadir, sofreu um corte na sobrancelha, e outro quase foi a nocaute. O Sami paxá teve que esperar até de tarde para pedir reforço à Brigada de Quarentena e retomar o ataque. Alguns historiadores destacam que essa lentidão e carência de recursos era um indicativo do verdadeiro alcance da "autoridade" e da impotência do Estado recém-fundado.

Antes do pôr do sol, o Sami paxá foi à caserna. O comandante Kâmil — com Zeynep ao lado — estava deitado num sofá da casa de hóspedes, e ao ver o paxá ele fez menção de sentar, mas imediatamente tornou a deitar. Ele já se recuperara um pouco, a cor havia retornado às suas faces e a expressão se abrandara. Não portava mais as condecorações otomanas, mas continuava de uniforme militar. Isso dava à sua figura um toque vistoso, imponente, poético. Gostaríamos de observar aqui que naquele momento nosso herói estava envolto por aquela luz especial que sempre recai sobre quem está prestes a subir no palco da história. Zeynep e os irmãos, os médicos, os servidores, todos deixaram a casa de hóspedes da caserna. O Sami paxá fechou a porta. Os dois ficaram exatos trinta minutos a sós nesse cômodo. (O doutor Tassos pedira ao paxá que não passasse mais de trinta minutos com o comandante ferido para que ele não se cansasse.)

Costuma-se dizer que nesses trinta minutos os dois discutiram e definiram os contornos dos cinquenta anos seguintes da ilha. Até o dia da morte deles, não tão distante assim, nem o major nem o antigo governador Sami paxá contariam a quem quer que fosse o que tinham conversado. Todavia, foram incontáveis os artigos escritos sobre o tema.

Enquanto o landau se afastava da caserna, o sargento Sadri disparava o primeiro dos vinte e cinco tiros de festim que anunciaram a independência da ilha de Mingheria. O sol acabara de se pôr. Uma luz que não existia em nenhum outro lugar, de um tom entre o roxo e o rosa, surgira no horizonte, e duas fileiras de nuvens — uma vermelha, a outra laranja — se fundiam a uma massa de nuvens pretas, sombrias, que as encimava.

No trajeto de volta à Residência do Governador, que em breve seria renomeada, com o canhão sendo descarregado como pano de fundo, o Sami paxá se deu conta de que o único jeito de acalmar a turbulência de sua alma seria conversar com Marika, mas como já tinha decidido não revelar nenhum segredo de Estado até o dia seguinte, acabou não indo vê-la. Enquanto o canhão continuava a salva, olhou pela janela de seu gabinete na Sede do Governo e tentou discernir a cidade no breu.

Os estrondos do canhão fizeram Arkaz inteira estremecer, o troar medonho parecia ficar cada vez mais alto à medida que ecoava nas rochas dos despenhadeiros. Anos depois, quando perguntaram às pessoas cuja infância em Arkaz coincidiu com o surto de peste o que mais as assustara, várias delas relembrariam — muitas vezes sorrindo — os tiros de festim. Pois a princípio todo mundo na ilha imaginou que fossem os navios de guerra usando as artilharias e que as Grandes Potências tivessem resolvido atacar.

Mas enquanto os tiros eram disparados, um de cada vez e a intervalos demorados, regulares, as pessoas iam percebendo que devia se tratar de outra coisa. O único canhão levou quase duas horas para dar os vinte e cinco tiros. Depois, a cidade e o porto retomaram o silêncio sobrenatural instaurado desde que as mesquitas e igrejas tinham sido fechadas e silenciaram-se os sinos e chamados às orações.

Na manhã seguinte, quando o landau enviado pelo Sami paxá (com o cocheiro Zekeriya na direção vestindo seu uniforme mais elegante) levou o comandante Kâmil de volta à praça da Sede do Governo, a maioria das pessoas já tinha entendido que os tiros da véspera anunciavam ao mundo a independência de Mingheria. Quando o comandante Kâmil — filho nativo da ilha e arauto de sua recém-adquirida independência — desceu do landau blindado, a banda de metais da caserna começou a tocar a canção que conhecia melhor: a "Marcha de Hamidiye", composta em homenagem a Abdul

Hamid. Gendarmes e soldados da Brigada de Quarentena estavam em posição de sentido na entrada.

"Precisamos de um novo hino nacional composto por um mingheriano!", o Sami paxá comentou quando ficaram a sós no gabinete.

Ele examinou o braço do major, agora apoiado numa tipoia, e seu uniforme, ainda mais austero e muito mais majestoso sem condecorações.

"Eles já chegaram… O senhor sentará à cabeceira, mas eu entro primeiro!"

"Vamos entrar juntos. Não precisamos fazer cerimônia."

O comandante seguiu o Sami paxá até a ampla Sala de Reuniões. Em torno da mesa já estavam sentados alguns agentes de quarentena notáveis, vários membros do Comitê de Quarentena, representantes de bairro, chefes de secretarias municipais, o doutor Nuri, o doutor Nikos e alguns outros médicos. Mantinham entre si a maior distância possível.

"Gostaríamos de ter convidado mais gente… mas não é viável", declarou o Sami paxá. "Por favor, não tussam. Só fizemos o que fizemos para conter a epidemia, salvar a vida dos mingherianos e garantir a nossa sobrevivência. Conforme os senhores sabem, só demos esse passo porque nossa única alternativa era declarar a independência."

À medida que o Sami paxá falava, ia ficando mais claro que os presentes estavam prestes a enfrentar a missão onerosa de elaborar ou talvez aprovar uma Constituição para o novo Estado soberano. Dois servidores estavam sentados junto à mesa, preparados para transcrever os artigos da Constituição no instante em que fossem lidos em voz alta.

"Um: o povo mingheriano vive na ilha de Mingheria, no estado de Mingheria", o Sami paxá começou. "Dois: Mingheria é dos mingherianos. Três: o Estado livre e soberano de Mingheria é governado pela República de Mingheria em nome do povo mingheriano. O governo administra em nome do povo mingheriano. Quatro: o povo de Mingheria é governado sob o primado da lei, e ela se aplica a todos os indivíduos. Uma Constituição será rascunhada ponto por ponto. Todos os cidadãos mingherianos são iguais. Cinco: o povo mingheriano terá plena jurisdição sobre todas as decisões relativas a questões jurídicas, escrituras de imóveis, cartórios, tributações, o Exército, regras alfandegárias, serviços postais, acesso ao porto, agricultura, comércio e quaisquer outros assuntos, e a não ser quando dito o contrário, e até que outras cláusulas sejam anunciadas, continuarão em vigor a documentação, as cédulas e as moedas do antigo regime otomano, e suas patentes, hierarquias e honrarias." Depois que esses primeiros cinco artigos foram anotados, e o Sami paxá pediu que o documento fosse assinado pelo que agora chamava de "Parlamento" — aquelas quarenta pessoas ali reunidas, em sua vasta maioria muçulmanos e não gregos —, ele abordou a formação do novo governo e outras questões institucionais.

O diretor da Previdência Social se tornaria ministro da Previdência Social; o diretor de Quarentena, o doutor Nikos, seria o ministro de Saúde Pública (e, numa medida excepcional, o doutor Nuri seria o ministro de Quarentena); o secretário da Alfândega seria nomeado ministro da Aduana, e o chefe dos gendarmes, o novo ministro da Casa Civil. Seguindo essa lógica, ninguém na Sede do Governo — doravante Sede Ministerial — precisaria sequer mudar de sala. Em todo caso, o que mais importava era fazer as coisas acontecerem e garantir que as regras de quarentena fossem implementadas. Títulos não tinham tanta relevância assim. Dali em diante a ilha decidiria sozinha.

Ao fim desse longo discurso, todo mundo tinha entendido que o Sami paxá se considerava o "ministro-chefe" do novo regime. O paxá não gastou mais tempo com títulos e cargos; não fazia nem dois dias que o major estivera na sacada e empunhara a bandeira de Mingheria perante o povo. Resolveu que devia dizer alguma coisa para evitar quaisquer objeções de quem estava insatisfeito com a decisão muitíssimo sensata de declarar independência e romper com Istambul e o domínio otomano.

"Como os senhores bem sabem, estamos atravessando um momento extraordinário", disse o Sami paxá, se preparando para encerrar sua fala. "O grande povo de Mingheria está enfrentando a peste na tentativa de preservar a própria existência. Enquanto supervisionávamos essa batalha, acabamos nos tornando espectadores acidentais da entrada da população mingheriana no mundo das nações civilizadas. O comandante Kâmil foi nosso líder no decorrer dessa luta. Proponho que ele seja promovido a general e receba o título de paxá, e sugiro que votemos. A moção está aprovada. Eu agora nomeio o comandante Kâmil paxá ao cargo de presidente da República de Mingheria. Quem concordar, levante a mão. O comandante Kâmil paxá foi escolhido o primeiro presidente de Mingheria. A decisão será anunciada esta noite com vinte e cinco tiros de canhão."

Todo mundo olhou para o comandante.

"Eu gostaria de agradecer a este distinto Parlamento, que representa as vontades do povo mingheriano!", disse o comandante Kâmil. Ele se levantou para distribuir uma série de reverências rebuscadas, sem deixar de sorrir. "Eu também gostaria de propor um artigo para a nossa Constituição, a ser incluído desde o princípio: 'A língua de Mingheria é o mingheriano, que é a língua pátria da ilha de Mingheria e do povo mingheriano! O turco e o grego serão temporariamente os idiomas oficiais do Estado'."

Fez-se um instante de silêncio. O major percebeu o incômodo do Sami paxá.

O médico grego Tassos aplaudiu e disse: "Bravo!".

Como o grego não era uma das línguas oficiais do Império Otomano, a inclusão dessa cláusula na Constituição mingheriana sem dúvida asseguraria o apoio da população grega ao novo Estado soberano. Até aquele momento, os presentes tinham a sensação de estar numa cena de contos de fadas ou de sonho, mas agora os assuntos de repente tomavam um rumo mais deliberado, entrando no âmbito do que poderíamos chamar de *Realpolitik*. De qualquer modo, parecia bem provável que o grego, assim como o turco, com o tempo também fosse deixado de lado para que a língua mingheriana se desenvolvesse mais rápido. A visão nacionalista, linguística, do mingheriano como único idioma da ilha parecia um bocado fantástica aos olhos do grupo reunido ali para debater formalmente questões de quarentena, por isso não a levaram muito a sério. Quanto aos muçulmanos da delegação, a única coisa que os incomodava era que o grego também virasse língua oficial.

O comandante Kâmil percebeu a irritação deles. "Ao longo de séculos, convivemos feito irmãos", ele disse. "Conclui-se que a Autoridade de Quarentena e o Estado devem se comportar como um pai imparcial que guarda igual distância de todos os filhos. A primeira coisa que precisamos fazer se quisermos vencer a peste é tratar todos como irmãos."

Ele se calou por um instante, como que para averiguar se a plateia tinha entendido que estava prestes a ouvir palavras de que jamais se esqueceria. "Sou mingheriano!", ele disse. "Tenho orgulho de ser mingheriano… Alguns diriam que exagerado. Me considero um membro honrado e igualitário da irmandade internacional das nações, e por isso me sinto imensamente afortunado. Mas também almejo que a irmandade internacional das nações reconheça a magnificência da minha Mingheria, da minha ilha e da minha língua. Quando meu filho nascer, vou falar mingheriano em casa, assim como todo mundo aqui. Temos que agir agora para que, ao crescerem e irem para a escola, nossos filhos não se envergonhem das palavras que falam em casa e não se esqueçam de que as aprenderam, e para que a peste não destrua a nossa nação mingheriana sob os olhares do mundo."

Até hoje, essas palavras são rememoradas com carinho — e recitadas em meio a lágrimas — por todos os cidadãos de Mingheria e por todo mundo que frequentou a escola na ilha. A maioria da população sente um orgulho enorme e bastante prazer ao proclamar "Eu sou mingheriano!" — sobretudo quando os nativos se esbarram em terras estrangeiras. Mas até o mais leve questionamento das óbvias contradições contidas nesse discurso é absolutamente proibido: não se pode perguntar por que o turco e o grego e até o italiano e o árabe que nossos ancestrais falaram por séculos deveriam ser considerados idiomas inferiores à língua mingheriana, ainda mais se a ideia é sermos todos irmãos. Em 1901, apenas uma em cada cinco crianças nascidas na ilha falava mingheriano em casa, o que significava, ainda que não se pudesse dizer, que a maioria era criada falando grego ou turco. De qualquer forma, o discurso improvisado mas muito poético do comandante Kâmil infelizmente foi interrompido quando um dos servidores municipais que estava de pé de repente desabou sobre uma cadeira e, incapaz de disfarçar sua agonia, começou a tremer e gemer com os sintomas conhecidos, excruciantes, da febre causada pela peste.

55.

Depois de dar andamento imediato às providências necessárias à sua nova função, e após adaptar rapidamente seus modos e sua retórica ao cargo, naquela mesma tarde o ministro-chefe Sami paxá foi trabalhar enquanto as discussões acerca da nova Constituição prosseguiam na ampla Sala de Reuniões vizinha a seu escritório.

Sua primeira resolução foi trancafiar na prisão do castelo os sete ouristas presos na véspera após o segundo confronto com a fraternidade — ao lado de um outro grupo duas vezes maior que estava no centro de isolamento. Nesse meio-tempo, soube que o xeque de outra seita pequena — um homem apelidado de Cachos devido ao aspecto de seu cabelo e da barba — teria alegado que "só é muçulmano de verdade quem vai à mesquita, e usar a peste como desculpa para fechar as portas dos templos é uma afronta cruel à suscetibilidade islâmica", portanto o Sami paxá ordenou que ele também fosse encarcerado até que atinasse com a realidade. Quando Cachos começou a dar sinais de remorso, o paxá o soltou sem necessidade de enviá-lo às masmorras do castelo. A fim de preparar o terreno para o julgamento de Ramiz e seus cúmplices, o Sami paxá autorizou batidas policiais em diversas casas dos bairros de Taşçılar e Kadirler, mas não em Germe, onde os alvos estariam muito perto da fraternidade Halifiye.

O ministro-chefe dava especial atenção à relação com a fraternidade Halifiye. Acreditava não haver nenhuma discordância raiz com ela e queria assegurar que seus atos não fossem mal interpretados. Ainda bem que Ramiz não tinha morrido ao se ferir na invasão: vivo, ele não só manteria acesa a raiva do comandante como poderia servir para pressionar o xeque Hamdullah. A fraternidade tinha ficado desconcertada e abatida com a notícia de que o irmão do xeque ficara ferido e estava preso após encabeçar uma emboscada sangrenta que havia custado a vida de várias pessoas. O Sami paxá não conseguia descobrir em que prédio, que dirá em que cômodo, o xeque Hamdullah havia se recolhido para meditar. Não consultou o comandante quanto à melhor forma de lidar com os discípulos da seita Halifiye. Porém ordenou que Ramiz e seus comparsas fossem julgados e sentenciados assim que possível, e comunicou ao comandante sua decisão.

"O Estado de Mingheria precisa ser justo e imparcial!", o comandante respondeu.

O ex-governador e agora ministro-chefe Sami paxá não demorou a descobrir quais assuntos valia a pena levar ao comandante e qual era a melhor forma de apresentá-los. O comandante não tinha muito interesse em minúcias administrativas relacionadas às funções dos servidores e funcionários do governo, tampouco em protocolos burocráticos. Por outro lado, assimilava logo os meandros de questões que diziam respeito a orçamentos, Tesouro, salários governamentais, número de tropas e aproveitamento da brigada árabe da caserna para manutenção da lei e da ordem, acompanhando com atenção os desdobramentos nesses diversos fronts. Havia também um bocado de problemas em que se envolvia pessoalmente, e volta e meia os apresentava ao governo.

Um deles era a nova série de selos que celebraria a fundação do Estado de Mingheria, tarefa que encomendou ao ministro de Serviços Postais Dimitris efêndi. Mas quando o ministro disse que não havia prensas na ilha, nem em Esmirna ou Tessalônica, à altura da tarefa, e que os selos teriam que ser encomendados em Paris, o comandante ficou contrariado e insistiu que se encontrasse alguma solução a partir de meios existentes na ilha. Se os impressores tinham fugido por causa da peste, cabia ao ministro das Relações Internas achá-los... O Sami paxá logo entendeu que a principal preocupação do presidente era ver sua imagem e as paisagens da ilha reproduzidas nesses selos postais.

Outra questão tratada pelo comandante em pessoa foi a entrega de presentes — semelhantes às recompensas que os sultões recém-entronados distribuíam aos quadros burocráticos e militares do império — aos membros do governo e do Parlamento de Mingheria. Ele sabia que restava pouquíssimo dinheiro nos cofres da Sede do Governo — isto é, no Tesouro do novo Estado. Portanto bolou uma solução criativa para o dilema. Todos os oficiais que o tivessem apoiado receberiam um documento atestando que tinham sido presenteados com um lote de terra na ilha, de bom tamanho, e que o terreno seria isento de tributação sobre produção agrícola. Hoje em dia, cento e dezesseis anos depois, quem quiser confirmar a veracidade dessas "escrituras" presenteadas e da isenção fiscal no cartório de Mingheria precisa, para começar, apresentar uma petição judicial.

Os tiros de festim disparados no fim da tarde para anunciar o comandante como presidente do Estado de Mingheria foram recebidos de forma mais calorosa. O número de mortes não baixava, encontrar alimentos era cada vez mais difícil, mas o povo de Arkaz gostava de seu comandante jovem, audaz, que planejara a Invasão do Telégrafo e casara com a moça pela qual havia se apaixonado. Como seria uma extravagância organizar outra cerimônia oficial apenas três dias depois da batalha letal na Sede do Governo, ficou decidido que imprimiriam cartazes semelhantes àqueles dos primeiros anúncios de quarentena, e assim que o último tiro fosse disparado, avisos foram colados em todas as ruas de Arkaz declarando que o comandante Kâmil paxá fora proclamado presidente da livre e soberana República de Mingheria, e que todo mundo devia respeitar as medidas de quarentena e obedecer às ordens do novo governo da ilha.

Apenas metade dos funcionários permanentes e assalariados da Sede do Governo aparecia para trabalhar na época da Revolução Mingheriana. Alguns já não saíam mais de casa; outros tinham fugido para seu povoado; havia quem tivesse falecido. Em geral, os servidores que ainda compareciam à antiga Sede do Governo e à nova Sede Ministerial só o faziam devido ao almoço gratuito e para garantir que o salário não fosse abocanhado por outra pessoa. Na maioria dos casos, portanto, quem dava conta da longa lista de tarefas do governo era um punhado de oficiais de alto e médio escalão vindos de Istambul e motivados pelo forte senso de responsabilidade. Quando viram os avisos nos muros a caminho do trabalho, na manhã seguinte, os burocratas otomanos ficaram estarrecidos ao constatar que, se os cartazes diziam a verdade, eles de fato teriam que escolher entre o governo de Istambul e o novo Estado mingheriano. A essa altura, todos sabiam que Istambul afastara o governador Sami paxá do cargo, mas também estavam cientes de que o novo governador enviado por Abdul Hamid fora assassinado.

Se tivesse acontecido uma revolta desse tipo em qualquer cidade ou ilha otomana onde o jovem Sami paxá tivesse servido como prefeito, chefe local ou burocrata de médio escalão, e ele fosse obrigado — como era o caso agora — a escolher entre a ilha e Istambul, é claro que ele teria escolhido Istambul. Fosse qual fosse a desculpa deles, qualquer funcionário do governo que não agisse dessa forma também teria sido considerado um "traidor". Então o paxá não tinha dificuldade de entender por que alguns dos burocratas — como o diretor da Previdência Social Nizami bei (que tinha acabado de casar e cuja esposa estava em Istambul) e o vice-secretário do Tesouro Abdullah bei (que não gostava de viver na ilha, à qual nunca havia se apegado) — quiseram voltar imediatamente a Istambul. Quanto aos oficiais como o escrutinador-chefe (cuja esposa era de uma família endinheirada da ilha) e o criptoanalista municipal Mehmet Fazıl bei, que o Sami paxá supunha que ficariam sem saber o que fazer, ele os alocou no comitê encarregado de elaborar a Constituição para que a permanência de ambos servisse de exemplo aos demais.

Os funcionários de origem grega, ou que haviam nascido ou sempre viveram na ilha, não tinham nenhuma objeção séria à declaração de liberdade e independência, e por alguns minutos aproveitaram a desculpa para esquecer da peste e da quarentena e conversar e rir a respeito de novos cargos e títulos (ministro, diretor etc.) que de repente ganharam, ainda que fossem apenas teóricos. Será que haveria alguma retaliação por parte de Istambul? Ainda conseguiriam sacar o salário? Que novos títulos estariam nas escrituras de terras que receberiam? E o salário que o Sami paxá havia lhes prometido?

Os servidores leais a Istambul e ao Estado otomano, por outro lado, eram avessos a piadas, não levavam a sério o novo título e mal pensavam em dinheiro, e embora considerassem a situação um bocado delicada, guardavam os receios para si. O Sami paxá conhecia cada um desses servidores leais, desconcertados, e via nos olhos deles e na postura que assumiam, sorumbática e abatida, o pavor que sentiam diante do castigo que Abdul Hamid talvez um dia lhes impusesse e o medo de nunca mais rever as esposas e filhos ou de nunca mais poder voltar para casa.

"O Estado de Mingheria é criterioso e compassivo", ele disse, sorrindo. "Não temos intenção de manter ninguém aqui a contragosto, nem de fazer ninguém de refém. Chamamos só alguns dos senhores, então por favor repassem o recado. Estamos preparados para ajudar quem não quiser envolvimento com o governo revolucionário, e até quem preferir voltar para Istambul. O Estado mingheriano é amigo do Império Otomano. Tudo vai melhorar assim que não precisarmos mais lidar com a peste."

Seu tom era amistoso, como se discutisse um mero estorvo burocrático.

"Se a situação se prolongar muito, vamos estar traindo a pátria, o sultão e até o islã", disse o Rahmetullah efêndi, prefeito de Teselli.

"Isso são suposições infundadas!", disse o Sami paxá. Mal conhecia o sujeito e só o convidara por causa da sugestão imprudente do comandante. Tivera esperança de que naquela reunião expressões como "traição" e "O que Sua Alteza Suprema vai pensar?!" não fossem ouvidas. "No fim das contas, eu também não sou desta ilha…", continuou o Sami paxá, em tom incerto. "Mas os senhores não têm com que se preocupar. Se fôssemos fazer algum mal aos senhores, eles usariam isso como pretexto para tentar invadir a ilha."

"A ilha já pertence ao Império Otomano e ao nosso sultão, portanto seria errado chamar tal ato de invasão!", disse o Rahmetullah efêndi.

"Se permitirmos que o senhor e os outros voltem a Istambul, eles os incumbirão de nos espionar."

"Vossa Excelência, entre quinze e vinte pessoas morrem todo dia. Enquanto o surto continuar, ninguém vai cogitar uma invasão. Então espiões não serão necessários."

"Os que continuarem a cumprir suas funções em breve receberão os salários atrasados acumulados sob o regime anterior e receberão o novo ordenado. Quem se demitir do cargo por medo de trair o Império Otomano vai receber os salários antigos, acumulados, só depois que os outros forem pagos."

Se alguém estava pensando "isso é hora de falar de salário?", nada disse. Entrava uma luz pálida, e o verde dos pinheiros havia se tornado cinza-chumbo. Sem chamados à oração e badalos de sinos das igrejas, as nuvens que pairavam sobre a cidade pesavam, e tanto o azul do céu quanto a determinação das pessoas pareciam ter esmorecido.

Alguns analistas observam corretamente que ao fim dessas longas discussões o Sami paxá tinha conseguido não só plantar uma cizânia entre os membros do contingente otomano a favor do retorno imediato a Istambul como também granjeara — ao segurá-los na ilha — o apoio de um grupo poderoso para fazer frente aos gregos. Essas pessoas, todas falantes de turco em casa, tinham resolvido que a melhor atitude era não fazer nada até que a peste sumisse e os soldados e navios de guerra otomanos pudessem enfim resgatá-las. À noite, o Sami paxá mandou uma equipe de gendarmes e soldados da Brigada de Quarentena à casa do prefeito Rahmetullah efêndi, do diretor da Previdência Social Nizami bei e do vice-secretário do Tesouro Abdullah bei — os funcionários mais marrentos e ruidosos que almejavam voltar a Istambul — para conduzi-los à Torre da Donzela. A cada dia que passava, a ilhota da quarentena, com seu charmoso prédio branco, se tornava mais parecida com uma prisão em que o Estado mingheriano podia trancafiar seus cidadãos otomanos falantes de turco (havia apenas dois falantes de grego ali) que continuassem leais a Abdul Hamid.

Naquela noite, enquanto o barco com os burocratas otomanos leais ao império navegava silenciosamente da baía à Torre da Donzela, o Sami paxá foi à sacada de seu gabinete na Sede Ministerial. Era a primeira vez que pisava ali desde a tarde de sexta-feira, dia da revolução. Sapos coaxavam e cigarras cantavam às margens do riacho Arkaz e em cantinhos escondidos da cidade, e ele estava ali de pé tentando ouvir o chapinhar suave do barco a remo que afastava de Mingheria os últimos funcionários otomanos.

56.

O casal mais feliz da ilha naquela época era, sem sombra de dúvida, o presidente Kâmil e a jovem esposa, Zeynep. E quando o doutor Tassos, em uma de suas visitas ao major para examinar o ferimento, confirmou que Zeynep estava grávida, a vida dos recém-casados mudou radicalmente.

Zeynep se sentia presa na casa de hóspedes da caserna, não podia nem receber a mãe. Ademais, ali não era moradia adequada a um chefe de Estado, tampouco uma sede apropriada para um presidente cumprir seus deveres. Como Ramiz e comparsas estavam no presídio, resolveram voltar ao hotel, pois não havia o que temer.

Assim que retornou ao Splendid Palace, o comandante vestiu o uniforme militar, pôs as dragonas e os distintivos de gola que indicavam o título de paxá (providenciado em apenas dois dias) e saiu para visitar a mãe. As fotografias tiradas naquele dia, da mãe de véu, lacrimosa, quando o filho se curvou para lhe beijar a mão, são conhecidas de todos os mingherianos, reproduzidas à exaustão em livros escolares, cédulas de dinheiro, bilhetes de loteria, e imagem incontornável nas comemorações de Dia das Mães que só se popularizariam mais a partir da década de 1950. Um dos objetos mais importantes em exibição na casa natal do major Kâmil é o exemplar da obra de Mizancı Murat sobre a Revolução Francesa e a liberdade (em "turco antigo", com o alfabeto arábico), tema de muitos deveres de casa das crianças que visitam o local.

O major destinou o térreo do Splendid à Brigada de Quarentena e o primeiro andar ao gabinete dele (menor que o do Sami paxá, já que na verdade era um quarto de hotel espaçoso) e ao do vice, o escrutinador-chefe Mazhar, que o ministro-chefe Sami paxá havia mandado para lá com um servidor, e a quem agora também podemos chamar de secretário-chefe do presidente da República. O major e Zeynep também reorganizaram os aposentos num andar superior e já decidiram onde instalar o berço do bebê.

Para garantir que todos os cômodos fossem mobiliados no mais alto padrão, o Estado requisitou todos os móveis da magnífica mansão de quatro andares da abastada família grega Mavroyeni (com direito a torrezinha de observação) com vista para a praia hoje chamada Flizvos — atitude que desde então é alvo de muitas críticas. Para a comunidade grega, foi uma prova de que, no que dizia respeito às ofensas aos cristãos, o novo regime não era melhor que o dos otomanos.

O major (que afinal não podemos chamar de presidente da República o tempo todo), convencido de que o bebê seria menino, encomendou ao arqueólogo Selim Sahir uma lista de nomes masculinos mingherianos antigos. Tinha certeza de que o filho seria uma pessoa muito especial. As primeiras palavras que ele ouvisse e falasse, é claro, seriam em mingheriano. Por isso o major vinha tentando passar mais tempo a sós com Zeynep a fim de praticar sua língua natal, o que não era tarefa fácil em meio ao sem-fim de compromissos que cabiam ao presidente de um novo Estado.

Marido e esposa sabiam que deviam a intimidade e a felicidade em meio às calamidades que os circundavam à reclusão de que desfrutavam nos aposentos no último andar do hotel. Às vezes abriam uma das janelas enquanto se abraçavam e escutavam o silêncio inerte, impassível e coalhado de morte. Às vezes olhavam para a nuvem de fumaça preta que subia de uma casa incendiada, e também para o outro lado da baía, com seus doentes, os casos suspeitos e as figuras desventuradas reunidas no pátio de isolamento do castelo.

Também tinham inventado um jogo sexual: primeiro fixavam o olhar em algum ponto do corpo nu do outro (mas não nas partes mais íntimas), tocavam no umbigo, no mamilo, na orelha, no dedo ou no ombro em que haviam se concentrado, e comparavam-no a uma fruta, um objeto, um pássaro ou algum outro animal. A brincadeira os havia ajudado a ficar mais à vontade com a nudez, com a intimidade sexual, e um com o outro. Quando aproximavam os olhos e o nariz de um ponto da pele do outro, percebiam as picadas de insetos, arranhões, hematomas, pintas. Como viviam sendo picados por mosquitos, o pescoço e as pernas dos dois eram coalhados de marcas vermelhas. Às vezes essas erupções e perebas os inquietavam. "O que é isso?!", Zeynep exclamara horrorizada um dia ao ver um pequeno inchaço entre a axila e as costas do major. Para alívio de ambos, chegaram à conclusão, devido à coceirinha agradável e ao furinho no centro dela, que se tratava apenas de uma mordida de mosquito e não de um possível bubo da peste.

Nos dois meses desde que chegara à ilha, o major tinha visto em primeira mão que o medo da morte podia se erguer feito um demônio e separar maridos e esposas, mães e filhos, pais e filhas. Quando ainda fazia a escolta do doutor Nuri, havia se enfurecido com um casal no Hospital Theodoropoulos que não podia cuidar dos filhos porque ambos haviam se contaminado ao mesmo tempo. Em uma casa perto do mar, no bairro de Kadirler, descobriram um menino com uma íngua enorme no pescoço, mas só depois que o pai também adoeceu — e já não conseguia mais juntar forças para lutar contra a Brigada de Quarentena — foi que arrancaram a criança dos braços da família e a levaram ao hospital. Sempre que alguém aparecia com um bubo da peste, era natural que os demais membros de sua família prestassem mais atenção a qualquer vermelhidão, mordida de inseto e caroço que encontrassem no próprio corpo. Nessas horas, o major via no rosto deles os sinais daquela solidão que tornava a ideia da morte tão intolerável.

No dia em que voltaram ao Splendid Palace, ele estava passando a mão em cima da atadura que envolvia a ferida quando sentiu uma rigidez perto da axila direita. Depois de se assegurar de que Zeynep não o veria, pegou um espelhinho para averiguar e se deparou com uma íngua avermelhada bem grande. Mas ao contrário dos bubos das vítimas da peste, ela não doía, só coçava um pouco. O presidente tampouco sentia fadiga, febre ou outro sintoma observado nos acometidos pela peste com bubo em desenvolvimento. Dito isso, nos últimos dois dias andava tossindo um pouco. Sabia-se que em alguns casos a doença começava com tosse. Se fosse infectado, reconheceria os sinais logo, seria capaz de aceitar o significado deles? Acima de tudo, o major Kâmil detestava covardes.

Desde que o jovem oficial otomano Kâmil se tornara presidente e comandante, percebia que seus pensamentos e sentimentos mais profundos e mais íntimos, e até seus sonhos, estavam mudando. Não era uma mudança dolorosa, mas surpreendente. Agora era mais "idealista", mais altruísta, e estava mais determinado do que nunca a dedicar a vida à ilha, ao filho e ao povo de Mingheria. Sempre que esses sentimentos o dominavam, ele entendia a alegria de ser uma pessoa melhor.

Depois da ascensão ao posto de presidente-comandante de Mingheria, o major também passara a achar que esse era seu destino. Seria mesmo coincidência que agora fosse o presidente de uma nação, da amada ilha onde nascera e crescera, se apenas três dias antes era um mero oficial de Exército de baixa patente (embora fosse verdade que tinha conquistado uma medalha após a guerra com a Grécia)? Na academia militar de Harbiye, o major sempre se considerara sortudo porque nenhum aluno mingheriano tirava notas tão boas como ele. Mas agora se dava conta de que nem isso fora coincidência, e queria que todo mundo soubesse. Quando o filho crescesse, saberia que tipo de pessoa o pai tinha sido na juventude e na época de estudante.

Na manhã seguinte, ficou contentíssimo ao receber uma carta do arqueólogo Selim Sahir com sugestões de nomes mingherianos antigos para meninos. Estava sentado à mesa em seu gabinete, olhando pela janela do primeiro andar do Splendid Palace, cuja vista era das frondes das acácias e dos pinheiros, e pensando na tristeza do porto e das docas vazias e da ladeira deserta que dava no litoral. O teor da carta — hoje nos Arquivos Presidenciais de Mingheria — perturbou o comandante, que chamou seu vice e antigo escrutinador-chefe Mazhar e pediu que ele lesse em voz alta a missiva escrita à mão.

"O senhor já ouviu algum desses nomes?", perguntou ao Mazhar efêndi.

Depois de ser mandado para a ilha, o antigo escrutinador-chefe acabara casando e se estabelecendo lá, mas não era de família mingheriana e tinha passado a infância em Istambul. Após se desculpar dando essas explicações, ele disse que amava Mingheria, que todo mundo estava feliz — e sobretudo os muçulmanos da ilha — com a recém-adquirida liberdade e independência, e por fim confessou nunca ter ouvido nenhum daqueles nomes.

"Eu também não!", disse o presidente, sem esconder a decepção.

Chamaram o servidor e lhe pediram para ler a carta. O homem tropeçou na pronúncia de algumas palavras em francês e dos nomes em mingheriano.

Boa parte da carta tinha sido escrita em turco usando o alfabeto arábico, com a lista de nomes mingherianos e algumas expressões floreadas num francês escrito em alfabeto romano. Talvez tenha sido por nervosismo que o servidor, nascido e criado em Mingheria, tampouco conseguiu entender os nomes. O presidente também se irritou porque o arqueólogo o chamava — com um quê de ironia — de *commandant*, usando de propósito a palavra francesa para "comandante".

"O arqueólogo Selim Sahir bei precisa estudar melhor a nossa história!", ele disse. "O senhor vai trabalhar com os ministros de Serviços Postais e da Aduana para criar uma série de regras em torno disso."

O presidente havia se habituado rapidamente ao novo cargo. Não frequentava mais a Sala de Epidemia, sendo atualizado quanto ao número de mortes por um funcionário que lhe trazia notícias da Sede Ministerial duas vezes por dia. Também não era mais o responsável pela Brigada de Quarentena, função delegada a Hamdi Baba numa cerimônia modesta em que o sargento recebeu o primeiro distintivo militar emitido por Mingheria.

De modo geral, os alfaiates de primeira linha, todos gregos, tinham fugido para Esmirna e Tessalônica nos últimos navios, mas ainda assim o presidente conseguiu localizar o Yakoumi efêndi e encomendar alguns ternos novos para o inverno e para as solenidades oficiais pós-peste, pedindo que antes lhe mostrasse amostras de tecidos e sugestões de modelos. Mais tarde, o doutor Nuri chegou para discutir o mais recente número de mortos e os últimos desdobramentos do mapa epidemiológico. O número estava entre doze e quinze mortes por dia. A taxa de mortalidade praticamente se estabilizara, mas a situação ainda estava bem mais difícil do que o esperado. Infelizmente, as pessoas continuavam não levando a sério as medidas restritivas, algumas por teimosia e rebeldia, outras por descuido e uma espécie de coragem equivocada.

O comandante Kâmil se dirigiu ao médico e príncipe consorte — o homem de cuja proteção até pouco tempo antes era o encarregado — com o mesmo tom respeitoso de sempre. "Sua Alteza a princesa Pakize está sob a proteção do novo Estado de Mingheria", ele lhe disse. O doutor Nuri, que tinha ido até lá no landau do Sami paxá, propunha que agora o usassem para uma volta pela cidade, assim o comandante também poderia avaliar a situação.

"Prefiro sair a pé e ver com meus próprios olhos em vez de ficar espiando pela janela de uma carruagem blindada!", respondeu o comandante Kâmil paxá.

Ao caminhar pela cidade, o comandante Kâmil percebia que era amado pelo modo como as pessoas se comportavam perto dele, como o olhavam, e acima de tudo pelo que diziam — berrando "Viva!" da janela quando passava (isso tinha acontecido sete ou oito vezes só nos últimos três dias). Queria transformar o amor deles numa esperança duradoura, uma fé comum que defendesse a ilha não apenas da peste mas de qualquer adversidade. Tinha a responsabilidade dada por Deus de proteger aquelas pessoas bondosas que lhe distribuíam sorrisos confiantes quando o reconheciam e de garantir que saíssem vivos da epidemia.

O comandante havia solicitado que duzentas bandeiras mingherianas (podiam até ser das pequenas) fossem adquiridas e pagas com o dinheiro do orçamento do governo, mas como a maioria dos alfaiates, vendedores de cortinas e comerciantes de tecidos fugira da ilha fazia tempo, e como não existia a possibilidade de importarem tecidos, a missão não era fácil. Talvez por isso tantas famílias escondidas em casa ainda não soubessem da existência de uma bandeira nova e um Estado novo. Também havia muita gente que era simplesmente indiferente e desinformada... Era um trabalho duro chamar a nação à ordem, mas o presidente-comandante Kâmil não se desesperou. Tinha certeza de que o país sobreviveria por muito mais tempo, talvez séculos, do que qualquer um que vivesse e respirasse na ilha naquele momento. Todo mundo dizia que a criação de um novo Estado dera esperanças ao povo, agora convencido de que o surto poderia ser contido. Era uma esperança que surgia ao verem o major Kâmil pelas ruas, com sua determinação, seu entusiasmo, seu fervor. Sua relação com a princesa Pakize o associava a Istambul, ao palácio e ao sultanato; com suas atitudes durante a Invasão do Telégrafo, ele havia angariado o apreço do povo; e quando agitou a bandeira, numa provocação ao mundo inteiro, as pessoas ficaram felizes em seguir o exemplo.

Às vezes o comandante Kâmil pensava que ter nascido em Mingheria era uma benção de Alá. Quando seu olhar cruzava com o das pessoas que o fitavam das janelas e lhe sorriam, o que via no rosto delas era gratidão. Isso acontecia porque tinha feito com que se lembrassem de como eram abençoadas. Tinham sorte de terem nascido ali.

Aqueles que faziam parte da população mais pobre da ilha e que não haviam levado a epidemia a sério nem se preparado para ela agora eram os que mais sofriam, e aos poucos começavam a morrer de fome. O comandante se sentia responsável por eles. Quem não tinha uma horta, um campo, um lote de terra ou amigos fora da cidade em pouco tempo ficou sem comida. A culpa pelo drama dessas pessoas poderia ser jogada no colo do antigo governo otomano, incapaz de educá-las quanto à seriedade do surto. A bem da verdade, no começo o governador Sami paxá alegava não haver epidemia nenhuma! Era mesmo um bronco, o tal Sami paxá.

Ladeado por um par de guardas e seguido por vários outros, o comandante chegou à avenida Hamidiye (todos aqueles nomes de ruas antigos, otomanos, também precisavam ser trocados). Aventurou-se pelas ruelas entre a Igreja Hagia Triada e o riacho Arkaz, onde havia uma alta concentração de mercearias. Por medo da peste e de serem multados pelas Autoridades de Quarentena, e exauridos por todas as restrições que enfrentavam, mais da metade dos armazéns que estocavam produtos de primeira necessidade como farinha e batata não abriam mais as portas, e agora ofereciam as mercadorias em outros endereços, quando não direto da casa do dono. Todos os alimentos — de azeitonas a queijos (se disponíveis), de nozes a figos desidratados (considerados perigosos) — haviam triplicado de preço. Até produtos mais baratos, como cebola, folhas e batata, geralmente fáceis de encontrar, tinham praticamente desaparecido. As padarias produziam metade da quantidade normal de pães e doces. Mas o comandante ainda não estava muito preocupado, pois o Sami paxá dissera que havia um estoque de farinha na caserna, graças à insistência de Abdul Hamid. Açougueiros e comerciantes de aves vendiam cortes aos clientes pelas portas dos fundos, cobrando três ou quatro vezes o valor normal. A maioria dos vendedores de aves, peixes e vísceras, atividade considerada insalubre, já tinha sido obrigada a fechar as portas, e os gatos que costumavam rondar por ali haviam sumido.

Com tanta gente fugindo e morrendo todo dia, a população não parava de diminuir, mas mesmo assim o mercado e as lojas se esvaziavam numa velocidade ainda maior, e já não conseguiam alimentar as pessoas. Consciente desse problema, o Sami paxá resolveu concentrar seus esforços na feira de alimentos que havia surgido e se desenvolvido sozinha na Escola Secundária Grega enquanto a ilha ainda estava sob domínio otomano, e tentou assegurar, em seu novo papel de ministro-chefe do Estado de Mingheria, que ela continuasse funcionando como um lugar onde os pobres pudessem achar o que comer. O comandante e sua comitiva viraram à esquerda, na direção desse mercado e de uma série de vielas. Mas seria arriscado caminhar sob as janelas salientes que pairavam sobre aquelas ruazinhas. A maioria dos homens da cidade não tinha nada para fazer além de passar o dia na janela.

O único jeito de retomar o comércio e alimentar Arkaz era permitir uma séria violação das regras de quarentena. Havia guardas nas margens da cidade com a tarefa de impedir que as pessoas circulassem à vontade. Quem quisesse ir embora a pé precisava apresentar à Brigada de Quarentena uma licença cheia de carimbos e assinaturas ou fazer o que muita gente fazia: esperar a noite cair e atravessar no breu total os campos desertos, pedregosos, expostos ao vento, que ficavam atrás do Alto Turunçlar e de Hora. Quem conseguisse evitar os cães soltos, os bandidos, as vítimas contaminadas, os ratos e o demônio da peste em pessoa poderia muito bem escapar no meio da noite e fugir para a zona rural do entorno. Mas quem desejasse entrar e sair três vezes por semana para negociar mercadorias precisava de uma licença especial e de proteção. O novo governo ainda não tinha feito nada a respeito.

A decisão de manter aberto o mercado da Escola Secundária Grega trouxe à mente do doutor Nuri, bem como do Sami paxá e do comandante Kâmil, a contradição fundamental (como no caso do Motim do Navio de Peregrinos) que afetava qualquer tentativa de quarentena. Precisavam ser rígidos para que a quarentena desse certo, sem dúvida, mas se levassem a rigidez longe demais, as mesmas pessoas que agora olhavam para o comandante com um sorriso cheio de esperança num segundo dariam as costas para a revolução e também para a liberdade e a independência.

Ainda não havia ninguém morrendo de inanição, mas os mais pobres e mais abatidos — os que tinham perdido tudo e todos no surto — passaram a pedir esmola. No início, o Sami paxá mandava gendarmes e policiais afugentarem das ruas esses mendigos ingênuos e inexperientes, e chegou a dar desculpas para trancar alguns deles com criminosos de meia-tigela na prisão do castelo, mas ao se dar conta de que muitos desses desesperados, desamparados, preferiam os pavilhões do presídio e a sopa gratuita que recebiam à fome e à morte das ruas, ele resolveu que o melhor seria deixar que os soldados da quarentena lidassem com o problema. Hamdi Baba e dois de seus soldados agora se limitavam a enxotar esses pedintes das ruas principais citando leis de quarentena. Essa medida já havia sido implementada duas semanas antes, quando a ilha ainda estava sob domínio otomano, mas a mesma política continuaria a ser aplicada.

O comandante criou o hábito de sair ao menos uma vez por dia para fazer longas caminhadas pelas ruas de Arkaz, assim veria o que estava acontecendo na cidade. Ele aparecia quando as normas de quarentena estavam causando brigas e embates e desavenças, e incentivava as pessoas a obedecer à Brigada de Quarentena. Às vezes ia a algum lugar a fim de descobrir tudo o que pudesse sobre um problema. Nesses casos, alguém já familiarizado com a questão podia ser convidado a acompanhá-lo.

Foi nesse contexto que no sábado, dia seis de julho, o presidente levou os irmãos padeiros Hadid e Majid para visitar um novo "mercado de aldeãos" às margens do riacho Arkaz e assim debater possíveis soluções para a escassez crescente de alimentos na cidade. Quando chegaram ao destino, viram jovens aldeãos saudáveis vendendo tainha e truta, além de senhoras gregas de véu oferecendo malva, urtiga e outras plantas parecidas.

Desde que duas crianças enlouquecidas de medo e solidão fugiram de casa e na volta declararam ter sobrevivido à base da urtiga achada nas cercanias, a estranha planta que crescia nas montanhas e podia ser comida crua ou em sopas era vendida em algumas tendas que permaneciam abertas e sobretudo naquelas novas feiras de rua.

Devemos observar que até esse momento a maioria dos mingherianos ainda conseguia se alimentar de uma forma ou de outra. Em uma tentativa de coibir os coiotes, os atravessadores de gente, o ministro-chefe Sami paxá proibira temporariamente os barcos de pesca, mas depois havia revogado a proibição, pois se dera conta de que a ilha subsistia à base de peixe. A filha do Constantinos efêndi, patriarca da congregação grega, conta em suas memórias que naquela época, nos bairros de Çite, Germe e Kadirler, onde a epidemia era mais forte, crianças saíam para pescar a fim de alimentar a família. Esgueirando-se pelos quintais alheios, escapavam da cidade e em bandos cruzavam campos, caminhos secretos e passagens escondidas catando amoras-pretas, morangos silvestres e urtiga, e em duas horas chegavam ao despenhadeiro alto e rochoso do vale Damıtaş, onde o riozinho Damıtaş desembocava no Mediterrâneo. Gostaria de tranquilizar os leitores talvez aturdidos com a atmosfera sombria do romance explicando que quando estavam naquelas águas rasas, as calças suspensas enquanto pegavam peixes com cestas e redes amarradas a varas, as crianças ficavam bastante contentes. No supracitado livro de memórias, a filha do Constantinos efêndi escreve numa veia nostálgica que quando essas crianças ouviram os tiros de canhão anunciando a *révolution* e a presidência do comandante, estavam entrando na foz do riacho, as redes na mão e a bainha das calças dobrada até os joelhos, procurando tainhas de escamas verdes.

Preciso ressaltar que sempre me comovi com um desenho que encontrei numa das revistas mingherianas antigas que eu folheava quando pequena, em que um grupo dessas crianças heroicas — que de fato alimentavam e sustentavam as famílias e os vizinhos — é retratado com redes e armadilhas na mão, pescando trutas. Se tivesse vivido cento e dezesseis anos atrás, e tivesse nascido menino em vez de menina, eu poderia ser uma dessas crianças. Com isso em mente, e ao nos aproximarmos do fim do nosso romance-e-história, imagino que finalmente deva revelar que sou descendente direta dos personagens principais deste romance.

Havia um novo mercado na Escola Primária Grega no bairro de Hora que vendia tainha e plantas como malva e urtiga. Acompanhado de Hadid e Majid, o presidente foi visitar esse edifício onde crianças gregas estudavam antes da peste. Velhos cartazes sobre a quarentena continuavam nos muros, e no interior, nas salas de aula lúgubres munidas de ratoeiras e com cheiro forte de Lysol, viram que ali também havia muçulmanos que vendiam folhetos consagrados de orações contra a peste. A peste havia tornado difusas as linhas — tanto reais quanto imaginárias — que separavam muçulmanos e cristãos em Arkaz.

O comandante Kâmil e os irmãos Majid e Hadid conversavam e faziam um balanço da situação em meio aos diversos comerciantes aglomerados naquela escolinha charmosa quando foram abordados por um dos meninos que, botas de pesca ainda nos pés, fora vender o que conseguira pescar. Os guardas estavam prestes a intervir, para evitar qualquer perigo, mas o comandante os interrompeu.

"Nessa época tão atribulada, ninguém merece mais o nosso respeito do que esses jovens heróis cujas pescarias salvaram da fome nossa livre Mingheria", disse o comandante Kâmil. "Deixem que ele fale com seu comandante, seja qual for seu pedido!"

Quando os guardas abriram caminho, o menino espinhento, de barba rala, rosto doce e fez na cabeça — tinha dezesseis anos — deu alguns passos à frente, puxou uma arma da larga faixa amarrada à cintura e disparou contra o peito e o rosto do comandante.

57.

A primeira bala abriu um buraco no uniforme, na altura do ombro, mas não encostou na pele e não deixou sequer um arranhão.

Majid já tinha intuído que havia alguma coisa suspeita e, ao ver o menino puxar a arma, partiu na direção dele. Algumas testemunhas diriam tê-lo visto tentar arrancar a arma das mãos do jovem, mas outras afirmaram que ele se jogou na frente do comandante para defendê-lo com o próprio corpo.

O segundo tiro atingiu o coração de Majid, e o terceiro passou ao lado da coluna vertebral. Majid tropeçou para trás com a força das balas, depois caiu de cara no chão e morreu na hora. O quarto tiro estilhaçou uma janela de vidro importado de Tessalônica. O rapaz — cujo nome, descobriram depois, era Hasan — puxou o gatilho de novo enquanto brigava com os guardas que tentavam desarmá-lo, mas não conseguiu mirar.

Antes que pudesse disparar pela quinta vez, Hasan foi totalmente dominado, e então se entregou a um silêncio duradouro, resoluto e enigmático. Todos ficaram tão confusos com sua determinação silente quanto atônitos e talvez até um pouco incrédulos ao ver estatelado no chão o jovem, bonito e robusto Majid. Afinal, aquele mercadinho modesto (frequentado sobretudo por crianças, transeuntes curiosos e desempregados, gente que ia lá para dar uma olhadinha em vez de comprar alguma coisa) ficava no bairro relativamente pouco populoso de Hora, longe dos perigos e da atmosfera de violência que pairava no Centro, nas docas e na região ao redor do castelo.

As pessoas no mercado se dispersaram assim que os primeiros tiros foram ouvidos, e os aldeãos e as crianças só voltaram às barraquinhas e às cestas de peixe muito depois. O comandante não perdeu a compostura em meio ao ataque, pensando apenas — conforme relataria mais tarde — na morte, na esposa, no filho por nascer e na pátria.

Os guardas amarraram as mãos do jovem agressor mas não precisaram bater nem o tratar com violência, pois Hasan não tentou resistir quando o conduziram a uma das carruagens que logo apareceram no local, levaram-no para a antiga Sede do Governo (que ainda era território do Sami paxá) e o trancaram na segunda das três celas apertadas e vazias que ficavam de frente para as salas de interrogatório, num corredor no térreo.

O ataque contra o comandante Kâmil, herói da independência de Mingheria, tinha ocorrido mais ou menos na hora das orações do meio-dia (embora não houvesse mais chamados à oração). O presidente queria visitar o mercado antes que ele fechasse. Mas apenas seu vice e o servidor do primeiro andar do Splendid Palace sabiam que ele estaria lá naquele momento. Teria sido mera coincidência? Afinal, o Bonkowski paxá também fora assassinado num encontro parecido, fortuito.

Quatro horas depois, uma reunião no primeiro andar do Splendid Palace, à qual compareceram o ministro-chefe Sami paxá e o vice-presidente Mazhar, resultou numa série de decisões "radicais" postas em prática naquela mesma noite. Os historiadores nacionalistas que gostam de traçar paralelos entre a modesta Revolução Mingheriana e alguns dos acontecimentos mais relevantes da história mundial comparam aqueles dias ao Período do Terror jacobino da Revolução Francesa. Realmente existem semelhanças, tanto na utilização dos processos judiciais e execuções para subjugar a população como no surgimento de uma vontade política alicerçada na convicção de que os "ideais da revolução" só dariam certo se os opositores fossem enfrentados na base da violência.

O Sami paxá não convidou o doutor Nuri — que sempre recomendava moderação — para a reunião no gabinete do comandante. O comandante, por sua vez, não perguntou pelo médico e príncipe consorte, tampouco mandou alguém buscá-lo. (Talvez o considerassem um típico homem de Istambul, talvez próximo demais do regime otomano, vai saber.) A ausência do ministro de Quarentena doutor Nuri não só contribuiu para que medidas e decisões mais duras fossem tomadas e para que um número maior de sentenças de morte fossem proferidas, mas também privou a princesa Pakize — e a nós também — de ser uma fonte direta dos acontecimentos. Ao escrever sobre a fase do "Terror jacobino" da Revolução Mingheriana, portanto, tivemos que nos fiar menos nas cartas da princesa Pakize e mais nos relatos de outras testemunhas.

O Sami paxá soube que embora o jovem assassino continuasse a guardar silêncio apesar de toda a pressão que lhe faziam, não foi preciso muito para descobrir que ele era de uma família que chegara de Creta três anos antes. Sua família tinha se instalado no povoado Nebiler, no norte da ilha, e trabalhava no cultivo de rosas. Os povoados onde Ramiz e os comparsas haviam se refugiado ficavam na mesma área. O menino estava fadado a confessar tudo em breve, mas de qualquer forma o Sami paxá não tinha dúvida de que Ramiz estava por trás do caso.

Se o médico e príncipe consorte Nuri quisesse seguir as orientações de Abdul Hamid e procurar mais pistas e indícios "ao estilo Sherlock Holmes", estava livre para fazê-lo. Mas de acordo com o Sami paxá, dessa vez não podiam deixar que nada impedisse a ação da justiça, pois todos tinham visto Ramiz na semana anterior, arma em punho, encabeçando a invasão em que seis pessoas morreram — inclusive alguns dos comparsas do próprio Ramiz, o zelador e agitador Nusret e o novo governador de Istambul. Aos olhos do povo, só isso já seria mais do que suficiente para justificar o enforcamento de Ramiz e seus cúmplices. Ademais, era provável que ele estivesse por trás dos assassinatos bárbaros do inspetor-chefe de Saúde Pública do Império Otomano, Bonkowski paxá, e do cunhado do presidente-comandante Kâmil e grande soldado Majid efêndi, tudo com o objetivo de enfraquecer a quarentena e destruir o povo mingheriano. A incapacidade da administração otomana de punir esse monstro que tinha o hábito de matar as pessoas era sinal de fragilidade.

"Mostrar alguma misericórdia por esse bandido impenitente pode causar ainda mais mortes e acabar nos custando a própria vida."

O vice do presidente, o Mazhar efêndi, disse que o julgamento da invasão à Sede do Governo poderia começar assim que fosse colhido o depoimento de Ramiz e seus comparsas, com aplicação das sentenças na manhã seguinte. Todos os participantes da reunião do primeiro andar do Splendid Palace entenderam que haveria outras execuções além da de Ramiz. Era um desejo tácito da maioria que isso acontecesse imediatamente. Mais tarde diriam que o presidente tinha sido decisivo para a aprovação dessas resoluções difíceis, mas que ele não queria que essa informação viesse a público.

Ficou combinado que seriam convertidas em hospitais seis fraternidades — entre elas, a Rifai e a Zaim — que vinham gerando problemas para o Sami paxá, para os médicos e a Brigada de Quarentena. Soldados da brigada e representantes de bairro seriam enviados aos prédios e terrenos dessas fraternidades para montar centros que acolheriam e tratariam doentes acometidos pela peste, e talvez algumas fraternidades tivessem que ser totalmente esvaziadas. Castigos ainda mais duros seriam impostos contra quem obstruísse o trabalho dos soldados ou fosse flagrado burlando as medidas restritivas, e uma casa em Taşçılar — bairro densamente habitado por migrantes de Creta — seria incendiada com o lixão que havia ao lado, já que todas as tentativas de desinfetá-la haviam se mostrado inúteis.

O Sami paxá também mandou que isolassem duas ruas do bairro de Çite — onde a epidemia era mais forte e o número de mortes não caía de jeito nenhum. Há quem sugira que as medidas determinadas nesse dia e executadas por soldados armados acabariam contribuindo para a situação já catastrófica da ilha, e até certo ponto quem diz isso tem razão. Foi sem dúvida uma jogada totalmente equivocada e até primitiva proibir todas as feiras de aldeãos em Arkaz apenas por esse ter sido o local do último assassinato. Essa mesma decisão fomentaria a raiva e a fome que acabariam surgindo. Mas também somos capazes de compreender por que os governantes da ilha começaram a ter a sensação de que agora não havia mais nada que pudessem fazer além de recorrer à violência e à brutalidade patrocinadas pelo Estado.

O detalhe com o qual todos concordam é que a esposa do comandante, Zeynep, ficou consternada com o assassinato do irmão Majid. Deve ter pressionado bastante o comandante Kâmil para que ele se vingasse do ex-noivo.

Um dos motivos pelos quais o Sami paxá estava disposto a demonstrar certa inclemência, não posta em prática nem mesmo durante o Motim do Navio de Peregrinos, era que o minúsculo Estado de Mingheria já não podia contar com a proteção que o Império Otomano — mesmo sendo "o homem doente da Europa" — sempre lhe dera. Mingheria podia muito bem ser um

Estado livre e soberano, mas estava por conta própria... Esqueçam os britânicos e os franceses; se um navio pirata qualquer desembarcasse duzentos homens armados na costa norte da ilha e o Exército improvisado atravessasse as montanhas e baixasse em Arkaz, o Sami paxá e as tropas destreinadas e inexperientes da caserna teriam dificuldade em detê-los, mesmo sendo numericamente mais relevantes, e o recém-nascido Estado de Mingheria seria destruído e apagado do palco da história antes de sequer completar um mês, sem que restasse ninguém para lembrar que um dia existira uma "nação mingheriana". O Sami paxá acreditava que se a quarentena malograsse, era provável que algo assim acontecesse.

Durante o julgamento, cujo desenlace já havia sido decidido previamente, Ramiz alegou que só tentara ajudar o novo governador a assumir, que havia tomado aquela atitude porque a considerava indispensável tanto à sobrevivência da população da ilha — mais tarde também usaria o termo "mingherianos", afinado ao clima nacionalista — como à obediência do povo às medidas de quarentena, que nem seu irmão nem nenhum cônsul haviam lhe dado nenhuma orientação, e que fizera o que fizera apenas por convicção pessoal. Nunca almejara servir ao opressor otomano. Ramiz e seu bando se sentiam tão à vontade com a ideia de matar em nome das causas nas quais acreditavam que não viam nisso nenhum dilema ético — sobretudo se as vítimas fossem cristãs. Invadiram e saquearam inúmeros povoados no norte e já tinham matado muita gente por lá.

O tribunal sentenciou Ramiz, organizador da invasão à Sede do Governo, e todos os comparsas, à pena de morte, exceto o mais jovem deles, que se rendera. O juiz (e antigo *kadı*) que normalmente teria conduzido o processo era o Muzaffer efêndi, enviado de Istambul para lidar com casos importantes que envolvessem assassinatos, ferimentos graves, raptos de moças para casamento e vendetas, sem que fosse preciso recorrer às cortes da capital do império, mas naquela ocasião o Muzaffer efêndi estava na Torre da Donzela, para onde fora enviado no meio da noite com o prefeito pouco revolucionário de Teselli, Rahmetullah efêndi, então o Sami paxá mandou seu landau blindado buscar o idoso Christofi efêndi, da abastada família Yannisgiorgis, que o paxá conhecia por intermédio do cônsul francês e que por acaso era a única pessoa da ilha que tinha estudado direito na Europa (em Paris, mais especificamente), e que fosse levado à antiga Sede do Governo e atual Sede Ministerial, e quando o idoso chegou ele foi encarregado de por favor fazer a gentileza de proceder a um julgamento "ao estilo europeu". Eram os mesmos assassinos que haviam conspirado para matar os valentes médicos e agentes de quarentena da ilha só para lhes saquear os recursos, minerais preciosos, peixes e óleo de rosas, além de explorar seu povo e intensificar a epidemia de peste que havia preparado o terreno para a intervenção das potências estrangeiras.

O julgamento, observou o Sami paxá, deveria pôr tudo isso na linguagem da lei. O Christofi efêndi supunha ter sido convocado para redigir a sentença em francês, mas quando descobriu que as línguas oficiais provisórias do novo Estado eram o grego e o turco, redigiu um texto magnífico em turco jurídico moderno, aprendido depois de muitos anos em Istambul atuando como advogado em rixas comerciais entre "estrangeiros". Tinha dedos longos, finos, e letra bonita.

O ministro-chefe e ex-governador Sami paxá enviou ao Splendid Palace as ordens de execução para que o comandante Kâmil as assinasse; duas horas depois, o mensageiro e o servidor que as levaram ao presidente voltaram com o documento sem a assinatura e com um bilhete: segundo a Constituição que estava sendo elaborada para Mingheria, quem tinha autoridade para aprovar sentenças de morte era o ministro-chefe, não o presidente do Estado. Em outras palavras, a assinatura necessária antes que as execuções fossem levadas a cabo era a do ministro-chefe Sami paxá, não a do presidente Kâmil.

O Sami paxá não censurou o presidente por se proteger e habilidosamente jogar a responsabilidade final no colo do ministro-chefe; pelo contrário, ele entendia por que isso era necessário. O único modo que todos tinham de sair vivos daquela situação era que ele — o jovem herói brilhante — fosse amado por todos os moradores da ilha. Mas atento à ira que teria de enfrentar, e porque ainda lhe restava um pingo de misericórdia, o Sami paxá transformou três das penas capitais em prisão perpétua e assinou apenas a ordem de execução de Ramiz e de dois cúmplices. Com a consciência tranquila de um homem que acabara de poupar três pessoas da "corda", o Sami paxá se dedicou a fazer o possível para garantir que os outros três — inclusive Ramiz — fossem executados de uma vez.

Ramiz e os cúmplices sabiam que agora que Mingheria era um país independente, sentenças de morte não precisavam mais ser aprovadas por Istambul, podendo ser cumpridas a qualquer instante. O que estariam pensando?

O Sami paxá sempre se deleitara ao ouvir dos carcereiros do império histórias e lembranças da "última noite de um condenado". Os prisioneiros prestes a ser executados passavam a noite em claro, com a esperança de obter o perdão de Abdul Hamid, e na maioria dos casos as penas de fato eram convertidas em prisão perpétua.

Houve um instante em que o Sami paxá sentiu o ímpeto quase incontrolável de chamar o landau blindado para fazer uma visita noturna a Ramiz no castelo. Mas também entendia que se sucumbisse e perdoasse aquele canalha, ninguém mais levaria a sério o novo Estado e sua tentativa de quarentena, e não só ele ofenderia o comandante como talvez também caísse em desgraça aos olhos dele, assim como caíra em desgraça aos olhos de Abdul Hamid.

Não pregou os olhos a noite inteira. A certa altura, o vice do comandante Kâmil, Mazhar, irrompeu no gabinete: "O sujeito do chapéu cilíndrico de feltro está aí, o Nimetullah efêndi! O xeque pede que o irmão seja poupado e diz contar com a piedade do senhor!".

"O que o senhor acha?"

"O presidente concorda que só teremos paz se nos livrarmos desses salafrários... Mas o Nimetullah efêndi é um homem sensato... Seria de bom-tom recebê-lo."

"Então cadê ele?"

Já passava da meia-noite quando o Sami paxá saiu do gabinete, desceu a escada ampla na qual um lampião a gás quase apagado projetava sombras longas e misteriosas, viu o subcomandante da fraternidade Halifiye, Nimetullah, sentado ao lado da entrada da antiga Sede do Governo e atual Sede Ministerial, e lhe disse que, embora sentisse muito, não poderia fazer nada, pois os tribunais da Mingheria livre eram independentes.

"Sua Santidade, o xeque, não defende os atos de Ramiz... Mas saiba que caso o senhor o execute, quem ama o xeque já não amará mais o senhor."

"Amor é problema do coração...", disse o Sami paxá num momento de inspiração. "O xeque Hamdullah, que governa tantos corações, tem razão quanto a isso, como tem em tudo. Mas não se esqueça que nem Abdul Hamid conseguiu impedir a morte do Mithat paxá. O senhor também deve se lembrar de que ao contrário de Sua Santidade, o xeque, meu dever não é reinar no coração das pessoas, mas manter o barco à tona e fazer com que o povo saia vivo dessa tempestade. Em momentos difíceis, pode ser mais proveitoso assustar as pessoas do que tentar conquistar o coração delas."

450

Como se fosse um mero funcionário e não o ministro-chefe, o Sami paxá acompanhou o Nimetullah efêndi, o do chapéu cilíndrico de feltro, até a porta e mandou lembranças ao xeque Hamdullah. Estava prestes a subir novamente quando o Mazhar efêndi informou que a carruagem com os condenados acabara de sair do castelo e estava a caminho da praça da Sede do Governo. Şakir, o carrasco, chegara à tarde e tomara seu vinho numa resignação silenciosa. O Sami paxá se deu conta de que, mesmo se voltasse a seus aposentos e tentasse dormir, não conseguiria, e portanto ficou no gabinete. Se estivesse com Marika, pelo menos tomaria um pouquinho de conhaque até o amanhecer.

Os três condenados haviam feito suas abluções com esmero e orado pela última vez na pequena mesquita dentro do castelo. Sob as árvores e junto às vitrines dos comércios da praça, reuniam-se os guardas e gendarmes enviados pelo Mazhar efêndi em nome do novo governo, além de vários servidores, alguns dos quais convocados pelo Sami paxá para testemunhar as execuções e anunciá-las ao público. Era tamanha a falta de jeito do carrasco bêbado ao amarrar as mãos dos prisioneiros e vesti-los com a bata branca de execução (que a mãe dele havia costurado) que quando tudo estava pronto já era dia e os gendarmes precisaram bloquear as ruas que davam na praça. Já não havia carruagens nas redondezas, de qualquer forma, pois a peste vitimara os cocheiros, e ninguém tinha negócios tão urgentes a ponto de precisar de um desses veículos. As nuvens pretas, agourentas, que pairavam sobre Arkaz, pareciam ter afugentado todo mundo e, com peste ou sem peste, as ruas estavam totalmente desertas.

Embora o Mazhar efêndi tivesse lhe dito que Ramiz devia "ir primeiro", o algoz insistiu, com uma teimosia inexplicável, em deixá-lo por último. Quando Ramiz enfim se deu conta de que não seria perdoado, soltou um berro — "Zeynep!" — de que nenhum dos presentes na praça naquele dia jamais se esqueceria, depois caiu do banquinho onde lutava para se apoiar e se sacudiu no ar. Contorceu-se e se debateu por um tempo, e só quando morreu o corpo dependurado finalmente se aquietou.

58.

Os patíbulos haviam sido montados no centro da praça da Sede do Governo. (Hoje o local abriga um parque onde rosas mingherianas florescem em diversas cores, e a maioria das pessoas interessadas na história mais recente da ilha não sabe que outrora homens eram enforcados ali, seus corpos exibidos para quem quisesse ver.) Quem parasse junto à inacabada Torre do Relógio ou até na Mesquita Nova ou na barbearia de Panagiotis e olhasse para a avenida Hamidiye, nivelando o olhar pela fileira de tílias, veria os três corpos dependurados feito borrões pálidos na praça da Sede do Governo.

Os cadáveres de bata branca ficaram balançando por três dias. O vento do sul que soprava do castelo fazia girar lentamente os corpos presos às grossas e oleosas cordas de cânhamo e agitava a bainha das calças pretas que os condenados vestiam com a bata branca, e essa visão impactava as pessoas, como era a intenção do Sami paxá, e elas diziam a si mesmas que prestariam mais atenção às medidas de quarentena. A única descrição que temos dessa cena pavorosa está no livro de Yannis Kisannis, *O que eu vi*. Nesse relato, descobrimos que embora o pequeno Yannis não conseguisse ver os borrões brancos ao longe, em sua imaginação eles se tornaram ainda maiores e mais aterrorizantes. É um livro repleto de informações úteis, mas infelizmente também é coalhado de opiniões contra os turcos e contra o islã, com inúmeros comentários sustentando que o novo governo da ilha havia adotado o manto da opressão otomana, e que a única coisa que os otomanos sabiam fazer era enforcar pessoas.

Nos dias em que não ventava, a capital tinha um cheiro ainda mais forte de morte, cadáveres e madressilva, e em pouco tempo o silêncio da peste também já era dominante, sua presença ainda mais perceptível no breu da noite. As pessoas escondidas dentro de casa, sentadas o dia inteiro atrás de portas trancadas, falavam apenas aos cochichos. Já não se ouvia mais o som dos apitos e dos motores ecoando entre os cumes irregulares próximos do porto, na época em que os navios a vapor iam e vinham; o barulho das âncoras entrando e saindo da água; o fragor das carruagens e dos cascos dos cavalos. Fazia muito tempo que não eram acesas as tochas em volta das docas e nos hotéis das cercanias, ao longo do quebra-mar e na rua Istambul. Como os coiotes preferiam usar as angras rochosas isoladas para suas atividades, até os barqueiros e os aventureiros da ilha tinham parado de frequentar o porto. As batidas policiais noturnas na casa de membros de seitas tinham deixado as pessoas assustadas e intimidadas. A maioria já não saía de casa após o anoitecer. Os gemidos melodiosos das carruagens, dos carros de bois e dos faetontes cruzando as pontes e dobrando as esquinas das ladeiras também haviam se calado. O mesmo acontecera com o blá-blá-blá sussurrado, alegre, das pessoas indo para casa e fechando a porta no fim da tarde. De vez em quando ainda se ouvia a gritaria das crianças, mas até a algazarra feliz parecia estar emudecida. Era um silêncio denso demais para ser explicado apenas pela ausência de sinos de igreja e chamados à oração.

Nas ruas, as únicas pessoas que se viam depois que escurecia eram vândalos solitários, arrombadores errantes, burladores da quarentena, pessoas fugindo de médicos e hospitais e todo tipo de lunático e louco, portanto os guardas e sentinelas da cidade geralmente prendiam — e às vezes espancavam — qualquer um com quem cruzassem durante a noite, e quem era preso só era solto passados alguns dias.

O marido da princesa Pakize não queria assustá-la, por isso não lhe contou das execuções nem mencionou os três cadáveres pendurados na forca à porta da casa deles. As janelas da casa de hóspedes não tinham vista para a praça, mas para o castelo, o porto e o mar azul reluzente. Ainda assim, a princesa Pakize percebia pela quietude ao redor que alguma coisa extraordinária devia ter acontecido. De seu quarto, ouvia os lamentos embriagados que pontuavam as noites silenciosas da peste. Em uma de suas noites de insônia, ela escreveu que até o canto do galo que costumava acordá-la de manhã parecia ter se calado. Isso foi dois dias depois das execuções. A princesa Pakize notava que mesmo nos dias mais tranquilos, em que não havia nem sequer uma brisa, o murmúrio suave, reconfortante, da água na areia fina não perdia a força. Os outros ruídos da noite vinham de cães, corvos e gaivotas da ilha. Enquanto dormitava de noite, a princesa Pakize, assim como muita gente de Arkaz, sentia a presença de ouriços, cobras e sapos se movimentando na escuridão, indo de um jardim para o outro.

No decorrer dos anos em que ficara confinada no harém do palácio, a princesa havia entendido a importância de observar cada objeto, cada planta, nuvem, inseto e pássaro. Em sua estadia na casa de hóspedes da Sede do Governo mingheriano, tinha dado atenção "especial" a um corvo que aparecia "regularmente" na sua janela. Quando pequenas, a princesa Pakize e as irmãs dividiam as pessoas em "apaixonadas por corvos" e "apaixonadas por gaivotas". Ela preferia as gaivotas — admirava a liberdade delas e o corpo branco e elegante — e não gostava de corvos, que até podiam ser mais inteligentes, mas eram barulhentos, impertinentes e resmungões. No entanto, em pouco tempo ela se apegou àquela "criatura solene, majestosa" que aparecia no fim da tarde, e gostava de contemplá-la. O corvo ia à janela da princesa Pakize todo dia e retribuía seu olhar.

Às vezes as penas de sua cabeçorra resplandeciam ao sol. Nunca emitia aqueles grasnidos horrendos, rabugentos, próprios dos corvos; em geral ficava em silêncio. Suas plumas eram de um preto retinto em certos pontos e acinzentadas em outros, e os pés rosa-escuros eram tão feios que a princesa Pakize ficava incomodada. Enquanto a princesa escrevia cartas, o corvo mantinha a cabeça imóvel, fitando com aparente admiração a ponta da caneta, a tinta gotejando letra a letra no papel e deixando em sua esteira palavras e frases. Talvez a princesa Pakize tivesse se apaixonado pelo corvo preto. Sempre que o doutor Nuri entrava no quarto, o pássaro grande e escuro desaparecia.

Mas um dia ele ficou, "quase como se" desejasse se exibir ao príncipe consorte. Quando reparou nos olhares amorosos que o pássaro lançava para a esposa, o doutor Nuri comentou com frieza: "É o mesmo corvo que vive aparecendo na janela do Sami paxá!".

"Deve ser outro!", a princesa Pakize respondeu, num inesperado ataque de ciúme.

Mais adiante os leitores saberão que ela contou à irmã o resto da história desse corvo em uma carta escrita muito tempo depois. Pois até então a princesa Pakize já havia compreendido que, embora o marido fosse ministro do novo governo provisório da ilha, todas as cartas que escrevesse continuariam a ser interceptadas e lidas por alguma pessoa.

Na primeira oportunidade em que ficou a sós na casa de hóspedes, a terceira filha do sultão Murade V se vestiu, cobriu a cabeça, desceu a escada larga da Sede do Governo, seguiu a colunata do primeiro andar que cercava o pátio interno e parou junto à janela que dava para a praça, por onde espiou na expectativa de ver o corvo do Sami paxá.

Mas em vez do pássaro solene e majestoso que esperava encontrar, avistou três forcas de onde pendiam três cadáveres de bata branca, e embora nunca tivesse visto nada parecido, soube logo quem eram.

Assim que voltou à casa onde estava isolada havia dois meses e meio, ela vomitou e passou alguns instantes se perguntando se não estaria grávida, mas ao se dar conta de que seu corpo devia estar reagindo à morte e não a uma criança no ventre, ela sentou e chorou. Mais tarde entendeu que tamanha tristeza não fora provocada apenas pelos corpos, mas também pela sensação de tanto tempo longe do pai e das irmãs e de Istambul.

"Que vergonha!", ela disse ao marido quando ele voltou para a residência. "Ocorreram barbaridades bem na nossa porta e você passou esse tempo todo escondendo esse horror de mim. Nem meu tio teria chegado a esse ponto."

"De fato, seu tio raramente concorda com execuções em qualquer um de seus territórios. Ele chegou a converter a pena de morte do Mithat paxá em prisão perpétua. Mas o estranho é que depois ele ordenou que o paxá encarcerado fosse assassinado na fortaleza de Ta'if."

"Eu preferiria estar em Istambul e viver com medo do meu tio a continuar aqui sob o domínio de um governante capaz de tais horrores."

"Compreendo tanta saudade de Istambul, minha querida!", o marido disse em tom respeitoso. "Mas mesmo que a peste termine logo e a quarentena seja encerrada, me pergunto se poderíamos voltar para Istambul quando bem entendermos. Com certeza antes teremos que obter a permissão do seu antigo guarda-costas... nosso novo presidente. Pois não é o governador que você mencionou antes quem detém o poder agora, é o marido de Zeynep."

"Então vamos fugir juntos. Me leve embora daqui."

"Você sabe como o meu senso de responsabilidade aguçado me amarra a esta ilha e a seu povo", disse o doutor Nuri. "E sei que você também pensa assim. Você gosta dos turcos e muçulmanos que vivem aqui, e não só deles, mas dos gregos e de todos os outros... E sei que quer ajudá-los de alguma forma, assim como eu. Além disso, mesmo se não tivéssemos um dever humanitário para com essa gente, seria bem difícil voltar para Istambul agora. Afinal, eu mesmo tenho colaborado, ainda que só com questões humanitárias e médicas, com um Estado soberano que se separou do grande império. Não acho que a sua situação seria muito diferente. Quando tudo isso acabar, seu tio, o sultão, vai ter que primeiro nos perdoar para que possamos pensar em voltar para Istambul."

Agora que os assuntos da "traição" e da impotência dos dois tinham sido abordados, a princesa Pakize caiu no choro. O doutor Nuri a abraçou, beijou a pele de maciez espantosa atrás daquelas orelhas e inspirou o cheiro doce do cabelo dela.

Isso fez a princesa Pakize chorar mais ainda. Procurou na bolsa um lenço que uma das senhoras do harém de seu pai tinha bordado com flores e com ele enxugou as lágrimas das faces bochechudas e dos olhos de menina.

"Então imagino que sejamos prisioneiros aqui...", ela disse.

"Você também era prisioneira em Istambul..."

"Por que é que você está se envolvendo nas intrigas políticas dessa gente? Meu tio mandou você para cá para conter a peste, não para instaurar um novo Estado."

"E por que seu tio te mandou para a China comigo? Por que mandou você e o major de Alexandria para esta ilha infestada de peste?"

Esse era o tema predileto deles desde que souberam que iriam à China com o Comitê de Orientação, e agora falavam dele mais uma vez, procurando não ferir os sentimentos um do outro. Quando o doutor Nuri ressaltou que a outra razão para o sultão tê-lo mandado para a ilha era descobrir quem havia cometido os assassinatos, a princesa Pakize retrucou: "O verdadeiro assassino é quem mandou aqueles homens para a forca!".

Tendo observado que na verdade era seu antigo guarda-costas quem estava por trás das execuções, e que Ramiz também não era nenhum anjo, o doutor Nuri lembrou à esposa que o tio dela dera as primeiras sentenças de morte após o jornalista Ali Suavi e comitiva entrarem uma noite no palácio numa tentativa frustrada de devolver o trono a seu pai, Murade V. A princesa não era então nem nascida. No começo daquele mesmo ano, um grupo de maçons fora flagrado tramando invadir o Palácio Dolmabahçe pelas galerias subterrâneas para reentronizar Murade V. Depois de ter a cara de pau de anunciar no próprio jornal que planejava uma operação para o dia seguinte, Ali Suavi (cujos passos eram monitorados pelos espiões de Abdul Hamid) navegou até o Palácio Çırağan com mais de uma centena de homens armados que brandiam bastões, quebrou suas defesas e conseguiu chegar até Murade V, que estava informado dos planos dos rebeldes e já tinha trocado de roupa para se preparar para o momento em que finalmente retomaria o trono. Porém, no fim das contas, os guardas de Abdul Hamid haviam revidado o ataque, e Ali Suavi e a maioria dos comparsas acabaram mortos. O corpo de Ali Suavi recebera golpes de bastão e estava cravejado de balas. Quase todos os invasores eram pobres refugiados balcânicos de Plovdiv que haviam perdido casas e terras na Guerra Russo-Turca de 1877-78 e que foram obrigados a fugir para Istambul. Se o pai da princesa Pakize reconquistasse o trono, os otomanos mais uma vez declarariam guerra contra a Rússia e a Europa, e quando retomassem todos os territórios perdidos devido à incompetência de Abdul Hamid, os muçulmanos balcânicos que agora enchiam as ruas de Istambul poderiam voltar às terras ancestrais.

"O coitado do meu pai não sabia da tramoia!", disse a princesa Pakize. "Mas foi por causa desses invasores que fomos isolados na mansão onde eu nasci, e as restrições às nossas vidas foram endurecidas para impedir que meu querido pai e meu irmão, o príncipe, se encontrassem com qualquer pessoa de fora."

Na verdade, a princesa Pakize se incomodava quando o marido criticava a dinastia otomana e falava deles no mesmo tom depreciativo que ela mesma empregava sempre que se referia a Abdul Hamid, e ela teve o ímpeto de botar o príncipe consorte no lugar que lhe cabia — porque, afinal, tinham sido esses mesmos otomanos que lhe haviam permitido entrar para a família e que o tinham casado com a filha de um sultão.

"Se vai ser tão difícil voltarmos a Istambul, imagino que já não tenha importância cumprir as ordens do meu tio e encontrar quem matou o Bonkowski paxá e o assistente dele, então faria mais sentido a gente parar de tentar imitar o Sherlock Holmes de uma vez por todas!", ela disse, conseguindo partir o coração do marido.

Uma consequência positiva dessa interminável discussão foi que, a fim de agradar a esposa, o novo ministro de Quarentena pediu uma audiência com o ministro-chefe Sami paxá, durante a qual argumentou que os esforços para conter o surto se beneficiariam se os patíbulos e os cadáveres fossem retirados da praça da Sede do Governo.

"O senhor acha?", perguntou o Sami paxá.

A quantidade de gente que visitava a fraternidade Halifiye para prestar condolências ao xeque Hamdullah pela morte do irmão só aumentava. Esses devotos não receavam se contaminar e podiam passar horas na fila em frente à fraternidade, e a maioria voltava para casa sem sequer ver o xeque de longe. O Sami paxá desconfiava que todas as pessoas que haviam se recusado a ir à praça da Sede do Governo para ver os cadáveres estavam fazendo questão de visitar a fraternidade do xeque Hamdullah.

"O comandante Kâmil volta e meia fala, e com toda razão, da honradez e da dignidade do povo mingheriano, e do respeito que merece receber de todas as outras nações", disse o doutor Nuri. "Mas se continuarmos exibindo esses enforcamentos, os mingherianos vão ser vistos como uma gente perversa, afeiçoada demais à corda."

"Então, quando cem anos atrás os franceses guilhotinaram os reis, os ricos e qualquer um que catassem nas ruas, estava tudo certo, mas quando começamos a punir assassinos inveterados e separatistas traiçoeiros que tentam sabotar nossa quarentena, os errados somos nós…", objetou o Sami paxá.

A camaradagem entre o Sami paxá e o doutor Nuri evitou que a desavença entornasse. O doutor Nuri explicou que corvos e gaivotas que ciscavam cadáveres e ratos mortos podiam espalhar a doença sem adoecer. É verdade que o Sami paxá tinha visto seu corvo bicar os olhos, narizes e orelhas dos corpos; mas o que ele não entendia era como aqueles pássaros tinham medo de espantalhos e não de cadáveres humanos.

59.

Em momentos diferentes do dia, o comandante Kâmil paxá andava pelas ruas de Arkaz com os guarda-costas a reboque. Só saía do Splendid Palace para esses passeios, e não ia mais às reuniões sobre a quarentena na antiga Sede do Governo. Após os conclaves diários na Sala de Epidemia, o doutor Nuri — também acompanhado de seguranças — ia a pé da Sede Ministerial ao hotel Splendid para transmitir as últimas notícias ao comandante Kâmil. Duas semanas depois da declaração de liberdade e independência, o número de mortes ainda não havia caído; na verdade, continuava crescendo.

O doutor Nuri e o comandante conduziam as avaliações diárias debruçados sobre um mapa da cidade, como faziam outrora. Mas o mapa era outro, cópia daquele que ficava na Sala de Epidemia. Eles o esticaram sobre a elegante mesa de nogueira no gabinete do comandante, sobre a qual jazia também um castiçal que haviam pegado do "Clube Londres" do hotel. Antes de começarem a assinalar as casas onde novas vítimas da peste haviam sido encontradas, o doutor Nuri dava uma breve explicação a respeito do local onde o surto estava no auge. Mas como um servidor carrancudo já aparecia duas vezes por dia para atualizar o comandante sobre os índices de mortalidade, sempre crescentes, nas reuniões com o doutor Nuri o presidente não ficava sabendo de nada que já não soubesse, tampouco dava alguma sugestão ou recomendação para conter a epidemia.

Os cônsules e burocratas que acompanhavam os acontecimentos à distância achavam muito conveniente que o comandante — ao contrário do antecessor Sami paxá — deixasse nas mãos dos médicos e agentes de quarentena da ilha a missão de combater a peste. Depois o doutor Nuri contava à esposa, em tom crítico, que enquanto sua mãozinha deslizava sobre o mapa e pairava sobre o bairro de Germe ou a avenida Hamidiye, o comandante parecia mais interessado em imaginar os nomes com que batizaria esses logradouros. A princípio, tinha pensado em trocar o nome da praça da Sede do Governo para praça da Liberdade, mas depois que Ramiz e seus cúmplices foram deixados aos corvos e as pessoas pararam de frequentar o local, ele cogitou chamá-la de praça da Independência, até que por fim se decidiu por praça Mingheria. Quanto à avenida Hamidiye, o comandante Kâmil queria rebatizá-la de boulevard Mingheria. Havia rejeitado a sugestão do vice, o Mazhar efêndi, de nomeá-la boulevard Comandante Kâmil Paxá, declarando que jamais deixaria de ser um homem do povo, e insistindo que nunca permitiria que uma coisa dessas acontecesse — "enquanto eu estiver vivo, jamais...".

Cronistas oficiais dos primórdios do Estado mingheriano mencionam as duzentas e setenta e nove ruas, praças, avenidas e pontes que o comandante Kâmil rebatizou ao longo daquelas noites e dias de peste. Ele também nomeou todo tipo de pracinha e beco que nunca tinha tido nome antes da declaração de liberdade e independência da ilha. O ministro dos Serviços Postais Dimitris efêndi ressaltava a quem quisesse ouvir a utilidade, para o serviço de correspondências registradas e a entrega de cartas e pacotes, que lugares antes sem nome pudessem finalmente ser chamados de alguma coisa, e que era incrível que isso nunca tivesse sido feito no regime otomano, mas finalmente agora acontecia sob o novo regime, quando sua esposa e depois ele próprio foram parar no Hospital Theodoropoulos acometidos pela peste, forçando a interrupção dessas atividades por um tempo (durante o qual vários nomes de ruas gregos também sofreram alterações) e estimulando o comandante a formar um novo comitê para tratar da questão. Após o falecimento do Dimitris efêndi, o comandante pediu que se pendurasse uma fotografia enorme do antigo diretor dos correios ao lado do próprio retrato no cavernoso salão da agência dos correios. O fato de essa fotografia, tirada por Vanyas, continuar exatamente no mesmo lugar onde foi pendurada no Prédio dos Correios há cento e dezesseis anos é mais uma prova do apego dos mingherianos à própria história e identidade.

Leitores da correspondência da princesa Pakize perceberão que, ao contrário do que os historiadores oficiais de Mingheria fariam mais tarde, seria um erro ressaltar o então suposto "republicanismo" do comandante. O comandante Kâmil vivenciou a grande revolução e a transformação que fez de Mingheria como uma fonte extremamente pessoal de felicidade, e enquanto levava adiante os esforços para reformar o país segundo os conceitos da modernidade e do nacionalismo, ele dizia a todos que o rodeavam, a sério e talvez com certa ingenuidade, que fazia aquilo tudo pelo filho (tinha certeza de que o bebê era menino). Ele daria à criança um nome mingheriano puro, autêntico. A escolha do nome era importantíssima, pois teria um papel central na história de Mingheria mesmo após a morte do comandante, e seria um exemplo perfeito de nacionalismo sentimental.

Vez por outra o comandante subia para ver Zeynep, contava seus sonhos e ambições e perguntava com angústia se ela estava bem e se estava tudo dentro dos conformes com o bebê. A gravidez tinha amenizado a raiva de Zeynep com o mundo, deixara sua pele mais viçosa, seu sorriso mais luminoso e seu rosto ainda mais lindo.

Como rejeitara a lista inicial de nomes mingherianos tradicionais elaborada pelo arqueólogo Selim Sahir, o comandante organizou um encontro com indivíduos conhecidos por cultivar o interesse pelo antigo mingheriano. Uns eram amigos de infância, outros, pessoas que o escrutinador-chefe vigiara quando atuara como chefe do Departamento de Inteligência, tratando-os como separatistas e subjugando-os com ameaças de encarceramento. (O escrutinador-chefe sempre tinha sido bem mais implacável com os separatistas gregos.) Mesmo com medo de serem incriminadas e terem suas coleções confiscadas, essas pessoas haviam passado anos a fio reunindo objetos e palavras mingherianas com um entusiasmo pueril, folclórico. Quando convocadas, a princípio ficaram acanhadas, mas logo elaboraram uma longa lista de palavras, nomes de gente e possíveis nomes de logradouros. Com a ajuda de Hamdi Baba, o presidente também colheu sugestões da Brigada de Quarentena, e foi assim que, pela primeira vez na história, uma das ruas de Mingheria foi batizada em homenagem a um morador da ilha — o próprio Hamdi Baba.

O presidente também organizou reuniões com os herboristas muçulmanos e os farmacêuticos cristãos da ilha (inclusive Nikiforos), os pescadores gregos e os donos de lanchonetes e restaurantes a fim de criar um registro escrito dos nomes mingherianos das ervas medicinais e das soluções farmacêuticas da ilha, seus frutos do mar, espécies de mariscos e termos de remo e navegação, e todos os pratos locais. Essas discussões mais tarde serviriam de base para futuros dicionários mingheriano-turco, mingheriano-grego e mingheriano-mingheriano, o primeiro deles publicado trinta anos depois; a *Enciclopédia mingheriana*, a primeira e única enciclopédia do mundo totalmente dedicada à cultura de uma única ilha mediterrânea, também se valeu dessas discussões.

Esses encontros a respeito da língua, da história e da cultura mingherianas ocorriam no Clube Londres, uma sala no térreo do Splendid hotel, outrora ponto de encontro de cônsules e jornalistas para atualizar as fofocas e cuja enorme porta dos fundos se abria para um jardim tomado por rosas mingherianas cor-de-rosa. Outra ideia que o comandante Kâmil teve foi incumbir a Brigada de Quarentena de recrutar jovens falantes de mingheriano em casa e apresentá-los a estudiosos da língua e da cultura mingherianas. Como é de conhecimento geral entre aqueles que já tentaram reavivar a língua mingheriana falada, o comandante também encarregou seus homens de localizar os bandos de crianças órfãs formados durante o surto de peste, tudo para que a língua delas fosse estudada. Também é verdade que fez planos para que a Brigada de Quarentena "resgatasse" essas crianças em suas novas casas nos vales escondidos atrás dos cumes íngremes da ilha e em seus penhascos quase intransitáveis a fim de garantir que a sua linguagem impoluta fosse preservada para a posteridade, mas o aumento excepcional do número de mortes diárias acabou impossibilitando que esses projetos passionais fossem concretizados.

Durante o período mais árduo das lutas do Sami paxá e do vice Mazhar contra as fraternidades, o presidente pediu ao ministro e outrora escrivão Faik bei que o ajudasse a escolher um nome para o filho a partir de lendas antigas e contos de fadas mingherianos. Propôs organizar dois concursos de poesia, e mandou que o ministro-chefe separasse setenta mecidiyes para premiar o vencedor. O primeiro concurso contaria com poemas sobre liberdade, independência e a ilha, e o poema do vencedor seria musicado e transformado em Hino Nacional Mingheriano. O vencedor do segundo concurso teria seu poema recitado durante as celebrações marcadas para acontecer no dia em que o filho do comandante nascesse.

Infelizmente, suas reuniões com o arqueólogo e especialista na história antiga de Mingheria Selim Sahir foram ofuscadas pela aversão do jovem comandante a esnobes e filhos de paxás. Fazia dois anos que Selim Sahir e sua esposa francesa tinham se mudado para Mingheria. O pai e o avô do arqueólogo eram paxás da corte de Abdul Hamid e ele vivia dizendo "como meu finado pai e meu finado avô diziam..." e outras expressões do gênero. Tinha estudado direito e história da arte na França, trabalhado no Museu Imperial de Istambul e lecionado na universidade dessa capital, e não fazia muito tempo que os amigos de seu falecido pai haviam convencido o grão-vizir de Istambul a lhe confiar a tarefa de renovar a museologia otomana e alçá-la "ao nível dos museus nacionais do Ocidente". Em outras palavras, ele fazia parte de uma nova geração de conselheiros recrutados por Abdul Hamid e pelo Império Otomano que, pela curadoria de museus, apresentaria ao mundo uma imagem mais moderna e europeizada. A princípio, Abdul Hamid não tinha entendido bem o valor das ruínas gregas e romanas espalhadas pelo Império Otomano e muitas vezes as dava de graça a amigos da Europa. Só mais tarde burocratas palacianos e filhos de paxás bem-educados como Selim Sahir conseguiram convencê-lo da verdadeira relevância daquelas rochas e pedras.

Munido de uma licença oficial concedida por Abdul Hamid, Selim Sahir chegara à ilha dois anos antes a bordo do navio cargueiro do Exército *Fazilet* (Virtude) e começara a escavar o sítio arqueológico que ia até o mar em uma das angras a nordeste de Arkaz. O local fora sugerido por seus amigos na ilha. O objeto que estava procurando era a estátua de uma mulher, uma escultura branca feito leite escondida nas profundezas de uma gruta ampla, tenebrosa, de difícil acesso. Gostaria de pegar a estátua, transportá-la para o Museu Imperial de Istambul e torná-la famosa, assim como o diretor do museu, Osman Hamdi bei, fizera quinze anos antes com o sarcófago descoberto em outra gruta antiga em Sidon e imediatamente (e equivocadamente) anunciado como a tumba de Alexandre, o Grande. Os otomanos ainda se viam como uma potência global e eram assim considerados pelo resto do mundo. Mas dada a rapidez com que os planos de nosso arqueólogo para a estátua "deram com os burros n'água", podemos concluir que "o homem doente da Europa" já não era capaz de criar nenhum tipo de museu.

Talvez os fundos necessários não tivessem chegado de Istambul, talvez alguém tivesse dito alguma coisa para provocar a desconfiança de Abdul Hamid, mas fosse qual fosse a razão, os sistemas de guindastes e trilhos necessários para puxar a estátua da gruta subaquática atrasaram muito e a operação inteira se paralisou. O governador, que acompanhara esses desdobramentos por meio de sua rede de informantes, sempre havia morrido de vontade de se dar bem com o Sahir bei e se juntava aos cônsules e aos notáveis abastados da ilha nas festas que o arqueólogo promovia de tempos em tempos em seu palacete alugado. (Foi em uma dessas festas que o Sami paxá provou pela primeira vez a tainha de água doce frita, típica de Mingheria.) O governador sabia, pelo salário generoso e pontual que o Banco Otomano mandava todo mês ao arqueólogo, que ele fora enviado à ilha como espião de Abdul Hamid.

Ao se inteirar de tudo isso pela boca do ministro-chefe Sami paxá, o comandante o convidou para participar da reunião com o arqueólogo Sahir bei.

"Ainda não conseguimos escolher um nome para o nosso filho, mas gostei dos nomes que o senhor propôs dessa vez e resolvi utilizá-los nas ruas de nossa cidade!", disse o comandante, falando como um chefe supremo que tivesse aprendido rápido que parte de sua função era recompensar os subordinados e incentivá-los com elogios. "Mas infelizmente preciso confessar que não ficamos muito satisfeitos com o que o senhor escreveu sobre a história do povo mingheriano."

"Em que sentido?"

"O senhor foi até a Ásia e até o mar de Aral para achar as raízes da nação. Não havia lago nenhum nos contos de fadas que eu ouvia quando era criança, e também nunca houve menção aos asiáticos. Numa época tão complicada quanto esta, em que os mingherianos foram abandonados pelo mundo e obrigados a lidar sozinhos com a peste, em que não têm nada no que se fiar além da própria autoestima, o senhor poderia ao menos nos poupar da história de que provavelmente 'viemos de outro lugar para esta ilha'."

"Eu não tinha pensado por esse lado!", o Sahir bei respondeu. "Mas receio que esse seja o consenso entre os arqueólogos e especialistas em línguas antigas mais ilustres da França e da Alemanha."

"Mas neste momento o povo de Mingheria não quer ouvir que sua verdadeira terra natal é um lugar longe daqui, ou que tinha outra gente vivendo aqui antes, e muito menos ouvir isso de acadêmicos feito o senhor."

"Ninguém admira mais suas façanhas extraordinárias do que eu, *commandant*. Mas não há estudo capaz de mudar a verdade sobre as origens do povo mingheriano."

"As pessoas de Mingheria não são crianças. Elas agora gostam de me chamar de 'comandante'. É a maior honra da minha vida! E aí vem o senhor falar essa palavra em francês como se quisesse ironizá-la."

O Sami paxá percebia, pelo modo como o comandante arengava com o arqueólogo e se recusava a deixar o assunto para lá, que o jovem sentia uma raiva gigante, e que sem a raiva tampouco haveria fervor nacionalista.

"O senhor deve saber que a época dos reis e sultões acabou", o comandante prosseguiu. "Por que o senhor quer pegar uma estátua que é do povo mingheriano e botá-la no museu do sultão em Istambul?"

"A escultura submersa é uma estátua da Rainha de Batanis, uma das tribos mais antigas de Mingheria. Levá-la para Istambul seria uma ótima oportunidade de apresentar a cultura mingheriana ao mundo."

"Pelo contrário, no momento em que ela chegasse a Istambul, eles a atribuiriam a Alexandre, o Grande, ou a algum outro império. Achariam outra civilização mais apreciada pelos franceses. Além do mais, por que a estátua de uma rainha mingheriana iria para Istambul? O senhor vai puxar a escultura usando os recursos que temos aqui e instalar no alto da Torre do Relógio. Tem um mês para fazer isso."

60.

O comandante Kâmil gostava de testar o nome que as pessoas (inclusive sua mãe) sugeriam para seu filho ainda por nascer, sussurrando-o três vezes para o bebê no ventre de Zeynep. Assim que o filho reconhecesse um dos nomes como seu, fatalmente chutaria ou daria cambalhota. O comandante não conseguia parar de olhar para a barriga da esposa (embora ainda estivesse totalmente lisa), seus belos seios redondos e os mamilos cor de morango, e via achando pretextos para "examiná-la". Encostava o nariz em algum ponto de sua pele de aroma adocicado — na barriga, por exemplo — e mexia a cabeça feito um passarinho tentando pegar um tesouro enterrado com o bico. Zeynep contribuía com essas brincadeiras infantis fazendo piadas e jogos criativos, e depois faziam amor alegremente.

Uma tarde, dois dias depois, o presidente subiu a seus aposentos para ver a esposa. O índice de mortalidade continuava estável e ele estava preocupado. Querendo animá-lo, Zeynep o arrastou para a cama. Ele a beijou por um tempo, depois começou, como sempre, a "examinar" seu belo corpo. Após uma alegre inspeção das costas, do pescoço e das axilas, ele olhou abaixo do ventre e se deparou com uma vermelhidão suspeita, ligeiramente endurecida, na virilha. Eram tantas as picadas de mosquito, as mordidas de insetos esquisitos e várias outras marcas que apareciam e desapareciam da noite para o dia na pele saudável e lustrosa de Zeynep que seria desnecessário dar tanta atenção a essa última descoberta, porém, no instante em que viu a vermelhidão, o coração dele deu dois saltos, como acontece quando alguém tenta desviar o olhar de alguma coisa que não deveria ver. Não era parecida com nada que vira nela antes.

Mas como a esposa nunca saía dos aposentos, e não havia ratos no hotel, o comandante Kâmil pensou consigo mesmo que não poderia ser peste. Tocou no caroço com a ponta do dedo, primeiro apertando de leve e depois com força. Como Zeynep não reagiu, ele concluiu que era uma picada. O bubo de peste teria doído. Sem querer estragar o humor dela com seus temores, ele resolveu esquecer a erupção.

O cônsul britânico George pedira por carta uma reunião com o comandante e com o ministro-chefe Sami paxá, seu amigo de longa data. Já que todos os outros cônsules continuavam escondidos, o Sami paxá viu na tentativa de aproximação um sinal positivo. Os britânicos, com aquele jeito ardiloso que lhes era típico, provavelmente planejavam se antecipar a todo mundo fazendo alguma proposta ao Estado recém-criado, mas o Sami paxá não atinava qual seria, e tendo dividido suas ideias com o comandante, eles passaram um tempo recapitulando todos os assuntos que poderiam discutir com o cônsul.

Depois de todos esses preparativos, ficaram bastante surpresos ao descobrir que na verdade o cônsul os procurara para dizer que o arqueólogo Selim era um homem de bom coração e boas intenções que amava a ilha e os mingherianos. Ele também observou que o arqueólogo e a esposa tinham menos medo de serem mandados para o centro de isolamento do castelo por suspeita de peste do que serem obrigados a "cumprir quarentena" na Torre da Donzela com os oficiais turcos que haviam tomado o partido dos otomanos. O Selim Sahir bei temia que os oficiais leais a Istambul confinados nunca mais fossem repatriados, mas usados para fazer pressão política. Não havia como resgatar a estátua da antiga rainha mingheriana naquelas circunstâncias. Selim e a esposa só queriam permissão para continuar na ilha.

"Foi o Selim Sahir bei que disse para o senhor me procurar?"

"Ele me falou que andava pesquisando nomes mingherianos antigos. Achou que eu teria algumas sugestões."

"O cônsul gosta muito de Mingheria", o Sami paxá interveio, dirigindo-se ao comandante. "Ele coleciona livros sobre a ilha há anos e os consulta para uma pesquisa que vem fazendo."

"Como o senhor considera a nossa ilha relevante a ponto de escrever um livro sobre ela, por favor nos diga uma coisa", disse o comandante. "O senhor acha que a terra do povo mingheriano é esta ilha, ou é outro lugar?"

"Foi aqui que os mingherianos se tornaram mingherianos."

"O senhor há de escrever nossa história melhor do que ninguém!", disse o comandante. Mas não prosseguiu. Olhava para uma luz estranha que tinha surgido sobre o mar. Fez-se silêncio...

"O governo de Mingheria gostaria de perguntar ao representante do Reino Unido o que precisamos fazer para que o bloqueio seja retirado", o Sami paxá ousou perguntar.

"Não faço ideia do que meu governo ou o embaixador britânico em Istambul estão pensando da situação atual. Mas quando a epidemia acabar, o bloqueio será revogado."

"A epidemia não desacelera nem por decreto!", disse o Sami paxá.

"Tratar as fraternidades como se fossem inimigas só piora", disse o cônsul.

"Parte meu coração ouvir essas palavras de um amigo fiel. O que o governo britânico sugere que façamos para conter a peste?"

"As linhas telegráficas não estão funcionando, o bloqueio persiste e estamos em quarentena. Só posso especular o que o governo britânico diria."

"Então, o que seria?"

"Você tem uma visitante ilustre", o George bei começou com delicadeza. "A princesa Pakize é uma personagem importante da família real otomana. Como filha de sultão, tem valor diplomático."

"Segundo a tradição otomana, descendentes da linhagem feminina da dinastia não têm ligação nenhuma com o trono, e o povo jamais aceitaria que fosse diferente."

"Graças ao senhor, comandante, esta ilha já não é mais otomana!", o George bei respondeu, medindo as palavras. "E seu povo agora é um outro povo."

Depois que o George bei foi embora, o comandante — levando os avisos do cônsul tão a sério quanto o Sami paxá sempre os levara — decidiu que compareceria a uma reunião a respeito da quarentena e se interessaria não só pelo que acontecia nas fraternidades mas também pelos vários problemas que os representantes de bairro da cidade reportavam a partir dos territórios mais longínquos da capital.

O Vangelis efêndi, de Flizvos, lhes disse que um "proscrito" muçulmano instalado numa das casas vazias da região tinha morrido dois dias antes e que o cadáver começara a feder. A Brigada de Quarentena havia recebido uma dica a respeito dessa casa — que era da família Seferidi, de Tessalônica — apenas uma semana antes, e depois de arrombar a porta das fundos, pregaram todas as portas, fecharam as venezianas por dentro e borrifaram Lysol na casa inteira outra vez antes de sair pela mesma porta por onde tinham entrado. O cadáver descoberto no dia anterior, portanto, devia ser de alguém que foi se esconder após a fiscalização. Essas pessoas que invadiam casas com a desculpa de fugir da peste eram uma grave ameaça à autoridade do Estado, já que não raro usavam os edifícios ocupados como base e ponto de encontro para atividades criminosas.

Essa era a primeira reunião de quarentena a que o Apostolos efêndi — representante dos montes íngremes, dos despenhadeiros rochosos e das belas paisagens do bairro de Dantela — comparecia desde a fundação do novo Estado, e seu primeiro pedido foi receber os salários atrasados de quando a ilha ainda estava sob domínio otomano. Não queria mais ser representante de bairro. Dantela, um lugar sossegado, distante, àquela altura era um bairro grego quase deserto. O Apostolos efêndi sofria de solidão. Contou que uma vez encontrou o demônio da peste perambulando pelos jardins vazios durante a noite — embora, segundo o Sami paxá, não fosse o demônio da peste o que ele tinha visto, mas sim atravessadores e barqueiros atuando na escuridão para tirar gente da ilha. Com tantos policiais e funcionários do governo abandonando o cargo, a presença do Estado nos bairros mais isolados e menores havia se tornado praticamente inexistente. Essas zonas de perigosa anarquia, situadas sobretudo ao redor de mansões enormes e abastadas em bairros gregos semidesertos, atraíam todo tipo de vagabundo necessitado e criminoso oportunista dos bairros muçulmanos do outro lado do rio. Havia gente descendo do norte da ilha para roubar e saquear a capital. Dentre os diferentes tipos de quadrilhas que proliferavam, havia também um bando de crianças órfãs sobre as quais todo mundo falava mas que pouquíssimas pessoas tinham visto. Baseado em histórias sobre a vida dessas crianças fugidas durante a peste, o pitoresco romance infantil *Mamãe está na floresta da noite*, da poeta mingheriana Salih Riza, me converteria, aos dez anos, em uma nacionalista mingheriana fanática.

O representante de bairro que trazia notícias da praça Hrisopolitissa declarou que nos últimos dois dias ratos recém-mortos tinham voltado a aparecer junto aos muros e nos jardins dos moradores. Pouco a pouco, esses representantes de bairro, cujas principais tarefas eram garantir a obediência às restrições, revelar onde se escondiam enfermos acometidos pela peste, apontar as residências que precisavam ser evacuadas e mostrar aos homens equipados com bombas de Lysol quais casas e ruas desinfetar, também tinham assumido o papel de intermediários, transmitindo aos que estavam no governo as frustrações das pessoas. Mas naquele dia o comandante censurou um "representante" tolo e irresponsável que reclamou que um ferrador do bairro de Kofunya tinha sido mandado para a área de isolamento do castelo apesar de não estar doente. "Onde estava o senhor quando esse erro foi cometido?", o comandante o questionou. "Sua função é impedir que as pessoas burlem a quarentena... não vir aqui nos criticar."

Mas se os representantes de bairro eram poupados da cólera da população, era em grande medida graças à presença da Brigada de Quarentena, integrada por rostos conhecidos, de homens naturais da ilha que se envolviam com mais afinco na tentativa de fazer valer a quarentena. Em consequência disso, a tendência das pessoas era despejar a raiva primeiro contra eles. Desde que o novo Estado se estabelecera, a Brigada de Quarentena se tornara ainda mais rigorosa, provocando reações cada vez mais inflamadas. A estabilidade do número de mortes também exacerbava a fúria do povo. "Tudo o que tivemos que aguentar, todo esse tormento e intimidação, e a troco de nada", viviam dizendo moradores dos bairros muçulmanos da cidade.

O representante do Alto Turunçlar, por outro lado, observou que já não restava quase ninguém no bairro para se queixar da Brigada de Quarentena. Aqueles que moravam perto do fosso de incineração haviam partido, escorraçados pelo cheiro. As pessoas da região com vista para o Cemitério Muçulmano estavam emputecidas e angustiadas: os cortejos fúnebres pareciam nunca dar trégua. Mas até mais do que o fluxo constante de gente entrando e saindo do cemitério, os moradores se aborreciam com os cães de rua que cavavam túmulos de madrugada. Esses animais não raro brigavam e às vezes abocanhavam restos mortais de humanos ou ratos mortos e os levavam de um lado para o outro, espalhando a doença. Havia também o boato de que um navio com vela vermelha apareceria para salvar todo mundo. Mas nada muito anormal acontecera no bairro, a não ser a morte recente de um tecelão de colchas que morava sozinho.

Depois dos depoimentos dos representantes de Vavla, Germe e Çite, ficou claro aos responsáveis por aplicar as medidas restritivas do novo governo, e para o próprio comandante, que era completamente infundado o otimismo que ainda pudessem ter. O curso cada vez mais letal da doença em Vavla — nas ruas em volta da Escola Militar, do Hospital Hamidiye e da Mesquita Mehmet Paxá, o Cego — desabonava a autoridade e a reputação do Estado, prejudicando as tentativas de quarentena em suas novas encarnações, assim como ocorreu na encarnação passada. Por insistência do Sami paxá, e com a aquiescência dos médicos, ficou acertado que a fim de combater a doença nos bairros onde era mais presente, os brigadistas seriam incumbidos de patrulhar os quintais, algumas das ruas seriam fechadas por cordões sanitários de longo prazo e casas vazias (que eram poucas) seriam vedadas com tapumes e pregos grossos para impedir a entrada de ladrões, vagabundos e vítimas da peste. O novo governo tomara a decisão, no início de sua gestão, de botar fogo em quaisquer casas e lixões infectados demais para serem salvos, mas levara uma semana inteira para implementar essa política, e o processo tinha suscitado a ira dos moradores. Agora o Sami paxá queria que o comandante expedisse mais ordens de incineração.

Enquanto o debate na Sala de Reuniões prosseguia, o comandante olhava da janela o hotel Splendid surgir entre os terraços e só pensava em voltar correndo para a esposa. Era o único que sabia daquela protuberância na virilha dela. Pudesse ele simplesmente voltar correndo para ela, pudessem simplesmente deitar na cama abraçados e esquecidos de tudo, talvez ele também conseguisse esquecer que a protuberância podia anunciar a peste.

Se Zeynep estava infectada, era bem provável que ele fosse se contaminar. E, se não fosse o caso, teriam de ficar afastados. Ideia que ele achava insuportável. Quanto mais pensava, mais difícil lhe parecia acompanhar o debate. Em geral, tinha tão pouca paciência com pessoas cuja agitação e medo da morte diante da peste as levava a tomar decisões equivocadas quanto tinha com os soldados que entravam em pânico com o ataque repentino do inimigo. Estava se portando exatamente igual. Precisava manter a calma.

Apesar da escala do surto e da perspectiva de morte iminente, ainda havia vastos setores tanto da população cristã quanto da muçulmana que mantinham a compostura e cujo senso de humanidade permanecia intacto. Enquanto certas pessoas só pensavam em se salvar, muitas outras estavam prontas a arriscar a vida para visitar vizinhos que haviam perdido entes queridos e prestar socorro a enfermos que se contorciam de dor, e havia até umas poucas almas bondosas que tentavam consolar os malucos que vagavam pelas ruas bradando "O que aconteceu com a gente? Será que fomos para o inferno?". Ainda havia gente que não tinha perdido a noção de comunhão, companheirismo e fraternidade.

Essas pessoas — das quais vinte a vinte e cinco morriam de peste todo dia — viviam trocando visitas de pêsames e constituíam uma presença significativa na cidade. Embora não saíssem tanto quanto antes da implementação das regras de quarentena, o apego à família, aos vizinhos e à comunidade no sentido mais amplo — enfim, eram boas pessoas — significava que volta e meia se reuniam, com a melhor das intenções, nas casas dos enlutados, nos pátios de mesquitas e em cortejos fúnebres, e assim disseminavam ainda mais a doença. No final de julho, as ruas da capital não estavam tão desertas quanto as de Bombaim e Hong Kong em meio à terceira pandemia de peste. Pois em algum canto das ladeiras da cidade, sem dúvida havia um grupo de homens muçulmanos de bom coração correndo de um funeral para outro, ou de uma visita de condolências para outra.

O comandante entendia, pelas histórias que lhe contavam, que o Estado e seus oficiais já não tinham nenhum respeito ou autoridade em Çite. Na véspera, seis pessoas haviam falecido no bairro, mas em vez de se concentrar nessas mortes, o relato do representante local focava na questão dos "passes". A hostilidade entre os jovens desempregados de Creta oriundos de Taşçılar para se instalar em Çite e participar de todo tipo de contravenção e os moradores de longa data do bairro, que trabalhavam como cocheiros, agricultores e comerciantes, não dava sinais de apaziguamento. As famílias locais, devotas e pobres, acreditavam que a doença chegara ao bairro com os jovens delinquentes, provocadores, e exigiam que esses ímpios fossem banidos.

Quando a ilha ainda estava sob domínio otomano, o Sami paxá havia criado um sistema de "passes" para lidar com esse tipo de problema (que também acontecia em outros bairros): de acordo com esse sistema, o acesso a certas ruas e áreas ficava restrito a pessoas munidas de passes especiais emitidos pela Autoridade de Quarentena. Com essa medida, esperava-se confinar os migrantes cretenses desarraigados, desempregados, a um só bairro, e criar um registro da presença deles — um plano que a princípio deu certo. Mas quando os agentes da quarentena e os portadores de passes começaram a trocar o documento por dinheiro, a inovação do paxá sofreu uma reviravolta imprevista. Como os funcionários do governo e os moradores dos bairros poderiam lucrar com esse comércio e mesmo assim ele continuava servindo, ainda que de forma limitada, como uma espécie de cordão sanitário, o governador paxá e o príncipe consorte fizeram vista grossa. Mas ao mesmo tempo o comércio dos passes aumentava a movimentação dentro da cidade. O representante de bairro declarou que parentes de dois portadores de passes mortos na véspera imediatamente venderam seus documentos a um estabelecimento do Mercado Antigo, que ficava lá perto. Em tese, sempre que alguém perdia pai, mãe, irmãos ou qualquer outro parente para a peste, e portanto era retirado da casa infectada e isolado em quarentena, os passes precisavam ser revogados, mas na prática os documentos eram logo reutilizados. O último problema, como o comandante percebia em meio às nuvens que se acumulavam dentro de sua cabeça, era que depois da fundação do novo Estado alguns servidores públicos andavam cancelando passes antigos (ou os carimbavam de novo) e exigiam uma taxa para atualizá-los em nome do novo governo. Como esses documentos eram essenciais para o comércio, todo mundo estava disposto a pagar a taxa, mas já havia algumas reclamações. O representante de bairro, que por acaso também era funcionário do Tesouro, disse ao comandante que, embora não rendesse muito dinheiro, algumas pessoas já tinham começado a colecionar passes para talvez um dia lucrar com a venda.

61.

O comandante só pensava na íngua avermelhada na virilha da esposa. Talvez estivesse com dor de cabeça e febre naquele exato instante, sozinha no quarto do hotel Splendid. Ele era incapaz de impedir que cenas terríveis assaltassem sua mente. Abandonou a reunião e voltou para o hotel, seguido pelos guarda-costas. Havia pouquíssima gente na rua. Uma mulher com um embrulho na mão e uma criança tímida com uma cestinha reconheceram o comandante, mas, de modo geral, as outras pessoas com as quais ele cruzou não se deram conta de que ele era ele. Só um menino de cabelo castanho-claro o avistou na frente de sua casa, chamou alguém e o pai logo acudiu. Também tinha cabelo castanho-claro. "Vida longa ao comandante!", a criança bradou.

Ele ficou contentíssimo. Acenou para o menino. O que mais queria no mundo era ser o herói do menino de cabelo castanho-claro e salvar tanto ele como sua família da maldita peste. Mas se Zeynep adoecesse, ele não poderia fazer nada disso. Se a intumescência na virilha dela fosse um bubo da peste, é claro que ele também cairia doente. Mas até então ele não se sentia indisposto.

Os guardas e brigadistas à entrada do Splendid Palace bateram continência quando viram o comandante Kâmil. Ao subir a escada, ele decidiu não fa-

474

lar da íngua com Zeynep. Primeiro avaliaria seu estado de longe. Se ela estivesse infectada, haveria outros sinais, como febre ou dor de cabeça. Senão, mencionar a íngua só a faria se preocupar sem motivo. O comandante estava cansado de ver gente acometida por temores e ansiedades desnecessários, umas pessoas que faziam da própria vida e da vida de todos um inferno, pelo menos até ficar claro que não estavam infectadas. Mas se uma pessoa adoecesse, era bem provável que outros moradores da casa se infectassem, ou que no mínimo fossem postos em isolamento, então ninguém gostava de mencionar os primeiros sinais, as primeiras dores de cabeça e os primeiros tremores de febre.

Quando entrou na suíte, o major se deparou com a esposa andando de um lado para o outro, zangada, e ficou aliviado; ela não parecia estar com as forças minadas. Será que devia falar de suas preocupações, e talvez fazer piada delas?

"Minha mãe me deu um pente da minha tia, um de madrepérola...", disse Zeynep. "Estava bem aqui nos últimos três dias..."

"Sua mãe veio aqui três dias atrás?"

"Não, eu que fui à casa dela", Zeynep disse. "Com os guarda-costas, é claro!" Ela olhou para o marido com o sorriso de quem espera ser perdoada pela transgressão.

"Se nem a esposa do comandante é capaz de cumprir as regras, como esperar que o povo as cumpra?", disse o comandante Kâmil, saindo do quarto a passos largos.

O choque e a raiva por Zeynep não obedecer a suas instruções superavam e muito o medo da morte. Como sua primeira esposa, Aysha, não era assim, quando Zeynep o contradizia, ele não sabia como agir, e em geral saía do quarto e esperava a poeira baixar.

Lá embaixo, um informante do Sami paxá punha o Mazhar efêndi a par das últimas notícias do xeque Hamdullah e das visitas que iam lhe dar os pêsames. Nos primeiros três dias, e para não despertar ainda mais a inimizade da seita Halifiye, o governo se absteve de dispersar a multidão que se aglomerava na fraternidade após o enforcamento de Ramiz. Mas quando longas filas começaram a se formar na porta principal da fraternidade, o Sami paxá sugeriu que se controlasse a entrada na rua sob o pretexto da quarentena. Os mais persistentes procuravam entrar na fraternidade por uma das portas que davam para o jardim dos fundos. Quando soldados da Brigada de Quarentena ficaram vigiando essas entradas, as pessoas começaram a pular o muro do jardim no ponto onde ele era mais baixo, ou utilizar as passagens secretas conhecidas dos discípulos mais jovens, ocultas atrás de roseiras-bravas e amoreiras. Mesmo depois de esperar com muita paciência, os visitantes que logravam entrar não viam o xeque, e depois de deixar presentes ou comida, ficavam lá mais um tempinho e voltavam para casa. Das quase duzentas pessoas que moravam no terreno da fraternidade, só o Nimetullah efêndi, o do chapéu cilíndrico de feltro, e alguns outros sabiam onde Sua Santidade, o xeque, havia se isolado. Os espiões do Mazhar efêndi trabalhavam assiduamente para descobrir o local exato onde ele se escondia. O Sami paxá planejava retirar o xeque da fraternidade e levá-lo para outro lugar.

Num primeiro momento, o comandante achou que essa medida seria um desrespeito desnecessário, mas depois de ouvir de um dos informantes que o povo andava rejeitando as regras de quarentena e lamentando a morte de Ramiz, também concordou que o xeque teria que ser afastado. Apesar de não ter certeza de onde ele estava, o informante tinha uma teoria: ele estaria em um dos dois edifícios camuflados entre tílias e pinheiros situados no trecho da fraternidade mais próximo de Çite, onde discípulos ficavam quando desejavam "se recolher" ou quando se acreditava que precisassem de "edificação moral". Esses dois prédios costumavam ficar vazios, mas nos últimos dias estavam cercados por uma tropa de discípulos robustos e truculentos.

A invasão longamente planejada foi um sucesso estrepitoso. Dez soldados escolhidos entre os recrutas mais musculosos da Brigada de Quarentena e de um contingente bastante belicoso conhecido pela desconfiança em relação a todos os xeques e homens santos, bem como uma equipe de seis policiais enviados pelo ministro-chefe, formaram dois pelotões e usaram duas escadas para atravessar o muro e chegar às duas casas. Com base nos dados recebidos de outro informante, invadiram a primeira casa e se depararam com uma sala vazia, com um sofá e três portas. Atrás da primeira porta, um dervixe que estava de vigia despertou com a chegada deles e foi detido. Quando abriram a segunda porta, viram o xeque Hamdullah deitado numa cama no chão. O terceiro cômodo estava vazio.

Conforme o planejado, um oficial disfarçado de escriba, vestindo sobrecasaca e calçando um par de sapatos caros da loja Dafni, deu um passo à frente para saudar o xeque e beijar sua mão. A longa bata branca do xeque fazia dele um fantasma. O cabelo e a barba pareciam mais brancos que o normal e ele dava a impressão de não estar bem acordado. Sua sombra de águia enorme e escura a tremeluzir na parede nua à luz amarela das velas que iluminavam o cômodo era dez vezes mais assustadora do que ele em si.

O servidor de sapatos caros disse ao xeque — que ainda penava para acordar (ou no mínimo fingia) — que o Gabinete do Ministro-Chefe os enviara para garantir a segurança dele, pois souberam de uma provável e iminente tentativa de assassinato. O xeque tinha visto os outros soldados parados atrás do servidor. Foi então que pronunciou as famosas palavras que seriam usadas contra ele por anos a fio: "Está acontecendo alguma coisa? Esses são os homens de Sua Alteza Real? Quero ver a chancela do sultão ou um decreto assinado".

Enquanto o experiente servidor lhe garantia respeitosa e repetidamente que estavam cumprindo ordens oficiais, que ele estaria muito mais protegido no lugar para onde seria levado, e que explicariam tudo em detalhes assim que chegassem lá, dois soldados da Brigada de Quarentena seguraram os braços do xeque. Nesse momento ele pediu permissão para pegar alguns livros e pertences. Escolheu duas túnicas preferidas, insubstituíveis, umas camisas e algumas cuecas, os preparados medicinais que em geral comprava na farmácia de Nikiforos e alguns livros sobre hurufismo que herdara dos avôs, xeques em Istambul. Pediu que seu auxiliar Nimetullah efêndi, o do chapéu cilíndrico de feltro, pudesse acompanhá-lo, mas a ideia foi rejeitada.

A porta mais próxima no jardim dos fundos da fraternidade tinha sido aberta sem alarde, e conforme o planejado o cocheiro do ministro-chefe, Zekeriya, aguardava com o landau blindado. Assim que embarcou, o xeque reconheceu o cheiro dos bancos de couro e se deu conta de que já havia estado ali antes.

Ultimamente, antes de dormir, o xeque andava consultando os escritos de Ibn Zerhani sobre as causas da peste e como se proteger. Nos últimos dias, lera a tradução de *Obscuri Libri* feita por Ibn Zerhani e se debruçara sobre diversos trechos-chave de sua *Exegese*. Seu cérebro fervilhava de segredos hurufistas, que atribuíam novos sentidos a cada palavra, cada número e, acima de tudo, é claro, a cada letra do alfabeto. Quando alguém lia tantos desses livros, sua cabeça, como agora ocorria com a do xeque naquele momento, começava a encontrar por conta própria pistas e palavras ocultas em todos os cantos do Universo.

Era um fim de tarde tranquilo de verão, não ventava. A grilharia infinita dos grilos e a luz que incontáveis estrelas derramavam no breu azul-escuro do céu aumentavam a embriaguez hurufi do xeque. Vida e sentido, sinais e objetos, escuridão e ausência formavam o universo de sinais em sua mente. Luz e Alma, Solidão e Beleza, Força e Ilusão compunham a poesia do coração. E assim a união de Amor e Deus acompanhava o vestígio de tinta que serpenteava entre as estrelas, os ramos, o aroma das flores, o som dos pássaros (corujas e corvos) e os passinhos acelerados dos ouriços na noite assolada pela peste. Quando o landau sacolejante avançou lentamente pela rua e passou pela agora quase deserta fraternidade Kadiri e pelas dependências da fraternidade Rifai, o xeque viu dois sentinelas fazendo a guarda noturna com tochas na mão e ficou impressionado com o que interpretou como um sinal da competência do novo governo.

Se o novo governo fosse tão poderoso quanto parecia, provavelmente o xeque seria confinado em algum outro lugar na ilha. Mas é claro que não daria certo, já que todos os discípulos, fãs e os muitos simpatizantes acabariam descobrindo onde ele estava e iriam em bando à sua porta. Mas se a ilha ainda estivesse sob o controle otomano, ou se aqueles patifes que o tinham raptado sem uma palavra de explicação na verdade fossem representantes do império, o xeque imaginou que seria levado para bem longe de Mingheria, exilado na Arábia ou em Siirt ou alguma outra terra distante, inacessível. Sempre que os líderes de seitas se tornavam um fardo, davam muita dor de cabeça ou pareciam estar com muita vontade de exercer influência política, a tradição otomana consagrada pelo tempo era separá-los da congregação e expulsá-los para locais aonde só se chegava após seis meses de viagem. Na juventude, Hamdullah viu alguns xeques que atiçaram a ira de governadores paxás e de burocratas de Istambul serem exilados de suas casas e fraternidades e terem de dar aula de Corão em cidades remotas para se sustentar. Às vezes era o orgulho que fazia esses xeques, cujo único crime era a fé, cometerem os erros que aborreciam Istambul. Ou talvez dessem um passo além em suas tentativas de demonstrar aos acólitos o poder que tinham. O xeque Hamdullah tomara muito cuidado, sobretudo no governo do Sami paxá, para evitar que esse tipo de coisa lhe acontecesse, mas no fim não teve sucesso.

A carruagem atravessou uma rua de onde se viam as barracas e as camas dobráveis apinhadas nos fundos do Hospital Hamidiye. Em seguida ela virou à esquerda, subiu outra ladeira, passou pela padaria do Zofiri e entrou na avenida Hamidiye, em cuja esquina ficava a barbearia de Panagiotis. As ruas estavam um breu e completamente desertas. A caminho do exílio, o xeque via a cidade onde morava fazia dezessete anos como um lugar abandonado, esquecido e desolado. A luz das estrelas dava ao castelo e às casas de pedra rosa-claras um tom esquisito e peculiar. Para onde quer que o estivessem levando, sabia que teria saudade dessa luz. Só ficava imaginando uma cidade oriental fria e desgraçada, sem árvores e ainda por cima sem janelas, um lugar onde nunca tivesse pisado, como Erzurum ou Van. Se fosse deportado para um lugar desses, aonde não se pudesse chegar de trem, ninguém o seguiria, ainda mais tendo que enfrentar a peste e a quarentena. O Nimetullah efêndi, o do chapéu cilíndrico de feltro, sem dúvida mandaria alguém buscar o xeque, mas depois de se deparar com traidores em todas as etapas do caminho, como seria inevitável, ele também descobriria a covardia dos seres humanos diante da derrota.

Enquanto o landau descia a avenida Hamidiye e cruzava a ponte, o xeque acreditava estar sendo levado para a antiga Sede do Governo. Mas quando chegou à praça em frente à antiga sede e atual Sede Ministerial, o landau costurou caminho por entre soldados e policiais e seguiu em direção à praça Hrisopolitissa, passou pelo Hospital Theodoropoulos e tomou o rumo da Baía de Flizvos. A caminho da costa, o xeque inspirou o aroma de alga e mar que lhe chegava da janela meio aberta da carruagem.

A melhor coisa de viver naquela cidade e naquela ilha era que, mesmo nos piores dias e nas épocas mais desesperadoras, havia sempre a vista para o mar e um rastro de maresia para revigorar a alma e fazer com que a vida voltasse a valer a pena. O xeque estava apavorado com a possibilidade de ser afastado daquele clima quente, ameno, agradável, e mandado para um lugar coberto de neve ou de uma aridez fora do comum, onde teria de contar com o dinheiro que os discípulos lhe enviariam pelos correios e viver entre pessoas cuja pobreza extremada as obrigava a morar em cavernas. Teria que se apresentar a uma nova comunidade, um novo clã que não teria ideia de sua reputação de xeque ilustre, e só lhe restaria fazer declamações do Corão e proferir sermões para ganhar a vida. À medida que o landau blindado avançava pela costa, o xeque Hamdullah imaginava que em breve um barco iria buscá-lo e levá-lo ao mar para entregá-lo ao *Mahmudiye*, que estaria à sua espera, e assim começariam seus anos de exílio, talvez com alguns maus-tratos dos soldados otomanos a bordo do navio de guerra. Enquanto o landau subia uma ladeira íngreme, ele prestava atenção ao tinido metálico dos cascos dos cavalos no chão e caía num curioso torpor de fantasia e arrependimento: Ah, como gostaria de permanecer aqui...

No entanto, depois de descer rumo à costa, a carruagem não parou na Angra do Calhau, mas seguiu em direção ao norte. O xeque ficou contente por nenhum dos barcos de Abdul Hamid ter aparecido para tirá-lo da ilha e transportá-lo para o exílio. Um frio esquisito veio da floresta e depois ele ouviu um farfalho e o canto lamuriento de um pássaro. À direita do landau, viam-se as lambidas das ondas baixinhas contra a costa, os despenhadeiros e as praias arenosas. O xeque Hamdullah concluiu que não havia ninguém por perto e nenhuma movimentação, e que até os barcos dos atravessadores deviam ter interrompido as atividades.

Ao contrário de suas suposições amedrontadas, ninguém o expatriaria para um canto abandonado do Império Otomano. O Sami paxá tinha encontrado o dono e o chef do hotel Constanz, a nordeste de Arkaz, e pedira que aprontasse aquele velho palacete que ninguém conhecia para o "exílio" do xeque. O paxá e o cônsul George costumavam se encontrar e almoçar ali de tempos em tempos, quando o hotel Regard à l'Ouest passava uma temporada fechado ou quando queriam mudar de ares.

Embora os intrusos e as vítimas da peste tivessem acabado de ser enxotados, o prédio rangente, ruidoso, bambo, continuava infestado de *djinns* e fadas, mas o xeque Hamdullah não se incomodou. Estava tão aliviado de permanecer na ilha que fez suas abluções no quartinho apertado e começou a rezar na mesma hora, os olhos embaçados pelas lágrimas enquanto agradecia a Alá repetidas vezes por escutar as orações de seu humilde servo e retê-lo em Mingheria. Pois tinha certeza de que em pouco tempo poderia voltar à adorada cama dentro de sua casa, a fraternidade.

62.

O comandante Kâmil deixou a Sede Ministerial só depois de concluída a invasão à fraternidade do xeque Hamdullah. Quando mensageiros trouxeram a notícia de que haviam conseguido pegar o xeque e de que ele agora estava detido no hotel Constanz, o comandante e seus guardas saíram pela noite a caminho do Splendid Palace. Ao caminhar por aquelas ruas ermas, descer ladeiras e ouvir os próprios passos, ele ficou atarantado e aborrecido ao perceber mais uma vez o quanto a cidade parecia abandonada.

Fazia horas que saíra do quarto batendo a porta depois de descobrir que Zeynep havia estado na rua sem sua permissão, para visitar a mãe. Não via a esposa desde então. Disse a si mesmo que era porque não podia deixar sua cabeça ser "envenenada por preocupações com a peste" justamente quando as atividades políticas lhe permitiam pôr em prática seus ideais de longa data. Mas também evitou voltar ao hotel porque sabia que se a esposa estivesse de fato contaminada, isso seria mais do que ele poderia suportar. Mas ao longo do dia mandara recados por meio de funcionários: se Zeynep estivesse infectada, os primeiros sintomas e dores de cabeça teriam piorado tanto que seria impossível escondê-los, e sem dúvida seus funcionários já teriam lhe dito alguma coisa.

Portanto o comandante estava otimista ao entrar no hotel, à meia-noite.

Mas ao subir a escada, sua confiança foi minguando. Pensou na íngua avermelhada na pele sedosa de Zeynep. Como estaria agora? Resolveu não perguntar nada a ela.

O Sami paxá havia designado um guarda para ficar à porta do aposento do casal. Quando o comandante girou a chave na fechadura e entrou, o quarto estava escuro e ele não viu a esposa. Se tudo estivesse bem, ela estaria dormindo àquela hora, não? A cama estava vazia.

O comandante pegou uma vela que estava por perto, as mãos trêmulas ao acendê-la, e quando levantou o pequeno castiçal de latão viu o pente perolado que tinha sumido, depois percebeu a esposa sentada ali perto, a alguns passos da janela.

"Zeynep", ele disse.

Como ela não reagiu, o comandante Kâmil se angustiou, porém se conteve. Na parede, as sombras projetadas pela luz do castiçal desenhavam arabescos. Ele se aproximou e, ao iluminar o rosto de Zeynep, viu que ela estava pálida e desconsolada.

"Tiramos o xeque Hamdullah da fraternidade e o escondemos em um lugar perto da cidade...", ele disse, seu tom quase de quem pede desculpas.

Zeynep não estava interessada. Estaria aborrecida por ele tê-la repreendido e batido a porta ao sair? Por ter sumido por tanto tempo? Ou estava assustada por ter se visto totalmente só ao começar a se dar conta de que poderia estar infectada? Ela começou a chorar, as lágrimas como as de uma criança com uma mágoa profunda e íntima que não sabia explicar direito. O comandante Kâmil tentou confortá-la abraçando-a, fazendo cafuné, segurando-a nos braços e cochichando carinhosamente em seu ouvido.

Eles deitaram sem trocar de roupa. O comandante a abraçou por trás, encostando os lábios em sua nuca e passando os braços em torno da barriga, na altura de onde estaria o bebê. Eles adoravam aquela posição de conchinha, tinham passado muitas noites dormindo daquele jeito ao longo do breve tempo de casados.

O comandante acariciou o corpo de Zeynep, sua barriga, os braços, mas evitou que as mãos se aproximassem da virilha, do ponto onde desconfiava que havia crescido uma intumescência. O mais importante era que ela não tinha febre. Mas também não parecia estar com vontade de fazer amor. O comandante tampouco.

Zeynep voltou a chorar, ele não tinha coragem de perguntar por quê. Continuava abraçado a ela, calado. Mas o silêncio dele não significava a aceitação de que algo terrível estava acontecendo?

Desejando desesperadamente adormecer, eles adormeceram. Bem depois, entre o sono e a vigília, ouviram berros vindos das docas. Mas andavam tendo sonhos tão esquisitos e apavorantes que imaginaram que aqueles gritos viessem do inferno dentro da cabeça deles.

Quando os gritos cessaram, o comandante achou que morreria de tristeza. Depois de anos de labuta, de correr de uma cidade para a outra e lutar em um campo de batalha atrás do outro, sua felicidade tinha durado apenas dois meses e meio. Meu Deus! Era isso? Se ela de fato estivesse doente, seria o fim de tudo. Não só ela e o futuro filho morreriam: ele morreria também. Talvez isso significasse até o fim da nação mingheriana! Os gritos ressurgiram, mas as cenas que lhe passavam pela cabeça eram tão sinistras e aterradoras que ele não conseguiu formatar aqueles barulhos externos em um pensamento coerente, e pouco depois adormeceu de novo. Ou talvez tenha se convencido de que dormia.

Quando Zeynep começou a tremer em seus braços, ele despertou. Tinha visto e ouvido falar dos tremores violentos que se iniciavam assim que os doentes ficavam com febre. Abraçou-a com toda a força, como se ao apertá-la ele pudesse impedi-la de tremer daquele jeito. Não era mais possível esconder a doença um do outro.

Em meio a um emaranhado de pensamentos, sentiu raiva por um momento: como ela havia saído do quarto e do hotel e fora visitar a mãe, sem nenhuma necessidade?

"Você sacrificou toda a felicidade que dividimos, a vida do nosso filho, o futuro da nossa pátria… só para dar uma voltinha!", queria lhe dizer. Mas se dissesse isso, acabariam discutindo antes mesmo da chegada dos médicos. O mais importante, em vez de esquentar a cabeça com erros do passado, era decidir o que fazer agora. No entanto, o problema que tinha diante de si era tão monstruoso que ele nem sabia o que fazer.

Zeynep derramou lágrimas silenciosas. O marido ainda não conseguia lhe perguntar nada. Ela passou por mais dois acessos de tremor, embora a temperatura do corpo não estivesse acima do normal. Ele ficou sem ação, não queria levantar, desejava que a manhã nunca chegasse, que a doença não piorasse, que o tempo congelasse. Mas o dia amanheceu como sempre, trazendo consigo um brilho estranho, rosado e amarelo. Os gritos nas docas também ficaram mais altos...

A multidão reunida nas docas e no quebra-mar era majoritariamente composta de dervixes da fraternidade Halifiye, furiosos com o rapto do xeque. Num movimento não premeditado, haviam saído da fraternidade no meio da noite para procurar o xeque, marchando pelas ruas de Kadirler e Vavla a caminho das docas. Não tinham palavras de ordem nem resoluções; não rezavam nem invocavam o nome de Alá. Só andaram em silêncio em direção ao destino. Pareciam estar preparados e decididos a marchar a noite inteira a fim de descobrir o paradeiro do xeque e trazê-lo de volta. Limitavam-se a seguir a pessoa que estava na frente. De manhã, um grupo de quarenta ou cinquenta jovens acólitos da seita Halifiye já seguira direto da fraternidade para Vavla, descera o Quebra-Mar Rochoso, passara pela baía em lua crescente e atravessara o porto até chegar à alfândega, e então, ao se deparar com um muro de soldados da Brigada de Quarentena enfileirados na esquina em que a rua Istambul encontra as docas, interrompera os passos.

Talvez essa reunião espontânea tivesse sido incitada pela raiva dos devotos do xeque Hamdullah. Porém o comportamento da multidão também revelava um desejo instintivo de abandonar Arkaz e fugir da peste, e para que o novo regime e seu novo governo tivessem sucesso, faria sentido que os manifestantes fossem conduzidos até os portões da cidade e partissem. Mas àquela altura a cidade era regida por erros de comunicação e desconfianças, e não por fatos e pela lógica, e cumprindo as ordens que não parava de receber da Sede Ministerial, a Brigada de Quarentena interceptou nas docas os discípulos marrentos da Halifiye.

Impedidos de sair da cidade, os jovens dervixes e os discípulos da fraternidade Halifiye começaram a levantar a voz. Foi nesse momento, na nossa opinião, que a segunda fase da Revolução Mingheriana teve início, provocada por essa aglomeração de pessoas para as quais a ideia de nação consistia na cumbuca diária de sopa e na fatia de pão que recebiam na fraternidade. Foram esses dervixes — e os vários agitadores que se juntaram a eles — os responsáveis por criar a atmosfera de anarquia e caos cataclísmico que irromperia em Arkaz nesse dia. Quando o comandante olhou pela janela, a Brigada de Quarentena disparava tiros de advertência para o céu. Três salvas de tiros ecoaram.

Ao se afastar da janela, o comandante viu que a esposa chorava outra vez. Quando ele se aproximou, Zeynep tomou forças, levantou e ergueu a túnica, mostrando a virilha.

Em apenas um dia, a íngua tinha se transformado num cisto. Ainda não era um bubo completamente desenvolvido, mas logo seria, e não demoraria até que ela começasse a se contorcer de agonia. O comandante já percebia, bem ali nos olhos dela e na expressão de seu rosto. Sabia que em breve Zeynep deliraria de tanta dor e entendeu que a vida feliz que tinham dividido naquele quarto estava encerrada.

Uma vida feliz de fato! Tudo terminado agora, tudo! O comandante também chegara ao fim. Tinha tanta certeza disso que se orgulhou de sua lucidez e não tentou se enganar feito um covarde. Mas nem essa explosão de realismo implacável durou muito.

Ele sentou ao lado dela e apalpou com delicadeza sua virilha. "Dói?", perguntou. O cisto não estava muito grande e não doía muito. Mas da noite para o dia a dor aumentaria e a certa altura um médico teria que lancetá-lo para aliviar a agonia. Quando ainda fazia a guarda do doutor Nuri e o seguia pelos hospitais, ele vira muitos pacientes naquele estado e se compadecera ao vê-los se debatendo de dor.

Zeynep tornou a deitar. O comandante via o choque e a decepção no rosto dela e entendia a culpa que ela sentia — como se fosse a responsável por aquilo ter acontecido.

"Deveríamos ir para o Hospital Theodoropoulos!", ele disse. "É melhor furar e drenar o caroço logo no começo."

"Não quero ir para o hospital!", disse Zeynep. "Não quero sair deste quarto."

O comandante a apertou nos braços, intuindo que era isso o que ela esperava dele. Ficaram bastante tempo deitados, se abraçando em silêncio com toda a força que tinham. Enquanto escutava sua respiração e as batidas de seu coração, sentindo na ponta dos dedos os movimentos internos do corpo dela, ele pensava nos dois meses e meio passados juntos, na personalidade irresponsável dela e no quanto haviam dado risada.

"Vamos, querida, vamos para o hospital!", ele disse algum tempo depois.

"Você não é o sultão deste lugar agora?", ela disse. "Eles que venham aqui."

O comandante entendeu. O procedimento poderia muito bem ser feito na suíte, que era a maior do hotel. Ele também sabia que lancetar um bubo ainda não desenvolvido de todo não seria considerado propriamente um tratamento. Como a doente em questão era a esposa do comandante, todos se portariam como se estivessem fazendo algo muito eficaz e como se a intervenção fosse salvar a vida dela, mas na realidade furar o bubo — estivesse ele relativamente pequeno e ainda não endurecido ou inchado e protuberante — não curava a peste, e o único benefício era trazer um alívio (limitado) para a dor. Mas nem se sabia ao certo. Todos tinham aprendido por experiência própria que em sua maioria os doentes com bubos estavam fadados a morrer. O comandante costumava entreouvir o príncipe consorte Nuri debater apressadamente essas questões com os médicos gregos da ilha numa mistura de turco e francês.

Agora, a não ser que quisesse enlouquecer, precisava esquecer tudo o que havia observado e aprendido ao escutar os médicos, e acreditar que os doentes ainda poderiam ser curados. Entretanto, qualquer médico o lembraria na hora das regras de quarentena e tentaria separar o casal. O único modo de evitar isso seria confinar-se com ela.

O comandante também previa que rumores de que ele havia se contaminado, de que ele estava confinado com ela ou de que o haviam isolado enfraqueceriam não só a tentativa de quarentena da nação como o novo governo. As pessoas talvez não questionassem muito se a esposa do comandante não fosse para o hospital. Mas se nem o poderoso comandante era capaz de escapar da peste, como conseguiria salvá-los, e quem era ele para lhes ensinar a língua antiga e os nomes mingherianos ancestrais?

Ao mesmo tempo, não queria que o choro, os tremores e os lamentos entrecortados por soluços começassem antes de convencer Zeynep a sair do quarto e ir para o hospital. Ela não conhecia o sofrimento da vítima da peste. Era seu dever dizer a verdade. Mas Zeynep só queria que o marido a abraçasse e a convencesse, ainda que apenas *naquele instante*, de que nada ruim lhe aconteceria. Sempre que ele a abraçava, ela também pensava que ele não tinha medo de pegar a doença dela — o que só poderia significar que a amava de verdade. Então ela voltava a chorar, apavorada com o que estava por vir.

Ficaram muito tempo deitados assim, num abraço apertado. A luz matinal se infiltrava no quarto através das venezianas e por entre as cortinas. O comandante ficou olhando as partículas de poeira flutuando no feixe de luz, prestou muita atenção à respiração da esposa e tentou entender a gritaria que vinha da rua.

O descontentamento causado pelo rapto do xeque Hamdullah só aumentava. Xeques de outras fraternidades também começavam a declarar apoio a essa "revolta de sectários". Não havia uma estrutura organizada ou alguma liderança por trás do movimento: surgira de forma espontânea. O comandante era um mingheriano nato que conhecia bem seu povo, e ao mesmo tempo que abraçava a esposa e tentava não sucumbir à dor e à melancolia, era capaz de imaginar o que acontecia na cidade a partir dos ruídos que chegavam ao quarto: as tropas combativas de sua Brigada de Quarentena enfrentavam "sectários" rebeldes nas ruas. Ainda não houvera derramamento de sangue, mas tanto em Vavla como nas docas os soldados já tinham dado alguns tiros para o ar — ou, segundo alguns, contra os "sectários". Enquanto tudo isso acontecia, o comandante estava deitado na cama com os braços em volta da esposa.

Passado um tempo, o Mazhar efêndi bateu à porta. Como o comandante não a abriu, ele lhe deixou um bilhete e foi embora. O comandante tinha entendido que havia uma revolta contra a Brigada de Quarentena e gostaria de ter ido liderar seus soldados. Mas também sabia que quando saísse do quarto seria incapaz de continuar escondendo a doença da esposa e seriam imediatamente separados. Além disso, caso tomassem conhecimento de que ela estava doente, seria mais difícil conduzir a tropa pessoalmente.

Por volta do meio-dia, Zeynep vomitou duas vezes, uma seguida da outra, depois desmoronou na cama, exausta. Seu coração estava acelerado, ela suava e sentia dor. Tinha convicção de que, se os médicos viessem, eles a afastariam do marido, então sempre que ele chegava perto da porta, ela chorava.

De tarde a febre piorou e ela começou a delirar. "Eu nunca fui a Istambul!", ela disse, entristecendo o comandante, que havia lhe prometido inúmeras vezes que a levaria.

"Vamos ver o palácio de Beşiktaş em que a princesa Pakize ficou presa, vamos visitar a Sublime Porta, onde fica o governo, e vou levar você ao Instituto Imperial de Bacteriologia, em Nişantaşı!", ele disse. A esposa chorava — e, sim, os olhos dele também se encheram de lágrimas.

Oito horas depois, Zeynep morreria de peste na suíte deles no hotel Splendid. A morte chegou para ela ainda mais rápido do que para seu pai, o guarda da penitenciária Bayram efêndi, vítima da mesma doença noventa e cinco dias antes.

63.

A princípio, a revolta dos discípulos da seita Halifiye e dos apoiadores de outras fraternidades amotinadas após o rapto do xeque Hamdullah não parecia séria a ponto de causar muita preocupação. Alguns dos manifestantes carregavam bastões, mas a maioria deles estava desarmada, e para mostrar que não tinham intenção de brigar, não pegaram nem gravetos caídos pelo caminho. O Sami paxá não tinha dúvida de que seria fácil para a Brigada de Quarentena dominar aquela turba desnorteada.

A maioria dos historiadores concorda, por outro lado, que a revolta iniciada nos presídios naquela noite alteraria drasticamente o rumo da história de Mingheria. Dito isso, não compartilhamos da opinião de alguns de que, se o comandante tivesse saído do lado da esposa e assumido o comando de suas tropas, as coisas teriam tomado um caminho completamente diferente e muitas mortes teriam sido evitadas. Pois quando o motim na prisão do castelo ainda não havia alcançado proporções inesperadas nem atingido uma gravidade que exigiria o talento militar e político do comandante, já era muito tarde e o Estado, debilitado, tinha perdido as rédeas da situação havia muito.

Fartos do tratamento brutal que recebiam dos guardas e da propagação da peste nas instalações do presídio, os ocupantes do Pavilhão Três, também conhecido como Pavilhão dos Novatos, vinham aguardando a oportunidade de se rebelar. A atmosfera de "anarquia" que parecia ter tomado as ruas após o rapto do xeque Hamdullah, bem como a animosidade que líderes de seitas, alguns comerciantes e os agitadores habituais instigavam contra a Brigada de Quarentena dava aos presos a desculpa e a inspiração que vinham esperando. A cidade inteira estava envolta numa aura catastrófica, e os presos, furiosos, sentiam que a hora deles havia chegado.

Mas o que mais inflamou o ânimo de todos os presos foram os acontecimentos ocorridos depois chegada da peste ao Pavilhão Três, dez dias antes. A única reação da gestão do presídio fora isolar o pavilhão. Sem poderem sair para fazer exercícios e tomar um pouco de ar, os prisioneiros ficavam cada vez mais furiosos. Os que manifestaram bubos foram encaminhados ao Hospital Hamidiye (cujo nome ainda não tinha mudado). Mas como quem ia nunca mais voltava, ninguém queria ir. Todo dia as portas do pavilhão se abriam e dois homens entravam, ladeados por guardas, para borrifar Lysol em cada canto e nos prisioneiros assustados e subjugados, mas no dia seguinte mais dois acordavam com ínguas no corpo e eram mandados ao Hospital Hamidiye, onde morriam.

Foi numa dessas operações de desinfecção que um dos prisioneiros se jogou da cama fingindo um surto de delírio febril, e com a comoção decorrente os outros presos conseguiram agarrar um guarda e lhe tomar a chave. Após um breve engalfinhamento, os outros guardas também se renderam. Pouco depois, antes que o diretor da prisão se desse conta de que estava acontecendo um motim, os rebeldes já haviam ocupado o prédio inteiro. Os efeitos da peste também tiveram sua função nessa vitória fácil: por várias razões, entre elas o medo e os funerais, havia encolhido muito o número de funcionários e de guardas que iam trabalhar todo dia. Alguns simplesmente pararam de comparecer depois dos primeiros rumores de que a peste invadira a prisão.

Naquela mesma noite, os rebeldes já tinham se apossado do resto do castelo enfrentando pouquíssima resistência. Em nenhum momento tinham planejado ou sonhado algo assim. Na verdade, não havia nada de muito organizado na insurreição. Mas o diretor da prisão, assim que viu que o edifício central, que datava da era bizantina, também havia caído nas mãos dos rebeldes, retirou seus homens da Torre Veneziana e das salas de administração. A quem argumenta que o diretor agiu com excesso de cautela, observamos o seguinte: sempre que se deparavam com alguém que considerassem suspeito, ou de que não gostassem, ou que tentasse ficar no caminho deles, os presidiários delinquentes do Pavilhão Três espancavam a pessoa sem dó nem piedade e a deixavam à beira da morte. Três dos condenados atearam fogo à mesma cozinha onde haviam sido torturados, com os pés açoitados e a pele marcada com carvão quente. Outros fogos arderiam em Arkaz naquela noite. O diretor estava certo ao abandonar a cadeia.

Mas esse vácuo administrativo também legou aos delinquentes do Pavilhão Três responsabilidades imprevistas. O castelo estava agora nas mãos deles. Soltariam os demais? Qualquer governador, otomano ou não, ficaria perdido, sem saber o que fazer com o enxame de criminosos recém-libertos circulando pelas ruas. Os guardas do Sami paxá tampouco se faziam ver. Os prisioneiros conversavam sobre a possibilidade de ir ao hospital buscar os camaradas enviados para lá. Enquanto isso, os prisioneiros dos pavilhões cujas portas continuavam trancadas uivavam feito loucos, "Solta a gente!", e sacudiam as barras. Havia no ar um cheiro novo de ferrugem, mofo e fumaça.

De manhã, todos os pavilhões do presídio estavam vazios. O terreno espaçoso do castelo havia se tornado um pátio para presidiários libertos. Alguns trocavam abraços alegres e celebravam. Outros já tinham saído do castelo para a cidade. A peste parecia ter caído no esquecimento. Não se viam soldados de quarentena nem policiais por perto. Pode-se dizer que as estruturas do Estado, já fragilizadas pela morte da esposa do comandante no Splendid Palace, tinham definitivamente desmoronado.

Em seus últimos instantes — assim como seu pai, o guarda da prisão — Zeynep parecera se recuperar um pouco, e isso dera esperança a todos. Ao ver que a cor voltava às faces da esposa, o comandante ignorou todas as precauções e sentou ao lado dela, tocando seu ventre. Ele a abraçou e disse que tudo se ajeitaria, que a quarentena funcionaria. Se ela fosse à janela e olhasse o mar, aquele azul mingheriano especial, saberia muito bem o quanto a vida poderia ser bela.

Zeynep agonizava, atordoada de dor, perdendo e recobrando a consciência e tendo delírios incoerentes, e o marido Kâmil não saía de seu lado.

Decidiram que não haveria uma cerimônia fúnebre, o corpo seria lavado com cal e enterrado na manhã seguinte. Invadido por um sentimento de culpa, o comandante não conseguia tirar os olhos da expressão surpresa no rosto cinzento da finada esposa. Sentou e segurou sua mão fria, e só saiu dali quando Hadid o arrastou para fora.

Todos foram unânimes quanto a manter em segredo a causa da morte da esposa do comandante. Assim, ela foi enterrada sem nenhum ritual religioso, numa cova aberta especialmente para ela no Cemitério Muçulmano Novo. Além da carruagem fúnebre normal, os coveiros e alguns corvos e gaivotas, só o comandante presenciou o sepultamento. Para não chamar atenção, ele se vestiu como aldeão, de calças frouxas, cinto largo, sapatos grosseiros de couro de vaca e um fez antiquado.

Poderíamos pensar que o comandante, atordoado pela perda da esposa e do filho que não havia nascido, encontrara consolação em devaneios, se imaginando o aldeão mingheriano arquetípico, e Zeynep a aldeã heroína de um conto de fadas mingheriano "pastoral". Até hoje ficamos assombrados e pasmos de pensar que em meio a todos os acontecimentos grandiosos ocorridos no vinte e sete de julho de 1901, o comandante conseguiu reimaginar sua dolorosa perda como parte da mitologia mingheriana.

Nesse dia, no mesmo espírito patriótico comovido e bem-intencionado, o comandante deu a dois jornalistas — um grego e outro turco — uma "entrevista", mais tarde publicada no *Neo Nisi* e no *Arkata Times*, contando que o primeiro encontro do casal fora na infância. (Na verdade eles tinham uma diferença de idade de catorze anos.) Ela era uma menina muito inteligente e muito determinada que insistia, apesar das objeções das professoras, em falar a língua mingheriana tradicional na escola e com os amigos. O laço de Zeynep com Kâmil se formara nessa época. Sempre que sentiam o ímpeto de falar mingheriano, eles se procuravam, e quando conversavam, as cores de suas almas se revelavam em todo seu misterioso lirismo. Foi no rostinho doce de Zeynep que o comandante passou a notar a verdadeira graça da língua mingheriana, e na mesma hora começou a pensar em como libertar e proteger aquele idioma dos ataques do francês, do grego, do árabe e do turco.

Todo cidadão de Mingheria de hoje seria capaz de recitar essas palavras de cor, e também somos da opinião de que constituem a expressão mais poética que já existiu do nacionalismo mingheriano e da Revolução Mingheriana, conforme articulada justamente pelo homem que era seu centro e motivação. Talvez seja um bocado surpreendente que o comandante conseguisse ditar um texto como esse num dia tão difícil, e pouco antes do funeral da esposa. Há quem sugira que seu vice, o Mazhar efêndi, e diversos literatos da ilha devem ter dado alguns pitacos na forma final da declaração sobre Zeynep.

Os vencedores do Concurso Nacional de Poesia Patriótica, que seriam anunciados seis meses depois, também se inspirariam nesse texto fundamental.

Na entrevista ele também fez diversas reflexões sobre a similitude do som das palavras em mingheriano para "água", "Deus" e "eu", e sobre as sombras lançadas pela misteriosa ligação que vincula os objetos a seus significados. Pintado sete anos depois, o quadro a óleo de Alexandros Satsos em que o comandante reza sozinho no Cemitério Muçulmano Novo, enquanto a esposa é enterrada, é ao menos tão conhecido entre os mingherianos de hoje quanto a entrevista poética. O maior talento do pintor ilustre foi a capacidade de captar os dilemas internos do comandante.

O quadro mostra o comandante como uma figura heroica que fita de coração partido a cova da esposa grávida (com corvos em segundo plano, ao longe), ao mesmo tempo que dedica cada fibra de sua determinação à ideia de que precisa ser forte, resistente e sereno em prol do futuro de sua nação. A pintura, cujo tom dominante é um amarelo enevoado, também nos emociona por sua atmosfera cativante. Traços de chamas azuis que surgem da cidade e do fosso de incineração acentuam a dramaticidade da cena. Mas o elemento mais comovente é a sensação de "pátria" e de pertencimento evocada pela imagem de colinas, planícies e cumes escarpados de Mingheria vistos à distância.

64.

Os governantes do novo Estado de Mingheria estavam quase sempre ocupados com questões elevadas como o ensino de mingheriano nas escolas primárias, a história de Mingheria e nomes e contos de fadas mingherianos. Absortos em suas obsessões, pareciam ter se isolado do mundo e não conseguiam nem entender nem assimilar a gravidade do que acontecia na cidade. Também colaborava para essa alienação o fato de que muitos funcionários do governo, informantes, servidores municipais e soldados não iam mais trabalhar ou viviam arrumando desculpas para cair fora. Dois soldados da Brigada de Quarentena haviam sido atacados por um grupo dos chamados "sectários" quando patrulhavam as ruas de Turunçlar, e enquanto um conseguiu correr, o outro foi espancado, lesionando de forma definitiva um olho. Ao mesmo tempo que assustou a Brigada de Quarentena, o incidente deixou os soldados com sede de vingança. O Sami paxá, portanto, relutava em permitir que circulassem livremente pela cidade.

O que mudou de verdade o curso da história foi o momento em que os prisioneiros que se apoderaram do castelo decidiram abrir o portão de metal do centro de isolamento — a única área do castelo que ainda não havia sido destrancada. E o resultado disso foi que foram soltas quase trezentas pessoas infectadas ou sob suspeita.

O que pensavam os presos enquanto evacuavam a área de isolamento? Teriam agido segundo a lógica simplista, primitivamente anárquica, de que, como já haviam libertado todo mundo, fariam bem em soltar "essa gente"? Ou pensaram "bem feito para eles", cientes de que, se deixassem solta aquela gente provavelmente infectada, paralisariam de terror a cidade e a peste se propagaria como nunca? Talvez jamais saibamos (embora teorias a respeito não faltem). Talvez eles acreditassem no que os agentes de quarentena acreditavam sem confessá-lo: que a quarentena era uma iniciativa ineficaz e até mesmo inútil. (Mas de qualquer jeito as pessoas do centro de isolamento foram trancadas ali sem um bom motivo. Libertá-las era uma boa ação!)

Os rebeldes podem até ter quebrado a fechadura do centro de isolamento, mas nunca se deram ao trabalho de dizer aos que estavam ali dentro: "Vocês estão soltos". Como eles tinham medo de entrar e ser contaminados pela peste, e ninguém parecia estar disposto a assumir a responsabilidade, os confinados levaram um tempo para perceber que poderiam sair. A área de isolamento do castelo foi, portanto, se esvaziando muito mais lentamente que as celas. Mas a notícia de seu esvaziamento se espalhou como um rastilho de pólvora no dia seguinte. É evidente que essa catástrofe jamais teria acontecido se os guardas e os agentes de quarentena não tivessem fugido!

O esvaziamento da prisão e do centro de isolamento — e consequentemente, na prática, do castelo inteiro — alterou por completo a atmosfera da cidade. A coisa mais fácil de acontecer era esbarrar com gente que tinha fugido do isolamento, atravessado a vizinhança do bairro de Castelo-Moat e voltado para casa. Seus compatriotas podiam até desejar que tudo lhes corresse bem quando se cruzavam nas ruas, assim como desejavam aos presos recém-foragidos, mas ao mesmo tempo sentiam medo deles. Os guardas do governo e os agentes de quarentena não faziam nada para recolhê-los.

Os que estavam infectados e nitidamente doentes ao sair do centro de isolamento não costumavam ser bem recebidos quando voltavam para casa. Alguns ficavam arrasados ao descobrir, assim que chegavam, que os familiares haviam se dispersado, os entes queridos haviam falecido e suas casas haviam sido tomadas por estranhos. Outros se metiam em discussões e brigas com esses novos moradores ou com os próprios parentes que os acolhiam. Outros ainda não eram nem convidados a entrar, vai que levassem a peste para dentro? Um parente sensato talvez lhes dissesse para voltar ao castelo e ficar por lá durante o período obrigatório de isolamento. Houve quem, prevendo que poderia ser alvo desse tipo de tratamento e receando ficar sem a cumbuca diária de sopa e a fatia de pão com que poderia contar no castelo, decidiu nem botar os pés para fora. Quem não saiu de lá foi logo se instalando nos melhores catres dos pavilhões desocupados pelos antigos moradores. Mas não seria muito correto sugerir que tenham permanecido por causa do pouquinho de sopa e do pão — pois no decorrer da semana anterior, a quantidade de farinha à disposição das padarias e os pães distribuídos na cidade e no centro de isolamento caíra pela metade.

Conforme observam alguns analistas, foi uma época de anarquia, de incúria e de fiasco administrativo, e essa situação caótica só crescia e se espalhava com o passar das horas. Menos de um mês após a fundação do novo Estado, as ruas estavam abarrotadas de criminosos calejados, estupradores, assassinos e presidiários infestados de peste, bem como de indivíduos "sob suspeita" de contaminação.

Essa última categoria era composta de quem tinha sido isolado injustamente. As pessoas de fato eram trancafiadas no castelo por atitudes insolentes contra a Brigada de Quarentena, por desobediência às ordens e pelo flagrante pouco-caso pelas medidas restritivas. Não existia nenhuma justificativa médica para confiná-las. Em outros tempos talvez fossem mandadas para a prisão, mas as autoridades sabiam que o isolamento seria um castigo mais cruel e mais persuasivo, e a Brigada de Quarentena achava importante ser muito rigorosa e fazer desses irresponsáveis um exemplo para quem continuasse a ignorar as restrições sem motivo nenhum. No entanto, agora esse mesmo grupo estava decidido a se vingar da Brigada de Quarentena, cujos atos haviam causado a contaminação de muitas pessoas antes saudáveis. Fazendo objeções não só à Brigada de Quarentena, mas também às medidas restritivas, aos médicos e ao protocolo de isolamento de modo geral, essas pessoas gostavam de dizer que teriam sido os médicos, os cristãos e os agentes de quarentena que haviam levado a doença para a ilha. O Sami paxá sabia que era impossível reunir esse grupo cada vez maior e obrigá-lo a voltar ao centro de isolamento.

Não demorou muito para que os fugitivos do centro de isolamento percebessem que havia um vácuo de poder em Arkaz. As pessoas que já tinham medo de sair depois da peste, da revolução e das execuções públicas não atravessavam mais a soleira da porta, dissuadidas pela visão de bandidos e transmissores da peste foragidos da prisão e do centro de isolamento errando pelas ruas. Seguindo as instruções do Sami paxá, a Brigada de Quarentena, receosa de confrontos, também desapareceu.

Os irascíveis foragidos do isolamento conseguiram ganhar certo grau de aceitação na cidade, e um dos motivos foi por serem vistos como pessoas que ofereciam aos comerciantes e senhorios uma forma de proteção contra os culpados da revolta da prisão e os que tinham escapado com eles. Alguns dos condenados antigos que haviam conseguido fugir do cárcere e das masmorras do castelo na esteira da rebelião já estavam de olho em certas casas da cidade de que gostavam e que planejavam arrombar, ou nas quais pelo menos pudessem arrumar um cantinho ou quintal para se instalar. Esses criminosos eram encorajados pela ausência de policiais e soldados nas ruas. Alguns deles, mais ignorantes, atrevidos e insensíveis haviam descido até as docas em busca de um barco com o qual pudessem ir a Esmirna, e ali haviam travado um embate com a Brigada de Quarentena e alguns dos ex-reclusos do centro de isolamento. O primeiro conflito mais sério ocorreu aos pés da Colina do Jegue, entre dois presos foragidos e o dono de uma mercearia que vendia figo, nozes, queijos e outras mercadorias produzidas nos povoados. Um prisioneiro devorava os figos em exposição enquanto o outro surrupiava um queijo, quando o dono da mercearia e sua família partiram para o contra-ataque. Como dava para perceber que os dois eram criminosos comuns e não fugitivos do centro de isolamento, a vítima e seus defensores não tiveram medo de brigar. Um dos irmãos do merceeiro e alguns amigos, todos recém-saídos de um isolamento de cinco dias depois de terem sido "injustamente" identificados como pessoas infectadas, reunidos para celebrar essa liberdade recém-adquirida, se meteram na confusão. Cinco minutos e vários golpes de porrete e gravetos depois, o choque entre prisioneiros fugidos e enfurecidos desertores do isolamento já havia se encerrado, mas logo ensejou o rumor de que se podia contar com os "infectados" para proteger os comerciantes de criminosos sem coração.

O ministro-chefe Sami paxá acompanhava tudo com atenção do gabinete que ocupava havia cinco anos. O vice do comandante, o Mazhar efêndi, e o médico e príncipe consorte fizeram uma reunião com ele naquela mesma noite. Não dispunham de soldados nem policiais em número suficiente para defender o Estado de todos os fugitivos e arruaceiros que perambulavam pelas ruas, ou prender os ex-reclusos isolados e devotos de seitas que queriam vingança. Depois de uma série de brigas e confrontos infelizes, os soldados da Brigada de Quarentena haviam se recolhido em casa, e menos da metade aparecia na caserna para trabalhar. Tinham ouvido falar que a esposa do comandante havia morrido de peste e isso fora um golpe em seu moral. O Sami paxá só dispunha de policiais e gendarmes em número suficiente para proteger a Sede Ministerial e a praça. Foram esses gendarmes que afugentaram um grupo de criminosos hostis que tentou invadir a sede e passar a noite lá dentro. Também circulavam boatos de que algumas quadrilhas haviam se instalado em diversas casas espalhadas pela cidade e planejavam invadir os prédios do governo. Era urgente restaurar a paz entre a Brigada de Quarentena e os egressos do centro de isolamento do castelo, mas os homens reunidos naquela noite no gabinete do Sami paxá não conseguiam atinar com nenhuma estratégia.

A fim de garantir a segurança da Sede Ministerial e dos aposentos do comandante no hotel Splendid, o Sami paxá pediu à caserna que mandasse um pequeno pelotão da divisão árabe capaz de entender e seguir ordens. Mas por alguma razão esses reforços ainda não tinham dado as caras. O Mazhar efêndi, que cuidava dessas negociações, queria botar o comandante a par da situação nas ruas e da influência crescente dos egressos do isolamento e se aconselhar com ele. O comandante, enlutado pela morte da esposa e do filho, havia se trancado no quarto no último andar do Splendid Palace e se recusava a sair. Nesse ínterim, porém, um bando de criminosos foragidos incendiou uma casa no bairro de Kadirler, gerando uma nuvem de fumaça visível da cidade inteira. O comandante decerto estaria se perguntando o que ocorria, teria ouvido os gritos e berros, e um ou outro tiro que era disparado na cidade durante a noite.

Esta me parece uma hora apropriada para fazer um ou dois comentários sobre o papel do indivíduo na história. Caso a esposa do comandante Kâmil não tivesse se infectado, será que as diversas situações posteriores teriam ocorrido? Será que a história não teria tomado um rumo completamente diferente? Ou os desdobramentos inevitáveis que a história reservava para a ilha de Mingheria teriam se dado mesmo assim? É difícil responder a essas perguntas. Mas é verdade que naquele clima de anarquia e desordem, a preocupação exclusiva do comandante com a esposa e com a língua mingheriana só servia para piorar o caos e a turbulência que reinavam na cidade e, o mais importante, também levou à rápida dissolução de qualquer esperança e otimismo que o novo governo pudesse ter gerado.

No dia seguinte, os presentes à reunião matinal para assinalar no mapa as mortes ocorridas na véspera depararam-se com trinta e duas. Àquela altura era quase impossível continuar enterrando as vítimas individualmente, mas os cortejos fúnebres ainda aconteciam e burlavam a quarentena em alguns dos bairros mais afastados. A nova multidão insubordinada que tomava as ruas da cidade transformara a resistência às medidas restritivas em algo corriqueiro.

O Sami paxá percebia melhor do que ninguém que o único jeito de restabelecer a autoridade era o comandante sair do quarto onde chorava a morte da esposa e reassumir o comando da Brigada de Quarentena, pois nada mais funcionaria àquela altura, e se protelassem ainda mais, seria o fim de tudo. No dia seguinte, o Sami paxá, o Mazhar efêndi e seus guardas subiram ao último andar do Splendid Palace e bateram à porta da suíte do comandante. A porta grossa e branca de madeira permaneceu fechada. Esperaram por muito tempo e tornaram a bater. Visto que ninguém abria, enfiaram por baixo da porta (deixando parte do papel para fora) uma carta que haviam preparado de antemão, com um relatório dos últimos acontecimentos políticos e a urgência da situação.

Voltaram uma hora depois e viram que a carta fora recolhida. O Mazhar efêndi observou que a maçaneta parecia ter se mexido. O comandante devia estar acordado. A porta não estava trancada. Depois de bater mais uma vez e esperar um pouco, acharam por bem que o príncipe consorte os acompanhasse porta adentro e enviaram um mensageiro à antiga Sede do Governo.

Meia hora depois, o Sami paxá empurrou a porta devagarinho, acompanhado do doutor Nuri.

Ainda sem resposta, o Sami paxá, o doutor Nuri e o Mazhar efêndi entraram e se depararam com o comandante Kâmil sentado a uma escrivaninha de nogueira junto a um dos janelões com venezianas. O comandante reparou que alguém tinha entrado, mas não se mexeu. O doutor Nuri percebeu, ao se aproximar, que ele estava estranho.

O comandante vestira o uniforme militar e calçara as botas, embora estivessem em pleno verão. Por um instante, o médico achou que ele enfim decidira sair e liderar os soldados, mas não: o comandante Kâmil mal tinha forças para respirar, que diria lutar. Ele arfava, a testa molhada de suor.

499

O doutor Nuri percebeu que o comandante os acompanhava com os olhos, como se estivesse sentado na cadeira do barbeiro e não pudesse movimentar a cabeça. Então seu próprio olhar se deteve no pescoço do comandante: um enorme e protuberante bubo surgira no lado direito.

Nesse momento histórico, os três homens se deram conta de que o fundador do novo Estado e herói revolucionário comandante Kâmil fora contaminado. Entenderam que vinha agindo dessa forma porque não era capaz de reclamar por estar doente, ou porque sentia que não deveria estar. O Sami paxá também compreendeu que o comandante, qual uma criança amuada, se recusaria a falar. O doutor Nuri, por sua vez, lembrou que em alguns casos a peste afetava a capacidade de fala dos pacientes, e em outros causava calafrios e gagueira.

O que aconteceria agora? Os três sabiam que o comandante pensava sobretudo no destino da nação e da ilha, e que não queria que sua doença viesse a público, como tampouco queriam os demais presentes. Mas o comandante só conseguia enxergar o fim da própria vida. Os outros três estavam angustiados pensando no que aconteceria depois.

65.

Pouco tempo depois de mostrar aos outros três líderes políticos o cisto em seu pescoço, o comandante Kâmil paxá abandonou a pose que tinha adotado, se afastou lentamente da cadeira de vime onde estava sentado e desabou, tremendo, na cama em que ele e a finada esposa haviam sido muito felizes ao longo de dois meses e meio.

Ao tentar compreender todos esses acontecimentos, ainda nos surpreende que os três outros homens presentes na suíte — o Sami paxá, o Mazhar efêndi e o doutor Nuri — conseguissem pensar em qualquer outra coisa que não fosse fugir no mesmo instante e voltar à antiga Sede do Governo e atual Sede Ministerial para salvar a própria vida, assim como a da esposa e dos filhos. Mas no afã de não fazer com que o navio do Estado fosse a pique, o Sami paxá e o Mazhar efêndi tentavam se comportar como se estivessem acompanhados de um pelotão de soldados que esperasse as ordens do governo.

Alguns historiadores sugerem que a doença do comandante Kâmil marcou o início de uma contrarrevolução mingheriana e um retorno à antiga ordem. Se entendermos a revolução como um movimento por independência e pela rejeição ao domínio turco, então essa tese é um erro, pois a ilha continuou no caminho da independência mesmo depois que o comandante se contagiou. Mas se considerarmos a revolução uma força em prol do secularismo e da modernização, a observação desses historiadores talvez seja acertada. De qualquer modo, concordamos que em dois dias ficou claro que por mais que os médicos e burocratas trabalhassem, o novo governo teria dificuldades para conservar o poder. A rede de espiões e informantes do Sami paxá havia se calado, como se até seus membros tentassem entender o que estava acontecendo. A cidade estava nas garras da indisciplina, da desordem e da confusão, numa situação que o Ocidente poderia chamar de "caos" e "anarquia". Não havia uma única pessoa dentro da Sede Ministerial que compreendesse plenamente o que acontecia do lado de fora.

À tarde, o doutor Nuri e o doutor Nikos fizeram uma incisão no bubo do comandante. Deram-lhe uma injeção para diminuir a febre e, a fim de esfriá-lo ainda mais, providenciaram um enfermeiro para lhe lavar o corpo sob a supervisão dos dois. Não chegavam muito perto do enfermo. Mais à frente, o doutor Nuri contaria à esposa que nesse primeiro dia o comandante escondeu a doença, como faziam todos, e no dia seguinte passou a se comportar feito criança. Os livros escolares de Mingheria registram que apesar da doença o comandante "não teve medo" e persistiu na luta contra a epidemia e no estabelecimento do sistema de quarentena moderno. Vez por outra ele mergulhava em longos silêncios, brigando com as dores de cabeça que golpeavam sua testa como marretadas, enfrentando longos calafrios e se distanciando do mundo. Mas em outros momentos parecia ter vencido a febre, procurava levantar assim que despertava e agia como se tivesse que chegar depressa a algum lugar.

Uma hora depois que a íngua foi drenada, o comandante reuniu as forças que ainda lhe restavam e foi até a janela olhar a cidade e as docas. Permeada pelo fulgor azul, rosa e branco que lhe era característico, a baía estava gloriosa. Como se a visão desse fulgor confirmasse uma informação que tivesse recebido do alto e que ponderasse desde então, o comandante declarou que a nação mingheriana era a mais nobre, genuína e elevada do mundo, e seria assim para sempre. Uma joia continuava sendo uma joia ainda que só adornasse os dedos de gente gananciosa, perversa e ávida, e não perdia nem um pingo do valor ao sofrer os abusos e maus-tratos dos italianos, gregos e turcos. Mingheria era mais preciosa do que nunca, e ninguém melhor que os mingherianos para entendê-la e fazê-la prosperar. Era para isso que usariam a língua mingheriana. Qualquer um que dissesse "Eu sou mingheriano" era mingheriano. Fazia séculos que mingherianos eram proibidos de dizer "Eu sou mingheriano", mas dali em diante a adoção dessa declaração belíssima seria considerada tão sagrada quanto uma prece, cuja força ninguém poderia contestar.

Essas palavras, ele argumentou, não eram apenas a origem da irmandade deles com o resto da humanidade: eram a origem de tudo. A expressão em seu rosto era a de um homem que sai às ruas caminhando no meio do povo. Ao descrever esses momentos à esposa, o médico e príncipe consorte diria que "foi como se um jorro de amor, paixão e entusiasmo saísse de dentro do comandante e inundasse a cidade inteira!". Um dia o povo mingheriano realizaria feitos grandiosos e mudaria a história do mundo! Infelizmente, a essas ondas de energia seguiam-se longos períodos de exaustão durante os quais o comandante ficava na cama em meio a delírios incoerentes, entre o sono e a vigília.

O Mazhar efêndi designara um jovem escrivão para ficar à cabeceira do comandante registrando tudo que ele falasse. Os relatos do doutor Nuri à esposa corroboram muitas observações do escrivão. Em seus derradeiros delírios, o comandante disse que via os navios de guerra do bloqueio naval, frisou a importância de garantir que a esposa não saísse da suíte e que o filho frequentasse uma escola mingheriana para aprender a ler e escrever. A certa altura, apontou uma nuvem no céu parecidíssima com a rosa da bandeira nacional. Como esse incidente adquiriria uma relevância singular na cultura mingheriana e sobretudo em seus livros escolares, as crianças aprenderiam sobre ele nas aulas de desenho e todo ano, no início de agosto, no dia seguinte ao aniversário de morte do comandante, a ilha inteira celebraria o feriado da Nuvem e da Rosa.

Ciente de que a situação havia se tornado desesperadora, o Sami paxá e o vice Mazhar efêndi pensaram em tentar uma aliança com o xeque Hamdullah — no mínimo, raciocinaram, para evitar mais mortes desnecessárias. Enviaram um mensageiro ao hotel Constanz, mas não receberam resposta do xeque.

Quando tornou a despertar, à meia-noite, o comandante contou ao jovem escrivão acomodado à sua cabeceira um antiga história mingheriana da raposa em busca de um par, que a avó havia lhe contado uma vez, quando ele era pequeno. Na mesma noite, um pouco mais tarde, lembrou de outra das antigas histórias mingherianas da avó. Muito antes da existência de Arkaz, um barco havia colidido contra as rochas da baía e os tripulantes que desembarcaram eram os ancestrais dos mingherianos. Gostaram da ilha e em pouco tempo passaram a vê-la como sua terra nova, com seus despenhadeiros, suas nascentes, suas florestas e seu mar. Naquele tempo, os rios de Mingheria eram repletos de tainha-olhalvo e de antigos caranguejos com pintas vermelhas, as florestas eram povoadas por papagaios tagarelas e tigres furtivos, os céus coalhados de cegonhas rosadas e andorinhas-azuis que migravam para a Europa no verão. Para cada uma dessas criaturas, a menininha Zeynep, que ficara amiga de todas elas, encontrou um abrigo na ilha, um ninho numa árvore, uma gruta na qual se refugiar. Seu pai havia sido funcionário da corte do rei. O comandante disse que alguém deveria escrever uma cartilha para as crianças sobre a amizade de Zeynep com esses animais da Mingheria antiga, depois começou a ditar em turco o que seria o primeiro capítulo do *Livro de Zeynep*. Enquanto falava, o comandante foi à janela, pediu em meio à respiração penosa que a veneziana fosse aberta e olhou a paisagem noturna de Arkaz. Era como se os contos de fadas da avó ganhassem vida nas ruas escuras e silenciosas lá embaixo. A expressão do comandante se iluminou com o prazer arrebatador de misturar suas próprias recordações ao futuro da ilha, e mitos antigos a acontecimentos atuais. Naquele instante, antes de desmoronar na cama em meio a dores agônicas, ele entendeu que ver o presente no passado equivalia a imaginar o futuro.

Na manhã seguinte, depois de saber que o estado do comandante havia piorado e que o número de mortos subira para quarenta e oito, o Sami paxá exclamou: "Agora só nos resta recorrer a Deus!".

No entanto, em menos de uma hora o paxá concordou com o Mazhar efêndi que seria bom ele fazer uma visita à Torre da Donzela, ainda que como "último recurso". Ao meio-dia, um barquinho a remo que antes era do Gabinete do Governador, e — talvez os leitores se lembrem — que também havia buscado o Bonkowski paxá no *Aziziye* numa manhã do começo do nosso livro, navegou rumo à Torre da Donzela com o Sami paxá a bordo. Dado o tumulto político e o número crescente de mortes, não havia mais balsas entrando e saindo da ilha, nem as programadas nem as imprevistas, portanto a essa altura as únicas pessoas que ainda estavam na Torre da Donzela eram agentes do governo "leais a Istambul". O Sami paxá hesitava em conversar com eles por medo de que fizessem comentários velados sobre traição. Por isso se encontrou apenas com Hadi, o vice do novo governador morto antes de tomar posse, e depois de ressaltar que tudo o que fizera havia sido em nome da saúde dos cidadãos e dos súditos do sultão, o paxá abordou o assunto principal, explicando que a situação da ilha era terrível e que estava cogitando botar Hadi e os outros burocratas turcos em um navio rumo a Creta para que de lá voltassem para Istambul. Mas em troca, ele declarou com prudência, o comandante pedia que Istambul retirasse o bloqueio e mandasse reforços militares para ajudar na contenção da peste.

Anos depois, Hadi adotaria um tom irônico ao contar em suas memórias, *Das ilhas à pátria*, que o encontro pareceu uma reunião não tanto de dois burocratas otomanos, mas de um refém com o pirata que pedia seu resgate. De qualquer modo, as exigências do Sami paxá não eram realistas; ainda que conseguissem arrumar um barco disposto a fazer o trajeto da Torre da Donzela a Creta, e ainda que o barco conseguisse furar o bloqueio, não havia nenhum motivo para alguém de Istambul acatar as ordens de um bando de oficiais otomanos suspeitos. Além do mais, levariam no mínimo uma semana para chegar lá. Depois de um tempo, o Sami paxá se deu conta do absurdo da proposta e encerrou o encontro às pressas (como se de repente se lembrasse de uma coisa que precisava fazer).

Ao se aproximar das docas e vislumbrar Arkaz, o Sami paxá achou-a de uma desolação lúgubre. Ninguém nas ruas, nem indício de movimentação. O dia estava nublado, a cidade tinha um tom plúmbeo e tinha-se a impressão de que não restava mais vida ali. Duas colunas de fumaça azul subiam aos céus — nada mais! O barqueiro manuseava os remos com resignação. O mar estava negro e assustador. Um dia, é claro, a epidemia acabaria, e a vida, a cor e a beleza voltariam à ilha. Até lá, o Sami paxá pensou, preferia não olhar para a cidade a vê-la sob um manto fúnebre.

O Sami paxá estava no barco quando o comandante Kâmil paxá, fundador do Estado de Mingheria, morreu em seu quarto no último andar do Splendid Palace, quatro dias depois da esposa. No quarto, só havia ele e o jovem escrivão que registrava suas palavras. O doutor Nuri esperava a fatídica notícia no primeiro andar do hotel.

O servidor disse que nas duas últimas horas de vida o comandante Kâmil havia pronunciado um total de duas mil palavras em turco e cento e vinte e nove em mingheriano. Identificadas como "as palavras do comandante", esses termos mingherianos são desde então reproduzidos em turco e em mingheriano, e empregados em diversos contextos, inclusive em placas em repartições públicas, em cartazes e selos, no ensino de sistemas telegráficos e do alfabeto, em obras literárias. O primeiro dicionário mingheriano chega a usar uma tipografia diferente para as cento e vinte e nove palavras do comandante. Até hoje são exibidas de forma tão ostensiva na capital que um visitante que nunca tenha ouvido uma palavra sequer de mingheriano provavelmente as aprenderia todas as cento e vinte e nove em três dias, e sem nenhum esforço.

Dentre as palavras que o comandante falou em suas últimas horas, algumas ("fogo", "sonho", "mãe") revelam sua sensibilidade para a poesia; outras ("escuridão", "tristeza", "fechadura") ressaltam as emoções do grande homem; há também aquelas ("porta", "toalha", "copo") que sugerem que ele estava o tempo todo lúcido, embora talvez tenha precisado de certa assistência prática.

Quanto às suas menções a botas e navios de guerra, alguns biógrafos, historiadores e políticos as interpretam como prova de que, nesses momentos derradeiros, quando mal tinha forças para falar, o fundador da nação pensava em calçar as botas e ir atacar, com a Brigada de Quarentena, os navios das Grandes Potências.

Quando voltou a seu gabinete com o cocheiro Zekeriya, que foi buscá-lo no Quebra-Mar Rochoso, o Sami paxá se deparou com os ministros de Estado agitados. O Mazhar efêndi, que deixara o comandante aos cuidados do doutor Nuri, também estava lá, e a notícia era assustadora: ao que tudo indicava, o xeque Hamdullah fugira do hotel Constanz na noite anterior.

Talvez tivesse sido sequestrado (mas essa hipótese ainda não estava bem delineada), quem sabe, ainda que não houvesse sinais de luta. Teria o xeque simplesmente saído andando? Era altamente improvável, e além do mais o Sami paxá tinha certeza de que ele jamais faria isso. Por enquanto, eram essas as únicas informações. Ninguém havia aparecido para assumir a responsabilidade pelo delito, mas os sequestradores poderiam muito bem espancar, torturar e matar o xeque, assim como haviam feito com o Bonkowski paxá, e nesse caso a culpa poderia cair no colo do ministro-chefe Sami paxá.

O outro problema que as autoridades enfrentavam era a crescente popularidade de um novo grupo de fugitivos do isolamento que batia ponto nos bairros de comerciantes ao norte da avenida Hamidiye. Usando a vasta rede de amigos, parentes e comerciantes da comunidade local para se consolidarem como "vítimas da quarentena" e conquistar o apoio dos lojistas contra os bandidos foragidos que vagavam pela cidade, a maioria dos quarenta e poucos membros dessa quadrilha havia se instalado no bairro de Hagia Triada, onde agora também espalhava a doença. Percebendo que a Brigada de Quarentena não se encontrava em condições de contê-los, como tinham sede de vingança estavam sempre procurando qualquer oportunidade de combate. Os espiões também relataram que a quadrilha inflamava opiniões contrárias à quarentena (e não só contrárias ao isolamento), e que tinha incentivado um merceeiro a reabrir seu estabelecimento atrás da alfândega, estimulando-o a estocar e vender o que bem entendesse.

O Sami paxá estava justamente pensando em dividir todas essas informações com o médico e príncipe consorte Nuri quando o médico apareceu em seu gabinete, pouco antes do anoitecer, e anunciou a morte do comandante Kâmil. O ministro-chefe não ficou surpreso, só esperava que a notícia nefasta chegasse um pouco mais tarde.

Ao saber que o comandante e fundador na nação havia falecido, algumas pessoas caíram no choro. O Sami paxá cogitou ir ao hotel, mas desistiu para evitar que a notícia fosse mais divulgada. Ponderava que sem dúvida era de esperar que ele assumisse o comando do Estado naquele momento difícil. Com todas essas emoções e ânsias e sonhos, sabia que teria dificuldade de dormir naquela noite e por isso já tinha mandado recado a Marika. Foi de landau até Petalis e fez a pé o resto do caminho até a casa dela, atravessando as ruas desertas e nevoentas do bairro. Surpreendeu-se ao ver uma bandeira de Mingheria (ainda que pequena) presa à porta de um hotel que ficava no trajeto.

Ao entrar na casa, teve a sensação de sempre, de estar embarcando num sonho perigoso. Assim como seus sonhos prediletos, a casa de Marika também era "proibida". Uma tocha acesa, que iluminava a rua, os muros, as árvores e suas folhas, se apagou de repente e todas as sombras e lembranças felizes desapareceram sem deixar nada além do sentimento de solidão e pavor que fazia o vazio do mundo parecer palpável.

Marika desandou a falar de como a peste havia se espalhado e dos vizinhos que escondiam os mortos. O Sami paxá estava com dificuldade de se concentrar no relato, coisa que Marika logo percebeu: "Você também parece meio morto", ela disse.

O Sami paxá ficou satisfeito por ela se dar conta de como ele estava se sentindo só de olhar para seu rosto. Sentou para descansar um pouco, depois fez amor na expectativa de perder-se em sua paixão e esquecer de todo o resto, mas nada parecia aliviar as pontadas de horror e desespero que lhe perfuravam o estômago.

Marika ainda levava a sério alguns dos pronunciamentos do novo governo. "Vocês têm que parar com esse negócio de proibir mesquitas e igrejas!", ela disse. "Isso só vai dar problema para você e para a quarentena. O povo, a nação, vai te dar as costas se não puder entrar nas mesquitas e nas igrejas."

"O que exatamente é essa nação de que você está falando? Somos responsáveis pela segurança *de todo mundo* aqui... da população inteira."

"Um povo sem suas mesquitas, suas igrejas e sua fé não é uma nação, paxá."

"Não são as mesquitas e as igrejas que formam esta nação, mas o fato de vivermos aqui. Somos o povo desta ilha."

"Mas, paxá, mesmo se a comunidade grega aceitasse essa ideia de nação, você acha que os muçulmanos também aceitariam? Os badalos do sino da nossa igreja não nos lembram apenas de que precisamos rezar e de que Cristo vai nos salvar a todos; eles também nos trazem o desafogo de saber que tem um monte de gente igual a nós pela cidade, sofrendo, com medo, tão desesperada quanto nós. A morte cria uma sombra ainda maior onde não há sinos de igreja nem chamados à oração, paxá."

O ministro-chefe escutou de mau humor. Então Marika começou a enumerar os rumores mais recentes. Um esqueleto sem cabeça teria sido encontrado na casa assombrada de Flizvos que os bandos de crianças usavam de esconderijo noturno. Remédios, enlatados, colchas de retalhos e lençóis que haviam chegado no navio socorrista *Sühandan* eram vendidos às escondidas na farmácia do Kotzias e em alguns estabelecimentos muçulmanos do Mercado Antigo. Um dos soldados da Brigada de Quarentena teria aceitado propina para esconder mãe e filho infectados pela peste.

"Pois é bom saber que ainda há alguns soldados de quarentena por aí!", disse o Sami paxá, que resolveu ir embora e voltar à Sede Ministerial.

Estava completamente deserto o edifício de onde governava a ilha na qual vivia nos últimos cinco anos. Sentinelas montavam guarda nas escadas e nos corredores, poucos. As tochas estavam quase todas apagadas. O Sami paxá ordenou que fossem atrás de mais sentinelas antes que ele se dirigisse a seus aposentos, e só meia hora depois conseguiu se recolher, passar as duas trancas e fechar o trinco antes de se acomodar para uma noite de sono espasmódico, entrecortado.

66.

Na manhã seguinte, o Sami paxá, o príncipe consorte e o doutor Nikos se reuniram, como de hábito, diante do mapa da cidade, e descobriram que mais de quarenta pessoas haviam morrido na véspera. Com receio de possíveis encontros com bandos de fugitivos do centro de isolamento do castelo ou com discípulos de seitas enraivecidos, a Brigada de Quarentena tinha parado de mandar seus soldados imporem medidas restritivas e evacuações até mesmo em bairros como Bayırlar e Tuzla, em que o número de mortes estava subindo. Enquanto isso, o Sami paxá — cujo primeiro instinto foi proteger a Sede Ministerial — arrebanhava todos os novos recrutas e soldados de quarentena desocupados que encontrava pela frente e os mantinha firmes a seu lado no edifício dos ministérios.

Não escapa à atenção de historiadores culturais que mesmo nesse momento de calamidade e desespero várias horas tenham sido gastas no debate e no ajuste dos detalhes de como o Pai da Nação deveria ser enterrado. A cova do fundador do Estado de Mingheria deveria ficar em um lote de terra elevado no bairro de Turunçlar, a meio caminho do Cemitério Muçulmano Novo (reservado às vítimas da peste) e da casa onde o major havia nascido e crescido. O local era visível da cidade inteira e do castelo, bem como de quaisquer navios que se aproximassem a partir do sul e do leste. Por sugestão do idoso doutor Tassos, curioso de estudos culturais e arqueológicos, também se decretou que o modelo de mausoléu teria traços de influências arquitetônicas romanas, bizantinas, otomanas e árabes. Trinta e dois anos depois, seu projeto enfim se concretizaria.

O Sami paxá e seus funcionários gastaram quase um dia inteiro tentando conceber um jeito de transportar o cadáver do comandante — que ainda estava na suíte do Splendid Palace — para o túmulo sem que se notasse e sem que ninguém percebesse de quem era aquele corpo, mas foi em vão. As ruas da cidade estavam tomadas por quadrilhas que tinham criado o hábito de parar e interrogar qualquer um que cruzasse o caminho delas, inclusive cortejos fúnebres, aldeãos vendendo seus produtos e presos foragidos. Contudo, mesmo se houvesse um jeito de se esquivar desses valentões, era inevitável que houvesse muita especulação sobre a identidade do indivíduo a ser enterrado no alto da colina.

Mas o que mais desanimou o Sami paxá e o governo mingheriano, arrefecendo a determinação deles, foi uma carta. Redigida por um servidor em nome dos antigos reclusos do centro de isolamento, a missiva, entregue pelo Mazhar efêndi, anunciava respeitosamente que um grupo de quarenta e duas pessoas injustamente isoladas pela Brigada de Quarentena e depois libertadas desejava visitar pessoalmente o ministro-chefe para lhe entregar uma carta de reclamação com uma lista dos nomes e delitos — entre eles, coerção e corrupção — de diversos membros dessa mesma brigada. Segundo o Mazhar efêndi, essas pessoas também tinham tido a enorme audácia de pedir para conduzir uma busca na Sede Ministerial com base na informação que haviam recebido de que diversos soldados que foram cruéis com a população estavam escondidos lá.

Para o Sami paxá, era óbvio que estavam procurando uma desculpa para começar um tumulto. Pediu ao Mazhar efêndi que fosse até a caserna e ordenasse que um pelotão de quarenta a cinquenta homens fosse enviado para o caso de um ataque. Vez por outra ele olhava para a janela do Splendid Palace, cujos últimos andares ele via de onde estava, e lembrava com uma tristeza lacrimosa que o corpo do fundador do Estado de Mingheria ainda jazia no hotel. Mas a essa altura já se dera conta de que não haveria como enterrar o comandante à luz do dia sem chamar atenção e sem se arriscar a provocar um conflito com uma das quadrilhas surgidas cidade afora. Portanto, decidiu, depois de conversar com o ministro da Saúde Pública doutor Nikos, que o corpo do heroico comandante seria retirado do hotel Splendid após a meia-noite e sepultado sob o manto da escuridão e de acordo com as regras de quarentena.

Meia hora depois, o ministro-chefe Sami paxá apareceu à porta da princesa Pakize e do príncipe consorte com um séquito de servidores e guardas. Entrou sozinho e parecia desconsolado ao anunciar ao príncipe consorte, que se levantou para cumprimentá-lo, que o comandante teria que ser enterrado depois da meia-noite sem nem mesmo a presença de sua mãe. O paxá parecia se dirigir à princesa Pakize, que o ouvia do outro lado da sala.

"Tudo o que fizemos foi para salvar a vida dos súditos do sultão!", disse o Sami paxá. "Infelizmente, não podemos declarar nosso sucesso nessa iniciativa. Mas fico contente em noticiar nossa humilde vitória por termos chegado a uma conclusão abrangente e satisfatória a respeito de uma outra missão de que Sua Alteza, o sultão, o incumbiu. Identificamos os assassinos do Bonkowski paxá e do assistente dele, o doutor Ilias. Está tudo aqui — ao estilo de Sherlock Holmes e ao estilo turco!", disse o ministro-chefe, botando em cima da mesa uma pasta cheia de documentos.

"Vieram mais guardas comigo para proteger a entrada principal. É uma pena que vivam fugindo… Não me surpreenderia se os presos rebeldes tentassem investir contra este prédio, mas eles não vão conseguir. Gire a chave da sua porta duas vezes e passe o trinco. Lembrem-se: os senhores são nossos convidados de honra e estão sob a proteção do Estado. Talvez possamos transferir os dois para outro lugar."

"Por que o senhor faria isso, paxá?"

"Para que não saibam onde os senhores estão…", respondeu o ministro-chefe. "Talvez o perigo não seja tão grande, mas não saiam de casa. Também vou botar guardas à porta", ele disse ao se retirar dali.

Foi a última vez que a princesa Pakize e o doutor Nuri viram o Sami paxá. Aquela foi a noite mais infeliz e mais assustadora que passaram na ilha. Abalados com a morte de Zeynep e com o funeral iminente do major, começavam, assim como todos ao redor, a se dar conta de que poderiam morrer. Era provável que não houvesse lugar nenhum na ilha mais abastecido de ratoeiras e veneno contra ratos do que a Sede Ministerial, porém até o doutor Nuri, que comparecera a tantas conferências internacionais sobre peste e

512

quarentena, já estava com medo, assim como as pessoas antigamente, de que a peste pudesse estar se espalhando pelo ar, sem necessidade de ratos e pulgas. Agora havia também o risco de serem assassinados por insurgentes e foragidos da prisão.

Ainda tinham umas poucas nozes e um peixe recém-salgado, que comeram com um pouco do pão feito na caserna. Agora havia ainda menos pão na cidade, ou seja, quem dependia dele para viver começaria a passar fome. Antes de ir dormir, empurraram uma pequena cômoda contra a porta. As cartas da princesa Pakize apresentam um relato fascinante da atmosfera da ilha naquela noite, dos sentimentos dela, do cheiro bolorento que vinha do porto e do mar azul-escuro, e da luz de tochas solitárias em um ponto ou outro da cidade. Quando conta que ela e o marido ficaram deitados na cama abraçados, aterrorizados, e que não conseguiram dormir porque estavam com os ouvidos aguçados, atentos a cada ruído da cidade e a cada onda do mar, os leitores entendem como devem ter se sentido sem poder pregar os olhos e chorando a noite inteira de medo da peste.

Pouco depois da meia-noite ouviram tiros na praça e na entrada principal do prédio. Algumas das balas pareciam ter sido disparadas de perto, e o barulho ecoou na praça. Agitados, eles se levantaram, mas circularam pelo ambiente agachados e fizeram questão de não chegar perto da janela.

A batalha daquela noite, dos insurgentes contra as forças de segurança do Sami paxá, só terminou de manhã. O ministro-chefe foi corajoso ao ficar firme até o último segundo. Morreram sete "vândalos" rebeldes e dois guardas do paxá, o qual escapou pelos fundos com dois de seus homens, e a antiga Sede do Governo caiu nas mãos dos rebeldes.

O tiroteio cessou de manhã e a batalha pareceu terminar, mas logo foi retomada antes de se encerrar em definitivo. Após um tempo de silêncio absoluto, o doutor Nuri e a princesa Pakize ouviram pessoas correndo na praça, passos na escada e alguém falando. Ninguém se aproximou da porta deles. Esperaram sentados, incapazes de reunir coragem para abrir a porta e ver se o guarda ainda estava ali.

Passado um tempo, o doutor Nuri se vestiu e, entreabrindo a porta, viu que o guarda era outro. O novo guarda lhe apontou a arma, desajeitado, e o médico fechou a porta, e a trancou por dentro. Foi à janela ver se entendia o que acontecia lá fora.

Ao cabo de uma hora, alguém bateu à porta. Os visitantes eram dois secretários que o doutor Nuri reconheceu, uns servidores e um senhor vestido como um dervixe.

Conduziram o médico e príncipe consorte Nuri a um escritório amplo naquele mesmo andar. Era a mesma sala que desde o início do livro nossos leitores conhecem como o Gabinete do Governador. Quase todo dia desde que chegara à ilha, exatamente noventa e oito dias antes, o doutor Nuri ia examinar o mapa na Sala de Epidemia ao lado do gabinete, sempre em companhia do Sami paxá. Mas dessa vez havia outra pessoa sentada à mesa do paxá. O doutor Nuri logo a reconheceu: era o regente Nimetullah efêndi, o do chapéu cilíndrico de feltro, agora sem chapéu. Depois das saudações de praxe, o regente disse: "Aconteceu uma batalha, o governo caiu e o Sami paxá fugiu. Humildemente assumi o posto de ministro-chefe. Mas a maioria dos antigos ministros continua no cargo. Vão manter suas responsabilidades. Sua Santidade, o xeque, voltou à fraternidade pacatamente. Todo mundo concorda que a quarentena precisa ser revogada!".

O doutor Nuri entendeu que o xeque Hamdullah fora auxiliado por um grupo de fugitivos do centro de isolamento, bem como por um bando heterogêneo de devotos da seita, homens santos e comerciantes avessos à quarentena para afugentar um punhado de guardas leais ao Sami paxá e assumir o comando. O Sami paxá provavelmente fugira, mas era só questão de tempo até que fosse capturado. Um novo governo havia se formado.

Os cultos nas mesquitas e nas igrejas seriam retomados, os sinos de igreja e os chamados à oração voltariam a ser ouvidos e a obrigação de limpar os cadáveres com cal seria suspensa. O Nimetullah efêndi também observou que a prática de lavar corpos em mesquitas antes do enterro seria imediatamente reinstituída. Eram claramente os assuntos mais urgentes em pauta.

"Mas, Vossa Excelência, agindo assim, os cadáveres vão ser tantos que o senhor vai ter dificuldade de achar gente suficiente para lavar todos eles", disse o doutor Nuri. "A situação vai ficar ainda pior do que já está!"

O novo ministro-chefe nem se deu ao trabalho de responder. A essa altura, a opinião amplamente difundida entre os partidários do encerramento da quarentena era de que as medidas eram inúteis, já que o número de mortes só crescia. A ideia de que a doença teria chegado com os agentes de quarentena também estava mais popular do que nunca.

O ministro-chefe Nimetullah efêndi lembrou ao doutor Nuri que com a abolição da quarentena ele estava liberado de seus deveres e poderia ir embora. Caso desejasse, poderia visitar os hospitais e continuar ajudando os doentes. Mas os soldados, médicos e agentes do governo que tivessem abusado de sua influência e autoridade teriam que lidar com as consequências de seus atos. Em seguida, o Nimetullah efêndi passou a explicar com muito tato que o doutor Nuri e sua esposa, a filha do antigo sultão, ainda eram convidados oficiais do governo mingheriano e sempre poderiam contar com a proteção dos guardas. Quando o doutor Nuri estava prestes a deixar a sala, o regente perguntou sobre o possível paradeiro do Sami paxá, mas o doutor Nuri respondeu que não fazia ideia.

Ao voltar à casa de hóspedes, o doutor Nuri botou a princesa Pakize a par de tudo o que havia acontecido, observando que agora o Nimetullah efêndi era o ministro-chefe, mas que não seriam maltratados.

Não muito depois, inquieto e com vontade de ver com os próprios olhos o que estava acontecendo, o doutor Nuri pensou em se aventurar lá fora, mas foi interceptado na porta. Entendeu que o novo governo não o queria nem cuidando dos pacientes nos hospitais da cidade. Marido e esposa já desconfiavam, no fundo, que provavelmente seriam confinados à casa de hóspedes. Agora o que sempre tinha sido uma constante na vida da princesa Pakize seria a norma também para o príncipe consorte.

Nos dezesseis dias seguintes, nenhum dos dois sairia do quarto. Portanto as fontes de nossa narrativa a respeito do mandato do dervixe de chapéu cilíndrico de feltro, Nimetullah, como ministro-chefe nessa época — que certos historiadores chamam de Era do Xeque Hamdullah — não são as cartas da princesa Pakize.

O aspecto mais relevante da Era do Xeque Hamdullah foi que, apesar da peste, mesquitas e igrejas, bem como fraternidades e mosteiros, foram reabertos aos devotos. Nem a decisão de permitir que lojas, restaurantes e barbeiros, além de mercados de pulgas e bufarinheiros, retomassem as atividades causou tanto estrago quanto a revogação do banimento da presença do público em mesquitas e igrejas. Aos olhos dos segmentos mais desinformados e indiferentes da população, a reabertura dos templos era mais um argumento convincente que reforçava a ideia da inutilidade da quarentena. A decisão deu ainda mais força à visão pia, fatalista, derrotista, de que a única alternativa das pessoas era se refugiar em Alá. Por lidar com o que era considerada a fonte de todos os surtos de cólera em cidades mediterrâneas ao longo dos últimos cinquenta anos, a maioria dos cesteiros, tapeceiros, sucateiros e vendedores de frutas, constituída de comerciantes gregos, apoiava as medidas restritivas. Essa gente não cedeu quando o xeque Hamdullah permitiu a retomada das atividades comerciais e continuou de portas fechadas. Tampouco as lojas grandes e boa parte dos restaurantes mais conhecidos abriram, nem os restaurantes de hotéis e "clubes".

As barbearias e lanchonetes que voltaram à atividade geralmente ficavam em ruazinhas e em bairros mais afastados. Sem que os agentes de quarentena soubessem, esses negócios vinham burlando a quarentena desde o começo, vendendo mercadorias aos clientes habituais em seus almoxarifados ou combinando de antemão que abririam a porta dos fundos a certa hora do dia e realizariam suas atividades nesses períodos. Mais da metade dos varejistas e aprendizes que trabalhavam nesses estabelecimentos apertados morreria de peste antes do fim do governo de xeque Hamdullah.

Porém foram pouquíssimas as pessoas que se deram conta dessa tragédia pavorosa. Ninguém sugeriu que se tomassem providências para impedir a morte dos aprendizes porque ninguém conseguia mais enxergar o que estava acontecendo. Com a extinção da quarentena, dispensaram todos os servidores que contabilizavam os mortos nos cemitérios, os que vinham contando as carruagens fúnebres e sobretudo os agentes que registravam esses dados com marcas coloridas nas ruas e nos prédios do enorme mapa na Sala de Epidemia. Em outras palavras, não havia ninguém que soubesse o número de mortos em determinado dia. Os que estavam no poder provavelmente não se interessavam por essa informação.

O Nimetullah efêndi, o do chapéu cilíndrico de feltro, reparou no aumento inconcebível do número de mortos nos primeiros dez dias de seu governo e ficou petrificado ao constatar a incompatibilidade assombrosa, alarmante, entre as exigências de Sua Santidade, o xeque Hamdullah, e a realidade ao redor. Proibir cemitérios de desinfetar corpos com cal e impor a vontade manifesta de Sua Santidade, o xeque, de que as pessoas lavassem os mortos nos necrotérios das mesquitas, insistindo que cumprissem os rituais adequados e recitassem todas as orações necessárias, acelerara a propagação da doença, bem como a frequência às lojas reabertas, a retomada de aulas do

Corão em algumas mesquitas e o retorno de ex-reclusos do centro de isolamento à cidade e às casas.

Apesar da revogação das medidas restritivas, as ruas não estavam cheias. Talvez circulasse um ou outro membro de seita que não acreditava na necessidade de quarentena e não levava a epidemia a sério, e havia também alguns aldeãos corajosos o bastante para ir a Arkaz tentar vender suas mercadorias. Mas, conforme observou a princesa Pakize, ainda era raridade ouvirem o barulho de sininhos de carruagem e de rodas e dos cascos de cavalo mesmo depois de anulado o protocolo da quarentena: embora ela tivesse acabado, embora os sinos de igrejas badalassem outra vez e os chamados à oração tivessem voltado, o silêncio mortal que envolvia o porto, a baía e a cidade como um todo não se dissipara. Na verdade, os chamados à oração e os dobres dos sinos haviam transformado a quietude e o silêncio em presságios que lembravam a todos a perspectiva aterrorizante da morte.

O único sucesso registrado da Era do Xeque Hamdullah é que, com a cidade à beira da miséria, o governo conseguiu fornecer seis mil fatias de pão fresco e quentinho todo dia. Isso se tornou possível por meio do confisco da farinha armazenada nos depósitos da caserna. Os pães eram assados nas cozinhas da caserna, transportados pelas carruagens do município e distribuídos ao público nas praças dos bairros.

O governo de Istambul enviara aqueles sacos de farinha, grãos e outros suprimentos como medida preventiva caso houvesse uma revolta contra a caserna na esteira do Motim do Navio de Peregrinos, ou caso a caserna fosse sitiada ou bloqueada por tropas estrangeiras (como tinha de fato acontecido), e em tese não deveriam ser consumidos em nenhuma outra circunstância. Havia anos o xeque vinha inventando mil pretextos para visitar a caserna, e lá acabou fazendo amizade com soldados árabes que apoiavam a seita Halifiye e sabiam de sua fraternidade; teve, assim, a oportunidade de praticar o árabe e usar a língua do Corão Sagrado, e foi conversando com esses homens que ele descobriu onde o tesouro de alimentos e farinha ficava escondido.

67.

Outro traço característico da Era do xeque Hamdullah foi a sucessão de julgamentos, execuções e encarceramentos que, para todos os efeitos, acabou constituindo um "terrorismo de Estado". É claro que o terrorismo era político, mas também tinha um componente pessoal.

Depois da primeira troca de tiros, o Sami paxá compreendeu que era ele o alvo principal da invasão e logo depois da meia-noite já tinha fugido da Sede Ministerial para se esconder na casa de Marika (eles fizeram amor) antes de, passadas algumas horas, também abandonar esse local bem conhecido e deixar que seus homens o conduzissem pelas ruelas até sair da cidade. Os espiões e informantes do vice Mazhar estavam todos do lado do paxá, e o novo governo sectário — que parecia só saber distribuir pão de graça — talvez jamais conseguisse descobrir o paradeiro do antigo governador.

O Sami paxá se refugiou num chalé vazio no povoado de Dumanlı, onde havia instalado linhas telegráficas durante sua gestão como governador e cujos residentes mais abastados — entre eles Ali Talip, dono da propriedade onde ficava o esconderijo do paxá — sempre gostaram dele. Cercado de muros de pedra, e com os vigias na entrada e patrulhando as redondezas, armados, era um lugar seguro. Os foragidos da prisão e do centro de isolamento, os acometidos pela peste, os criminosos, rufiões e agitadores que haviam criado o hábito de invadir edifícios abandonados, desertos, e até as casas ainda habitadas jamais haviam ocupado aquela propriedade. Os guardas daquele remoto povoado eram recém-migrados de Creta e não sabiam reconhecer os burocratas de Arkaz. O Sami paxá imaginava que não fizessem ideia de quem era o governador de Mingheria.

Sentindo-se seguro, ele não demorou muito para se aventurar a sair dos limites do local para fazer caminhadas pelos cumes altos das montanhas Albros. Em um desses passeios, se deparou com três homens de meia-idade que viviam nas montanhas desde que tinham saído de Arkaz fugindo da peste, e um deles identificou o sujeito exausto e vivaz diante deles como o governador da ilha. Ignorando tudo a respeito da declaração de liberdade e independência, da fundação do novo Estado e do governo do comandante ou mesmo do xeque Hamdullah, os três ficaram se perguntando o que o governador estaria fazendo ali. Mais tarde, mencionaram o encontro a conhecidos. Ao cabo de dois dias, viram-no em outra trilha na montanha com vista igualmente magnífica.

No dia seguinte, a mando do governo de Nimetullah efêndi, o do chapéu cilíndrico de feltro, um grupo de policiais à paisana apareceu no chalé para levar o paxá de volta a Arkaz e botá-lo na prisão do castelo, onde o trancafiaram na cela mais escura e úmida da Torre Veneziana, no lado do prédio mais próximo do mar. Os homens de Ali Talip nada fizeram para impedi-los.

O Sami paxá já conhecia aquela cela cavernosa, infestada de caranguejos, pois em certa ocasião mandara para lá o protagonista barbudo de uma trupe de teatro grego que estava apresentando *Édipo rei* na cidade, e na noite seguinte fizera uma visita ao ator, que o governador suspeitava que fosse espião. O breu dentro da cela concentrava o breu dos pensamentos do Sami paxá. Ele não parava de se culpar por ter dado tudo errado. Em vez de acatar a exoneração do cargo de governador de Mingheria e se mudar para a província para onde havia sido transferido, se comportara como uma criança mimada e tivera a desfaçatez de se agarrar à antiga função, obviamente falhando ao agir como se tudo estivesse normal. A recusa do novo cargo lhe parecia seu maior erro. Por que não o aceitara? Admirando o brilho azul do mar inundando a cela, sabia que sua resposta seria sempre: porque amava Mingheria! E em sua cabeça, logo Mingheria se transformava em Marika. De qualquer forma, nunca pudera separar uma da outra. Na noite em que ele fugira, Marika fora tão valente e decidida, se arriscando por seu querido Sami paxá.

O Sami paxá não conseguia pensar em mais ninguém em quem pudesse confiar e a quem pedir ajuda. O médico e príncipe consorte arriscaria a vida para tirá-lo da prisão? A princesa Pakize se compadeceria dele, talvez. Mas com aqueles xeques alvoroçados no comando do governo, o casal não passava de um par de reféns nas mãos do novo regime, como os burocratas turcos desgraçados presos na Torre da Donzela. O governador paxá pensou que o velho amigo, o cônsul britânico, poderia pressionar o xeque Hamdullah a soltá-lo e resolveu escrever-lhe uma carta. Mas primeiro teria que achar caneta e papel.

Antes de sequer ter a oportunidade de avisar a alguém da ilha que estava preso no castelo, o Sami paxá foi levado a julgamento. Naquela segunda-feira, doze de agosto, a peste já havia se espalhado pela ilha inteira e todos estavam tão preocupados com a própria sorte e tão indiferentes a qualquer coisa que estivesse acontecendo ao redor que cabe considerar que o fato de o julgamento poder ser realizado já era um triunfo para o governo administrado pelo Nimetullah efêndi e supervisionado pelo xeque Hamdullah.

O Sami paxá não tinha a menor dúvida de que receberia um castigo exemplar pelo enforcamento do irmão do xeque Hamdullah, e sabia que o xeque recorreria à corte, usando qualquer outro pretexto. O paxá havia presumido que o julgamento seria baseado em casos levantados por pessoas que, apesar de não estarem infectadas, haviam sido postas em isolamento de modo cruel e injusto durante a época da quarentena, ou por aqueles que haviam perdido a casa sob o pretexto de terem sido infectados pela peste. Poderia até ser acusado de espionar em nome de Abdul Hamid ou atuar como marionete dele. O que nunca lhe passou pela cabeça foi a possibilidade de que o caso do Motim do Navio de Peregrinos fosse reaberto três anos depois, e portanto, quando se acomodou na cadeira recém-envernizada do tribunal, ficou perplexo ao ver as famílias dos peregrinos assassinados e os agentes de quarentena que antes estavam sob suas ordens.

Os aldeãos de Nebiler e Çifteler envolvidos no Motim do Navio de Peregrinos e aliados de Ramiz e seus comparsas exultaram quando chegou ao povoado a notícia de que o xeque Hamdullah e seu regente, o do chapéu cilíndrico de feltro, tinham assumido o governo da ilha, e em dois dias, sem saber da gravidade do surto de peste em Arkaz (não que tivessem ligado se soubessem), eles baixaram na capital para se encontrar com o ministro-chefe

Nimetullah efêndi e exigir um novo julgamento, já que a corte havia cometido a injustiça de frustrar a tentativa anterior, três anos antes, de obter uma compensação pela morte de pais e irmãos assassinados pelos gendarmes que então impunham a quarentena.

O juiz do novo governo, que era próximo da fraternidade Halifiye, poderia muito bem ter jogado o processo fora considerando que o incidente havia acontecido sob o regime otomano e o novo Estado não teria jurisdição sobre o caso, mas ele concordou em julgá-lo, e como a maioria dos gendarmes que tinha aberto fogo contra os peregrinos já fora embora para outros cantos do Império Otomano havia tempos, o julgamento começou — muito provavelmente por sugestão do xeque Hamdullah — com o Sami paxá acusado de ser o único indivíduo responsável pelo massacre.

Todas as cenas que haviam assombrado os piores pesadelos do Sami paxá nos últimos anos ganharam vida diante de seus olhos: filhos e filhas dos peregrinos mortos o culpavam, aos prantos, por tudo o que havia acontecido. Os telegramas do governador Sami paxá para o Mazhar efêndi (que o novo governo também havia encarcerado), resgatados dos arquivos deste último, recomendando que não houvesse piedade de quem sequestrara o navio, foram lidos no tribunal. Um senhor de barba grisalha se levantou e berrou em tom acusador: "Cadê sua consciência, poderoso governador?". O pai e o filho de Nebiler que tinham liderado o motim e que o governador havia perseguido obstinadamente compareceram ao julgamento depois de saírem da prisão e denunciaram os atos do "governador cruel". As duas filhas, dois filhos e doze netos de outro peregrino baleado pelos gendarmes também estavam no tribunal, ignorando a epidemia. O Sami paxá ficou assustado com a meticulosa apresentação de cada detalhe do julgamento e começou a perder as esperanças. A certa altura receou apanhar de pai e filho em plena corte.

Como previam que o julgamento atraísse a atenção de Istambul e da Europa, os novos governantes do Estado de Mingheria haviam equipado o tribunal com um banco para o juiz, mesa e cadeiras para o promotor, os advogados, membros da imprensa e outros espectadores, além de terem providenciado às pressas togas com o tecido verde islâmico bordado com rosas mingherianas da mesma cor da bandeira da nação. (Cento e dezesseis anos depois, essas togas de gosto duvidoso infelizmente se firmaram como um acessório especialmente pomposo do sistema judiciário mingheriano e ainda são orgulhosamente usadas por todos os juristas da ilha, inclusive membros da Corte Constitucional da ilha e de outras cortes supremas.)

"Sim, eu era o governador naquela época, entretanto...", o Sami paxá começou, tentando se opor às alegações contra si, explicando que ele mesmo não ordenara que atirassem nos peregrinos e só havia descoberto dias depois do acontecido que os gendarmes haviam aberto fogo, mas em meio a todas as acusações, os berros e as lágrimas no tribunal, o único trecho do depoimento que alguém lembraria seriam as palavras "Sim, eu era o governador naquela época", no mínimo porque podiam ser interpretadas como "Sou culpado, a culpa é minha".

Quando o julgamento chegava ao fim, outro fator que colaborou para o desespero do Sami paxá foi a impossibilidade de defender medidas de quarentena em um tribunal conduzido por um governo (alguns diriam ser uma gangue) que de saída já era tão firmemente contrário a essas medidas. Foi com essa dificuldade em mente que ele declarou que sua única razão para ter deixado os veneráveis peregrinos em quarentena era proteger o povo de Mingheria da doença, e que obviamente não era sucumbir às exigências descaradas das Grandes Potências. Apesar disso, pouco depois o consenso entre os quatro jornais da ilha e todos os seus habitantes era de que o Sami paxá era o homem que havia assassinado peregrinos inocentes para que o tirânico Abdul Hamid pudesse continuar a reinar sossegado de seu Palácio Yıldız e as potências europeias não tivessem desculpas para perturbar a paz do sultão.

Ao fim das duas horas de julgamento, o Sami paxá ouviu do juiz que ele havia recebido a pena de morte. Embora uma parte de sua cabeça raciocinasse que esse era o resultado esperado desde o início, a outra parte não conseguia acreditar no que acabara de ouvir e era incapaz de aceitar o que estava acontecendo. Do canto direito de sua barriga para o resto do corpo começou a irradiar uma dor lancinante, qual o paxá estivesse recebendo uma série de agulhadas.

Ele logo entendeu que não conseguiria pregar os olhos até a decisão ser anulada. Por um instante, se preocupou com a possibilidade de que os olhos estivessem marejados, mas nem uma lágrima apareceu e ninguém percebeu sua angústia.

O Sami paxá ainda lembrava da agradável manhã de junho, ensolarada, radiante, três anos antes, em que nomeara o "juiz" que o condenava à morte.

Afirmando ser perito no Corão Sagrado e na lei da Sharia, o homem tinha garantido seu emprego público por meio da interferência do rico e conceituadíssimo Hajji Fehmi efêndi, grande apoiador da construção de novas linhas telegráficas na ilha, e o governador considerou um ponto positivo que o novo juiz frequentasse a fraternidade Halifiye, sinal de que era "um indivíduo honrado e temente a Deus". Como era possível que aquela figura despretensiosa e desinteressante resolvesse por sua execução? Levantou-se quando o juiz o chamou à sua sala.

O juiz notou que o em-breve-executado Sami paxá o olhava com a expressão perplexa de um homem que mal entendia o que acontecia. "O senhor foi condenado à morte, Vossa Excelência!", ele disse, como se lhe oferecesse palavras de consolo. "Antigamente, esse tipo de decisão era enviado para corroboração da corte de Istambul. Sentimental demais para suportar a ideia de execução, Abdul Hamid convertia essas sentenças em exílio ou prisão perpétua e nunca enforcava ninguém por medo do que os embaixadores estrangeiros diriam. Mas agora somos uma Mingheria soberana e a sua pena de morte não vai ser mandada a cortes supremas de Istambul, e também não seria muito sensato o senhor esperar o perdão do sultão Abdul Hamid."

"O que exatamente o senhor quer dizer?"

"Pode ser que esta seja sua última noite na Terra, governador paxá", o juiz respondeu. "Nem Istambul nem as Grandes Potências têm autoridade para fazer o governo mingheriano mudar de ideia."

Percebendo que seria executado para mostrar ao mundo que ninguém poderia interferir nos assuntos da independente Mingheria, o Sami paxá se arrepiou.

Assim como era incapaz de acreditar na decisão do juiz, o Sami paxá também tinha consciência de que o formigamento que se espalhava das agulhadas na barriga até as costas e descia pelas pernas havia paralisado sua mente e sua alma, de que já não conseguia mais pensar com clareza, e de que o medo havia se tornado tão avassalador que o impedia de ver o mundo ao redor e de ouvir e entender o que as pessoas diziam. Em mais um golpe a seu orgulho e moral, foi levado de volta à cela feito um bicho, numa carroça sem janelas que era fechada por fora e cuja única abertura era um respiradouro. Foi por ele que o paxá viu os olhares curiosos que não parava de receber agora que estava condenado à morte, as caras de pena, as pessoas o fitando como se fosse uma criatura esquisita. Sua condenação tinha acabado de sair, mas o Sami paxá presumia que todo mundo já soubesse.

Quando a carroça cruzou a entrada principal do castelo e se aproximou lentamente da Torre Veneziana, o Sami paxá deu uma outra espiada pelo respiradouro e viu várias fileiras de corpos em frente ao edifício da era otomana voltado para o oeste, onde ficavam os pavilhões mais espaçosos e melhores, e onde a revolta da prisão havia se iniciado. Depois de contar vinte e seis cadáveres e não sentir emoção nenhuma, viu os colchões, lençóis e outros pertences dos presidiários e confinados que haviam falecido pegando fogo num canto, a fogueira mergulhando o pátio numa fumaça densa, azul, de cheiro horrível. Como os servidores e soldados que operavam o fosso de incineração da cidade haviam sido demitidos do cargo depois que os apoiadores do xeque Hamdullah tinham abolido a quarentena, quem desejava queimar materiais infectados o fazia por conta própria, como a administração da penitenciária estava fazendo naquele momento.

Um pouco depois das fileiras organizadas dos mortos que seriam recolhidos pela carroça naquela noite havia várias pessoas ainda vivas, mas claramente à beira da morte. O paxá contou sete ou oito desses enfermos que sofriam, vomitavam, se lamuriavam, encolhidos em colchões ou cobertas, ou estirados no chão de pedras do castelo. Aquilo que todo mundo mais temia estava finalmente acontecendo: o surto se propagara pela prisão e por todos os pavilhões do castelo. Ele já tinha vivido o suficiente para entender que provavelmente aqueles doentes agonizantes haviam sido levados para o pátio para economizar tempo de noite, quando a carroça fúnebre chegaria para transportar os corpos dos mortos.

O Sami paxá viu alguns servidores e guardas leais ao xeque Hamdullah postados na entrada do complexo penitenciário do castelo, mas não havia guardas uniformizados patrulhando o pátio: todos tinham fugido.

A carroça parou brevemente ao ser interditada por dois prisioneiros que tinham se apossado do pátio e ficaram a centímetros de distância do Sami paxá, brigando numa língua que ele não entendia. Depois que ela retomou o percurso, o Sami paxá pensou com seus botões que a situação estava tão terrível que, sendo realista, se aqueles dois valentões tivessem percebido que o ex-governador estava bem ali, ao lado deles, tão perto que sentia o cheiro e ouvia a respiração penosa de ambos, eles o teriam arrancado de lá e o enforcado antes que os homens de xeque Hamdullah tivessem essa oportunidade. Quando a carroça se aproximou da Torre Veneziana, ele viu mais quatro fileiras de vítimas da peste — dezesseis pessoas no total — estiradas no chão com aquele mesmo senso surpreendente de simetria, e se abateu ao se perceber incapaz de se compadecer dessa gente.

A pena de morte que recebera o convertera num ser totalmente egoísta. A visão de pessoas agonizando talvez não o incomodasse muito porque parecia um sinal de que existia vida após a morte e de que ele não estaria sozinho ao chegar lá. O único pensamento que lhe passava pela cabeça, e a origem de seu egoísmo, era continuar vivo! Quando voltasse para a cela, teria que arrumar caneta e papel e escrever ao cônsul George.

Assim que chegou à cela, que na sua ausência parecia ter adquirido um estranho tom azul da cor do mar, o Sami paxá caiu no choro, aos soluços, a ponto de seu corpo tremer, ondear, sacolejar. Torcia para que ninguém o visse naquele estado. Depois deitou num monte de palha num canto e por um milagre divino conseguiu dormir por cerca de dez minutos. Sonhou que caminhava com a mãe no quintal da tia Atiye, e nele havia margaridas, uma luz dourada suave e um poço. Segurava a mão quente da mãe enquanto ela apontava o sarilho do poço. Um enorme lagarto atravessava o sarilho fazendo barulho, mas era simpático, não assustador.

Uma vez desperto, o Sami paxá se deu conta de que o barulho vinha de um imenso caranguejo que perambulava entre as fissuras, seixos e pedras que ficavam perto da parede de frente para o mar, e imaginando que fosse um sinal, sentiu-se um pouco melhor, dizendo a si mesmo que não seria enforcado, que em breve estaria livre e que se tivessem mesmo a intenção de executá-lo nem o teriam conduzido de volta depois do julgamento, mas sim direto para a Sede do Governo.

Segundo a Constituição mingheriana, cujas cláusulas principais o próprio Sami paxá havia elaborado, nenhuma execução seria realizada sem a prévia aprovação do ministro-chefe — nesse caso, o Nimetullah efêndi, o do chapéu cilíndrico de feltro. É claro que o Nimetullah efêndi agiria de acordo com o desejo do xeque Hamdullah. A essa altura, o xeque Hamdullah, velho amigo do paxá, que com ele tivera inúmeras conversas sobre poesia e literatura assim que chegara à ilha, sem dúvida refrearia a raiva e o ressentimento e o perdoaria, permitindo-lhe sair tranquilamente do castelo e voltar a seus aposentos. Não teria pressa ao cruzar a cidade rumo à sua casa. O Nimetullah efêndi iria visitá-lo e o Sami paxá lhe agradeceria e faria questão de mencionar a coletânea de poemas do xeque, *Aurora*. Se quisessem mesmo enforcá-lo, não o teriam posto naquela cela e o caranguejo atento e simpático não viria do mar para visitá-lo.

O Sami paxá se animava ao pensar na esposa e nas duas filhas que estavam em Istambul. Continuava zangado com a esposa, cujas desculpas esfarrapadas e incessantes — "Vou na próxima balsa" ou "Meu pai não está bem" — o deixaram sozinho em Mingheria ao longo dos últimos cinco anos, e que evidentemente achava que por ser filha de um paxá poderia tratá-lo como bem entendesse, porém por algum motivo não deixava de imaginar as filhas e ela descansando ao sol, na praia de Üsküdar. Nessa cena, era como se Marika também estivesse em Istambul.

Depois do indulto, o Sami paxá faria as pazes com antigos inimigos, retomaria a amizade com os cônsules da ilha, se livraria de todas as situações importunas e casaria com Marika, se acomodando a uma vida tranquila, monótona, numa casinha branca no bairro de Hora, numa rua que serpenteava até o mar com vistas celestiais a cada esquina, ou talvez até um pouco mais longe, em Dantela. Por que não fizera isso antes? Estava arrependido por não ter tratado Marika melhor. Certa noite, depois de algumas taças de conhaque, chamara o cocheiro Zekeriya e a levara a um passeio enluarado no landau blindado, experiência que ela claramente achou encantadora. No entanto, embora todo mês, na lua cheia, ela lhe implorasse por um outro passeio como aquele, o paxá recusava, temendo os comentários das pessoas, e agora estava com remorso por não ter cedido.

A porta da cela se abriu de repente. O Sami paxá despertou de seu devaneio para saudar o xeque Hamdullah, mas quando viu o rosto familiar de certos funcionários da prisão que conhecia havia tempos, entendeu o que estava por vir.

"Eu gostaria de rezar", disse com uma serenidade que o surpreendeu. "Tenho que fazer minhas abluções."

Tanto a mesquita do castelo quanto a sala de oração dentro do presídio estavam fechadas por causa da epidemia. Enquanto esperava que encontrassem uma bica e um tapete de oração que pudesse usar, o Sami paxá buscava um canto apropriado para as orações e recitava versos de que não se recordava direito, e conseguiu assim passar um tempo sem lembrar da dor, ainda que só por estar ocupado fazendo outra coisa.

Ao anoitecer, meteram-no na mesma carroça de antes, que agora iria levá-lo embora. Enquanto seguia aos solavancos, o Sami paxá viu pelo respiradouro que a carroça sinistra e sombria de cadáveres já estava no pátio e era carregada com os corpos que vira antes, ainda dispostos em uma fileira organizada, mas agora completamente nus depois de lhes tirarem as roupas para que fossem incineradas. Centenas de corvos apinhados na castanheira do pátio se puseram a crocitar freneticamente. Também havia cadáveres em frente ao antigo prédio dos janízaros, amontoados em uma pilha desordeira. O ar não cheirava a morte, e sim a grama molhada. O diretor da prisão ordenara que roupas de cama, colchões e cobertas dos prisioneiros mortos fossem queimados, mas como esse procedimento estava tecnicamente banido, eles o chamavam de "operação de limpeza" em vez de medida de quarentena. Essas quatro ou cinco almas sortudas que circulavam no pátio, conversando, descansando, transportando corpos, ainda estariam aqui neste mundo, olhando para o mesmo céu, quando o sol se levantasse na manhã seguinte — mas o Sami paxá estaria morto.

Ele bateu com os punhos nas paredes de madeira da carroça e gritou o mais alto que pôde, mas ninguém deu bola. Quando os dedos começaram a doer e ele já estava furioso e fraco demais para continuar, desmoronou no chão e chorou por um tempinho, depois se obrigou a se reerguer e levou os olhos ao nível do respiradouro para admirar as ruas da cidade que havia governado durante cinco anos e amava genuinamente. Mas estava tão escuro que não via nada.

Quando sentiu o aroma de terra, grama e alga marinha, reconheceu o cheiro característico da ilha e tornou a desabar no chão da carroça, orando às lágrimas que Alá o salvasse. Estava arrependido de tanta coisa! Não sobrava mais raiva nenhuma, tampouco orgulho ou sonhos de redenção heroica. Sentia apenas arrependimento pela própria burrice. De qual dos erros se arrependia mais? Mais uma vez, o ex-governador e ex-ministro-chefe Sami paxá pensou que havia desperdiçado tempo demais com Ramiz, que tinha levado as coisas muito a sério, que deveria ter aceitado a transferência para outra província assim que a ordem chegara. Quando as rodas da carroça da penitenciária passaram a fazer um barulho diferente, concluiu que devia estar na ponte Hamidiye e levantou para dar outra olhada pelo respiradouro, fitando o majestoso castelo de onde tinha acabado de sair agora banhado por um brilho misterioso, e se deu conta de que seria a última vez que seus olhos veriam aquele prédio glorioso.

Não é sempre que nos pegamos amando ou odiando os indivíduos que povoam as páginas de um livro de história. Mas somos propensos a ter esses sentimentos quando lemos romances. Para não aumentar ainda mais o sofrimento de nossos leitores que talvez tenham se afeiçoado ao Sami paxá (ainda que sejam poucos), vamos nos abster de fazer um relato detalhado do tempo que ficou sentado em uma cela da Sede do Governo aguardando que o xeque Hamdullah ou o Nimetullah efêndi o perdoassem, da agonia que sentiu ao escutar o imame que foi consolá-lo, de suas reflexões pesarosas e de seu medo da morte.

Até o último instante, o ex-ministro-chefe se apegou à fé esperançosa e ingênua de que o xeque Hamdullah o agraciaria. Mesmo ao ver o carrasco, estava convencido de que seria tudo um estratagema para assustá-lo ainda mais e dissimular a iminente revogação da pena.

O Sami paxá detestava o verdugo Şakir porque, além de ladrão e bêbado, se dispunha a enforcar as pessoas em troca de dinheiro. Ficou tão enfurecido com a perspectiva de que sua vida estava para ser encerrada nas mãos desse sujeito que sentia que iria sufocar. Com os braços amarrados diante do corpo, ele deu um soco nas costas do carrasco. Lutou com todas as forças para escapar, mas Şakir logo o segurou pelo pescoço.

"O senhor precisa ser forte, Vossa Excelência", ele disse. "Isso é o que lhe cabe."

O paxá sentia a presença dos vilões desprezíveis que estavam ali para assistir à sua execução, escondidos na escuridão, onde não seriam vistos. Disse a si mesmo que não importava o que aqueles covardes pensavam dele. A vida e o Universo eram mais relevantes. Conseguiu se recompor.

Ao se aproximar do cadafalso, porém, seus joelhos bambearam e ele caiu no chão. Şakir — o bafo fedendo a vinho — lhe disse, com uma ternura surpreendente: "Aguenta firme, paxá! Não vai demorar muito… já está acabando!".

Falava como quem fala a uma criança. E assim, vestindo a bata branca de execução, e com a corda em volta do pescoço, o Sami paxá deu um salto corajoso rumo ao vazio, berrando, "Mãe, estou chegando!". Logo antes de morrer, a imagem de um enorme corvo preto de asas gigantescas lampejou diante de seus olhos.

68.

O vento soprava na recém-rebatizada praça Mingheria e algumas pessoas foram ver o cadáver do Sami paxá balançar sombriamente: crianças sem medo da morte e da epidemia, jovens fugidos de casa, inimigos do paxá, nacionalistas gregos e mingherianos, jornalistas que ele havia mandado para a cadeia. Os parentes vingativos de Ramiz, do povoado de Nebiler, postaram-se ao lado do patíbulo para tripudiar e dar graças a Alá e foram reprimidos pela polícia. O Tarksis efêndi, que o Sami paxá prendera por quatro anos devido à suspeita correta mas não comprovada de que contrabandeava artefatos históricos para fora da ilha, declarou que o corpo não era do paxá e foi expulso pelos guardas.

Aqueles que gostavam do Sami paxá, inclusive Marika e os membros mais ilustres das comunidades muçulmana e grega de Arkaz, se trancaram em casa e esperaram, petrificados, para ver o que aconteceria a seguir. Enquanto isso, começava a se difundir a teoria de que a peste provavelmente também se transmitia pelo ar.

Mas isso não desacelerou o terrorismo de Estado. Dois dias depois, retiraram o corpo do Sami paxá do patíbulo e o enterraram num canteiro de rosas mingherianas no Cemitério Narlık. Na aurora do dia seguinte, ainda estava escuro quando o farmacêutico Nikiforos, velho amigo do Bonkowski paxá, foi enforcado no mesmo cadafalso.

Şakir, o algoz, foi bem mais brusco e menos compassivo no tratamento que dispensou a ele, censurando o farmacêutico idoso quando suas pernas se dobraram de medo e reagindo às súplicas desesperadas com réplicas insensíveis como "Agora é tarde demais" e "O senhor devia ter pensado nisso antes", mas sua conduta não tinha nada a ver com o episódio em que fora expulso da farmácia de Nikiforos por furto (ninguém ousara chamar a polícia para lidar com um carrasco), nem com o quanto havia bebido na véspera, pois na verdade resultava de a onda do "terrorismo de Estado" ter aos poucos se transformado num movimento contra os gregos. Assim como seus predecessores, o governo do Nimetullah efêndi e do xeque Hamdullah rapidamente começou a se valer da epidemia para subjugar e afugentar a população grega e impedir a volta dos que haviam fugido, assim os muçulmanos passariam a constituir a maioria. Alguns gregos acreditavam que esse era o verdadeiro motivo para a agência telegráfica ainda estar fechada: se o serviço de balsas fosse retomado, em pouco tempo os gregos voltariam a ser mais numerosos que os muçulmanos.

O tratamento cruel dispensado aos gregos pelo xeque Hamdullah e seus funcionários, além de ter por objetivo alterar a composição populacional da ilha, também era motivado por um medo sincero e bastante arraigado de cristãos e incrédulos. Assim como mesquitas e fraternidades, igrejas e mosteiros também haviam retomado suas atividades; embora em grande parte já tivessem sido desmontados os "hospitais" provisórios erguidos nos terrenos das fraternidades, os dos mosteiros continuavam na ativa, e para seus jardins verdes e espaçosos volta e meia eram transferidos pacientes retirados das fraternidades. O xeque Hamdullah chegou a cogitar uma troca populacional dos gregos da ilha pelos muçulmanos que viviam em Creta e Rhodes. Só muçulmanos recebiam ofertas de empregos públicos (apesar de não ter sobrado dinheiro no Tesouro), e os turcos que não eram naturais da ilha às vezes também eram alvo de tratamento rude, ainda que menos pior que o destinado aos gregos. O novo governo tampouco tinha pressa em despejar invasores de bairros abastados dos gregos, como Hora, Flizvos e Dantela.

Porém, ao que parece não foram esses os fatores que desencadearam a pena de morte e a execução imediata do farmacêutico grego Nikiforos, condenado à forca pelas confissões arrancadas de outros suspeitos por meio do tradicional método da bastonada. A princesa Pakize e o doutor Nuri leram o dossiê que o Sami paxá havia lhes consignado antes de fugir da Sede do Governo em sua última noite na cidade e estudaram todos os indícios lá reunidos. Proibidos de sair da casa de hóspedes, tinham tempo para dar e vender, e já que estavam basicamente alheios aos horrores que aconteciam na cidade, passavam os dias absortos em conjecturas divertidas e despreocupadas.

Após o envenenamento e a morte do doutor Ilias, as autoridades prenderam os oito soldados e o capitão que trabalhavam nas cozinhas da caserna e açoitaram seus pés, e como todos os golpes desferidos, a dor causada e o sangue derramado não obtiveram resultados, mais golpes foram providenciados, dessa vez dirigidos aos cinco soldados que arrumaram a mesa para a cerimônia de posse da Brigada de Quarentena, bem como ao despenseiro cretense da caserna e seus dois assistentes de cabelo claro.

Enquanto o doutor Nuri estava ocupado visitando as farmácias e herbanários para perguntar sobre vendas de raticida e outras atividades suspeitas em detalhes tão precisos e profundos que orgulhariam Sherlock Holmes, os investigadores do Estado e sua equipe de bastonadas estavam só começando, por insistência do escrutinador-chefe, a respingar sangue por todos os lados com uma segunda rodada de chicotadas nos pés que tinha como alvo os mesmos suspeitos na mesma ordem de antes, quando de repente, pouco antes de chegar sua vez, o rapaz de aparência mais inocente e mais ingênua do primeiro grupo de oito soldados das cozinhas irrompeu em lágrimas e assumiu a culpa, estimulado pelo horror de aguentar mais golpes nos pés para confessar tudo o que tinha feito, e, a fim de convencer o promotor de barba grisalha e seus auxiliares bigodudos de que falava a verdade e tinha envenenado os biscoitos sozinho, ele precisou lhes mostrar como, enquanto todo mundo saía para orar na sexta-feira anterior à cerimônia de posse, ele havia entrado de fininho na cozinha com um saco de veneno e o misturado à farinha. Os outros funcionários da cozinha, cujos pés às vezes eram mergulhados em bacias de salmoura para estancar o fluxo do sangue e evitar que sujassem o chão, e que provavelmente teriam desmaiado de agonia ou ganhado ferimentos permanentes se as feridas mal cicatrizadas das solas se abrissem em uma nova rodada de tortura, ficaram contentíssimos ao saber da confissão, pois isso significava que seus pés não seriam mais amarrados e golpeados.

É compreensível que o escrutinador-chefe e o governador Sami paxá tenham ficado satisfeitos com a confissão do menino de dezesseis anos de olhos verdes e rosto angelical. Mas enquanto não descobrissem quem tinha dado ao rapaz de rosto delicado e simpático o saco de arsênico, e por que tinha feito isso, os médicos especialistas em quarentena continuariam sendo assassinados. Só que sempre que o interrogador conhecido por sua gana de girar o porrete fazia essa pergunta, segurando no breu uma vela perto do rosto do garoto, este, arrependido, ou voltava a chorar ou fixava o olhar na chama e não dava nem um pio.

O escrutinador-chefe era experiente a ponto de saber que, se submetessem o rapaz com cara de menino a outra série de bastonadas para descobrir a resposta à segunda pergunta, mais vital, de quem tinha lhe dado o veneno para ratos ou em qual farmácia ou herbanário ele o havia comprado, o garoto poderia mentir, ou ser mutilado, ou até morrer por causa dos ferimentos, por isso instruiu os interrogadores a aguardar até que ele reavaliasse a situação com o Sami paxá. Os dois decidiram que antes de voltarem a interrogar e torturar o jovem, esperariam as lacerações dos pés sararem por completo. Nesse meio-tempo, localizariam a família do tolo traidor, descobririam quem eram seus amigos e também lhes dariam chicotadas nos pés se necessário.

Depois de ler com atenção o dossiê do Sami paxá, a princesa Pakize entendeu em que estado de espírito o governador devia estar e se regozijou em discutir o assunto com o marido: "O Sami paxá deve ter ficado exultante por ter descoberto o assassino do doutor Ilias antes de você e por ter conseguido descobrir do jeito dele", ela começou.

"Se não tivessem esperado pela segunda confissão do menino, talvez a gangue de assassinos impenitentes tivesse sido presa antes de matar Majid!", disse o doutor Nuri.

"Mas o Sami paxá não tinha pressa e meu tio também não. O paxá sabia que você estava visitando todos os farmacêuticos e herboristas, imaginava que você não chegaria a nenhuma conclusão e achou por bem usar a oportunidade para lhe dar uma lição. Queria mostrar a você e ao meu tio, que infelizmente é escravo daqueles livros de suspense que os criados leem para ele à noite, que o método Sherlock Holmes não tem a menor chance de dar certo no Oriente ou em algum canto do império. Acho que o meu tio não teria gostado se um governador como o Sami paxá o obrigasse a reconhecer seus erros."

"Você também acredita que o Sami paxá é totalmente leal a seu tio."

"Não tenho nem sombra de dúvida", disse a princesa Pakize. "É por isso que nunca me senti segura de verdade com ele vivendo a quatro cômodos de nós. Não se esqueça: os biscoitos que mataram o doutor Ilias também eram para você."

"Mas esses biscoitos também foram oferecidos ao governador Sami paxá."

"E ele não comeu nenhum", disse a princesa Pakize, os olhos fixos nos do marido.

A essa altura, o casal já extraía tanto prazer da leitura do dossiê do Sami paxá quanto Abdul Hamid obtinha de seus livros de suspense, e enquanto aplicavam a lógica de Sherlock Holmes aos indícios que os funcionários do escrutinador-chefe haviam reunido por meio de bastonadas e outros métodos semelhantes, tinham a sensação de estar se aproximando cada vez mais da verdade.

Enquanto marido e esposa debatiam essas questões, o Sami paxá estava escondido na fazenda de Ali Talip nos arredores do povoado de Dumanlı. A princesa Pakize e o príncipe consorte se preocupavam com o antigo governador e sempre falavam dele. Por que o Sami paxá optara por entrar no quarto deles no momento em que estava fugindo de Arkaz na tentativa de salvar sua vida — e portanto tinha pouco tempo a perder — para lhes entregar aquele dossiê repleto de informações sigilosas sobre suspeitos, depoimentos de testemunhas e relatórios de interrogatórios?

"Porque o Sami paxá acha que estamos espionando a ilha em nome do meu tio. Quer que quando a gente reencontrar Abdul Hamid diga: 'Seu governador é competentíssimo: fez um trabalho esplêndido ao descobrir essa gangue de assassinos e pegar todos de uma só vez, exatamente como o senhor mandou!'. Ele acha possível que meu tio o perdoe."

"Ele ainda é um servo fiel do sultão. Seu único desejo é que o sultão fique sabendo que ele teve êxito na investigação de que foi encarregado", disse o doutor Nuri.

"Você acredita que identificando os assassinos o paxá teve sucesso na tarefa?"

"Acredito, sim", o príncipe consorte admitiu. "As informações que vi neste dossiê e os relatórios elaborados para a análise do paxá bastaram para me convencer."

533

"A mim também…"

Passaram um tempo calados.

"Infelizmente, isso significa que o método Sherlock Holmes não funcionou", constatou o doutor Nuri.

"Pode ser que meu tio não estivesse falando tão sério a respeito do Sherlock Holmes, assim como nunca falava sério das reformas políticas que implementou por insistência da Europa. Se um sultão almeja abraçar e imitar o estilo europeu, seu povo tem que estar igualmente entusiasmado e disposto a aceitar o que ele está fazendo. Portanto, sugiro que você não se incomode mais com esse assunto."

"Insisto, com a sua permissão, que seu tio fala sério a respeito da filosofia de Sherlock Holmes. Ele intuiu que a escolha aqui é entre o indivíduo e a comunidade. Todo grande hospital que Abdul Hamid constrói, toda escola nova, tribunal, base militar, estação de trem e praça, é uma tentativa de afastar os indivíduos de suas comunidades para poder se comunicar com eles diretamente, para que assim aprendam a temer o Estado e seus tribunais. Não os vizinhos que moram do outro lado da rua."

"Ou vai ver que meu tio simplesmente adora Sherlock Holmes", a princesa Pakize disse com um sorrisinho travesso.

Parte significativa do dossiê era dedicada aos comentários do juiz de instrução do inquérito. Mas os trechos mais longos eram os depoimentos dos suspeitos torturados. ("É impossível que o governador Sami paxá tenha lido todos eles!", pensavam a princesa e o príncipe consorte, mas nas margens havia observações minuciosas a lápis, na letra do paxá.) Um servidor cujo cargo ficava entre o do juiz de instrução e o do escrutinador-chefe também fizera um relatório diário reportando como estavam indo os interrogatórios — à base de tapas e chicotadas nos pés. Esses relatórios faziam alusões claras a quem era o verdadeiro culpado e quem só tinha recebido tal rótulo por razões políticas.

Enquanto esperavam a cicatrização das solas do menino da cozinha, os homens do escrutinador-chefe investigavam seus parentes e amigos. Descobriram que o rapaz morava com a família numa daquelas casas decrépitas construídas nos últimos três anos — e com a bênção tácita do Sami paxá — em terras sem dono nas colinas atrás do fosso de incineração. Seu círculo incluía vários migrantes cretenses, bem como um bocado de jovens fanáticos, vagabundos desempregados e devotos frequentadores de mesquitas. Também era amigo de rapazes rebeldes, combativos, moradores do bairro de Taşçılar; o pai, que presumia que o filho estivesse no centro de isolamento do castelo depois de ser infectado nas cozinhas da caserna, e portanto não desconfiava de nada, disse aos investigadores que sempre tinha tentado manter o filho afastado das más companhias, uns rapazes que batiam ponto nas docas, e em seguida deu o nome de todos os que já tinham subido as colinas para visitá-lo.

Muitos dos garotos dessa turma de amigos foram imediatamente arrebanhados e detidos na época da pandemia anterior à revolução. Alguns eram inocentes e sofreram chicotadas nos pés a troco de nada, mas de outros se confirmou que colaboravam com o bando de Ramiz e com os aldeãos que tinham descido do povoado de Nebiler para Arkaz para dar andamento à resistência às regras de quarentena. Foi preciso mais de um mês para que todos esses indícios fossem reunidos. Nesse período, o escrutinador-chefe promoveu batidas policiais em várias casas e conseguiu arrancar várias confissões sob tortura, e recolheu cartas, telegramas e bilhetes escritos à mão que, juntos, demonstravam os vínculos incontroversos entre o povoado de Nebiler e a turba raivosa envolvida no Motim do Navio de Peregrinos e provavam que Ramiz era o líder oculto do movimento. O governador Sami paxá e o Mazhar efêndi tinham abordado todos os aspectos da questão, dos problemas principais aos mínimos detalhes, como se esperassem que um dia esse material fosse ensinado nas escolas de direito como o exemplo perfeito de "como conduzir uma investigação", e talvez aquele dossiê farto de documentos pudesse provar a Abdul Hamid e ao palácio quão exímios burocratas eles eram.

Depois que os informantes verificaram o nome de todos os jovens fanáticos, devotos e marrentos do bando de Ramiz, e dos membros da turba que jurara vingança pelo Motim do Navio de Peregrinos, o escrutinador-chefe tomou providências para que seus espiões os seguissem e quase prendeu o bando todo, não fosse uma ordem do Sami paxá, ainda governador à época, que lhe pediu para esperar. (Uma negligência que acabaria custando a vida de Majid.) O paxá provavelmente pensou que se arrestasse tanta gente ligada às seitas poderia desencadear uma ferocidade contra as medidas restritivas.

O que os documentos do dossiê do Sami paxá mostravam nitidamente era que, como nossos leitores já devem ter suspeitado, houve um toque significativo de acaso nas circunstâncias que cercaram o rapto e o assassinato do Bonkowski paxá. Com isso, não queremos dizer que não haveria um monte de gente que exultaria em exterminar qualquer cristão — e o próprio governador paxá — que tentasse impor a quarentena à ilha. O plano original dos assassinos era que os biscoitos envenenados matassem ao mesmo tempo o Bonkowski paxá e seu assistente Ilias. Mas quando um devoto da fraternidade Terkapçılar, no povoado de Nebiler, sobrevivente do Motim do Navio de Peregrinos três anos antes e agora vivendo em Arkaz, encontrou inesperadamente o Bonkowski paxá na rua e reconheceu o famoso químico real pelo porte e pela aparência, e depois de bolar, num lampejo de inspiração, a mentira de que havia uma pessoa doente em sua casa, ele logrou levar o paxá direto a seus comparsas. Os funcionários e espiões do escrutinador-chefe conseguiram identificar cada um dos homens que haviam torturado e atormentado o Bonkowski paxá em suas horas derradeiras, que o haviam estrangulado com frieza e brutalidade e desovado seu corpo na praça Hrisopolitissa.

"Mas o Mazhar efêndi decidiu que ainda não era o momento de prender os rapazes porque alguns estavam envolvidos no complô para atacar a reunião na Sede do Governo e empossar o novo governador. O escrutinador--chefe andava fiscalizando o andamento e o resultado dessa operação em nome do Sami paxá, assim eles poderiam armar a cilada para pegar Ramiz e seus comparsas em flagrante e condená-los. Você deve se lembrar de que o governador a princípio achava que poderia imobilizar os invasores e prendê--los um por um…"

"Como você é inteligente, minha cara", disse o médico e príncipe consorte, concordando com a avaliação da esposa. "Na verdade, seu tio deveria ter feito de você, e não de mim, seu detetive ao estilo Sherlock Holmes."

"Mas foi exatamente o que ele fez!", a arguta princesa Pakize respondeu, cheia de orgulho. "Enfim entendemos por que meu tio me pôs no *Aziziye* e me mandou com você para Mingheria: ele sabia que você só conseguiria solucionar esse mistério com a ajuda de alguém que tivesse lido o tipo de romance que meu pai lê… alguém como eu."

"Parece que você aprecia o brilhantismo do sultão, no fim das contas…"

"Mas você não pode esquecer que é meu tio quem está por trás de todos esses assassinatos que você vem tentando solucionar."

"Você acredita mesmo nisso?", disse o doutor Nuri. "Se tem mesmo essa certeza de que seu tio é tão perverso quanto você supõe, também deve ter chegado à conclusão de que não nos resta esperanças de um dia voltarmos a Istambul."

Às vezes, quando o assunto de Istambul vinha à tona, eles iam à janela e olhavam o horizonte como se divisassem uma embarcação da capital. O mar Mediterrâneo parecia mais vívido do que nunca, mas Arkaz estava sossegada e inerte como um cemitério.

69.

"Se o seu tio quisesse mesmo que o Bonkowski paxá fosse assassinado, seria muito mais fácil que ele providenciasse a morte do paxá quando ele ainda estava em Istambul. Mas o sultão resolveu mandar o químico cuidar da peste nesta ilha distante e isolada em que a situação poderia degringolar a qualquer instante."

"Como de fato aconteceu!", disse a princesa Pakize. "Mas é exatamente isso que meu tio deseja. Sempre que planeja um assassinato, ele faz com que aconteça num lugar distante, sobre o qual ele não tem controle nenhum, assim ninguém rastreia suas impressões digitais. Depois que o mais exímio e europeizado dos vizires otomanos, o Mithat paxá, foi condenado à morte no Tribunal do Palácio Yıldız pelo protagonismo na conspiração e golpe político que tirou e matou o tio de Abdul Hamid, o sultão Abdülaziz, bastaria meu tio assinar a ordem de execução para que ele fosse enforcado em Istambul. Mas, como sempre, o astuto e 'sensível' Abdul Hamid fingiu se comover e converteu a pena do Mithat paxá em prisão perpétua, mandando-o para o presídio na fortaleza de Ta'if. Dizem que é pior do que as masmorras daqui de Mingheria. Pouco depois, ordenou a execução dele em Ta'if, mas em circunstâncias tão misteriosas que a maioria das pessoas nem se deu conta de que esse era o plano de Abdul Hamid desde o princípio. Foi exatamente o que meu tio fez com o Bonkowski paxá."

"O Mithat paxá fazia parte do grupo que tirou seu pai do trono e botou seu tio no lugar. Você tem alguma prova concreta de que Abdul Hamid ordenou o assassinato dele?"

"Meu tio jamais deixaria rastros para algum Sherlock Holmes. É por isso que ele lê os romances dele, para começo de conversa. Acredito que, assim como todo mundo, ele leia histórias de suspense para aprender a cometer assassinatos sem deixar pistas e se inteirar de todas as novidades a respeito dos métodos europeus. Então, apesar de não ter nenhuma prova dos muitos assassinatos que meu tio já cometeu, tenho suspeitas para dar e vender."

"Seu tio via a popularidade do Mithat paxá entre o povo e a força de seu carisma como uma ameaça a seu poder político."

"Permita-me corrigi-lo, meu caro, mas o Mithat paxá não era tão amado quanto você supõe."

"Mas o Bonkowski paxá, de quem seu tio gostava tanto, e que o serviu fielmente por tantos anos, não o ameaçava... ao contrário do Mithat paxá."

"O Bonkowski paxá era perito em veneno. Só por isso já era uma ameaça e tanto. Foi você quem lembrou do tratado que ele preparou vinte anos atrás, falando das plantas tóxicas cultivadas nos jardins do Palácio Yıldız e de venenos capazes de matar sem deixar vestígio. Bastaria um informante qualquer mandar a meu tio um bilhetinho com uma declaração falsa dizendo 'O Bonkowski paxá planeja envenenar Sua Alteza Suprema'."

"Em outras palavras, você não tem provas de que seu tio mandou o Bonkowski paxá para Mingheria pra ele ser assassinado, mas tem lá suas desconfianças."

"Estamos discutindo esse assunto há dias!", a princesa Pakize respondeu sem perder a paciência. "A explicação mais razoável a que pudemos chegar foi esta: por algum motivo que desconhecemos, meu tio resolveu que precisava se livrar do Bonkowski paxá, quem sabe até se livrar de vez. Os funcionários do palácio devem ter concluído que o melhor jeito de fazer isso seria por meio do farmacêutico Nikiforos. Alguém do palácio, talvez Tahsin paxá, deve ter lembrado ao sultão que Nikiforos e Bonkowski tinham uma amizade de longa data e que eles fizeram campanha contra os herboristas por meio da Guilda de Farmacêuticos, e deve ter frisado que a concessão real que o sultão emitiu tantos anos antes deixava Nikiforos constrangido e culpado diante de Bonkowski. Cabia a esses funcionários lembrar a meu tio os pontos fracos e os medos de todo mundo. Nós já vimos no dossiê do Sami paxá os telegramas cifrados que Nikiforos recebia de Istambul e que Bonkowski também recebia de Istambul e de Esmirna. Vai ver que Nikiforos pensou que, depois da revolução, ele poderia usar as discussões sobre o vernáculo mingheriano e o nome mingheriano de plantas, ervas e remédios como desculpa para fazer amizade com o comandante e também trazer ele para o campo de atuação de Abdul Hamid."

"Essa ideia não me convence muito, mas tenho a impressão de que essa era a teoria do Mazhar efêndi."

"Tudo o que está nesse dossiê é teoria do Mazhar efêndi."

À medida que examinavam o dossiê, a princesa e o príncipe consorte iam se impressionando cada vez mais com os relatórios detalhistas, seus registros de incidentes meticulosamente categorizados e cuidadosamente referenciados e a letra delicada e bordada com que ele anotava tudo. O diligente Mazhar efêndi também havia escrito uma série de relatórios sobre vários outros assuntos que não tinham relação com os assassinatos, mas mesmo assim eram do interesse do novo Estado mingheriano. Por que o Sami paxá decidira arquivá-los?

Um incidente que o Mazhar efêndi havia investigado e esmiuçado bastante dizia respeito a uma questão de que nem a princesa nem o príncipe consorte tinham ciência. Durante a Invasão do Telégrafo, por que o major Kâmil, futuro comandante do Estado de Mingheria, dera ordens a Hamdi Baba para atirar no relógio Theta que havia na parede da agência dos correios? Havia algum significado por trás do fato de a marca do relógio ser Theta? Tinha mirado no símbolo Theta (Θ) por ser uma letra grega ou tinha em mente alguma outra palavra cheia de significado que começava com essa letra? Outro documento do dossiê falava da conduta do major quando ia despachar as cartas da princesa Pakize na agência dos correios, e observava que ele sempre lia os cartazes nas paredes e parecia ter um interesse peculiar pelo relógio Theta.

Enquanto a princesa e o príncipe consorte debatiam as diversas questões levantadas pelos documentos do dossiê do Sami paxá, cerca de quarenta pessoas morriam por dia na cidade. Foram, sem sombra de dúvida, os dias mais dolorosos e angustiantes já vividos na história da nação de Mingheria. Qualquer resquício de confiança na autoridade do Estado havia desaparecido, e as pessoas tinham até perdido o ímpeto habitual de procurar um salvador a quem seguir e assim esquecer as adversidades. A princesa Pakize e o doutor Nuri entenderam que as coisas estavam fora dos eixos quando souberam que o Sami paxá tinha sido capturado e executado. A imagem dele no patíbulo demorou a sair da cabeça de ambos. Durante um tempo, perderam a capacidade de rir e viveram um longo período de desespero em que mal se falavam e mal comiam. O príncipe consorte estava louco para sair e ver o que estava acontecendo e o que as pessoas andavam fazendo agora que a quarentena fora revogada. Quando o mesmo corvo demoníaco, infausto, bateu à janela deles, dois dias depois, ficaram horrorizados ao descobrir que desta vez o Nimetullah efêndi, o do chapéu cilíndrico de feltro, provavelmente mandara enforcar o farmacêutico Nikiforos.

"Temos que voltar para Istambul agora, custe o que custar!", a princesa Pakize disse ao marido. Em seguida, passou um tempo chorando, se agarrando aos braços dele. "Não sei se você se dá conta, mas acredito que os próximos somos nós."

"Pelo contrário, depois de todas as selvagerias que cometeram até agora, eles vão se preocupar com a reação do resto do mundo…", o doutor Nuri respondeu, confiante. "Você está com medo à toa. Eles vão fazer exatamente o contrário do que você teme: vão nos tratar ainda melhor! Porque daqui a pouco a única alternativa que vão ter vai ser reinstituir a quarentena." Havia uma serenidade na sua voz, como se mentisse para tranquilizar a esposa. "Não se preocupe, vou perguntar aos funcionários, descobrir por que o farmacêutico Nikiforos foi enforcado", acrescentou.

O dossiê do finado Sami paxá também relatava que a polícia secreta da ilha descobrira as respostas para as perguntas que a princesa e o príncipe consorte ou nunca tinham pensado em fazer ou tinham pensado mas esquecido logo depois. Por exemplo, segundo vários relatórios recebidos pelo escrutinador-chefe, o lendário bando de crianças gregas e turcas que tinham perdido a família e fugido de casa durante a epidemia, e sobrevivido nas montanhas catando frutas, comendo plantas e pescando nos riachos, de fato existia. Mas ninguém sabia exatamente em qual gruta elas se abrigavam ou em qual propriedade abandonada teriam se assentado.

Já o cordão com amuleto que o Bonkowski paxá pegara do cadáver do pai de Zeynep, o Bayram efêndi, foi achado durante uma batida em uma residência no Alto Turunçlar, onde estavam morando vários dos comparsas de Ramiz que não eram casados. Era uma prova incontroversa da culpa deles e teria bastado para condenar à forca os assassinos do inspetor-chefe de Saúde Pública. (Sabemos que na Era do Xeque Hamdullah os membros desse bando foram soltos ou receberam uma ajudinha para escapar.)

O dossiê também indicava que o farmacêutico Nikiforos era um informante de Abdul Hamid. O sultão tinha dado a Nikiforos um livro de codificação (assim como dera ao escrutinador-chefe) e consequentemente Nikiforos fora acusado de receber ordens dos funcionários do sultão em Istambul. Sob o reinado de Abdul Hamid, isso seria uma honra. Mas depois da declaração de liberdade e independência, era um fato que poderia ser deturpado e usado contra a pessoa, se não algo de que se envergonhar. A princesa e o príncipe consorte também concluíram que apesar de Nikiforos não ter entregado veneno de sua loja ao menino da cozinha, ele havia "orientado" às escondidas o rapaz quanto à obtenção de raticida de outros estabelecimentos e herbanários, sempre guardando segredo de sua identidade. Para a princesa Pakize, com certeza Abdul Hamid teria dado essa ideia ao farmacêutico. (Eles não sabiam o que Nikiforos poderia ter confessado sob tortura antes da execução, nós tampouco.)

Em uma reviravolta completamente inesperada, o farmacêutico Nikiforos tinha sido acusado de ofender a bandeira mingheriana, insulto que parecia agravar seus outros crimes. O farmacêutico estava eufórico por ter tido um papel na criação da bandeira empunhada pelo comandante Kâmil na sacada da Sede do Governo ao anunciar ao mundo a Revolução Mingheriana. Após a revolução, Nikiforos se servira da vitrine para ostentar algumas das outras faixas de propaganda parecidas com a bandeira que já tinha. Nem é preciso dizer que sua intenção nunca foi — como vários informantes alegaram erroneamente — ridicularizar a bandeira que ele mesmo havia criado, e que aliás queria fazer o contrário, pois apoiava de todo o coração a independência da ilha e jactava-se da bandeira mingheriana. Mas com algo entre quarenta e cinco e cinquenta mortes por dia, as únicas pessoas que sequer se deram ao trabalho de protestar contra a crueldade, a falta de fundamento e a injustiça de sua condenação à morte com base nesse pretexto foram alguns membros da comunidade grega. No entanto, arrependiam-se da decisão de não ter fugido da ilha antes do anúncio das primeiras medidas de quarentena. Estavam totalmente desanimados e eram mais firmes que nunca ao trancar as portas.

No momento em que o escrutinador-chefe enfim descobria o padrão e a ideia por trás dos assassinatos, o comandante morreu, e antes que se pudesse tomar qualquer outra atitude, a Era do Xeque Hamdullah começou e o Mazhar efêndi também foi detido. De acordo com o escrutinador-chefe, os agitadores contrários às regras de quarentena e à administração do governador Sami paxá — em outras palavras, Ramiz e seus comparsas — tinham planejado matar o governador, o comandante da caserna, os médicos especialistas em quarentena e outros moradores ilustres da ilha de uma só vez servindo biscoitos envenenados quando eles fossem à caserna. (Por um instante, cogitaram envenenar o café.) Não havia indícios que provassem que Abdul Hamid sabia desse plano ou que o aprovava, tampouco seria plausível defender essa tese, mas é fato que de vez em quando o sultão mandava telegramas a Nikiforos, que sabia melhor do que ninguém na ilha aonde ir e quais lojas visitar se a pessoa estivesse à procura de raticida.

O incidente que mudou o rumo dos acontecimentos e botou o país no caminho político da independência foi a decisão impulsiva do Bonkowski paxá de sair pela porta dos fundos da agência dos correios naquele dia e assim, sem saber, estragar os planos de todo mundo, se esquivando dos guardas municipais e policiais à paisana que o seguiam, e pouco depois caindo nas mãos de um grupo de agitadores hostis à quarentena e à comunidade grega e que tinha ido a Arkaz para se vingar do governador. Se o objetivo de Abdul Hamid era realmente dar cabo de seu químico real sem que o ato lhe pudesse ser atribuído, ele conseguiu. Já não era preciso pôr em prática o plano do biscoito envenenado quando da visita do governador à caserna! Entretanto, embora o Bonkowski paxá já estivesse morto, os biscoitos foram envenenados, o plano audacioso e até-meio-descarado foi levado adiante mesmo assim e o doutor Ilias também foi assassinado.

Na semana anterior ao início da Revolução Mingheriana, o escrutinador-chefe e os promotores públicos decidiram que era hora de retomar o interrogatório do aprendiz de cozinheiro com carinha de bebê que havia envenenado os biscoitos, pois as cascas de ferida nas solas de seus pés finalmente tinham caído e todos os ferimentos haviam cicatrizado por completo. O menino da cozinha logo se deu conta de que não aguentaria a mesma dor outra vez e resolveu contar tudo o que sabia. Ninguém havia lhe dado o sacão de raticida despejado na farinha do biscoito; comprara tudo com o próprio dinheiro, adquirindo um pouquinho por vez de diferentes estabelecimentos espalhados por Arkaz. Quanto dinheiro foi gasto e onde ele havia comprado o veneno? Todo tipo de comércio — dos herbanários tradicionais às farmácias novas! Se o levassem a alguns desses estabelecimentos agora, os vendedores dos quais tinha comprado o veneno o reconheceriam? Talvez sim, talvez não, pois como só comprara um tiquinho de veneno de cada um deles, talvez os atendentes não tivessem reparado na transação nem no comprador, e seria muito fácil terem esquecido. Ele tinha sido muito esperto em comprar o veneno em quantidades pequenas e de vários locais em vez de um só e assim garantir que não seria reconhecido. Quem teve essa ideia?

"Você acha que o menino da cozinha andava lendo as aventuras de Sherlock Holmes ou aqueles romances franceses?"

"Talvez outra pessoa da ilha estivesse lendo e lhe desse sugestões com base nisso. Por exemplo, é perfeitamente plausível que o farmacêutico Nikiforos os lesse!"

"Meu tio é a primeira pessoa de Istambul e do Império Otomano inteiro que lê esses livros!", a princesa Pakize disse com firmeza e uma ponta de orgulho otomano que pôs um ponto-final na conversa.

A equipe de investigação do governo decidiu submeter o menino da cozinha a outra rodada de bastonadas até que ele contasse exatamente como tinha arrumado o veneno. Mas na esteira da independência da ilha, o expediente dos servidores e investigadores foi tomado por outros assuntos, como a invasão à Sede do Governo, o julgamento de Ramiz e depois o inquérito sobre a tentativa de assassinato do comandante, que resultara na morte de Majid. O atentado contra a vida do comandante e o homicídio de Majid reforçaram a decisão do Sami paxá de enforcar Ramiz, e incentivaram os investigadores e torturadores do Estado a redobrar os esforços, mas como o jovem que tinha atirado no comandante se recusou a falar até ficar aleijado devido às feridas, um bom tempo se passou até conseguirem constatar que o pai dele era um dos homens de Nebiler mortos durante o Motim do Navio de Peregrinos e que o menino nutria um profundo ódio contra todos os cristãos e as medidas de quarentena.

Quando a princesa Pakize e o príncipe consorte esgotaram os temas do dossiê do Sami paxá, a atmosfera de ilegalidade conhecida como "anarquia da peste" já se tornara tão generalizada, e o índice de mortalidade crescera

544

tão rapidamente que, apesar de agora haver quatro carroças na cidade dedicadas à retirada dos cadáveres, elas não conseguiam terminar suas rondas à noite e em muitos casos tinham que continuar trabalhando até depois das orações matinais. Todo dia, e sobretudo no fim da tarde, os jardins de todas as fraternidades, inclusive as seitas Halifiye, Rifai e Kadiri, ficavam repletos de corpos como aqueles que foram enfileirados no pátio da prisão do castelo.

70.

Sempre que ouviam as rodas das carroças de cadáveres matraqueando pelas ruas da cidade à noite e as obscenidades cochichadas (às vezes em mingheriano) dos condutores, a princesa Pakize e o doutor Nuri, assim como muitos outros em Arkaz, perdiam as esperanças de um dia encontrar uma saída para o atoleiro em que estavam metidos, e ficavam deitados na cama, num abraço amedrontado. (Dois dias antes as carroças haviam recolhido um cadáver da Sede Ministerial.) Depois do enforcamento do Sami paxá, seguido quase imediatamente pelo do farmacêutico Nikiforos, a probabilidade de serem mortos por motivos políticos de repente lhes parecia maior que a de morrer de peste (principalmente para o doutor Nuri, embora à esposa ele negasse esse temor).

No dia dezesseis de agosto de 1901 — uma sexta-feira de muita chuva e muito vento —, cinquenta e uma pessoas faleceram. A princesa Pakize escrevia uma carta à irmã quando bateram à porta e, imaginando que fosse o zelador ou a criada que o novo governo botara à disposição do casal, não se levantou da escrivaninha e o marido foi atender. Quando ouviu uma conversa sussurrada junto à porta, ela se aproximou.

"Estão me convocando como testemunha!", disse o doutor Nuri, desconcertado. "Tenho que descer e prestar depoimento ao promotor."

O doutor Nuri explicou que diversas acusações haviam sido feitas contra os soldados da Brigada de Quarentena, entre elas chantagear e enviar pessoas sadias para o isolamento. Também alegavam crimes mais graves, como estupro e rapto de mulheres, expropriações ilegais e homicídio, mas o médico e príncipe consorte era chamado como testemunha de um incidente específico. Um dos soldados acusados havia declarado que a ordem de evacuar determinada casa tinha sido dada pelo doutor Nuri. Agora ele era convocado a defender sua atitude — não mais no papel de médico especialista em quarentena, mas apenas como amigo da nação mingheriana.

"É claro que você tem que ir prestar depoimento, mas por favor não diga nada que possa contrariar esses delinquentes. Seria muito fácil eles te fazerem mal. Por favor, te imploro, não me deixe aqui esperando só para dar a eles um sermão sobre a importância da ciência, da medicina e da quarentena, já que essas pessoas não têm interesse nenhum em ouvir essas coisas, nem vontade alguma de aprender. Se você demorar, saiba que vai fazer de mim a mulher mais infeliz do mundo."

"Causar sua infelicidade... Não consigo nem imaginar uma coisa dessas, minha cara!", disse o doutor Nuri. Sua admiração pela sagacidade da esposa quando debatiam as últimas reviravoltas e pelo entusiasmo com que ela escrevia à irmã só crescia a cada dia. "Não vou demorar de jeito nenhum!"

O doutor Nuri não voltou naquele dia. Ao entardecer, a princesa Pakize foi se sentar à escrivaninha, mas não conseguiu escrever uma palavra. Uma flecha amaldiçoada com uma mistura de curiosidade, dor e medo se alojara entre seu coração e os pulmões, e ela não conseguia respirar. Sua atenção estava tão fixa nos sons ao redor que discernia cada passo, cada grito e até os chiados mais baixos ecoando entre as paredes da Sede Ministerial, porém não parecia haver sinal do barulho que conhecia intimamente, dos sapatos do marido. Quando chegou a noite, lágrimas caíam de seus olhos na folha de papel à sua frente.

Convencida de que caso levantasse da escrivaninha antes de o marido voltar, ele *nunca* voltaria, a princesa Pakize ficou sentada até a meia-noite, sem fazer absolutamente nada.

Cochilou um pouco com a cabeça apoiada na mesa, mas percebeu que só conseguiria descansar quando o doutor Nuri estivesse de novo a seu lado, são e salvo. Pouco antes das orações matinais — horário em que todas as execuções mais recentes eram realizadas —, ela abriu a porta e saiu. Como sempre, havia um vigia: um soldado de Damasco que não falava turco. Ele estava meio adormecido; acordou sobressaltado e apontou o rifle para ela, confuso. A princesa Pakize voltou para o quarto, trancou a porta e sentou-se à escrivaninha, petrificada, até o dia amanhecer de verdade.

Por fim, foi para a cama, depois de conseguir se convencer de que não havia patíbulos montados na praça da Sede do Governo, caso contrário a essa altura aquele corvo sinistro já teria se empoleirado na janela.

O dia seguinte trouxe mais espera, a agonia do sono interrompido, lágrimas e pesadelos. Dormitando na escrivaninha ou na cama, a princesa Pakize via o doutor Nuri em sonhos. Num devaneio onírico, ele estava sentado na proa do *Aziziye* a caminho da China enquanto ela aguardava o retorno dele ao lado do pai, em Istambul.

Mas as noites insones, os pesadelos e o choro se sucediam, e nada do marido. A princesa Pakize tentou ir ao antigo gabinete do Sami paxá diversas vezes. Gritava e ralhava tão alto com os guardas que sua voz era ouvida no prédio inteiro da Sede Ministerial. Graças a Deus não havia traço do corvo aziago.

Quando um funcionário a procurou cinco dias depois do desaparecimento do marido e lhe disse que era esperada no Gabinete do Ministro-Chefe dali a uma hora, ela se tranquilizou, deduzindo que isso provavelmente significava que o marido ainda vivia. Como estava prestes a ter uma reunião com gente que tinha usado a religião para se apoderar do Estado, vestiu a roupa mais recatada que achou, pôs em volta do pescoço um xale que cobria até o queixo e também enrolou um lenço na cabeça.

O zelador e a criada que todo dia lhe traziam um pouco de pão, nozes, peixe salgado e figo desidratado foram junto, atuando como "acompanhantes". O Gabinete do Ministro-Chefe, no mesmo andar da casa de hóspedes, era o antigo gabinete do Sami paxá. A princesa Pakize mal teve um instante para dedicar um pensamento de pesar ao finado Sami paxá e o ministro-chefe Nimetullah se levantou da antiga cadeira do governador e indicou um sofá espaçoso ali do lado, mas a princesa Pakize se recusou a sentar. Guardou distância, encarando todo mundo. Havia também um par de jovens servidores acomodados num canto da sala.

548

O ministro-chefe começou a falar, declarando à princesa Pakize que ela era a convidada de honra mais ilustre do Estado mingheriano e que a ilha inteira tinha orgulho imenso do fato histórico de que havia sido Mingheria o destino da primeira viagem da primeira princesa real a ter saído de Istambul. Os mingherianos sentiam uma afeição "especial" por ela e por seu pai injustamente deposto, o antigo sultão Murade V, devido à perseguição que sofreram nas mãos do tirânico Abdul Hamid. Mas infelizmente a opinião da ilha a respeito do marido da princesa não era tão boa. Pois o sultão cruel fizera com ela o que já fizera com as irmãs, afastando-a do pai e arranjando casamento com um dos oficiais que lhe eram leais, em quem podia confiar para lhe servir de espião. A pretexto de impor medidas de quarentena, o médico e príncipe consorte havia semeado discórdia na ilha e jogado o Exército contra o povo. Estava no tribunal naquele momento, prestes a ser sentenciado.

A princesa Pakize se arrepiou.

No entanto, o ministro-chefe continuou, talvez houvesse uma solução: naquela época de tanta solidão e dificuldade, o Estado mingheriano não tinha nenhum desejo de entrar em novo confronto com Abdul Hamid. Assim, o governo e todo mundo que amava a ilha haviam concebido um plano que sem dúvida traria todas as desavenças a uma conclusão amistosa, faria a comunidade internacional se interessar pela ilha e em certa medida até a protegeria. Se a princesa Pakize aceitasse a proposta, prestaria um grande serviço ao povo de Mingheria.

"Se a contribuição de mim esperada estiver dentro de minhas possibilidades, não hesitarei em fazer o que puder para ajudar a ilha."

"Seu cotidiano na casa de hóspedes será o mesmo. Pode continuar escrevendo cartas o dia inteiro, se quiser. Aliás, Sua Excelência o príncipe será devolvido à casa de hóspedes assim que a fotografia for tirada — caso a senhora julgue conveniente, é claro."

Então o Nimetullah efêndi resumiu a solução que haviam elaborado. Se a princesa concordasse, o plano era um casamento de conveniência entre ela e o xeque Hamdullah, do qual se faria uma foto para mostrar ao mundo que a filha do sultão otomano e califa anterior do islã estava casando com o Estado mingheriano. O matrimônio entre a princesa e Sua Santidade, o xeque, presidente do Estado mingheriano, sem dúvida tornaria o novo país bem mais conhecido, ainda mais levando-se em consideração a difusão do islamismo pelo mundo, a instituição do califado e todos os muçulmanos reunidos anualmente no Hejaz, uma massa de gente que só crescia. Óbvio que o xeque Hamdullah não esperava que o casamento constituísse uma união genuína. Pelo contrário, era seu desejo que o doutor Nuri voltasse à casa de hóspedes e à companhia da esposa assim que possível.

"O que o doutor Nuri pensa disso?"

Embora fosse um casamento de conveniência, a princesa Pakize precisaria se divorciar do doutor Nuri. Havia duas formas de providenciar isso: ou o príncipe consorte dizia "Eu me divorcio de você!" três vezes, ou a princesa Pakize podia pedir o divórcio nos tribunais de Mingheria caso o marido ficasse mais de quatro anos preso.

"Eu nem sabia que o doutor Nuri estava na prisão!"

"Ele está prestes a ser sentenciado, mas será perdoado por Sua Santidade, o xeque, e presenteado com uma medalha de Primeira Classe do Estado de Mingheria."

"É muito difícil chegar a uma conclusão sobre o assunto sem uma carta do doutor Nuri me dizendo qual a conduta mais adequada."

A carta chegou no fim do dia: o doutor Nuri declarava estar bastante confortável na prisão do castelo (pedia cuecas limpas, meias de lã e duas camisas) e dizia que o melhor seria que a princesa Pakize tomasse aquela decisão tão importante sozinha, dispensando as considerações do marido. A princesa Pakize ficou contente por ele não tentar coagi-la, nem para salvar a própria vida.

Mas não era verdade que o marido estivesse confortável e seguro na cela. Ciente de que a peste havia se espalhado por todos os cantos do castelo e de que não havia tempo a perder, a princesa Pakize não teve oportunidade de negociar os detalhes do casamento e da fotografia conforme gostaria.

"Quem vai me levar ao altar?", foi tudo o que conseguiu dizer. "Eu mesma quero dizer 'Sim'!"

A princesa Pakize também queria escolher o vestido de noiva. O séquito do xeque Hamdullah queria que ela vestisse o mesmo vestido branco e usasse as mesmas joias do casamento no Palácio Yıldız, cinco meses antes, ao qual Abdul Hamid também havia comparecido, mas ela insistiu em usar um vestido vermelho tradicional e tipicamente mingheriano parecido com o que Zeynep usara em seu casamento com o major, e no fim das contas o pedido foi aceito.

Na quinta-feira, vinte e dois de agosto, meia hora depois das orações do meio-dia, o landau blindado que transportava o presidente de Mingheria, xeque Hamdullah, chegou à praça Mingheriana, outrora conhecida como praça da Sede do Governo. O ministro-chefe Nimetullah efêndi alocara sentinelas no percurso do presidente da fraternidade Halifiye à Sede Ministerial e também guardas dentro do prédio dos Ministérios. Ratoeiras haviam sido instaladas em todos os cantos, debaixo das escadas e junto aos muros.

Quando foi informada de que o xeque havia chegado, a princesa Pakize saiu do quarto onde aguardava com o vestido de noiva vermelho e a cabeça cuidadosamente coberta. A criada que a tinha ajudado a vestir o traje simples e de bom gosto também estava com uma roupa limpa e andava atrás da princesa.

Segundo Reşit Ekrem Adıgüç, o mais querido e divertido dos historiadores populares de Mingheria, em meros nove minutos a princesa Pakize fez o percurso até o andar inferior, se casou, foi fotografada e voltou ao quarto da casa de hóspedes. Numa carta à irmã, ela dedicou apenas uma página a esses nove minutos, e pareceu não levar muito a sério nem o evento nem a pompa que o cercou. Saudara, educada, as testemunhas, o xeque e o imame da Mesquita Mehmet Paxá, o Cego, que realizaria o ritual, e passou a cerimônia inteira de cabeça baixa feito uma menina acanhada, falando apenas quando estritamente necessário.

O que tornava a situação toda tão esquisita, repugnante e censurável era a diferença de idade: o xeque Hamdullah, de setenta e dois anos, era cinquenta anos mais velho que a noiva. Quanto à noiva, ela considerava o xeque um oportunista que instrumentalizava o islã para seus objetivos políticos (assim como seu tio às vezes fazia). A princesa Pakize detestava o xeque, que tinha condenado à morte o governador Sami paxá, o farmacêutico Nikiforos e muitos outros apenas para consolidar seu poder e espalhar medo entre a população.

Ainda assim, se surpreendeu ao ver que o xeque era ainda mais velho, mais acabado e mais "sem graça" do que imaginava. Ele tentou sorrir para a princesa Pakize, que desviou o olhar. Sentaram-se, um pouco afastados, no lugar indicado por Vanyas, o fotógrafo incumbido da cerimônia, e por outro fotógrafo enviado pelo *Arkata Times*, e posaram como recém-casados exaustos, mas felizes.

Repousavam as mãos num par de mesinhas dispostas na frente deles. Nenhum dos dois fazia esforço algum para se aproximar do outro, mas após a in-

sistência cordial dos dois fotógrafos, o xeque Hamdullah chegou um pouquinho mais perto da princesa. Em seguida, depois de mais encorajamento da
parte dos fotógrafos, o xeque segurou a mão dela por um instante, soltando-a
logo depois. Mais tarde, a princesa Pakize escreveria à irmã Hatice que tinha
achado o gesto abominável.

71.

As fotografias foram publicadas na primeira página dos quatro jornais da ilha, inclusive no Diário Oficial, em edições especiais claramente impressas com o objetivo de noticiar o enlace. A princesa Pakize sentia tanta vergonha que não conseguia nem olhar as fotos. Passou o dia seguinte ao casamento chorando em silêncio, numa fúria impotente, pois o marido ainda não fora solto e ela começava a imaginar que a haviam engambelado. Talvez o marido nem soubesse o que tinha acontecido. Não queria que ninguém visse suas lágrimas, tampouco conseguia escrever cartas. Pensar que talvez aqueles jornais chegassem ao pai dela era o que mais a inquietava.

A manhã seguinte trouxe, além do despontar de um dia claro e ensolarado, a bem-aventurada volta do médico e príncipe consorte Nuri, finalmente agraciado com o indulto do xeque. Ele ria e fazia piada como se nada tivesse acontecido. Eles se abraçaram e passaram muito tempo agarrados. A princesa Pakize chorou de felicidade. O rosto do marido estava pálido e ele tinha perdido peso, mas conseguira evitar a peste que havia se espalhado pelo castelo, pois não saiu da cela nem se aproximou muito de ninguém.

Fecharam as venezianas e se deitaram de roupas íntimas e roupas de dormir, enroscados nos braços um do outro. Durante um tempo, o doutor Nuri não conseguia parar de tremer, movido por uma mistura de empolgação, medo e euforia. O casal passou o dia na cama, e pela primeira vez eles começaram a planejar a fuga da ilha. Agora que a quarentena estava revogada, o médico e príncipe consorte já não era necessário. O mais importante era que ninguém sequer pensaria neles agora nem repararia na presença deles. O governo estava caótico, não restava mais ninguém na Sede Ministerial afora o Nimetullah efêndi, o do chapéu cilíndrico de feltro, e um punhado de devotos leais ao xeque Hamdullah. Esse grupo de cinco ou seis pessoas tentava evitar que o navio afundasse, apesar da falta de experiência em tais assuntos.

No dia seguinte, a criada não apareceu. As fatias de pão e as duas peças de peixe seco deixadas periodicamente na mesinha em frente à porta já não bastavam para alimentá-los, e eles começavam a sentir as forças definhando. À tarde, quando um servidor apareceu para anunciar que o ministro-chefe Nimetullah esperava o doutor Nuri em seu gabinete, receberam com agrado o que lhes pareceu um fiapo de esperança. A princesa Pakize estava mais otimista agora que retomara sua correspondência, e ávida para contar à irmã tudo o que o marido tinha passado na prisão antes que esquecesse os detalhes.

O doutor Nuri voltou menos de meia hora depois e disse que precisava ir examinar o xeque Hamdullah, que havia contraído peste.

"Ele está com alguma íngua?", perguntou a princesa Pakize, e entendeu pela expressão do marido que a resposta era sim. "Não vá: agora ele não tem salvação. Você pode acabar pegando também!", disse a princesa Pakize.

"Acho insuportável a ideia de ver toda essa gente sofrendo e morrendo em vão por causa desse bando de idiotas."

"Eu imploro para você não ir. Deixa aquele xeque burro, infame, se debater e sucumbir às garras da peste que ele mesmo incentivou com tanta displicência."

"Não diga isso, pois provavelmente é o que vai acontecer, e então você vai se arrepender. Fiz um juramento e como médico tenho a obrigação de acudir aqueles que necessitam da minha ajuda."

"Foi ele que mandou enforcar o governador. Também foi ele que mandou enforcar o farmacêutico Nikiforos."

"E o Sami paxá mandou enforcar o irmão dele, Ramiz!", retrucou o doutor Nuri antes de sair do quarto.

Já que caminharia até a fraternidade Halifiye, levou dois guardas consigo, mas ao atravessar a avenida Hamidiye — cujo nome ainda não tinha sido trocado — se deu conta de que não havia necessidade nenhuma de proteção: mesmo no pior dia da peste, não teria como se percorrer a via principal inteira sem cruzar com pelo menos umas oito ou dez pessoas, mas naquele dia a avenida estava completamente deserta, ainda que as restrições tivessem sido revogadas. Não viu nenhum policial em frente à agência dos correios, mas em compensação viu inúmeros cadáveres espalhados pela escadaria que desembocava na entrada da Escola Secundária Grega. Talvez a área estivesse deserta por causa de todas as execuções que tinham acontecido. Ao atravessar a ponte Hamidiye, parou para apoiar os cotovelos no parapeito e olhar a cidade. Todos os hotéis — entre eles o Splendid, o Majestic e o Levant — estavam fechados. Nenhuma carruagem nas ruas; no mar nenhum barco, a superfície da água parecia de vidro. O novo diretor da prisão o havia informado das mortes, no decorrer de três dias, do barbeiro Panagiotis e de toda a sua família. O médico e príncipe consorte se lembrou disso ao ver a barbearia fechada. Quando ergueu os olhos para o sopé da Colina do Jegue, viu um cortejo fúnebre de umas dez pessoas subindo devagar.

"Príncipe consorte, príncipe consorte!", berrou uma grega abatida, frágil, grisalha, que estava sentada ali perto, seu turco carregado de sotaque mas fluente. "O que a filha do sultão acha da nossa situação?"

"A filha do sultão escreve cartas à irmã..."

"Que escreva, deixe a pobre coitada escrever! Que conte ao mundo nosso calvário desgraçado", a mulher continuou em seu turco repleto de texturas. "Eu também sou de Istambul!", ela disse ao doutor Nuri quando ele se afastava.

Mesmo aquelas regiões da cidade em geral mais movimentadas estavam impregnadas da melancolia típica das cidades pequenas em que todo mundo vai embora no fim do verão ou durante as temporadas de colheita. Os gatos da cidade, os primeiros a perceber o clima, trotavam até as portas e portões dos jardins para miar para o doutor Nuri quando ele passava. Dois cachorros de rua, um macho e uma fêmea, o seguiram por um tempo, depois sumiram no jardim vicejante e frondoso do casarão vizinho à padaria do Zofiri, trocando farejadas pelo caminho.

Ao se aproximar da Mesquita Mehmet Paxá, o Cego, o doutor Nuri teve a impressão de que a população inteira estava aglomerada ali. Nessa mesquita, muçulmanos haviam sido proibidos de enterrar os mortos sem lavar os corpos de acordo com o ritual islâmico, depois do qual lhes entregavam um certificado assinado e carimbado para comprovação. Mas com receio de se infectar numa das filas que se formavam no pátio da mesquita e no necrotério, as pessoas começaram a deixar os cadáveres nas calçadas para serem retirados pelas carroças durante a noite, ou chegavam a sepultar seus mortos com as próprias mãos, em qualquer lugar.

O número crescente de mortes tinha forçado até os mais conservadores e imprudentes dos muçulmanos da ilha a acatar algumas medidas restritivas por iniciativa própria, evitando aglomerações e saindo de casa só quando preciso. Embora alguns senhores ainda frequentassem as orações cinco vezes por dia, a multidão de devotos que comparecia às orações de sexta-feira havia minguado para menos da metade do habitual. Em uma quinzena, as políticas do novo governo contrárias à quarentena tinham gerado uma devastação quase três vezes pior do que antes, e depois de todas aquelas mortes, a postura do xeque Hamdullah contra a quarentena era rejeitada pelos seguidores mais devotos.

Os jardins do Hospital Hamidiye estavam apinhados até o muro de leitos (um espaço de quatro ou cinco metros separava um paciente do outro). Vizinho ao hospital ficava o também abarrotado quintal da fraternidade Rifai. Às vezes, como não havia estrados suficientes e colchões para todos, as pessoas se deitavam em cobertas, tapetes e esteiras de palha. Ao passar pelas fraternidades, o doutor Nuri espiava por cima dos muros e via que o cenário era o mesmo, em qualquer lugar para onde olhasse. Aqueles que tinham mais fé e confiança no xeque eram os que tinham sofrido mais perda e maior dor.

Quando estava prestes a chegar na fraternidade Halifiye, uma janela se abriu no primeiro andar de uma casa.

"Então, doutor efêndi! O que o senhor acha? Está feliz com a sua obra?", perguntou um homem de testa pequena.

O doutor Nuri não entendia se ele estava censurando a quarentena em geral ou sua implementação malsucedida em Mingheria. Em seguida, o crítico de testa pequena viu os guardas. "Vocês médicos não conseguiriam nem botar os pés na rua se não fossem os vigias e os guardas!", cuspiu.

Mas o que aconteceu foi justamente o contrário: dois dervixes jovens que aguardavam o doutor Nuri na entrada da fraternidade Halifiye saudaram sua chegada com cumprimentos respeitosos e muito bem coreografados. Se esse lugar que ele havia visitado pela primeira vez dois meses antes era naqueles dias meio que um paraíso, agora havia se tornado uma espécie de inferno onde reinava o caos mais absoluto. Cadáveres estavam amontoados em frente a diversos prédios, pavilhões e celas, prontos para serem jogados nas carroças e levados para o necrotério. O doutor Nuri andava cabisbaixo, como se o grau de sofrimento ao redor fosse mortificante demais para ser testemunhado, mas ainda assim via que o pátio estava cheio de leitos, tantos ou até mais do que as dependências de todas as outras fraternidades.

A porta do edifício pequeno junto ao muro do jardim se abriu; o doutor Nuri deu uma olhada e viu o xeque Hamdullah semiconsciente deitado num colchão no chão. Entendeu que o estado dele era desesperador e que ele jamais se recuperaria.

O doutor Nuri lancetou o bubo enorme e completamente enrijecido do pescoço do xeque e drenou o pus. Ele não tinha nem certeza se o xeque que tinha ouvido distribuir gracejos e duplos sentidos dois meses antes reparava na sua presença. Na primeira visita, teve a sensação de que todos o examinavam, de que todos os pares de olhos da fraternidade estavam fixos nele. Mas agora, apesar de seu paciente tecnicamente ser o "presidente" do Estado, ninguém parecia prestar atenção no médico. A fraternidade ainda estava bastante movimentada, com gente andando e correndo e até parando para olhar de vez em quando, mas era como se qualquer laivo de solidariedade espiritual tivesse se dissipado e todos estivessem concentrados em se salvar.

"Não esqueci minha promessa de ler para o senhor um trecho da minha coletânea de poemas *Aurora*", disse o xeque Hamdullah no instante fugaz em que notou a presença do príncipe consorte. Um ataque de tosse e suadeira o fez tremer e convulsionar na cama. O doutor Nuri recuou alguns passos para não se infectar. Depois de descansar um pouco, o xeque voltou a falar, mas em vez de recitar alguns versos de *Aurora*, passou a fazer o que todo mundo fazia: citar a *sura* da Ressurreição do Corão até desmaiar outra vez.

O landau blindado estava à espera do doutor Nuri. Enquanto ele olhava pela janela a paisagem desolada do Castelo de Arkaz sob o manto de nuvens cinza, sua cabeça cogitava como ele e a esposa poderiam escapar. Já no Gabinete do Ministro-Chefe, ele foi franco com o Nimetullah efêndi — que por algum motivo não o tinha acompanhado na visita à fraternidade — e lhe disse que não havia esperanças para o xeque. O ministro-chefe Nimetullah efêndi virou a palma das mãos para cima e fez uma breve oração.

No dia seguinte, a princesa Pakize e o marido não saíram do quarto. A atitude mais sensata seria encontrar uma desculpa para pegar o landau blindado e fugir para o norte da ilha. Poderiam se esconder até encontrar um barco e atravessadores dispostos a conduzi-los a Creta.

72.

Na manhã de segunda-feira, vinte e seis de agosto, depois de um longo período de dores de cabeça lancinantes e delírios febris, o xeque Hamdullah adormeceu. Ou talvez tenha desmaiado de dor e fadiga. Os jovens discípulos e outros xeques haviam se reunido, aos prantos, à sua cabeceira, sem medo de se infectar. Agora supunham — em consonância com a interpretação instintivamente otimista que faziam da maioria dos acontecimentos — que o xeque estivesse apenas descansando. De fato, quando ele despertou, pouco antes das orações do meio-dia, estava revitalizado e revigorado. Alegre, parecia cheio de energia e distribuiu falas espirituosas, recitou um pouco da poesia de que se lembrava, fez piada do cisto recém-lancetado mas já encrostado, e perguntou se os navios que bloqueavam a ilha continuavam lá.

Pouco depois a dor veio com tudo, tão excruciante que ele desmaiou outra vez e logo faleceu. O médico grego Tassos, amigo da fraternidade, confirmou o passamento e desinfetou meticulosamente as mãos com Lysol, enquanto o grupo no quarto caía em prantos. Três anos antes, o xeque Hamdullah já havia decidido e convencido todo mundo de que seria sucedido na liderança da fraternidade por seu querido e fiel regente, o do chapéu cilíndrico de feltro, o homem que ele, pouco antes de morrer, nomeara ministro-chefe da nação.

A princesa Pakize e o marido souberam da morte do xeque Hamdullah por meio do doutor Nikos, que foi visitá-los na mesma tarde. O ministro da Saúde doutor Nikos dava a impressão de saber de muitas outras coisas, e talvez por isso tenha saído do quarto com tanta pressa, para não falar mais do que devia. Pouco depois, um servidor foi à casa de hóspedes: o ministro-chefe Nimetullah queria ver tanto o médico e príncipe consorte como a princesa, e havia solicitado que fossem encontrá-lo em suas dependências.

O casal trocou olhares, perguntando-se o que aconteceria em seguida. É claro que era mais conveniente se reunirem com o ministro-chefe no gabinete em vez de recebê-lo na intimidade. A princesa Pakize se vestiu e cobriu a cabeça. O ódio que sentiam daquele homem cuja influência havia engendrado a execução do governador Sami paxá veio à tona assim que entraram no cômodo que antes era do governador e agora era o Gabinete do Ministro-Chefe.

O ministro-chefe Nimetullah percebia o ódio deles, mas ignorava. Depois de acomodá-los nos assentos mais confortáveis, com modos absolutamente reverentes, ele lhes disse depressa e sem muita enrolação que o xeque havia morrido. Como tecnicamente o xeque era marido da princesa, ainda que só no papel, ele ofereceu condolências a ela, mas empregou um tom casual, sem exagero. Estavam escondendo a infeliz notícia da cidade, dos jornalistas e do resto do mundo porque a situação de Arkaz, da nação e do povo já era bastante catastrófica, e agora o homem no qual todos botavam fé e que basicamente atuava como chefe de Estado também havia falecido. Se não agissem rápido, a ruptura causada por esse tipo de notícia poderia facilmente provocar desespero, pânico e anarquia.

Portanto, antes que a novidade fosse anunciada, vários mingherianos notáveis se reuniram para deliberar e discutir o que fazer para conduzir a ilha em meio ao desastre, e tomaram algumas decisões importantes, consultando uma espécie de roteiro. Em nome do povo mingheriano, o ministro-chefe queria comunicar à princesa e ao príncipe consorte as decisões tomadas e pedir a opinião dos dois.

Mas primeiro o ministro-chefe disse quem eram os "mingherianos notáveis": o patriarca Constantinos efêndi, líder da congregação grega; o próprio Nimetullah efêndi; o antigo escrutinador-chefe, atualmente em prisão domiciliar; vários idosos ricos gregos e muçulmanos; dois jornalistas mais velhos, um deles grego; o Nikos bei; alguns médicos e três cônsules estrangeiros, entre eles o britânico George bei.

"Todo mundo concorda que a revogação das regras de quarentena foi calamitosa para a nação mingheriana", declarou o ministro-chefe Nimetullah efêndi, começando pelo ponto mais relevante. "Se esse desastre continuar com força total, seremos destruídos... e os navios de guerra vão nos manter presos aqui até que todos morram. Nada vai sobrar da nação mingheriana. Os notáveis gostariam que o doutor Nuri retomasse o leme da quarentena e debelasse esse problema de uma vez por todas."

Hamdi Baba reconstituiria a Brigada de Quarentena, implantando toques de recolher, lei marcial e todo tipo de punição rigorosa. Ninguém sabia disso melhor do que o doutor Nuri!

"Agora é tarde demais", disse o doutor Nuri. "Além do mais, até ontem o senhor mesmo era contrário à quarentena."

"Seria uma indecência ficarmos falando de nós mesmos num momento crítico como esse e com o destino de uma nação inteira em jogo", disse o ministro-chefe. "Eu me arrependo dos erros cometidos e vou renunciar ao cargo para voltar à fraternidade."

Ele apontou para a cadeira e a mesa do finado governador Sami paxá. "Isto aqui agora é do senhor! O senhor será o ministro-chefe. Vai decidir o destino do povo mingheriano e o que é preciso fazer para vencermos a peste. Eu garanto que é isso o que a ilha inteira deseja — gregos e muçulmanos, médicos e comerciantes. Segundo a contagem oficial, foram quarenta e oito mortes ontem."

O príncipe consorte Nuri e a princesa Pakize tinham entendido a proposta, mas, incrédulos, pediram mais detalhes.

O Nimetullah efêndi abriria mão do cargo "no governo da província" — foram essas as palavras que usou para se referir ao cargo de ministro-chefe —, visto que só tinha assumido a função por ser auxiliar e regente do xeque. O assento seria ocupado pelo médico e príncipe consorte, caso ele aceitasse. O comitê de notáveis tinha esperança de que a princesa Pakize — já conhecida entre o povo como rainha — assumisse o cargo simbólico de chefe de Estado que acabara de vagar com a morte de Sua Santidade.

"Assim como os notáveis de Mingheria querem que as medidas de quarentena mais severas sejam restabelecidas", disse o Nimetullah efêndi, "eles chegaram à conclusão unânime de que é essencial que a princesa Pakize se apresente como uma verdadeira rainha aos olhos do mundo."

Segundo o Nimetullah efêndi, se a princesa Pakize fosse oficialmente coroada rainha, a opinião pública internacional começaria a prestar atenção em Mingheria e as nações da Europa almejariam encontrar uma solução justa para a turbulência política da ilha. Diante da presença da rainha, e ao ver sua determinação, existia a possibilidade de que Abdul Hamid retirasse o navio de guerra *Mahmudiye* para não reforçar a autoridade das potências ocidentais, e talvez assim o bloqueio fosse rompido.

Depois de superar o choque inicial, a princesa Pakize e o marido receberam apenas respostas positivas para suas perguntas. A morte do xeque marcava o fim da estadia forçada dos dois na ilha; caso desejassem, poderiam entrar no barco de um atravessador e ir embora. Tanto a "rainha" Pakize como o médico e príncipe consorte estavam vivendo em cativeiro fazia vinte e quatro dias, desde a ascensão do xeque Hamdullah ao poder.

Percebendo a hesitação da princesa Pakize, e querendo enfatizar a natureza simbólica do cargo de rainha, o ministro-chefe Nimetullah disse: "A senhora não precisa nem pôr os pés para fora da casa de hóspedes, se assim preferir!".

A resposta da princesa Pakize foi inesquecível: "Pelo contrário, meu bom senhor, eu assumo o trono como rainha para nunca mais ser trancafiada em um quarto por ninguém e poder sair e andar pela rua sempre que quiser".

"E eu ficaria feliz em fazer deste aqui o meu gabinete!", disse o doutor Nuri.

Assim como o Sami paxá antes dele, o regente, o do chapéu cilíndrico de feltro, não tinha feito mudança nenhuma no gabinete que o doutor Nuri antes visitava diariamente para as reuniões com o Sami paxá, até apenas vinte e cinco dias antes. No entanto, agora o velho Gabinete do Governador parecia aos olhos do doutor Nuri um lugar totalmente diferente.

O Nimetullah efêndi pediu que ficassem com algumas caixas e envelopes, e entregou ao doutor Nuri os vários carimbos oficiais e diversos molhos de chaves pendurados em correntes de ouro e prata, todos encomendados pelo antigo governador otomano Sami paxá em sua empolgação de se tornar o primeiro ministro-chefe do país. Por fim, e com toda a solenidade de um burocrata otomano, o agora ex-ministro-chefe começou a enumerar as principais questões que afligiam o Estado de Mingheria, a começar pelo desaparecimento da maioria dos servidores públicos. Na nossa opinião, o assunto mais urgente e alarmante era a perspectiva da fome, documentada na pasta "Oferta de alimentos em Arkaz". Mas os ministros-chefes antigo e novo passaram mais tempo discutindo a organização do funeral do xeque Hamdullah, o futuro da seita e da fraternidade Halifiye e o brasão da rainha.

A certa altura, com a certeza de que gostariam de saber por que "de repente" resolvera renunciar a um cargo tão prestigioso quanto o de ministro-chefe de Mingheria, o Nimetullah efêndi começou a descrever um sonho que tivera na semana anterior. Seu verdadeiro objetivo era dar a impressão de que tinha sido dele a decisão de abdicar. Porém, na nossa opinião, dada a situação catastrófica da ilha e os muitos fiascos administrativos do governo, seria bem difícil ele continuar no poder. Tinha assumido o governo para abolir as medidas restritivas. Mas a essa altura a ilha inteira já entendia que a única alternativa que lhes restava era reinstaurar os protocolos de quarentena iniciais.

Ao final dessa cerimônia de entrega do cargo, que durou menos de dez minutos, o novo ministro-chefe, doutor Nuri, aprovou que o antigo ministro-chefe Nimetullah efêndi recebesse apoio financeiro do governo para administrar a seita e fraternidade Halifiye, mas não permitiu que o xeque Hamdullah tivesse um funeral de estadista com as orações fúnebres recitadas na Mesquita Mehmet Paxá, o Cego.

73.

Assim que o ministro-chefe demissionário se retirou, o doutor Nuri deu ordens para que aprontassem o landau blindado e a carruagem dos guardas. Ao longo do confinamento na casa de hóspedes, ele e a princesa Pakize tinham recebido pouquíssimas informações a respeito do que acontecia na cidade, e ainda em conta-gotas. Agora poderiam ver tudo com os próprios olhos.

O ministro-chefe doutor Nuri sentou ao lado da esposa e pediu ao cocheiro Zekeriya que os levasse até Hrisopolitissa. À direita, numa área à sombra de pinheiros e palmeiras, numa ladeira pedregosa de costas para a praça que o ex-governador Sami paxá havia construído, viram várias pessoas sentadas em lençóis e tapetes e que pareciam esperar alguma coisa. Viram outras pessoas assim perto da rua poeirenta e acobreada que descia em direção à Igreja de Santo Antônio. Todas pareciam usar roupas iguais, vermelhas e azuis. Também havia alguns homens e famílias sentados sob os pinheiros que ladeavam a rua poeirenta. O doutor Nuri supôs que essas pessoas — assim como as que vira mais cedo, no parc du Levant — fossem aldeãos recém-chegados em Arkaz.

Depois da revogação da quarentena, liberando a circulação das pessoas, muitos aldeãos que tentavam sobreviver pastoreando cabras no norte montanhoso da ilha decidiram descer para Arkaz. Alguns fugiam da anarquia que se estabelecera desde a chegada da peste a seus povoados; outros, a fome e o desemprego afugentaram; havia também quem estivesse ali para vender nozes, queijo, figo desidratado e mel de pinho a preços inflacionados. Aldeãos já haviam sido chamados à capital durante o governo do falecido Sami paxá como ministro-chefe, e o convite fora reiterado pelo Nimetullah efêndi, sempre com o objetivo de garantir novos empregados para os gabinetes do governo, que se esvaziavam rapidamente, e para os artesãos do Mercado Antigo cujos aprendizes tinham sumido. Graças aos conhecidos na cidade, os indivíduos ou as famílias conseguiam quase sempre achar um local para se estabelecer poucos dias depois de chegar, sobretudo nos bairros cristãos, portanto o doutor Nuri e a princesa Pakize concluíram que as pessoas que tinham visto ainda deviam estar procurando um abrigo.

A princesa Pakize viu portas fechadas, muros desmoronando, árvores verdejantes, prados amarelos e flores rosa e roxas. Ela achava tudo encantador, lindo e fascinante. Viu uma chaminé quebrada, uma criança correndo da mãe e uma mulher enxugando as lágrimas com a ponta do véu, e soube que escreveria à irmã, contando tudo com suas palavras. Um homem vestido de preto, com chapéu, andava sozinho com passos determinados; um par de gatos preguiçosos — um preto, o outro malhado — cochilava num canto; um avô barbudo com o neto (só percebeu que eram pedintes porque o marido lhe disse), sentado de pernas cruzadas em uma ruela estreita; um idoso dormia numa rede. Uma procissão infindável de rostos espiando por entre janelas salientes cujos caixilhos haviam caído olhava com curiosidade para o landau que passava. Ela viu tudo isso.

O landau avançava devagar e eles viam os terrenos baldios, as casas incendiadas e os famosos jardins verdejantes de Mingheria. Viram pessoas cambaleando e se apressando feito bêbadas ao caminhar, mulheres chamando outras em grego e um casal batendo boca enquanto procurava algum objeto. Não conseguiram entender quem eram os três homens mascarados que viram sair pelos fundos da Igreja de Hagia Yorgos. Um homem corcunda batia com fúria na porta de alguém enquanto era xingado com gritos igualmente furiosos do andar de cima. O landau seguia pelas ruelas além dos bairros montanhosos de Hora e Kofunya e a princesa Pakize via famílias reunidas dentro de casa, os homens tirando uma soneca no sofá-cama que ficava no canto, e cada uma de suas quinquilharias, mesas, lampiões, vasos e espelhos, e torcia para que o landau seguisse por ruelas como aquelas pelo resto do percurso.

Em um terreno baldio entre a Escola Secundária Grega e a Ponte Velha, depararam-se com um dos mercadinhos que haviam surgido em diversos bairros nas últimas três semanas, desde que as pessoas tiveram permissão de entrar e sair da cidade. Reparando na curiosidade da esposa, o doutor Nuri pediu ao cocheiro Zekeriya que parasse. Depois que a carruagem com os guardas os alcançou, a princesa e o príncipe consorte desceram. Havia onze vendedores no total, todos homens e todos vestindo trajes rurais tradicionais. Dois deles eram pai e filho. Os aldeãos dispunham os produtos em caixas e cestas viradas, que usavam como mesas improvisadas. Os visitantes viram queijos, nozes, figos desidratados, jarros de azeite de oliva e cestas cheias de morangos frescos, ameixas e cerejas. Um dos vendedores vendia um lampião enferrujado, um vaso e um cachorrinho de cerâmica. Outro, que lhes sorriu, exibia um relógio de mesa quebrado, um par de alicates de cabo longo, dois funis (um pequeno e o outro grande) e um pote cheio de frutas alaranjadas e cor-de-rosa desidratadas. Prudentes, não se aproximavam muito uns dos outros.

Conforme o landau serpenteava o riacho Arkaz, eles viam gente jogando varas de pesca na água a partir das janelas das casas às margens. Inspirados nos bandos de crianças formados durante a epidemia, os mingherianos descobriram que podiam comer os peixes que viviam nas fontes de água doce da ilha. O landau virou à esquerda antes de chegar à ponte Velha e passou por uma série de jardins cercados por muretas. De repente, uma criancinha descalça saltou dos arbustos feito um macaco e pulou no para-lama do carro, grudando a cara na janela da rainha. A rainha Pakize gritou. Mas antes que os guardas acudissem, a criança já tinha sumido de vista feito uma borboleta. A população desses bairros reconhecia o landau blindado do antigo governador paxá. Enquanto ele percorria as ruelas estreitas, os passageiros sentiam o aroma de rosas e tília dos jardins, e aonde quer que fossem, ouviam o som de alguém chorando.

A avenida Hamidiye, um lugar especial que era ao mesmo tempo o trecho mais europeu e mais otomano da cidade, estava deserta. O doutor Nuri pediu ao cocheiro que parasse na ponte Hamidiye para que a esposa pudesse descer e admirar a vista mais bonita da cidade. O momento em que a princesa Pakize — que seria proclamada rainha no dia seguinte, com uma salva de tiros para marcar a ocasião — saltou do landau blindado para olhar a paisagem com o marido seria descrito muitos anos depois pelo filho do Kiryakos efêndi, do Bazaar du Île, numa entrevista ao jornal *Acropolis* no quadragésimo aniversário da peste. De dois em dois dias o filho do Kiryakos efêndi saía do bairro de Dantela com uma cestinha de comida preparada pela mãe e a deixava no peitoril da janela da casinha do avô na Colina do Jegue, de onde o velho se recusava a sair.

Ao se aproximarem das ruazinhas que iam dar na Mesquita Mehmet Paxá, o Cego, a princesa e o príncipe consorte começaram a ver cada vez mais gente na rua. "Um mês depois do início da epidemia, praticamente uma em cada três casas daqui já estava infectada; imagine que horror não estará agora", ponderou o doutor Nuri. Disse que todas as pessoas no pátio da mesquita estavam aguardando que os mortos fossem lavados de acordo com os rituais recomendados. Ele ficava muito incomodado com aquela prática, que claramente havia acelerado a propagação da epidemia.

O landau entrou nos bairros muçulmanos pobres entre a Escola Militar e o Quebra-Mar Rochoso, atiçando a curiosidade das pessoas que reconheciam o carro do governador paxá — que havia tempos não viam por ali. Algumas praguejaram durante a passagem do veículo, mas os migrantes cretenses que moravam ali sabiam que logo atrás vinha uma carruagem com guardas. Era provável que a essa altura todas as casas de Vavla, Taşçılar e das redondezas do Quebra-Mar Antigo já estivessem contaminadas. Cerca de quinze pessoas morriam por dia naquela parte da cidade, porém a princesa e o príncipe consorte ficaram surpresos ao ver tanta gente ao ar livre, em grupos de duas ou três pessoas.

Quando o carro passou pelo bairro de Vavla, o doutor Nuri compreendeu que no decorrer dos oito dias que passara trancado na prisão do castelo e dos dezesseis dias alojado na casa de hóspedes, várias regiões de Arkaz pelas quais tinha se afeiçoado haviam passado por uma profunda transformação. Muitas dessas mudanças ele identificava facilmente: maior número de pessoas na rua, ausência de crianças, muitos rostos nas janelas e a expressão assombrada nos olhares.

Um derrotismo lúgubre e insondável governava a cidade acompanhado de um desespero silencioso. No começo da epidemia, os muçulmanos ilustres e os gregos abastados reagiram à instauração tardia da quarentena com um misto de raiva, orgulho e até indiferença. O finado governador Sami paxá virava e mexia dizia que as pessoas desse tipo de bairro jogavam a culpa pela peste "diretamente" na incompetência do governador e do Estado otomano. Depois que a quarentena foi implementada, tentaram fugir não apenas da peste, mas também do governador "despótico e idiota". A raiva lhes dera esperanças e se provara revigorante a ponto de lhes permitir fazer planos para escapar e sobreviver. Mas agora o doutor Nuri tinha a sensação de que até a esperança das pessoas se extinguira com o avanço inclemente e implacável da peste. Laços pessoais haviam se afrouxado, amizades haviam se desfeito, o ímpeto de saber mais sobre o que estava acontecendo e descobrir mais boatos contra os quais se enfurecer também começava a se dissipar. Já havia muitos medos, dores e angústias particulares contra os quais lutar. As pessoas nem notariam se o vizinho morresse.

No quintal da fraternidade Kadiri, viram roupas brancas penduradas no varal. Num canto, nu da cintura para cima, viram um homem, mas não dava para saber se estava doente. Viram dervixes sentados sob árvores ou em outros cantos isolados, imersos em orações ou contemplações solitárias. Um homem de roupa de dormir estava deitado ao ar livre, numa cama muito bem arrumada, olhando para o céu como se sonhasse, e só se deram conta de que estava morto quando viram as pessoas chorando em volta.

Ao percorrer Çite, outra área em que a doença estava sem controle, a princesa Pakize ficou muitíssimo comovida com a imagem das ruas miseráveis do bairro, as casinhas de madeira tão tortas que pareciam prestes a tombar, as telhas, as chaminés e os caixilhos das janelas desmoronando e as mães chorosas. Quando o landau subia uma ruazinha íngreme em Bayırlar, viram que uma carroça com os quatro lados vedados e ladeada por soldados obstruía o caminho, e por isso foram obrigados a parar e dar meia-volta. Caso o cocheiro Zekeriya não lhes dissesse que aquela era uma "carroça de pão", jamais imaginariam. As carroças de pão foram o maior sucesso do governo do xeque Hamdullah. Eram a principal razão para a população nunca ter se rebelado contra o regime apesar de todas as políticas absurdas e equivocadas que foram implementadas. Todo dia, seis mil pães eram assados nas cozinhas da caserna e distribuídos nos bairros da cidade por carroças protegidas por guardas.

A fraternidade Bektaşi, em Gülerenler, que fazia as vezes de hospital, estava em estado deplorável. Os mais velhos haviam sido retirados na administração do comandante Kâmil. Alguns dervixes mais jovens permaneceram para cuidar dos pacientes e ficar de olho no local. Mas a fraternidade-hospital tinha sido vítima das guerras entre as seitas que se estenderam até a Era do Xeque Hamdullah, e seus recursos foram suspensos sob diversos pretextos, de modo que ela recebeu menos assistência e menos suprimentos e médicos do que qualquer outro lugar.

Quando chegaram ao fim do muro coberto de hera da fraternidade e viram seus jardins espaçosos e suntuosos, a princesa Pakize ficou encantada. Figuras de todas as cores e tamanhos estavam dispostas em grupinhos espalhados pelo chão verde-claro, pareciam miniaturas indianas que tinha visto num livro antigo. O grupo mais jovem e mais numeroso era dos que vestiam branco. Os mais velhos usavam roxo e marrom. Quem eram as pessoas vestidas de vermelho? Mais ao longe, os prédios pequenos e os leitos hospitalares que invadiam o jardim da fraternidade ofereciam uma imagem estranha e inverossímil, e de novo a princesa Pakize se lembrou das miniaturas antigas.

O landau não desacelerou, e antes que a rainha e o ministro-chefe conseguissem desvendar o que acontecia na fraternidade, eles chegaram às ruas arborizadas de Bayırlar. Viam nos quintais alheios mulheres chorando abraçadas, cachorros e crianças correndo, cadáveres estirados no chão, pessoas pendurando a roupa lavada no varal e camas, mesas e jarros grandes de água. Em um dos jardins, a princesa Pakize viu um canteiro de flores silvestres, de cor rosa e roxa, a desabrochar. Alguém levara várias mesas de madeira, relógios de parede dourados e roupas brancas imaculadas. Em outro jardim, havia pessoas desamparadas em grupinhos e portas amarelas e da cor de conchas do mar que tinham sido tiradas das dobradiças e encostadas em troncos de árvores, mas antes que os dois entendessem o que estava acontecendo, a carruagem já tinha andado.

Na fraternidade Zaimler, subiram a pista pedregosa, esburacada, que descia da Pedreira e as rodas da carruagem sacudiam a cada volta, e lá ficaram perplexos com a amurada roxa coberta por uma miríade de corvos empoleirados. Viram cerejas vermelhas. Quando o landau traçava seu caminho pelas ruas sossegadas e modorrentas do Alto Turunçlar, se depararam com uma carroça de cadáveres.

Segundo uma medida instaurada no final do reinado do comandante Kâmil e mantida na Era do Xeque Hamdullah, os corpos deviam ser recolhidos à noite, pois se o fossem de dia o moral da população acabaria. No governo do comandante Kâmil havia só uma carroça fúnebre em atividade, mas com a ajuda dos carpinteiros da caserna foram feitas mais três. Porém, o número de mortes diárias só crescia, e os condutores e as equipes de coleta de corpos de cada carroça, formadas por três pessoas, precisavam ser sempre substituídos porque os condutores ou pegavam ou morriam de peste, ou abandonavam a função e fugiam, e com isso as quatro carroças de cadáveres já não bastavam para cumprir a tarefa. Muitos corpos ainda eram escondidos das carroças de coleta — talvez para não identificar o local de uma casa infectada, ou por preguiça, despeito ou maldade. Ao galgarem uma das ladeiras que dava no Alto Turunçlar, os passageiros do landau viram uma nuvem de fumaça vinda de uma fogueira detrás de uma série de árvores e casas ao longe, e quando chegaram ao alto do morro, com os cavalos encharcados de suor arfando e resfolegando pelo caminho, viram um celeiro e um pequeno galinheiro em chamas. Do outro lado do mesmo campo, dois muçulmanos de bata branca e um homem de sobrecasaca e fez discutiam aparentemente alheios ou totalmente indiferentes ao fogo crescente. Tanto a princesa como o príncipe consorte repararam na situação bizarra, e a princesa Pakize perguntou ao marido se o cocheiro Zekeriya não podia avisar os homens. Mas também tinham consciência de que os três homens ao longe pareciam não ter notado o landau nem tinham a intenção de notar. Como que num sonho, a sensível princesa foi dominada, naquele momento, por uma sensação esmagadora de desamparo.

Em seguida, o landau entrou nas ruas sinuosas do bairro de Arpara e passou pelos fundos da casa (agora museu) onde a mãe do comandante Kâmil, Satiye Hanım, vivia com uma empregada custeada pelo Estado. Quando a vista espetacular do alto da Colina do Jegue surgiu na janela da carruagem, a "rainha" Pakize se deu conta de que a solidão e o desamparo que sentia vinham da cidade, do Castelo de Mingheria e das águas do Mediterrâneo Oriental. A cidade e a peste a amedrontavam, e a única coisa que queria era sentar à escrivaninha e descrever suas impressões a Hatice. Voltaram na mesma hora à Sede Ministerial. Na véspera da coroação, a princesa Pakize escreveu outra carta à irmã.

74.

Após a desinfecção minuciosa no Hospital Theodoropoulos, o corpo do xeque Hamdullah foi enterrado às pressas ao amanhecer, num cemiteriozinho nas dependências da fraternidade. O túmulo tinha sido cavado sem alarde, na noite anterior, num lugar à sombra de uma tília grandiosa numa parte do cemitério reservada aos indigentes e cidadãos comuns, e não na área onde os antigos xeques eram enterrados. O Mazhar efêndi, cujos conselhos eram sempre solicitados nessa nova época, havia providenciado que se fotografasse a desinfecção, tanto para garantir um registro histórico da lavagem com cal do cadáver do xeque antes de ser enterrado como para ter algo para usar contra a fraternidade Halifiye caso fosse necessário obrigá-los a se sujeitar através da humilhação. As nuvens pretas que pairavam sobre a cidade, os tons do dia nascente e a aura misteriosa do mar Mediterrâneo Oriental são uma presença tangível nessa série de fotografias em preto e branco. As imagens também carregam uma atmosfera de apreensão e da solidão da morte durante o surto de peste.

O que é ainda mais interessante nessas fotografias é que elas mostram o doutor Nikos e dois soldados da Brigada de Quarentena usando máscara. A medida foi implementada às pressas pelo ministro-chefe doutor Nuri a partir de alguns comentários elaborados durante o longo passeio de carruagem feito com a esposa na tarde da véspera. O doutor Nuri começava a desconfiar de que a peste tivesse atingido a fase pneumônica, e que portanto se espalhava não somente por meio dos ratos, mas também por partículas suspensas no ar. Acreditava que a abolição da quarentena era uma das causas do aumento exponencial do número de mortes, assim como a mudança no modo e na velocidade com que o micróbio se propagava. O antigo diretor de Quarentena, doutor Nikos, que o doutor Nuri reencontrou pela primeira vez depois de vinte e cinco dias, concordou com essa avaliação. Isso significava que agora seria bem mais fácil a doença se espalhar e que seria quase impossível controlá-la.

Mas os instintos do ministro-chefe doutor Nuri lhe diziam que antes que ele e o doutor Nikos começassem a discutir como restabelecer o protocolo de quarentena naquelas circunstâncias tenebrosas e garantir que fosse respeitado, todo mundo ficaria animado — ainda que por pouco tempo — pela coroação da nova rainha.

Uma hora depois, o pelotão de artilharia do sargento Sadri disparava a salva habitual, rumorosa, de vinte e cinco tiros de festim para anunciar a princesa Pakize como rainha e terceira chefe de Estado da independente Mingheria. Enquanto os tiros eram disparados lentamente, a notícia se espalhava pelas lojas abertas do centro comercial, pelos mercados improvisados, entre os pescadores e de casa em casa. Afora os adeptos da seita Halifiye e os seguidores do finado xeque, todo mundo ficou contente.

Os que estavam na fraternidade Halifiye e não acreditavam que o xeque havia falecido ou não suportavam a ideia de que o corpo dele tivesse sido profanado pela solução calcária estavam, no entanto, prontos para se rebelar. O antigo ministro-chefe ainda não tinha sido formalmente empossado como o novo xeque, mas mantinha sob controle os jovens devotos marrentos da fraternidade. Historiadores passaram um bocado de tempo discutindo a indignação duradoura cultivada por esses discípulos e por membros de outras seitas quanto à desinfecção do corpo do xeque. Argumentam que a seita Halifiye era incitada pelas facções otomana e turca que queriam que surgissem tumultos e que Abdul Hamid mandasse navios de guerra bombardearem a ilha e sua capital, porém trata-se de um exagero. Conforme demonstram os fatos históricos mais precisos e menos funestos que vamos revelar em breve, a situação não era tão sombria assim.

No momento em que o canhão anunciando a coroação da princesa Pakize era disparado do alto da colina da caserna na manhã de terça-feira, vinte e sete de agosto, um dia em que cinquenta e três pessoas morreram de peste, o doutor Nuri saiu do Gabinete do Ministro-Chefe, foi à casa de hóspedes, que ficava no mesmo andar, e beijou o rosto da esposa para cumprimentá-la.

"Estou numa alegria só", disse a rainha. "Será que meu pai vai ficar sabendo?"

"A notícia vai chegar logo a todos os cantos do mundo!", o marido respondeu.

Ao contrário da maioria dos antecessores, e sobretudo do comandante Kâmil, nem a rainha Pakize nem o doutor Nuri davam muita importância aos imponentes cargos e títulos com que eram agraciados. O doutor Nuri perguntou ao doutor Nikos o que era preciso fazer para criar um Comitê de Quarentena novo e eficaz. O médico ancião respondeu, num tom de voz em que transpareciam raiva e frustração, que não seria fácil reinstituir a ordem na ilha. "Se o xeque Hamdullah não tivesse sucumbido à peste, ninguém teria sido capaz de sugerir a retomada da quarentena de restrições e a reabertura do centro de isolamento. E se os supostos ministros do Nimetullah efêndi, aquela turba de comerciantes que jamais entenderia o que é servir à pátria, não se vissem ameaçados, o Nimetullah efêndi jamais teria concordado em se retirar para a fraternidade."

O doutor Nuri e o doutor Nikos estavam sentados lado a lado à beirada de uma longa mesa de reuniões e começaram a montar um novo Conselho Ministerial. "Não somos mais um Comitê de Quarentena normal de uma província otomana!", declarou o doutor Nikos. "Como bem sabemos, questões de inteligência e segurança nacional são da maior importância em um Estado soberano, por isso alguém como o Mazhar efêndi seria indispensável em um Comitê de Quarentena."

"Então o senhor deveria voltar a ser o ministro de Quarentena!", disse o doutor Nuri. "O Mazhar efêndi também tem que ser ministro e retomar as atividades como escrutinador-chefe."

O doutor Nuri ordenou que seus funcionários chamassem o Mazhar efêndi para uma reunião. No começo da presidência do comandante Kâmil, o Mazhar efêndi, que em breve seria nomeado o vice do comandante, estava no centro da operação de inteligência do finado Sami paxá contra a influência crescente das fraternidades, grandes e pequenas, que se opunham às regras restritivas, e dos "homens santos" que distribuíam folhetos de orações abençoados contra a peste. É claro que a decisão final sobre quais fraternidades deviam ser transformadas em hospitais e quais xeques deveriam ser coagidos a obedecer às ordens cabia ao grande comandante Kâmil e ao ministro-chefe Sami paxá. Mas era graças à rede de espiões e aos arquivos com informações meticulosamente organizadas do escrutinador-chefe que eles ficavam sabendo o que acontecia nas seitas e fraternidades. Todos os xeques forçados ao exílio, cujas fraternidades haviam sido esvaziadas, cujos orgulho e renda tinham sido afetados, sabiam muitíssimo bem que havia sido o escrutinador-chefe que os denunciara aos escalões superiores do governo, e por isso detestavam o Mazhar efêndi na mesma medida que detestavam o governador Sami paxá. O julgamento que resultou na execução do Sami paxá, portanto, gerou a expectativa de que o Mazhar efêndi tivesse o mesmo destino, mas no último segundo sua condenação foi convertida em prisão perpétua. Na nossa opinião, esse tratamento relativamente leniente se deveu à artimanha engenhosa do Mazhar efêndi de usar documentos falsos para se apresentar à opinião pública como natural de Mingheria. Dos três burocratas otomanos da ilha que, assim como o Sami paxá, tinham resolvido apoiar a luta da ilha por liberdade e independência às custas dos laços com Istambul, o Mazhar efêndi foi o único a tomar a precaução de fazer algo assim. O fato de sua esposa ser mingheriana sem dúvida ajudou.

Quando o xeque Hamdullah e seu regente Nimetullah efêndi, o do chapéu cilíndrico de feltro, tomaram o poder, após a morte do comandante Kâmil, um dos objetivos era capturar e reprimir os insurgentes nacionalistas gregos da ilha. Como ninguém na ilha monitorava as atividades desses rebeldes com a atenção que o Mazhar efêndi lhes dedicava (primeiro como chefe de departamento do governador Sami paxá, depois como vice do presidente), eles resolveram tirar proveito de sua experiência. Portanto, o Mazhar efêndi, que acabava de ser condenado à prisão perpétua, foi libertado da masmorra e mandado para casa para cumprir o resto da sentença ao lado da esposa e dos filhos. Em pouco tempo seus espiões começaram a visitá-lo. Foi graças ao Mazhar efêndi, que primeiro prenderam e depois soltaram, que o governo do Nimetullah efêndi conseguiu saber mais sobre os guerrilheiros gregos que chegavam à ilha nos barcos dos atravessadores e descobrir que o cônsul grego, o vendedor de roupas masculinas Fedonos e o joalheiro Maximos vinham doando dinheiro à causa. Em seguida, os arquivos do Mazhar efêndi — os recortes de jornal reunidos com assiduidade ao longo dos anos, todas as cartas de seus informantes (sempre pagava mais por informações dadas por escrito do que por declarações orais) e arquivadas em categorias separadas, bem como centenas de telegramas — foram transferidos de onde ficavam, na antiga Sede do Governo e atual Sede Ministerial, para a casa do Mazhar efêndi. O que transformava uma casa normal feita de pedras na mesma rua da padaria do Zofiri num autêntico centro de inteligência eram as incontáveis pastas compiladas pelo Mazhar efêndi conforme um método singular e inconvencional de arquivamento, focado nos separatistas mingherianos quando a ilha era governada pelos otomanos, antes de passar a se concentrar em nacionalistas otomanos, turcos e gregos. Anos depois, a casa de pedras do Mazhar efêndi viraria a sede da AIM (Agência de Inteligência Mingheriana), até por fim ser transformada em museu.

O Mazhar efêndi tinha certeza de que, assim como os governos anteriores, qualquer administração nova desejaria se beneficiar de seu conhecimento, seus serviços e seus espiões. Portanto, quando soube que o xeque Hamdullah estava à beira da morte, ele começou a mandar cartas aos cônsules e médicos especialistas em quarentena para discutir o que poderia ser feito para salvar a ilha. Depois de receber a confirmação do falecimento do xeque (muito antes de os disparos do canhão da caserna anunciarem o novo chefe de Estado), ele acreditava ser mera questão de tempo até que os membros do governo atual — ou mais exatamente o comitê que administrava a ilha na época — renunciassem aos cargos e fossem substituídos por pessoas dispostas a reinstaurar as regras de quarentena. Incapaz de continuar quieto com seus botões dentro de casa, o Mazhar efêndi foi quase correndo até a Sede Ministerial para observar ou talvez até "participar" dos últimos acontecimentos. Tem quem sugira que buscasse uma oportunidade de entrar às escondidas em seu amado arquivo, mas tem quem diga que aspirava ao posto de ministro-chefe. Na entrada da Sede do Governo, esbarrou com o ministro da Saúde doutor Nikos, e na mesma hora começou a falar do "estado lamentável da ilha" e dos "idiotas incompetentes" que tinham causado aquilo tudo, acrescentando que ele mesmo estava pronto para "enfrentar o desafio" e "fazer o que fosse preciso" para estancar a epidemia.

Ao deparar com esse funcionário do governo aparentemente desinteressante que havia servido ao finado Sami paxá, o doutor Nuri se recordou de todos os horrores das últimas semanas.

"Estávamos trancados na prisão do castelo na mesma época?", ele indagou, tentando criar certa camaradagem.

"Me mandaram para casa cinco dias depois da execução do governador Sami paxá!", o Mazhar efêndi respondeu. "Mas é ao senhor e aos médicos especialistas em quarentena que eu quero servir… não a eles. A essa altura, só a quarentena pode salvar a nação mingheriana."

"Então participe do Comitê de Quarentena, ou melhor, do Conselho Ministerial!", disse o doutor Nuri, se corrigindo.

"Mas ainda cumpro pena. Tecnicamente, estou proibido de sair de casa!", explicou o Mazhar efêndi com um sorrisinho. Sempre fora exímio em fazer o papel de vítima.

"A rainha vai declarar uma anistia ampla em breve", disse o doutor Nuri. "Vamos ouvir de bom grado suas ideias a respeito de quais solturas seriam úteis para o sucesso da reimplementação das medidas restritivas, quais seriam boas para vencer a epidemia e quais seriam mais benéficas para o povo de Mingheria. Não se esqueça de inscrever seu nome nessa lista!"

Em vez de relacionar o nome dos novos ministros e todas as medidas de quarentena que haviam concordado em implementar, vamos começar pela decisão de instaurar o toque de recolher que durava o dia inteiro, um decreto tão grandioso que fazia todas as outras medidas parecerem irrelevantes. Embora o doutor Nikos e o doutor Nuri, cada qual por sua conta, tivessem concluído que um toque de recolher como esse era a única solução, também supunham que sua imposição fosse muito complicada e evitaram o assunto até o novo ministro do Escrutínio, o Mazhar efêndi, trazê-lo à baila.

"Se anunciássemos medidas restritivas hoje e começássemos a fechar as casas com tapumes e isolar ruas, ninguém nos daria atenção", disse o doutor Nuri. "Ninguém mais tem respeito pelo Estado e pelos soldados. As pessoas perderam a esperança de que o surto acabe e têm a sensação de que a sobrevivência está nas mãos de cada um."

"O senhor é muito pessimista!", disse o doutor Nikos, pronunciando a palavra com sotaque francês. "Se for assim, elas também não vão respeitar o toque de recolher."

"Pode ser que respeitem", disse o Mazhar efêndi. "Senão, é o fim do Estado de Mingheria. A anarquia!"

"Ou os otomanos voltariam ou a Grécia invadiria", disse o doutor Nikos.

"Nada disso. Caso o Estado desmorone, sem dúvida os britânicos vão tomar a ilha", disse o doutor Nuri.

"É impossível haver nação sem Estado", declarou o Mazhar efêndi. "Mais cedo ou mais tarde, a ilha voltaria a ser escrava e colônia de outra grande potência. A única alternativa é a gente armar os soldados árabes e mandar que atirem em quem se arriscar a botar os pés para fora de casa. Se o toque de recolher não der certo, vai ser o fim de todos nós. Eu também estava pensando nisso durante meu tempo na prisão."

"Seu ex-chefe foi enforcado por mandar os soldados atirarem na população sob o pretexto da quarentena!", disse o doutor Nikos. "Não queremos ter o mesmo destino."

"O que mais poderíamos fazer? Não temos nem tempo nem homens suficientes para bater de porta em porta à procura de doentes, e também não dá para a gente contar com voluntários. São tantas mortes e é tanta gente escondida que nós jamais conseguiríamos dar conta, de qualquer jeito... Com todo mundo lutando para salvar a própria pele, será que as pessoas nos dariam ouvidos se anunciássemos regras de quarentena e as mandássemos parar de andar aos pares?"

Então os líderes do novo governo concordaram em instaurar um toque de recolher. Como a organização da brigada árabe demoraria um tempo, resolveram não se apressar.

A maioria dos historiadores não sabe do desespero que tomou conta naquele dia das pessoas cujas atitudes conduziam o destino do Estado e da nação mingheriana, e não há historiador nacionalista hoje que se disponha a ouvir falar do alvoroço subjacente às decisões do novo governo. Porém, somos capazes de afirmar que, não fossem o desespero e o grau de determinação necessário para cogitar que as armas dos soldados se voltassem contra o próprio povo, seria impossível fazer alguém obedecer às medidas restritivas de novo, vinte e cinco dias depois de revogadas. Embora só dois dias depois o toque de recolher e as outras medidas de quarentena tivessem sido anunciadas à população por meio de cartazes impressos, de pregoeiros públicos e carroças que circulavam espalhando a notícia, dessa vez o atraso se deveu ao excesso de cautela e não à negligência.

Enquanto isso, um dos dois diários da ilha em língua turca e a gazeta chapa-branca do Estado, a *Arkata Times*, afirmavam que a rainha havia declarado a anistia. Foram soltos ladrões, estupradores e assassinos, além de vários outros presidiários — inclusive nacionalistas gregos presos nas masmorras do castelo durante o governo do xeque Hamdullah, espiões otomanos, membros da Brigada de Quarentena, opositores do governo, pessoas flagradas tentando fugir da ilha, agentes de viagem que tinham praticado o *overbooking* e todo tipo de fanático e encrenqueiro, tudo em clima de júbilo generalizado. Os condenados anistiados levariam a peste que ceifara os pavilhões da penitenciária para as próprias casas e famílias. Isso se as encontrassem. Um soldado da Brigada de Quarentena que se resignara a passar o resto da vida apodrecendo numa cela úmida foi solto, correu para casa, no bairro de Tatlısu, com lágrimas de felicidade nos olhos, e então descobriu que a mãe, o pai e dois de seus filhos haviam falecido, e que a esposa e o filho sobrevivente tinham fugido. Ele soube disso conversando com as pessoas que se instalaram em sua casa durante sua ausência.

Esses homens que vinham do povoado à beira-mar de Kefeli, no noroeste da ilha, e tinham ocupado a casa dele, agora adotavam um ar ameaçador e disseram ao ex-soldado da Brigada de Quarentena — que já sentia o golpe dessa série de más notícias — que agora eles é que moravam ali, que não seria justo ele viver sozinho em uma casa daquelas numa época em que todo mundo procurava um lugar onde se abrigar, e que era melhor ele ir procurar pela desaventurada esposa e pelo filho.

A essa altura, esse tipo de transgressão já era trivial. Caso o homem cuja casa fora ocupada não fosse membro da Brigada de Quarentena e não soubesse que tinha uma pessoa no governo — o ministro do Escrutínio — a quem poderia pedir ajuda, jamais teria conseguido retificar a injustiça sofrida, e a dúvida entre ir atrás da esposa e do filho ou permanecer ali e se vingar dos invasores talvez o tivesse levado à loucura. Durante aquelas noites de peste, esse estado de desgraça e indecisão constantes volta e meia se imiscuiria nos sonhos das pessoas, e isso também — com as dores de cabeça, os bubos doloridos e o medo da morte — transformaria o sono em um verdadeiro martírio. O ministro do Escrutínio vingou o soldado de quarentena enviando à sua casa em Tatlısu guardas que retiraram a família de intrusos do imóvel e a jogaram na área de isolamento do castelo por ser uma possível transmissora da peste, tornando-se o primeiro grupo em vinte e cinco dias a ser encarcerado. O centro de isolamento, de cujos pátios e setores abarrotados e interligados todo mundo que pisava neles sabia no mesmo instante que jamais esqueceria, passara por uma limpeza minuciosa e fora desinfetado.

Como talvez os soldados árabes não bastassem, o Mazhar efêndi decidiu, com a aprovação do doutor Nuri, acionar outra vez a Brigada de Quarentena. Alguns de seus soldados tinham sido levados a julgamento na Era do Xeque Hamdullah e considerados culpados por bater em inocentes, mandar indiscriminadamente indivíduos não infectados para o isolamento, causar mortes e, mediante subornos, abusar do poder de decisão sobre quem seria posto em quarentena. Os tribunais não tinham condenado todos os soldados acusados, conseguindo em grande medida diferenciar os culpados dos inocentes. Um desses inocentes era o sempre popular Hamdi Baba. Ao ser absolvido, na mesma hora ele retornou à casa de seus ancestrais, num povoado cercado de rochas e ciprestes que ficava a duas horas de Arkaz. A princípio, Hamdi Baba não quis voltar a Arkaz para reassumir o comando da Brigada de Quarentena. Eram muitos os soldados de quarentena que tinham sido desnecessariamente rígidos, que haviam se comportado mal e perdido a confiança das pessoas. Mas então o Mazhar efêndi sugeriu que ele recrutasse uma nova Brigada de Quarentena sob o mesmo nome e acabou conseguindo — com uma mistura de lisonjas e a promessa de uma honraria (a medalha Pakize) — convencer o sargento.

Havia inúmeras diferenças em termos de objetivos e métodos entre a primeira e a segunda Brigadas de Quarentena, mas ao mesmo tempo tratava-se do mesmo Exército glorioso em nome do qual o major e comandante mingheriano saíra de Istambul na época do governo otomano, fundamental para a fundação do Estado de Mingheria. Antes de entrar em vigor o toque de recolher, o Mazhar efêndi destinou à Brigada de Quarentena um edifício maior e mais central dentro da caserna. Cento e dezesseis anos depois, o mesmo prédio continua funcionando como Sede das Forças Armadas de Mingheria.

Após o anúncio oficial da quarentena e antes do início do toque de recolher, o povo de Arkaz se amontoou nos mercadinhos de rua improvisados e nas lojas que ainda abriam as portas algumas horas por dia, e pagou quantias vultuosas para comprar produtos que ainda estivessem à venda. Como mal saíam de casa, muitas pessoas tinham estocado comida antes, mas visto que a epidemia se prolongava, as provisões começavam a acabar.

579

No dia seguinte, conforme o decretado, o toque de recolher absoluto começou, sem nenhuma exceção sob nenhuma circunstância. De manhã, antes da aurora, o destacamento dos tensos mas firmes soldados árabes de Damasco foi acompanhado por cerca de quarenta soldados da Brigada de Quarentena.

Apesar de ter permitido que voltassem para Istambul os oficiais falantes de turco enviados da sede do Exército para a caserna, o major tinha mantido a brigada árabe na ilha como moeda de troca em negociações diplomáticas, mas nunca a tinha envolvido nas rixas políticas. Ao longo de seus vinte e quatro dias de governo, o xeque Hamdullah fizera quatro visitas à caserna, e já narramos a primeira delas. Nessa época, ele não só teve o prazer de ler o Corão e conversar em árabe, mas também aproveitou para exonerar o comandante da caserna e substituí-lo por um jovem oficial mingheriano analfabeto que frequentava a fraternidade Halifiye fazia anos e que o xeque havia promovido a paxá.

Podemos argumentar que a obediência do povo às normas de quarentena, retomadas após um intervalo de vinte e sete dias, e sobretudo ao rigoroso toque de recolher instituído, representa um divisor de águas na nossa história. Como todos os analistas sensatos, também atribuímos esse sucesso sobretudo ao alto índice de mortalidade da ilha (um total de cento e trinta e sete pessoas havia falecido nos três dias anteriores ao toque de recolher) e ao terror e à desesperança que todos sentiam. A segunda razão foi a inexistência de um xeque influente que incentivasse a "leviandade" — como o finado Sami paxá teria dito — e o desdém pelas medidas de quarentena, e o fato de os acontecimentos terem demonstrado que o xeque Hamdullah era tão vulnerável à peste quanto qualquer outra pessoa, pois sua morte ensinara uma lição preciosa a todos os "fatalistas", os céticos insolentes e os eternos desconfiados que os europeus chamariam de "cínicos". Quem era favorável ao uso da força, por outro lado, acreditava que a verdadeira razão para o êxito do toque de recolher era que os soldados árabes e a Brigada de Quarentena estavam dispostos a atirar em quem pusesse os pés para fora de casa, mesmo se fossem mulheres, crianças e idosos.

Duas crianças que saíram em Bayırlar tiveram que voltar correndo para dentro de casa ao ouvir o barulho dos tiros de advertência. Um lunático que passeava na Colina do Jegue como se não houvesse toque de recolher foi rapidamente detido após alguns disparos, e as paredes e venezianas de uma casa em Taşçılar ficaram cheias de buracos de tiro depois que os moradores atacaram os soldados árabes com pedradas. Mais tarde, a Brigada de Quarentena derrubou uma porta, prendeu três jovens migrantes cretenses que estavam morando na casa e os mandou para a prisão do castelo. Nesses três episódios, o barulho dos tiros ecoou em meio ao silêncio sobrenatural que se abatia sobre a cidade desde o início do toque de recolher, e ao se dar conta de que os soldados estavam sendo mais firmes dessa vez, a maioria das pessoas ficou contente, pensando que a quarentena enfim daria certo.

75.

A princesa Pakize não parava quieta, correndo entre a casa de hóspedes e o Gabinete do Ministro-Chefe para acompanhar de hora em hora o andamento da sujeição "disciplinada" de Arkaz ao toque de recolher. Sempre que um sentinela ou servidor aparecia para relatar que o povo continuava dentro de casa, que apenas os soldados árabes e a Brigada de Quarentena eram vistos nas ruas e que não tinha acontecido nenhum incidente digno de nota, a rainha ficava ainda mais exultante do que os homens ao redor, mas em vez de extravasar as emoções no Gabinete do Ministro-Chefe, ela voltava para o quarto da casa de hóspedes e as registrava em uma carta à irmã.

Assim que o Estado começou a distribuir pães, a carroça (então puxada por um só cavalo) parava em um ou dois locais de cada bairro e as pessoas formavam filas sob a supervisão de seus representantes de bairro e dos soldados de quarentena. O pão era entregue ao cabeça da família, em função do número de pessoas que viviam na casa. Esse sistema era exequível porque todo mundo se conhecia nessas vizinhanças. Com a peste, porém, algumas casas foram evacuadas e outras ocupadas por novos moradores, e não demorou para que começassem as brigas. As pessoas costumavam aparecer em grupos, intimidavam a fila e iam embora com a porção de todo mundo. Esse comportamento hostil e censurável em geral acontecia pelas mãos de quem ainda exigia vingança pela morte de Ramiz ou achava que deveriam receber punições coletivas os gregos da Rumélia que continuavam leais à Grécia e os turcos que continuavam alinhados aos otomanos.

Agora que haviam sofrido a humilhação de ver o cadáver do xeque Hamdullah desinfetado com cal, a única alternativa para esses fanáticos religiosos, acólitos de seitas e nacionalistas mingherianos seria moderar a agressividade. Mas no fim das contas, essa mudança não seria sequer necessária, pois a rainha Pakize já tinha inventado um novo método de distribuição de pão que garantiria que ninguém furasse a fila intimidando os outros, e tinha conseguido convencer o marido, o ministro-chefe, e o resto do governo a adotá-lo. Dali em diante, onde fosse possível, as carroças de pão e os guardas que as protegiam entregariam os pães de casa em casa, deixando-os no quintal, na janela da cozinha ou na porta da frente. A volta da Brigada de Quarentena ajudaria a resguardar a segurança das carroças para que elas pudessem entregar a carga de porta em porta.

Na carta à irmã, a rainha fez um relato minucioso e sincero — ainda que um pouquinho exagerado — de sua pequena contribuição para resolver essa questão simples. Desde o começo, e inspirada por um senso de responsabilidade crescente, ela levou muito a sério o que poderia ser considerado um papel simbólico, oficial. Participava das reuniões matinais na Sala de Epidemia, que recebera uma nova demão de tinta e cujos buracos de tiros nas paredes e nos móveis haviam sido tapados. Usava roupas que talvez parecessem meio europeias demais para uma senhora muçulmana e no entanto eram absolutamente recatadas, enrolava um xale na cabeça como se fosse um véu e sentava no fundo da sala.

Depois que os ministros iam embora, ela questionava o marido sobre tudo o que tinham falado e pedia que lhe explicasse por que ele tomara determinada decisão. As longas descrições e discussões sobre as diretrizes do governo que o leitor vai encontrar na correspondência da princesa Pakize demonstram que, conforme a Constituição mingheriana ditava, a chefe de Estado analisava o trabalho do marido com extrema atenção.

O doutor Nuri recebia todas as ideias da esposa com um respeito genuíno, e a maioria das brigas da rainha era com o ministro do Escrutínio. Passados os dois primeiros dias de toque de recolher bem-sucedido (com cinquenta e nove e cinquenta e uma mortes, respectivamente), o Mazhar efêndi disse à rainha que a distribuição de pão da caserna só seria efetiva se todas as ruas e casas de Arkaz recebessem nomes e números, e seria preciso instalar as devidas placas. Todo mundo sabia da importância desse assunto para o comandante Kâmil, que sempre comparecia às reuniões do Comitê de Nomeação de Ruas na Sede do Governo para sugerir a seus membros os nomes poéticos que havia listado com sua bela e elegante caligrafia. Trinta e cinco dias depois, alguns dos nomes de ruas do comandante Kâmil já tinham sido acolhidos e adotados pela população, e muitos deles — como rua do Chafariz do Anão, avenida Juiz Cego, rua Cova dos Leões e avenida do Gato Vesgo, entre outros — ainda hoje são lembrados e em certos casos até usados pelo povo de Arkaz, passados cento e dezesseis anos. Mas esse projeto ambicioso e poético, que os carteiros da cidade, mais do que ninguém, estavam loucos para ver concluído, tinha sido interrompido pela morte do comandante Kâmil, pela gravidade crescente do surto de peste e pelo pavor que todos sentiam de morrer.

E foi assim que suas tentativas, como rainha da ilha, de solucionar o problema da distribuição de pão deixaram imediatamente claro para a princesa Pakize como poderia ser temível o ministro do Escrutínio.

"Você não pode fazer as vontades daquele homem detestável!", ela disse ao marido quando ficaram a sós.

"Nossa função é conter a peste", o ministro-chefe retrucou. "Ele que lide com a política!"

Os leitores de sua correspondência com a irmã hão de notar que a rainha Pakize, filha de Murade V e sobrinha de Abdul Hamid, tinha um tino político muito mais aguçado e mais abrangente do que o pai imprudente, que sem explicação havia resolvido se tornar maçom sendo o primeiro na linha de sucessão ao trono, e do que o marido, cujo único critério político parecia ser a "tolerância".

A rainha sentia muito prazer ao acompanhar o marido no landau blindado nos passeios diários de reconhecimento pelas ruas desertas de Arkaz, que considerava uma tarefa importante. Desde a primeira saída, essa atividade se tornou tanto um hábito quanto uma oportunidade de monitorar a eficiência das medidas restritivas. Como vivia escrevendo à irmã, ela ficava encantada ao ver as ruas, praças e pontes esvaziadas pelo toque de recolher.

A experiência fazia a princesa Pakize lembrar de como se sentia quando ainda estava encarcerada no palácio de Çırağan com o pai e as irmãs e olhava os jardins vazios onde ninguém tinha permissão para entrar. Contemplando a praça Hrisopolitissa deserta, tinha a sensação de que o tempo retrocedia. Quando o cocheiro Zekeriya cruzou o píer dos barqueiros no porto vazio, ela pensou, desesperada, que nunca mais um barco voltaria à ilha. O landau se aproximou dos limites da cidade, passando por alguns terrenos baldios e casas caindo aos pedaços nos arredores do Quebra-Mar Rochoso, e ela se arrepiou e pela primeira vez teve medo. Quando se depararam com uma menina de cinco anos chorando sozinha numa rua sem mais ninguém do bairro de Tatlısu, ela também chorou, e teria saltado da carruagem se o marido não a tivesse impedido.

As emoções suscitadas por essas primeiras expedições se misturariam, nas cartas da princesa Pakize, à satisfação de testemunhar a obediência ao toque de recolher: a população não saiu de casa nos três dias seguintes. A única exceção foi um grupo de dervixes da fraternidade Rifai (onde continuavam morando, a despeito de ela ter sido parcialmente convertida em um pequeno hospital de campanha) que tentou correr até a Mesquita Mehmet Paxá, o Cego, na mesma rua, para as orações de sexta-feira. Avisado por seus espiões, o ministro do Escrutínio mandou guardas ao local, e os fiéis e marrentos dervixes — que causavam impressão com suas estranhas batas roxas — foram detidos e enviados ao centro de isolamento do castelo.

Para ilustrar a magnitude da calamidade que a cidade e seu povo enfrentavam, precisamos resumir a situação no Hospital Hamidiye no dia trinta de agosto, três dias depois da coroação da rainha: segundo nossos cálculos, havia aproximadamente cento e setenta e cinco pacientes no hospital e nas alas improvisadas (mal dava para chamá-las de hospitais) montadas nas dependências de várias fraternidades das redondezas — inclusive a Rifai e a Kadiri. Os edifícios principais, seus arredores e os jardins estavam abarrotados de barracas e leitos. Só um metro separava um paciente do outro, às vezes nem isso. O único tratamento que recebiam era quando médicos, enfermeiros e zeladores de jaleco branco lhes davam injeções para febre ou lancetavam e higienizavam os bubos às pressas, procedimentos que nem sequer serviam para prolongar a vida dos pacientes. Inúmeras vezes, a rainha ouvira o marido descrever as tentativas heroicas e inúteis desses médicos que passavam de leito em leito para dar o mesmo "tratamento" a quarenta ou cinquenta doentes, sempre tentando proteger o rosto das tossidas, dos espirros e das bocas vomitadas dos pacientes.

A rainha fora intensamente afetada pela sensação de ruína transmitida pelo contraste entre o vazio das ruas da cidade e as multidões multicoloridas espalhadas pelo gramado verde e amarelo dos jardins do Hospital Hamidiye. À noite, uma carroça fúnebre recolhia os corpos. Cinco dias após a implementação do toque de recolher, o coração da rainha Pakize se encheu de uma felicidade igualmente intensa diante da primeira queda digna de nota (trinta e nove mortes) no índice de mortalidade diário.

No dia seguinte, o landau blindado encerrou o passeio no bairro de Flizvos. Desocupadas pelas famílias gregas ricas que moravam ali antes da epidemia, agora suas mansões eram habitadas pelos conhecidos dos respectivos mordomos, vindos do povoado de seus ancestrais, ou por quem se dispusesse a pagar a eles uma determinada soma, ou ainda por quem tivesse uma arma para ameaçá-los. Quanto às regiões gregas mais pobres, a rainha poderia imaginar que estivessem completamente abandonadas se não tivesse visto todas as pessoas que admiravam a carruagem das janelas do primeiro andar das casas, as crianças brincando nos quintais e os cachorros correndo alegremente atrás do landau junto aos muros dos jardins.

Foi nessa época que a rainha mandou fotografar todas as ruas e praças vazias de Arkaz. As descrições que fazemos neste livro se baseiam nas fotografias que Vanyas tirou das praças e ruas principais da cidade no decorrer dos três dias seguintes. Assim como a rainha, também vamos às lágrimas sempre que examinamos a série comovente de oitenta e três retratos em preto e branco em que vez por outra surge uma figura humana solitária.

Nesses mesmos três dias, o número de mortes continuou numa queda constante, até que os oficiais que se reuniam todas as manhãs na Sala de Epidemia enfim começaram a acreditar que as medidas restritivas haviam se consolidado e que o toque de recolher e o fechamento dos portões da cidade tinham produzido o efeito desejado.

Outro desdobramento que agradou a todos da ilha e trouxe regozijo às pessoas que haviam feito campanha para que a princesa Pakize fosse coroada rainha foi a publicação de uma matéria no *Figaro*, o primeiro jornal a anunciar a independência da nação.

Uma rainha para Mingheria (Devenue Reine de Minguère)

Depois de declarar independência e se libertar do jugo do Império Otomano, os nacionalistas de Mingheria escolheram uma princesa da família real otomana como rainha e chefe de Estado. Em um lance que pegou Istambul e o resto do mundo de surpresa, a princesa Pakize, terceira filha do antigo sultão Murade v, foi coroada rainha de Mingheria. A princesa Pakize se casou recentemente com um médico otomano especialista em quarentena enviado por Istambul para conter a epidemia na ilha. Mas, como a epidemia continua com força total e a comunicação com o novo governo foi cortada, a ilha permanece sob o bloqueio de navios de guerra da Grã-Bretanha, da França e da Rússia.

A sugestão de que as autoridades de Istambul tinham sido pegas "de surpresa" foi um detalhe imaginado pelos serviços de inteligência britânica, que instigaram a escrita do artigo. O doutor Nuri esperava, entre outras coisas, restabelecer os serviços telegráficos da agência dos correios, "normalizar" a situação política da ilha e melhorar as relações com as nações europeias a ponto de elas retirarem o bloqueio, e estava sempre discutindo como alcançar esses objetivos com a rainha e os médicos que levara para o governo.

Percebendo a alegria da esposa com a queda dos índices de mortalidade, o doutor Nuri lhe disse o que repetia a todo mundo: "Como os cadáveres são recolhidos à noite e os funerais estão proibidos, o povo não está a par desse feliz avanço. Se as pessoas descobrissem, ficariam tão felizes quanto você, mas, ao contrário de você, elas estariam nas ruas no dia seguinte, andando por aí de braço dado. Para a gente acabar com a epidemia, as pessoas precisam continuar com medo, e nós não podemos esmorecer".

O doutor Nuri pôde ver, pelo cenho franzido e pelo olhar que ela lhe lançava, que a esposa "otomana" estava incomodada com a advertência, mas não perdeu muito tempo com a reação dela. Porém, embora os figurões da ilha considerassem o artigo do jornal *Le Figaro* uma possível oportunidade de manipulação política, para a princesa Pakize ele era nada menos que motivo de orgulho. Apesar de ter plena consciência — como é nítido em suas cartas — de ter sido transformada em rainha apenas para atrair a atenção da imprensa e assim aumentar o conhecimento do mundo a respeito do novo governo da ilha, sua bandeira e sua independência, ela levava suas responsabilidades mais a sério do que nunca, sentando-se com o marido no gabinete dele todo dia e escrevendo à irmã para narrar as cenas que havia testemunhado durante os passeios de landau. Outra razão para a queda no número de mortes, que os outros historiadores em grande medida ignoram, foi o desaparecimento misterioso de todos os ratos da cidade. Na última semana, os bandos de crianças tinham parado de entregar ratos mortos às autoridades.

Foi por volta dessa época que a rainha e seu marido, o ministro-chefe, começaram a fazer visitas inesperadas a mingherianos que moravam nos bairros mais afastados e isolados da capital para lhes levar presentes e pacotes de comida. Essas visitas eram uma continuação das saídas anteriores do casal, embora os funcionários da rainha escolhessem as casas de antemão. Asseguravam-se de que a família moradora era uma verdadeira defensora da rainha e respeitava os protocolos de quarentena. A rainha e o ministro-chefe nunca entravam. Vestindo roupas recatadas mas ao estilo europeu, ela ia até o jardim e anunciava que trazia presentes para as crianças. A família não saía, apenas saudava os visitantes pela janela. Na maioria das vezes a rainha deixava os presentes no jardim sem dizer nada e acenava para as pessoas no primeiro andar feito uma menininha.

Ao contrário do que dissidentes e detratores invejosos alegavam, é justo dizer que essas visitas se mostraram eficazes e davam segurança às pessoas. Um senhor do bairro de Taşçılar, estimulado pelas palavras de apoio dos visitantes, perguntou quando os barcos voltariam a funcionar. Já o merceeiro Mihail havia se trancado batendo pregos na porta por dentro. Até então, sua comida lhe era entregue sempre numa cesta deixada na janela. Mas com a mudança das normas de distribuição fazia três dias que ele não recebia sua cota. Será que o ministro-chefe não podia intervir de alguma forma? Um dia, o cocheiro Zekeriya os levou de landau à casa da amante do finado governador Sami paxá, Marika. Eles lhe deixaram alguns biscoitos e queijo enquanto ela se desfazia em lágrimas da janela. Também visitaram a mãe enlutada do comandante e mais tarde incumbiram um servidor de documentar as histórias dela sobre a infância do grande libertador da nação para um livro que seria intitulado *A infância de Kâmil*. Em outro passeio pelo bairro de Castelo-Moat, apoiadores da rainha escapuliram pelos quintais e burlaram todas as regras para chegar perto dela, o que levou o doutor Nikos a declarar francamente ao doutor Nuri que talvez aquelas visitas estivessem comprometendo a adesão à quarentena. A resposta da rainha foi lembrar a todos eles que o número de mortes caía dia após dia e ressaltar que suas visitas aos bairros na verdade incentivavam os mingherianos a seguirem as regras de quarentena.

A rainha chamou a costureira mais renomada de Arkaz, Eleni, a Sardenta, à casa de hóspedes, analisou as amostras de tecidos e croquis que a mulher lhe apresentou e deixou-a tirar suas medidas para fazer três vestidos novos à moda europeia (mas ainda assim totalmente recatados). Como uma rainha europeia, a princesa Pakize também pediu que Vanyas a fotografasse de "perfil" — sozinha e com o marido — para uma série de selos que o novo ministro dos Serviços Postais havia sugerido que fosse lançada para marcar sua coroação. Percebendo logo o quanto a rainha gostara dos retratos, o ministro do Escrutínio providenciou que um conjunto inicial de vinte e quatro exemplares fosse emoldurado e pendurado em diversas repartições públicas — como escritórios de recrutamento, cartórios e agências públicas de caridade —, bem como em todos os bancos que ainda estavam em atividade. Durante um de seus passeios ao lado do marido, a rainha reparou que uma dessas fotografias estava na entrada ampla e deserta do Banco Otomano (que em breve seria o Banco de Mingheria) e depois escreveu à irmã dizendo que o pai ficaria muito feliz se visse aquilo.

Muitas pessoas solicitavam aos representantes locais que o landau da rainha e do marido fosse a seus bairros. Pois não demorou muito para que se espalhasse que a peste jamais atingia as casas que a rainha visitava e onde deixava presentes e mantimentos.

76.

A partir de sexta-feira, dia treze de setembro, a queda no número diário de mortes se tornou ainda mais acentuada e o otimismo começou a se consolidar na ilha. O que exatamente fez o surto desacelerar e abrandar sua virulência? É uma questão sobre a qual os historiadores sempre se debruçam, pois a quarentena foi a razão da sobrevivência do Estado de Mingheria.

Na nossa opinião, alguns dos fatores que acabaram contribuindo para o sucesso das novas medidas de quarentena foram a autorização para que soldados atirassem nas pessoas para impor as regras, a morte do xeque Hamdullah devido à peste e a cifra de cinquenta a sessenta pessoas morrendo por dia. Há também fatores naturais e médicos sobre os quais não temos dados definitivos — o desaparecimento dos ratos ou a possível redução da virulência do micróbio, por exemplo — que podem ter concorrido para esse final feliz. Mas aqui nos concentraremos especificamente nos resultados da quarentena.

Nos primeiros dias do surto em Arkaz, o corpo de qualquer muçulmano morto era lavado no necrotério da Mesquita Mehmet Paxá, o Cego, por um homem alto e magro conhecido como Barbeiro, que não era barbeiro coisa nenhuma. Primeiro ele higienizava o cadáver com bastante cuidado, conforme os protocolos, enxugando seus lábios, as narinas e o umbigo com um pano enrolado no dedo. Depois lavava o corpo com sabão feito com a oliva da ilha, além de uma copiosa quantidade de água. A senhora que fazia esse mesmo ritual com os cadáveres de mulheres acrescentava um punhado de pétalas de rosas delicadas e perfumadas na água mediante uma pequena gorjeta. Como o doutor Nikos volta e meia mandava os operadores de bombas de desinfetante higienizarem o necrotério, esses lavadores de corpos salvaram-se de ser infectados quando a peste começou a se espalhar. Na verdade, na tentativa de fazer jus à demanda cada vez maior por seus serviços, eles tinham chamado assistentes e aprendizes para ajudá-los e passado a lavar os corpos com mais pressa e menos cuidado.

O doutor Nuri havia adquirido certa experiência nesses assuntos por causa das epidemias de cólera no Hejaz, onde eram usuais brigas entre os árabes locais que queriam enterrar seus mortos e os médicos franceses, gregos e turcos que representavam o Império Otomano, e assim como fazia naqueles casos, ele também escolhia não lidar com a questão diretamente. Em vez de deixar o debate sair do controle e gerar discussões intermináveis sobre rituais islâmicos e medidas de quarentena, era bem melhor dar um dinheirinho aos lavadores de cadáveres para convencê-los a fazer os rituais de forma bem mais desleixada e superficial do que fariam normalmente. O Barbeiro e os outros lavadores de corpos já tinham consciência do perigo mortal que corriam, e como havia muito tinham desistido de higienizar os cadáveres de acordo com os métodos tradicionais, haviam acelerado bastante o processo.

Durante algum tempo, a higienização dos cadáveres consistiu em pouco mais que verter água fervida nos corpos, sem mal tocá-los, já que ao chegar estavam cobertos de vômito, catarro e bubos. Então os corpos eram dispostos no pátio interno da mesquita (muito frequentado por gatos de rua) para que secassem ao sol em cima de plataformas ou no chão, e pouco depois eram enrolados em mortalhas. Duas semanas depois de iniciada a quarentena, o costume de amortalhar os cadáveres também já tinha sido abandonado, pois o número de cadáveres anônimos encontrados não parava de crescer e porque os mortos passaram a ser enterrados assim que eram desinfetados com cal.

Porém, apesar de tudo isso e das operações de desinfecção regulares, a morte de um aprendiz do necrotério (que talvez tenha se infectado com a peste em sua própria vizinhança) nos últimos tempos do domínio otomano sobre a ilha, seguida logo depois da declaração de independência pela morte do Barbeiro (que Arkaz inteira conhecia), serviu de estímulo para que o comandante e o doutor Nuri proibissem totalmente a lavagem de cadáveres. Mas em vez de fazer um anúncio oficial da decisão, o governo havia simplesmente trancado as portas do necrotério, ensejando todo tipo de discussão e objeção e protestos dos que não estavam dispostos a renunciar aos costumes e acreditavam que, se os entes queridos fossem enterrados sem que primeiro fossem lavados da forma certa, levariam todos os pecados para a vida após a morte.

Depois que o Nimetullah efêndi virou ministro-chefe e o Comitê de Quarentena foi dispensado, já não era mais permitido enterrar cadáveres muçulmanos sem que fossem higienizados por lavadores que também faziam as próprias abluções, além de cumprir todos os rituais e recitar todas as orações que os ritos fúnebres exigiam. Segundo nossas estimativas, essa única decisão causou a morte de mais de vinte lavadores de corpos. Uma semana depois de iniciada a Era do Xeque Hamdullah, já estava claro que quando não se tomava nenhuma precaução e os cadáveres continuavam a ser higienizados conforme os preceitos religiosos, a doença se espalhava bem mais rápido e, depois de três lavadores se infectarem, todos os outros — que de qualquer modo não conseguiam dar conta do recado — fugiram.

Ciente da importância dessa questão para o xeque Hamdullah, o Nimetullah efêndi angariou a ajuda de prefeitos locais e funcionários religiosos a fim de recrutar "voluntários" de outras cidades para trabalhar como lavadores de cadáveres em Arkaz. Mais da metade desses voluntários — alguns dos quais tinham aceitado a tarefa num espírito genuíno de piedade, irmandade e abnegação — acabariam infectados e morreriam. Com a ilha inteira se dando conta do perigo que era lavar os corpos do jeito tradicional, ficava cada vez mais difícil achar voluntários dispostos a cumprir a tarefa, e depois da morte de dois dos três soldados que o governo do xeque Hamdullah transferiu da caserna para ajudar na missão, as autoridades tentaram atender à demanda crescente de serviços de lavagem de corpos usando os prisioneiros que a polícia havia arrancado das ruas de seus povoados ou que considerava suspeitos como "voluntários" do necrotério. Um assassino e um estuprador apreendidos e presos depois da rebelião na penitenciária e que não eram capazes de recitar nem meio verso de oração acabaram trabalhando como lavadores de corpos por um tempo, até também morrerem de peste.

A hecatombe dos "voluntários" do necrotério tem sido corretamente apontada por historiadores e políticos como um exemplo dos excessos e absurdos do período em que o xeque Hamdullah e a seita Halifiye governaram a ilha. Durante o breve mandato como ministro-chefe, o regente Nimetullah efêndi, o do chapéu cilíndrico de feltro, também "nomeava" à força diversos voluntários de seitas hostis à fraternidade Halifiye, ou que o xeque considerasse "hereges", para trabalhar como lavadores de corpos. Segundo alguns historiadores, o fato de essas pessoas acabarem contaminadas e morrendo como a maioria dos lavadores antecessores não resultava da ignorância ou de um raciocínio extravagante, mas era consequência de um gesto de absoluta maldade, um massacre calculado.

Mas na nossa opinião o verdadeiro massacre aconteceu quando todos esses lavadores de corpos "voluntários" começaram a espalhar a doença cidade afora e pelo resto da ilha. Ao voltarem para dormir nas fraternidades após passar o dia inteiro lavando vítimas da peste, esses homens transmitiam a doença aos outros discípulos. Por um tempo, subiu exponencialmente o índice de mortalidade nos bairros com alta concentração de seitas religiosas e nas fraternidades parcialmente convertidas em hospitais, mas ninguém ousava declarar os motivos claríssimos desse aumento.

Na verdade, muitos discípulos de seitas, inclusive aqueles que não acreditavam em micróbios e quarentena, no fundo estavam cientes da situação trágica que enfrentavam, mas por alguma razão misteriosa continuavam lavando corpos, numa adesão inabalável aos preceitos religiosos. O historiador da saúde pública mingheriana Nuran Şimşek descobriu dados que mostram que alguns lavadores de corpos, em especial os da seita Rifai, provavelmente causaram a reinfecção da fraternidade e dos pacientes que se recuperavam no hospital improvisado em seus jardins. É possível que o xeque Hamdullah tenha pegado o micróbio que o matou de um desses lavadores fiéis e devotos, pois a poucos passos da residência de um único cômodo onde o xeque vivia nas dependências da fraternidade Halifiye (e que de modo algum lembrava a residência de um chefe de Estado), havia um pequeno edifício de pedras onde três desses lavadores de cadáveres — dois deles jovens, o outro velho e acima do peso — dormiam todas as noites.

Ao cabo dos vinte e quatro dias de governo do xeque Hamdullah e do Nimetullah efêndi, era tão grave a "anarquia da peste" que tinha tomado conta dos jardins das fraternidades, das terras desocupadas, dos terrenos incendiados e das ruas da cidade que seria impossível determinarmos quem estava espalhando a doença, e onde. O alto número de mortes e o clima geral de desesperança já haviam forçado muitos jovens devotos a deixar as fraternidades e fugir de Arkaz rumo às montanhas e campos fora da cidade, onde catavam figos e nozes para sobreviver.

As ordens que o ministro-chefe doutor Nuri deu assim que tomou posse, de banir a lavagem de corpos na ilha e encharcar de Lysol os cemitérios e todos os lugares por onde a carroça fúnebre passasse, foram fatores decisivos para a desaceleração da epidemia. Na nossa opinião, retomar a desinfecção de cadáveres com cal também deve ter contribuído para esse desenlace.

Ainda que o governo não tivesse anunciado oficialmente, o povo percebia que o surto estava arrefecendo. A sensação de otimismo começava a se espalhar pela cidade, embora as restrições ainda fossem obedecidas, e não havia muito movimento nas ruas. No dia vinte e quatro de setembro, o número de mortes tinha caído para vinte. Não havia ninguém mais empolgado com isso do que o próprio doutor Nuri, que chamou o cônsul britânico George bei a seu gabinete.

Assim como todos os outros cônsules, monsieur George também ficara quieto durante o governo anterior, temendo possíveis ataques de fraternidades ou com medo de ser acusado de espião estrangeiro. Mas como o doutor Nuri sabia, o George bei era uma das pessoas que sempre eram consultadas pelo comitê de notáveis que estava na dianteira dos acontecimentos políticos da ilha após a morte do xeque Hamdullah e a renúncia do Nimetullah efêndi ao cargo de ministro-chefe.

O cônsul britânico teve a diplomacia de parabenizar o doutor Nuri pelo novo papel de ministro-chefe. Mas como sempre era o caso quando se via nesse tipo de situação depois da fundação do novo Estado, havia algo em seus modos que ele teria chamado de "irônico" e que nós chamaríamos de "provocador". Por outro lado, seu comportamento também deixava claro que levava o novo governo muito a sério.

O ministro do Escrutínio Mazhar efêndi também estava presente. Nesse momento, a rainha adentrou as sombras do Gabinete do Ministro-Chefe. Por um instante, era como se a alma do finado Sami paxá circulasse entre eles, e todos sentiram uma estranha onda de culpa. Pareciam prestes a mencionar isso, mas preferiram se calar. Os mapas otomanos e o selo de Abdul Hamid tinham sido retirados das paredes e substituídos pela bandeira de Mingheria e por um retrato do comandante Kâmil. Várias paisagens de Mingheria e de Istambul que o Sami paxá tinha pendurado nas paredes, diversos éditos da era otomana e uma fotografia da praça Üsküdar, em Istambul, continuavam no mesmo lugar, com a moldura original.

"A epidemia está arrefecendo!", o doutor Nuri começou, dirigindo-se ao cônsul George Cunningham em tom moderado. "O Estado de Mingheria espera agora que o governo de Sua Majestade suspenda o bloqueio e mande suprimentos médicos e mais doutores para nos assistir."

"O bloqueio é a razão pela qual a independência da ilha perdura", disse o cônsul. "Se os navios de guerra europeus fossem embora, Abdul Hamid não titubearia em punir os rebeldes que abateram seu novo governador e tiveram a audácia de falar em revolução. O sultão seria o primeiro a enviar o *Mahmudiye* ou o *Orhaniye* com ordens de bombardear Arkaz com os novos canhões Krupp que acabaram de ser instalados em Marselha."

"Em seguida ele desembarcaria soldados na enseada de Kalar e tomaria o controle da ilha", disse o ministro do Escrutínio, se intrometendo. "O governo de Sua Majestade está preparado para ficar vendo o Maldito Sultão massacrar o povo de Mingheria?"

"Segundo a legislação internacional, Mingheria ainda é território do Império Otomano."

"No entanto seus navios de guerra cercam a ilha e afundam qualquer barco que tente sair. Essa atitude está de acordo com a legislação internacional?" Todo mundo na sala lembrou que sob o exterior simpático, de um tio benevolente e barrigudo, o ministro do Escrutínio, com sua voz macia, era um negociador aguerrido.

"Está de acordo com a legislação internacional, visto que o bloqueio foi estabelecido a pedido do Império Otomano", o cônsul britânico respondeu.

"Então o governo de Sua Majestade precisa reconhecer o novo Estado de Mingheria. O povo ficaria honrado se o Reino Unido e o governo do primeiro-ministro Gascoyne-Cecil fossem os primeiros a reconhecer formalmente sua existência, assim Abdul Hamid não poderia bombardear Arkaz. Mas se Istambul levasse a cabo uma operação dessas, o senhor e os outros cônsules também seriam atacados. Na verdade, os cônsules talvez fossem os primeiros mortos, assim como ocorreu em Tessalônica."

"Nossas vidas, nossos interesses são imateriais!", declarou monsieur George. "Estou preparado para fazer qualquer coisa por esta ilha. Mas, assim como todos, me vejo isolado do resto do mundo."

"Tenho certeza de que o senhor, mais do que ninguém, conseguiria imaginar que tipo de proposta o governo britânico estaria disposto a aceitar e o que o Estado mingheriano precisaria fazer para assegurar a proteção da Grã--Bretanha contra o Império Otomano. Caso o senhor não tenha a resposta na ponta da língua, é claro que pode nos mandar a resposta por escrito nos próximos dias."

O recado tácito do tom de voz do ministro do Escrutínio era "Sabemos que o senhor já vem se comunicando com o governo britânico!", mas a alegação era mentirosa.

Todo mundo que estava na sala supunha que o cônsul britânico aceitaria a sugestão e pediria um tempo para preparar uma resposta por escrito. No entanto o cônsul surpreendeu a todos, manifestando sua opinião na mesma hora.

"Nos últimos vinte e cinco anos, todos os governos de Sua Majestade, independentemente do partido que esteja no poder, foram perturbados pelas aspirações de Abdul Hamid de reunir todos os muçulmanos do mundo sob uma única união política e desafiar a autoridade britânica. A essa altura, cerca de metade do Ministério das Relações Exteriores já entendeu que a política pan-islamista de Abdul Hamid está fadada ao fiasco. Percebem que, longe de juntar suas forças, os muçulmanos mundo afora estão se dividindo em grupos — árabes, albaneses, curdos, circassianos, turcos, mingherianos — e se afastando cada vez mais; portanto, a ideia de uma união islamista não passa de ilusão, de disfarce. Infelizmente, o governo britânico ainda é encabeçado por políticos contrários aos muçulmanos feito o antigo primeiro-ministro conservador Gladstone." O cônsul George se calou depois desse comentário e se virou para a rainha. "O suplício a que Abdul Hamid sujeitou suas irmãs, sua família e seu pai é de conhecimento geral. Seu tio dispensou o mesmo tratamento aos Jovens Turcos, à oposição, aos búlgaros, aos sérvios, aos gregos da Rumélia, aos armênios e aos mingherianos. Se Vossa Majestade, a rainha, membro da família real otomana, denunciasse abertamente a tirania de Abdul Hamid e sua política islamista, imagino que não só os britânicos, mas os franceses e os alemães seriam instados a oferecer à ilha e a seu nobre povo proteção contra o sultão."

"Concordo com o cônsul", disse o ministro do Escrutínio. "Mas com o bloqueio ainda em curso, a questão é encontrar um jornalista que transmita as palavras dela à Europa. Se ela falasse com repórteres gregos e com jornais cretenses e atenienses, passaria a impressão errada."

"O que não falta é jornal de Londres e de Paris interessado nos pormenores da vida da filha de um sultão otomano em cativeiro com o pai e as irmãs", disse o cônsul George. "A coroação da rainha foi amplamente noticiada pela imprensa internacional."

"Mas o casamento dela com o xeque, não."

"Porque dava pra ver que não passava de um casamento de conveniência", disse o cônsul. "Tenho certeza de que Sua Majestade, a rainha, ficaria contente com a oportunidade de expressar os verdadeiros sentimentos pelo tio cruel e ditatorial Abdul Hamid. Suas palavras refletiriam sua reprovação a governantes autocratas, um sentimento cujo preço ela vem pagando todos os dias de sua vida. O governo de Robert Gascoyne-Cecil vai entender, e haverá gente em sua administração com vontade de proteger esta bela ilha de Abdul Hamid."

As páginas de história dos diários e jornais de Istambul como o *Orhun* e o *Tanrıdağ*, que quarenta e dois anos depois veriam as conquistas de Hitler nos Bálcãs com muito entusiasmo, retrataram a proposta bem-intencionada do cônsul George como parte de uma vasta e diabólica conspiração contra os turcos. (A teoria era de que o Império Otomano tinha perdido os territórios árabes por causa de um espião — Lawrence da Arábia — e a ilhazinha de Mingheria devido às maquinações de outro espião — o cônsul George.) Mas o consenso entre os participantes dessa reunião histórica no Gabinete do Ministro-Chefe na manhã de vinte e quatro de setembro de 1901 era que permitir que um país europeu estabelecesse um mandato ou protetorado sobre a ilha conferiria certa segurança contra os ataques de Abdul Hamid ou de outros governantes estrangeiros, e com isso em mente todos olhavam de soslaio à espera de uma palavra da rainha.

"Eu mesma decido como exprimir meus sentimentos contra meu tio!", disse a princesa Pakize com uma determinação que encheu o marido de amor e orgulho. "Mas primeiro tenho que pensar no assunto e decidir o que seria mais benéfico para o povo de Mingheria."

77.

As palavras da rainha Pakize pareciam ter convencido todos os homens reunidos no Gabinete do Ministro-Chefe de que ela realmente faria uma declaração criticando Abdul Hamid. Como essa era a única esperança que lhes restava para o futuro político da ilha, poderíamos argumentar que a convicção deles a esse respeito também servia para reforçar a sensação de otimismo revigorado que começava a se consolidar na ilha. Mas no fim das contas a princesa Pakize jamais falaria publicamente contra Abdul Hamid e suas políticas — nem com jornais "estrangeiros" nem com os jornalistas mingherianos ou turcos.

"Você só precisa contar as coisas que já contou para mim a um repórter da Europa", o doutor Nuri comentou uma vez.

"Receio que seja uma falta de decoro muito grande!", a rainha havia respondido. Seus olhos estavam arregalados, dando ao rosto dela ares de profunda inocência. "Essas conversas com minhas irmãs e meu pai são minhas lembranças mais valiosas, mais particulares. Será que preciso contar ao mundo inteiro que meu tio foi cruel conosco? Gostaria de saber o que meu pai diria sobre isso."

"Agora você é a rainha. É uma questão de diplomacia internacional."

"Eu não sou rainha por vontade de ser, mas a fim de que as medidas de quarentena sejam obedecidas, para conter a epidemia e salvar a vida das pessoas", a princesa Pakize retrucou. Em seguida, ela caiu no choro, e enquanto a abraçava e acariciava seus cabelos ruivos, o marido lembrava que, como nenhum barco podia se aproximar da ilha, não havia jornalistas que pudessem entrevistá-la.

O leitor de sua correspondência com a irmã Hatice até o fim de setembro descobrirá a dificuldade que a rainha tinha de decidir o que falar de Abdul Hamid e ficará tão surpreso quanto ela ao perceber que o tempo passado com o pai, a mãe e as irmãs no Palácio Çıragan fora o mais feliz de sua vida. Mesmo após se tornar rainha de Mingheria, a princesa Pakize — que tinha vinte e um anos quando a peste surgiu — ainda sentia saudade da vida no palácio, quando tocava piano com o pai, lia romances com as irmãs, ria com as mulheres mais idosas do harém e corria de um cômodo para o outro. Às vezes chorava baixinho, e fazia questão de que o marido não visse suas lágrimas.

Quando a melancolia e a saudade se intensificavam, havia momentos em que a rainha não queria sair da cama, muito menos da casa de hóspedes. Mas à medida que a peste arrefecia, as pessoas começavam a botar os pés para fora, e o balanço dos barcos pesqueiros e de todas as outras embarcações no porto (como as que eram do Exército, ou o barco a remo da Torre da Donzela, visível da janela da casa de hóspedes) parecia sacudir a cidade, fazendo-a despertar do torpor, junto com a primeira tormenta do vento *lodos* do outono e as brisas quentes com cheiro de alga marinha.

Em um dia nublado, chuvoso e soturno do início de outubro, quando o número de mortes registradas baixou para onze e a duração do toque de recolher foi encurtada (o ministro do Escrutínio queria que fosse revogado por completo), a reunião convocada na Sala de Epidemia para debater os últimos desdobramentos contou com a presença da rainha Pakize, cuja contribuição resultou na implementação de várias novas medidas. Como havia quem caísse doente ou até morresse de desnutrição, ficou resolvido que os mercados dos aldeãos que outrora se multiplicavam pela cidade seriam permitidos e o horário do toque de recolher seria ajustado para se adequar a eles. Embora com essa providência a queda no índice de mortalidade da cidade fosse desacelerar, o otimismo agora característico das lideranças políticas da ilha não se dissipou. Os representantes das empresas de navegação andavam argumentando que o porto teria que ser reativado em breve, e exigiam permissão para retornar aos escritórios para se preparar para a volta dos primeiros navios e a retomada dos serviços regulares de balsas, que alegavam ser iminente. Já que a maioria dessas agências era dos cônsules locais, o ministro-chefe Nuri inferiu que não demoraria muito para que os navios de guerra das Grandes Potências fossem embora e o bloqueio se encerrasse.

"Se os britânicos e os franceses retirarem seus navios, o *Mahmudiye* vai vir aqui bombardear Arkaz muito antes que as viagens de barco sejam reativadas!", disse o ministro do Escrutínio.

Naquele momento, todo mundo tornou a pensar que, se era para Mingheria preservar sua "independência", ou o bloqueio teria que continuar em vigor ou a ilha teria que virar um protetorado de uma das Grandes Potências do mundo.

Durante esses encontros, a princesa Pakize virava e mexia tentava imaginar o que o pai faria no seu lugar. Às vezes imaginava que ela mesma era o pai, e conforme escreveu numa carta à irmã, isso a ajudava a refletir com mais discernimento, mais profundidade e mais calma nas questões de Estado. Sentada à escrivaninha, ela esfregava a testa como o pai fazia, ou erguia as sobrancelhas, ou descansava a cabeça no espaldar da cadeira e contemplava o teto. Sempre que fazia algum desses gestos, a princesa Pakize sentia que, ao mesmo tempo que era igual ao pai, ela podia seguir sendo ela mesma — um estado de espírito que descreveu com muita franqueza em uma das cartas à irmã.

A princesa Pakize e o doutor Nuri continuavam com o cuidado de a cada dia ir de landau blindado a um bairro diferente. Com a epidemia agora se abrandando, esses passeios haviam se tornado uma comemoração cautelosa. O povo não amava sua rainha apenas pelo pão, as nozes, as ameixas secas e outros mantimentos que ela lhes trazia, mas também porque suas visitas pareciam ter forçado a peste a recuar.

Fosse visitando lugares como Turunçlar e Bayırlar, onde o comandante Kâmil era particularmente popular, ou bairros gregos como Dantela e Petalis, as bandeiras mingherianas surgiam aqui e ali assim que o landau blindado chegava à praça da vizinhança, e as mulheres iam à janela para ver a rainha mais de perto, levantando os filhos para que ela também os visse. Dizia-se que todas as crianças nas quais a rainha encostava ou para as quais sorria e acenava de longe eram abençoadas pela sorte. Mas havia também outros tipos de boato, como o que dizia respeito a seu véu cor de romã, que alegavam prenunciar um bom ano e significar o fim iminente da peste; ou que seus olhos estivessem sempre marejados ainda que à distância ela parecesse sorrir; ou especulações sobre o motivo para seu marido não ser bonito (fato geralmente atribuído à má vontade de Abdul Hamid).

O toque de recolher foi suspenso da manhã até o horário das orações do fim de tarde. A ideia de estabelecer horários para o toque de recolher de acordo com o chamado à oração em vez de usar a hora do relógio não foi — como alguns declaram — uma decisão política influenciada por considerações religiosas. Em sua maioria, os homens muçulmanos da ilha não tinham relógio de bolso no qual se fiar, e na verdade vinham se sentindo um bocado desnorteados desde que o médico e príncipe consorte tornara a proibir os sinos de igreja e os chamados à oração no começo do reinado. O primeiro chamado à oração ouvido na ilha após trinta e cinco dias, portanto, não foi um chamado à oração, mas uma forma de anunciar à cidade que o toque de recolher noturno estava prestes a começar. Ecoando entre os despenhadeiros, o chamado lembrava a todos o silêncio do porto e das ruas da cidade ao longo de semanas a fio. Dois dias depois, na sexta-feira, dia quatro de outubro, também foi revogada a proibição de entrar em mesquitas, igrejas e outros edifícios religiosos.

O retorno gradual desses sons de que ninguém havia se esquecido, mas que a maioria provavelmente tinha medo de nunca mais ouvir, parecia sinalizar que a vida de outrora estava sendo aos poucos retomada. No começo, muita gente nem acreditava que aquilo estivesse acontecendo. O maior deleite vinha do barulho das rodas de carruagem, do tilintar dos sinos, dos estalidos dos cascos dos cavalos. Os cocheiros falecidos durante a epidemia tinham sido substituídos por novatos que eram tão delicados com os cavalos quanto os antecessores, convencendo os animais a subir as ladeiras mais íngremes usando apenas palavras gentis de incentivo e uma ou outra chicotadinha. A princesa Pakize fez à irmã um relato alegre da felicidade que sentia ao ouvir os cocheiros estalarem a língua ou os lábios e gritarem "Para!" aos cavalos.

Os grasnidos das gaivotas, dos corvos, dos pombos e de todos os outros pássaros nunca haviam de fato cessado, mas agora eram acompanhados pelos brados dos primeiros mascates que voltavam às ruas, pelos berros de crianças brincando e as vozes de pessoas saindo de casa para consertar a porta, a chaminé, uma parede caindo aos pedaços. A princesa Pakize ouvia as mulheres se preparando para a chegada do inverno tirando o pó dos carpetes, dos tapetes e das esteiras entrelaçadas que penduravam nas janelas ou estendiam no jardim. Fossem muçulmanas ou gregas, voltavam a cantarolar quando penduravam as roupas no varal.

Ao atravessar a cidade de landau, a princesa e o príncipe consorte percebiam pelas marteladas dos caldeireiros e pelo tinido da roda dos amoladores que o mercado também devia estar voltando à vida. Nem todas as lojas estavam abertas, mas muitos comerciantes já tinham saído para vender ovos, queijo, maçã e outros produtos, compelidos pela força do hábito a anunciar as mercadorias a plenos pulmões, como fariam se as ruelas do Mercado Antigo estivessem apinhadas de gente. Mas, na verdade, embora o índice de mortalidade já tivesse caído para cinco ou seis pessoas por dia, as ruas continuavam basicamente desertas, e depois de todo o sofrimento e a morte que haviam testemunhado, as pessoas ainda não estavam tranquilas.

Passados três dias, por volta do meio-dia (a cifra diária de mortes continuava em torno de cinco), durante uma chuva que trouxe trovões e nuvens pretas para a cidade, o ministro do Escrutínio Mazhar efêndi bateu à porta do ministro-chefe e, ambos se saudando com uma mistura bastante confusa de reverências e outras demonstrações de respeito, lembrou ao doutor Nuri a declaração que a princesa Pakize deveria dar sobre o tirânico Abdul Hamid. Depois que a epidemia fosse completamente vencida, é claro que os navios de guerra das Grandes Potências iriam embora, pois teriam cumprido a missão de impedir que a doença infectasse a Europa. A essa altura, os soldados e os navios de guerra de Abdul Hamid chegariam. Além das ilhas do Dodecaneso (entre elas, Kos, Simi e Kastellorizo), várias outras ilhas do mar Mediterrâneo tinham sido jogadas de um lado para o outro, ora nas mãos da Grécia, ora nas do Império Otomano. Inúmeras vezes as bandeiras hasteadas em seus castelos mudavam de cor, navios de guerra bombardeavam suas cidades e bairros, pessoas morriam e havia um bocado de sofrimento desnecessário. Chegara o momento de tomar uma decisão.

"A rainha está considerando todas as possibilidades!", disse o doutor Nuri, calando o Mazhar efêndi antes que ele dissesse algo mais que não lhe cabia comentar. Mas antes que a chuva parasse, ele foi à casa de hóspedes, que ficava no mesmo andar, e disse à esposa — então ocupada escrevendo uma carta — exatamente o que o ministro do Escrutínio havia falado.

"Esse homem está tramando contra a gente!", disse a rainha Pakize, num lampejo de intuição.

O doutor Nuri também percebia que o ministro do Escrutínio andava se esforçando para ter todos os funcionários do Estado sob seu controle. Servidores do governo, soldados e a Brigada de Quarentena recém-restabelecida adoravam o humilde e trabalhador Mazhar efêndi — que já não parecia mais hesitar em discordar do doutor Nuri e da rainha. Ele queria que os barcos voltassem a operar, por exemplo, mas se opunha à retomada do serviço telegráfico, alegando que isso possibilitaria a interferência de Abdul Hamid nos assuntos da ilha. Numa tentativa de permitir a abertura do porto, o ministro do Escrutínio havia afrouxado várias regras de quarentena e isolamento sem consultar o doutor Nuri. Quando a princesa Pakize e o doutor Nuri o repreenderam pela atitude, ele recebeu a crítica com uma demonstração calculada de humildade e deferência. A essa altura eles já não acreditavam na "sinceridade" do ministro.

Porém havia outras questões em que as opiniões do ministro do Escrutínio Mazhar efêndi e as da rainha estavam alinhadas. Ambos tinham um franco afeto e estima pela memória do comandante Kâmil, fundador do Estado, e por sua esposa Zeynep. Os sentimentos do ministro quanto ao tema talvez fossem motivados por imperativos políticos. Os mingherianos tinham uma imensa gratidão pelo comandante Kâmil por ele ter libertado a ilha do domínio otomano. Quanto à rainha, ela acreditava haver algo extremamente romântico na história de amor do casal, o jovem oficial do Exército otomano ter se apaixonado por uma moça teimosa e briguenta que pouco tempo antes havia se recusado a ser a segunda esposa de outra pessoa, ter casado com ela e começado uma revolução — tudo isso em poucas semanas. Ao longo de mais de um século da história subsequente da ilha, o amor de Kâmil e Zeynep, transformado em mito, e todas as ficções criadas em torno dele foram o "cimento" que manteve a nação mingheriana coesa. Não raro acabou na prisão quem exprimiu reservas a respeito desses mitos, ou sugeriu que eles fossem inventados ou apenas fez piada desses exageros.

"Não fosse a índole, a bravura e a determinação do comandante Kâmil, o povo de Mingheria ainda seria escravo de alguma outra nação", o ministro do Escrutínio dizia. "Imagine só… uma nação inteira esquecendo sua língua pouco a pouco, desaparecendo até virar um nada."

Estava combinado que separariam fundos para duas novas escolas fundamentais e médias em Arkaz focadas no ensino da língua mingheriana. As crianças aprenderiam mingheriano por meio da reescrita simplificada das lendas e histórias da ilha reunidas no livro escolar *Nosso alfabeto* — histórias que iam de Homero ao romance entre o comandante Kâmil e Zeynep. Tanto a infância do comandante como a da esposa Zeynep também seriam ensinadas nos livros, reformuladas como contos de fadas. A escola para meninas seria chamada de Escola Zeynep e a escola dos meninos ficaria conhecida como Escola Kâmil. Mas depois que chegassem ao ensino médio, a rainha sugeriu, meninos e meninas estudariam juntos. A ideia um tanto pueril e impossível de cumprir era, é claro, "avançada" demais para a época, mas pelo menos ficou acordado que as escolas de ensino médio seriam chamadas de escolas Kâmil-Zeynep. Por insistência da rainha, o mesmo nome também foi dado à Escola Secundária Grega com venezianas amarelas e paredes rosa em Eyoklima. A maioria das famílias que antes viviam nesse bairro arborizado, frondoso e agora deserto tinha fugido da ilha muito tempo antes e agora fora substituída por foragidos da prisão e do isolamento, e por vários outros invasores.

Uma fotografia feita com montagem, mostrando o comandante e Zeynep lado a lado, seria usada para ilustrar os novos selos mingherianos e cédulas de dinheiro que em breve seriam encomendados a uma gráfica de Paris. Enquanto isso, mil e quinhentas cópias do retrato do comandante seriam impressas na gráfica do *Arkata Times* e distribuídas a todas as repartições públicas da ilha.

A rainha não queria nenhum tipo de embate com as áreas muçulmanas e conservadoras da ilha. Mas tinha algumas mágoas das quais não conseguia se esquecer. "Como pode uma mulher viver em uma nação livre e independente e ter direito a menos herança que seus semelhantes do sexo masculino?", ela disse ao marido um dia. "Quando preceitos religiosos estipulam que o depoimento de uma mulher no tribunal só vale metade do depoimento de um homem, o que é isso senão intolerância disfarçada?"

O ministro-chefe doutor Nuri concordava com as observações da esposa e, ao repassá-las ao ministro do Escrutínio, não ouviu nenhuma objeção. Tampouco o ministro recorreu a qualquer um dos argumentos — "Mas o que é que as mulheres entendem de lei comercial!" — que os líderes idosos de seitas e os homens santos volta e meia usavam. Dois dias depois, em nove de outubro (quando só foram registradas três mortes), os novos direitos concedidos às mulheres foram resumidos em árido linguajar jurídico em um anúncio publicado no *Arkata Times* — que agora também servia de Diário Oficial do Estado. O jornal não registrou nenhuma menção que indicasse que essas "reformas" tinham sido instituídas por vontade e estímulo da rainha. Foi assim que o conceito de "secularismo", que continuaria sendo tema de debates entre os muçulmanos mingherianos ao longo dos cento e dezesseis anos seguintes, entrou para a história da ilha.

No dia dezesseis de outubro não houve nenhuma morte na ilha causada pela peste. Como governante efetivo da ilha, o Mazhar efêndi ficou bastante tenso, pois em breve o bloqueio seria retirado. Sempre que saíam de landau blindado, a rainha e o ministro-chefe eram saudados em todos os bairros com um entusiasmo que chegava às raias do arrebatamento. As ruas começavam a se encher outra vez, as lojas estavam abertas e as pessoas que tinham fugido de Arkaz começavam a voltar. As andorinhas e os estorninhos — que, segundo a princesa Pakize, percebiam que a epidemia chegara ao fim — adejavam com gorjeios extasiados, exuberantes. Brigas viviam surgindo entre as pessoas que voltavam para casa e os invasores que a haviam ocupado durante sua ausência, ou entre comerciantes furiosos cujas lojas tinham sido saqueadas e aldeãos que se instalaram na cidade durante a peste, e simplesmente não havia policiais ou soldados da Brigada de Quarentena em número suficiente para sequer tentar intervir. Mas nenhum desses problemas seria capaz de eclipsar a sensação de euforia que trouxe de volta o sorriso ao rosto de todo mundo, que fazia as crianças darem cambalhotas outra vez e velhinhos frágeis com o pé na cova saltitarem de alegria — tampouco poderia abrandar a percepção das pessoas de que a epidemia estava chegando ao fim e de que em breve elas poderiam retomar a vida de antes.

78.

Para que a vida na ilha pudesse de fato retomar a normalidade que havia antes da peste, as balsas precisavam voltar a operar, e é claro que para isso acontecer a agência dos correios teria que restabelecer os serviços telegráficos. No dia dezenove de outubro, o doutor Nuri presidia justamente uma reunião muito concorrida sobre esse assunto quando toda Arkaz ouviu um barulho alto, estridente, de um apito de navio.

Vários ministros e cônsules sentados à ampla mesa em torno da qual o Comitê de Quarentena antes se reunia se levantaram de supetão. Dois correram até a janela. Alguns tentaram ver o navio sem levantar da cadeira quando o apito soou outra vez, dessa vez com dois longos toques.

Todos que estavam na sala vizinha ao gabinete do finado governador Sami paxá foram tomados por uma expectativa nervosa. Que navio era aquele? Como tinha furado o bloqueio? Para cada cônsul mais tranquilo que desafiava os outros a adivinhar o nome do navio e a empresa de navegação pelo som do apito, havia outro apreensivo falando de invasores inimigos e futuros massacres. Um bocado de governos imperialistas enviava embarcações que se faziam passar por navios cargueiros amistosos mas que estavam cheias de assassinos armados e desvairados incumbidos de matar os nativos rebeldes de uma colônia distante. Mas é óbvio que não poderia ser hostil um navio que disparasse o apito repetidas vezes para indicar sua aproximação, com um tom tão melodioso.

Quando o apito ecoou entre os despenhadeiros de Arkaz, a princesa Pakize estava no andar térreo da Sede Ministerial (a antiga Sede do Governo), prestes a testemunhar uma altercação entre dois idosos amalucados que todo mundo na cidade conhecia — o Fortuna Acorrentada e o louco grego Dimitrios. Desde o fim da epidemia, três dias antes, as pessoas iam à Sede do Governo para visitar a rainha, lhe dar presentes e entregar abaixo-assinados, ou só beijar sua mão (alguns acreditavam que era somente graças a essa moça de vinte e um anos que o demônio da peste havia enfim sido afugentado). Em vez de pedir aos guardas municipais que dispensassem as pessoas, a rainha providenciou que uma sala de arquivo empoeirada que dava para o pátio interno fosse esvaziada, mobiliada com sofás, cadeiras e uma mesa de nogueira, e transformada num ambiente onde poderia receber visitas, ouvir queixas e petições e encontrar seus admiradores.

A rainha Pakize passava duas horas por dia encontrando os súditos nessa sala decorada com fotografias do comandante Kâmil e de Zeynep, e com um mapa de Mingheria. Ouvia pessoas cujas famílias tinham desaparecido, que não conseguiam se livrar de invasores na própria casa, que exigiam saber onde estavam os parentes que haviam sumido depois de confinados no isolamento, que iam implorar ajuda, dinheiro ou emprego. O excêntrico Süleyman efêndi queria que se resolvesse a briga interminável por terra e abastecimento de água na qual estava envolvido. Alguns lhe mostravam feridas e lesões sobre as quais não puderam conversar com os médicos durante a epidemia, já outros imploravam por barcos ou até passagens para sair da ilha assim que possível. As pessoas pediam que seus telegramas fossem enviados ou seus impostos cancelados, e algumas — como uma senhora intratável de Turunçlar — esperavam ajuda até mesmo para arrumar um marido decente para as filhas. A rainha, haviam decidido coletivamente, era altruísta, afável e honesta.

Algumas das pessoas que faziam fila para vê-la eram o que poderíamos chamar de fãs "absolutos e genuínos". Queriam apenas olhar para ela, render-lhe homenagens ou lhe entregar figos e nozes colhidos de seus quintais. A mais velha de duas irmãs que acompanhavam a mãe tinha ficado um pimentão ao ver a rainha e não fora capaz de abrir a boca. Os loucos idosos da ilha também se encaixavam nessa categoria de fãs. Depois de passar o verão em casa

607

e sobreviver à epidemia com a ajuda da família e dos netos, tinham enfim pisado fora de casa, e em vez de brigar assim que se esbarraram, eles começaram a conversar feito velhos amigos, rindo aliviados por terem saído vivos.

Como muitos outros da cidade, os dois lunáticos foram à Sede do Governo para presentear a rainha — que tinha idade para ser neta deles — com poemas que haviam escrito em turco, grego e mingheriano, e uma cesta de vime cheia de figos e nozes colhidos de seus quintais. Mas, esperando na fila, já tinham começado a se acotovelar furtivamente, trocando xingamentos em três línguas. Há quem sugira que tenham sido atiçados pelas pessoas ao redor, mas outros observam que foi por meio dessas trocas de tapas e profanidades que se tornaram benquistos pela sociedade, e portanto simplesmente não conheciam outra forma de se comportar.

O apito tinha acabado de soar pela primeira vez no instante em que o atrito entre os dois velhos amalucados começou a degringolar, para imenso desgosto da rainha, num bate-boca alto e grosseiro. Quando a rainha falou com eles, os dois lhe sorriram "feito dois meninos" e lançaram olhares fugazes para o céu azul como se ouvissem um som mágico. Então o navio apitou pela segunda e pela terceira vez, e sem dizer nada a ninguém, a rainha se levantou, subiu a escada ampla e atapetada, seguida por servidores, guardas e zeladores que carregavam as cestas de presentes, e voltou para o quarto, e de lá foi à janela para ver se conseguia avistar o navio.

O *Enas* era um pequeno navio de carga e de passageiros, de um vermelho oxidado, vindo de Creta. Operando, de modo geral, no triângulo Creta--Tessalônica-Esmirna, ele raramente ia a Mingheria. Assim que viu o navio, que apesar da cabine pequena e baixinha do capitão e da chaminé curta e arredondada fazia uma figura bastante majestosa e imponente, a rainha sentiu a mesma tristeza doída que sempre sentia ao ver das janelas do Palácio Çirağan os barcos navegando pelo Bósforo e as balsas de passageiros indo do mar Negro para o mar Mediterrâneo: a vida como deveria ser vivida não estava dentro daqueles cômodos aos quais ficava confinada, mas em outro mundo aonde só poderia chegar se pudesse embarcar em um navio e navegar ao seu encontro.

Mas pelo menos quando olhava os navios das janelas do palácio em Istambul, o pai estava perto, ou ela estava rodeada pelos pertences dele e conseguia sentir o cheiro paterno no ar. Morrendo de saudade de Istambul e do pai, procurava se distrair começando uma nova carta à irmã, em que também declarava estar ciente da imensa responsabilidade para com Mingheria e sentir gratidão pelo amor dos "nativos" por ela. A rainha considerava injusto que os homens muçulmanos pudessem ter até quatro esposas e se divorciar de qualquer uma delas quando bem entendessem dizendo apenas "Eu me divorcio de você!" três vezes. Seu plano, conforme escreveu à irmã, era também retificar isso na primeira oportunidade. Tinha certeza de que o pai se orgulharia se soubesse das coisas que fizera e ainda pretendia fazer.

O navio cor de ferrugem que a princesa Pakize via se aproximar vagarosamente do porto tinha um salvo-conduto que lhe permitia passar ileso pelos navios de guerra das Grandes Potências graças às providências tomadas pelo cônsul britânico em Creta. O navio chegava tarde demais com suprimentos médicos, barracas e leitos hospitalares, três médicos (dois deles muçulmanos) e cerca de quarenta mingherianos — a maioria deles gregos — que tinham fugido para Creta no início da epidemia.

Interpretando a chegada do *Enas* como prova de que a peste estava mesmo acabada, muita gente parou o que estava fazendo para se aglomerar nas docas em clima de celebração. A rainha viu quando o navio baixou a âncora e dois barcos a remo partiram das docas na direção dele. No mesmo instante, a multidão reunida na costa começou a discutir sobre a natureza exata do navio e como tinha conseguido chegar à ilha, e a teoria que logo prevaleceu foi a de que o bloqueio teria sido retirado muito tempo antes.

Foi só três horas depois que os primeiros passageiros pisaram em terra firme que o ministro-chefe doutor Nuri conseguiu falar com sua rainha para lhe dizer que o barco era "amigo" e tinha conseguido se aproximar da ilha à luz de um acordo temporário entre o tio dela e o governo britânico. (Pela expressão dela, ele percebeu que a menção ao tio não lhe provocava raiva, mas apenas certa nostalgia, uma saudade de Istambul.)

Conforme havia planejado o ministro do Escrutínio, o passageiro mais importante do navio era um jornalista francês jovial de nariz enorme cujo empenho fora essencial para a publicação das várias matérias sobre Mingheria recém-divulgadas nas imprensas francesa e britânica. O plano do ministro do Escrutínio era que ela levasse adiante a entrevista que já tinha sido incentivada a dar, discutindo como Abdul Hamid havia encarcerado seu pai, suas irmãs e sua família inteira e, é claro, como ela se tornara — por obra de um acidente histórico fortuito — a rainha de um Estado soberano. Tanto *Le Figaro* como o londrino *Times* publicariam a entrevista com grande destaque, e segundo o ministro do Escrutínio, assim se prepararia o terreno para que os britânicos protegessem a ilha das garras de Abdul Hamid. O cônsul George também havia sugerido ao jornalista que fizesse a rainha falar de sua conhecida aversão ao fanatismo religioso e a quaisquer práticas que discriminassem mulheres.

"Me diga, senhor, por que viemos a esta ilha?"

"Ainda não sabemos por que o seu tio nos pôs na delegação rumo à China!"

"Mas fomos mandados para cá depois do assassinato do pobre coitado do Bonkowski paxá — que ele descanse em paz! — com ordens do meu tio para que salvássemos a ilha da peste e resolvêssemos o mistério da morte de Bonkowski, não é?", disse a rainha, se dirigindo ao marido em um tom que talvez fosse um pouquinho condescendente, mas também era edificante e cheio de ternura.

"É verdade, e pela graça de Deus conseguimos cumprir nosso objetivo, e é por isso que o povo desta ilha escolheu você como rainha."

"Ainda estou para entender plenamente por que fizeram de mim rainha. Mas o que eu sei, meu senhor, é que não fomos mandados para cá para arrebatar esta terra do controle otomano e entregá-la de bandeja nas mãos dos britânicos. Também sei que se fosse para fazer isso, eu jamais poderia sequer sonhar em voltar a Istambul e rever minhas amadas irmãs e meu querido pai."

"Mesmo agora seria difícil voltarmos."

"Sei muito bem disso", disse a rainha. "Mas tudo o que fizemos aqui foi para deter a epidemia. Podemos ficar mais um tempinho. Temos um dever moral para com esse povo que me aceitou de coração e fez de mim sua rainha! Longe de fazer mexericos sobre o meu tio com um jornalista francês, a única coisa que quero agora é me sentar no blindado com você" — era assim que secretamente se referiam ao landau — "e ir a Dikili, Kofunya e ao Alto Turunçlar para ajudar todo mundo que precisa da nossa assistência."

O jornalista francês narigudo cuja chegada à ilha fora organizada por telegrama por meio do esforço conjunto do Mazhar efêndi e do cônsul George supunha que a rainha estivesse apenas se fazendo de difícil. Enquanto esperava que ela mudasse de ideia e concordasse com a entrevista, começava a juntar material para todos os artigos que pretendia escrever sobre a história e as atrações da ilha, o castelo e suas famosas masmorras e, é claro, a peste em si. Quando descobriu que os oficiais otomanos mandados para a Torre da Donzela com a desculpa da quarentena estavam presos lá, e em condições bastante adversas, havia cento e dez dias, o jornalista pediu permissão à rainha para visitar aqueles "turcos". A rainha aceitou o pedido e decidiu que o acompanharia, assim veria com os próprios olhos o que acontecia ali.

Duas horas depois, no meio da tarde, a princesa Pakize e o doutor Nuri chegaram à Torre da Donzela em um comboio de três barcos a remo. Notícias da visita da rainha e do ministro-chefe haviam sido divulgadas de antemão, mas quando eles chegaram ninguém foi recebê-los além de um funcionário grego idoso encarregado do lugar com seu cão boxer. Dos cerca de sessenta oficiais do governo (às vezes chamados de "os turcos") que haviam permanecido leais a Istambul e ao sultão após a declaração de independência, cento e treze dias antes, e enviados de Arkaz e de povoados de toda a ilha à Torre da Donzela por se recusarem a colaborar com o novo governo mingheriano, mais da metade havia falecido. Cobrou um preço muito alto a franqueza ingênua desses oficiais que, nos primeiros dias de "liberdade" da ilha, acreditando na falcatrua do Sami paxá ao dizer que "o Estado mingheriano é justo!", rejeitaram os polpudos salários que lhes eram oferecidos e confessaram abertamente o desejo de voltar para Istambul.

A princípio, o castigo consistia no confinamento — supostamente devido à quarentena — naquela ilhota pequena e rochosa, impedidos de voltar a Istambul e condenados a definhar naqueles despenhadeiros estreitos, debaixo do sol. Mas à medida que mais e mais funcionários leais a Istambul chegavam de outras partes de Mingheria, e a peste começava a se alastrar, aquela ilhotazinha foi virando um inferno. Metade dos presos só tinha conseguido sobreviver espremida num lugar tão pequeno porque a outra metade havia morrido (os cadáveres lançados de um penhasco na correnteza do mar Mediterrâneo). Foi durante essa época pavorosa que os oficiais encarcerados ficaram sabendo que as autoridades mingherianas planejavam usá-los como moeda de troca num possível acordo com Abdul Hamid.

Alguns dos "reféns" da Torre da Donzela cogitaram se apoderar do barco a remo que ia e vinha da ilhota e usá-lo para fugir. O resto preferiu ficar quieto, esperando por um resgate do navio de guerra otomano *Mahmudiye*, que participava do bloqueio naval. Mas, nesse ínterim, continuavam morrendo, acometidos pela peste, pela fome e pelo calor, exaustos de brigar e discutir uns com os outros, e pelas condições tenebrosas que precisavam aguentar. Muitos oficiais otomanos experientes que tinham permanecido leais a Abdul Hamid — inclusive o prefeito Rahmetullah efêndi e o diretor da Previdência Social, Nizami bei, uma dupla que o Sami paxá detestava — haviam perdido a vida assim no decorrer da primeira semana do reinado do xeque Hamdullah.

A única pessoa que sobreviveu a esse massacre sem perder a saúde e a sanidade foi Hadi, o suplente do novo governador que havia sido morto antes de tomar posse. Em seu livro de memórias, Hadi descreve a visita da rainha e do marido à Torre da Donzela com o mesmo tom condescendente e desdenhoso que os fundadores da República da Turquia moderna usam ao se referir aos últimos sultões otomanos, a príncipes e consortes reais otomanos, e à dinastia otomana como um todo. Na opinião de Hadi, a princesa Pakize e o doutor Nuri não passavam de um casal de esnobes metidos e arrogantes cuja vida palaciana os tornara completamente alheios à realidade, e que haviam se convertido em joguetes nas mãos das potências estrangeiras.

Em sua maioria, as pessoas trancafiadas na Torre da Donzela e que morreram antes de poder voltar a Istambul passaram seus últimos instantes na Terra xingando o antigo governador Sami paxá, que as aprisionara e "libertara" a ilha do domínio otomano.

Ao ouvir os relatos do sofrimento enfrentado por esses "mártires" otomanos, a princesa Pakize sentiu culpa e vergonha, como sentiria qualquer rainha consciente de sua responsabilidade. Escreveu para a irmã dizendo que, assim que viu os reféns fiéis a Istambul reduzidos a pele e osso pela fome e pelo abandono, com os olhos saltando das órbitas, sua única vontade foi implorar ao jornalista francês que não "constrangesse nem os mingherianos nem os turcos" escrevendo sobre o estado deles. Quando ainda era príncipe, seu pai, Murade v, havia impressionado inúmeros jornalistas europeus com seu francês fluente. Mas a princesa Pakize não se sentia segura quanto ao domínio desse idioma. Tampouco poderia dizer ao jornalista narigudo "Não conte o que o senhor viu na Torre da Donzela nem fale das condições terríveis dos oficiais turcos" logo depois de sair pela tangente evitando a entrevista sobre "o sultão e suas filhas mantidas em cativeiro dentro do harém". Calada, a rainha pelejava com essas emoções conflitantes. Vivia um conflito entre a responsabilidade que sentia em relação à ilha e a esperança de um dia voltar a Istambul, e talvez por isso sentisse tamanha vergonha.

A caminho do barco a remo que os levaria à cidade, ela se virou para o marido ministro-chefe e, num tom de voz que todos pudessem ouvir, deu a seguinte ordem:

"Antes de ir embora, o barco enferrujado cretense que está para levantar âncora das águas próximas ao castelo deve parar na Torre da Donzela para pegar os passageiros que queiram voltar para Istambul!"

79.

No barco a remo, no trajeto entre a Torre da Donzela e o porto, os olhos da princesa Pakize buscaram a Sede Ministerial — a antiga Sede do Governo em cuja casa de hóspedes vinha morando — até encontrar a janela junto à qual todo dia ela sentava para escrever. Naquele momento, teve a sensação de se ver de fora e descobriu como ficara estreita e limitada sua visão de mundo nos últimos cento e setenta dias (havia contado cada um deles).

Mais surpreendente ainda era que só *agora*, no barco, se dava conta de que os penhascos íngremes e a monumental Montanha Branca haviam estado ali, às suas costas, aquele tempo todo. Era impossível que uma pessoa não fosse afetada pela proximidade de algo tão colossal, ainda que fora do seu campo de visão! A rainha ponderava o efeito da Montanha Branca em suas cartas quando se assombrou com a imagem dessa montanha refletida no espelho sereno do mar. Assim como no dia em que chegara à ilha, ela via pedras no fundo do mar, peixes ligeiros e pontiagudos, do tamanho de um polegar, caranguejos vetustos e contemplativos, e os filamentos de algas verdes e azuis em forma de estrela.

De volta à casa de hóspedes, a princesa Pakize parecia incapaz de se livrar da tristeza que vinha acalentando. Quando o navio cretense cor de ferrugem levantou âncora, uma hora depois, e tornou a baixá-la nos arredores da

Torre da Donzela para recolher os oficiais otomanos, seu marido, o ministro--chefe, entrou no quarto. Os dois tentaram vislumbrar os servidores otomanos exauridos, emaciados, se preparando para a viagem de volta a Istambul, carregando o barco a caminho de Creta com seus fardos, as malas molhadas e todos os pertences que lhes restavam.

"O Império Otomano perde mais um território e seus oficiais também se retiram desta ilha!", o doutor Nuri observou, apático. "Você gostaria de estar nesse barco rumo a Istambul?"

"Enquanto meu tio estiver no trono, vai ser difícil voltarmos a Istambul."

Foi assim que a questão da "traição à pátria", que os perturbaria e atordoaria pelo resto da vida, adquiriu uma nova forma sob o nome mais benigno de "volta a Istambul".

"Não tenho dúvida de que Istambul vai te aplaudir por ter permitido que esses pobres coitados enfim reencontrem os familiares!", disse o doutor Nuri. "Mas Abdul Hamid e os inimigos do Estado otomano jamais deixarão de criticar você."

"Quando você fala de Istambul, está falando do meu tio...", disse a rainha. "Mas nós não libertamos os servidores encarcerados como um favor ao meu tio ou às Grandes Potências! Depois da injustiça que sofreram, era uma questão de humanidade mandar esses súditos valentes e leais de volta para casa! É graças a esses súditos leais e abnegados que o Estado otomano fundado por meus antepassados perdura há seiscentos anos."

Agitados pelo peso dessas palavras, ambos passaram um tempo calados. Depois que o navio cretense atracado nas águas próximas à Torre da Donzela, ao longe, encerrou o embarque dos passageiros, ouviram-se três apitos, como na chegada. O doutor Nuri viu como a saudade de Istambul enchia de lágrimas os olhos da rainha e tentou reconfortá-la.

"Mesmo se pudéssemos voltar para Istambul, seríamos cativos do seu tio, como todo mundo", ele disse. "Aqui ainda somos a rainha e o ministro-chefe e podemos continuar servindo a esta bela ilha e a seu nobre povo."

"Mas assim que a peste acabar, o bloqueio também acaba!", ela respondeu. "Fico pensando o que vai acontecer nessa hora." Como que para não pensar numa resposta para a própria pergunta, deu a sugestão de fazerem o que mais desejava fazer naquele momento. "Vamos dar uma volta de blindado por Dantela e Flizvos!"

Talvez a rainha intuísse que aquele seria um dos últimos passeios deles no landau, pois suas cartas dessa época costumavam mencionar crianças brincando de esconde-esconde nos jardins verdejantes de Hora; as ruas deliciosas e entrelaçadas de Germe; e a água potável de Tatlısu, mais leve do que a das nascentes de Beykoz e Çırçır, perto de Istambul. Falava da vista espetacular do prado de Turunçlar reservado ao mausoléu do comandante; dos gatos lambendo o pelo à procura de pulgas enquanto tomavam sol nos degraus íngremes que desciam do bairro de Kadirler até o mar; dos vasos de rosas que enfeitavam as mesas coloridas que inundavam as calçadas em frente a cafeterias, restaurantes e confeitarias da avenida Istambul; e da tainha e da cavala que tinham visto seguirem seus cavalos ao longo do porto, sob a superfície lisa do mar que corria ao lado do landau — imagens deliciosas descritas com carinho, como se ela fizesse questão de se certificar de que jamais as esqueceria.

No dia quinze de novembro, o *Arkata Times* — controlado pelo ministro do Escrutínio — publicou uma matéria que ocupava metade da primeira página do jornal a respeito dos passeios de landau da rainha e do ministro-chefe. O artigo elogiava a corajosa rainha, disposta a ir à porta das casas para dar presentes às pessoas e ouvir seus problemas, se arriscando a ser contaminada. Embora o tom geral fosse de admiração e respeito, o final do artigo traía um quê de decepção: certa vez, numa visita a Arpara, a rainha distribuía presentes e fardos de peixe salgado e biscoitos, e as crianças, desesperadas para falar com ela, ficaram frustradas, pois ela não falava mingheriano. E ainda mencionava um episódio mais dramático. Uma mulher havia entregado a filha de olhos azuis aos braços da rainha, para que ela acariciasse o cabelo da criança, e tendo explicado, entre soluços, que ainda esperava o pagamento da indenização prometida pelos danos causados à sua casa depois que o marido faleceu de peste, que estava sozinha no mundo e não tinha mais ninguém a quem recorrer além da rainha, a pobre coitada ficou arrasada ao descobrir que, como falava em mingheriano, a rainha — que não sabia a língua — não havia entendido nem uma palavra. A matéria concluía dizendo que a rainha tinha um coração de ouro, mas que, como era compreensível, as pessoas ficavam tristes quando se davam conta de que, apesar de todo o afeto que lhe demonstravam, ela não falava a língua do povo, o que por conseguinte explicava por que a maioria das últimas visitas da rainha se restringiram aos bairros em que as pessoas falavam turco, grego e até francês — em outras palavras, regiões da cidade relativamente mais abastadas.

Ao ler a matéria para a esposa no Gabinete do Ministro-Chefe, o doutor Nuri não escondeu seu aborrecimento e aventou a hipótese de que houvesse o dedo do ministro do Escrutínio nisso tudo. Mas com a ingenuidade e o otimismo que lhe eram peculiares, a rainha disse que a crítica era construtiva e justificada, e que dali em diante seria mais conveniente concentrar as visitas em bairros mais pobres, com falantes do mingheriano.

No dia seguinte, mudaram seus planos (informando de antemão os guardas e os fotógrafos) e foram para o bairro de Kadirler. A visita foi um sucesso graças ao esforço convincente da rainha de empregar o punhado de palavras em mingheriano antigo que tinha aprendido às pressas, e também às palhaçadas de dois meninos adoráveis da vizinhança que conseguiram arrancar risadas de todo mundo com suas imitações perfeitas (inclusive dos barulhos que faziam) de uma carruagem e seu condutor.

Mas no dia seguinte a esse, quando a rainha e o ministro-chefe tinham acabado de descer da carruagem em Turunçlar, dois rapazes de vinte e poucos anos conseguiram furar a multidão que se formara para receber o casal e bradaram "Os donos de Mingheria são os mingherianos!" duas vezes, de modo a fazerem-se ouvir pelos jornalistas, e saíram correndo. Mais tarde, notando a expressão desolada da rainha ao distribuir os presentes, as mulheres do bairro tentaram consolá-la lhe dizendo para não ligar para aqueles patifes, mas ainda assim a filha do antigo sultão, cabisbaixa, não teve como relevar a questão e escreveu uma longa carta à irmã Hatice explicando como os rapazes haviam sido injustos: ela decorava vinte palavras novas em mingheriano por dia desde que se tornara rainha. Era uma grande defensora do amor do comandante e de Zeynep, e de seus ideais elevados. Além do mais, ter nascido em Istambul e ainda não estar totalmente familiarizada com a história da ilha, sua cultura, características e afinidades políticas dos diferentes clãs e comunidades deveria contar a favor dela, não o contrário. Justamente por sua origem ser "diferente da de todo mundo", ela podia se manter equidistante em relação a todos que a rodeavam e tomar decisões mais "objetivas" (ela usou o termo em francês), mais adequadas a cada circunstância. Seus antepassados tinham transformado o Império Otomano no império mais gigantesco e mais poderoso do mundo por serem tão diferentes — e não similares! — dos povos e comunidades que governavam.

"Mas, minha cara", o marido ministro-chefe lhe disse em certa ocasião, "talvez seja por essa mesma razão que agora o Império Otomano esteja perdendo todas as suas ilhas e territórios: porque seus ancestrais eram tão diferentes das populações que governavam e pertenciam a uma nação diferente de todos os povos que viviam sob o domínio deles."

Dois dias depois apareceu outra matéria, dessa vez assinada pelo jornalista Manolis e publicada pelo diário grego *Neo Nisi*, que retomou em tom mais crítico os argumentos expostos no final do artigo publicado no *Arkata Times* quatro dias antes: "Como o Grande Comandante já provou", dizia a matéria, "o povo de Mingheria é totalmente capaz de se autogovernar e, ao contrário daquelas colônias minúsculas e dignas de pena da Ásia e do Extremo Oriente, não carece nem de senhores supremos que não falam a língua do povo nem de 'filhas de sultões' — sobretudo alguém cujo pai acata ordens da aliança global dos maçons". O artigo de Manolis também aludia à popularidade da rainha, mas alegava que o fascínio dos locais não merecia reflexões excessivas, pois "uma filha de sultão que viveu anos a fio como escrava cativa" despertaria interesse em qualquer lugar do mundo. Mas o que não poderia ser esquecido era o seguinte: "O mundo otomano, em que mulheres são confinadas a haréns feito pássaros engaiolados e tratadas como escravas de seus homens ou, na melhor das hipóteses, como enfeites graciosos, e em que todo mundo está sujeito às vontades de Abdul Hamid, jamais servirá de exemplo para o futuro brilhante da nação mingheriana, já que enfim o povo de Mingheria e as mulheres de Mingheria estão livres!".

"Esse Manolis ofende tanto a mim quanto ao meu querido pai!", disse a princesa Pakize. "Por favor, ponha um ponto-final nisso. Não sou um pássaro num harém nem uma escrava numa gaiola, mas uma rainha. Não vou permitir que essa matéria circule."

"Acredite, minha princesa, se eu mandasse confiscar esse jornal que ninguém lê, vendido apenas em três quiosques, eu só chamaria mais atenção para o assunto, e em pouco tempo as pessoas só falariam disso. Não tenho dúvida de que a matéria foi escrita a mando do Mazhar efêndi e que ele ficaria feliz como ninguém."

"Eu sou a rainha deste país e foi o povo que me concedeu esse título!", disse a princesa Pakize. "Mas se é para não darem ouvidos às minhas ordens, não permaneço no cargo nem mais um instante sequer."

"Seu dever principal é cumprir as ordens do seu marido e se submeter às suas vontades, como ditam as leis do islã!", o doutor Nuri disse, sorrindo.

A princesa Pakize se enfureceu com o sorrisinho cheio de dentes do marido, que fazia troça da situação enquanto a difamavam. Mas o que achava verdadeiramente insuportável era que não conseguia fazer nem o marido cumprir suas ordens. Tiveram uma longa discussão, depois da qual se recusaram a falar um com outro por um tempo, e passaram dois dias sem ir a lugar nenhum. De qualquer modo, o ministro do Escrutínio já lidava com a maioria dos assuntos administrativos. No terceiro dia, a rainha — que sempre apreciara os passeios de landau — sugeriu que planejassem uma visita à ruazinha à beira-mar mais charmosa do sossegado, seguro e sereno bairro de Dantela. Servidores, oficiais de governo, guardas e jornalistas foram devidamente informados.

Porém, na manhã seguinte, no momento em que se preparavam para subir no landau blindado, eles foram interceptados pelo ministro do Escrutínio Mazhar efêndi, que lhes falou de uma denúncia de uma possível tentativa de assassinato com explosivos. Seria melhor se dessem um tempo nos passeios — independentemente do bairro.

Depois que o Mazhar efêndi foi embora, a rainha disse ao marido que não acreditava naquele homem — preocupado unicamente com a ascensão de sua carreira política — e que não eram obrigados fazer o que ele dizia.

"Pensei bastante nessa questão, minha cara", disse o doutor Nuri. "Se um dia nos depararmos — Deus nos livre — com uma situação de risco ou de emergência, podemos contar que pelo menos uma parte da população civil fique do nosso lado, mas no que diz respeito às tropas armadas, provavelmente teríamos que depender dos esforços heroicos de quarenta ou cinquenta homens, no máximo. Mas bastaria uma palavra do Mazhar efêndi e o Exército inteiro estaria à disposição dele: a Brigada de Quarentena, a guarda municipal, os soldados da caserna, além dos reservistas e dos novos recrutas."

"Quer dizer que voltamos a viver como prisioneiros?", indagou a princesa Pakize.

"Temo que sim, mas você não deve esquecer que ainda é a rainha de Mingheria, e enquanto continuar sendo rainha, pouco a pouco o mundo passará a te reconhecer como chefe de um Estado soberano e se ajoelhar diante de você. Você já entrou para a história como a rainha que conseguiu conter a terrível peste de Mingheria antes que ela se espalhasse pela Europa. A bem da verdade, a Europa devia ser grata a você."

A princesa Pakize compreendeu que aqueles dias de liberdade em que podia sair do quarto à vontade, andar pela cidade como desejasse e circular de carruagem por qualquer bairro, observando as pessoas, as casas e tudo o mais, infelizmente tinham chegado ao fim. Em pouco tempo já havia guardas na porta da casa de hóspedes, assim como acontecera no reinado do xeque Hamdullah. Dessa vez eram sempre seis ou sete. Ao contrário dos antecessores, esses sentinelas, nem um pouco nervosos, empunhavam seus rifles sempre que a rainha e o ministro-chefe tentavam sair do quarto; simplesmente ficavam em posição de sentido e barravam a passagem dos dois com o corpo. Agora estava claro que a ilha estava sendo de fato governada pelo Mazhar efêndi e os outros ministros.

Nos doze dias seguintes, eles não saíram de seus aposentos. Como a rainha não viu nada de novo nesse período, as cartas à irmã eram raras. Mas sua cabeça e sua alma estavam com o povo da ilha e seus bairros dispersos. Em uma carta que lhe custou cinco dias para terminar, escreveu que de repente se via bastante curiosa quanto aos romances de suspense tão ao gosto do tio Abdul Hamid. Será que o marido de Hatice, que outrora lia romances para o sultão atrás de um biombo, poderia fazer uma lista de títulos?

Encerrados em suas dependências, só falavam da volta a Istambul, mas a única solução que lhes ocorria era o perdão do tio da princesa Pakize. Enquanto isso, jornais mingherianos continuavam publicando matérias desdenhosas e depreciativas sobre o casal. (Algumas das palavras e expressões mais frequentes eram "cortesãos", "otomanos", "habitantes de harém", "gaiola", "prisioneira", "turco", "colônia" e "filha de maçom".)

No fim da tarde do dia cinco de dezembro, um mês e meio depois do arrefecimento da epidemia, o ministro do Escrutínio Mazhar efêndi foi avisá-los de uma "emergência": parecia que as Grandes Potências, decididas a suspender o bloqueio, tinham chegado a um acordo com Abdul Hamid... Havia a possibilidade de que o navio britânico e o francês aportassem em Arkaz naquela mesma noite e uma batalha irrompesse. É claro que ninguém na Sede Ministerial queria que os estimados convidados pudessem ser vítimas de um confronto internacional. Portanto, assim que a noite começasse a cair, eles seriam levados a um esconderijo — cujo paradeiro eles não ficariam sabendo

— ao norte de Arkaz, desconhecido das potências estrangeiras e impossível de encontrar.

Primeiro o landau blindado e sua comitiva de guardas os levaria a Andin, e lá eles tomariam um barco que os conduziria à nova casa na ilha. Precisavam juntar seus pertences e aguardar na entrada da Sede Ministerial dali a duas horas.

Mais tarde, a princesa Pakize disse à irmã que eles se aprontaram em uma hora. Estavam apavorados. A princípio, receavam ser capturados pelos britânicos (ou pelos franceses), mas como não viram sinal de movimentação ou presença militar incomum na Sede Ministerial e nas ruas, concluíram que a ameaça teria sido exagerada. O landau, guiado sem pressa pelo cocheiro Zekeriya, passou pela Angra do Calhau e rumou para o norte pela costa leste da ilha.

A estrada esburacada subia e descia as colinas, fazia curvas que davam em praias arenosas e ziguezagueava entre pomares. Pelas janelas da carruagem, eles ouviam o farfalhar das árvores, o murmúrio de uma bica, os passos rápidos dos ouriços. Então uma lua prateada, cheia, surgiu em meio às nuvens, e eles tiveram a sensação de que já não estavam mais neste mundo, mas em outro universo misterioso acima das nuvens pretas.

Uma pequena enseada surgiu diante deles. A lua se refletia em brilhos prateados na superfície calma do mar. A carruagem parou e por um instante os passageiros sentiram o silêncio infinito do mundo.

Alguns sentinelas e barqueiros, além dos guardas da carruagem que seguia o landau, foram ajudá-los. A rainha e o ministro-chefe desceram uma plataforma estreita para entrar no barquinho a remo junto aos rochedos na beira da enseada que cheirava a concha e alga, e depois de atravessar ondas baixas por um tempo, eles foram transferidos para outro barco, um pouco maior, que os esperava com a bagagem a bordo. Nessa segunda embarcação, notaram no breu a figura do secretário do ministro do Escrutínio Mazhar efêndi sentada atrás dos remadores, esperando a chegada deles.

Enquanto o barco navegava em direção ao mar aberto, o secretário gesticulava na escuridão impenetrável e lhes informava que o *Aziziye* tinha chegado pouco antes do anoitecer e estava ancorado logo ali.

Sim, tinha realmente dito "*Aziziye*". O mesmíssimo *Aziziye* que os levara a Mingheria em vez de para a China, e onde tinham visto o Bonkowski paxá pela última vez. Eles se entreolharam em silêncio, em uma confusão onírica de medo, curiosidade e expectativa. Como a princesa Pakize diria em suas cartas, de repente os dois se sentiram como se voltassem a ser crianças, sendo levados a algum lugar sem que ninguém lhes perguntasse se queriam ir.

Momentos depois, a silhueta escura do *Aziziye* surgiu ao luar. O barco a remo acelerou e se aproximou da escada branca pendente do navio.

Durante um tempo, a sombra do navio mergulhou tudo na mais completa escuridão. Então o doutor Nuri viu as bagagens sendo carregadas no navio. A princesa Pakize ia pisar na escada quando o secretário do ministro do Escrutínio se levantou no barco a remo bamboleante e os chamou com ar cerimonioso.

"Vossa Majestade! Vossa Excelência!", ele começou. "O *Aziziye* vai retomar sua rota a partir de Alexandria, onde os senhores desembarcaram, e continuar a jornada rumo à China." Num breve instante em que a lua iluminava os vultos, ele fez uma reverência ao casal. "O povo de Mingheria está em dívida com os senhores!", acrescentou, olhando mais para a rainha do que para o doutor Nuri.

Com essas palavras gratificantes, a rainha subiu a escada e embarcou. O conhecido capitão russo com seu porte solene foi cumprimentá-los e sorriu ao vê-los. As tochas nas cabines e na sala onde haviam jantado com o Bonkowski paxá estavam todas acesas, como se fosse um lembrete de que aquele era um mundo à parte. Enquanto se instalavam no mesmo quarto com lambris de mogno, espelho de moldura dourada e cheiro de poeira e couro em que a princesa Pakize e o marido tinham passado muitos momentos felizes, o navio começou a se mover. A princesa interrompeu o que fazia e subiu ao convés. Queria olhar a paisagem "inimitável" de Mingheria, o mesmo panorama que os guias de viagem do Levante recomendaram aos leitores ao longo do século XX.

Quando o *Aziziye* passou ao largo da cordilheira das montanhas Eldost, que iam de norte a sul da ilha, a princesa Pakize viu seus vulcânicos cumes afilados. Em seguida, a lua se escondeu atrás das nuvens e tudo ficou escuro outra vez. A princesa Pakize pensava com melancolia que não conseguiria mais avistar Mingheria quando notou o feixe piscante do Farol Árabe ao longe. Naquele mesmo instante, a lua ressurgiu em meio às nuvens, e ela viu as torres afiladas do castelo com o contorno magnífico da Montanha Branca em segundo plano. Mas foi apenas um vislumbre, pois logo depois a lua sumiu de novo. De olhos marejados, a princesa Pakize observava o breu na esperança de ver Mingheria uma última vez antes de enfim voltar à cabine.

MUITOS ANOS DEPOIS

Talvez os leitores mais atentos tenham reparado que, mais do que com qualquer outra personagem do livro, fui complacente com a princesa Pakize e com o doutor Nuri. Sou neta da filha deles. Obtive meu doutorado pela Universidade de Cambridge pesquisando as ilhas de Creta e Mingheria ao longo da segunda metade do século XIX, portanto é natural que tenha sido convidada a organizar a correspondência da princesa Pakize para publicação.

Depois de uma viagem tempestuosa de vinte dias, minha bisavó, a rainha Pakize, e meu bisavô, o doutor Nuri, chegaram, com seis meses de atraso, ao porto de Tianjin, de onde seguiram para Pequim.

Nesse ínterim, a Revolta dos Boxers — a razão pela qual o Comitê Otomano de Orientação fora enviado à China, para começo de conversa — havia se encerrado com a vitória das Grandes Potências. Os exércitos dos invasores estrangeiros, com contingentes de várias nações, tinham moído o povo chinês e seus soldados com uma força sangrenta e saqueado Pequim por dias a fio. Os rebeldes chineses, inclusive chineses muçulmanos, que no ano anterior matavam cristãos na rua, eram abatidos aos montes pelas tropas francesas, russas e alemãs. (No tribunal da opinião pública internacional, a única objeção manifesta a essa carnificina implacável e à selvageria demonstrada pelos exércitos invasores, aos quais Abdul Hamid dera seu apoio simbólico, partiu do romancista Liev Tolstói. "O maior dos romancistas", como Virginia Woolf diria tempos depois, denunciou o tsar russo e o Kaiser alemão Guilherme pelos massacres cometidos pelas tropas e defendeu o povo chinês rebelde.) Depois de tirar a desforra fatal exigida pelo Kaiser Guilherme II, vencedor da guerra brutal, as forças aliadas convidaram os mulás do Comitê Otomano de Orientação para ministrar uma série de conferências ensinando aos muçulmanos da China a história e a cultura islâmicas, além do pacifismo inerente ao islã.

Cientes de tudo o que havia acontecido em Mingheria, da reação de Abdul Hamid e da possibilidade de que a princesa Pakize e o marido médico fossem acusados de traição, os britânicos tomaram a precaução de evitar que essas duas figuras — cuja participação no Comitê de Orientação atrasara — esbarrassem nos demais representantes otomanos que nesse meio-tempo haviam começado a preparar a viagem de volta para Istambul. Convidaram o doutor Nuri para dar uma série de palestras sobre a quarentena e o islã em várias regiões da China com população muçulmana. As cartas animadas da princesa Pakize, escritas em Yunnan, Gansu e Xinjiang, contêm muitas observações que hoje seriam do interesse de historiadores da cultura do Leste Asiático.

Os médicos britânicos e franceses que ouviram falar das palestras do doutor Nuri e lembravam dele por causa das conferências internacionais a que todos haviam comparecido o convidaram para trabalhar em Hong Kong. Naquela época, os hospitais e laboratórios que os britânicos haviam montado em suas colônias estavam entre as instituições mais influentes e inovadoras do mundo na batalha global contra a peste — tanto nas investigações bacteriológicas quanto em termos de medidas de quarentena. Em 1901, Alexandre Yersin estava na Indochina, trabalhando em nome do Institut Pasteur de Paris na tentativa de produzir um soro que pudesse ser usado como vacina (ele não teria êxito), mas fora num hospital bastante improvisado de Hong Kong que, sete anos antes, ele havia identificado o micróbio da peste, e não em um hospital britânico (onde, como cidadão francês, não tinha licença para entrar). O micróbio da peste que atingiu Mingheria em 1901 já havia matado centenas de milhares de pessoas na China desde 1894. Muitos dos problemas enfrentados pelo Hospital Tung Wah, onde o doutor Nuri logo começou a trabalhar, eram similares aos que acometiam também os hospitais Theodoropoulos e

Hamidiye, e de modo geral eram causados pela ignorância do povo (muitos chineses locais, por mais doentes que estivessem, se recusavam a botar os pés no hospital só porque era administrado pelos britânicos), mas havia também algumas diferenças, sobretudo na compreensão das medidas restritivas.

A princesa e o príncipe consorte alugaram um apartamento num edifício na região de Victoria, em Hong Kong, num bairro habitado predominantemente por expatriados britânicos e europeus e com uma vista quase perpendicular do mar — assim como a visão do Bósforo da colina Çamlıca, em Istambul, conforme a princesa Pakize observaria na primeira carta escrita nesse apartamento. Acabariam morando nesse lugar — que a princípio a princesa Pakize supôs que seria "temporário" até voltarem a Istambul — por vinte e dois anos ininterruptos.

A única pessoa de Mingheria com quem o doutor Nuri manteve contato foi o antigo diretor de Quarentena e atual ministro da Saúde da ilha, o doutor Nikos, aquele de cavanhaque que ele conheceu por ocasião de uma epidemia de piolho na caserna otomana de Sinope, nove anos antes de se reencontrarem na ilha. Em um telegrama que receberam de Nikos, ficaram sabendo que a partida da rainha e do ministro-chefe foi escondida do povo da ilha e do público em geral por um bocado de tempo. Era provável que tivessem adiado o anúncio na esperança de que obtivessem alguma proteção dos britânicos.

No dia seis de dezembro, o antigo escrutinador-chefe Mazhar efêndi se declarou presidente de Mingheria com vinte e cinco tiros de canhão disparados pelo sargento de artilharia Sadri. Ao meio-dia do dia seguinte, sete mil pessoas se aglomeraram na praça Mingheria, antes conhecida como praça da Sede do Governo, para o desfile político mais bem organizado da história da ilha. Uma multidão alegre assistiu ao desfile de comerciantes, de colegiais com bandeirolas e da muito bem treinada Brigada de Quarentena, além da apresentação de danças folclóricas de meninas aldeãs do norte montanhoso em trajes tradicionais. Da sacada, o presidente Mazhar declarou que a República era um estilo de vida, sendo a liberdade seu alimento e a meta única e comum de todos os presentes naquele dia na praça Mingheria.

Naqueles tempos, ainda que fosse comum que reis e rainhas fossem destronados em golpes militares-burocráticos e que repúblicas fossem proclamadas logo em seguida, era raro um acontecimento do gênero se desenrolar com tamanha discrição e tão pouco derramamento de sangue. Os historiadores mingherianos de tendência nacionalista ou "marxista" procuraram acrescentar certa dose de dramaticidade a essa transição caracterizando-a como uma "revolução democrática burguesa". Mas temos a certeza de que nenhum dos desdobramentos ocorridos depois, sob o regime do presidente Mazhar, pode ser considerado "democrático".

O novo presidente e ex-ministro do Escrutínio, Mazhar efêndi, continuou se dedicando de todo o coração à implementação das reformas nacionalistas propostas pelo finado comandante Kâmil, fundador do Estado de Mingheria. Em seu primeiro mês no poder, organizou um comitê formado pelo arqueólogo Selim Sahir e pelos professores gregos e muçulmanos do ensino médio e dos últimos anos do ensino fundamental para padronizar o alfabeto mingheriano, que passaria a ser ensinado nas escolas de imediato. Documentos oficiais escritos em mingheriano receberiam tratamento prioritário em todas as repartições públicas. (Na prática, foi bem difícil levar a ideia a cabo.) Quando um bebê recebia um dos nomes mingherianos preferidos do comandante, o cartório emitia a certidão de nascimento na mesma hora, enquanto quem escolhia nomes gregos ou turcos enfrentava dificuldades. O presidente Mazhar mandou que todas as lojas pendurassem em suas portas ou vitrines placas com o nome escrito no novo alfabeto. Embora a Grécia e as nações ocidentais não tenham dado muita atenção a essas reformas, elas fizeram objeções ao tratamento que o presidente Mazhar dava aos gregos e aos nacionalistas da Rumélia. Pouco depois de tomar posse, quase quarenta "luminares" da Rumélia, bem como doze intelectuais muçulmanos que dentro de casa falavam turco e tinham bibliotecas pessoais vastas, foram acusados de separatismo e encarcerados na prisão do castelo.

Para complementar essa política de mingherianização, milhares de fotografias do comandante Kâmil com Zeynep foram impressas e exibidas com um entusiasmo renovado no país inteiro. O encontro do comandante com Zeynep, o galanteio e o casamento efetuado apesar dos inúmeros obstáculos, e tudo graças à língua mingheriana, viraram a base do ensino nas escolas de ensino fundamental e de ensino médio. *O alfabeto mingheriano* e *O livro de leitura da Zeynep* também eram bastante populares. Nesses projetos culturais e políticos, o presidente Mazhar nunca tentou apagar a lembrança do reinado da princesa Pakize como rainha, pelo contrário, os livros de história davam ao governo dela o lugar modesto e respeitável que merecia. Até hoje, os mingherianos se orgulham de que a filha do sultão foi "rainha" da ilha e participou, ainda que de modo fugaz, do movimento por sua liberdade e independência.

Não muito tempo após perder o trono com um golpe parecido com o que depusera seu pai, a princesa Pakize sentou à escrivaninha panorâmica em Hong Kong e começou a redigir uma carta bastante pesarosa para a irmã Hatice. Depois de atinar que o sultanato de seu pai, Murade V, havia durado noventa e três dias, e que ela fora rainha por cento e um dias (de vinte e sete de agosto a cinco de dezembro de 1901), ela confessou à irmã que estava curiosa para saber se o pai tinha consciência daquilo, e que morria de saudade de todos eles. Deveria se sentir "muitíssimo contente" em Hong Kong, onde poderia viver como quisesse e andar livremente pela cidade inteira, mas sentia tanta saudade das irmãs, do pai e de Istambul que não conseguia ser feliz e só conseguia mitigar a melancolia escrevendo aquelas cartas.

Passado um ano, a princesa Pakize se sentiria ainda mais solitária depois do escândalo em que a irmã Hatice se envolveu em Istambul. Sua irmã mantinha um caso com o Mehmed Kemalettin paxá, o belo marido da filha preferida de Abdul Hamid, a princesa Naime (prima de Hatice, pois), mas as cartas de amor que um atirava para o outro por cima do muro foram parar nas mãos do tio, que na mesma hora separou sua filha do jovem e vistoso Kemalettin paxá (que por acaso era filho do Gazi Osman paxá, herói da Guerra Russo-Turca de 1877-8), revogou o título do agora ex-genro e o exilou em Bursa. (Como era um acontecimento político importante, a notícia chegou ao *New York Times*, e Pierre Loti também escreveu sobre ele.) Naquela época, a sociedade de Istambul era ainda mais rígida do que é hoje, e se espalharam rapidamente pela cidade rumores de rivalidade entre as princesas Hatice e Naime (que as línguas mais viperinas descreviam como "feia" ou "corcunda"), as duas filhas de sultões que moravam em mansões vizinhas às margens do Bósforo no bairro de Ortaköy. A prisão domiciliar em Bursa era, claro, uma sentença mais leve se comparada às condições na fortaleza Ta'if, para onde o Mithat paxá fora mandado, ou nas prisões de Sinope ou Mingheria. O sultão não puniu a princesa Hatice, de quem gostava muito desde que ela era criança, mas ficou de olho nela durante um tempo, o que tornou a correspondência entre as irmãs mais difícil.

Os rumores do "escândalo" não chegaram aos ouvidos da princesa Pakize por Hatice, mas por outras fontes. Após a fundação da República da Turquia, jornais de Istambul publicaram que, para vingar o pai aprisionado, a princesa Hatice havia providenciado que as cartas de amor fossem parar nas mãos do tio. Outra hipótese era que Hatice estaria comprando raticida de várias farmácias e entregando o veneno à equipe de cozinha que trabalhava na mansão da prima, formada por gente da Rumélia, e Naime seria envenenada para que ela pudesse casar com o viúvo. Essa fofoca deve ter feito Abdul Hamid se lembrar de que era possível usar raticida para envenenar pessoas "sem deixar rastro".

A essa altura, a princesa Pakize já sabia que só poderia voltar a Istambul quando o sultão a perdoasse. Porque entre as duas irmãs havia uma diferença crucial quanto à relação com o tio: quando Abdul Hamid conheceu a princesa Hatice, sua amada filha primogênita, a princesa Ulviye, tinha acabado de falecer (ao brincar com fósforos, uma invenção da época, ela acabou botando fogo no próprio corpo) e ele ainda não tinha assumido o trono, por isso se consolava brincando com a filha recém-nascida do irmão mais velho. Mas como a princesa Pakize havia nascido após o confinamento do pai, o tio não a conhecera criança nem brincara com ela como fizera com Hatice.

A princesa Pakize soube da morte do pai, em agosto de 1904, pela irmã. Passou meses enlutada, lembrando do cheiro dele, de como sentava e lia, da expressão compenetrada quando tocava piano e de suas composições musicais. O luto foi uma das razões do espaçamento da correspondência da princesa Pakize nos dois anos seguintes ("Istambul não é mais a mesma Istambul sem nosso querido pai", escreveu em certa ocasião); a outra foi o nascimento de sua filha Melike (minha avó) em 1906, que a manteve extremamente ocupada. Por isso, baseamos nosso relato dos anos seguintes em informações de arquivos e livros de memórias, e não na correspondência dela.

Mas primeiro eu gostaria de dedicar umas palavras ao funeral do pobre Murade v.

É provável que não exista episódio mais triste e comovente neste livro do que as exéquias do pai da princesa Pakize, falecido após vinte e oito anos de vida em cativeiro. Como ele é um dos meus ancestrais (pai da minha bisavó), agora, no lugar da historiadora objetiva, será a escritora romanesca que narrará o episódio. A vida desafortunada de Murade v e seu reinado efêmero e malogrado provocaram um atraso de trinta e dois anos na instauração de reformas constitucionais, parlamentaristas, ocidentalizantes e emancipatórias que os burocratas e estadistas otomanos tentaram implementar a fim de assegurar a sobrevivência do Estado e do Império Otomanos, e portanto, quando essas novas liberdades foram enfim adotadas, já era tarde demais, e o mal já estava feito. O pai reformista de Murade, Abdul Mejide, tinha a esperança de torná-lo o príncipe herdeiro, pulando o tio de Murade, Abdülaziz, na linha de sucessão, e sempre depositara enorme expectativa nesse seu filho "desventurado", ensinando-lhe francês e pedindo que os paxás italianos Lombardi e Guatelli lhe dessem aulas de música. Mas conforme contou uma senhora do harém em cujas lembranças nos fiamos, aos catorze anos o Murade efêndi sofreu uma doença que afetou permanentemente sua cabeça, e embora com o tempo tivesse se recuperado, os efeitos ainda ressurgiam de quando em quando.

O médico napolitano Capoleone, que fora tratar o paciente (e também estabelecer novos laços políticos), recomendou vinho e conhaque e montou uma "adegazinha" na mansão do jovem príncipe em Kurbağalıdere. O Murade efêndi acabaria bebendo pelo resto da vida. Os jantares e as festinhas musicais que dava em sua casa eram frequentados por poetas constitucionalistas e parlamentaristas amantes da liberdade, jornalistas e escritores como Şinasi, Ziya Pasha e Namık Kemal. Em Londres, onde passara pelo temor fugaz de ter sido envenenado, tinha feito "amizade" com o príncipe Edward, e quando o herdeiro britânico ao trono o convidou a beijar a mão da rainha Vitória no encontro seguinte dos dois, Murade o fez sem medo do que o tio diria. O jovem príncipe escrevia cartas prometendo cooperar com Napoleão III e outras figuras ilustres que havia conhecido nessa viagem à Europa. Acreditava que as "nações" da Europa tivessem derrotado seus reis, e que esses reis tivessem recuado. Sultões otomanos deveriam fazer a mesma coisa. Mas quando ele mesmo virou sultão, tudo aquilo que mais tarde afligiria tanto seu irmão Abdul Hamid — conspirações, tentativas de golpe e a lembrança do assassinato do tio deles, Abdülaziz — levou Murade à loucura. Resultado: os burocratas do governo decidiram por unanimidade que ele precisava ser deposto. No Palácio Yıldız, ao qual Abdul Hamid o confinara a princípio, Murade havia pulado dentro de um lago, vestido. Outra vez tentou fugir pulando da janela. Por anos a fio tentaria convencer seus médicos de que havia recobrado a sanidade, e procuraria estratégias de reassumir o trono, mas essas ambições e suas tentativas de fuga só serviriam para endurecer as condições de seus vinte e oito anos de cativeiro. Lordes e paxás a mando do Palácio Yıldız invadiam seu quarto à noite, tocha em punho e, depois de verificar se ele estava exatamente onde deveria estar, faziam uma mesura e ao sair admitiam que tinham ido ver se ele estava lá pois Abdul Hamid teria sido informado de que o irmão fora visto em Beyoğlu. Vendo perigos por todos os lados, o sultão deposto vivia mudando de quarto. Mas, levando-se em consideração que sessenta ou setenta concubinas escravizadas o rodeavam, disputando sua atenção, nós em nosso mundo moderno — como escreveu Henry James — não podemos, sendo realistas, ter esperanças de compreendê-lo, que dirá de nos compadecermos dele. A diabetes piorou nos últimos anos, e ele ficou exaurido com as confusões românticas escandalosas da filha Hatice — nas quais mal conseguia acreditar —, e também com os intermediários que Abdul Hamid vivia mandando lhe perguntar: "Como devemos punir sua filha?". (Ele nunca a puniu.) Por recomendação de Abdul Hamid, o falecimento do antigo sultão foi anunciado com uma breve declaração nos jornais. O povo de Istambul reunido na ponte Galata e na estação Sirkeci para o funeral não pôde se aproximar da Mesquita Nova. O corpo do antigo sultão saiu de Çırağan no barco a vapor *Nahit* e foi enterrado às pressas ao lado da mãe, que quando viva ele visitava toda manhã para render suas homenagens e conversar sobre política, e que sempre o chamara de "meu leão!". Com tantos rumores circulando, de que Murade V não estaria morto coisa nenhuma, de que seria desenterrado logo depois do funeral e levado para a Europa para ser reentronizado, Abdul Hamid — que já havia ordenado a todos os seus ministros que comparecessem ao funeral — enviou também seu "assistente" pessoal à cerimônia. Esse assistente "cujo nome viverá eternamente na infâmia" teve a audácia de se aproximar do cadáver e puxar com força uma mecha de seu cabelo para ter a certeza de que o antigo sultão estava mesmo morto.

Na terceira sexta-feira de julho de 1905, explodiu com um estrondo ouvido por toda Istambul, e até em Üsküdar, uma poderosa bomba dentro de um carro estacionado perto do percurso que Abdul Hamid sempre fazia em suas aparições públicas para as orações de sexta-feira no Palácio Yıldız. O sultão havia se demorado numa conversa com o maior estudioso islâmico do Império Otomano, o xeque do islã, que lhe fizera uma pergunta, e assim ele escapou ileso da explosão. Os estilhaços metálicos que voaram com o disparo mataram vinte e seis pessoas e feriram muitas outras, inclusive diplomatas e multidões de curiosos que acorriam toda sexta-feira para ver o sultão. O motorista do carro que continha a bomba também morreu.

Em uma semana, os policiais e torturadores de Abdul Hamid já haviam descoberto que o plano de assassinato era obra de separatistas armênios revolucionários que fazia algum tempo andavam preparando explosivos na França e na Bulgária. Os torturadores identificaram rapidamente o intrépido anarquista belga Edward Joris, que escondia as bombas em casa. Esse anarquista romântico que durante o dia trabalhava na primeiríssima loja da Singer na avenida principal de Beyoğlu, e que bolara estratégias de vendas que haviam levado a máquina de costura aos povoados montanhosos mais longínquos do Império Otomano, foi então condenado à morte, mas o rei belga pressionou tanto Abdul Hamid que a execução nunca se concretizou. Após dois anos de prisão, Joris foi perdoado e voltou à Europa como espião do sultão.

Enquanto redigíamos as últimas páginas do nosso livro, volta e meia éramos tomados pela impressão de que muitos dos desdobramentos políticos decisivos transcorridos no Império Otomano depois de 1901 continham rastros e influências da Revolução Mingheriana. Talvez tenhamos nos deixado levar pela rica história da nossa ilhota a ponto de ver Mingheria por todos os lados.

Depois que os navios da Grã-Bretanha, da França e da Rússia que cercavam a ilha zarparam, e uma vez que nenhuma outra nação tinha reconhecido formalmente o Estado de Mingheria, Abdul Hamid poderia ter seguido o exemplo dos britânicos em Alexandria e mandado o navio de guerra *Mahmudiye* bombardear a caserna, a Sede Ministerial e Arkaz inteira, porém não foi o que ele fez. Em tese, Mingheria ainda era uma província otomana, e antes que qualquer nação estrangeira — como os franceses, digamos — pudesse cogitar desembarcar suas tropas na ilha, ela precisaria fazer um pacto com os britânicos e estar disposta a arriscar um conflito armado com o Império Otomano. Nem Abdul Hamid nem a frota otomana tinham vontade de bombardear a ilha, enviar soldados e empossar um novo governador. Qualquer resistência que a Marinha e o Exército otomanos pudessem enfrentar em Mingheria poderia facilmente virar um pretexto (como ocorrera com a peste) para que as Grandes Potências invadissem a ilha ou os britânicos se apoderassem dela como haviam feito com o Chipre — tudo em nome da defesa da população cristã da ilha.

A política do presidente Mazhar, de manter boas relações com os Estados vizinhos, inclusive os otomanos, influiu na preservação da "independência" da ilha após a suspensão do bloqueio. Também foram importantes as "reformas" com que converteu a Brigada de Quarentena num Exército moderno. Ele instaurou dois anos de serviço militar obrigatório e em quatro anos a brigada já contava com duzentos e cinco novos recrutas. Formada por indivíduos que falavam mingheriano em casa, além de gregos e muçulmanos que tinham provado lealdade ao novo Estado, o alicerce espiritual do Exército era baseado no nacionalismo mingheriano vívido e poético adotado pelo comandante e difundido com enorme criatividade pelo Mazhar efêndi.

O dia vinte e oito de junho, data em que o comandante se postou na sacada da Sede do Governo e deu início à Revolução Mingheriana, foi escolhido como o Dia da Independência (e declarado feriado nacional). As celebrações anuais começavam com a Brigada de Quarentena desfilando da caserna até a praça Mingheria com a tradicional boina achatada dos carteiros e a bolsa de correspondência a tiracolo, entoando "O comandante está presente!" e outras marchas recentes. Ao longo de uma hora, a tropa mingheriana inteira passava pela sacada onde o presidente Mazhar ficava sentado (em uma cadeira bem escondida, de pés altos) observando seu avanço. Em seguida, vinha a exibição muito divertida e esperada dos colegiais (descrita com grande deleite também pelos jornais ocidentais), e os antropólogos de hoje concordam que as apresentações eram um elemento vital não só das comemorações do Dia da Independência como do senso de identidade mingheriano.

A apresentação começava com cento e vinte e nove estudantes andando até a praça, todos empunhando um quadrado branco de pano onde estava bordada uma palavra escrita em letras mingherianas garrafais. Os cento e vinte e nove estudantes empunhavam, cada um, uma das cento e vinte e nove palavras mingherianas que o Pai da Nação, o imortal comandante Kâmil, falara no quarto do hotel Splendid em suas duas últimas horas de vida, registradas pelo servidor que estava com ele. Assim que as meninas e os meninos, todos uniformizados, assumiam suas posições na praça, ouvia-se uma salva de palmas, seguida de um silêncio ansioso. Que frases maravilhosas os estudantes formariam, e quais das magníficas palavras finais do comandante, das expressões que tinha pronunciado ("Minha Mingheria é meu paraíso e sua alma"; "Os donos de Mingheria são os mingherianos"; "Meu coração está em

Mingheria para sempre!") como versos de poesia enviados por Deus, eles lembrariam à plateia naquele ano? À medida que andavam pela praça trocando de lugar e formando novas frases com as palavras que empunhavam, os jovens estudantes eram aplaudidos pelos espectadores, e o presidente, sentado na sacada com a esposa, assistia a tudo com os olhos cheios d'água. Enquanto isso, mais de duzentas pessoas (cento e cinquenta gregos e sessenta muçulmanos) que infelizmente não tinham embarcado nesse espírito nacionalista e republicano e teimavam em se apegar à Grécia ou ao Império Otomano estavam num campo de doutrinação perto da cidade de Andin. Outras preferiram trabalhar na construção de rodovias e pontes em vez de encarar o campo de doutrinação. O presidente Mazhar impôs impostos pesados aos moradores abastados (em geral, gregos) que, tendo fugido para Atenas e Esmirna após a revolução, ainda não haviam regressado, enquanto os ricos que haviam permanecido na ilha mas viviam provocando o governo deixando seu dinheiro em bancos de Atenas ou Esmirna eram obrigados a passar um tempo trabalhando em projetos de construção de rodovias — até que a publicação de diversas matérias sobre "trabalho forçado em Mingheria!" na imprensa grega e europeia levou ao abandono dessa política.

Nessa época, em uma das estranhas simetrias da vida, Arthur Conan Doyle — criador de Sherlock Holmes — tinha acabado de casar outra vez e passava a lua de mel no Egito, nas ilhas gregas e em Istambul, onde transcorreram muitos dos acontecimentos aqui descritos. Em Istambul, Abdul Hamid o presenteou com uma medalha da Ordem de Mecidiye, mas a esposa dele recebeu uma condecoração menos prestigiosa. O almirante britânico Henry Woods (também conhecido como o Woods paxá), que por um tempo servira de ajudante de campo do sultão, mais tarde escreveria em suas memórias que estivera na cerimônia de condecoração em que o sultão finalmente se encontrou com o grande escritor que tanto admirava, mas não é verdade. Quando soube do interesse de Doyle em visitar o Palácio Yıldız, e da insistência do autor quanto a esse pedido, o sultão se preocupou com a possibilidade de que seu palácio virasse o cenário do próximo romance do escritor, e embora fosse condecorar o casal, ele cancelou a cerimônia no último instante, usando o mês sagrado do Ramadã como desculpa.

Na época da peste, a princesa Pakize costumava escrever até três ou quatro cartas longas por semana, mas em 1907, instalada em Hong Kong, ela escreveu para a irmã Hatice só duas vezes, e apenas uma em 1908, ano em que seu filho Süleyman nasceu. Tinha empregada e um criado que falava inglês, mas com duas crianças enfermiças, seus laços com o mundo exterior haviam praticamente sido cortados. Numa das cartas ela escreveu que o doutor Nuri ia fazer inspeções em bairros afastados de vez em quando, mas o ritmo da epidemia em Hong Kong diminuíra, e havia muito menos gente morrendo agora do que três ou quatro anos antes.

Um assunto mencionado nas três cartas desses dois anos foi a determinação da princesa Pakize em ler todos os títulos das listas feitas pela irmã com os romances e contos de suspense "favoritos de Abdul Hamid" (a começar pelos mistérios de Sherlock Holmes), que pegaria emprestados da biblioteca inglesa em Hong Kong. Na carta de 1908, ela não explicou por que estava fazendo isso com a mesma franqueza com que falou disso com o doutor Nuri (era para ver se conseguia entender como o assassino do doutor Ilias conseguira manter em segredo os nomes das farmácias e dos herbanários de onde tinha comprado o veneno). Essas reticências provavelmente se deviam à intimidade que Hatice criara com o tio Abdul Hamid, que não só a perdoara como também fazia questão de que ela fosse convidada para atividades no palácio — como que para mostrar à sociedade que a sobrinha não tivera culpa do escândalo. Após a morte do pai, a princesa Pakize poderia ter tentado tirar proveito do entrosamento de Hatice com o sultão, mas nem uma vez sequer escreveu à irmã perguntando se poderia interceder por ela e pelo marido para que fossem absolvidos da acusação de traição. Talvez não imaginasse que Hatice fosse próxima o bastante de Abdul Hamid para pedir tal coisa; outra possibilidade é que ela não se via confiando no sultão, ainda que ele a "perdoasse", e que acolher tal perdão fosse uma traição à memória do pai.

A princesa Pakize se inteirou pela imprensa britânica em Hong Kong da restauração da Constituição de Abdul Hamid, da reunião da Câmara de Deputados, do Incidente de 31 de Março, do Exército de Ação desembarcando de Tessalônica para depor seu tio (Abdul Hamid) e substituí-lo por um tio mais jovem, Reşat. Nem ela nem o marido tinham a menor dificuldade em imaginar as turbas enfurecidas e organizadas saindo das mesquitas de Istambul para massacrar nas ruas os escritores ocidentalistas, reformistas e defensores da liberdade; a artilharia e as batalhas de metralhadoras entre o Exército de Ação de Tessalônica e os soldados do Quartel de Maçka, perto do Instituto Imperial de Bacteriologia e nos quartéis dos arredores da praça Taksim; os três líderes rebeldes dos "fanáticos da Sharia" vestidos com batas brancas de execução e enforcados em patíbulos modernos de três vigas na sempre movimentada praça Eminönü, onde ficariam balançando ao vento durante três dias a fim de que servissem de exemplo para Istambul inteira; e os cantos de "liberdade, igualdade, fraternidade" — com o acréscimo de "justiça" — ressoando no ar.

A instauração de novas liberdades, a derrocada de Abdul Hamid e a anistia para prisioneiros políticos fez a ideia de "voltar a Istambul" parecer outra vez um projeto cabível. Se retornassem, estariam encrencados pelo que havia acontecido em Mingheria? Naquela época, os oficiais do Império Otomano, que degringolava rapidamente e estava muitíssimo endividado, trabalhavam num estado de total incerteza. O doutor Nuri mandou cartas e telegramas a um amigo em Istambul em busca de alguma resposta para essa pergunta, e também para descobrir o que poderia estar acontecendo nos bastidores, e o amigo, por sua vez, apurou com um amigo que tinha no Ministério da Justiça que talvez a linha de ação mais conveniente fosse o casal regressar "sem falar nada para ninguém" — pois ficar fazendo muitas perguntas e remexendo o assunto não raro podia servir de oportunidade para funcionários de cartório e chefes de repartição extorquirem os interessados, ou ser interpretado como se marido e mulher estivessem se incriminando, cometendo a tolice de alertar as autoridades para sua chegada iminente.

Mas a hipótese de voltarem despreparados — e de repente — não era bem-vista por nenhum dos dois. É claro que a princesa Pakize tinha imóveis na cidade (entre eles, a mansão às margens do Bósforo) e o doutor Nuri contava com o auxílio matrimonial e o salário do emprego público à sua espera nos cofres do Tesouro, bem como outras fontes de renda, mas, por outro lado, a suposição de terem cometido "traição" talvez estivesse gravada na cabeça de seus inimigos e detratores. Poderiam reivindicar os bens a que tinham direito quando escolhessem voltar. Enquanto isso, os talentos incomuns do doutor Nuri lhe garantiam um salário considerável da administração colonial britânica em Hong Kong e também como consultor de medidas de quarentena nos hospitais regionais. Além do mais, embarcar em um navio com a filha de três anos e o filho irascível e temperamental de um ano para uma viagem que poderia durar semanas (talvez tivessem até que fazer quarentena em algum momento!) era mais do que poderiam suportar.

A princesa Pakize pode até não ter escrito em suas cartas, mas minha intuição me diz que ela amava o marido, os filhos bagunceiros e a vida que tinham em casa, uma casa que estava sempre com cheiro de comida, fumaça e fralda suja. Caso estivesse em Istambul, teria acabado igual a todos que a rodeavam, parada num canto feito uma rosa murcha e levando uma vida aparentemente mais glamorosa mas no fundo menos vibrante. Fazia muito tempo que ela havia se dado conta de que o marido não era como outros príncipes e consortes reais que ficavam satisfeitos frequentando recepções pelo resto da vida (indo àquelas festas organizadas para arrecadar dinheiro para obras de caridade e instituições de saúde pública). Na verdade, ambos estavam contentes com a "existência burguesa" protegida que tinham em Hong Kong, longe de todo mundo e com empregados incumbidos de suas necessidades, e embora Istambul tivesse sido "libertada" e Abdul Hamid tivesse sido derrubado, não se sentiam seguros em voltar.

Nas onze cartas curtas que mandou para a irmã entre 1909 e 1913, a princesa Pakize falava sempre das mesmas coisas — estava tudo bem com ela e as crianças, o marido trabalhava muito, ela cuidava da casa e lia romances. Pelas perguntas que fazia, podemos deduzir que ela não estava ciente do que acontecia em Istambul e em Arkaz.

Vamos, portanto, buscar outras fontes para apresentar um breve panorama dos fatos ocorridos em Istambul e Arkaz naqueles cinco anos.

A história dos últimos dez anos do Império Otomano é a história da rápida e vertiginosa perda de controle dos territórios, países e ilhas que apareciam no mapa pendurado na cabine principal do *Aziziye*.

Nos dias seguintes à queda de Abdul Hamid, a palavra mais ouvida em Istambul era "liberdade". Assim que todas essas novas "liberdades" foram implementadas, a primeira coisa que Hatice fez foi pagar uma boa "indenização" para se separar do homem com quem vivia um casamento arranjado pelo tio (e que a pedido da cunhada, a princesa Pakize, vinha listando os romances de suspense que Abdul Hamid havia lido). Cinquenta anos depois, o analista conservador Nahit Sırrı Örik escreveria uma série de colunas na revista *Mundo da História* a respeito do filho e das filhas de Murade v (à exceção da princesa Pakize), insinuando — com base em boatos que à época circulavam pelo palácio, e que Örik tinha ouvido do pai — que a "liberdade" que todos esperavam não tinha feito muito bem aos filhos de Murade v, no final das contas.

Örik diz que quando o príncipe Mehmet Selahattin, o primogênito, enfim se viu livre após vinte e oito anos de confinamento, passou dias vagando pelas ruas, balsas, docas e pontes de Istambul, se apresentando a todo mundo que encontrava — inclusive ao jovem Örik, que na época tinha treze anos. A principal preocupação do príncipe era escrever e produzir uma peça teatral sobre as injustiças que o pai deposto havia sofrido. Örik, que tinha uma queda por fofocas maliciosas, argumentaria que o príncipe meio maluco mas de inteligência e cultura excepcionais planejava abordar o sultão Reşat e reivindicar os "atrasados" da receita devida ao finado pai Murade v sem dar às irmãs a parte a que teriam direito, mas nem seu tio Reşat, que era meio bocó, o levava a sério.

A nova era de "liberdade" era mais evidente na opulência e diversidade de livros, jornais e revistas publicados. Foi assim que as pessoas descobriram que alguns dos romances franceses que liam na época do "despotismo" tinham sido traduzidos a pedido de Abdul Hamid. Foi por volta desse período que a nota "traduzido para Abdul Hamid" começou a aparecer em certos livros, costume que passou a ser mais amplamente adotado após a fundação da República da Turquia.

Na nossa opinião, há três explicações para a pergunta — que também é importante para nosso livro — acerca do motivo pelo qual esses romances ainda eram lançados em versões censuradas "até na era da liberdade": (1) preguiça; (2) aposentadoria de muitos desses tradutores antigos e extravio dos manuscritos originais das traduções; (3) o fato de que os temas que tanto desagradavam a Abdul Hamid, como as críticas ao islã e aos turcos, também eram maçantes para os que tomaram o poder após a nação ser "libertada" do absolutismo. Também devemos comentar que o hábito de atirar contra jornalistas e escritores com o respaldo tácito do Estado — tradição que perdura há mais de cem anos — nasceu sob o novo regime de "liberdade".

O colapso do império foi acelerado pelos italianos, que depois de um acordo com os britânicos e os franceses declararam guerra contra os otomanos em 1911 a fim de se apoderar da Líbia. (Mas na verdade o novo governo otomano estava tão disposto quanto Abdul Hamid a baixar sua bandeira e entregar a Líbia à Itália sem brigar!) Como parte da estratégia militar, a Marinha italiana — que devia ser sete ou oito vezes mais forte do que a frota otomana — invadiu mais de vinte ilhas otomanas dos mais variados formatos e tamanhos, entre elas Rhodes. Devido ao modo como os turcos administravam esses territórios, de todas as ilhas do Dodecaneso (o que os otomanos chamavam de Doze Ilhas), foi Rhodes a que mais impôs resistência. Já em Mingheria, o astuto presidente Mazhar deu as cartadas certas e conseguiu — sem lutar nem uma batalha sequer — firmar um novo tratado para a ilha, garantindo sua independência.

Os gregos da Rumélia, que compunham a vasta maioria da população de todas as ilhas que a Itália ocupou, não se opuseram à nova situação, pois preferiam o jugo italiano ao otomano — além de não ter conseguido estabelecer a lei e a ordem, o Estado otomano continuava, anos depois das reformas da era Tanzimat, a arrumar mil pretextos para cobrar impostos mais altos dos súditos cristãos (a taxa recolhida de não muçulmanos que queriam escapar do serviço militar obrigatório, por exemplo). Como ficava no extremo leste, a pequena ilha de Kastellorizo não foi invadida, mas os noventa e oito por cento de gregos que lá viviam elaboraram um abaixo-assinado convidando a Marinha italiana à ilha e declarando seu desejo de fazer parte da Itália.

A guerra, a primeira da história a contar com bombardeios aéreos, terminou com uma rápida vitória para o Reino da Itália. Os participantes assinaram o Tratado de Lausanne, que cedia a Líbia aos italianos. Quanto às ilhas mediterrâneas que permaneceram sob ocupação italiana, talvez fossem devolvidas aos otomanos após a Guerra dos Bálcãs. Pois nesse ínterim, ao ver a derrocada do Império Otomano e testemunhar a facilidade com que suas tropas eram derrotadas, as nações balcânicas — não sem primeiro chegarem a um acordo entre si sobre quem tinha direito a qual terra — haviam declarado guerra contra os otomanos. Em outras palavras, a Grécia e o Império Otomano estavam em guerra mais uma vez. O Estado Otomano havia saído da Guerra Ítalo-Turca (que os livros de história turcos chamam de Guerra Tripolitaniana) com mais uma derrota, e seus quadros burocráticos tinham tanta certeza de que também perderiam a Guerra dos Bálcãs que achavam provável as ilhas otomanas acabarem se unindo à Grécia. Se fosse esse o caso, talvez fosse melhor que por enquanto essas ilhas continuassem nas mãos dos italianos — com a ideia de que acabariam devolvidas aos otomanos. Portanto, os otomanos se retiraram da Líbia e deram a entender aos italianos que poderiam manter seus soldados nas ilhas do Dodecaneso.

Por volta dessa época, em setembro de 1912, o presidente Mazhar assinou um tratado "secreto" com a Itália, o Acordo de Chania. No decorrer de seus trinta e um anos de governo, o presidente usaria prisões, campos de trabalho forçado e outros métodos similares para subjugar os liberais da ilha, as facções favoráveis aos turcos e aos gregos e várias outras vozes dissidentes, e também criaria um Exército forte. Duas vezes por ano, ele se postava na sacada da Sede Ministerial, a antiga Residência do Governador e Sede do Governo, e saudava cada um dos soldados desse Exército, não importava quanto tempo demorasse. Fotografias, pinturas e esculturas do comandante e de Zeynep enfeitavam todos os cantos da ilha, de bilhetes de loteria a cédulas de dinheiro, de caixas de sapatos a rótulos de bebidas alcoólicas, de caixas de figos desidratados a pontos de ônibus.

A bordo do único navio de guerra da Marinha mingheriana, que o levava a Creta para assinar o tratado também mediado pelos britânicos, o presidente Mazhar dizia a todo mundo à sua volta que depois de onze anos a independência da nação finalmente seria reconhecida pelo resto do mundo... Seu vice, Hadid, tinha se empenhado muito, e por bastante tempo, para convencer as pessoas — em especial os mingherianos "autênticos" que falavam mingheriano dentro de casa — a aceitar as condições desse tratado.

Em outubro de 1912, a Itália reconheceu formalmente a independência de Mingheria. Na prática, era meio que uma semi-independência, já que a bandeira da Itália ondularia ao lado da bandeira mingheriana pendurada na antiga Sede do Governo. Agora, a missão do presidente Mazhar era calar os nacionalistas contrários à presença da bandeira italiana, mas esse contingente não era muito numeroso. A maioria das pessoas ficou aliviada porque os otomanos não mandariam seus navios de guerra bombardearem a ilha.

Com a Guerra dos Bálcãs resultando em derrota, o Partido União e Progresso organizou um golpe para derrubar o governo derrotado. Muitos aspectos desse incidente, conhecido coloquialmente como o Ataque à Sublime Porta, lembram a história de Mingheria e o período dos chamados governos de quarentena. Soldados armados invadiram uma reunião administrativa em plena luz do dia, mataram um dos ministros e forçaram o governo a renunciar. O "herói da liberdade" Enver bei, principal organizador do golpe, foi logo alçado à categoria de paxá e casou com a princesa Naciye, neta do sultão Abdul Mejide.

Cinco meses depois, o Mahmut Şevket paxá, comandante do Exército de Ação e homem que os arquitetos do golpe contra Abdul Hamid haviam indicado como chefe do novo governo, foi baleado e morto em seu cabriolé, parado no tráfego da rua Divanyolu, em Istambul. O veículo cravejado de balas, sem blindagem, hoje está exposto no Museu Militar de Istambul, na região de Harbiye, assim como as armas dos assassinos, todos capturados e enforcados. Orhan Pamuk, o romancista apaixonado por história, me contou que, obcecado, visitava a exposição uma vez por semana nos anos 1980, quando morava numa casa em Nişantaşı, a cinco minutos a pé do museu.

No outono de 1913, um funcionário público do alto escalão do governo britânico em Hong Kong marcou hora com o doutor Nuri, que, imaginando que discutiria com o oficial colonial de olhos verdes e cabelo louro os problemas da rede de esgoto e da quarentena, acabou debatendo as consequências do final da Guerra dos Bálcãs, sobre as quais havia lido nos jornais locais.

O Império Otomano já havia perdido todos os territórios que possuíra nos Bálcãs ao longo dos últimos quatro séculos. Os albaneses também fizeram uma insurreição nacionalista. O movimento pela independência da Albânia estava menos preocupado em lutar contra Abdul Hamid e os otomanos do que com a necessidade de rechaçar as Grandes Potências que tentariam se apossar do país com a saída dos otomanos. Com o tempo, as nações estrangeiras concordaram com a fundação de um Estado albanês "independente", que no fundo eles mesmos governariam. (Ninguém tinha dúvida de que o Império Otomano estava acabado, mas a questão agora era como os territórios que ele tinha deixado para trás seriam distribuídos entre as outras nações, grandes e pequenas.) Ficou resolvido que a Albânia seria administrada por uma delegação à qual seis países mandariam um representante, e o chefe de Estado seria um príncipe escolhido pelas Grandes Potências.

"Todo mundo quer o próprio príncipe governando a Albânia", disse o oficial britânico, com certa exasperação, numa sala do Hospital Tung Wah. Havia até alguns albaneses que achavam que a melhor proteção seria a dos britânicos e que torciam para que o filho da rainha Vitória, príncipe Arthur, duque de Connaught e governador-geral do Canadá, os conduzisse. Os alemães tinham em mente alguém da dinastia Hohenzollern. Também havia surgido um príncipe romeno, bem como um paxá do Quedivato do Egito, cujos documentos forjados asseguravam ancestrais albaneses.

A essa altura, o doutor Nuri já tinha percebido que rumo a conversa estava tomando, mas ainda assim adotou uma expressão solene e perguntou por que o sujeito lhe contava tudo aquilo. O oficial lhe deu mais algumas informações.

O ministro otomano de Relações Exteriores Gabriel Noradunkyan dissera aos britânicos que, visto que oitenta por cento da população da Albânia era muçulmana, o monarca escolhido para o país deveria ser um príncipe otomano. Os príncipes que encabeçavam a linha de sucessão e ainda tinham esperanças de um dia se tornarem sultões otomanos rejeitaram a proposta do Partido União e Progresso de assumir o trono albanês. Mas até os príncipes mais ociosos e tapados, a léguas de distância de herdar o trono otomano (entre eles, o príncipe Burhanettin efêndi, adorado filho de Abdul Hamid e compositor de quem já falamos), tinham torcido o nariz para a ideia de serem coroados príncipes da Albânia, muito provavelmente porque todos os outros príncipes também haviam recusado. Os candidatos que em seguida seriam cogitados para o cargo eram os paxás otomanos ilustres de origem albanesa. O oficial colonial de olhos verdes se calou por um instante, e então observou que o Reino Unido não tinha grande interesse na Albânia. Mas se o soberano escolhido fosse um muçulmano distinto merecedor dessa nova nação encantadora, e alguém que contasse com a aprovação do Ocidente, o governo britânico talvez sugerisse que o cargo fosse oferecido à princesa Pakize e ao doutor Nuri em vez de a um principezinho medíocre. Caso a proposta fosse aceita, os problemas do principado albanês com doenças infecciosas também seriam resolvidos.

O doutor Nuri reiterou o argumento apresentado ao cônsul George em Mingheria, doze anos antes, observando com a mesma seriedade de então que uma filha de sultão — em outras palavras, a descendente do sexo feminino de uma dinastia governante — jamais poderia exercer autoridade política em um país muçulmano. O oficial britânico retrucou dizendo que o reinado da princesa Pakize como rainha de Mingheria fora um sucesso e que o ministério das Relações Exteriores do Reino Unido não tinha dúvidas de que ela conquistaria o afeto do povo albanês.

"Tivemos um motivo muito especial para fazer o que fizemos em Mingheria…", disse o príncipe consorte. "Queríamos impor a quarentena contra a peste."

O funcionário britânico de alto escalão esclareceu que não estava fazendo uma oferta formal, de todo modo, e que para o governo britânico poder apresentar uma proposta formal, o doutor Nuri e a princesa Pakize teriam primeiro que declarar interesse.

A última carta que a princesa Pakize escreveu para a irmã, e que se encontra entre aquelas que herdamos, discutia esse mesmo assunto, por isso precisamos dedicar um tempo a examinar seu tom e conteúdo. A carta deixa bem claro que a princesa Pakize levou a proposta a sério e a debateu extensivamente — e só em certa medida de brincadeira — com o marido e os filhos durante o jantar. O que pensava Hatice disso tudo? Na nossa opinião, a princesa Pakize fez a pergunta à irmã menos como bazófia e mais como uma tentativa de descobrir "o que Istambul diria" se algo do tipo se concretizasse. Nessa carta, ela também enfatizou que não falava albanês e não queria repetir o mesmo erro que cometera em Mingheria. Ainda assim, ficava pensando como seria, e havia até separado um tempo para ir à biblioteca consultar a edição de 1911, recém-chegada de Nova York, da *Enciclopédia britânica*, em que leu na primeira das duas entradas breves dedicadas ao país que a Albânia não era uma ilha, que seu território era montanhoso e — segundo Estrabão, o geógrafo e historiador da Grécia Antiga — seu povo era alto, robusto e honesto, e (na segunda entrada) que a nação fazia parte do "Império Turco". Sua filha Melike, então com sete anos, mais tarde se lembraria da mãe fazendo piada da ideia de virar uma princesa albanesa enquanto lidava com as tarefas domésticas e reclamava da preguiça da empregada. De qualquer forma, antes de se decidirem, ficaram sabendo pelos jornais que um príncipe alemão (Guilherme de Wied) fora nomeado o novo chefe de Estado da Albânia. (Seria derrubado seis meses depois, após uma insurreição muçulmana e um golpe.) Portanto, não tiveram muito tempo para se entregar a essa fantasia divertida.

Não sabemos ao certo por que a princesa Pakize nunca mais escreveu para a irmã. Seja qual for a razão, talvez tenha deixado de confiar em Hatice, que nesse ínterim havia casado de novo; morava com o novo marido na velha mansão à beira d'água e dera à luz duas crianças, uma logo depois da outra. Também é possível que uma ou duas das cartas da princesa Pakize, que já eram pouco frequentes, tenham se perdido antes de chegar às mãos da princesa Hatice.

Quando a Primeira Guerra Mundial (conhecida em Istambul como Guerra Geral) irrompeu, um ano depois, o casal se viu morando com dois filhos pequenos no território inimigo de Hong Kong. Supomos que, após dez anos, eles já tivessem obtido passaportes britânicos. A administração britânica havia tomado todas as providências necessárias para que os estimados convidados otomanos se sentissem seguros e confortáveis.

A princesa Pakize, o doutor Nuri e os filhos continuaram em Hong Kong durante a guerra, isolados de seu círculo palaciano istambulense. Não temos como saber se se sentiam prisioneiros dos britânicos ou dos próprios medos e culpas, mas de qualquer jeito, com Istambul ocupada por potências estrangeiras após o Armistício de Mudros, eles preferiram não correr o risco de serem vistos como colaboradores dos britânicos. (Foi assim que a outra irmã mais velha da princesa Pakize, a princesa Fehime, passou a ser percebida quando começou a dar festas aos oficiais do Exército de ocupação britânico em sua mansão às margens do Bósforo.) No entanto, a ideia de cobrar as pensões acumuladas e reivindicar a casa à beira do Bósforo em Ortaköy — em outras palavras, voltar a Istambul — nunca saiu da cabeça deles.

Em novembro de 1918, os navios de guerra das forças aliadas britânicas, francesas, italianas e gregas que tinham vencido a Primeira Guerra Mundial entraram em Istambul e ancoraram bem em frente aos palácios reais do Bósforo. Istambul capitulou e o Império Otomano — que se encolhia a cada nação e a cada ilha que entregava — chegou ao fim após seiscentos anos. *Centurion*, um encouraçado colossal da Marinha britânica, atracou diante do Palácio Çırağan, onde a princesa Pakize tinha morado a vida inteira. Quando lia os livros escolares turcos, volta e meia eu me perguntava se era coincidência que em todas as fotografias dessa época complicada para a população muçulmana de Istambul o céu estivesse sempre encoberto por nuvens pretas. Com os navios das Grandes Potências ancorados diante de sua janela, o último sultão otomano (Mehmed VI) agora era prisioneiro no próprio palácio, assim como seu irmão Murade V havia sido. Quando Mustafa Kemal (Atatürk) botou as tropas gregas para fora da Anatólia ocidental, o último sultão embarcou em um navio de guerra britânico e fugiu do palácio e de Istambul.

Em março de 1924 — após a proclamação da República da Turquia em Ancara, em outubro de 1923, e a abolição do califado otomano poucos meses depois — a família real otomana foi banida do país. Em apenas três dias, cento e cinquenta e seis pessoas do círculo mais próximo ao trono que haviam desfrutado do opulento universo palaciano que a princesa Pakize outrora habitava foram arrancadas de sua vida em Istambul e enfiadas em trens que as levariam ao exílio em um destino desconhecido do Ocidente. Esses cento e cinquenta e seis membros ilustres da dinastia otomana foram obrigados a vender imediatamente quaisquer imóveis e bens que tivessem na Turquia e proibidos de cruzar as fronteiras turcas, mesmo em trânsito. Como a princesa Pakize e o príncipe consorte faziam parte desse grupo de cento e cinquenta e seis notáveis, eles agora estavam privados da cidadania turca e sem nenhuma chance de voltar a Istambul. A realeza otomana, agora proibida de cruzar a fronteira da Turquia, não sabia se um dia conseguiria retornar.

A princesa Hatice, que se divorciou também do segundo marido no último ano da guerra, não foi à França com o resto da família real otomana. Pegou os dois filhos pequenos e as cartas da irmã e se mudou para Beirute. Durante muitos anos, viveu da pensão alimentícia que recebia do segundo marido, mas a certa altura ele se encrencou com a justiça por contrabandear artefatos históricos e a fonte secou. Hatice e os dois filhos passaram muitos anos difíceis, de penúria, em Beirute, mas por algum motivo ela jamais retomou o contato com a princesa Pakize.

Na nossa opinião, há duas razões para a princesa Pakize e sua família terem resolvido, uns anos depois, se mudar de Hong Kong para a França. A primeira é que se identificavam e até se solidarizavam com esses cento e cinquenta e seis nobres otomanos expulsos do país, e os quinhentos ou seiscentos nobres de menor envergadura que os acompanharam num exílio voluntário. A outra razão é que torciam para que um dos principezinhos exilados fosse um bom partido para Melike, a filha deles (minha avó).

Já que não existe registro escrito da princesa Pakize sobre esses assuntos, meu relato da vida da família após a mudança para a França no verão de 1926 será bastante breve, mesmo porque passa ao largo da história de Mingheria. O pai da minha avó, o médico e "príncipe consorte" Nuri, arrumou emprego num hospital de Marselha, cidade onde mais tarde montaria sua clínica. Isso permitiu à família manter uma distância segura do resto da dinastia otomana — instalada em Nice e seus arredores — e do falatório, além de ficar longe dos espiões do consulado turco em Nice, que se instalara na cidade apenas para ficar de olho nos príncipes e princesas otomanos e averiguar se estavam metidos em assuntos políticos. Minha avó Melike casou com um príncipe descendente da linhagem de Abdul Hamid e bem distante na linha de sucessão ao trono.

Minha mãe, nascida em 1928, foi o único fruto desse casamento chocho e sem graça. Para fugir do asfixiante ambiente familiar, cheio de confrontos e álcool, a bisneta do sultão fez o que a maioria das princesas otomanas fazia, e depois da Segunda Guerra Mundial, aos dezoito anos, ela embarcou num casamento arranjado com um homem rico de origem muçulmana. Meu pai, que morava em Londres, era filho de um abastado comerciante árabe (iraquiano) e uma mãe de raízes escocesas. Calculou que, casando com uma princesa otomana, impressionaria a cobiçada alta sociedade londrina. Seis meses depois do casamento arranjado, que lhe rendeu inúmeros presentes e joias, minha mãe voltou de Londres para a casa dos pais em Marselha. Passado um tempo, meu pai foi atrás dela e a convenceu a voltar para Londres com ele.

Durante esses anos tumultuados, minha mãe começou a cultivar um "fascínio", ou, como diria depois, um "enorme carinho" por Mingheria. Quando menina, ela ouvia a avó, a princesa Pakize, descrever a ilha como um reino de contos de fadas, e falar em tom meio nostálgico, meio brincalhão, de quando era rainha. Já a mãe da minha mãe — minha avó Melike — nunca se interessou pela ilha. Na cabeça dela, o antepassado mais notável não era a mãe, mas o avô, o sultão otomano Murade V, descendente de uma dinastia de seis séculos. Minha avó Melike também dizia que se tivesse conseguido largar o marido, teria voltado para Istambul depois de 1952, ano em que o governo turco decidiu que mulheres em sua situação poderiam regressar ao país.

O "fascínio mingheriano" da minha mãe também era instigado pela vontade de se distanciar dos exilados otomanos em Nice e da camarilha "do Oriente Médio" do meu pai em Londres: ela queria viver num mundo distante daqueles dois. Outra razão é que em 1947 a independência de Mingheria foi oficializada e formalmente reconhecida pelas Nações Unidas, com páginas nas colunas sociais e suplementos infantis dedicando bastante espaço à história de um dos menores Estados independentes do mundo. Meu "nacionalismo" mingheriano também foi influenciado por essas encantadoras matérias.

Após o fim do governo otomano em Mingheria, a bandeira otomana que pendia da antiga Sede do Governo foi substituída, entre 1901 e 1912, pela bandeira mingheriana; de 1912 a 1943, pelas bandeiras mingheriana e italiana;

entre 1943 e 1945, pela bandeira alemã; de 1945 a 1947, pela bandeira britânica; e depois de 1947, pela mesma bandeira mingheriana criada pelo pintor Osgan Kalemciyan. (Assim como mais de dois mil intelectuais armênios que viviam em Istambul, nosso pintor foi levado de casa em uma noite de abril de 1915 — aparentemente como medida emergencial em tempo de guerra, a mando do grão-vizir e "herói da liberdade" Talaat paxá — e nunca mais se soube dele.)

A alternância de tantas bandeiras, porém, não acarretou mudanças substanciais no modo como os cidadãos mingherianos viviam o cotidiano, nem mudanças culturais, porque ao longo do meio século transcorrido entre 1901 e 1952, o presidente Mazhar (1901-32), o presidente Hadid (1932-43) e todos os supostos presidentes, semipresidentes e governadores que vieram depois adotariam — com a colaboração de italianos e alemães — a mesma política de mingherianização, proibindo o ensino da história otomana e grega da ilha, enviando a campos de trabalho um bocado de dissidentes turcos e rumelianos, e mingherianizando todos os aspectos da vida. Examinamos esse período em detalhes — e a grande custo pessoal — no nosso livro A *mingherianização e suas consequências*, que ficou vinte anos proibido na ilha e depois foi liberado com diversos trechos censurados.

No verão de 1947, dois anos antes de eu nascer, meus pais — que se separaram durante um tempo — se reencontraram em Marselha e minha mãe conseguiu convencer meu pai de que deveriam morar um tempo em Mingheria. (Devo meu nascimento mingheriano a seu sucesso na empreitada.) Antes que o verão terminasse, viajaram para Arkaz via Creta e se instalaram no Splendid Palace, no mesmo quarto — segundo as histórias que minha mãe me contou e as cartas escritas pela mãe da minha avó — onde o comandante e Zeynep haviam morrido quarenta e seis anos antes. Uma plaqueta na entrada do hotel diz que o Pai da Nação estava hospedado lá no dia em que declarou a liberdade e independência da ilha. O visitante que quiser mais informações será levado à Sala de Reuniões no primeiro andar, onde se encontra uma série de fotos tiradas por Vanyas e pelo fotógrafo anônimo do *Arkata Times*, além da mesa do comandante, depois passada ao Mazhar efêndi.

Meu pai comprou para minha mãe uma casa ampla com vista para o mar no bairro de Filizler (outrora Flizvos), e ao longo dos anos 1950, ela, profundamente entediada por passar o dia inteiro dentro de casa, me levava, no fim das tardes de verão, à sorveteria Roma do Splendid Palace. Às vezes sentávamos a uma mesa à sombra das tílias, no jardim, e depois que acabávamos o sorvete e eu limpava as mãos no guardanapo dela, eu em geral implorava para ir mais uma vez ao museu minúsculo no primeiro andar do hotel. (Esse gosto por museus é outro interesse que tenho em comum com o romancista Pamuk.)

Aquelas fotos do dia da Revolução, das pessoas na sacada do governador, das figuras que asseguraram a independência da ilha, me encantavam, assim como o tinteiro e o conjunto de canetas que eram do comandante — cujo retrato estava por todos os cantos de Arkaz. Talvez eu já sentisse no meu coração de criança a presença dos laços profundos e misteriosos existentes entre a história e os objetos, as nações e a escrita.

Nasci em Mingheria, e mesmo durante os longos períodos em que estive longe, a ilha nunca se dissipou da minha imaginação e dos meus sonhos. Na verdade, a distância aguçou minhas memórias. Depois das idas à sorveteria do hotel Splendid, às vezes minha mãe e eu voltávamos para casa pelo boulevard Comandante Kâmil (a antiga avenida Hamidiye) olhando as vitrines e fazendo comprinhas. Ou virávamos na rua Istambul e andávamos por seus pórticos com sombras refrescantes — passando pela Loja de Brinquedos Londres, a Livraria da Ilha e o Banco de Mingheria — até chegarmos à costa.

Eu preferia esse segundo percurso, pois sempre conseguia uns dez minutos para examinar os navios atracados nas docas ou ancorados em alto mar, e lia e pensava no nome deles, e a caminho de casa sempre pegávamos um faetonte. Às vezes, caminhando, eu atravessava a ladeira ao lado da cafeteria, vizinha do molhe novo, e tentava enfiar a mão na água, e minha mãe dizia, "Cuidado, seu sapato vai molhar!". Meus sapatos, minhas meias, a saia e o blazer do uniforme e minhas roupas em geral eram bem-feitas e vinham da Europa. Antes de entrar na escola, já tinha me dado conta de que minha mãe era mais cuidadosa com minhas roupas do que as mães das outras crianças, e entendia que isso tinha a ver com uma visão romântica, idealizada, da vida doméstica otomana.

Assim como agora, na época eu adorava caminhar entre as multidões das docas e sentir o alvoroço das pessoas correndo para pegar a balsa, a euforia dos passageiros que chegavam ao passar pela alfândega e a sombra da Montanha Branca se estendendo sobre a baía, e, como todas as crianças mingherianas, eu tinha pavor do castelo e a convicção de que era povoado por bandidos, assassinos e tudo quanto era tipo de gente horripilante. Como a maioria dos mingherianos incapazes de imaginar o castelo a não ser como um vácuo sinistro, tenebroso, só entrei nele uma vez, e por muito pouco tempo. Mais do que o castelo em si, eu gostava de seu reflexo na água parada da baía.

Talvez minha mãe curtisse se comportar como princesa, mas mesmo assim, ao subir na carruagem a caminho de casa, ela sempre perguntava, "Quanto dá até Filizler?", se dirigindo ao cocheiro em mingheriano (embora todos falassem pelo menos um tiquinho de turco). Se considerasse o preço aceitável, não dizia nada, mas se estivesse mais alto do que o usual, ela apontava para a tabela de tarifas escrita em mingheriano e, ainda que os cocheiros mais impertinentes retrucassem, a maioria logo aceitava o preço.

Os turistas que começariam a abarrotar Arkaz na década de 1990 e tornar os verões insuportáveis ainda não haviam chegado, portanto os cocheiros não haviam se tornado tão "presunçosos" (como diria minha mãe), e a maioria dos ilhéus se aprazia — embora não falasse do assunto com tanta franqueza quanto falamos agora — do odor pungente de excrementos de cavalo que pairava no ar e sobretudo nos arredores dos pontos de carruagens, talvez chegando até a sentir falta dele quando não estava na ilha. Em 2008, apesar de serem uma grande atração turística, essas carruagens puxadas por cavalos foram banidas por um decreto do governo, já que era complicado demais limpar a sujeira que deixavam para trás e os cocheiros haviam se tornado muito grosseiros e indisciplinados.

Minha mãe e eu falávamos turco em casa. Entre si, meus pais se comunicavam em inglês, mas meu pai passava a maior parte do tempo longe de casa, em Londres ou em algum outro lugar. Falávamos com as empregadas, os jardineiros e os seguranças em mingheriano (à exceção de um criado com quem falávamos turco). Ao longo de diversas estadas na ilha, minha mãe conseguiu aprender a mesma língua da qual sua avó não sabia nem uma palavra sequer ao chegar lá, e embora eu tivesse assimilado um pouquinho de mingheriano ouvindo a língua em casa e na rua (sobretudo nas lojas), minha mãe fazia questão de que eu a aprendesse direito, e por isso, quando eu tinha quatro anos, ela comprou exemplares de O alfabeto mingheriano e O livro de leitura da Zeynep, me ensinou a ler e escrever e me ajudou com o vocabulário mingheriano.

Por fim, quando eu estava com cinco anos, comecei a conviver com uma menina chamada Rina, que era da minha idade, falava mingheriano fluente e contava com a aprovação da minha mãe (o que significava que era de uma família respeitável). Mas o plano de que eu aprendesse o mingheriano conversando teve que ser interrompido quando Rina começou a perguntar o que meu pai fazia da vida, se ele era espião, onde estava sua escrivaninha e se as gavetas estavam trancadas — provocando em minha mãe um compreensível mal-estar. Meu pai tinha aberto uma loja de roupas masculinas, mobília e eletrodomésticos na rua Istambul (foi a primeira pessoa a levar geladeiras britânicas para a ilha), e depois de horas e horas gastas em repartições públicas, ele também conseguiu montar uma empresa comercial para comprar e vender água de rosas, mas como nenhuma dessas iniciativas deu muito certo (e talvez porque fosse um cidadão britânico que chegara à ilha após a retirada das tropas britânicas), não raro desconfiavam que fosse espião.

Cabe aqui observar que, por insistência da minha mãe, a loja do meu pai também vendia o livro do cônsul George (finalmente publicado em 1932), ainda que ninguém além de um turista ou outro desse atenção ao volume, uma obra genuinamente feita por amor. No decorrer de sessenta anos, o livro *História mingheriana: Da Antiguidade ao presente*, de George Cunningham — em certa medida responsável pela minha decisão de ser historiadora —, foi descaradamente copiado por historiadores mingherianos e porta-vozes do governo, em geral sem nenhum reconhecimento da fonte. Depois de ser barbaramente explorada por seis décadas com o objetivo calculado de produzir um senso de identidade nacional (baseado em roupas, culinária, paisagens e história), essa obra equilibrada, informativa e elegante foi menosprezada, nos quinze anos seguintes, por uma nova geração de leitores que a considerou muito "orientalista", no sentido negativo do termo segundo Edward Said, e seu autor — que tantas contribuições importantes deu à cultura mingheriana — foi acusado de trabalhar em prol do imperialismo britânico e cultivar todo tipo de preconceito exótico. Caso os artefatos arqueológicos, fósseis, cântaros, paisagens pintadas a óleo, aquarelas, conchas, mapas e livros que enchiam a casa de monsieur George não tivessem ido parar clandestinamente num navio de guerra britânico, a certa altura dos anos caóticos, conflituosos, que se seguiram ao lançamento de seu livro, todos esses artigos — assim como tantas coleções parecidas e casas históricas da ilha — teriam se perdido, em vez de estarem a salvo no Museu Britânico como estão hoje. Atualmente, a bela casa em que monsieur George vivia com a esposa mingheriana abriga uma franquia de uma cadeia internacional de restaurantes cuja especialidade é frango frito, e seu pequeno jardim botânico, dedicado à flora mingheriana, foi transformado em estacionamento.

Até eu começar a escola primária, em 1956, aprendi quase tudo o que sabia de mingheriano brincando com outras crianças na areia da praia de Flizvos (cujo nome não mudou), na rua da nossa casa. Em Mingheria, a temporada de banho de mar coincide com a temporada da peste, indo do fim de abril ao fim de outubro, e durante esses meses uma das atividades favoritas da minha mãe era ir à praia com seu maiô chique, preto e discretíssimo, e ficar deitada feito uma estrela de cinema ou uma europeia rica em uma toalha jogada em cima da areia e à sombra de um guarda-sol, onde passava horas folheando revistas de cinema antigas que meu pai mandava de Londres (íamos juntas buscar os pacotes na agência dos correios). Sua elegante bolsa de palha guardava o filtro solar da Nivea que pegava e repassava, um par de óculos escuros que nunca usava e uma touca rosa para quando enfim resolvesse, horas depois, entrar na água, e sob a qual enfiava meticulosamente todos os fios de cabelo para não estragar a obra do cabeleireiro Flatros.

No caminho das docas para casa, ela acomodava as sacolas no banco da frente da carruagem, e eu me sentava a seu lado e esperava que ela pusesse a mão no meu ombro, lembrando-a de fazer isso caso se esquecesse. Quando a carruagem subia a rua Istambul, às vezes minha mãe partia ao meio um dos biscoitos que comprava na padaria do Zofiri e o comíamos juntas enquanto observávamos os pedestres se esbarrando nas calçadas, os quiosques de jornal, as casas de chá e as pessoas fazendo hora na frente das agências de viagem. Uma das razões por que tanto amo Mingheria é porque é um lugar onde duas mulheres muçulmanas podem sentar sozinhas numa carruagem e ter a alegria de comer biscoito sem se preocupar com o que os outros vão pensar.

Quando a carruagem chegava ao alto da ladeira e virava à direita, depois da série de repartições públicas e palmeiras e pinheiros que ladeiam o boulevard Comandante Kâmil até os gabinetes do primeiro-ministro, tratávamos de desviar o olhar ao passar pelo Cartório de Terras e o Ministério da Justiça, onde meus pais tinham desperdiçado muito tempo em seus primeiros anos de Mingheria, sempre se frustrando. A essa altura, acho que deveria registrar que o amor da minha mãe por Mingheria era genuíno e verdadeiro, mas havia também um lado mais pragmático relativo a questões imobiliárias e financeiras.

Meus pais tinham em mãos vários documentos — alguns com mapas e projetos de titulação anexados — atestando o direito do meu bisavô, o doutor Nuri, e da mãe da minha avó, a princesa Pakize, à posse de grandes extensões de terra que lhes foram cedidas quando ele foi ministro de Quarentena e ministro-chefe, e ela, rainha da ilha por três meses e meio. Algumas dessas escrituras, assinadas pelo comandante em pessoa, eram "presentes" que ele distribuiu ao fundar o novo Estado (assim como faziam os novos sultões ao ascender ao trono), já outras eram certificados formais com o carimbo do Estado e a assinatura da princesa Pakize, redigidos por burocratas que tinham calculado exatamente quanto deviam pelos serviços dela como monarca e que lhe foram apresentados como os pagamentos devidos. Como esses documentos tinham o autógrafo do fundador da nação, bem como um dos primeiros carimbos oficiais do Estado, os burocratas, chefes de departamento, juízes e ministros de Mingheria sempre os manuseavam com reverência e nem cogitavam questionar sua autenticidade ou validade.

Mas para a minha mãe — e os vários tios e sobrinhos e parentes distantes que lhe haviam passado uma procuração — poder de fato ser dona da terra, para conseguir vendê-la ou morar nela se quisesse, era preciso que a validade desses documentos fosse avaliada por um juiz, cuja decisão seria comunicada ao cartório que tinha jurisdição sobre os terrenos, e então as respostas recebidas desses departamentos regionais deveriam ser revistas (em geral, descobria-se que nesse meio-tempo a terra fora registrada no nome de outra pessoa) e os novos proprietários, bem como todos os proprietários anteriores, tinham que ouvir "Na verdade, o terreno é meu!" e encarar um processo nos tribunais da cidade mingheriana mais próxima.

As pessoas que quarenta anos antes haviam expulsado todo tipo de bandido desses terrenos e tinham se instalado neles, obtendo a titularidade oficial em um dos programas imobiliários do Estado, criados por razões políticas, e ocupando a área com as casas que construíam para os familiares, não podiam simplesmente aceitar que aquele terreno não era deles, mas que se supunha ser de pessoas que o Grande Comandante havia presentado na época da fundação do Estado (e gente que nem falava mingheriano), e por isso enfrentaram os processos com unhas e dentes, e os casos se arrastavam sem resolução.

Além do mais, antes que pudessem dar entrada nesses processos, os portadores desses documentos históricos — que de vez em quando eram chamados de "acordos de posse" ou de "licenças" — precisavam provar que eram os herdeiros legítimos da pessoa citada na escritura original, e não podiam fazer isso por meio das cortes do país em que viviam, só na embaixada mingheriana (um processo sempre demorado e trabalhoso) ou indo à ilha pessoalmente e passando pelos tribunais mingherianos. Um dia, em Nice, meu tio-avô, o príncipe Süleyman efêndi — que gastara um bocado de tempo pensando nesses assuntos e "desperdiçara" muito dinheiro com os advogados contratados para enfrentar as cortes de Istambul —, disse à minha avó que "na República da Turquia, proibir os membros da família real otomana de voltar ao país facilitou bastante o confisco indireto e furtivo de seus bens", argumento que minha avó transmitiu à minha mãe. "Mas todos os otomanos, menos nossa mãe, a princesa Pakize, já tinham sido expulsos de Mingheria. Então esqueceram que deviam proibir mais uma pessoa de voltar à ilha: você. Sugiro que faça bom proveito disso!"

Cinquenta anos depois da Revolução Mingheriana, a questão de como poderiam "fazer bom proveito" desse lapso era motivo de conversas e discussões sempre que meu pai ia à ilha. Essas discussões, que eu era nova demais para entender, acabavam em brigas conjugais acaloradas, e me geravam tanto sofrimento que só fui dar atenção a "essas propriedades" quando já tinha passado dos trinta anos. Às vezes me arrependo de ter me interessado por essa questão — quem não entendia minha paixão sincera pela história e pela cultura mingherianas, a força do meu amor pela ilha, acabou dizendo que a verdadeira razão para minhas visitas frequentes a Arkaz era tentar reivindicar a posse dos terrenos.

Resolvida a não trazer polêmicas pessoais para este livro, preciso agora falar do que foi uma das maiores angústias da minha vida. Nos vinte e um anos transcorridos entre 1984 e 2005, fui proibida de entrar em Mingheria. A embaixada do país em Londres se recusava a renovar o passaporte mingheriano a que eu tinha direito "automaticamente" por ter nascido na ilha. Essa mesma embaixada rejeitou o pedido de visto que fiz com meu passaporte britânico, que eu tinha graças ao meu pai, e a embaixada mingheriana em Paris rejeitou meu pedido mediante o passaporte francês que eu tinha devido à cidadania da minha mãe. Por vinte e um anos, a impossibilidade de ver a ilha e respirar seu ar, de passar os verões em suas praias com meu marido e meus filhos, de caminhar pelas ruazinhas de Arkaz e, é claro, de consultar os arquivos do Estado para a minha pesquisa seria uma fonte de sofrimento e desgosto. Alguns amigos muito versados nessas questões e com conexões no serviço secreto de Mingheria sugeriram que eu estaria sendo punida pelo livro que havia escrito, por ter assinado manifestos que protestavam contra o regime militar da ilha na década de 1980, pelas minhas críticas à estratégia de prender intelectuais, esquerdistas e sectários religiosos no presídio do castelo, e por ter publicado vários artigos (considerados depreciativos ao povo mingheriano) sobre as masmorras históricas do Castelo de Mingheria. Mas quem tinha familiaridade com as complexidades do Estado paralelo a ponto de saber que o problema nem começava nem terminava na polícia secreta teve a franqueza de me dizer que a verdadeira razão para impedir minha entrada no país tinha a ver com a herança da minha bisavó — o que significava, em outras palavras, que tudo não passava de uma questão de dinheiro e terras.

Conheci muitos acadêmicos estrangeiros de história otomana que passaram anos consultando os arquivos do Estado paciente e meticulosamente, pesquisando os massacres das populações armênia, grega e curda, além de outros temas igualmente desagradáveis, ou que provaram que algumas das campanhas nacionalistas do passado não se desenrolaram como havia sido descrito, e eu via a consternação deles quando as licenças que lhes permitiam trabalhar nos arquivos de Istambul eram revogadas de repente e misteriosamente. Mas apesar de ter visto tantos colegas sendo castigados pelo Estado turco por falarem a verdade, me senti solitária e culpada quando o mesmo castigo me foi imposto pelo Estado mingheriano por vinte anos.

Em 2008, quando Mingheria apresentou um pedido de adesão à União Europeia, ficou mais difícil o Estado silenciar seus oponentes — não só os moderados como eu, mas também os dissidentes bem mais vociferantes que haviam sido encarcerados, os militantes de esquerda e qualquer um que tivesse feito alguma objeção ao confisco dos bens dos fundos assistenciais gregos e turcos locais. Quando enfim consegui um novo passaporte mingheriano — graças às várias cartas que mandei à União Europeia e à mediação de alguns dos ministros mais "liberais" do governo mingheriano cujas famílias nós conhecíamos (no meu país, o favor de um amigo influente sempre garante proteção maior do que qualquer noção dos direitos humanos) —, embarquei no primeiro voo para Arkaz, mas no instante em que saí do Aeroporto Comandante Kâmil me dei conta de que todos os meus passos seriam monitorados pela polícia secreta. A partir de 2005, quando comecei a escrever a introdução que mais tarde resultaria neste livro, eu me hospedava na casa de amigos e em hotéis, e volta e meia notava que minhas malas e outros pertences haviam sido revistados durante minhas saídas. O que mais me aborrecia não eram nem as referências evidentes à suspeita de que eu devia ser "espiã" da Turquia ou do Reino Unido (por causa do meu pai), que apareciam nos jornais de um país que almejava ingressar na União Europeia, mas as insinuações dos amigos — sempre que nos reuníamos na ilha no verão, bastava uma taça de vinha arkaziano e esses mesmos amigos mingherianos que eu recebia sempre que iam a Londres, Paris ou Boston (onde eu lecionava) começavam a repetir as mesmas acusações e fazer piadas grosseiras sobre o assunto.

Em uma conferência acadêmica, eu reclamava das piadinhas toscas e cruéis que meus amigos mingherianos faziam às minhas custas quando um professor holandês de história do Oriente Médio e "levantina" que sempre admirei fez o seguinte comentário irônico: "Que enorme injustiça! Se os seus amigos te conhecessem bem, veriam que você é uma nacionalista mingheriana convicta!".

Hoje, lamento não ter sido capaz de dar a esse professor orientalista — que sem dúvida imaginava estar sendo engraçado — a resposta que ele merecia. Mas agora vou me entregar a uma rápida digressão para lembrar a ele e a meus amigos mingherianos, bem como a todos os leitores, um fato importante: no século XXI, com a época das colônias e dos impérios tradicionais encerrada muito antes, a palavra "nacionalista" virou um rótulo quase sempre empregado para enaltecer o comportamento de gente que tende a concordar com tudo o que o governo diz, que só visa conquistar a estima dos poderosos e que não tem coragem de enfrentar as autoridades. Na era do nosso venerado major Kâmil, entretanto, "nacionalismo" era um termo nobre, reservado aos patriotas valentes e heroicos que se rebelavam contra os colonizadores e encaravam de cabeça erguida, bandeiras no alto do mastro, as metralhadoras implacáveis dos invasores.

Outra consequência do meu banimento da ilha durante mais de vinte anos foi que justamente quando estavam chegando à idade em que talvez começassem a falar, meus dois filhos maravilhosos, fortes, foram impedidos de passar uns tempos na ilha, por isso eles não aprenderam nenhuma palavra dessa língua mágica. Toda vez que eu insistia que "aprendessem a língua materna deles" ou que eu mesma tentava, em tom de reprovação, lhes ensinar um pouco, eles lembravam que ninguém da nossa família (afora minha mãe e eu) sabia mingheriano, nem mesmo a rainha, e que até eu só falava com a avó deles em turco, frisando com sorrisos cúmplices que a língua materna deles, na verdade, era o inglês, quando não o turco. As provocações e eventuais zombarias deles a respeito do meu apego a Mingheria e — como também expliquei ao advogado — a recusa constante do pai deles de tomar o meu partido fariam meu casamento acabar em divórcio.

Aproveitando que estamos falando de nacionalismo e língua, também vou abordar outra das épocas mais tristes da minha vida. Em 2012, quando uma partida eliminatória do Campeonato de Futebol Europeu da UEFA em Istambul, disputada entre Mingheria — cuja população ainda não era nem de meio milhão — e Turquia, terminou com um pênalti (talvez) duvidoso que no último instante garantiu a vitória de Mingheria por 1 a 0 e tirou a Turquia do campeonato, aquela sensação que eu sempre tinha, de ficar dividida entre meus adorados turcos e meus adorados mingherianos, se transformou em uma agonia genuína. Torcedores furiosos promoveram um tumulto em Istambul, quebrando as vidraças dos restaurantes e padarias mingherianos, (que vendiam o mesmo tipo de biscoito que havia matado o doutor Ilias) e todas as outras lojas que tivessem "Mingheria" no nome, danificando as vitrines, saqueando as mercadorias e às vezes até ateando fogo nas instalações. No decorrer da semana, evitei jornalistas e me escondi, decidindo — como faço agora — que o melhor caminho era esquecer tudo.

Enquanto preparava a correspondência da princesa Pakize para publicação, eu me pegava perguntando o que toda aquela gente que vivia na cidade em 1901, tentando escapar da ameaça da peste e da violência política, pensaria se visse a Arkaz que minha mãe e eu conhecemos na década de 1950. Imagino que ficariam contentes em ver o mausoléu espetacular do comandante (concluído em 1933) que apreciávamos sempre que nossa carruagem cruzava a ponte Comandante Kâmil (a antiga ponte Hamidiye), bem como as estátuas do comandante sozinho ou com Zeynep, instaladas nos cinco pontos mais importantes da cidade, e as bandeiras de Mingheria, espalhadas por todos os lados. Também é provável que se impressionassem com o novo píer —

feito de pedra mingheriana — onde até navios grandes podem atracar, o novo Quebra-Mar do Porto, alto e resistente, o Hospital Zeynep-Kâmil e seus equipamentos modernos, a enorme Casa de Radiodifusão, construída ao estilo das casas de madeira tradicionais, mas com concreto e pedra mingheriana, todos os edifícios da Universidade Comandante Kâmil, a pequena e charmosa Ópera Arkaz e o Museu Arqueológico Mingheriano. Mas desconfio que ficariam um bocadinho alarmados diante dos prédios residenciais altos que surgiram no boulevard Comandante Kâmil e nas colinas com vista para o mar, com o hotel da praça Mingheria, que parece uma caixona branca de concreto, e com os enormes letreiros de neon azuis e rosa com o nome dos hotéis e das marcas de água de rosas instalados nos telhados mais altos para serem vistos dos barcos de passageiros que se aproximam da ilha.

Terminada muito depois da Revolução Mingheriana, a muito protelada Torre do Relógio, a princípio encomendada para a celebração dos vinte e cinco anos da ascensão de Abdul Hamid ao trono, acabou sem relógio nenhum, mas com uma estátua da deusa Mina (quase batizada de Zeynep de Mármore devido à impressionante similaridade com a esposa do comandante) recuperada pelo arqueólogo Selim Sahir e rebatizada como Memorial de Mingheria pouco depois da ocupação italiana, nome ainda usado hoje.

Nos anos 1950, sentadas no faetonte que nos levava para casa, o mausoléu monumental do comandante Kâmil pairava à nossa esquerda feito uma presença tangível que dominava a cidade do alto, embora minha mãe e eu nunca falássemos dele, nem na carruagem nem quando chegávamos em casa. Mas na Escola Primária Kâmil-Zeynep — que comecei a frequentar em 1956 e que por acaso também ficava no trajeto da carruagem —, o comandante era sempre mencionado, e sua imagem estava em todas as salas de aula, nas paredes e nos nossos livros escolares.

Antes mesmo de entrar no primário, eu já tinha decorado as cento e vinte e nove palavras que o comandante dissera antes de morrer, além de todas as frases que poderiam ser formadas com elas. Ou seja, na primeira série, aprendi rapidinho a pronunciar as letras do alfabeto mingheriano e, consequentemente, a lê-las. No fim desse primeiro ano, e com a ajuda de um dicionário de bolso que minha mãe havia comprado para mim, eu já tinha aprendido mais duzentas e cinquenta palavras mingherianas, e nenhuma delas ouvida da boca das crianças na praia ou de Rina. Nesse ínterim, mais da metade dos meus colegas ainda tentava aprender o alfabeto.

No outono de 1957, quando comecei a segunda série, a professora se deu conta de que meu vocabulário — sobretudo o mingheriano — era muito mais desenvolvido do que o dos demais, e por isso me mandou sentar na frente, me dizendo para ficar folheando o dicionário de bolso (um mais abrangente ainda estava por ser escrito). Numa manhã, quando a inspetora entrou sem bater para a visita anual de praxe, a professora pediu que eu dissesse todas as palavras novas que tinha aprendido. Recitei algumas das palavras mingherianas mais antigas que eu sabia e expliquei o que significavam: "escuridão", "gazela", "montanha gelada", "jorro", "sapato" e "inútil". Desconfio que o sentido de algumas fosse obscuro até para a professora e a inspetora de cabelo tingido de louro.

No entanto, quando a inspetora me pediu para formar uma frase com algumas dessas palavras, fiquei muda. Só conseguia pensar na empolgação daqueles colegiais que na comemoração do Dia da Independência corriam de um lado para o outro e ficavam lado a lado na praça para criar frases diferentes. Aflita, ergui os olhos para as fotografias do comandante Kâmil e de Zeynep penduradas acima do quadro-negro. Como eram jovens e bonitos! Falavam essa mesma língua na penumbra daquela cozinha e assim tinham resgatado do esquecimento tanto a língua quanto a nação. Me senti grata por eles terem salvado o povo mingheriano enquanto me consumia de vergonha.

Não conseguia pensar em mingheriano, infelizmente, e sempre sonharia em turco. (Também por isso escrevi este livro em turco.) Quando viu que eu gaguejava, a inspetora se virou para a professora e disse: "Por que você não tenta?". Mas embora a professora tenha começado uma frase, parecia incapaz de terminá-la. Olhou para a inspetora na esperança de que ela terminasse sua frase, mas a inspetora tampouco conseguiu.

A inspetora não se constrangeu e passou a me fazer perguntas. "Quem foi o segundo presidente de Mingheria?" "O xeque Hamdullah!" "Qual foi a primeira palavra de que Zeynep e Kâmil se lembraram na cozinha?" "*Akva*, água!" "Quando foi a declaração de liberdade e independência?" "No dia vinte e oito de junho de 1901." "Quem pintou o quadro do landau blindado atravessando as ruas desertas naquela noite?" "O artista Tacettin. Mas foi o povo de Mingheria que visualizou o quadro primeiro!" A inspetora ficou tão comovida com essa resposta que me chamou e me deu um beijo na testa. "Minha menina querida", ela disse, a voz embargada pela emoção, "se o nosso grande comandante Kâmil e sua esposa Zeynep pudessem ver você agora, ficariam muito contentes e orgulhosos, constatando que a língua e o povo mingheriano continuam vivos." (Ela não tinha nenhuma intenção de ser desdenhosa com seu jeito de falar de Zeynep: na década de 1950, os mingherianos sempre se referiam à esposa do comandante pelo primeiro nome, como se fosse a heroína de uma história mitológica.)

A inspetora havia dito aquilo enquanto admirava as fotografias do comandante e da esposa que havia em todas as salas de aula. Quando se virou para mim, disse: "A rainha Pakize também ficaria orgulhosa desta pequena mingheriana!". Naquele momento entendi que, assim como grande parte da ilha, ela achava que a mãe da minha avó, a rainha Pakize, estava morta, e que não fazia ideia de que eu era filha da neta dela.

Em casa, minha mãe sorriu quando contei o episódio, depois disse: "Você não pode falar pra ninguém da escola sobre sua bisa Pakize na França!". Esse seria só um de seus inúmeros pronunciamentos enigmáticos, cujo mistério nunca fui capaz de desvendar, apesar de ter passado anos a fio matutando. Às vezes eu considerava esses enigmas "metafísicos", embora tenha compreendido as preocupações e medos políticos subjacentes só depois de 2005, quando, sempre que visitava a ilha, o que eu portava — mala, bolsa, documentos e arquivos — era alvo de pelo menos uma revista (para garantir que, ao voltar para o quarto, eu entendesse exatamente o que havia acontecido). Em 2005, eu já tinha desistido de transformar os velhos termos de posse em escrituras propriamente ditas e de reivindicar a propriedade das terras que deveriam ter sido legadas aos herdeiros da rainha, mas as revistas continuavam e tive vários documentos roubados da bagagem e da escrivaninha ao longo dos anos. Tenho certeza de que muitas das páginas do livro que você está segurando agora já foram lidas por funcionários da Agência de Inteligência Mingheriana, fundada pelo presidente Mazhar no início da carreira.

Já para o fim de 1958, a professora chamou minha mãe para lhe dizer que eu era uma aluna inteligentíssima e talentosa e talvez devesse continuar os estudos na Europa. Minha mãe, que esperava que eu fosse mingheriana dos pés à cabeça, podia ter optado por não mencionar a meu pai essa recomendação, mas como ela a aprovava, ficou decidido que em vez de ir para Londres, eu devia ir (com a minha mãe) morar com a minha avó em Nice e terminar o primário lá, onde também poderia aprender francês. (Eu já tinha mais ou menos decifrado o inglês ouvindo-o dentro de casa.) Foi por volta dessa época que meus pais começaram a falar não só da minha avó Melike como da minha bisavó Pakize — que chamavam de bisa ou de rainha — e seu marido, o doutor Nuri.

Meu pai, que sempre tinha sido um homem agradável e extrovertido, escreveu à rainha e ao doutor para lhes dizer que a bisneta deles era "uma mingheriana de que se orgulhariam". Um dia, recebemos um envelope de Marselha contendo sete cartões-postais em branco retratando cenários da ilha na década de 1900. A bisa Pakize tinha mandado à sua pequena mingheriana os cartões-postais que levara consigo ao ir embora da ilha. Conforme eu descobriria mais tarde, ela também enviara muitos desses à sua irmã Hatice. Antes de partir, ainda em 1959, visitei cada um dos lugares retratados nesses cartões e com uma câmera simples que meu pai tinha me dado tirei fotos em preto e branco dos mesmos cenários e revelei o filme no Estúdio de Fotografia Vanyas.

Mas antes que eu pudesse enviar as fotografias, meu pai — com a generosidade e a engenhosidade que lhe eram características —, aproveitando uma oportunidade que surgiu na mesma época, e depois de obter a aprovação de todo mundo, providenciou que todos nos encontrássemos em Genebra. A Organização Mundial de Saúde havia decidido dar ao meu bisavô, o doutor Nuri, aposentado vinte e cinco anos antes, o Prêmio por Serviços Relevantes. Em Genebra, encontrei a rainha e o doutor Nuri sob os cuidados da minha avó Melike. Meu pai tinha reservado duas suítes panorâmicas no hotel Beau Rivage por uma semana.

Na minha cabeça, a Genebra de agosto de 1959 era um lugar encantado. Assim como a maioria dos casais que vivem brigando, se separando e fazendo as pazes, meus pais ficaram contentíssimos em poder me deixar com gente de confiança e logo desapareceram, mas não me incomodei, pois estava claro que minha avó, a princesa Melike, tinha resolvido ficar feliz e curtir o tempo que passaria comigo. Depois da morte de seu marido (e meu avô), o príncipe Sait efêndi, cinco anos antes, em um acidente de avião, ela também achava bom que minha mãe se mudasse comigo para Nice, assim ficaríamos mais perto dela.

De manhã, eu ficava na suíte com minha avó, a princesa Melike, até as nove horas, esperando o momento em que a água da famosa fonte de Genebra (que era desligada à noite) começava a jorrar, e depois saíamos para longas caminhadas. Minha avó sempre arrumava o cabelo castanho-claro num coque preso com um grampo prateado, e tinha um par de óculos escuros que — ao contrário da minha mãe — usava sempre. Às vezes pegávamos o bonde para atravessar a ponte até o outro lado da cidade e, de mãos dadas, visitávamos os mercados e as lojas de departamentos. Eu achava que ela estivesse comparando preços ou procurando alguma coisa. Vez por outra sentávamos numa cafeteria, dávamos pão aos cisnes brancos que nadavam no lago, ficávamos observando os formatos peculiares, e mesmo feios, dos barcos ou matávamos o tempo passeando em algum parque. Lembro dela tentando me fazer falar dos meus pais — em especial, da frequência de suas discussões. De vez em quando, mencionava a cidade esquisita e distante em que eu morava, depois sorria e me falava de sua infância em Hong Kong. Um dia fomos à matinê das onze de um filme "adequado" para mim (*Meu tio*, de Jacques Tati). Outra vez, fizemos um passeio de barco bem demorado pelo lago Léman. Desde o primeiro dia, entendi que fazíamos essas coisas para matar o tempo até que a mãe e o pai da minha avó Melike estivessem preparados para nos receber.

Não fossem as cerca de vinte horas (segundo meus cálculos) que passei com a minha bisavó, a rainha Pakize, e meu avô doutor e príncipe consorte Nuri ao longo daquela semana, duvido que tivesse forças para transformar o texto introdutório da organização das cartas neste livro que você está prestes a terminar.

Ambos sorriram quando entrei. Estavam hospedados em um quarto idêntico (com a mesma vista do Mont Blanc e da fonte), mas dois andares abaixo do nosso, e o deles tinha um aroma peculiar de sabão e água-de-colônia. Apesar de eu ter dez anos, percebia que eram muito mais felizes e bem-humorados do que minha avó, e a razão para isso era o clima excepcional de companheirismo e confiança que existia entre os dois.

"Mamãe", disse minha avó, "a Mîna trouxe um presente para a senhora!"

"É mesmo? Que amor! Vamos lá, mostra o que você trouxe para os seus bisavós."

Fui tomada por uma timidez estranha (que logo se dissiparia), me senti num sonho em que eu tivesse engolido a língua e não conseguisse falar.

"Ela fotografou os povoados dos seus cartões-postais como estão hoje!"

Ouvir minha avó Melike — que nunca tinha pisado em Mingheria ou demonstrado interesse pela ilha — se referir às paisagens de Arkaz como "povoados" foi um grande aborrecimento para mim e gerou certo embaraço para a rainha e seu marido médico. Dirigindo-se aos dois em estilo formal, minha avó passou um tempinho tentando descrever o que as fotografias mostravam.

"Deve ter dado um trabalho e tanto, minha pequena mingheriana!", disse o doutor Nuri. Meu bisavô estava coberto de rugas e sua pele era mais branca que papel. Estava sentado numa poltrona de frente para a janela, o olhar fixo nos cumes nevados do Mont Blanc. De vez em quando virava para nós, mas em geral mal mexia a cabeça, como se estivesse com torcicolo.

Por fim reuni coragem e entreguei meu presente. Ainda me sentia acanhada, uma pequena diplomata constrangida. A princesa Pakize pegou o envelope e me beijou as bochechas antes de me sentar em seu colo e me apertar contra os seios. Tinha oitenta anos e estava magra e frágil, mas os braços e o peito eram fortes e firmes.

"Agora não é a minha vez?", perguntou o doutor Nuri pouco depois.

Quando me levantei para me aproximar dele, me dei conta de que tinha esquecido de beijar as mãos de ambos, instrução que minha mãe repetira à exaustão. Mas creio que não esperavam isso de mim. O rosto do doutor Nuri era tão enrugado, suas orelhas peludas tão enormes, que tremi um tiquinho ao me aproximar dele, mas em pouco tempo também me senti muito segura e à vontade no abrigo de seus braços.

Como eu havia relaxado, minha avó Melike saiu do quarto, me deixando a sós com os dois. Agora vou relatar tudo o que conversei com a rainha Pakize e o príncipe consorte naquela semana, não em ordem cronológica, mas da forma como me lembro — isto é, agrupando as conversas por temas.

EU

Pelas nossas conversas, passei a me conhecer melhor. Era feliz com a vida que tinha? (Era!) Tinha amigos? (Tinha.) Que língua eu falava com eles? (Turco, o que era verdade, e mingheriano, o que era um certo exagero.) Sabia nadar? (Sim.) Como é que sabia tirar fotos? (Meu pai tinha me ensinado.) Onde tinha arrumado a câmera? (Meu pai tinha comprado em Londres.) A partir da minha resposta a esta última pergunta, e a algumas outras, eles entenderam que embora meu pai fosse um empresário rico de Londres, eu nunca havia estado na cidade, e por um instante se calaram. Será que era alguma coisa que eu já sabia e tinha esquecido porque não queria pensar no assunto, ou foi graças a eles que me dei conta de que meu pai andava evitando minha mãe e a mim?

CARTÕES-POSTAIS E FOTOGRAFIAS

À exceção do dia em que o doutor Nuri recebeu o prêmio, passamos boa parte do tempo falando dos cartões-postais e das fotografias. Eu me sentava no meio do sofá, aos pés da cama espaçosa, entre a rainha e o ministro-chefe, e espalhávamos os cartões e as fotografias sobre uma almofada que eu botava no colo. Gostaram sobretudo de ver as imagens ao estilo de *vue générale de la baie*, que davam um amplo panorama da cidade a partir da antiga ponte Hamidiye, e se recordavam com carinho da velha Arkaz. "Lembra disso aqui?", um perguntava ao outro, apontando um prédio ou uma ponte, e de repente tudo lhes voltava. Mas, na verdade, a memória do doutor Nuri estava bastante ruim. Um dia eu lhe dizia que o prédio grande que havia mostrado em uma das minhas fotos era a Casa de Radiodifusão de Arkaz, e no dia seguinte ele perguntava de novo, e ficava tão impressionado com a minha resposta como se a ouvisse pela primeira vez. Em dois dias, já tínhamos falado de todos os edifícios novos das fotografias que eu havia tirado. Às vezes eu olhava para a mão enorme, ossuda, dele — a pele vincada, rachada, repleta de pintas e manchas — e pensava no quanto parecia estranha e até meio sinistra. Mais surpreendente ainda foi quando a rainha se virou para ele e disse: "Olha! O polegar da pequena mingheriana é igual ao seu!". Depois que ela falou isso, passei a ver a semelhança. Sempre que visitava a suíte deles, ficávamos um tempinho olhando as fotos, mas também falávamos de outras coisas. Um dia, depois de estudar as imagens, a rainha olhou para o marido e então se virou para mim em um tom incrivelmente amável e gentil e disse: "Nossa pequena mingheriana, ficamos muito agradecidos por você ter nos trazido essas fotografias. Agora temos um presente para você!".

"Não está finalizado, ainda estão preparando!", explicou o doutor Nuri.

A LÍNGUA MINGHERIANA E A ESCOLA

O que eles de fato queriam saber era até que ponto as aulas da escola eram "mesmo" em mingheriano. Era verdade que alguns dos livros escolares eram escritos em mingheriano, mas fui sincera e lhes disse que, em geral, os jornais e livros da ilha eram publicados em grego ou turco. As informações da inspetora escolar loura quanto ao desenvolvimento do ensino de mingheriano na minha escola e os relatórios entusiasmados que elaborava para seus superiores deviam estar incorretos. Foi o que entendi das conversas com eles. Mas a rainha Pakize percebeu o quanto sua bisneta era patriota e tomou cuidado para não ferir meus sentimentos. Também fiz questão de não ferir os dela, e disse que os livros do ensino fundamental falavam nela em tom orgulhoso, como a rainha que era filha de um sultão otomano e a terceira chefe de Estado da nação e que ajudou os pobres durante aqueles tempos pavorosos da peste. Mas a verdade é que nossos livros escolares não falavam de nada disso e todo mundo da ilha imaginava que ela estivesse morta.

LIVROS E *O CONDE DE MONTE CRISTO*

Outra pergunta — como "Você tem amigos?" — de que jamais na vida me esqueceria foi uma que o doutor Nuri me fez: "Você lê livros?".

A princípio, achei que quisesse saber se eu já tinha aprendido a ler, se eu lia rápido e que tipo de coisa líamos em sala de aula. Quando descobriram, pela minha reação, que eu ainda não tinha descoberto os prazeres da leitura, percebi pela expressão no rosto de ambos que estavam com pena de mim (assim como no momento em que descobriram que meu pai nunca tinha me levado a Londres). O doutor Nuri me disse que, assim como quando era pequena, minha bisa agora preferia ficar em casa, lendo romances o dia inteiro, em vez de ir para a rua.

"Não é verdade, adoro bater perna por aí", disse a princesa Pakize.

O doutor Nuri achou que ela havia se ofendido, e em sua avidez de apresentar a pequena mingheriana aos méritos da leitura, me mostrou um livro de bolso grosso e gasto que estava na mesa de cabeceira da bisa: era *O conde de Monte Cristo*! "Conhece?"

Lembrei do nome do autor e contei que tinham exibido *Os três mosque-*

teiros no Majestic Cinema de Arkaz naquele inverno, mas minha mãe tinha visto e considerado inadequado para a minha idade. Quando ela gostava de um filme e o achava adequado para mim, via de novo para que eu assistisse a ele também.

"Depois de todos esses anos, foi ao ler *O conde de Monte Cristo* que a princesa Pakize conseguiu desvendar o mistério do assassinato que o tio dela, Abdul Hamid, encomendou em Arkaz!", disse o doutor Nuri.

"Você exagera, querido!", disse a rainha. "O que eu tenho é apenas uma hipótese."

"Não tenho dúvidas de que sua hipótese está correta!", respondeu o doutor Nuri, virando a cabeça com certa dificuldade e lançando um sorriso carinhoso à esposa.

Muitos anos depois, morri de orgulho e alegria ao descobrir, examinando a correspondência dela, que sua hipótese estava de fato correta. Mas primeiro tive que revirar os sebos de Istambul para achar a tradução turca, em seis volumes, de *O conde de Monte Cristo* lançada em alfabeto árabe três anos após a deposição de Abdul Hamid. O romance fora publicado pela primeira vez quando Abdul Hamid tinha apenas dois anos, e no quinquagésimo segundo capítulo, intitulado "Toxicologia", o autor Alexandre Dumas faz uma reflexão minuciosa, por meio da voz do conde, sobre a possibilidade do uso de raticidas para matar seres humanos sem deixar rastro, e chega a fazer comparações entre Ocidente e Oriente. O romance também sugere que, caso se deseje que os atos passem despercebidos, deve-se obter raticida de várias fontes diferentes, e não de um único comerciante ou herborista. (Mas é claro que isso também aumentaria o número de farmacêuticos e comerciantes que poderiam depor contra o assassino!)

Quando folheei com sofreguidão as páginas grossas, amarelas e fragrantes do terceiro volume dessa edição de *O conde de Monte Cristo* impressa em 1912 pela Bedrosyan Press e descobri que faltava o capítulo 52, fui tomada por uma admiração renovada pela minha adorada bisavó e me regozijei com a ideia de que tinham valido a pena todos os anos dedicados à preparação de sua correspondência para publicação.

O volume não tinha nem mesmo uma nota dizendo "Este capítulo foi cortado". Então, na minha cabeça, a observação promocional no início do romance, declarando que ele havia sido traduzido para Abdul Hamid, adquiriu o sentido de uma das pistas de Sherlock Holmes. Meu coração acelerou de entusiasmo e satisfação.

Mas eu não sabia de nada disso naquele dia, sessenta anos antes, e a única coisa que pensei em dizer foi: "Quando a gente estava dando uma volta com a vovó, outro dia, a gente viu o nome Abdul Hamid escrito na vitrine de um relojoeiro!".

"Ouviu isso, minha querida?"

"Onde foi que você viu o nome Abdul Hamid?", perguntaram, os dois visivelmente animados.

Essa conversa aconteceu no nosso último dia. Mas para falar melhor daquele dia inesquecível, preciso antes trazer outro assunto à baila.

TELEVISÃO AO VIVO

"Está calor demais lá fora!", a princesa Pakize alegava para justificar por que nunca saíam do hotel. "Seja como for, o doutor Nuri está meio cansado!"

Meu bisavô (que morreria oito meses depois) passava as tardes no saguão do hotel, menos no último domingo, assistindo às corridas de barco exibidas no televisor em preto e branco. As competições ocorriam num trecho entre duas pontes nas águas encrespadas onde o rio Ródano desembocava no lago Léman. Os espectadores aglomerados nas duas pontes olhavam os remadores que lutavam contra a forte correnteza e caíam na água quando os barcos capotavam. De manhã, quando cruzávamos a primeira ponte com minha avó, a princesa Melike, nós também os víamos e parávamos para assistir.

Mas o que era ainda mais divertido, e me parecia uma experiência metafísica, era deixar a ponte e ver a mesma cena sendo transmitida ao vivo nas telas de tevê das cafeterias da cidade, sempre ligadas. O que eu queria era acenar para as câmeras para que meus bisavós me vissem na tela em tempo real. Mas ainda não tinha palavras para enunciar esse desejo infantil e, de qualquer modo, mesmo se entendessem minha vontade de lhes acenar, não teriam conseguido me ajudar a satisfazer essa vontade. Isso sem contar que eu não queria de jeito nenhum lhes dizer que ainda não existia televisão em Arkaz.

Então, na última tarde em Genebra, quando me acomodei na suíte de hotel deles e abri o presente do meu bisavô, minha cabeça estava às voltas com as inúmeras e insondáveis conexões entre realidade e projeção.

Animada, desembrulhei o presente e descobri um livro (grosso como este que você está segurando agora), e ao abri-lo ele saltava, se transformando em uma reprodução tridimensional de Mingheria. Que glória, que adorável, como era realista! A cidade onde eu tinha passado minha vida inteira estava agora diante dos meus olhos, em figuras de papelão muito bem recortadas e com um capricho e um detalhismo excepcionais.

Reparei logo de cara que não era a Arkaz onde eu fora criada, mas a cidade que devia ter sido em 1901. Os novos prédios residenciais, hotéis de concreto e "ministérios" não existiam. Todo o resto, porém, era de um realismo perfeito e estava exatamente onde deveria estar. Porém, havia nessa paisagem maravilhosa algo — nas nuvens fofas no céu, no vermelho dos telhados e no verde das árvores, nos pináculos do castelo — que dava a sensação de que aquela era a terra e o cenário de um conto de fadas.

Nunca me desfiz desse belo presente do doutor Nuri. Escrevi este romance sempre com um olho nesse conto de fadas tridimensional. A quem disser que isso fez com que meu livro ficasse parecido demais com um conto de fadas, eu gostaria de frisar minha outra fonte de inspiração: as oitenta e três fotografias lúgubres, em preto e branco, das ruas de Arkaz praticamente desertas, que a rainha encomendara ao Estúdio de Fotografia Vanyas no início de setembro de 1901, e cuja atmosfera é o cerne do "realismo" da presente obra. Só quando Mingheria se tornou candidata oficial a ingressar na União Europeia, em 2008, e depois de minha amiga de infância Rina ser nomeada ministra da Cultura, foi que enfim me permitiram visitar os arquivos estatais cujas portas estavam fechadas para mim.

No quarto de hotel, minha bisavó fazia gestos para que o marido olhasse para o Castelo da Arkaz de papelão. Na época, o castelo — cuja sombra paira sobre mim ainda hoje, e onde a história da cidade e da ilha inteira começou — era um lugar que eu via todos os dias, portanto fiquei incomodada por não entender direito o que o doutor e a rainha discutiam animadamente.

Anos depois, ao ler as cartas da princesa Pakize, enfim compreendi do que falavam naquele dia. A princesa Pakize chamou a atenção do marido para a praça Hrisopolitissa, para o local onde ficava a farmácia de Nikiforos e para onde o cadáver do Bonkowski paxá tinha sido encontrado. As fraternidades das seitas Halifiye, Rifai e Gülerenler, todas aqui mencionadas, também haviam sido recriadas nos mínimos detalhes na paisagem esculpida em papelão, incluindo até as árvores que cresciam nos jardins.

"Você já visitou essa fraternidade?", disse a rainha, olhando para mim.

Esses lugares, escondidos atrás de muros, não eram do interesse da minha mãe, e na época eu nem sabia que existiam. Não tive vergonha de responder: "Não, nunca fui!".

Eles continuaram falando, examinando a reprodução perfeita da Colina do Jegue, a ponte Hamidiye, a caserna e a alfândega. Meus pais às vezes conversavam num inglês esquisito, cochichado, para eu não entender, e eu sempre me aborrecia quando agiam assim e me preocupava com a possibilidade de que entabulassem uma de suas brigas. Dominada agora por esse mesmo pavor da solidão, fui me sentar ao lado do doutor Nuri.

A rainha tinha disposto a paisagem de papelão na mesa de centro, na frente do marido. Quando falaram do Splendid Palace, ressaltei que não era o melhor hotel da ilha (palavras da minha mãe) e que havia hotéis melhores, depois observei que a melhor sorveteria da ilha era a Roma, do Splendid, e lhes contei do pequeno Museu do Comandante no primeiro andar do hotel.

Eles nunca tinham ouvido falar do museu. Fizeram várias perguntas e pediram que eu descrevesse sua pequena vitrine nos mínimos detalhes. Agora que a conversa havia se desviado para o nosso Heroico Comandante — assunto do qual eu sabia muito —, eu lhes mostrei a casa onde o Grande Salvador tinha nascido e fora criado, onde ficava o verdadeiro Museu do Comandante. Depois lhes disse o que tinha visto lá.

Percebendo como estavam impressionados com o meu conhecimento a respeito da vida do comandante, falei do mausoléu, que duas vezes por ano visitávamos com a escola (sob a supervisão de inspetores), e que não aparecia nem nos cartões-postais nem na paisagem de papelão. Contei que no ano anterior eu escrevera um trabalho escolar sobre essa tumba usando a *Enciclopédia mingheriana* como referência e recitei os poemas de Aşkan, o Ancião, "Ó comandante, grande comandante" e "Eu sou mingheriano".

"Não deixe de ir a Istambul assim que surgir uma oportunidade!", o doutor Nuri recomendou, enigmático.

"Para que dizer isso?", questionou a rainha. "Não vamos desencorajar nossa pequena mingheriana. Não vê que ela é uma excelente estudante? Sabe de tudo."

Fiquei emocionada com o elogio, embora ele em parte se devesse ao tema da conversa, o grande comandante, assunto que eu mais conhecia.

"Se não fosse pelo nosso grande comandante, continuaríamos prisioneiros dos gregos, dos turcos e talvez até dos italianos!", declarei. "O comandante declarou que Mingheria era livre e independente, nos alçando ao nível das grandes nações civilizadas."

"Muito bem!", disse a princesa Pakize. "Agora mostre onde foi que ele fez isso!"

De repente fiquei muito acanhada, assim como ficara diante da inspetora loura. Nem entendia direito qual era a pergunta.

"Olha aqui, está vendo? É a sacada da Residência do Governador", minha bisavó disse. "O que foi que o comandante fez aí?"

Agora que compreendia a questão, estava contente, pois sabia a resposta de cor.

"Havia milhares de pessoas na praça, mingherianos de todas as idades que se reuniram bravamente, vindos das regiões mais afastadas da ilha!", entoei. "O comandante disse: 'Vida longa a Mingheria!'."

Mas devido à empolgação omiti algumas palavras do comandante, citadas em todos os livros escolares. "E também...", prossegui, gaguejando um pouco. "Ele segurava uma bandeira de Mingheria costurada por algumas aldeãs."

"Toma um golinho de água, minha pequena mingheriana!", disse minha bisavó. Ela me deu um copo de água que estava em cima da mesa de centro e pegou a toalhinha que estava debaixo dele, segurando-a como se fosse uma bandeira. "Quem sabe se a gente for até a sacada você não lembra melhor das palavras?"

Depois que minha bisavó beijou as bochechas de sua pequena mingheriana, senti alívio e satisfação. É claro que me lembrava do que o comandante havia dito, das palavras que eu já tinha lido milhares de vezes.

Com a minha bisavó, a rainha Pakize, ainda segurando a bandeira, fomos à sacada da suíte, cuja porta estava sempre aberta. Tomada pela mesma convicção profunda e inabalável com que hoje escrevo essas palavras, sacudimos a bandeira e gritamos juntas:

"Vida longa a Mingheria! Vida longa aos mingherianos! Vida longa à liberdade!"

2016-2021

ESTA OBRA FOI COMPOSTA PELO ACQUA ESTÚDIO EM ELECTRA E IMPRESSA
EM OFSETE PELA GRÁFICA SANTA MARTA SOBRE PAPEL PÓLEN NATURAL DA SUZANO S.A.
PARA A EDITORA SCHWARCZ EM ABRIL DE 2024

A marca FSC® é a garantia de que a madeira utilizada na fabricação do papel deste livro provém de florestas que foram gerenciadas de maneira ambientalmente correta, socialmente justa e economicamente viável, além de outras fontes de origem controlada.